Mariano F. Urresti

La espada del diablo

LIBROS
EN EL
BOLSILLO

www.editorialalmuzara.com
info@almuzaralibros.com
Síguenos en redes sociales: @AlmuzaraLibros

Impreso por Black Print
Libros en el bolsillo: Óscar Córdoba

I.S.B.N: 978-84-18709-41-8
Depósito Legal: CO-320-2021

Código THEMA: FV
Código BISAC: FIC014000

Impreso en España - *Printed in Spain*

Para Mariam y Duende.
Porque lo que no tiene fin es infinito.

SKELLIG MICHAEL
SEPTIEMBRE DE 1258

—No hay nada más real que lo que se podría tildar de imaginario: el diablo no ha regresado, porque jamás se fue —murmuró Sherrin en un tono tan bajo que únicamente William pudo escucharlo.

El cuerpo sin vida del abad estaba sujeto fuertemente con sogas por los tobillos y las muñecas a unos salientes rocosos. El cadáver dibujaba una siniestra cruz sobre aquella losa negra azotada sin piedad por el viento. Alguien le había decapitado.

—¡Santo Dios! —exclamó Etgal.

—¿Quién ha podido hacer algo así? —se preguntó en voz alta Niall.

—¿Y con qué? —dijo William, reparando en un detalle que nadie parecía haber tenido en cuenta—. Para cercenar la cabeza de un hombre se precisa un hacha o una espada, y no cualquier espada. —Se volvió hacia los demás monjes, cuyos hábitos parecían estandartes agitados por el viento—. ¿Acaso disponéis de armas en el monasterio?

—Había una espada —respondió Sherrin—. Ya os dije que además del abad y de la embarcación faltaba algo más.

—¿Una espada? —dijo William, extrañado—. ¿Quién de vosotros tenía una espada?

—Yo —admitió Sherrin.

—¿Y para qué demonios necesitabais una espada en un lugar como este?

—Como ya os dije, en vuestra pregunta está la respuesta.

PRIMERA PARTE: LA ESPADA DEL ÁNGEL

I

MURET
11 DE SEPTIEMBRE DE 1213

La luz de las velas proyectaba la gigantesca sombra del monarca sobre la tienda de campaña. Pedro II de Aragón caminaba alrededor de los dos gruesos tendales, los postes que sostenían aquella fábrica de telas y brocados donde se alojaba. Desde los extremos superiores de los fornidos maderos coronados por una pieza de cuero partía un haz de cuerdas clavadas en la tierra mediante estacas, y sobre ellas se disponían las lonas y álabes que hacían las veces de paredes y puertas.

Los dos metros de altura del aragonés parecían ser cuatro gracias al juego de sombras que provocaban las parpadeantes llamas, y la fiera expresión de su rostro, que tanto espanto había provocado a los infieles un año antes en la batalla de las Navas de Tolosa, hubiera acobardado al más templado en aquel claroscuro. El monarca evidenciaba su irritación por aquel retraso; y es que él no estaba acostumbrado a esperar, y menos a una mujer.

Un gruñido escapó a través de su poblado bigote, y sobre sus cabellos, largos y enmarañados, resbaló por un instante la luz dorada de las velas. En el exterior de la tienda se escuchaban las voces de los soldados, el piafar de los caballos y el miedo, porque el miedo habla en voz alta con los hombres en la víspera de una batalla.

Pedro II escupió al suelo de tierra y paja seca.

El aire olía a cera quemada, sudor, estiércol, arena y vinagre, con el que los hombres limpiaban sus cotas de malla. Y a orines viejos, a cuerpos sucios y a tierra húmeda.

El monarca reanudó su ir y venir por la tienda dando enormes zancadas. Tenía treinta y cinco años y estaba viudo. Su esposa, María de Montpellier, había fallecido meses antes, pero no la echaba de menos. En realidad, de no haber sido porque el papa se opuso a ello, se hubiera divorciado de aquella mujer que a punto estuvo de no cumplir con su deber de darle un heredero. Y aunque al final parió a su hijo Jaime, el monarca necesitaba muchas mujeres para saciar su sed de sexo, y justamente ese era el motivo de su impaciencia y malhumor aquella noche.

—¿Dónde se ha metido esa dama? —bramó. Dos arrugas verticales atravesaron su ceño.

Sin embargo, nadie respondió, porque el rey estaba solo en su tienda. Minutos antes había ordenado salir a todo el mundo. Los condes de Tolosa, de Foix y de Cominges se vieron arrojados al exterior de un modo que juzgaron humillante, pero no se atrevieron a levantar la voz ante el iracundo monarca a quien habían jurado vasallaje y a cuya fortaleza militar habían apostado su propia supervivencia y la de su gente, muchos de ellos entregados a la fe cátara. Pero al soberano aragonés los cátaros y sus ideas religiosas le traían sin cuidado. Si estaba allí, en el bello y ansiado Languedoc, no era por una guerra de credos, sino para lograr que Aragón reinara al fin al otro lado de los Pirineos. Además, los occitanos le enervaban. Todo en ellos era diferente: su lengua, más parecida a la catalana que a la francesa; su peculiar cultura, que incluía la presencia de trovadores en los castillos —algo que Pedro consideraba un síntoma de la propia debilidad de una nobleza—, o aquel peculiar compendio de virtudes religiosas, morales y sociales por el que se regían y al que denominaban *paratge*.

Aquellas gentes extrañas hablaban de cristianismo, pero no eran católicos; al mismo tiempo, brindaban por el disfrute de la vida y eran excesivamente corteses para el gusto del aragonés. En cuanto al orgullo del que hacían gala, el rey lo ridiculizaba cuando hablaba con los condes recordándoles su incapacidad para formar un ejército único, sólido y capaz de enfrentarse a los soldados del papa y del rey francés. La causa principal de aquella debilidad militar era la existencia de una constelación de pequeños señores feudales debido a que en aquellas tierras no imperaba la costumbre del mayorazgo, de manera que al no heredar el feudo el primogénito, las haciendas se subdividían y enflaquecían de ese modo sus fuerzas.

En resumen, aquella gente vivía lejos de lo que un rey como él, aguerrido y virtuoso en la batalla, consideraba principios morales. Y, para colmo, los occitanos eran indisciplinados y carentes de virtudes militares. Aquella misma mañana, sin que él hubiera autorizado semejante aventura, los milicianos procedentes de Tolosa se habían lanzado a la toma de la ciudad y fortaleza de Muret, frente a la cual todos estaban acampados. Aquel ataque, contraviniendo su voluntad, había puesto en grave riesgo la estrategia que él había diseñado para derrotar definitivamente a Simón de Montfort.

El rey se detuvo de nuevo y sintió cómo la sangre le hervía en la entrepierna y en el pecho. La primera se saciaría en breve, se consoló, pero la ira que había provocado aquel ataque no consentido no se aplacaría fácilmente. ¿Cómo hacer entender a aquellos estúpidos occitanos que el objetivo no era vencer a los defensores de Muret, sino acabar con el maldito Simón de Montfort de una vez por todas?

—¿Dónde se ha metido? —gruñó de nuevo y, colérico, levantó uno de los álabes de lona que cerraban la tienda a modo de puerta.

Los soldados que custodiaban la entrada se envararon, pero el rey los ignoró. Sus ojos negros se achicaron buscando entre la oscuridad salpicada de antorchas del campamento a la mujer que aguardaba, Azalais de Boissezon, esposa de uno de aquellos *faidits*, como se llamaba a los señores occitanos que habían perdido hacienda y posición por el empuje de los soldados del papa en aquella guerra. El rey había quedado prendado de aquella belleza morena desde el mismo instante en que la vio, tiempo atrás. Y ahora el destino la ponía a su alcance, puesto que era una de las damas que habían visitado a sus maridos antes de la batalla.

Al verla en el campamento, el rey le hizo llegar una ardorosa carta en la que le ordenaba, más que solicitaba, un encuentro en su tienda aquella misma noche, sin preocuparle lo más mínimo la presencia del esposo de Azalais. La amaría hasta el amanecer, rubricaba el gigantesco aragonés al final del billete. Pero Azalais se retrasaba.

Los guardias miraban al frente y el rey pasó entre ellos olvidando durante unos segundos a la dama de sus anhelos. Contempló en silencio la ciudad amurallada de Muret y se prometió que al día siguiente sería suya. Tras sus muros, juró, no habría sino enemigos muertos o derrotados.

—Mi señor. —La voz joven de una mujer le sacó de sus pensamientos, y el rey se giró dejando a su espalda Muret—. Mi señor, traigo una nota de la dama Azalais de Boissezon, a quien tengo el honor de servir.

Pedro II arrebató el papel de las manos de la joven sin ceremonia ni palabra alguna. La muchacha, paralizada por el temor, se palpó instintivamente su abultado vientre. En un mes, pariría.

El rey entró en su tienda y leyó la nota a la luz de las velas.

Cuatro líneas le había escrito la dama Azalais. En las dos primeras, elogiaba el valor del monarca y expresaba su rubor por el interés del aragonés hacia su persona; en las dos últimas, declinaba la invitación de visitar su lecho, pues su esposo le había ordenado retirarse, junto a las mujeres de otros caballeros y señores, a alguna de las fortalezas cátaras que aún podían conceder cierta seguridad.

El monarca estrujó la nota entre sus poderosos dedos y, furioso, levantó el álabe y salió al exterior. Necesitaba respirar el aire frío de la noche. Por un instante, pensó en dar muerte al incómodo esposo, pero comprendió que aquella decisión lo enemistaría irremediablemente con el conde de Tolosa y con los demás nobles occitanos.

—¡Por todos los diablos! ¿Es que esta gente no respeta nada? —gritó. Los soldados más próximos se estremecieron y procuraron desviar la mirada.

El rey bufó una vez más y miró a su alrededor con los ojos extraviados. Y de pronto, reparó en la joven mensajera y, por primera vez, posó sus ojos en su abultado vientre. Pero también admiró sus jugosos labios, su cabello rubio y su piel blanca. No debía tener aún veinte años, presumió. Y así agotó el monarca el último pensamiento racional de aquella jornada.

—¿Cómo os llamáis?

—Ysabela, mi señor —respondió con un hilo de voz la muchacha. Y quiso añadir algo más—: Soy dama de compañía de...

—No preciso saber nada más de ti —atajó el rey—. Esta noche, solo me servirás a mí.

Los ojos claros de Ysabela se encharcaron y volvió a palpar su vientre antes de que el aragonés le rasgara el vestido con sus dedos de oso.

Simón contempló desde la torre Prima del castillo de Muret el mar de tiendas de campaña de sus enemigos. Cientos de antorchas alumbraban el campamento dando forma a un inquietante ejército titilante. Las tiendas de los aragoneses y occitanos se extendían como una plaga a tres kilómetros al noroeste de la ciudad, y aún más cerca, entre el arroyo Saudrune y una zona pantanosa próxima, podía divisar el campamento de los milicianos tolosanos. Sus ojos verdes se cerraron, pero no con pesar, sino con esperanza.

Dos noches antes, mientras estaban en Fanjeaux, su esposa, Alix de Montmorency, había tenido un sueño terrible. En la pesadilla, un torrente de sangre manaba de sus brazos, y Alix despertó angustiada. Llorosa y con voz entrecortada, le explicó lo sucedido.

—Habláis como una mujer —respondió Simón a los lamentos de su mujer, que le suplicaba no acudir al combate—. ¿Creéis que doy fe a los augurios como hacen los aragoneses o esos herejes occitanos? Si yo hubiera soñado que iba a morir en la batalla, iría a ella aún más seguro para burlarme de esos malos cristianos que dirige el rey Pedro —añadió rubricando sus palabras con un poderoso puñetazo sobre la cama de nogal, que tembló como una hoja.

Hacía tiempo que Simón de Montfort sospechaba que el rey Pedro II de Aragón cruzaría los Pirineos para alinearse con los condes cátaros, y por ello había salido de Carcasona dispuesto a ir al encuentro del aragonés. Al mismo tiempo, ordenó a su hijo Amaury partir desde Cominges para encontrarse con él.

Sus sospechas se confirmaron poco después, cuando un correo llegado desde Muret le advirtió de la presencia de un formidable ejército acampado frente a esa ciudad. En Muret no había ni hombres ni víveres suficientes para resistir un asedio mientras llegaban refuerzos. No obstante, se encomendó a Dios y, aunque aún lo separaban sesenta kilómetros de Muret, ordenó a sus hombres avanzar hasta la abadía cisterciense de Boulbonne, donde se detuvo para rezar.

—¡Oh, Señor! Tú me has elegido, pese a mi indignidad, para tus combates —murmuró en la soledad de la iglesia, rodilla en tierra, tras depositar su espada sobre el altar. A continuación, se concedió unos segundos de introspección durante los cuales creyó escuchar dentro de sí una voz reconfortante. Después, recogió su espada, y añadió—: De tu altar recibo hoy de ti mis armas para que en el momento de la batalla estés a mi lado.

Cuando salió de la iglesia, sus hombres lo miraron como si contemplaran a un profeta. Todos lo conocían ya como el *conde de Cristo*.

De pronto, entre todos ellos se abrió paso un clérigo que dijo ser sacristán de la abadía de Saint-Antonin de Pamiers y llamarse Maurin de Montlaur.

—Mi señor, tenéis poca gente en comparación con vuestros enemigos —advirtió el enjuto hombre de Dios—. He visto su campamento, y entre ellos está el rey de Aragón, hombre muy experto en la guerra. Junto a él están los ejércitos de los condes de Tolosa, Raimundo VI, de Cominges, Bernardo IV, y el de Foix, Raimundo Roger.

Simón escuchó al sacristán imperturbable, y cuando el de Pamiers concluyó, se limitó a sacar de su limosnera una carta y se la entregó a su informador. Desconcertado, el clérigo leyó su contenido y descubrió que había sido escrita por el rey aragonés y dirigida a la dama Azalais de Boissezon. En la nota, Pedro hablaba de amor y sexo del modo más desvergonzado.

—¿Qué queréis decir con esto, mi señor? —preguntó el sacristán, perplejo.

—¿Que qué quiero decir? —tronó Montfort. Su enorme corpachón ensombreció al canijo capellán—. ¿Aún lo preguntáis? —Agarró por los hábitos al clérigo y lo zarandeó como a un muñeco, evidenciando su fuerza hercúlea—. ¿Qué clase de fe tenéis vos? ¿No veis acaso que Dios me envía una señal? ¿No veis que Dios dispuso lo necesario para que nos hiciéramos con esa carta? No temo a un rey que en lugar de cuidar del negocio de Dios viene a la batalla para fornicar con una mujer.

A continuación, empujó al sacristán apartándolo de su camino, montó sobre su imponente caballo blanco y ordenó a los suyos partir rumbo a Saverdum, adonde llegaron al atardecer.

Al día siguiente, atravesaron un arroyo que desembocaba en el río Aure y dejaron atrás las colinas de Terrefort. Estaban a pocos kilómetros de Muret, y todos aguardaban el inminente ataque que, presumían, ordenaría el rey de Aragón para evitar que llegaran a la ciudad. Pero, para su sorpresa, la emboscada nunca se produjo y llegaron al pie de las murallas rojizas de Muret sin sobresaltos. Envalentonados, sus hombres propusieron cruzar de inmediato el puente sobre el río Garona y cargar contra el enemigo acampado, pero Simón les disuadió de ello.

—Estamos cansados, y ellos frescos —dijo aún sin descender de su montura, y girándose contempló el inmenso campamento, cuya extensión era superior a la de la propia ciudad de Muret—. Dejémosles que sigan creyéndose superiores solo porque lo sean en número.

A continuación, entraron en la ciudad por la Puerta de Salas, atravesaron el Mercadal, la enorme plaza que era el corazón de la ciudad, y mientras sus hombres se instalaron en la Villa Nova, él se trasladó al Castillo Viejo, desde lo alto del cual contemplaba en aquel momento el mar de hogueras y antorchas de sus enemigos.

—¿Por qué nos han permitido entrar en Muret? —murmuró para sí.

Se había hecho aquella pregunta mil veces a lo largo del camino. Una ráfaga de viento removió la barba y el cabello, salpicados de canas, de aquel hombre cuya mano creía guiada por Dios. De pronto, se sintió demasiado lejos de su hogar, y viejo. Estaba en la cincuentena, y se preguntó si regresaría a su casa antes de morir. Era de origen franco-normando, y su linaje hundía sus raíces en Montfor-l'Amaury, al oeste de la Isla de Francia. Sin embargo, desde hacía cinco años, cada primavera y cada verano, había entregado su vida a imponer la verdadera fe en aquellas tierras, erradicando de raíz la herejía.

—¡Cinco años! ¡Qué rápido se escapa el tiempo! —murmuró.

El 10 de marzo de 1208, el papa Inocencio III había convocado una cruzada contra los occitanos, deseoso de extirpar la herejía cátara de aquellas tierras. El asesinato en Sant Géli un año antes de su legado, de fray Pierre de Castelanau, a manos de un soldado al servicio del conde de Tolosa, le sirvió en bandeja la excusa necesaria para tomar una decisión como aquella, sin precedentes: ¡una cruzada contra otros cristianos!

Voluntarios de Normandía, Champaña, Anjou, Flandes o Picardía acudieron a la llamada del pontífice. Muchos eran pecadores que ansiaban el perdón de sus faltas; otros, salivaban imaginándose ya señores de las ricas tierras del sur, y otros encontraron en aquella cruzada el modo de evitar cumplir su promesa de acudir a Tierra Santa para combatir al infiel. Y de entre todos aquellos señores, Simón de Montfort fue elegido como brazo armado del pontífice, aunque fuera Arnaud Amaury, legado papal y abad de Cîteaux, quien capitaneara a aquella gigantesca hueste.

—¡Malnacidos! —escupió con la mirada clavada en el campamento aragonés y occitano.

Si hasta entonces ningún cátaro había logrado derrotarle, ¿por qué iba a ser diferente al día siguiente?, pensó.

Las aguas del río Louge, que discurrían mansas a los pies del castillo, le parecieron de pronto siniestras. El río Garona abrigaba la fortaleza por el lado opuesto. Un foso inundado por las aguas de ambos ríos aislaba el Castillo Viejo de la Villa Nueva de Muret, aunque un puente levadizo permitía la comunicación entre ambos. Desde su atalaya, Simón podía contemplar a su derecha el puente de Sant Serni, que permitía abandonar la fortaleza hacia el este, donde estaban acampados los voluntarios occitanos.

El castillo se erguía, orgulloso, arañando el cielo negro con sus cinco torres. La de Lissac tenía más de treinta metros de altura, y vigilaba el río Garona; la del homenaje, o de Loja, superaba los cuarenta metros de alto, y se alzaba sobre el vértice en el que se abrazaban las aguas de los dos ríos que rodeaban la fortaleza. Simón se encontraba en la torre de Prima, y a su espalda se alzaba la torre de Dantin. La quinta torre defendía el puente levadizo que unía el castillo con la ciudad, y las cinco se enlazaban por muros de quince metros de altura y tres metros de anchura.

Simón contempló el paseo de ronda que rodeaba las murallas de aquella fortaleza de más de cinco mil metros cuadrados y, a pesar de ello, se sintió indefenso.

—Si nos quedamos aquí, moriremos —pensó.

Entonces, alzó la mirada al cielo y pidió ayuda a Dios; el mismo Dios en nombre del cual había matado, mutilado y torturado a mujeres, niños y ancianos desde que estaba en aquella maldita tierra de herejes.

El sol salió poco antes de las siete y media de la mañana. Era jueves 13 de septiembre; un buen día para matar a Montfort, pensó el rey Pedro al despertar. En el suelo, hecha un ovillo, permanecía Ysabela. La muchacha tenía los ojos enrojecidos por el llanto, las nalgas enrojecidas por los azotes, los pechos enrojecidos por los mordiscos del monarca, el cuerpo molido tras sentir el gigantesco corpachón del aragonés en todas las posturas que él deseó durante aquella interminable noche, y el alma en los huesos.

Por un instante, pareció que el rey se apiadaba de ella pero el brillo en sus ojos nada tenía que ver con la piedad. Pedro se levantó del jergón, puso sus pies en el suelo cubierto de paja, y acercó su virilidad a la boca de la joven. La muchacha comprendió, mientras las lágrimas caían por sus mejillas. Minutos después, el rey se apartó de ella.

—Me has servido bien —juzgó el monarca. Totalmente desnudo, se acercó a un pequeño cofre, del cual regresó con una bolsa de cuero. Hizo sonar las monedas que contenía, y la arrojó a los pies de Ysabela—. Y ahora, sal de aquí. Hoy es un día para los hombres, no para las damas.

—¿Adónde queréis que vaya, mi señor, si la dama a quien sirvo partió ayer del campamento con todas las demás mujeres? —preguntó la joven sin alzar la mirada del suelo.

—¿Acaso debe un rey ocuparse de esas cosas? —sentenció Pedro antes de levantar uno de los álabes y mostrar la salida a la occitana.

Ysabela recogió sus ropas y, desnuda, salió en busca de la fría mañana. El rey no le dedicó una sola mirada antes de bajar el álabe y sellar su intimidad. La de ella, la conocía de memoria.

Minutos después, el monarca salió al exterior por el álabe opuesto. Llenó sus pulmones de aire fresco y, por vez primera, sintió debilidad en sus piernas. ¿Acaso se estaba haciendo viejo para cabalgar a una yegua tan joven? Pero al ver las murallas de Muret a lo lejos, olvidó la noche de pasión y su propia fatiga.

De pronto, tuvo la sensación de que las cinco torres del castillo lo retaban, e imaginó a Simón de Montfort en lo alto de una de ellas, observándolo.

Aquella fortaleza de ladrillo rojo y canto rodado era lo único que lo separaba de su sueño de reinar sobre el Languedoc, y estaba dispuesto a conseguirlo. Al suroeste del castillo, aislada de este y unida a la vez por un puente levadizo, lo aguardaba la ciudad, construida alrededor de la iglesia de Sant Serni. Una veintena de pequeñas torres la protegían, además de un foso seco en el lado oeste.

El sistema defensivo de Muret se veía fortalecido por el lugar elegido para su emplazamiento, en la confluencia del río Garona y su afluente, el Louge. El curso de ambos ríos confería al plano de la ciudad la forma de un triángulo rectángulo. Además, estaba dispuesta en un terreno elevado, lo que concedía una excelente posición a los defensores.

Por todo ello, y por el hecho de encontrarse a tan solo una veintena de kilómetros de Tolosa, Simón de Montfort había establecido su base de operaciones en Muret desde septiembre del año anterior hasta el mes de mayo de aquel 1213.

Una enorme llanura se extendía a los pies de la ciudad. El rey aragonés contempló aquella gigantesca alfombra verde y sus labios dibujaron una cicatriz que tal vez pareciera una sonrisa.

—Te sacaré de ahí, maldito Montfort; te sacaré de ahí y te aplastaré como merece un asesino como tú —se prometió en silencio. A continuación, se dirigió a uno de los soldados de guardia—: Llamad a los condes y a los nobles. Los quiero en mi tienda antes de que termine de orinar. —Y sin más palabrería sacó su sexo, flácido y agotado, y comenzó a orinar ruidosamente detrás de la tienda. El olor de la orina real se mezcló en el aire con el de cientos de soldados que hacían sus necesidades a la vez que él, y con el del estiércol de los caballos y el aroma de los pinos que se apretaban en un abrazo solidario para construir los bosques próximos.

Mientras tanto, como un fantasma entre la niebla de la mañana que se obstinaba en pegarse a la tierra, una joven en avanzado estado de gestación caminaba entre las tiendas esquivando a los soldados. Sus pasos sin rumbo no lograban alejarla del aliento del rey ni de su olor, pero no se detuvo hasta dejar atrás los campamentos, el ruido de las espadas mientras se afilaban y el piafar de los caballos. La vida que latía en su vientre se movía también, como si quisiera participar en la inminente batalla o alejarse de ella.

No era la primera vez que Ysabela huía de aquella locura que había sembrado de cadáveres su tierra. A su memoria acudieron sin permiso los recuerdos de lo vivido dos años atrás, cuando formaba parte del servicio de la Dama Guiraude, señora de la fortaleza de Lavaur. Allí conoció a quien sería su esposo, y también vio por vez primera el rostro del jinete de la muerte del Apocalipsis a lomos de un corcel blanco.

La Dama Guiraude había sido la mujer más excepcional que Ysabela había conocido. Culta, exquisita, amable, siempre rodeada de sabios, astrólogos, médicos judíos… y *hombres buenos*. En aquel paraíso, Ysabela conoció *La cena secreta* y *El libro de los Dos Principios*, los textos de cabecera de los predicadores cátaros. Y aunque no comprendió del todo su contenido, aquellas obras sembraron en su corazón una semilla de luz.

Pero entonces llegó el jinete de la Muerte y asedió Lavaur hasta su rendición. Cuatrocientos cátaros fueron quemados en unas gigantescas hogueras mientras ella trataba de convencer a su señora para huir. Sin embargo, Guiraude se negó, y ordenó a uno de sus hombres más fieles que pusiera a salvo a sus damas de compañía. Pierre de Autier, un joven recio de pelo negro y enormes manos, juró conseguirlo.

El soldado logró sacar del castillo a tres mujeres, incluida Ysabela. Por una vieja puerta en desuso salieron de la fortaleza y burlaron el cerco enemigo. A su espalda dejaron el olor de los cuerpos quemados y los gritos de Guiraude mientras era violada y, posteriormente, lapidada y arrojada a un pozo.

Aquel día, Ysabela también corrió sin ningún destino. Corrió tras Pierre de Autier hasta quedar exhaustos, hasta que el ruido cesó y solo escucharon el silencio del bosque.

Simón de Montfort, al igual que el rey Pedro, había pasado la noche en vela, pero no fornicando. El *conde de Cristo* había orado con fervor en la capilla del castillo hasta que se consumieron las velas que lo rodeaban. Los informes que había recibido al poco de llegar a la ciudad confirmaban las noticias que conoció por el camino, e incluso las empeoraban. Le hablaron de alrededor de mil quinientos jinetes al servicio del aragonés, además de otra cifra similar de jinetes occitanos. La suma de ambas fuerzas triplicaba la suya, y aún era peor si comparaban las cifras de la infantería o peones de batalla. Algunos de sus espías aseguraban que había más de veinte mil soldados en el campamento apostado frente a Muret; otros, reducían la cifra a la mitad, mientras que otros la multiplicaban por dos. Seguramente, ninguno había sumado correctamente, porque es difícil contar los granos de arena que hay en una playa, pero era evidente la abrumadora superioridad numérica del enemigo.

Durante toda la noche había orado para que Dios le inspirara la respuesta correcta. ¿Debía rendirse o luchar hasta morir?

Las húmedas piedras de la capilla contemplaron a aquel hombre fornido e imponente que creía encarnar la justicia divina en la tierra. Lo vieron erguirse y escucharon el golpeteo de la contera de la vaina de su espada contra el suelo mientras se dirigía a la puerta de salida. Vieron la determinación ciega en sus ojos, la certeza de haber sido escuchado y respondido por Dios, e incluso se diría que se estremecieron, si tal sentimiento le fuera posible a las piedras, al ver el brillo que adornaba las pupilas de sus ojos febriles. Se trataba del mismo brillo animal que tres años atrás, tras tomar la ciudad de Bram, aterró a sus enemigos cuando ordenó cortar las orejas, los labios y la nariz a cien vecinos, además de dejarlos ciegos a excepción de uno de ellos, al que respetó uno de sus ojos para que guiara al resto como un siniestro lazarillo hasta la ciudad de Cabaret.

El hombre que ordenó semejante atrocidad era el mismo a quien el amanecer había sorprendido postrado ante la cruz.

Aquella cruzada contra los herejes cátaros tal vez estaba sacando lo peor de él, o quizá era aquella su mejor versión. Después de todo, no había hecho sino vengar lo ocurrido meses antes en Puisserguier, donde el noble occitano Giraudo de Pépieux mutiló a dos de los soldados franceses que había apresado cortándoles la nariz, las orejas y el labio superior en respuesta al asesinato de su tío a manos de un francés. El sublevado occitano ordenó también que a los dos prisioneros mutilados les sacaran los ojos y los enviaran desnudos a Carcasona, como tétrica advertencia al de Montfort.

Es la guerra. Simplemente, es la guerra, habría dicho Simón a modo de epílogo si se le hubiera preguntado por sus crueles decisiones antes de abandonar la cripta del castillo de Muret.

Pero ¿qué decía el papa Inocencio III al ver que los cristianos se mataban entre sí? ¿Era necesaria la crueldad extrema para atajar la herejía que, en su opinión, encarnaban los cátaros en aquella región del sur de Francia?

La religión de los cátaros había llegado desde Oriente, y Roma la calificaba, despectivamente, como maniquea y gnóstica, creyendo que el insulto y la mano dura serían suficientes para erradicarla. Pero no fue así.

Mani había sido un predicador persa que, mil años antes, había popularizado la idea de la existencia de dos principios antagónicos: el Bien y el Mal, que se disputaban al hombre y a todo lo creado. Los gnósticos habían recogido idénticas ideas intentando buscar un punto de encuentro entre el paganismo antiguo y el cristianismo, pero fueron perseguidos por la Iglesia sin piedad.

Sin embargo, la secta maniquea de los paulicianos encontró refugio en Asia Menor, adonde llegó cinco siglos después un pueblo procedente de Asia, los búlgaros. Y un siglo atrás, predicadores bogomilos, procedentes de Bulgaria, habían llevado aquel cristianismo impregnado de gnosticismo y maniqueísmo al Languedoc, y pronto ganó adeptos entre todas las clases sociales. Bajo el brazo, llevaban unos misteriosos textos que la Iglesia ni siquiera conocía.

¿No debería tal vez preguntarse el pontífice cuáles eran los motivos por los que el catarismo había prendido con tanto vigor entre nobles y campesinos en aquella tierra hermosa y rica? ¿Qué habían hecho mal sus obispos y sacerdotes para perder el favor del pueblo?

En lugar de tratar de responder a aquellos interrogantes, el papa había resuelto cinco años antes enviar un poderoso ejército para aplastar las ideas cátaras. Se trataba, dijo, de defender el *negotium Christi*, el *negotium pacis* y el *negotium fide*. Pero ¿estaría de acuerdo Jesús de Nazaret con él?

Para agitar el avispero, el pontífice envió primero a los cistercienses a debatir con los cátaros y, más tarde, a los predicadores de Domingo de Guzmán. Pero ¿cómo iba a nacer el diálogo si al papa lo representaba un futuro inquisidor?

Así había comenzado aquella guerra interminable que, caprichosa, había sorprendido a Montfort en lo alto de una torre de Muret aquel amanecer en el que un rey orinaba a tres kilómetros de allí y una joven embarazada vagaba sin rumbo entre los árboles con los pies embarrados y el alma descosida.

1

ENCOMIENDA TEMPLARIA DE SOURS
11 DE SEPTIEMBRE DE 1213

El mismo día en que Simón de Montfort y Pedro de Aragón planeaban el futuro, los delgados dedos de William se movieron con endiablada rapidez formando una línea vertical con tres de las piezas negras y decantando definitivamente a su favor aquella partida.

—¡*Molino*! —exclamó el niño, mientras a su alrededor estallaban las risas de varios freires.

—No es posible ser tan rápido —protestó Jofroy.

—No soy tan rápido como supones; es que tú eres más lento de lo que creías —le corrigió William, al tiempo que recogía sus nueve piezas negras del tablero—. Tu problema es que miras, pero no observas.

El hermano Morgan había seguido con más atención que ninguno aquella partida de alquerque disputada sobre un improvisado tablero dibujado en la tierra del patio de la encomienda. Su mirada de águila no perdió detalle de la estrategia de William para ir creando sucesivos *molinos* o alineaciones de tres piezas en disposición vertical u horizontal a lo largo de los puntos del tablero formados por los ángulos de los cuadrados concéntricos más las intersecciones de los mismos, y coincidió con Jofroy: William era el jugador de alquerque más temible que había visto jamás.

—Siempre ganas. No volveré a jugar contigo a esto —anunció Jofroy mientras se rascaba la cabeza y alborotaba sus rizos negros como el carbón. A pesar de tener solo quince años, era corpulento y vigoroso, lo que jugaba a su favor en las prácticas de lucha. Se levantó del suelo, y miró a su amigo con seriedad.

William estaba a punto de imitarle, cuando el hermano Morgan intervino.

—Me gustaría probar —dijo el templario.

William asintió en silencio mientras el monje se sentaba frente a él. Otros hermanos se acercaron con curiosidad. Todos sabían jugar al alquerque, uno de los dos juegos que se permitían en la Orden. Sin embargo, la habilidad del pequeño William en la *Danza de los nueve hombres*, como también se conocía a aquel juego, comenzaba a ser casi legendaria.

Morgan estudió a su pupilo, puesto que era él quien había enseñado a William a leer y a escribir los latines, así como las primeras nociones del *Trivium* y, posteriormente, del *Quadrivium*. A pesar de su juventud —veintiún años recién cumplidos—, el hermano Morgan era uno de los cerebros mejor amueblados con los que contaba la Orden en Francia. Pero había algo de su brillante alumno que le asombraba e irritaba al mismo tiempo. Con tan solo catorce años, William era más culto que muchos hermanos, y su mente parecía trabajar de un modo diferente a la de los otros niños que Morgan había conocido.

William asintió en silencio y ofreció a su maestro la posibilidad de elegir el color de las piezas.

—Negras —dijo el templario, y se hizo con los nueve peones de aquel color—. Comienza tú —ordenó.

William dispuso la primera ficha blanca sobre uno de los ángulos del tablero, y después Morgan le imitó optando por otro de los ángulos vacíos. A partir de ese momento, cada movimiento era un riesgo. Ambos necesitaban alinear tres piezas para formar un *molino* que les permitiera eliminar uno de los peones de su adversario. La partida acabaría cuando uno de ellos tuviera menos de tres piezas a su disposición o no pudiera moverlas por estar bloqueado.

La noticia de aquella partida corrió como la pólvora en la encomienda, y apenas había comenzado fueron muchos los hermanos y sargentos que formaron un corrillo alrededor de los dos jugadores.

Cuando le correspondía mover ficha a Morgan, William juntaba la punta de sus dedos bajo su afilada barbilla, como si estuviese orando, y cerraba los ojos. Y cuando le llegaba el turno, los abría y movía con insólita rapidez y precisión. Se diría que no necesitaba ver la maniobra de su adversario para decidir qué hacer. De ese modo, en menos de diez minutos, William había derrotado a su maestro.

Picado en su orgullo al verse vencido por su alumno, el caballero se alejó del corrillo que monjes y sargentos habían formado alrededor de los dos jugadores. William lo miró con expresión divertida. Morgan era alto, barbilampiño —lo que le hacía parecer aún más joven—, pero de escasos cabellos —lo que le hacía parecer más mayor—. Tenía la espalda ligeramente encorvada, y su cabeza se balanceaba de un modo extraño mientras caminaba.

El atardecer del final del verano doraba los campos de cereales que se extendían por las llanuras próximas al vecino río Eure. Mientras, a unas dos leguas de la encomienda, los maestros constructores se esforzaban por izar al cielo en un tiempo récord la imponente fábrica de la catedral de Chartres.

Los freires se alejaron en dirección a sus respectivas labores antes de que sonara la campana que anunciaría Vísperas, pero los dos niños se demoraron.

—¿Cómo has podido derrotarle tan rápido? —preguntó Jofroy.

—No le he derrotado yo, sino sus emociones —respondió William—. Para alguien como el hermano Morgan, una emoción puede ser tan perturbadora como un grano de arena en un ojo. Y creo que para mí, también.

—¿Le perdió la emoción? No lo entiendo —admitió Jofroy.

—¿Quieres que te demuestre tu propia ignorancia? —replicó William.

El rostro de Jofroy enrojeció por la ira.

—Eres, eres…—farfulló sin encontrar la réplica adecuada a semejante desplante.

—Lo ves —atajó William—: tus emociones atoran tu mente. Te dije eso aposta, porque sé que tartamudeas cuando te enojas, y el hermano Morgan es un hombre frío a quien podía desestabilizar si aparentaba ignorarle mientras él jugaba. Sabía que si lo hacía estaría más pendiente de mi gesto ausente que de su juego, que acostumbra a ser mucho más inteligente que el que hoy ha exhibido.

—No deberías vanagloriarte de ese modo, William —dijo inesperadamente una voz ronca a sus espaldas.

Los dos niños se volvieron sorprendidos y se encontraron con la mirada severa del comendador André.

—*Sire*, lo siento —se disculpó William, avergonzado—. No pretendía...

—Sí que lo pretendías —le corrigió el comendador, un hombre de barba cana, ancho de hombros, pero no muy alto, a quien todos respetaban—. Lo pretendías y, aunque no seas un hermano que profesa hábitos, también los *donados* debéis recordar que la única gloria corresponde a Dios, no a los hombres. Debéis un respeto a vuestro maestro.

—Sí, *sire* —dijo William sin levantar la mirada del suelo, lo que impidió que advirtiera el brillo divertido que centelleó por un instante en las pupilas negras del comendador de Sours.

Aunque William lo ignoraba, el comendador se sentía responsable de aquel niño alto, delgado y fibroso. Su nariz aguileña y su cabello castaño ligeramente ensortijado en los laterales de la cabeza concedían a su semblante una expresión nada infantil.

Desde su fundación casi un siglo antes, la Orden del Temple había crecido desmesuradamente gracias a numerosas donaciones. Hubo quienes entregaron a los freires tierras a cambio de beneficios, como por ejemplo la defensa de determinadas fronteras, pero también hubo donantes que obraron *pro amore Dei et remissione peccatorum*; es decir, sin perseguir nada que no fuera el perdón de sus pecados. Incluso era frecuente que algunos nobles ingresaran en la Orden antes de su muerte para ganarse el cielo al vestir el inmaculado manto del Temple al llegar al otro mundo.

Y también había quien *donaba* sus hijos a los monjes-soldados. Y ese fue el caso de William.

El niño había nacido en Yorkshire, al norte de Inglaterra. Su padre, Arthur Baker, era un noble hacendado a quien el comendador conocía porque la esposa de Baker, Violet, era pariente del caballero franco-normando Antoine Vernet, con quien André había combatido en Tierra Santa y en cuya fortaleza, no lejos de Mont Saint Michel, había coincidido con Arthur en alguna ocasión.

William era el tercer hijo de Arthur Baker, pero tuvo la desgracia de que su esposa falleciera en el parto del pequeño. Desolado, el caballero no supo vivir sin ella, y cuando el niño tenía dos años de edad marchó a Francia pensando encargar su crianza a los Vernet para poder emprender viaje a Tierra Santa y combatir al infiel. Antes de partir de Yorkshire, Baker dejó al frente de sus tierras a su administrador y hombre de confianza, Hamish, hasta que su hijo mayor, Sherrin, alcanzara la edad necesaria para gobernar las propiedades. Asimismo, había dispuesto que el mediano, Gattis, ingresara en alguna orden clerical en el momento en el que el primogénito se hiciera cargo de la hacienda. Por lo que André llegó a oír sobre ellos, los hermanos eran tan extremadamente inteligentes, que provocaban asombro.

Sin embargo, Antoine Vernet no se mostró receptivo y declinó la responsabilidad de cuidar del pequeño. Fue entonces cuando Arthur Baker pensó en el Temple, y una mañana apareció en la encomienda de Sours solicitando audiencia con su comendador.

El hermano André recordaba con insólita claridad la entrevista con el noble inglés, que había tenido lugar allí mismo doce años antes, apenas unas semanas después de que él hubiera accedido a la responsabilidad de comendador. Aquel día, el monje leyó la desesperación en el rostro de Baker y le creyó sin la menor duda cuando el inglés prometió que compensaría a la Orden económicamente si aceptaban al pequeño como *donado*.

—Sin mi esposa, nada me ata al mundo. Seré cruzado —anunció con orgullo en la mirada.

Pero la quinta cruzada fue un verdadero fracaso, y Arthur Baker desapareció en Constantinopla, sin que jamás se supiera si llegó o no a los Santos Lugares.

El comendador contempló de un modo paternal a William. Había llegado allí con dos años y ahora era un joven prometedor y extraordinariamente inteligente, y se preguntó una vez más si, cuando tuviera edad para decidir por su cuenta, ingresaría en la Orden.

El hermano André meneó la cabeza. No estaba seguro de si William estaba hecho para ser monje, y no porque careciera de facultades para ello, sino precisamente porque le sobraban. Aquel afán suyo por preguntar y preguntarse todo; aquel desorden ordenado que parecía acompañarle; aquellos arrebatos de acción salpicados por períodos de indolencia que le habían acarreado tantos castigos…

—¿El hermano William? —murmuró el comendador, y negó con la cabeza. Incluso a él le sonaba extraño semejante tratamiento para aquel niño tan singular.

De lo que nadie podía dudar, sin embargo, era del ingenio del pequeño. A lo largo de aquellos años había demostrado una increíble capacidad de observación, muy por encima de la de cualquier hombre a quien el comendador hubiera conocido. El niño se fijaba en las manos y en las callosidades que pudieran presentar para deducir qué oficio tenían las personas; a partir de detalles nimios de sus vestiduras, razonaba si habían hecho un largo viaje y de dónde procedían...Incluso resolvió la misteriosa desaparición de uno de los tres caballos asignados a un hermano de la encomienda, que parecía haberse volatilizado de un modo inexplicable a pesar de estar siempre bajo el cuidado de dos mozos de cuadra, los cuales se turnaban en la vigilancia nocturna. Además, los dos caballerizos contaban con la inestimable colaboración de un fiel perro pastor, siempre alerta y listo para entrar en acción.

Sin embargo, del modo más extraordinario, aquel caballo desapareció. Y por más que se interrogó a todo el mundo, nadie supo dar detalle alguno de cómo el ladrón pudo entrar en las cuadras y sacarlo de allí sin ser visto por el perro, que no ladró. Que el mozo de cuadra no diera la voz de alarma fue sencillo de explicar: se había dormido profundamente, según él mismo reconoció.

William, que tenía entonces doce años, se mostró sumamente interesado en lo sucedido. Y a pesar de que la desaparición del caballo había sumido a los hermanos de la encomienda en un malhumor evidente y reinaba entre ellos la desconfianza, el interés con el que el muchacho estudió las caballerizas y las huellas visibles en la tierra más próxima, además de las extrañas preguntas que formuló a los dos criados —el que se durmió negligentemente aquella noche y el que estaba libre de ocupación—, llamaron la atención de todo el mundo. William quiso saber qué había cenado y bebido el mozo que estaba de servicio la noche en que el caballo desapareció —un guiso de cordero con una salsa fuerte y agua como única bebida, según declaró— y se demoró durante media mañana en la enfermería de la encomienda, a cuyo frente entonces ya se encontraba el judío Yehudá, a quien los freires tenían en gran estima, pues los templarios siempre habían sabido convivir con judíos y musulmanes, y valorar los conocimientos que pudieran ofrecer. Naturalmente, esa tolerancia les hacía impopulares entre los cristianos, pero ese era el problema de los demás, no de ellos. ¿Orgullo templario? Inteligencia y tolerancia, respondería el comendador André, si se le preguntara al respecto.

De manera que William pareció olvidar la cuadra y el caballo desaparecido y centró su interés en la enfermería. El bueno de Yehudá se vio obligado a responder mil preguntas del niño, y ninguna de ellas parecía guardar relación con el enigma que traía de cabeza a toda la encomienda.

Hasta que de pronto, dos días después de la desaparición del caballo, William solicitó ser escuchado por el comendador. André recordaba perfectamente aquella insólita conversación.

—No sé dónde está el caballo, exactamente, pero sí sé quién nos lo puede decir —aseguró William sin pestañear.

—¿Estás seguro? —tanteó el comendador.

—Sí, *sire* —respondió el niño.

—Considero prudente convocar el capítulo para que expliquéis vuestra teoría.

—No es una teoría, *sire*; es la verdad —replicó William con convicción, más que con arrogancia—. Son los hechos los que hablan.

Para la Orden, la encomienda era la unidad de organización y producción básica. Los terrenos, molinos y cosechas garantizaban su propia supervivencia y de ellos se detraía una parte que, a modo de contribución, se enviaba a la Casa de París. Varias encomiendas constituían una bailía, y la unión de varias bailías daba lugar a una provincia de la Orden.

El comendador era designado por el maestre provincial y era el responsable del cumplimiento de la regla del Temple en la encomienda, además de supervisar la vida económica de la comunidad e impartir justicia. Y el problema que se había planteado con la desaparición de aquel caballo, intuyó el comendador André, podría acarrear castigos para algún hermano o para algún sargento, de manera que decidió convocar a capítulo a los freires.

La encomienda contaba con una capilla, el edificio comunal donde dormían los monjes y el propio comendador, graneros, cuadras, un lago bien surtido de peces, bodega, un horno, serrería y sótanos, amén de los campos y molinos próximos. Y además, estaba la sala capitular, donde los freires se reunían de un modo periódico y a la cual fueron convocados para escuchar lo que tenía que decirles el pequeño William.

—Adelante, William, hablad —ordenó el comendador al niño.

William miró a la veintena de monjes-soldado que aguardaban expectantes, y se aclaró la voz. Aunque en los primeros tiempos la Orden no exigía ser de origen noble para ingresar en ella como hermano, con el paso del tiempo se estableció ese requisito —además de no estar casado y no haber pertenecido a ninguna orden religiosa—. Los sargentos, que no eran de origen noble ni vestían el manto blanco, sino ropajes negros con la cruz roja bordada, no tenían acceso al capítulo.

William sintió las miradas de los monjes clavadas en él, pero ni el escenario ni el auditorio parecieron intimidarle.

—El mozo que vigilaba aquella noche no se durmió; fue drogado —dijo de un tirón. Los freires se comportaron con su acostumbrada disciplina, y guardaron un tenso silencio a pesar de la conmoción que aquella noticia les había causado y que se advertía en sus rostros—. Le aturdieron mezclando extracto de adormidera o amapola real en la salsa del cordero que cenó. El sabor fuerte de la salsa impidió que notara el de la droga.

—¿Adormidera? —inquirió el comendador.

—La que había sido robada previamente de la enfermería y cuya desaparición no había advertido el maestro Yehudá —explicó William.

La noticia hizo removerse en sus asientos a los caballeros, que a duras penas lograron guardar silencio.

—Y luego está el papel que jugó el perro pastor aquella noche —dijo William.

—¿El perro? —se extrañó el comendador—. Pero si el perro no ladró ni hizo nada.

—Precisamente por eso digo que jugó un papel clave aquella noche —insistió el niño—. Si el perro no ladró, fue porque conocía a la persona que entró en las caballerizas, y puesto que uno de los dos mozos estaba drogado, parece fácil concluir que fue el otro, el que libraba aquella noche, quien entró en la cuadra y se llevó al caballo, seguramente para venderlo.

—Pero eso es… —farfulló el comendador, desconcertado—. Eso es…

—Elemental —dijo William—. Eso es elemental. Estoy seguro de que si un día roban un caballo y hay un perro cuidando las cuadras y no ladra al entrar un ladrón en ellas, alguien llegará a la misma conclusión que yo.

Minutos después, el mozo fue llevado ante el capítulo y confesó que, en efecto, había robado el caballo; y que lo había vendido en Chartres a un buen precio. Admitió haber drogado a su compañero, tal y como William había explicado, y se mostró compungido y arrepentido. El comendador, dado que el culpable no era un hermano, no aplicó al ladrón ninguno de los castigos propios de la Orden y se limitó a expulsarlo de la encomienda. Pero el dinero no pudo ser reintegrado a la comunidad, puesto que el gañán reconoció habérselo gastado en mujeres y vino en las tabernas de Chartres.

Por su parte, William se mantuvo en todo momento imperturbable, con su habitual gesto —dedos unidos bajo la barbilla, como si orara—, y en un silencio ausente. El comendador llegó a pensar que el niño se aburría profundamente; que el mundo le aburría profundamente, pero espantó aquella idea de inmediato, más que nada porque le daba vértigo.

En ese momento, las voces alteradas de varios mozos de la servidumbre y la presurosa carrera de un par de caballeros y algunos sargentos, sacaron al comendador de sus recuerdos arrastrándolo bruscamente a aquella tarde de verano.

—¿Qué sucede? —se preguntó siguiendo con la mirada a los alborotadores.

André se aproximó a una de las puertas abiertas en el

alto muro de piedra que rodeaba el cuerpo principal de la encomienda, y no tardó en comprender el motivo de tanto revuelo.

—¡El hermano Joseph! —exclamó con una sonrisa en su rostro.

Las *casas* de la Orden salpicaban el suelo francés; se trataba de granjas aisladas, pero dependientes de una encomienda próxima. Solían servir como lugares de descanso o recuperación para enfermos pero, sobre todo, como núcleos de explotación ganadera o, como era el caso de la que ocupaba el recién llegado, apícola.

El hermano Joseph era, en efecto, apicultor. Pero creer que era únicamente apicultor sería un grave error, y eso solo lo sabía el comendador André y uno de sus caballeros de su más estricta confianza, el hermano Hugo.

Lo que sí sabía toda la encomienda de Sours era que la llegada de aquel freire siempre rompía la rutina de la vida comunal. Joseph tenía fama de excéntrico, y se le atribuían conocimientos maravillosos, hasta el extremo de que, decían, hablaba con las abejas. Pero, además, se rumoreaba que conocía los secretos alquímicos; que compartía su tiempo entre el oratorio y el laboratorio, y que en varias ocasiones se habían producido en la casa que ocupaba explosiones que las malas lenguas atribuían a las misteriosas prácticas de aquel freire alto y de aspecto desgarbado. Joseph había combatido en Tierra Santa, donde fraguó estrechas y fructíferas relaciones con sabios infieles, quienes le iniciaron en los secretos de la alquimia y en otras ciencias de las que nadie sabía nada en concreto y de las que, precisamente por ello, todo el mundo creía saberlo todo.

¿Cuántos años tenía el hermano Joseph? ¿Treinta? ¿Cuarenta? ¿Cincuenta? ¿Mil?

Con certeza, nadie lo sabía. En realidad, nadie sabía con certeza nada de él. Se diría que era un enigma viviente, y eso era algo que atraía al pequeño William como si se tratara de un imán.

Cuando el freire visitaba la encomienda traía miel, y William se interrogaba sobre cómo sería la relación de aquel monje con las abejas, unos animales que a él mismo le fascinaban. Además, le seducían los experimentos que se atribuían a aquel templario tan singular. ¿Qué elementos minerales usaban en sus trabajos? ¿Qué secretos de la naturaleza conocía?

Por todo ello, William envidiaba a Benoit, un muchacho corpulento que ayudaba en las labores cotidianas al monje en aquella casa situada en plena campiña y cerca de la ribera del río Eure que ambos ocupaban. Benoit acostumbraba a viajar junto al caballero, por lo que William se extrañó al no verlo.

—¡Hermano Joseph! —El comendador se abrió paso entre los sargentos y mozos para abrazar efusivamente al recién llegado. André miró al visitante de arriba abajo, y pareció satisfecho del resultado de su inspección—. Estáis igual que siempre. No pasan los años por vos.

—Será la miel —respondió Joseph, socarrón.

—O la piedra filosofal —susurró a su oído el comendador—. ¿Ya la habéis encontrado?

Nadie escuchó el jocoso comentario de André; pero William leyó los labios del comendador, como tenía por costumbre cuando una charla le interesaba y quedaba fuera de su jurisdicción.

«La piedra filosofal, ¿a qué se refería el comendador?», pensó el niño.

—Hay cosas más difíciles que no morir —respondió Joseph—; por ejemplo, saber para qué vivir.

William siguió con la mirada a los dos monjes hasta que ambos entraron en el edificio donde dormían los freires. Y, por primera vez, deseó ser uno de ellos; jurar los votos, ser admitido en la Orden para estar cerca del hermano Joseph y escuchar cuanto pudiera decir sobre las abejas y sobre aquellos extraños experimentos que realizaba.

—La piedra filosofal —murmuró el muchacho.

—El rey Pedro de Aragón y los occitanos pretenden acabar con Montfort —anunció el comendador cuando él y Joseph estuvieron a solas—. Al parecer, ha acampado frente a Muret. Nuestros hermanos aseguran que es un ejército gigantesco; imposible de derrotar incluso para Montfort. Le triplican en número.

Joseph cerró los ojos, como si de ese modo pudiera interiorizar mejor la noticia o visualizar el mar de tiendas de campaña que el rey aragonés había ordenado levantar frente a Muret. De pronto, su rostro pareció más arrugado que cuando llegó a la encomienda minutos antes; su barba, rasposa, menos negra y con más canas, y sus hombros cayeron, como si se hubieran agotado tras sostener un enorme peso durante mucho tiempo; tal vez, casi toda su vida. Tras unos instantes, el monje apicultor rompió el silencio.

—¿Y el secreto cátaro? —preguntó.

—Suponemos que a salvo —respondió el comendador—. Al menos eso creen nuestros hermanos de las encomiendas de Junac y de Bézu. Han dado asilo en varias ocasiones a algunos de los *perfectos* que lo custodian, pero ya sabéis que son herméticos a la hora de hablar de sus cosas.

—Esperemos que sea así y que no caiga en manos de Montfort —dijo Joseph al tiempo que exhalaba el aire de sus pulmones con fuerza—. No quisiera imaginar lo que sucedería. —Alzó la mirada y buscó los ojos del comendador—. Sabéis perfectamente que, si eso ocurre, los siguientes podemos ser nosotros.

El comendador asintió.

—Recemos porque caiga Montfort —dijo.

—Me temo, hermano, que rezar está muy bien para otras cosas, pero ahora lo que necesitan los occitanos es un brazo fuerte que los dirija, y dudo del aragonés, que solo defiende sus intereses, y aún más del conde Raimundo, que muda de opinión según sople el viento —replicó Joseph.

—Pedro de Aragón venció a los infieles en las Navas de Tolosa —recordó el comendador, esperanzado.

—Vos los habéis dicho: venció a los infieles. No a Montfort ni a su caballería —objetó el apicultor.

Joseph miró por el pequeño ventano a través del cual la luz dorada del atardecer se adentraba en la celda del comendador y contempló la llanura que les separaba de la catedral de Chartres.

—¿Y el nuestro? ¿Estará a salvo nuestro secreto cuando todo esto acabe? —se preguntó, reflexivo.

—Lo estará —respondió André—. Como vos sugeristeis, se dejará a la vista de todo el mundo; el mejor escondite posible.

—Desearía ir a la catedral.

—Si vos queréis, así será —concedió el comendador—. Iremos desde nuestra capilla.

—Nada me complacería más —confesó Joseph, al tiempo que se volvía hacia el comendador—: Solo hermanos de Ormus, supongo.

—Hermanos de Ormus —confirmó André—. Aquí, seguimos siendo solo Hugo y yo, además de vos.

—¿Después de Completas? —tanteó Joseph.

—Demoraros al terminar los rezos —sugirió el comendador—. Cuando todos se hayan ido. Pero ahora, descansad antes de Vísperas.

Esas fueron las últimas palabras que ambos pronunciaron en aquella celda, y también fueron las últimas que escuchó William, apostado en el exterior, bajo la pequeña ventana. El niño sabía que había pecado al escuchar de un modo tan indiscreto como descarado, pero ¿acaso no era lícito violar las normas para saciar el deseo de saber?

Aquella fue la primera de las tres decisiones que William tomó aquel atardecer y que cambiaron el destino de su vida. La segunda le llevo a correr hasta la capilla antes de que los hermanos se reunieran para el rezo de Vísperas e inspeccionar el pequeño recinto sagrado, como si no hubiera puesto los pies en él jamás.

¿Cómo era posible ir hasta la catedral desde allí?, se preguntaba mientras recorría con la mirada el suelo y las paredes. Debía existir un pasadizo que unía la encomienda con la catedral, concluyó. Sin duda, se trataría de una obra de ingeniería audaz, puesto que debía tener una longitud de alrededor de dos leguas.

William acarició los muros de piedra, pisó con fuerza las losas aguardando escuchar algún sonido que alertara del acceso a ese corredor misterioso…, pero su investigación resultó infructuosa. De modo que fue entonces cuando tomó la tercera decisión trascendente aquella tarde. Abandonó con precaución la capilla, comprobó que ningún freire ni ningún servidor de la Orden repararan en él, y atravesó el patio de la encomienda. En el otro extremo se encontraban la bodega y los almacenes donde se guardaban las legumbres y verduras que la propia encomienda producía; los gallineros, la despensa con cubas de salazón... Más cerca, estaban el horno y la cocina, y a su derecha se podía ver la enfermería, donde el maestro Yehudá ejercía su autoridad. William pasó por delante de los dominios de Yehudá con sigilo, procurando que el judío no advirtiese su presencia, y se dirigió hacia la serrería.

La vida de los monjes se regía por las horas canónicas, puesto que nada era más importante que servir a Dios. El tañido de la campana y el aviso del sacristán por la noche marcaban el ritmo cotidiano: Maitines antes de amanecer, Prima, Tercia, Sexta, Nona, Vísperas y Completas.

Cuando la noche se adueñó de la campiña y la oscuridad devoró a la encomienda, la campana llamó a los freires a Completas, y la veintena de templarios de Sours salió del recinto donde dormían. Convenientemente calzados, se dirigieron hacia la capilla. Algunos, iban en camisa; otros, se cubrían también con la túnica, pero todos llevaban calzones, cinturón y el inmaculado manto blanco abrochado, como establecía la regla.

Los setenta y dos capítulos de la regla a la que se habían sometido por voluntad propia exigían la renuncia a las voluptuosidades del mundo y priorizaban la exaltación de Dios, de modo que la asistencia a los oficios religiosos era obligatoria. Únicamente la excepcionalidad se contemplaba para los hermanos enfermos o que pudieran encontrarse en combate *outremer*, en Oriente, pero también a ellos se les especificaba el número de rezos con los que debían compensar su ausencia en el oficio. Aquellas normas de vida dictaban cuándo estar sentado y cuándo de pie durante las oraciones, de suerte que nada quedaba al azar o a la libre discreción del caballero.

Solamente los monjes tenían la obligación de asistir a aquellos rezos, de manera que William permanecía en su catre de paja simulando dormir, mientras, a su lado, Jofroy roncaba despreocupadamente.

Concluidas las Completas, la regla dictaba que los freires debían dirigirse en silencio a sus aposentos. Les estaba prohibido hablar entre ellos, salvo urgente necesidad. En ese caso, las palabras debían pronunciarse en voz baja y secreta, pues estaba escrito: *In multiloquio non effugies peccatum*; es decir, que «hablar en exceso nunca está exento de pecado». Y *Mors et vita in manibus lingue*, o lo que es lo mismo: «la muerte y la vida están en poder de la lengua». Sin embargo, lo que pretendía decir el comendador nada tenía que ver con una charla ociosa o superflua, de modo que no caía en pecado alguno si hablaba.

—Aguardad —ordenó en un susurro a Joseph y a otro monje de enormes brazos y rostro rubicundo.

Los dos interpelados fingieron un último rezo mientras se arrodillaban nuevamente. Un *pater noster* más tarde, solo ellos tres permanecían en la capilla.

—Rápido, sin demora —exigió el comendador mientras se dirigía hacia el muro situado al este del altar.

Una vez allí, André pisó con fuerza una losa y el suelo se abrió ofreciendo la vista de unos escalones excavados en la piedra.

—Traed unas velas —ordenó a Hugo.

La capilla permanecía en una penumbra apenas rasgada por la humilde luz de unos cirios que no permitía ver con claridad ni el suelo ni los muros del templo, pero Hugo y el comendador conocían el recinto de memoria, y unos segundos después los tres hombres descendieron por la escalinata. Antes de llegar al último peldaño, el comendador accionó una palanca de madera y un ingenioso mecanismo selló el acceso al pasadizo colocando la losa en el lugar de costumbre.

II

MURET
12 DE SEPTIEMBRE DE 1213

Pedro de Aragón señaló el pergamino extendido sobre la mesa de campaña.

—Han dejado abierta esta puerta para provocarnos —aseguró en tono despectivo—, pero no vamos a caer en esa trampa. Tenemos que sacarlo de ahí, a campo abierto.

Un murmullo de asentimiento brotó de las gargantas de la mayoría de los nobles y señores feudales reunidos al alba en la tienda del monarca, aunque alguno se removió, incómodo.

—Es la Puerta de Tolosa —intervino el conde Raimundo Roger de Foix con gesto adusto. Su lenguaje corporal evidenciaba la seguridad que concede la costumbre de la batalla—. Está muy bien defendida —se acercó al pergamino y señaló con el dedo índice el plano toscamente dibujado sobre él—. Hay una barbacana que protege el puente sobre el río Louge, y si logramos pasar cuentan con las defensas de las torres de Saint Germier y Rastelièr. —Se volvió hacia el rey y esbozó una sonrisa cómplice—. Tenéis razón, hay que sacarlo de allí.

—En el lado suroeste está la Puerta de Salas —recordó Bernardo, conde de Cominges y señor de aquellas tierras ahora ocupadas por las tropas francesas—. También está muy bien defendida con dos torres y por este muro paralelo a la muralla. —Apuntó con su daga a una pequeña fortificación dibujada en el plano—. Además, habría que salvar ese foso seco, y no será fácil sin bajar el puente levadizo. —Alzó la mirada y buscó los ojos del rey, que asintió—. Por último, está la puerta sobre el Garona, pero también dispone de barbacana defensiva y un puente levadizo. —Se giró y estudió a los presentes antes de concluir—: Coincido con su majestad: debemos sacarlo a campo abierto.

Raimundo VI, el conde de Tolosa, torció el gesto, pero se contuvo. Sabía que los demás dirían de él que era un cobarde y que estaba demasiado viejo para medir su espada con la de Simón de Montfort. Todos conocían su preferencia por la poesía, por la vida sibarita y las mujeres, aunque, irónicamente, en gran medida aquella sangrienta guerra tenía que ver directamente con él, puesto que se le había culpado del asesinato del legado pontificio, Pierre de Castelnau, a pesar de que no lo ordenó. Sin embargo, la carencia de pruebas que lo vincularan directamente con aquel crimen no le eximió de ser excomulgado y de verse después en la humillante situación de implorar el perdón papal.

Todos recordaban la penosa escena que el veterano conde había protagonizado cuatro años antes, cuando entró en la iglesia de San Gèli mendigando el perdón en una ceremonia que reunió a tres arzobispos, diecinueve obispos y una multitud de clérigos, vasallos y altos dignatarios.

Raimundo, para bochorno de los suyos, debió comparecer desnudo hasta la cintura, con una soga al cuello y ataviado como un penitente. A continuación, todos le oyeron jurar sobre reliquias de Cristo; todos escucharon su arrepentimiento y su juramento de fidelidad al papa, y todos asistieron a los azotes que Milón, notario de Letrán, le propinó en la espalda antes de aceptar que jamás volvería a proteger a los herejes cátaros.

Sin embargo, cuatro años después, el conde de Tolosa, primo hermano del rey de Francia y cuñado de los reyes de Inglaterra y Aragón, sumaba sus fuerzas a las de su pariente aragonés para derrotar a los cruzados del papa. Demasiados cambios de opinión; demasiada ambigüedad por su parte en el asunto cátaro como para que los demás nobles occitanos no dudaran de él.

—¡Señores, no he venido aquí a esconderme en este campamento! —tronó Pedro de Aragón. Su imponente altura y su rostro curtido por la guerra provocaron un escalofrío a muchos de los presentes—. Si derroté en las Navas de Tolosa a un enjambre de infieles el año pasado, más sencillo será acabar con Montfort y con ese puñado de jinetes suyos. Somos más, somos más valientes y Dios está de nuestra parte.

La última afirmación hizo que algunos señores cátaros se incomodaran. ¿A qué Dios se refería el rey? ¿Al suyo, que era el mismo que el del papa, puesto que el monarca no había sido excomulgado como sí les había ocurrido a ellos, o al que predicaban los *hombres buenos*, a quienes ellos defendían?

En realidad, todos los presentes en aquel consejo de guerra sabían que aquella era una alianza cosida con intereses bien diversos. Aragón estaba allí, junto a los condes que habían decidido rendirle vasallaje, con el único propósito de hacerse con un territorio que anhelaba desde hacía mucho tiempo, pero al rey le traía sin cuidado la llamada herejía cátara. Al contrario que muchos de aquellos señores, él no protegía a su familia, porque eran muchos los nobles que habían abrazado el catarismo y lo defendían con pasión, como sucedía con la hermana del conde Foix, la dama Esclaramunda. Pedro de Aragón incluso había negociado una posible paz con el papa, y hasta había concertado la boda de su hijo Jaime con una hija de Simón de Montfort. Solo cuando su mediación fracasó, optó por las armas.

—No estoy de acuerdo con lo que planteáis, mi señor —intervino al fin Raimundo de Tolosa. Su voz era demasiado aguda, lo que resultaba desagradable. Todas las miradas se volvieron hacia él. Los hombres que lo flanqueaban, su senescal Hugo de Alfaro y Pedro Arcés, se pusieron en guardia—. Muret no podrá resistir un asedio por mucho tiempo, y propongo tener paciencia. Fortifiquemos nuestro campamento, y ningún jinete de Montfort podrá entrar en él. Los ballesteros y peones impedirán un ataque, y la plaza caerá por hambre y desesperación.

—¿Acaso pretendéis quebrar el honor de mi rey con un acto de cobardía? —atajó Miguel de Luesia, mayordomo de Pedro de Aragón.

—¿Quién sois vos para responderme? —replicó el de Tolosa sin siquiera mirar al aragonés. Sus ojos estaban clavados en los del rey.

El conde escuchó murmullos a sus espaldas, e imaginó que lo calificarían de cobarde. Ampararse en un campamento fortificado atentaba contra los códigos más elementales de la caballería, puesto que otorgaba todo el protagonismo a ballesteros y peones. Pero él no estaba allí para ganar honor, sino para ganar una batalla. En cambio, Pedro de Aragón no podía permitirse vencer sin honor.

—Cobardía es lo que destilan vuestras palabras, conde —dijo el rey. Dio un paso al frente y se encaró con el de Tolosa—. Si estáis viejo para esta empresa o si vuestro sitio es el calor del fuego rodeado de trovadores, ahí tenéis la salida.

—Si vuestro alférez real, García Romeu, estuviera aquí, no os secundaría —se atrevió a opinar Raimundo, a quien la gigantesca figura del monarca no parecía impresionar tanto como al resto. Al fin y al cabo, eran cuñados—. Aguardad al menos a que llegue vuestro primo, Nuño Sánchez, con el resto de vuestro ejército.

—Me sobran hombres valientes —respondió el rey airado—, y me sobran cobardes como vos. Casi triplicamos en número a los de Montfort y aún le teméis —se burló.

Rojo de ira, el conde de Tolosa abandonó la tienda del aragonés acompañado de sus hombres de confianza sin hacer reverencia ni saludo al monarca. A su espalda, escuchó murmullos de desaprobación y risas procedentes del séquito de los otros señores occitanos. Nadie pareció reparar en el gesto cansado del monarca, que minutos después sería incapaz de escuchar en pie la misa previa al combate. Por su mente pasó, fugaz como una estrella, el recuerdo de la joven embarazada con la que había pasado la noche en aquella misma tienda de campaña.

Ysabela no recordaba cómo había llegado a la orilla del río Saudrune, unos cientos de metros al sureste del campamento del soberano de Aragón y del conde de Tolosa. Tras ser arrojada por Pedro II a la fría mañana, desnuda y humillada, sus ojos miraban sin ver y caminó dando tumbos sin otro objeto que huir del agrio aliento del rey.

La muchacha no advirtió que estaba en el río hasta que sintió la fría corriente mojando sus pies. Contempló entonces su imagen en el espejo de las aguas y descubrió sus cabellos rubios, grasientos y apelmazados; su rostro, embarrado, y sus ojos enrojecidos por el llanto. La sensación de suciedad era tan intensa, que se esforzó en frotarse para arrancar de su piel el olor del aragonés. Después, se dejó caer, exhausta, sobre la hierba. Pero apenas había logrado cerrar los ojos ante el tibio sol de la mañana, escuchó los primeros alaridos.

Aterrada, se ocultó entre unos juncos y desde allí asistió al ataque a la ciudad de Muret protagonizado por un grupo de jinetes occitanos, acompañados de fuerzas auxiliares de infantería que arrastraban varias pedreras o *pereiras*, como se decía en aquella tierra. Los atacantes centraban sus esfuerzos en la Puerta de Tolosa. Las máquinas de asedio comenzaron a escupir piedras de más de diez kilos de peso cincuenta metros antes de llegar a las murallas gracias al esfuerzo de alrededor de diez hombres por cada una de ellas. Pero a Ysabela le extrañó no ver entre los soldados los estandartes del rey de Aragón y de los condes occitanos.

La joven no tardó en comprender lo mismo que descubrieron los asaltantes: Montfort había dejado abierta aquella puerta no como una invitación al diálogo, sino como una trampa mortal por si los defensores de los cátaros osaban entrar en la ciudad, como hicieron algunos jinetes. Los gritos que se escucharon de inmediato describieron mejor que cualquier crónica la suerte que habían corrido por su atrevimiento.

En tan solo unos minutos, toda la crudeza de la guerra se representó ante los ojos de Ysabela. Los defensores repelieron el ataque occitano, y la Puerta de Tolosa se tiñó de rojo. A los pies de la ciudad se tejió una siniestra alfombra de vísceras, miembros mutilados, carne con fragmentos de cotas de malla adheridos, cascos mellados y sangre, mucha sangre. Y, sin poder evitarlo, se vio a sí misma meses antes abrazando el cuerpo sin vida de su joven marido, el mismo caballero que la había salvado del asedio a Lavaur; el mismo que había sembrado su semilla en su vientre.

A Pierre lo mató una daga en una escaramuza entre occitanos y cruzados no lejos de Carcasona. Cuando le entregaron su cuerpo lo abrazó con desesperación, como si creyera posible reanimarlo si lo estrechaba más y más fuerte contra su vientre, ya prominente entonces. Pero Pierre no despertó de aquel sueño, y ella, en cierto modo, tampoco.

Los gritos triunfales de los defensores y los aullidos de dolor de los atacantes heridos la devolvieron con brusquedad al presente.

¿Dónde estaban el rey y los condes?, se preguntó la joven.

Al volver la vista hacia el campamento escuchó las trompetas reales, y advirtió que el aragonés había formado a los suyos muy lejos de aquel sangriento cuadro pintado en rojo a los pies de Muret.

¿Acaso aquel ataque no era sino una provocación para que Montfort saliera a campo abierto? ¿O quizá aquel grupo de occitanos había atacado la ciudad sin consentimiento real?

En ese momento, un intenso dolor en el vientre sacó a Ysabela de sus cavilaciones.

¿Debía rendirse o luchar?

Simón de Montfort había decidido morir antes que entregar su espada a los cátaros. No importaba la abrumadora superioridad numérica del enemigo si Dios estaba de su parte, pero precisamente su devoción le obligaba a contar con el permiso del obispo Fulco de Tolosa, delegado de la Santa Sede Apostólica. Él, a pesar de ser el brazo armado de Dios en aquellas tierras, no podía tomar la decisión de atacar al hereje; solo los legados del papa estaban autorizados a ordenar la batalla, y más cuando se disponían a enfrentarse a un rey cristiano, como el de Aragón, héroe de las Navas de Tolosa. Todos los obispos tenían presente que el papa aún no había excomulgado a Pedro II, al contrario de lo que había sucedido con los condes de Tolosa, Foix y Cominges.

Cuando descendió del castillo, Simón había tomado una decisión y pergeñado una estrategia inesperada para el combate. Pero faltaba conseguir la bendición del obispo.

El conde era consciente de que aquella podía ser su última batalla, y por eso dos días antes había dictado su testamento a su capellán, el maestro Clarin, a quien ordenó que dejara el documento en depósito en la abadía de Boulbonne para que, desde allí, fuera remitido a Roma con el fin de que el papa lo conformase, en caso de que falleciera en combate.

Apenas había puesto un pie fuera de la fortaleza con el propósito de dirigirse a la ciudad, Simón escuchó el griterío.

—¡Nos atacan! —exclamó un soldado señalando la Puerta de Tolosa.

Minutos después, como uno más, el *conde de Cristo* se sumó a la defensa de aquella puerta que, intencionadamente, había ordenado dejar abierta. Y allí, entre la sangre y la muerte; entre los gritos de rabia y llantos de los menos valientes, Simón de Montfort se sintió plenamente feliz. Aquel era su lugar en la tierra.

Pero ¿y el rey? ¿Dónde estaba el rey de Aragón?, se preguntó.

Tras repeler las primeras oleadas de occitanos, Simón comprendió que aquel ataque había sido improvisado o respondía a una estrategia que no incluía la presencia de los condes cátaros ni del monarca Pedro, y en sus ojos verdes prendió una chispa de astucia.

«Pretenden sacarnos a campo abierto», pensó. Y mientras contemplaba los cadáveres que se amontaban frente a la Puerta de Tolosa, una idea cruzó veloz por su mente: «Les ofreceré lo que buscan, y se arrepentirán de haberlo buscado».

A continuación, giró sobre sus talones y fue en busca del obispo Fulco, a quien encontró reunido en el priorato de Sant Germier junto a otros prelados y sacerdotes. El obispo cuchicheaba algo al oído de uno de sus ayudantes, como si desconfiara del resto de los clérigos presentes. Y al ver a Simón, guardó silencio.

—Veis como no ganáis nada con vuestras negociaciones —espetó el de Montfort al obispo sin ceremonia ni respeto alguno. Su mirada de halcón advirtió cierta turbación en el legado, y se preguntó qué secretos le hurtaba aquella víbora. Hacía tiempo que sospechaba que Fulco le ocultaba algo; que tejía a sus espaldas alguna trama de la que no alcanzaba a alumbrar nada en absoluto. Pero en aquel momento la urgencia era otra; la urgencia era conseguir su permiso para combatir—. Lo único que habéis conseguido es que el tumulto aumente y que todos nos hayamos puesto en peligro. Esta vez, hemos resistido, pero dudo que podamos hacerlo si hay un nuevo ataque. ¡Dadme permiso para combatir! —imploró mientras su enorme pecho se movía como un fuelle cargado de ira. En sus ojos, sus hombres leían determinación, mientras que algunos sacerdotes advirtieron gotas de delirio.

El obispo reflexionó durante unos instantes. Sus consejeros rumiaban ideas en silencio, sin atreverse a hablar, y de la garganta de Montfort salió un gruñido de impaciencia. Al fin, Fulco de Tolosa tomó una decisión.

—La casa donde residen los obispos, este priorato donde ahora nos encontramos, ha sido atacada con dardos escupidos por ballestas y lanzas empuñadas por herejes —dijo en un tono teatral y estudiado—. Ante esta vil agresión, ¿qué otra cosa podemos hacer que usar las armas de Dios?

Simón emitió un grito animal que fue secundado por su hermano menor, Guy de Montfort, y por su mariscal, Guy de Lévis, que lo habían acompañado ante el obispo.

Minutos después, la noticia se extendió entre todos sus hombres, que se apresuraron a prepararse para el combate. Sin embargo, el temor a la inminencia de la muerte llevó al paroxismo la devoción en aquellas horas previas a la que podría ser su última aventura bélica. Tanto Simón como sus hombres buscaron la bendición del obispo de Uzès, que celebró misa con la certeza de que Dios estaría de su parte, y Montfort repitió ante el altar la ofrenda de armas que había realizado un par de días antes en la abadía de Boulbonne. Pero sucedió que al arrodillarse ante el altar se rompió el cinturón dorado del que colgaban sus brafoneras; un hecho que tal vez otro hombre menos devoto hubiera interpretado como un mal augurio. Sin embargo, Simón se limitó a pedir un nuevo cinturón, y salió de la capilla con parsimonia. En el exterior lo aguardaban sus escuderos sujetando las bridas de su formidable caballo blanco, cuyo color había elegido para que la sangre de sus enemigos fuera visible sobre la piel del corcel.

Todos los defensores de Muret podían ver la imponente figura de Simón y su estandarte rojo, con un enorme león rampante plateado. Vieron al campeón de Dios calarse el casco con su cimera sobre la que se balanceaban al viento unas plumas rojas, y se sintieron a salvo. Sin embargo, para sorpresa de todos, el caballo levantó la cabeza y golpeó a su amo cuando el conde se acercó para montarlo. Montfort se vio obligado a retroceder, pero recompuso su ánimo y su figura, y montó sobre el animal.

—Es un presagio de mala suerte —murmuraron algunos vecinos de Muret a su paso.

El *conde de Cristo* ignoró aquellas voces y se dirigió hacia la plaza del Mercadar, donde lo aguardaban sus hombres de confianza, caballeros veteranos y acostumbrados a luchar juntos desde hacía muchos años. La mayoría eran anglonormandos, y muchos de ellos eran parientes. No solo estaban su hermano, sino también su sobrino, Buchard de Marly; su primo, Dreux de Compans; su cuñado, Évrard de Villepreux, y otros familiares, además de su amigo Alain de Roucy, viejo cruzado y ahora señor de Termes, Bram y Montreal.

Simón contempló a sus soldados, complacido. Si los hubiera contado, el número de jinetes no llegaba al millar. Los jinetes enemigos sumaban tres veces más, pero junto a ellos cabalgaba Dios, según creía Montfort.

Simón arengó a los suyos apelando a su honor y a la fortaleza de sus creencias:

—¡Es el momento de recordar a vuestros padres, a vuestra patria y a vuestro Dios! —gritó a lomos de su caballo, que caracoleaba con una gracia siniestra—. ¡Para que ni vuestros padres ni vuestra patria ni vuestro Dios puedan avergonzarse de vosotros ni afligirse porque no los defendisteis hasta la muerte! ¡Dios guiará vuestra mano en la batalla!

Un grito animal estalló en las gargantas de aquellos hombres antes de que sus yelmos se cerraran herméticamente y su mundo se redujera al que llegaba a sus ojos por las minúsculas ranuras que apenas permitían respirar. Y con la espalda encorvada por el peso de las armas, se les vio abandonar Muret por la Puerta de Salas.

El obispo Fulco contempló la salida de los cruzados desde una de las torres de Muret con gesto preocupado. La muerte de aquellos hombres, los de uno y otro bando, le traía sin cuidado. Lo importante para él y para los suyos no era la victoria de Montfort ni tampoco su más que probable derrota en aquella desigual batalla; lo importante era el secreto cátaro.

—¿Qué sabemos en realidad de esos herejes? —se preguntó a sí mismo masticando las palabras. Ninguno de los clérigos que le acompañaban pudo escucharle, y ninguno de ellos podría haber respondido con garantías si hubiera escuchado al taimado obispo.

A Fulco no le importaban los orígenes de aquel credo, de raíces maniqueas y gnósticas; ni tampoco que dividieran el mundo y todo lo creado entre el Bien y el Mal o que creyeran en la reencarnación y rechazaran los sacramentos de la Iglesia. ¿A quién interesaba si el mundo era obra de Dios o de Satán? Lo importante era controlar el mundo; este mundo. El del más allá —si es que lo había— podía esperar. Y para controlar el mundo, Fulco y los suyos necesitaban el secreto cátaro.

—En realidad, conocemos de ellos sus errores —masculló, mientras los hombres de Montfort se alejaban de la Puerta de Salas—; y sus errores lo son porque así lo hemos decidido nosotros, ¿pero y si están en lo cierto?

—¿Decíais algo, monseñor? —preguntó a sus espaldas uno de los clérigos de su confianza. Se trataba de un hombre achaparrado, tonsurado y barrigudo.

El obispo se volvió hacia él y miró por encima de su hombro, cerciorándose de que nadie más les escuchaba.

—Si hoy muere Montfort, debemos tener previsto un plan de fuga de Muret —anunció con frialdad—. Lo importante es el tesoro cátaro.

El clérigo asintió.

—No nos diferenciamos tanto de ellos —aseguró Fulco—. Nosotros también condenamos la carne y tenemos prejuicios con el matrimonio, salvo que sirva para la procreación; y qué importa que no acepten la Trinidad o la Encarnación, tal y como nosotros hacemos. —Sonrió despectivamente—. En el fondo, esas cosas solo les interesan a los teólogos, no a los fieles. Lo que realmente no podemos tolerar es que no crean en nosotros, en la Iglesia.

El siervo de Fulco guardó silencio, atemorizado por la expresión que advirtió en los ojos del obispo.

—¿Qué es lo que ocultan? ¿Qué secreto guardan que puede acabar con la Iglesia?

Ni la tortura ni tampoco la hoguera habían resultado suficientemente persuasivas para arrancar de los labios herejes la naturaleza exacta de su secreto y dónde lo custodiaban.

—Lo único que sabemos es que únicamente un puñado de esos a quienes llaman *perfectos* conocen la naturaleza de ese tesoro —clavó sus ojos, febriles, en el clérigo—. Debemos encontrarlos y acabar con ellos, porque está en juego algo más que su vida o la nuestra; está en juego la supervivencia de la Iglesia.

¿Qué razones tuvo Pedro II de Aragón para vestir aquella mañana la armadura de uno de sus caballeros en lugar de la suya? ¿Qué pensamientos cruzaron por su mente mientras acomodaba sobre su cabeza aquel yelmo cónico con lambrequines ocultos y que se ornaba con señales heráldicas que no eran las reales?

Altanero, soberbio, temerario, el monarca estaba plenamente convencido de su victoria cuando subió a su montura y aferró la lanza con pendón triangular. A través de la rendija de su yelmo contempló la llanura verde que lo separaba de Muret, y ajustó el escudo alargado bajo el cual se distinguía la vaina de la espada. Sus muslos hicieron una leve presión sobre la gualdrapa que cubría al corcel, y miró a sus hombres con gesto grave, pero sereno.

Tras haber ordenado la interrupción del ataque a la Puerta de Tolosa, había anunciado a occitanos, catalanes y aragoneses que se prepararan para el combate. Montfort saldría de la ciudad, sin duda, les dijo.

El inmenso ejército de caballería se había estructurado, como era costumbre, en base a lo que los franceses llamaban *conroi,* la unidad táctica de combate integrada por un grupo de jinetes cuyo número oscilaba entre los diez y los cuarenta alrededor de su jefe o caudillo, que portaba una enseña característica. Solía tratarse de parientes o amigos íntimos, acostumbrados a combatir juntos durante muchos años.

Varios *conrois* formaban un haz de caballería, que se ordenaba como un rectángulo con tres partes diferenciadas: vanguardia, medianera y zaga. En esta última se situaba siempre el jefe del ejército, y no solo porque era el lugar más seguro, sino porque desde esa posición se tenía una mejor perspectiva para dirigir la estrategia. A ambos lados de esta formación se disponían las alas o costaneras, integradas por un número variable de jinetes. Pero, para sorpresa de sus propios hombres, el rey de Aragón decidió ocupar la medianera de la formación, en lugar de la retaguardia.

—¿Qué demonios está haciendo? —gruñó Raimundo Roger, el conde de Foix, al ver al rey ataviado con una armadura que no era la suya y ocupando un lugar que, en principio, debía corresponder al conde de Tolosa o al de Cominges. El de Foix, hombre tan valiente como carente de escrúpulos y temible guerrero a quien la Iglesia llamaba *enemigo de Cristo* y calificaba de *siniestra criatura*, lideraba el haz de vanguardia.

—No confía en el conde de Tolosa, pero habrá supuesto que si cedía la medianera a otro senescal o barón de menos rango, los tolosanos se enojarían —opinó su hijo Roger Bernardo, el primero de los cuatrocientos jinetes que seguían al de Foix.

El viento hizo temblar el estandarte condal de los tres palos de gules sobre campo de oro, y Raimundo Roger tuvo un mal presentimiento. Por su mente cruzó el recuerdo de su familia, de su hermana Esclaramunda y de todos los cátaros cuyas vidas dependían del éxito de aquella empresa.

—¿Y dónde está ese diablo de Montfort? —se preguntó el temible señor de Foix, olvidándose por un instante del rey aragonés y de la lentitud con que su ejército estaba maniobrando.

Ajeno a sus pensamientos, los peones occitanos, catalanes y aragoneses corrían de un lado a otro para disponerse a vencer o morir. Algunos llevaban cotas de malla, aunque más cortas que las que vestían los caballeros; eran lorigones, de media manga y sin almófar. Unos portaban lanzas o jabalinas; otros, anchas espadas de un solo filo o incluso hachas y martillos de guerra. Ellos serían los encargados de proteger a los caballeros durante la marcha y entre cada una de las cargas que se produjeran. En sus rostros se dibujaba la angustia y el miedo. Algunos vomitaban; otros, sentían que sus intestinos se descomponían. El olor del sudor, de los excrementos de hombres y bestias impregnaba el aire. Las gargantas se secaban por el polvo que levantaban los cascos de los caballos, y la tensión se hacía insoportable.

Mientras los occitanos y aragoneses murmuraban a propósito del excéntrico comportamiento del rey Pedro, Simón de Montfort advirtió que podía marcar los tiempos de aquella batalla en el mismo momento en que repelió el ataque sobre la Puerta de Tolosa. Sus jinetes salieron por la Puerta de Salas formando tres columnas, cada una de ellas integrada por alrededor de trescientos cincuenta jinetes dispuestos de dos en dos en fondo, y se dirigieron sin demora hacia al oeste. Pero minutos después, giraron hacia la derecha y cruzaron el río Louge con tanto sigilo como disciplina. Todos sabían perfectamente el lugar que les correspondería una vez alcanzaran la otra orilla del río. La vanguardia la encabezarían los jinetes dirigidos por Guillaume des Barres; la medianera era responsabilidad de Bouchard de Marly, mientras que Montfort ocuparía la zaga. La escasez de efectivos impedía que pudieran disponer de caballeros en las alas de la formación.

La impecable hilera la rompieron durante unos minutos dos caballeros que se colocaron a ambos lados de Simón. Eran Alain de Roucy y Florent de Ville.

—Será fácil de localizar —les dijo Montfort sin dejar de mirar al frente. Los cascos de sus caballos pisaban la hierba mientras muchos otros aún seguían dentro del río, puesto que cada columna tenía una longitud de casi quinientos metros—. Es aún más alto que yo, y sus armas lo delatarán.

—¿Preso o muerto? —preguntó de Roucy.

—Preso seguiría siendo un peligro —respondió el

conde—. No estamos en disposición de negociar nada, ni siquiera un rescate, sin la voluntad del papa. —Montfort respiró profundamente el aire que entraba por la rendija de su casco—. Muerto —ordenó tras unos segundos de reflexión. En ese momento, todos los hombres que integraban aquella santa trinidad de lanzas, espadas y caballos habían salido ya del río.

Durante unos segundos, sobre las praderas que se extendían entre el Saudrune y las murallas de Muret reinó un sobrecogedor silencio. Un silencio que se desgarró con el grito que salió de la garganta de Guillaume de Barres, encabezando la vanguardia de aquel ejército que habría de pasar a la historia.

Los jinetes de Montfort tomaron una decisión aparentemente suicida. Abrazaron los escudos ante sus corazones, bajaron las lanzas abrigadas por sus pendones, inclinaron las cabezas sobre los arzones, espolearon a sus monturas y cargaron directamente contra el campamento aragonés y occitano, donde les aguardaba un enemigo que triplicaba su número. Pero, de pronto, viraron como si el temor hubiera hecho mella en sus corazones, y se alejaron en dirección a los campos que se extendían a la orilla del Saudrune, donde Ysabela permanecía oculta y asistía como una cronista inesperada a una de las batallas más memorables de cuantas se recordarían.

Los occitanos creyeron que Montfort huía, y salieron tras él. Al ver la maniobra, el *conde de Cristo* sonrió de un modo siniestro. Con aquella decisión, Pedro de Aragón había dejado atrás a sus peones, y precisamente la infantería era la que le concedía una insultante superioridad numérica.

Había llegado el momento de vencer o morir.

La Santa Trinidad de Montfort, los tres haces de hombres y caballos, ejecutaron una coreografía fabulosa y cargaron de un modo tan violento contra la vanguardia occitana comandada por el conde de Foix, que la primera embestida derribó al ejército cátaro como si fuera polvo arrastrado por el viento.

Raimundo Roger cayó de su caballo y estuvo a punto de ser ensartado por una lanza francesa, de cuya mortal punta de hierro lo salvó en última instancia Rouergue Jordà de Valleta. Aturdido, y sin comprender lo que ocurría, el de Foix vio morir a cientos de sus hombres, mientras los alaridos de los heridos y los relinchos de sus monturas se mezclaban en una sinfonía de sangre y muerte.

El segundo cuerpo de la caballería occitana corrió idéntica suerte. A pesar de sumar alrededor de setecientos jinetes y tener frente a ellos a menos de la mitad, que eran los que comandaba Bouchard de Morly, fueron arrasados igualmente. El impacto entre ambas formaciones fue tan violento, el ruido de las armas al encontrarse fue tan terrible, que se diría que miles de hachas había talado de una sola vez un bosque entero.

Por su parte, Montfort cargó igualmente con sus jinetes, y pronto la hierba verde se tiñó de sangre que regaba una sombría cosecha de cuerpos mutilados, dedos sin manos, manos sin brazos, brazos sin cuerpos… Cientos de hombres, derribados de sus monturas, se levantaban con extrema dificultad por el peso de sus armaduras para luchar a brazo partido, frente a frente y de pie, con sus enemigos. Se escuchaban juramentos, alaridos, gritos de terror y siniestras risas, y en medio de aquella dantesca pintura, Alain de Roucy alzó la voz para llamar la atención de Florent de Ville.

—¡Allí! Ha de ser aquel —gritó mientras señalaba con su espada a un caballero alto que portaba las armas del rey de Aragón.

Ambos franceses, acompañados de varios de sus soldados, se abrieron paso entre la carnicería para alcanzar al hombre que, presumían, era Pedro II. Decididos, no tardaron en rodearlo y, entre todos, lo dieron muerte de un modo que tal vez no fue caballeresco, pero sí efectivo. Aquel era el plan de Montfort: descabezar al ejército matando al rey.

—¡Jaque al rey! —gritó de Ville.

Pero, para su sorpresa, bajo el yelmo del caballero muerto no encontró el rostro de Pedro de Aragón.

—Miserables, ¡el rey está aquí! —Un alarido salvaje brotó del yelmo de un soldado de enorme estatura que luchaba cuerpo a cuerpo contra varios franceses. Con un mandoble de su espada, cercenó la mano de uno de sus adversarios.

—¡A él! —gritó Roucy.

El rey, ebrio de sangre y creyéndose invencible, aguardó impasible el ataque de los cruzados.

Fue sin duda la peor decisión de su vida, y también la última.

Al ver que su rey caía muerto, su mesnada de confianza intentó vengarlo, pero la inmensa mayoría de ellos corrió la misma suerte que su señor. Ensartados, golpeados y descuartizados, quedaron sobre la hierba y el barro el mayordomo real Miguel de Luesia y algunos de los más notables caballeros, como Miguel de Rada, Aznar Pardo y su hijo Pedro Pardo, y Gómez de Luna.

La muerte del rey significó la victoria de Montfort, y el principio de la caza y posterior carnicería que Ysabela contempló a continuación. Los occitanos huían en todas direcciones, pero preferentemente hacia el noroeste, justamente hacia la posición donde la joven se hundía en el barro todo lo que su vientre le permitía para no ser vista. Algunos soldados buscaban alcanzar el Louge o el Garona, pero todos fueron muertos sin misericordia.

—No necesito prisioneros —bramó Montfort desde su caballo blanco cubierto de sangre. El león de plata rampante de su escudo parecía cobrar vida sobre el campo rojo—. ¡Muerte al hereje!

Durante un tiempo interminable, miles de hombres fueron perseguidos y exterminados frente a la orgullosa ciudad de Muret. La inteligencia militar de Simón de Montfort y su extrema audacia, fortalecida por su convicción de haber escuchado la voz de Dios, habían obrado un verdadero milagro. Era imposible vencer a aquel ejército, y precisamente por eso fue posible derrotarlo.

Tras la victoria, Simón de Montfort ordenó recuperar el cadáver del rey de Aragón. Sus hombres lo buscaron entre el mar de cadáveres, muchos de los cuales ya habían sido despojados de sus armas y armaduras como peaje que el vencedor cobraba por costumbre al muerto y derrotado. Una vez dieron con él, trajeron el cadáver del aragonés ante Montfort, que descendió de su caballo y le rindió honores y una breve oración. A continuación, subió al corcel blanco salpicado de sangre y no volvió a mirar al rey caído.

Un hedor insoportable se fue adueñando de aquella tierra. Era el olor de la muerte y la carne abierta impúdicamente al sol. Y entonces, Ysabela tomó una mala decisión. Supuso que nadie la veía, imaginó que nadie repararía en ella, y abandonó su escondite entre los juncos para adentrarse en el bosque de pinos, pero los ojos verdes de Montfort vieron su cabello rubio y su vestido rojo tiznado de barro.

La persecución fue breve, puesto que las piernas de la joven no podían competir con el enorme caballo de su perseguidor. Aterrada, miró hacia atrás y vio al conde desenvainar su espada. Sus ojos febriles la miraban a través de la ranura del yelmo, y el penacho rojo se agitaba al viento mientras el acero se acercaba a ella más y más rápido. Allí estaba, de nuevo el jinete de la Muerte que, años antes, había visto en Lavaur.

—¡Qué demonios! —exclamó Montfort al ver el vientre abultado de la hereje, y su brazo se detuvo segundos antes de cortar la cabeza de la fugitiva.

Ysabela cayó al suelo tras una carrera de menos de cincuenta metros. Y desde su indefensa posición, contempló la muerte a lomos de aquel animal. Sin embargo, para su sorpresa, Montfort envainó su espada y se giró, ignorándola. Entonces, ella se incorporó, creyéndose a salvo. Pero el caballo, inesperadamente, lanzó una coz que impactó en su vientre. Montfort escuchó el grito de la muchacha y se volvió hacia ella.

Ysabela estaba en el suelo y una mancha de sangre teñía sus muslos. Impasible, el *conde de Cristo* se alejó de aquella pecadora y de sus alaridos, puesto que el parto se había precipitado.

2

CHARTRES
12 DE SEPTIEMBRE DE 1213

Unas horas antes de que los campos de Muret se sembraran de cadáveres, una losa del suelo de la cripta de San-Lubin se movió como si tuviera vida propia dejando al descubierto un inesperado agujero del cual emergieron tres caballeros templarios portando antorchas. El comendador André, Joseph y Hugo se encontraron junto a una enorme columna de piedra que hundía su basa en el suelo original de la cripta, la zona más antigua de aquel recinto subterráneo de más de doscientos metros dispuestos en forma de U bajo los cimientos de la catedral de Chartres. La cripta de San-Lubin, un obispo que había vivido siete siglos antes y había delimitado la diócesis de la catedral, se situaba justamente bajo el ábside de la nueva catedral que en aquellos días construían los maestros canteros en la superficie.

—¿Cerramos? —preguntó Hugo señalando la losa removida.

—No es necesario —respondió el comendador—.

Estamos solos, y no tardaremos en regresar. Nadie debe echarnos en falta en Maitines.

La luz de sus antorchas apenas permitía contemplar retazos de aquel mundo subterráneo distribuido en dos galerías paralelas de cinco metros de ancho y unidas por un deambulatorio con varias capillas.

A la izquierda de los tres monjes se adivinaban galerías, corredores y pasillos que se hundían en la oscuridad más impenetrable.

—Esperemos que la tradición de los incendios haya terminado —comentó Hugo.

—Esperemos —coincidió el comendador, pensativo.

Los monjes se referían a la insólita sucesión de incendios que había padecido aquel lugar desde que fuera cristianizado, pues antes el cerro sobre el cual se alzaron los diferentes templos había sido un lugar sagrado para los antiguos druidas celtas. El último de aquellos incendios se había producido el viernes 11 de junio de 1194. A partir de aquel siniestro comenzaron las obras del nuevo templo bajo cuyo suelo caminaban en aquel momento los tres caballeros. Se trataba de una fábrica maravillosa en cuya construcción se habían propuesto soluciones audaces en un alarde deslumbrante de geometría y arquitectura.

—Los Hijos de Salomón sabrán qué hacer —aseguró Joseph, enigmático—. Si, como pretendemos, deberá soportar la bóveda más grande que se haya visto hasta ahora, no pueden permitirse que un eventual incendio la devore.

—El Pozo de los Fuertes —anunció el comendador poco después, deteniéndose ante un pozo de base cuadrada y forma circular situado junto a uno de los muros de la cripta y cuya profundidad parecía no tener fin—. Se cuenta que arrojaban a él a los cristianos en tiempos del magistrado romano Quirino —añadió.

—Lo siento por ellos, no diré que no, pero lo importante de este lugar es el propio lugar —señaló Joseph—. No creo que pudiéramos encontrar uno más adecuado para salvaguardar la Palabra.

—Tiene gracia: el paraje donde se reunían los druidas antes que los cristianos —sonrió el comendador.

—¿Pretendéis ocultar la Palabra en el pozo? —quiso saber el hermano Hugo.

—En realidad, estará en todas partes —respondió Joseph alzando la mirada al techo de piedra y abarcando el espacio con la luz de su antorcha—. Pero sigamos, que estoy ansioso por ver los avances de la obra.

Unos metros más adelante, los tres caballeros se detuvieron ante la imagen de una Virgen sentada tallada sobre un tronco de madera de peral y cuya tez era negra como el tizón. La singular María sostenía al Niño sobre sus rodillas.

—Isis, Demeter, Belisana… Nuestra Señora —murmuró el comendador antes de arrodillarse y comenzar una oración a la que se sumaron sus acompañantes.

El silencio siempre trae respuestas a los hombres entrenados en el arte de escucharlo, y al hermano Joseph le sobraba experiencia en esa materia. Tal vez por ello fue el único de los tres en advertir que no estaban solos en la cripta, aunque no se lo dijo a sus compañeros. Sin embargo, al ponerse en pie su mano derecha se deslizó hacia la empuñadura de su espada, y acariciando el pomo irregular y encintado con tela roja prosiguió su camino hasta que alcanzaron una escalinata arrancada a la misma piedra y que conducía a una diminuta estancia oculta tras el muro de una de las criptas de la nueva catedral. Una vez allí, el hermano André accionó una palanca de madera y un ingenio similar al existente en la encomienda les permitió el acceso al maravilloso templo en construcción.

—¡Bienvenidos, hermanos! —les dio la bienvenida un hombre alto y fuerte, de mirada negra, barba rala salpicada de canas y manos enormes. Su expresión era grave, pero irradiaba fuerza y determinación. Por su aspecto, parecía no haber cumplido aún los cuarenta años. Dada la hora, resultaba evidente que había sido convocado con antelación para encontrarse allí con los monjes.

—Buenas noches, maestro de obra —respondió el comendador.

El hombretón asintió en silencio y a continuación hizo un gesto con la mano invitando a los templarios a seguirle. Joseph se rezagó y aguzó el oído. Como hicieran en la cripta, el acceso secreto a la capilla había quedado abierto a sus espaldas, y el templario escuchó unos pasos en la oscuridad. Estaba en lo cierto, pensó: alguien los seguía.

Las obras de aquella majestuosa catedral habían comenzado diecinueve años antes, y en ella se trabajaba con insólita rapidez. En ningún otro de los numerosos templos góticos que salpicaban el suelo franco se había puesto tanto empeño y dineros. Ni siquiera en París, Reims, Sens o Amiens

—¿Cuándo creéis que estará terminada? —preguntó el comendador al maestro de obra.

—Necesitaremos al menos siete años más, según mis cálculos.

—No es necesario que os recuerde la trascendencia de este templo —comentó Joseph en voz baja, temiendo ser escuchado por quien quiera que fuese el espía—. Sin esta catedral, el resto no funcionará. La conexión no existirá.

—Lo sé —respondió el constructor—. Los hombres trabajan sin desmayo y seguimos al pie de la letra el secreto de la Traza.

La capilla por la que los templarios habían accedido a la catedral se encontraba situada cerca del pórtico norte, y los cuatros hombres caminaron hasta el centro del recinto. Una vez allí, miraron hacia el lugar que ocuparía en un futuro el altar.

—¿El ábside está dispuesto como convinimos? —preguntó el comendador.

—Seguimos a la Serpiente de la tierra, como se ordenó, y está desplazado hacia el nordeste cuarenta y cinco grados —explicó el maestro de obra—. Nada es igual en este templo a cualquier otro, ni siquiera mirará exactamente hacia el este.

Joseph se adelantó y alumbró el suelo de la catedral, como si hubiera perdido algo. Finalmente, se detuvo y ordenó a los demás que se acercaran.

—Traed vuestras antorchas —dijo—. Quiero verlo.

Bajo aquella tímida luz, los templarios contemplaron ensimismados unas extrañas losas de piedra caliza de color ocre y negro que dibujaban once círculos concéntricos y treinta y cinco giros.

—Doscientos sesenta y dos metros —comentó el maestro.

Joseph parecía haberse olvidado de todos ellos,

incluso del misterioso espía, y contemplaba embelesado el centro de aquel laberinto de piedra sobre el cual se encontraba. Aquella parte central tenía dos metros de diámetro, y las piedras dibujaban seis absidiolos ultrasemicirculares a su alrededor.

—¿Irá ahí, en el centro? —preguntó el constructor.

Joseph asintió con gesto grave.

—Las colocaremos justo aquí, pero invertidas. Nadie sabrá lo que está escrito en ellas si las ponemos boca abajo —respondió Joseph al tiempo que pisaba con fuerza aquella losa. A continuación, cerró los ojos—. Es muy poderosa; la Serpiente es muy poderosa aquí.

—Los hombres se marean —confesó el maestro—; algunos vomitan, otros se niegan a pasar por ahí, *sire*.

—La Palabra domesticará a la Serpiente, y quien pueda ver, verá —afirmó el templario apicultor.

—¿Quien pueda ver o quien quiera ver? —dijo el maestro de obra.

—En este caso, quien pueda ver —respondió Joseph—. No todo el mundo tiene el mismo nivel de conciencia. Así ha sido siempre, y así será por los siglos de los siglos. Pero la Palabra y este templo mágico abrirán el espíritu hasta del más obtuso de los visitantes.

—¿Queréis ver las obras del ábside? —preguntó el constructor.

—Mejor acerquémonos hacia esas capillas —propuso Joseph ante la sorpresa de sus acompañantes, puesto que la zona que señalaba carecía de interés para sus propósitos y estaba oscura como boca de lobo. Las espectaculares vidrieras aún no estaban terminadas, y por las existentes no se filtraba otra luz que la de la negra noche.

Ignorando a los otros, Joseph se encaminó hacia la

nave situada más al sur y se perdió en la negrura porque, ante el estupor de sus hermanos, apagó la antorcha y les pidió que le imitaran.

Amparados en la sombra y ocultos entre los andamios, Joseph pidió silencio con un gesto a sus compañeros. Los demás obedecieron sin comprender, pero no tardaron en descubrir el motivo de aquella orden.

Apenas unos segundos después, escucharon los pasos de alguien que se aproximaba hacia su burladero. Rápido como un rayo, Joseph sacó su espada y salió del escondite.

—Decid quien sois o esta espada será lo último que veáis en vuestra vida —gritó.

—Soy yo, soy William, *sire*.

—¡William! —exclamó el comendador saliendo de la oscuridad—. ¡Por todos los diablos! ¿Qué haces aquí? ¿Cómo es posible?

Los templarios intercambiaron miradas cargadas de incredulidad. Todos recordaban que el hermano André había tenido la precaución de cerrar el acceso al túnel en la capilla de Sours. Si no había nadie en su interior tras los rezos de Completas, era imposible que William lo hubiera descubierto.

—Os escuché hablar en vuestra celda con el hermano Joseph a través de la ventana —confesó el niño—. Solo quería saber… No puedo dominar mi curiosidad —añadió, avergonzado.

—Pero ¿cómo descubriste el acceso para llegar aquí? ¿Acaso estabas en la capilla y nos vistes? —preguntó Hugo mientras volvían a encender las antorchas. Fue entonces cuando Joseph reparó en que sus botines estaban salpicados de serrín.

—¡Serrín! ¡Usaste serrín! —exclamó, divertido.

—Así fue, *sire* —admitió William—. Como ya dije, les oí hablar y me pregunté cómo se podía venir hasta aquí desde nuestra capilla. De modo que miré dentro de ella y al no encontrar ninguna puerta visible supuse que debía haber algún acceso secreto. Pero por más que busqué, no lo encontré.

—De modo que se te ocurrió echar serrín en el suelo para ver después adónde conducían nuestras pisadas —concluyó Joseph, en cuyos ojos grises se advertía una chispa de admiración ante el ingenio de aquel niño.

—Pero habría muchas huellas —objetó el hermano Hugo—. Todos rezamos Completas.

—No eché serrín en la zona de rezos, sino junto a los muros —aclaró William—. Supuse que un acceso secreto no estaría donde todo el mundo pisa a diario. Y así descubrí que vuestras pisadas desaparecían junto a la única losa que no tenía serrín encima, por lo que deduje que eso había ocurrido porque se podía mover; y al moverla, el serrín que tenía encima había caído. Una vez que localicé el acceso, encontrar el modo de entrar por el túnel fue bastante sencillo —añadió, orgulloso.

Durante unos segundos, los cuatro hombres guardaron silencio, como si les costara trabajo moler las palabras del niño antes de llegar a comprenderlas, pero el hermano Hugo pareció haber terminado la digestión antes que el resto.

—Muchacho, deberás morir por esto —anunció.

Williams tragó saliva y empalideció. Pensó en un huir, pero Hugo fue más rápido que él y sus poderosas manos lo apresaron antes de echar a correr. Y de pronto, sintió el filo de una daga en su cuello.

—Salgamos, no podemos ejecutarlo en suelo sagrado —propuso el robusto y rubicundo templario.

El comendador de Sours y Joseph miraban la escena desconcertados, mientras que el maestro constructor, cuyo nombre nadie había pronunciado hasta ese momento, cerró sus enormes puños y apretó las mandíbulas bajo su barba, evidenciando la tensión del momento.

—Me siento responsable del chico —dijo al fin el comendador—. Su padre me lo entregó antes de partir a Tierra Santa.

—Lamento haberos seguido, *sire* —balbució William. El acero de la daga ejercía una presión aterradora contra su cuello mientras Hugo lo arrastraba fuera del recinto sorteando piedras, vigas, poleas y estatuas a medio esculpir.

Al cabo de unos segundos, todos ellos se encontraron frente al que años después se conocería como el Pórtico de los Iniciados, la entrada norte a la catedral. A pesar de ser verano, la noche era fresca. Oscuras nubes parecían anunciar lluvia. En el modesto burgo que entonces era Chartres no había un alma a aquellas horas; o al menos eso creyeron los monjes, pues ninguno imaginó que pudiera haber dos espías en lugar de uno.

Hugo miró a su alrededor, procurando no tropezar con alguna de las piedras talladas o con cualquiera de aquellos relieves aún por terminar.

—¿Estamos fuera del alcance de la Serpiente? —quiso saber Hugo, que seguía caminando hacia atrás, arrastrando con él a su presa.

El maestro de obra se limitó a asentir.

—Fuera del recinto sagrado, pues —dijo el templario—. Cuando vos digáis, comendador.

El rostro del hermano André había perdido su color, y a pesar de sus esfuerzos por dominarse, resultaba evidente su conflicto interior. Apreciaba sinceramente a William y, más allá de su acostumbrada insolencia y su indisciplina, admiraba la inteligencia del muchacho. Además, se debía a la promesa que realizó a Arthur de Yorkshire. Sin embargo, sabía que Hugo estaba en lo cierto: no podían permitir que nadie que no fuera un iniciado conociera el secreto de los caballeros de Ormus. William debía morir.

—Esperad —intervino Joseph. Una corriente de aire hizo ondear los mantos blancos de los freires, como si la voz del apicultor hubiera convocado a los elementos—. Puede haber una solución que salvaguarde el honor y la palabra dada por el hermano André al padre del chico.

William tomó aire y contuvo la respiración; los puños del maestro de obra se destensaron, y el rostro del comendador pareció recomponerse. Pero el filo de la daga de Hugo había rozado la piel del cuello del niño y un fino reguero de sangre resbalaba desde la herida.

—¡Hablad, os lo ordeno! —gritó el comendador.

—El muchacho pagará un precio; el precio debido a cuanto sabe o a cuanto ha escuchado —anunció el monje alquimista.

—No hay precio que valga —bramó Hugo—. ¿Acaso olvidáis vuestro juramento? No es uno de los nuestros. No puede seguir vivo.

—Justamente es lo que trato de corregir —contraatacó Joseph—; ese será el precio que habrá de pagar: se convertirá en uno de los nuestros.

—¿Estáis loco? ¿Tanta soledad en esa casa, rodeado de abejas, os ha trastornado? —protestó Hugo.

—O quizá ha afilado más mi juicio que el tuyo, hermano —respondió Joseph con serenidad—. ¿Cómo explicaréis en la encomienda la muerte, o al menos la desaparición, del pequeño? ¿En qué os convertís vos si matáis a un cristiano? ¿Acaso debo ser yo quien os recuerde vuestras obligaciones como caballero templario? Si asesináis a un cristiano deberemos testificar contra vos en el Capítulo, y perderéis la *Casa*. ¿Podréis vivir sin el manto blanco y la cruz bordada en él?

Los labios de Hugo temblaron al escuchar aquellas palabras. La expulsión de la Orden era el castigo para los delitos más graves, como la sodomía, la simonía, la rebelión, la herejía, la traición, la violación del secreto del Capítulo, el robo, la cobardía… y el asesinato de un cristiano.

La daga dejó de besar el cuello de William, pero Hugo aún no soltó al pequeño.

—No tiene edad para ser caballero —recordó el monje.

—Si vos le matáis, es muy probable que no alcance nunca la edad necesaria —bromeó Joseph, intentando rebajar la tensión—. Pero si permitís que viva, es muy posible que lo logre. Se dan miles de casos frecuentemente.

Hugo torció el gesto ante aquella broma.

—¿Me tomáis por imbécil?

—Os tomo por lo que demostráis ser —repuso Joseph, con severidad—. Convertiré a ese chico en mi aprendiz. —Se giró hacia el comendador y explicó—:

Benoit falleció por culpa de unas fiebres el mes pasado, esa es la razón por la cual no me ha acompañado en esta ocasión. Y no es preciso que os recuerde que no sería conveniente que yo siguiera sus pasos un día sin haberle transmitido a alguien cuanto sé.

—Hermano Hugo, sed prudente —dijo el comendador—. Escuchadle. Es una buena solución. El muchacho deberá ingresar en la Orden cuando tenga edad para ello.

—El ingreso en la Orden no es suficiente, y ambos lo sabéis —refunfuñó Hugo.

—Será caballero de Ormus, lo quiera o no —amenazó Joseph.

—Lo seré, lo seré, lo prometo —aseguró William, sin saber exactamente qué era lo que estaba prometiendo.

Finalmente, Hugo apartó al niño de su lado de un violento empujón, y William cayó de bruces en la tierra húmeda y a los pies de su futuro maestro, en cuyos botines de cuero, redondeados —en la Orden estaba prohibido el calzado puntiagudo— y con hebillas —no se permitían cordones—, aún había restos de serrín.

Minutos después, los tres monjes y el niño iniciaron el regreso hacia la capilla de la encomienda a través del pasaje secreto apretando el paso. Debían llegar antes de que llamaran a Maitines.

Hugo y el comendador iban unos metros por delante, mientras que el hermano Joseph y su nuevo discípulo cerraban la comitiva.

—¿A qué serpiente os referíais? —preguntó William, quien parecía haber recompuesto su ánimo, a pesar de que aquellos hombres habían decidido por él cómo habría de ser su vida futura. No obstante, su sentido práctico le invitó a considerar que era mejor tener vida futura, aunque fuera como monje, que no tenerla. Por lo demás, ya se vería qué pasaría años después con la promesa que acababa de hacer, se dijo.

El monje le miró de reojo.

—No es el momento de hacer preguntas —gruñó.

—Pero leí vuestros labios cuando estabais en el centro de ese extraño laberinto y mencionasteis una serpiente, y el hermano Hugo volvió a hablar de ella cuando estaba a punto de rebanarme el cuello —insistió William—. Y yo no vi ninguna serpiente, ni viva ni muerta; ni dibujada ni grabada en alguna piedra.

—Porque no eres tan inteligente como imaginas —replicó el templario, aunque se cuidó de evidenciar su admiración por aquel niño capaz de leer en los labios de los demás con tanta habilidad—. Eres observador, perspicaz, y tienes un don para deducir a partir de los detalles en los que otros no reparan. En eso te pareces a mí cuando fui joven. Como tú, siempre he creído que nada es insignificante para una mente grande, pero te falta alma para sentir a la Serpiente.

—¿Alma? —repitió William, extrañado—. No entiendo.

—Naturalmente que no entiendes, y ese es el problema: que no se trata de entender, sino de sentir —respondió el monje, al tiempo que se detenía y se encaraba con el niño. André y Hugo prosiguieron su marcha, ajenos a la discusión de sus acompañantes—. A ver, ¿dirías que la catedral será un templo enorme cuando se terminen las obras?

—Diría que es el más grande que yo haya visto jamás —admitió el niño con los ojos entornados. Su mente se esforzaba en comprender a dónde conducía la pregunta del freire de ojos grises que tenía frente a él.

—¿Y dirías que el burgo de Chartres es tan importante como París para que se construya en él un catedral semejante?

—No, *sire* —reconoció William, intrigado. Aunque jamás había estado en París, suponía que debía ser mucho más grande que Chartres, y nunca había reparado en la desproporción entre las dimensiones de esta última y el colosal templo que se estaba construyendo en ella.

—Caminemos —ordenó el templario al ver que la luz de las antorchas de sus dos compañeros se perdían en la oscuridad de aquel gigantesco túnel—. Tengo comprobado que se puede hablar y caminar sin la menor dificultad.

William sonrió. El hermano Joseph tenía un extraño sentido del humor, tal y como demostró al hablarle a Hugo del modo en que lo hizo en el exterior de la catedral. Aquel hombre era un enigma que atraía a William irremediablemente.

—¿Por qué crees entonces que se está construyendo un templo que parece excesivo para ese burgo y además con una urgencia desconocida en el resto de las catedrales cuyas obras salpican estas tierras? —preguntó el monje.

William se enojó consigo mismo al no acertar con una respuesta adecuada.

—Vamos, muchacho —le animó el templario, socarrón—. En la encomienda me han hablado maravillas de tu inteligencia. Demuéstrala.

Pero William parecía haber encallado en los arenales de una ignorancia que desconocía poseer. Y al cabo de unos segundos, solo se le ocurrió decir:

—Porque lo importante no es el burgo de Chartres, sino el templo.

—¡Exacto, muchacho! —exclamó Joseph, complacido—. Pero el templo podía haberse construido en París o en cualquier otra ciudad, ¿no crees?

William entornó los ojos un momento, y comprendió.

—Lo importante no es el burgo, sino el terreno elegido para el templo —dijo—. Por eso no se construye en París ni en otro lugar.

El monje propinó una palmada tan entusiasta en la espalda de William, que a punto estuvo de derribarlo.

—¿Has leído a San Agustín? —preguntó Joseph. Pero no aguardó la respuesta del niño—. En *La ciudad de Dios*, diferencia una ciudad terrenal, gobernada por los hombres y construida por ellos, lo que la hace imperfecta, y una ciudad celestial, producto del amor de Dios y, por ello mismo, perfecta. Pues resulta que hemos hecho creer que las catedrales son la síntesis del esfuerzo humano y del divino; que son la expresión en piedra de esas dos ciudades. Los hombres aportan su trabajo y sus diezmos, y el templo eleva su espíritu.

—¿Habéis hecho creer? ¿Quién y a quiénes?

—Para saber quién, deberás esperar, muchacho —respondió el templario—; en cuanto a quiénes —estalló en una carcajada que resonó violentamente en aquel túnel eterno—, pues al mundo entero. Y es mejor así, porque si supieran la verdad no la creerían.

—Pero no entiendo qué tiene que ver eso con la importancia del terreno donde se está construyendo —objetó William.

—Todo —afirmó Joseph—; tiene que verlo todo. Esta catedral, William, no se puede construir en París ni en otra parte, porque el cerro sobre el cual se alza es especial. Se trata de un lugar sagrado desde muy antiguo, y sobre el cual ha habido templos paganos antes que cristianos. —Se detuvo un instante y clavó su mirada en los ojos de William, que eran de un color gris muy semejante al de los suyos—. Puesto que nos espiaste, imagino que viste el pozo de la cripta y escuchaste nuestros comentarios sobre los druidas, ¿no es cierto?

William asintió sin decir nada, pero recordó a los tres monjes mencionar a diosas paganas y arrodillarse ante aquella extraña Virgen de rostro negro. ¿Acaso los caballeros de Ormus eran infieles y malos cristianos?

—Pues ahí lo tienes —gritó Joseph, al tiempo que proseguía su marcha con grandes zancadas—. Aquellas gentes tenían una sensibilidad especial que casi todos los hombres han perdido hoy, y desde luego tú eres un buen ejemplo —bromeó, mirando al niño de soslayo—. Todo intelecto; nada corazón. Fueron ellos quienes descubrieron la existencia de la Serpiente por la que me preguntas. Llamaban serpientes a unas fuerzas poderosas que recorren la tierra; líneas, sogas, cuerdas… llámalas como desees, pero guardan relación con el poder de la tierra, y allí donde se cruzan, esa fuerza se agiganta.

—¿Como en el centro de aquel laberinto que hay en el suelo de la catedral?

—¡Exacto, William! —exclamó el monje, complacido.

—¿Por eso el maestro de obra dijo que los hombres se marean y temen pasar por allí?

—La fuerza de la Serpiente es muy intensa en ese punto, y eso es justamente lo que pretendemos.

—¿Quiénes? —tanteó de nuevo William, para ver si el

monje le respondía a la pregunta que había dejado antes sin respuesta.

Joseph dibujó una sonrisa y meneó la cabeza.

—Bien jugado, pero no soy fácil de derrotar —aseguró—. Ni siquiera al alquerque, aunque ya he oído que eres un campeón en eso.

William prefirió no replicar y dedicó unos segundos a archivar cuanto sabía. Los datos de los que disponía eran los siguientes: aquellos tres monjes decían ser miembros de una hermandad a la que llamaban Ormus, además de templarios; era evidente que estaban conchabados con el maestro de obra de la catedral; existía una relación directa entre la encomienda de Sours y ese templo, como demostraba aquel pasadizo y las propias palabras de sus acompañantes; poseían un secreto, y aunque William no podía imaginar de qué se trataba, no olvidaba que el hermano Hugo había hablado de la Palabra, y Joseph aseguró que, fuera lo que fuese, se colocaría en el centro del laberinto diseñado en el enlosado de la catedral.

—Y lo pondrán bocabajo —murmuró el niño, sin darse cuenta.

Cuando el hermano sacristán pasó por los aposentos de los monjes para anunciar Maitines, los tres caballeros estaban en sus catres y nadie parecía haber advertido su ausencia durante parte de la noche. En la estancia había luz suficiente, como dictaba la regla, para que los enemigos que se ocultan en las sombras no arrastraran a los freires al pecado. Y como estaba ordenado que durmieran con camisa, calzones y cinturón, los tres miembros de Ormus apenas tuvieron que volver a vestirse para acudir a los rezos antes del amanecer

Minutos más tarde, abrigados con sus mantos blancos, los miembros de la comunidad entonaron el primer salmo:

Venid, aclamemos al Señor, demos vítores a la Roca que nos salva; entremos en su presencia dándole las gracias, aclamando con cantos…

El hermano Joseph ocupaba la última fila, y se permitió echar un vistazo al lugar donde se encontraba el pasaje secreto que conducía a la catedral. A pesar de la escasa luz reinante, descubrió algo que le hizo sonreír: no quedaba rastro alguno de serrín en toda la capilla.

—Ese niño es el demonio —murmuró, saltándose la letra del salmo.

El monje apicultor se preguntó si la inteligencia de William sería un don o un lastre para convertirlo no solo en su escudero en tanto no alcanzara la mayoría de edad, sino en un caballero de Ormus. ¿Sería digno depositario de lo que él mismo sabía?

Pero en lugar de haber reparado en la ausencia de serrín en la capilla, más le hubiera valido haber prestado atención a los botines de otro monje en el momento en el que el salmo invitaba a los fieles a postrarse ante el Señor.

«Venid, postrémonos por tierra, bendiciendo al Señor, creador nuestro. Porque él es nuestro Dios y nosotros su pueblo, el rebaño que él guía…»

De haberlo hecho; si hubiese observado los botines del resto de los monjes, hubiera descubierto que los del hermano Morgan estaban manchados de serrín, y que miraba con evidente animadversión al comendador André.

La comida se ofrecía en el refectorio en dos turnos. En el primero de ellos, se servía a los monjes; en el segundo, a los sargentos. Los bancos de madera que estaban situados junto a la pared y proporcionaban un agradable apoyo se reservaban para los hermanos más mayores, y el resto se ocupaba en orden de llegada. El lugar central correspondía al comendador, y era el que ocupaba André.

El responsable de la comunidad recorrió con la mirada al resto de los monjes, que aguardaban de pie a que el capellán diera su bendición para rezar un padrenuestro antes de sentarse. En su rostro se dibujaba un gesto de preocupación que no pasó inadvertido para Joseph. Aquella iba a ser su última comida en compañía de sus hermanos de encomienda antes de regresar a su solitaria casa y a sus abejas, y lo haría en compañía de William. Los cinco días que había permanecido en Sours habían pasado veloces, como un suspiro, pero no lo lamentaba. A pesar de que le complacía la compañía de André, aún más a gusto se sentía con sus abejas, en su laboratorio y con los secretos de los que era custodio en aquella casa solitaria, en la que nadie repararía.

Joseph se preguntó qué pensamientos enturbiaban el semblante del comendador, pero a pesar de estar a su derecha, no podía preguntárselo porque la regla exigía comer en silencio. *Manduca panem tuum cum silentio.* «Come tu pan en silencio», se exigía al templario, y a lo sumo les estaban permitidos ciertos gestos o signos si se necesitaba algo, ya fuera miel, pan o agua. De manera que debería aguardar a salir del refectorio para saciar su curiosidad.

El hermano que leería las Sagradas Escrituras durante la comida ocupó su lugar y, tras las bendiciones, comenzaron a comer mientras escuchaban el Evangelio de san Juan.

Era aquel uno de los tres días de la semana en que los templarios consumían carne, una norma que se quebraba en festividades como Navidad, Todos los Santos, la Asunción o la de los doce apóstoles. Convencidos de que el exceso de carne corrompe al cuerpo, se limitaba su consumo, sirviéndose los demás días verduras y otros platos acompañados de pan.

Cada uno disponía de una escudilla, una copa, un cuchillo y una cuchara con la que servirse.

Al finalizar el almuerzo, los freires salieron en parejas y se dirigieron a la capilla para dar gracias por los alimentos recibidos. Joseph se las ingenió para salir junto al comendador, y apenas estuvieron fuera del refectorio, se interesó por lo que le ocurría.

—Os veo apesadumbrado, ¿puedo preguntar qué os sucede?

—Han llegado noticias de Muret —respondió André—. Montfort derrotó al rey aragonés y a los condes occitanos. La causa cátara está herida de muerte.

Joseph cerró los ojos visiblemente afectado. Ahora comprendía el desasosiego de André.

—Si el secreto cátaro cae en sus manos… —La profecía del comendador quedó en el aire o, tal vez, suspendida sobre una cuerda inestable. Como un equilibrista que trabajara sin red.

—Nos sobran enemigos, y si tienen la menor oportunidad, intentarán acabar con nosotros —auguró Joseph—. Siempre os he dicho que aquella bula del papa Inocencio III, *Omne datum optimum*, que fue la fuente de todos los privilegios de la Orden, terminaría por ser su tumba.

Los obispos nos odian porque no debemos más obediencia que la debida al papa; porque nos podemos permitir nuestras propias capillas, nuestros propios capellanes y nuestros propios cementerios.

—Y no pagar el diezmo enriquece nuestras arcas, pero acorta nuestra esperanza de vida —añadió el comendador.

—Obispos y reyes aguardan con la guadaña afilada —afirmó Joseph—. No saben lo que sabemos, pero intuyen que ocultamos algo, y nos temen por ello. El papa está de nuestro lado porque no le queda otro remedio al ser conocedor de lo que conocemos, pero si tiene las más mínima oportunidad...

—Los demás creen que poseemos un tesoro. —El comendador esbozó una sonrisa.

—Aún peor, si es lo que creen —opinó el apicultor—, porque caerán sobre nosotros como buitres con mayor violencia. El oro seduce tanto a reyes como a los prelados. Si supieran la verdad, no todos los reyes desenvainarían su espada contra nosotros. No seríamos de su interés.

—O tal vez sí, si realmente fueran conscientes del poder de la Palabra —discrepó André.

Joseph asintió. El comendador estaba en lo cierto. Ojalá pudieran saciar la avaricia de sus enemigos con el oro y la plata del que disponía la Orden, que era mucho, a pesar de no ser su verdadero tesoro.

—Esta misma tarde partiré con William —anunció Joseph.

—Dios quiera que hayamos acertado con él. —El comendador suspiró, evidenciando sus dudas—. El hermano Hugo aún anda con el ceño fruncido. No se fía del muchacho.

—Yo sí —afirmó Joseph, categórico—. Creo en él; pero es menester que ahora sea él mismo quien crea en nosotros y en nuestra causa.

Los dos monjes entraron en la capilla sin reparar en que alguien había escuchado los retazos más significativos de su conversación; el mismo cuyos botines también se habían manchado de serrín la noche en la que la vida de William cambió para siempre.

III

TOLOSA
24 DE JUNIO DE 1218

La primera vez que Jacques escuchó hablar del ángel caído tenía tres años de edad, y fue en aquella misma casa donde acababa de despertar de una pesadilla que, con ligeras variaciones, se repetía en sus sueños con extraña frecuencia. Estaba empapado en sudor y en su pequeño jergón parecía haberse librado una batalla campal.

—El Bien y el Mal —murmuró el pequeño. Frunció el ceño intentando comprender sus propias palabras, que en realidad no eran suyas, sino oídas y tomadas prestadas de los labios del anciano Isarn de Auriac.

El demonio, Satán, Lucifer… ¿qué importaba su nombre? ¿Por qué el Mal le perseguía en sueños? Y esta vez, le había hecho mucho daño.

El niño saltó del camastro y pisó el suelo de tierra cubierto de paja. En la habitación de al lado se escuchaba la voz del *perfecto* Isarn y el murmullo de asentimiento de sus discípulos, entre los que estaba Ysabela, la madre del pequeño.

Adormilado, Jacques se frotó los ojos y caminó hacia la puerta en busca de luz y seguridad. Como siempre le sucedía al despertar, la pierna izquierda parecía seguir dormida.

—¿Qué haces despierto, cariño? —Ysabela se levantó del suelo, donde estaba sentada junto a otras personas formando un círculo alrededor de un hombre de cabellos ralos y blancos que contrastaban con la túnica negra que vestía. La luz de las velas permitía advertir en su rostro una extraña sensación de paz.

—Tuve un mal sueño, madre —reveló Jacques, sin atreverse a dar más detalles. Pero el hombre vestido de negro clavó su mirada en él, y el niño creyó que Isarn conocía su secreto. Instintivamente, el pequeño miró su brazo izquierdo, donde descubrió las marcas de lo que parecían dos afilados colmillos. De inmediato, cubrió el brazo con la manga de su camisón, avergonzado.

A lo lejos, en la calle, se escuchó de pronto el grito de un hombre. Un puñado de flechas incendiarias cruzó el cielo que podía verse a través de la ventana de aquella habitación.

—No penséis en mañana, sino en hoy —sugirió Isarn de Auriac. Su tono de voz infundía calma, incluso en aquel contexto, cuando el temible Simón de Montfort amenazaba con doblegar a los tolosanos tras un eterno sitio.

Las tres mujeres, los siete hombres y el niño de cinco años que lo rodeaban dejaron de prestar atención a los gritos de los soldados y a aquellas siniestras estrellas fugaces que anunciaban la muerte, y solo tuvieron oídos para las palabras del *perfecto*, que comenzó a leer fragmentos de *La cena secreta*, uno de los textos reverenciados por los cátaros.

Cuando el anciano mencionó al ángel caído, el pequeño Jacques se estremeció. Sin poder evitarlo, puso su mano derecha sobre la herida que tenía en el brazo izquierdo y que, creía, le había provocado el demonio durante su enésimo combate en sueños. ¿O tal vez no? Quizá se trataba del picotazo de un insecto, tal vez un mosquito o una araña. ¿Por qué habría de ser el mordisco del diablo?, se dijo para tranquilizarse.

Aparentemente ajeno a la zozobra del pequeño, el *perfecto* prosiguió con la lectura, recordando el momento en el que parte de los ángeles se reveló contra Dios.

—El Bien y el Mal, la Luz y la Oscuridad se enfrentan en los cielos y en la tierra —afirmó el cátaro—. Dios es perfecto. Todo en Él es pureza y, por tanto, nada tiene que ver con la materia. El mundo material, nuestra carne, es obra de Satán. Él es la Nada, y al contrario que Dios, tiene un principio y, por lógica, también un final.

—Pero también procede de Dios —recordó Ysabela—. Hasta esa bestia de Simón de Montfort, que aguarda fuera de la ciudad, es obra divina.

—No, querida Ysabela —negó Isarn con una sonrisa triste en los labios—. Montfort, como nosotros mismos, es materia y, por tanto, creación del ángel caído. Nada material es divino.

En ese momento, irrumpieron en la habitación dos hombres. Uno era algo más joven que Isarn, mientras que el otro parecía no haber cumplido aún los veinte años. El más mayor era un tipo enjuto, bajito y lucía una barba canosa y apuntada, mientras que la barba del más joven no era tan poblada y su estatura era notablemente superior a la de su acompañante. Ambos se tocaban con un gorro de paño bajo el cual sobresalían sendos tirabuzones que caían por sus sienes.

—Mi querido Saúl, ¿cómo están las cosas ahí afuera? —preguntó Isarn al más mayor.

—Estamos agotados —confesó el recién llegado, apesadumbrado—. Faltan manos capaces de sanar. Mi hijo y yo no somos suficientes.

—No sé cuánto podrán resistir —añadió el más joven—. Montfort tiene preparada ya esa *gata* gigantesca, y tal vez mañana las murallas caigan por la fuerza de su ariete.

Todos guardaron silencio, imaginando lo que sucedería si las tropas católicas lograban entrar en la ciudad. Aquella larga guerra que el papa llamaba *cruzada* se había cobrado demasiados muertos, y la crueldad de Montfort era legendaria. Muchos cátaros habían sido arrojados a las hogueras; las mujeres, violadas; los hombres, mutilados o muertos.

—¿Cómo pudo Satán crear a alguien como el papa y como Montfort? —preguntó el pequeño Jacques. Todas las miradas se volvieron hacia él, y luego hacia el *perfecto*.

—El ángel caído no creó la materia de la Nada, sino que se apropió de una sustancia antigua ya existente cuyo origen es incierto, pero que procede del Mal —dijo el anciano—. Algunos filósofos se han referido a esa sustancia como los cuatro elementos: fuego, tierra, agua y aire. Satán engañó a algunos ángeles y, a través de un agujero en el cielo, llegaron con sus *cuerpos celestiales* a este plano. Pero parte de su esencia permaneció en el cielo. Al llegar a esta realidad, Satán les dotó de un cuerpo material, y así surgieron los seres humanos. Por eso tenemos un cuerpo material y un alma divina, vinculada a la parte de los ángeles caídos que quedó en el cielo.

—¿También Montfort? —insistió Jacques.

Isarn sonrió con amargura.

—También él, pequeño Jacques. También en su interior hay una chispa divina que ha olvidado, como todos los hombres. Esa llama se transmite a los descendientes de Adán y Eva, dividiéndose hasta el infinito sin perder nunca su fulgor. Todos somos alma, espíritu y carne; todos somos creación de Satán, pero el ángel caído no tuvo en cuenta esa pavesa divina que los ángeles a quienes logró seducir dejaron en el cielo.

—¿Y cómo creéis que podéis recuperarla? ¿Leyendo esos libros por los que os dejáis matar?—preguntó el joven recién llegado. En su mirada se advertía un brillo burlón, y en su tono, escepticismo.

—¡Caleb! —le reconvino Saúl.

Isarn levantó la mano pidiendo calma a los dos hombres.

—Saúl, tu hijo es un hombre despierto y, como tal, duda y quiere saber. —El cátaro hizo una pausa, y sonrió antes de añadir—: la lucha en su interior es muy intensa, como sucede en los ángeles caídos más especiales. —El *perfecto* miró a Jacques, y el niño se ruborizó. A continuación se volvió hacia Caleb—: Satán no tuvo en cuenta que la presencia en nuestra naturaleza de alma y espíritu nos inclina hacia el Bien, a pesar de estar encarcelados en este cuerpo material. Pero precisamos varias vidas para ir desprendiéndonos de nuestra herencia satánica antes de regresar al Padre.

—¿Morir y renacer muchas veces? ¿Reencarnarse? —Caleb sonrió con gesto despectivo—. Yo soy médico, y no he visto a ningún muerto regresar a la vida. —Mostró sus manos, manchadas de sangre—. Hoy he salvado a numerosos hombres, no a ángeles caídos. Pero más del doble de los que salvé murió, sin que vuestro Dios ni el de mi padre hicieran nada para ayudarme. —Paseó sus ojos negros, indignado, por todos los presentes y, antes de darles las espalda y encerrarse en una habitación situada el extremo opuesto de aquella sala, añadió—: Y a vosotros, si no queréis morir mañana, más os valdría ir a ayudar en las murallas y dejar de perder el tiempo escuchando relatos absurdos de ángeles y demonios.

—Será mejor que le hagamos caso —opinó Ysabela, aunque miró a Isarn antes de levantarse. El anciano asintió. Entonces, se dirigió a su hijo—: Jacques, quiero que vuelvas a la cama y aguardes mi regreso, ¿de acuerdo? El abuelo Saúl e Isarn se quedarán contigo.

El niño miró a los dos hombres, que le sonrieron. Los demás se habían incorporado siguiendo el ejemplo de Ysabela.

—Hija, llévate mi bolsa de medicinas además de la tuya —sugirió Saúl al tiempo que entregaba a Ysabela un saco de cuero en cuyo interior había diferentes bolsillos repletos de hierbas, ungüentos y material quirúrgico—. No daréis abasto. Nosotros volveremos en unas horas, en cuanto hayamos descansado algo.

La joven cogió el macuto y abrazó al judío como si realmente fuera su padre, porque así lo consideraba desde hacía cinco años. Desde aquella mañana en que, frente a la ciudad de Muret, el caballo de Simón de Montfort le propinara una inesperada y terrible coz que provocó una hemorragia que a punto estuvo de costarles la vida a ella y al bebé que llevaba en su vientre. Y de no haber sido por la intervención de Saúl ben Barak, así hubiera sucedido.

Por aquel entonces, Saúl formaba parte del séquito

del conde de Tolosa Raimundo VI, y escuchó por azar los gritos de una mujer junto a la corriente del río Saudrune después de la batalla, cuando buscaba algún herido a quien atender entre aquel mar de cadáveres.

Al acercarse hasta el cañaveral del cual parecían proceder los gritos de dolor, Saúl descubrió a una muchacha rubia y de piel clara que luchaba por parir sin conseguirlo. La hemorragia que había provocado la coz parecía haber acelerado el parto, que si la naturaleza hubiera seguido su curso aún debía demorarse un mes más, al tiempo que parecía dificultarlo.

El médico se arrodilló junto a la parturienta y la exploró. Le preguntó su nombre y ella respondió que se llamaba Ysabela. Era occitana, su acento la delataba. Saúl se presentó como médico al servicio del conde de Tolosa, y ella pareció tranquilizarse, pero Saúl no. Aquella infortunada podía morir si no atinaba con el remedio, pensó, y su mente echó a volar lejos de la orilla del Saudrune, buscando entre los rincones de su memoria el tratamiento idóneo. Y al final, irónicamente, el judío decidió apostar por los consejos de una monja cristiana llamada Hildegarda de Bingen, cuyo tratado de medicina le había parecido magnífico cuando lo leyó, porque la sabiduría nada tiene que ver con el Dios a quien se reza.

¿Y qué decía Hildegarda de los partos difíciles?

Saúl hurgó en el saco de medicinas que llevaba consigo.

—Hinojo y hiedra terrestre —murmuró. Y cuando hubo encontrado lo que buscaba, sonrió satisfecho y se acercó a la orilla del río en busca de agua. A continuación, hizo un fuego—. Debemos hervir las hierbas —informó a la joven, que aullaba de dolor de forma intermitente—. Hay que abrir las vías del parto —explicó a una sudorosa Ysabela.

Cuando el agua estuvo suficientemente caliente, el judío hirvió las hierbas y después colocó un emplasto en los muslos y en la espalda de la muchacha.

—Los humores malos y fríos que hay en las mujeres se contraen a veces durante el parto y cierran esas vías —aseguró—. Pero la suavidad del calor del hinojo y la bondad de la hiedra terrestre ayudarán a que se abran.

Casi una hora después, envuelto entre sangre y fluidos, llegaba al mundo Jacques de Autier, el único ser humano que nació en Muret aquel día en que miles de ellos murieron en nombre de un mismo Dios.

Ajeno a lo que sucedía en aquella casa situada en la zona norte de la ciudad, muy cerca de la basílica de San Sernin, Simón de Montfort contemplaba el trabajo que los carpinteros habían realizado. Aquella *gata* se recordaría durante siglos, presumió. Los artesanos habían trabajado a destajo por temor a la ira del conde si no cumplían los plazos previstos.

La máquina de asedio tenía unas dimensiones colosales. Su corazón era un enorme tronco de árbol enmarcado por dos pares de caballetes y vigas entrecruzadas que permitían que se mantuviera centrado a pesar de estar suspendido de unas cuerdas que lo sujetaban al entramado de madera. El extremo de aquel imponente ariete se había afilado con esmero y había sido reforzado con planchas de hierro. Además, el ingenio quedaba contenido en una suerte de cobertizo de madera provisto de un compartimento superior para disponer a los arqueros, cuyos dardos permitirían que los hombres que habrían de empujar la *gata* hasta las murallas avanzaran con cierta seguridad. Una vez allí, el ciclópeo ariete haría el resto del trabajo.

—Puede alojar a decenas de arqueros y a casi doscientos hombres más —aseguró el maestro carpintero mientras, nervioso, estrujaba entre sus dedos un burdo gorro de lana. Se trataba de un hombre de mediana edad, de brazos enormes y fuertes hombros. Lucía una barba poblada salpicada de canas. Sus ojos estaban demasiado juntos, pero su mirada rezumaba honestidad. Afortunadamente para él, el conde desconocía su antigua filiación a la denominada *hermandad negra*, integrada por ciudadanos tolosanos afines al credo cátaro. Desde aquellos lejanos días, su vida había dado muchas vueltas, y el destino lo había puesto, sin desearlo, al servicio de Montfort y del iracundo obispo Fulco.

El conde no respondió al comentario del carpintero. Ni siquiera lo miró. Toda su atención estaba centrada en aquel artilugio recubierto de cuero en varias zonas de su estructura, para evitar que lo dañaran flechas incendiarias.

—Desde la parte superior se podrá lanzar fuego griego dentro de la ciudad mientras el ariete derriba la puerta —añadió el carpintero, sudoroso e inquieto ante el silencio del conde. Temía que su trabajo no le pareciera satisfactorio y, de ser así, bien pudiera ser aquella su última noche con vida.

Simón asintió finalmente en silencio, mientras acariciaba con las yemas de sus dedos la madera de aquel artefacto con el que confiaba doblegar de una vez por todas a los obstinados tolosanos, a quienes había puesto sitio desde hacía ya ocho largos meses sin éxito.

El insoportable calor del día había dado paso a una tibia noche de verano, y el frescor procedente del río Garona era una bendición para aquellos hombres cargados de hierro y en cuya piel se había formado una costra de polvo y sangre desde hacía ya demasiado tiempo. Desde su campamento a los pies del castillo Narbonés, Simón volvió la mirada hacia aquella orgullosa ciudad que siempre se le había resistido.

—¿Es de su agrado, milord? —insistió con timidez el carpintero.

Simón despidió al artesano con un leve gruñido y una bolsa repleta de monedas. El carpintero guardó entre sus ropas la recompensa y se alejó sin volver la vista atrás, aunque parecía apesadumbrado a pesar del pago recibido. Solo cuando se vio a salvo, embozado en la oscuridad, murmuró lo que sentía su corazón.

—Debería hacer algo; debería prenderla fuego.

Olivier Azille, que así se llamaba el artesano, contempló Tolosa con ojos vidriosos. Lo que el condenado Montfort desconocía era que dos de los hijos del carpintero estaban al otro lado de aquellas murallas, y que los padres de Olivier habían muerto defendiendo la ciudad siete años antes, durante los primeros ataques del hombre que le había entregado aquellas monedas.

—¡Así revientes, hijo de puta! —exclamó, y rubricó su deseo con un generoso escupitajo.

De inmediato, Olivier comprendió su imprudencia y miró a su alrededor, temiendo que alguien hubiera escuchado sus palabras. Pero aquella noche la suerte parecía estar de su lado.

Ninguno de sus compañeros de gremio conocía su pasado cátaro ni su participación en las luchas internas que había conocido Tolosa años atrás entre los partidarios del obispo Fulco, a quienes llamaban la *hermandad blanca*, y el pueblo que amparaba a los *hombres buenos*.

Fulco era un hombre feroz, sin escrúpulos, que interpretaba que la ciudad de Tolosa era de su exclusiva propiedad. Pero, para su irritación, aquella ciudad se había entregado a la herejía de tal modo que incluso los caballeros descendían de sus monturas en plena calle si se cruzaban con un *perfecto* cátaro para poder saludarle y expresarle su veneración. Tolosa era para el Languedoc lo que París significaba para el norte de Francia. Era mucho más que una ciudad; era un símbolo del país occitano.

Cuando Fulco de Marsella fue nombrado obispo de Tolosa, se encontró con una férrea resistencia por parte de sus feligreses. La mayoría del pueblo seguía la doctrina cátara, y él tuvo que emplearse con firmeza para imponer su voluntad. Para ello, se valió de la creación de una *hermandad blanca*, cuyos integrantes llevaban cosida en el pecho de sus túnicas una cruz blanca y se dedicaban a hostigar a los judíos y a destruir las casas de los herejes, no sin antes haberlas saqueado.

Como era de esperar, los agredidos se defendieron, organizándose en una *hermandad negra*. Los enfrentamientos armados entre ambos grupos eran diarios, pero lentamente la superioridad numérica de los seguidores del obispo decidió en su favor la contienda.

Uno de aquellos hombres derrotados, uno de los integrantes de la antigua *hermandad negra*, había sido el carpintero Olivier Azille.

Cuando siete años antes Simón de Montfort intentó

tomar la ciudad por vez primera tras haber conquistado medio Languedoc, se encontró con una defensa numantina en Tolosa en la que, como sucedía en aquellos momentos, participaron hombres y mujeres, ancianos y niños. Y entre los defensores se encontraban el propio Olivier y toda su familia.

El *conde de Cristo* se vio obligado entonces a marcharse con el rabo entre las piernas, pero el éxito de Tolosa fue relativo, porque antes de abandonar el sitio, Montfort ordenó arrasar las huertas, las viñas y los árboles que rodeaban la ciudad y eran la fuente de sustento de gran parte de la población. Aquella medida cruel, bendecida por el obispo Fulco, arrastró al hambre a muchas familias, que se vieron obligadas a buscar refugio en otras ciudades, y el trabajo para los carpinteros también se resintió. Por esa razón, Olivier comenzó a viajar de un lado a otro del Languedoc ofreciendo su pericia allí donde se le requería, y su último destino, cinco años antes, había sido Muret.

La increíble victoria de Montfort sobre el rey Pedro II de Aragón sorprendió a Olivier mientras trabajaba en las obras de remodelación de la casa de un notable de aquella ciudad. Y esa maldita chiripa lo situó en el bando de los cruzados, porque los vencedores no tardaron en alistar a la fuerza a cuantos artesanos pudieran servir en su ejército. Herreros, carpinteros, armeros... todos pasaron a formar parte de la gente de Montfort sin remedio.

—¡Así revientes, cabrón! —murmuró Olivier de nuevo al amparo de la oscuridad. Y una idea cruzó, imprudente, por su mente. Tal vez había llegado el momento de probar si en verdad aquella era su noche de suerte.

La primera vez que Jacques escuchó la palabra *médico* fue en aquella casa; la misma donde había oído hablar por vez primera del ángel caído. Para aquel niño de cabello negro y mirada clara, la palabra *médico* no designaba a una profesión, sino a un hombre: a su abuelo Saúl.

El galeno judío se había convertido en un segundo padre para Ysabela desde el momento en que la ayudó a parir y después decidió acogerla en su casa junto a su hijo recién nacido. A ella no le resultaban extraños los judíos y sus costumbres después de haber servido en Lavaur a la Dama Guiraude. La señora acostumbraba a rodearse de intelectuales, magos y médicos judíos, e Ysabela trató con ellos en muchas ocasiones en aquella época. Sin embargo, ¿por qué Saúl la acogió en su casa a pesar de que aquella decisión lo enfrentó con su irascible hijo Caleb? ¿Quizá porque imaginó que Keren, su difunta esposa, habría hecho lo mismo de haber estado en su lugar? ¿Acaso porque siempre deseó la dulzura de una hija para suavizar el agrio sabor que Caleb concedía a su vida?

Pero hubo un motivo más por el cual el judío se sintió obligado a amparar a aquel recién nacido y a la prematura viuda. Fue algo que advirtió al vendar al pequeño al poco de nacer, tal y como recomendaban las comadronas que debía hacerse. Para ello, tomó algunas de las tiras de lana y estopa que llevaba en su zurrón de medicinas y, tras palpar cada uno de los miembros del pequeño para cerciorarse de que estaban sanos, envolvió sus antebrazos, sus dedos por separado, los codos y los brazos. Con una venda más ancha rodeó el tronco y, a continuación, prosiguió el vendaje en las piernas. Y ahí fue donde Saúl advirtió algo que le enterneció.

—¿Está bien? ¿El niño está sano? —preguntó la joven madre.

Saúl mintió al decir que sí, que era un niño sano y hermoso. Y lo cierto es que el paso del tiempo no le llevó la contraria, pues más allá de algunos catarros que Saúl había curado con equinácea, tomillo, regaliz y ajo, y alguna herida producto de caídas durante algún juego infantil que sanó con un poco de llantén o con miel, Jacques era un niño fuerte. Su pierna izquierda no lo había lastrado en modo alguno, y a Saúl le gustaba pensar que aquella buena salud se debía a que Ysabela le hizo caso cuando le recomendó seguir los consejos del maestro Avicena:

—Deberás darle de mamar durante dos años, al menos —dijo a Ysabel cuando le puso a su hijo en los brazos—. No hay alimento más sano que la leche materna. Y si despierta durante el sueño, debe acostumbrarse a la luz y a mirar las estrellas del firmamento. Durante el día —añadió recordando los consejos de Avicena—, debe alegrarse con los colores. Y enséñale a cantar canciones bonitas.

Ysabela le sonrió con dulzura, sin reparar en que la pierna izquierda de su bebé era ligeramente más corta que la derecha. Cuando lo descubrió, culpó de ello al parto prematuro que había provocado el desalmado Montfort.

Saúl intentó en varias ocasiones explicarle que no había una razón científica que avalara aquella teoría, pero Ysabela se negaba a escucharlo. En cambio, ambos estaban de acuerdo en que aquel niño, que demostró ser despierto e inteligente con rapidez, era especial.

Pero ninguno imaginó que Jacques iba a despertarse tantas veces durante la noche a lo largo de su vida como consecuencia de terribles pesadillas, como la que había sufrido aquella misma noche.

—De modo que has tenido otro de esos malos sueños —preguntó Saúl al pequeño cuando todos se hubieron marchado y solo podía escucharles el *perfecto* Isarn.

Jacques asistió, taciturno. Tenía los brazos cruzados, como si estuviera enojado, pero en realidad lo que le preocupaba era tener que mostrar aquella especie de mordisco que se advertía en su antebrazo izquierdo.

Isarn clavó en él sus ojos grises de un modo en que solo él sabía hacerlo, y el niño desvió la mirada.

—¿Otra vez Satán? —Tanteó Saúl, y sin aguardar la respuesta del niño añadió—: Yo no estaría tan seguro, Jacques. La mente es muy mala compañera en ocasiones.

—Vuestro Libro no tiene dudas sobre la existencia de Satán —le reconvino Isarn, picado—. ¿Qué os hace pensar que lo que Jacques siente es fruto de la imaginación y no real? ¿Acaso no creéis los judíos en el Bien y el Mal?

—No creo que Lucifer ni Yahvé tengan especial interés en que Jacques no duerma bien —respondió Saúl con ironía. Estaba demasiado cansado tras pasar casi todo el día en las murallas curando a los heridos como para descender a otro agotador debate religioso con su amigo Isarn. Pero el cátaro no estaba por la labor de zanjar el asunto del aquel modo.

—Vuestra fe y la mía se ponen de acuerdo en considerar que existe un principio creador, eterno e inmutable, ¿no es cierto? —dijo, y aguardó a que el médico asintiese con un gruñido. Y cuando Saúl tomó asiento, añadió, ignorando el gesto de fastidio del judío—: Ese principio creador es al que ansiamos regresar, pero nadie puede pensar que Satán, el generador del Mal, es producto de nuestra mente. El ángel caído es el demiurgo de este mundo. Por eso en vuestro Libro se leen dos creaciones del hombre en el Génesis. En la primera, se menciona como obra de los *Elohim*, de los dioses, y en la segunda, como una creación de Dios. Los primeros son esas entidades que llamamos ángeles caídos.

Saúl se limitó a escuchar las palabras de Isarn, que tantas veces había oído y tantas le habían dado en qué pensar, por más que a él le resultara suficiente con creer que Yahvé creó todas las cosas del cielo y la tierra; que es Uno e ilimitado. Él es el que es, el que era y el que ha de venir. Para Isarn, en cambio Satán era poco menos que el Dios del Antiguo Testamento.

—Sí, ya sé lo que piensas —aseguró Isarn, que parecía haberse olvidado de Jacques, a quien el sueño estaba a punto de vencer, aunque no lo deseaba—; supongo que le darás vueltas a esa idea de que tu dios no necesita intermediarios para crear, pero vosotros mismos habláis de emanaciones divinas, los *sefirot* de la cábala. No es tan diferente al *pléroma* que mencionan los gnósticos, y recuerda que para ellos hay un creador de lo material, que es *Sofía*.

—Gnósticos, maniqueos, cátaros… todos enredáis las cosas hasta que pierden su simplicidad —protestó Saúl.

—Al contrario, simplificamos lo enrevesado, a diferencia de lo que hacéis vosotros con vuestros seiscientos trece preceptos, o lo que hacen los infieles seguidores de Alá, o los hipócritas sacerdotes, obispos y prelados del papa, que predican un cristianismo que no les impide matar a inocentes —Isarn se giró buscando la mirada de Jacques—. Y ahora, cuéntame ese sueño, pequeño.

Jacques miró al hombre a quien consideraba su abuelo, sin saber qué hacer. ¿Debía contarle a Isarn lo que le había ocurrido?, interrogó con la mirada a Saúl. El médico se encogió de hombros.

A pesar de que había salvado la vida de Ysabela y de su hijo y los había acogido en su casa; y a pesar de que había enseñado los rudimentos de la medicina a la joven occitana, Saúl nunca se había inmiscuido en sus creencias. Ysabela era una ferviente cátara, por más que aún no hubiera recibido el *consolamentum*, el sacramento que aquella gente dispensaba a los más devotos y cuyo secreto último Saúl desconocía. Cada vez que ese ceremonial aparecía en sus largas y frecuentes conversaciones —y discusiones— con Isarn, el cátaro se tornaba hermético y evasivo. La experiencia le había enseñado a Saúl que ese era un asunto que Isarn siempre esquivaba. Fuera cual fuera su naturaleza, parecían considerarlo un tesoro. Por lo que Saúl y Caleb habían creído descubrir, únicamente un puñado de *perfectos* conocía qué era exactamente, y su amigo Isarn era uno de ellos.

De modo que para Saúl los cátaros eran un verdadero misterio. Admiraba la coherencia de los *hombres buenos*, que era como el pueblo llamaba a aquellos maestros vestidos rigurosamente de negro que predicaban exactamente lo que hacían. Elogiaba la innegable virtud de aquellos predicadores, y también su humildad. Pero le agotaba el esfuerzo intelectual que suponía llegar a comprender el modo en que, por ejemplo, interpretaban la figura de Jesús. Para Saúl, como buen judío, Jesús no era el Mesías, y el debate quedaba zanjado. Solo había sido uno de tantos predicadores. Pero para los cátaros, todo era más complejo. Según ellos, Dios envió a este mundo creado por el Mal a un ángel salvador, que sería Cristo. Y Cristo adoptó un cuerpo físico, pero no se encarnó exactamente; solo tenía una apariencia material, nada más.

Bajo la identidad de Jesús, aquel ser fingió someterse a las leyes materiales para burlar al diablo, pero este le descubrió y tentó. Sin embargo, los cátaros no creían que Cristo hubiera sufrido tormento ni hubiera muerto en la cruz, puesto que su verdadera esencia no podía sufrir, ni morir ni tampoco resucitar. De modo que la adoración de la cruz carecía de sentido para ellos, al igual que las reliquias que la Iglesia exhibía sin pudor.

A Saúl ben Barak le simpatizaban los cátaros porque junto a ellos sentía cierta hermandad. Nadie como un judío sabe lo que significa ser perseguido por la Iglesia, y aquella gente, a quien el papa consideraba hereje, estaba siendo diezmada sin piedad.

—Cuéntame ese sueño, Jacques —insistió Isarn.

Saúl asintió con un leve gesto con la cabeza, y el niño habló al *perfecto* de su lucha con el ángel caído, aunque evitó mostrarle su brazo izquierdo.

El obispo Fulco levantó la mirada del texto que releía una vez más. En la soledad de su tienda, aquel libro lo había transportado lejos de Tolosa, de aquella noche previa a una batalla, del aire fresco que llegaba del río, de las blasfemias de los soldados y del aroma que precede a la muerte.

—*El Libro de los Dos Principios* —murmuró. Tenía la mirada perdida, como si lo que acababa de leer lo hubiera dejado más que pensativo, noqueado.

En verdad le parecía que existía una impecable lógica en los postulados herejes, aunque jamás lo admitiría ni en público ni en privado. A lo sumo, se concedía a sí mismo unos minutos de reflexión, en los que, lejos de hallarse incómodo con el contenido de lo leído en aquel libro cátaro, se sentía estimulado intelectualmente.

Si no hubiera más que un principio, y ese principio lo encarnara un Dios absolutamente justo, bueno y conocedor del pasado y el futuro, habría que reconocer, como escribían los herejes, «que Dios desde el origen, a sabiendas y con todo conocimiento, ha creado y hecho a sus ángeles de una imperfección tal que no pudieron de ninguna manera evitar el Mal. Pero entonces ese Dios, de quien hemos dicho precedentemente que era bueno, santo y justo y superior a toda alabanza, sería la causa suprema y el principio de todo mal, lo que conviene negar absolutamente. En consecuencia, hay que reconocer la existencia de dos principios: el del Bien y el del Mal, siendo este último la fuente y la causa de la imperfección de los ángeles como, por otra parte, de todo el mal».

—Es brillante —concedió Fulco a regañadientes—. Es condenadamente brillante… e inapropiado, inadmisible, pecaminoso… —Se incorporó de la silla de madera y cuero donde había estado leyendo y caminó, nervioso, por la tienda de campaña que ocupaba.

En aquel libro, los cátaros rebatían de forma inteligente el argumento del libre albedrío, con el que Roma acostumbraba a explicar el motivo por el cual el hombre y los ángeles habían pecado. Dios les concedió libertad a la hora de obrar, proponía esa teoría, pero los cátaros despedazaban ese argumento con un análisis afilado que conducía de nuevo a la creencia de que la maldad no era producto de la mala elección del hombre, sino de la existencia de un principio antagónico al de Dios.

El iracundo Fulco envió el libro de un puntapié al rincón menos iluminado de la tienda. Después, cerró los ojos y, apenas durante unos segundos, el todopoderoso e irascible Fulco de Marsella, obispo de Tolosa, se interrogó sobre cuál era concretamente el papel que ocupaba en el teatrillo de la vida. ¿En qué trinchera se encontraba exactamente? ¿A cuál de aquellos dos principios servía?

Pero fue una duda que espantó de inmediato.

Si admitía aquellas ideas, resultaba que Dios, el verdadero Dios, sufre, se arrepiente de sus obras y sirve a sus propias criaturas. Y eso resultaba intolerable.

—Tal vez haya dos principios —se dijo, repuesto de su debilidad, al tiempo que soplaba la llama de la vela que había empleado en la lectura—; tal vez incluso yo mismo sirva al Mal, pero lo que jamás permitiré es que eso dañe la fe de los cristianos. Y si para preservar esa fe la verdad debe morir, no quedará con vida ni un solo cátaro, y su secreto será mío cuando mañana caiga Tolosa.

—¿Crees que me equivoqué? Sé sincero. —Simón miró a su hermano Guy, un hombre alto, fibroso y en cuyo rostro se advertían las huellas de numerosas batallas. Los dos Montfort estaban separados por una mesa de campaña y no había otro testigo que el vino negro que trasegaban. Sin lugartenientes ni edecanes, sin más hombres que ellos dos dentro de la tienda, aquella reunión tenía más de familiar que de militar, a pesar de estar rodeados por un impresionante ejército que dormitaba o que hostigaba puntualmente a los defensores con flechas incendiarias e incluso insultos. Todo era lícito si se trataba de minar la moral del rocoso adversario tolosano—. ¿Crees que debía haber arrasado esa endemoniada ciudad después de vencer al rey Pedro en Muret en lugar de perder el tiempo buscando el favor del rey para ser nombrado conde de estas tierras? ¿Me pudo la soberbia?

Guy cogió uno de los dos cuencos de madera llenos de aquel vino caliente y especiado. Sus dedos eran velludos, y bajo las uñas había restos de tierra y sangre seca.

—Hiciste lo que creíste más justo —respondió, evasivo. La luz de las velas permitió que Simón advirtiese su turbación por aquella pregunta. Guy sintió que las dudas de su hermano le habían arañado por dentro más que el vino caliente.

—Sí, lo sé —admitió el conde—, debí hacerte caso entonces. Y ahora, ya lo ves. —Hizo un gesto despectivo en dirección al castillo Narbonés y a las murallas de la ciudad—: casi nueve meses después, estamos como al principio.

En Muret, el ejército occitano había quedado descabezado, y Simón pudo haber asestado entonces el golpe definitivo en Tolosa, pero en lugar de ser el militar que era, jugó a político y perdió un tiempo precioso. Su único objetivo entonces era ser nombrado conde de Tolosa, y a ello entregó sus energías. Pero el rey francés Felipe Augusto tardó años en concederle ese honor, y mientras, el hijo de Raimundo de Tolosa se había hecho fuerte en la ciudad, e incluso su padre había regresado de Inglaterra, adonde huyó tras la derrota en Muret.

—Han repelido nuestros ataques mil veces en estos meses —gruñó Simón clavando su mirada verde y fría en el rostro de su hermano—. Destrozaron nuestro campamento al otro lado del río, pero mañana todo habrá acabado —profetizó, sin imaginar lo acertado de sus palabras.

3

EN ALGÚN LUGAR PRÓXIMO A SOURS
24 DE JUNIO DE 1218

La regla de la Orden establecía que cada hermano caballero podía poseer tres caballos, además de un escudero. Jacques contaba con un magnífico *destrier* de color blanco llamado *Duende*, de poderosas patas y capaz de combatir con tanto brío como su jinete; un *rouncey* de pelaje gris al que llamaba Nube, y un ejemplar árabe negro como el carbón al que había bautizado como Rumi y que llegó a Francia con él desde Tierra Santa cuando era solo un potro muy joven. Ninguno de ellos estaba castrado, pero todos habían sido convenientemente adiestrados por el caballero y eran con él dóciles y complacientes.

—Montarás a Nube —dijo Joseph—. Está acostumbrado a ti.

William asintió. Nube era una animal noble y casi lo sentía suyo, pero el joven se preguntó si algún día podría montar un imponente animal de guerra como Duende o correr sin rumbo a lomos de un corcel como Rumi.

—En breve, muchacho, dispondrás de tus propios

caballos —anunció el templario, como si hubiera leído los pensamientos de William, y pensó en cuánto había cambiado aquel muchacho físicamente desde que llegara a aquella casa cinco años antes.

William era ahora tan alto como Joseph y ambos guardaban cierto parecido: fibrosos, de extremidades largas y rostro afilado. El monje no parecía haber envejecido; pero, a sus dieciocho años, William se había convertido en un joven apuesto, con una incipiente barba que siempre parecía tener varias semanas, como la de su maestro. Ambos llevaban el cabello muy corto, y sus ojos grises los emparentaban aún más, como si fueran padre e hijo. Y en cierto modo, aunque se negaba a sí mismo concederse esos pensamientos, así veía Joseph al joven inglés.

El templario observó al muchacho mientras ensillaba a las monturas y disponía los estribos y las bridas, austeras y desprovistas de plata y de oro, como mandaba la regla. Había llegado la hora de cumplir la palabra dada al hermano Hugo y al comendador André. Pero también había llegado el momento de la separación, como bien sabía Joseph. Por lo que había oído, el visitador general tenía planes muy concretos para el joven.

El monje miró la llanura revestida de cereales y después se entretuvo en contemplar las colmenas, intentando disimular una tímida lágrima que se empeñaba en nacer y cuya vida segó con las pestañas. No podía permitirse llorar por él.

—William de Yorkshire —murmuró, orgulloso como un padre y no como un caballero.

—¿Estarán seguras? —preguntó el joven mirando a las colmenas.

—Siempre lo están —respondió el templario—. Nadie se atreverá a acercarse.

El joven lanzó una última mirada hacia el colmenar, y sonrió. Nadie, salvo ellos dos, habría comprendido el sentido último de su conversación. William no se refería a las abejas.

—¿Estás preparado? —dijo el templario,

—Hasta donde yo recuerdo, no tengo otra alternativa, salvo la daga del hermano Hugo —replicó William con fingido enojo mientras montaba sobre Nube.

Joseph ejerció una leve presión sobre los flancos de Rumi y el caballo inició un trote elegante que provocó que su larga crin azabache se despeinara bajo el sol del verano. A pesar del calor, el templario llevaba abrochado su inmaculado manto, de suerte que la estampa del caballo negro y el caballero blanco asemejaba la encarnación del *beauceant*, el estandarte de la Orden.

Antes de partir, William miró a su espalda por última vez y, sin poder evitarlo, recordó los primeros días junto al hermano Joseph.

Siendo niño aprendió que en aquella casa el ciclo de la vida lo marcaba la Naturaleza, a la que el monje mostraba un respeto reverencial. Durante los primeros meses en compañía del templario apicultor el muchacho receló de aquella devoción. El freire hablaba de la tierra con frecuencia y establecía extrañas relaciones con las diosas cuyos nombres William escuchó en la cripta de la catedral de Chartres la noche en la que su vida cambió para siempre: Isis, Astarté, Belisana…

—El trabajo con las abejas te ayudará a comprenderlo mejor —profetizó el monje en aquellos primeros días—; te dotará de paciencia y fortalecerá aún más ese don tuyo para la reflexión y la observación. Y quizás, si tenemos suerte, haga de ti un hombre con alma, y no solo con cerebro.

La vida de William en los años siguientes no se rigió tanto por el ritmo de las oraciones de las horas canónicas como por el del trabajo en el campo, atendiendo a los tres caballos, los huertos que rodeaban la casa y, sobre todo, las colmenas. Aprendió a escuchar el latido de la Naturaleza, y su interés por aquellos animales extraordinarios le incitó a leer con fascinación las notas que su maestro había ido recopilando durante años en varios manuscritos con el propósito de escribir un día un manual para los apicultores.

El colmenar de Joseph era mucho más grande de lo que William había imaginado antes de verlo por primera vez, y siempre estaba en perfecto estado de revista. Aseado y acogedor. Un reino animal dispuesto con mimo alrededor de unas losas de piedra colocadas en el suelo y que el monje mantenía impolutas, barriéndolas cada día escoltado por cientos de abejas.

Y luego estaban los experimentos del maestro Joseph.

—Ya ves que el hornillo se compone de dos partes —explicó el monje la primera vez que le mostró su peculiar laboratorio—. Ambas deben quedar perfectamente ajustadas. Ese precinto lo llamamos sello de Hermes, por eso decimos que algo está sellado herméticamente cuando es muy difícil abrirlo.

—Otra vez un dios pagano —protestó William, cada vez más desorientado ante el modo de vida y pensamiento de aquel hombre.

—¿Acaso tengo yo la culpa de que este arte sea más antiguo que nuestra religión? —Se defendió el templario, que pareció olvidarse de inmediato de las quejas de su discípulo y prosiguió con su cháchara—: la montera debe quedar bien cerrada, pero hay que practicar una abertura en el fondo, para que el calor pueda respirar, ¿comprendes?

No, en realidad William no comprendía el sentido de aquel rincón de la casa atestado de alambiques, atanores, hornillos, vasos y otros elementos de un ajuar que nunca antes había visto.

—¿Es cierto que vuestro objetivo es una piedra? ¿La piedra filosofal, como susurró en vuestro oído el comendador aquella tarde?

—Muchacho, no busco una piedra; lo que pretendo lograr es un polvo rojizo, el polvo de proyección. —El templario se giró hacia el chico, aún con uno de aquellos recipientes en la mano—. Te dije que los secretos están en la tierra, William. Si eres paciente, un día verás que la materia cambia de color y aspecto; que pasará de ser negra, como el alma de los hombres, a comenzar una transformación que la torna blanca y, por último, roja. Pero lo importante es acertar en el comienzo del proceso, seleccionando el ingrediente exacto para lograrlo. —El monje retornó a su trabajo mientras murmuraba—: todo tiene tres principios. El azufre, que es la parte masculina, seca, activa y cálida; el mercurio, femenino y húmedo, y la sal, que une a ambos. Además, hay cuatro elementos, y uno de ellos, el fuego, separa los principios y transforma la materia. Los metales impuros se convertirán en oro, y el corazón del buscador brillará con idéntica intensidad.

—¿Queréis decir que buscáis lograr oro? —se atrevió a preguntar William.

El templario estalló en una carcajada.

—¿Y para qué querría yo oro, joven William?

—¿Entonces…?

—¿Nunca te preguntaste qué hubo antes de la Creación?

William se persignó, desconcertado.

—Vamos, vamos, deja de hacerte cruces —rezongó el monje—. Te hablo de sabiduría a ti, que siempre estás con una pregunta en los labios.

El muchacho negó con la cabeza.

—Pues, al parecer, los egipcios debieron hacerse más preguntas que tú, porque ya en su época comenzaron con estos estudios —afirmó el templario—. Y más tarde, los griegos. E incluso los musulmanes, que llamaron a estos saberes *al-khimiyâ.*

—¡Siempre tenéis que mencionar a paganos y a infieles!

—¿Cómo no habría de hacerlo si fueron ellos quienes me enseñaron mientras estuve en Tierra Santa? —desveló Joseph, con naturalidad, ignorando el desconcierto de su aprendiz.

William salió precipitadamente de la casa, como si creyera que el aire fresco y la luz de la luna tendrían la virtud de sosegar su espíritu. Aunque apenas llevaba unas semanas junto a aquel monje, le parecieron suficientes para comprender que su vida había acabado la noche en que se adentró en aquel interminable pasadizo subterráneo.

En varias ocasiones, pensó en huir. Podría coger uno de los tres caballos del templario y escapar de allí. Pero ¿adónde iría? No tenía familia ni amigos. No sabía nada de sus hermanos, y Yorkshire estaba suficientemente lejos como para no saber dónde estaba exactamente. No recordaba su tierra natal, ni tampoco a su padre. Un niño con dos años abandonado en manos de unos monjes: esa era su dolorosa realidad. Pero, además, no estaba seguro de qué tipo de monjes eran el comendador y el hombre con quien convivía.

Fue entonces cuando la noche se emborronó. Sin darse cuenta, había comenzado a llorar.

Unos segundos después, una mano se posó sobre su hombro y un dedo encallecido limpió sus lágrimas.

—Antes de entrar en la Orden, mi nombre era Joseph Cloche, señor de Bonlieu, en Champaña. —El templario hablaba mientras contemplaba la luna, que rielaba en las aguas de una pequeña laguna situada a poco más de doscientos pasos de la casa.

La encomienda de Sours gozaba de una excelente salud económica gracias a la hábil gestión del hermano Morgan. Desde su posición como *arcarius* o tesorero, cargo que ejercía desde su ingreso en la Orden siendo muy joven, había demostrado que su extraordinaria inteligencia no se limitaba a cuestiones teóricas relacionadas con las matemáticas o los latines, sino que además tenía la virtud de multiplicar los beneficios aplicando sus conocimientos al terreno económico.

Nadie antes que él en aquella encomienda había demostrado semejante habilidad para gestionar las donaciones de tierras recibidas; para obtener los mejores beneficios en las ventas de los productos agrícolas y ganaderos, e incluso para mostrar su capacidad creativa en ese ámbito empleando abonos orgánicos, a pesar de las reticencias de los hermanos más veteranos. Pero su habilidad alcanzó su máxima expresión en el terreno financiero, encubriendo los préstamos a interés, que la Iglesia sancionaba, con hábiles giros jurídicos en los contratos que se firmaban con peregrinos y comerciantes que precisaban alguna carta de pago de las que la Orden del Temple emitía.

De ese modo, los beneficios que Sours enviaba a París y a Oriente no pasaron desapercibidos en aquellos años, lo que, sin embargo, no se tradujo en un premio, sino en un castigo, para el hermano Morgan.

Sucedió que ni el comendador André ni ningún superior de la Orden en Francia querían prescindir de aquel fantástico tesorero. Por ello, las ambiciones personales del hermano Morgan de viajar a Tierra Santa y ampliar sus conocimientos mientras combatía al infiel se habían esfumado una y otra vez. Gracias a él y a otros como él, el tesoro de la Orden engordaba y podía permitirse mantener las más de mil encomiendas que los caballeros tenían por medio mundo, sus hospitales, los ejércitos apostados en Tierra Santa, los salarios de los turcoples —los mercenarios de origen turco a sueldo de los freires— y las limosnas para los pobres.

Morgan sumaba y restaba; calculaba e imaginaba estrategias financieras, encerrado en su celda, siempre rebosante de pergaminos. Solo en dos estancias de la encomienda había tanto pergamino junto: en el modesto *scriptorium* y en la enfermería del maestro Yehudá.

Para Morgan, resultaba humillante que la Orden no aprovechara su indudable valía enviándolo a Tierra Santa. ¿Cuándo podría conocer los secretos de aquellas tierras de las que tanto había leído?

Cinco años atrás, el vaso de su paciencia se colmó.

Morgan levantó la vista del pergamino que tenía sobre la mesa de trabajo y su mano se relajó tanto que la pluma con la que escribía se deslizó entre sus dedos manchándolos de tinta. Su mirada se perdió en algún punto de su celda, mientras los hechos ocurridos aquella lejana tarde se proyectaban en su mente con insólita claridad.

Morgan estaba convencido de que su alumno William creía ser más inteligente de lo que era en realidad. La humillante derrota en aquella partida de alquerque ante los demás hermanos le enfureció de tal modo, que estuvo a punto de perder los nervios y dar su merecido a solas a aquel crío petulante. La regla prohibía golpear a otro hermano, pero William no lo era. Fue por ello que siguió a su discípulo disimuladamente, aguardando que se diera la ocasión de acorralarlo sin ningún testigo.

Pero William hizo algo insólito aquella tarde. Morgan vio al niño apostado bajo el ventanuco de la celda del comendador. Desde el lugar donde él se encontraba no lograba escuchar lo que allí dentro se decía, pero sí distinguió las voces de André y de Joseph, y su afilado instinto le susurró que algo importante se tejía a sus espaldas.

De pronto, las voces cesaron y Morgan siguió al muchacho hasta la capilla, en cuyo interior se demoró unos minutos para salir después a hurtadillas, como si temiera que alguien le descubriera. A continuación, le vio dirigirse a la serrería, de donde salió cargado con un saco de serrín en dirección de nuevo a la capilla.

En esta segunda ocasión, también Morgan entró.

Apostado entre las columnas, observó a su discípulo y creyó comprender sus intenciones. Después de Completas, sus sospechas se confirmaron.

El resto fue sencillo. No tuvo más que seguir los pasos de los tres monjes y del niño para descubrir la existencia de aquel largo pasaje subterráneo que conducía hasta la cripta de la catedral. Y allí, fue testigo de excepción de cuanto ocurrió.

Habían pasado cinco años desde aquella noche, y buena parte de ese tiempo lo había consumido indagando sobre la identidad de aquella hermandad llamada Ormus, pero sus pesquisas habían resultado baldías. Sin embargo, estaba convencido de que tejían una traición a espaldas del Temple. ¿Qué era la Palabra de la que hablaron aquella noche en la cripta? ¿Qué ritos pecaminosos practicaban en honor a las diosas paganas?

Aquella misma noche, Morgan tomó la decisión de desenmascarar a los traidores, y en especial al comendador, a quien culpaba del estancamiento de su carrera dentro de la Orden.

Comenzó a tejer una red de colaboradores reclutados entre canteros de la catedral y buscavidas de Chartres, cuyas voluntades engrasaba con monedas sisadas a la encomienda. Necesitaba ojos y oídos dentro de las obras, y en el futuro necesitaría manos ejecutoras de sus planes. Un futuro que entonces le parecía muy lejano pero que, cinco años después, estaba a punto de irrumpir.

La inminente llegada del visitador de la Orden, anunciada por el comendador en el último Capítulo, le había decidido a poner en marcha su proyecto.

El visitador general tenía como misión viajar de una encomienda a otra de un modo periódico para inspeccionar las instalaciones, las granjas y los campos, además de impartir justicia, si fuera menester, y también para presidir las ceremonias de ingreso de nuevos freires. Y en esta ocasión, presidiría la de William. Y eso era algo que a Morgan le quitaba el sueño, porque, además, aquel odiado petimetre iba a ser conducido a la Casa del Temple en París; un honor que a él jamás se le concedió.

Durante aquellos años, Morgan había recopilado información de interés. Conocía las secretas visitas que el comendador y Hugo hacían periódicamente a los trabajos que se acometían en la catedral, así como sus conversaciones con el maestro de obra, gracias a su red de informadores. Seguía con atención al hermano Joseph cuando visitaba la encomienda, y no quitaba ojo a William en las ocasiones en que acompañaba al apicultor, algo que no siempre ocurría.

Sin embargo, seguía sin saber nada concreto. Los canteros que había logrado sobornar desconocían quién era exactamente y de dónde había llegado el maestro de obra. Unos decían que se llamaba Juan, como el evangelista; otros, lo negaban. El Temple lo reclutó en París, decían algunos; otros, le atribuían la dirección de obras en diferentes lugares. Pero lo que más fascinaba a Morgan era la capacidad para resolver problemas matemáticos y geométricos que tenía aquel hombre; algo que se advertía en la gracia imposible con la que se alzaban en busca del cielo los arcos ojivales, en la inalcanzable bóveda que sostenían, y en los pináculos y gárgolas que desafiaban las ciencias conocidas.

Era tanta su fascinación por aquellos saberes, que había prometido una suculenta recompensa a quien pudiera proporcionarle los planos dibujados por el maestro Juan, o como quiera que se llamase. Pero nadie pudo darle razón de ellos. Al parecer, convocaba en cada ocasión a los aparejadores, carpinteros y canteros, y dibujaba sobre la tierra el problema puntual que se planteaba y la resolución del mismo. Si había planos, nadie los había visto, ni siquiera cuando, por orden suya, algunos de sus hombres a sueldo entraron en la humilde morada del maestro, adosada a la fábrica de la catedral.

—Pero debe haber algo escrito; alguna matemática, algunas directrices de geometría recogidas en un pergamino —reflexionaba el tesorero, en vano.

Algunos servidores de la encomienda también estaban a sueldo de Morgan, y fue a ellos a quienes encargó el registro de las celdas del comendador y del hermano Hugo, pero no hallaron nada comprometedor. Ningún rastro de la hermandad de Ormus.

De manera que la llegada del visitador general le iba a encontrar con las manos vacías, y William sería admitido en la Orden como paso previo a su recepción entre los misteriosos caballeros de Ormus. Y no había modo de impedirlo, porque carecía del nexo de unión que le permitiera construir una acusación fundamentada que poder presentar al visitador. Una falsa denuncia o una denuncia sin pruebas sólidas podía costarle muy caro, puesto que el código templario establecía que si un hermano acusaba a otro de algo por lo que podría ser expulsado de la Orden y no lo podía demostrar, sería el acusador quien perdería el hábito, salvo clemencia del Capítulo.

Desesperado, el *arcarius* decidió arriesgar.

La vida de la Orden estaba por encima de la vida de cualquiera de sus miembros, pensó.

—*Non nobis, Domine, non nobis, se Nomini tuo da gloriam* —recitó.

—Antes de entrar en la Orden, mi nombre era Joseph Cloche, señor de Bonlieu, en Champaña.

Aquellas palabras fueron la introducción de la primera de las largas charlas que ambos mantuvieron. Por aquel entonces, William estaba lejos de imaginar que las enseñanzas del fraile alquimista y apicultor le harían cambiar por completo no solo la percepción que tenía de la Orden, sino sus propias ideas sobre la religión, sobre el mundo y sobre Dios.

—Somos herederos y custodios de la Tradición —le confesó Joseph en una de sus conversaciones junto al fuego. Habían pasado varias semanas desde que le revelara su nombre antes de entrar en la Orden y secara con sus dedos las lágrimas del muchacho—. La Tradición es una cadena de conocimiento cuyos principios se remontan a los tiempos más antiguos. No tiene nada que ver con las religiones de los hombres. En realidad, está por encima de ellas. O, mejor dicho, ni siquiera está por encima de ellas, porque no se puede comparar su estatura con ningún credo ni siquiera para demostrar su superioridad. Las religiones son el pálido eco de la voz de la Tradición.

»La Tradición es milenaria, ancestral. Actúa dentro del Ser, en lo más profundo de nosotros; en nuestra verdadera esencia. A lo largo de los siglos, determinados hombres sintieron en su interior la voz de la Tradición o fueron elegidos de algún modo por ella y se convirtieron en maestros que transmitieron ese secreto de muy diversas formas y al margen de cualquier credo religioso. Uno de sus objetivos es hacer ver a los hombres que la estructura de todo lo creado habita en su interior, porque todo cuanto está dentro de él se encuentra también fuera, y todo cuanto está en los cielos tiene su par en la tierra.

»A lo largo de la historia, esos maestros encerraron esquirlas de la Tradición en manuscritos, objetos y símbolos. Y la búsqueda de uno de ellos fue el origen de nuestra Orden.

—¿Queréis decir que la misión de los primeros caballeros templarios no fue velar por la seguridad de los peregrinos que viajaban a Jerusalén?

—Naturalmente que no —respondió Joseph con una sonrisa en los labios.

Le habló de la sabiduría de los sacerdotes egipcios y caldeos. La Tradición había pasado por sus manos antes de llegar al círculo más selecto del Temple. Para comprender sus secretos, le dijo Joseph, había que morir para renacer.

—¿Cómo habría de ocurrir algo semejante? —preguntó espantado el muchacho.

—¿No dejó escrito el evangelista Juan que Jesucristo dijo a Nicodemo que para entrar en el reino de Dios había que morir y nacer de nuevo? —Recordó el templario—. ¿A qué viene entonces tanto aspaviento, William?

El joven escuchó a su maestro asegurar que los sacerdotes egipcios eran capaces de dotar a sus templos de vida, como si fueran seres vivos; algo que conseguían eligiendo con astucia los lugares donde los construían —parajes donde las famosas *serpientes* eran poderosas—, orientándolos de una manera precisa y empleando en su diseño proporciones mágicas.

—Y luego, estaban las palabras de poder que pronunciaban y grababan en sus muros para activarlos.

—¿Palabras de poder? —William recordó la conversación que escuchó en la cripta de Chartres aquella noche en que su vida cambió para siempre—. ¿Las mismas de las que vos habláis?

—Probablemente, o muy semejantes —admitió el templario—. Las mismas que los primeros caballeros fueron a buscar a Jerusalén.

—Creía que estábamos hablando de los sacerdotes egipcios…

—Así es —concedió Joseph—. Pero las Palabras viajaron un día. O más bien, las robaron.

—¿Las robaron? ¿Quiénes?

—Los mismos que las llevaron a Jerusalén —respondió el monje.

Y con aquella manía suya de involucrar a paganos en sus relatos, el templario habló de un dios egipcio al que llamaban Thot y a quien aquellas gentes atribuían la invención de la palabra escrita, entre otras virtudes. Thot había escrito unos textos mágicos jamás descubiertos y que algunos aseguraban que ocultó en un cofre que nadie había encontrado; mientras tanto, añadió, en la Biblia se mencionaba la existencia de unas palabras sagradas grabadas en sendas piedras por dictado del dios de los judíos, e igualmente depositadas en un arcón maravilloso, y también desaparecido.

—¿Os referís? ¿Al…? ¿A las…? —tartamudeó William.

—Exactamente, muchacho —afirmó el templario—. Se narra que Dios ordenó a Moisés subir a la montaña y le dio unas tablas de piedra con sus propias Palabras; unas Palabras de poder, William. —Los ojos de Joseph adquirieron un brillo extraño, hipnótico—. Como ya te contaré, nuestros contactos con sabios judíos nos permitieron corroborar que no eran los mandamientos que todo el mundo cree conocer, sino algo mucho más poderoso y trascendente. Cada una de aquellas Palabras, convenientemente pronunciadas, tiene un poder especial, capaz de alterar o modificar el entorno. Podría decirse que tienen capacidad para crear. Pero, además, tienen un valor numérico. Es el origen de esa ciencia mística que practican los hebreos y que llaman Cábala.

William reflexionó un instante sobre las palabras de su maestro.

—Entonces, el objeto que encierra secretos de la Tradición del que habláis era el Arca de la Alianza —concluyó.

—Recuerda, William, que nada resulta más engañoso que un hecho evidente.

—Pero vos habéis dicho…

Nube relinchó feliz al ver los muros de la encomienda de Sours. El animal reconocía el fin del camino después de haberlo recorrido tantas veces. Pero su expresión de satisfacción arrancó bruscamente a William de sus recuerdos y lo enfrentó sin respiro a la inminencia de su nueva vida. Las respuestas que aguardaban, las muchas preguntas que aún necesitaba hacer a su maestro, estaban más cerca de ser planteadas y de ser respondidas. En breve, juraría lealtad a la Orden de los Pobres Caballeros del Templo de Jerusalén y también, lo deseara o no, a la hermandad de Ormus. A pesar de los años transcurridos, aún sentía la punta de la daga del hermano Hugo en su cuello. Convertirse en un caballero de Ormus significaba seguir con vida, y ese trato era difícil de rechazar.

IV

TOLOSA
25 DE JUNIO DE 1218

Ysabela había pasado la noche en el improvisado hospital de campaña situado cerca del sector sudeste de las murallas de la ciudad; las mismas en cuya fortificación habían trabajado todos los vecinos —ancianos, mujeres y niños incluidos—. Aquella zona, próxima a la puerta de Montoulieu, era de crucial importancia para mantener Tolosa a salvo de Montfort, y por ello se había tejido una minuciosa red defensiva integrada por fosos y trincheras. En las torres, arqueros y ballesteros se turnaban para que aquella puerta jamás quedara sin vigilancia. Y precisamente su valor estratégico la había convertido en escenario de numerosos enfrentamientos durante aquellos meses de sitio, por lo que se registraban abundantes bajas y heridos a los que atender.

Ysabela era una de las cuatro mujeres cátaras que en aquellos momentos se ocupaban de limpiar las heridas a los soldados, de preparar vendajes empapados en vino o aceite, de llevar agua a los labios de los convalecientes y de aliviar el sufrimiento de los moribundos con sus palabras y su sola presencia. Siguiendo el ejemplo de los *hombres buenos*, ninguna de ellas aprobaba la violencia, por más que todas desearan acabar con la pesadilla que significaban las tropas francesas y la sombra aterradora de Montfort, e Ysabela lo deseaba más que nadie. La figura del conde a lomos de su caballo blanco se le aparecía en sueños con tanta frecuencia como el ángel caído a su hijo. Aquel jinete encarnaba a la Muerte, y, dijera lo que dijese Saúl, ella lo culpaba del prematuro parto en el que Jacques vino al mundo y de la imperfección física del pequeño.

En aquellos cinco años, Saúl la había instruido en la ciencia médica, a pesar de la desaprobación de Caleb, que no admitía que una mujer pudiera ejercer la medicina ni oficio alguno. Su menosprecio a la mujer era de la misma estatura que el que sentía por la religión de sus antepasados, y por el resto de los credos. Caleb no parecía creer en nada que no fuera lo que podía ver a través de sus ojos y tocar con sus manos. Para él, el hombre era un ser mortal, finito. El alma, el espíritu y todas las teorías que Isarn predicaba y todos los preceptos de la Ley que su padre cumplía como creyente, le traían sin cuidado.

Saúl sospechaba que la animadversión de su hijo hacia la religión de sus antepasados era una forma de vengarse por el cariño que él dispensaba a Ysabela. Burlarse de las religiones y de los dioses que las presiden era el modo que había elegido para expresar su odio, acentuado por el hecho de que aquella cristiana le aventajaba en destreza médica, aunque eso lo fue advirtiendo de un modo gradual.

Al principio, las únicas personas que acudían a Ysabela eran las mujeres, pero no lo hacían en busca de un consejo médico, sino cosmético. Presumían que, como ella conocía las virtudes y propiedades de las plantas, podía proporcionarles productos para su belleza. Y así fue como Ysabela comenzó a practicar. Hacía lápices de labios con base de albayalde, sebo, raíz de azucena y vino de rosas; se esforzaba en reducir las arrugas de sus pacientes empleando una crema a base de huevos diluidos en vinagre, polvo de mostaza y pimienta, o depilaba el vello del labio superior de las jóvenes con una pomada que ella misma preparaba usando colofonia, miel, resina, agua de rosas y cera. En ocasiones, explicaba a las mujeres que podían blanquear sus dientes si los frotaban con corteza de avellano y vino caliente, o hacer que su cabello fuera más brillante si aplicaban sobre él una pomada que lograba con una emulsión de flor de retama, corteza de saúco, yema de huevo y azafrán.

Pero Saúl no tardó en descubrir que aquella joven tenía un don del que carecía su hijo, por más que Caleb estuviera mejor formado en el terreno teórico y supiera diferenciar con rapidez cuál de los cuatro humores —sangre, pituita, bilis y atrabilis o bilis negra— era el que generaba la enfermedad. Ysabela no había tenido tiempo ni posibilidad para la teoría, pero era diestra con las hierbas y aprendió con sorprendente facilidad sus propiedades curativas.

Pronto se mostró hábil a la hora de curar las quemaduras con aceite de azucena o de linaza; diestra en eliminar el zumbido de los oídos vertiendo en su interior gotas de una infusión de eléboro hervido en vinagre, o en paliar los dolores de muelas con el mismo mejunje lavando la boca del enfermo. Asimismo evidenció una inesperada pericia a la hora de elaborar píldoras con jugos de plantas, a los que añadía miel porque, decía sonriente, endulzaba el sabor y los pacientes se mostraban menos reacios a injerirlas.

Y así, de un modo paulatino, la joven occitana se incorporó a la rutina diaria de Saúl y Caleb. Cada vez, les ayudaba más y más, hasta que llegó a convertirse en indispensable sin que ninguno de los dos hombres supiera cuándo había sucedido.

Pero Ysabela aún no era diestra en las amputaciones ni, en general, en la cirugía, por eso cuando de madrugada llevaron al hospital de campaña a un hombre con la pierna ennegrecida como consecuencia de una herida de flecha infectada, la joven cátara resolvió ir a despertar al médico judío.

Al salir del hospital para dirigirse a casa de Saúl, advirtió que el alba llamaba a las puertas de aquel nuevo día, que bien podía ser el último de todos ellos. Aún hacía fresco, pero el cielo estaba tachonado de estrellas y no se veía ninguna nube que lo emborronara. Aspiró el aire, que olía a rocío y al humo de las hogueras, y entonces escuchó a uno de los vigías:

—Mi señora, ¿podríais llenarme el odre de agua? —gritó el soldado al tiempo que arrojaba un pellejo de piel de cabra desde lo alto de la muralla.

Ysabela lo recogió del suelo y lo llenó con el agua que contenía un caldero de madera que estaba junto a la puerta del improvisado hospital. Después, subió las empinadas escaleras de piedra para llegar al adarve.

—Muchas gracias, señora —dijo el soldado. Se trataba de un joven no muy agraciado físicamente, pero de enormes brazos y manos como zarpas de oso.

El muchacho bebió largo rato, y luego se pasó la mano velluda por la boca para secar los labios.

Ysabela sonrió y volvió su mirada hacia el campamento de Montfort, al otro lado de las murallas. Sin poder evitarlo, se estremeció al ver aquel mar de tiendas de campaña. ¿Cuál sería la del despiadado conde?, pensó. Y entonces fue cuando advirtió la figura de un hombre que, amparado por las últimas sombras de la noche, se aproximaba a las murallas. Ysabela no podía saber entonces que se trataba de Oliver Azille, el carpintero que había decidido comprobar si, en efecto, aquella era su noche de suerte.

—Uno de ellos está en esa ciudad y lo necesitamos con vida —dijo el obispo Fulco casi en un susurro. Su piel cetrina pareció oscurecerse más, y sus dedos sarmentosos se tornaron garras sobre una presa imaginaria—. Pero el conde no debe saberlo jamás.

—Estamos de acuerdo —convino Pere de Benavent, el legado papal, cuya papada contrastaba con el rostro afilado del obispo—. Dejemos a Montfort la espada y la vanidad —añadió mientras sus ojillos se estrechaban—. Pero ¿cómo sabéis que uno de ellos está tras esas murallas?

—Dios tiene ojos en todas partes —respondió con ironía el obispo, evitando mencionar la identidad de su informador—. Es el *perfecto* al que llamaban Isarn de Auriac. Un hereje que hace años predica de acá para allá, y al que consideran un baluarte de su iglesia.

—¿Iglesia? —bramó el legado papal, indignado. Sus carrillos se hincharon como si fuera un pavo, y su rostro adquirió un tono bermejo—. Os prohíbo que llaméis iglesia a ese prostíbulo de obispos y diáconos de Satanás.

—Pero es el nombre que ellos mismos se conceden —recordó el obispo. Y antes de añadir nada más, miró alrededor, cerciorándose de que no hubiera oídos indiscretos en la tienda de campaña en aquellos momentos—. Y a decir verdad, algún mérito han de tener o demérito tenemos nosotros para que tantos nobles y tantos campesinos crean en sus palabras y no en las nuestras, ¿no os parece? —apostilló, sin poder evitar el efecto que había tenido en él la lectura, minutos antes de aquella conversación, del *Libro de los Dos Principios*—.

El rostro Pere de Benavent evidenció su cólera, pero se abstuvo de responder porque sabía que Fulco tenía razón. Mientras los representantes de la Iglesia de Roma se entregaban a la gula, la lujuria y la avaricia, los herejes recorrían aquellas tierras en parejas predicando un modelo de vida que ellos mismos cumplían con severidad. Sus ropas negras eran tan humildes como sus costumbres. Además, habían sabido atraerse la voluntad de las mujeres, especialmente de las damas nobles, alguna de las cuales se habían convertido en *perfectas* tras someterse a la ceremonia que llamaban *consolamentum* y de la que, en el fondo, Roma no sabía nada con certeza, más allá de que para los herejes tenía el rango de sacramento. Al parecer, había cierta variedad que se administraba a modo de extremaunción a los moribundos. Pero tanto Fulco como el representante del Vaticano intuían que durante la misteriosa ceremonia sucedía algo extraordinario, mágico, de lo que ningún hereje de cuantos habían ordenado torturar había revelado una sola palabra. Semejante obstinación era la prueba palmaria de que sus sospechas tenían una base sólida, conjeturaban.

—¿Sabéis que el conde de Foix, esa siniestra criatura que persigue a nuestra iglesia, dice que soy un aliado del Anticristo? —comentó Fulco al tiempo que se llevaba a la boca un muslo de pato confitado. La grasa del manjar descendió, imparable, hacia la manga de su hábito sin que al clérigo pareciera importarle—. ¡Yo, aliado del Anticristo! ¡Y lo dice ese excomulgado malnacido!

El legado papal tenía la boca llena y se esforzaba por masticar un enorme trozo de carne de jabalí asado. Al escuchar la chanza del obispo, a punto estuvo de atragantarse, pero se sobrepuso.

—¿Qué sabrá ese miserable del Anticristo? —Acertó a decir mientras se limpiaba los labios carnosos con el dorso de la mano—. Él sí que está del lado del Anticristo al poner su espada al servicio de esos herejes que dicen que Satán creó este mundo pero que, aun así, es hijo de Dios.

—Todos somos hijos de Satán, según ellos —puntualizó el obispo—. Nuestro cuerpo no es obra del Santísimo, predican, sino del Mal, aunque dentro de nosotros hay un soplo divino, o algo parecido.

—¡Paparruchas! —sentenció Pere de Benavent antes de lanzar un sonoro eructo—. ¿Cómo se puede creer a quienes aseguran que el pecado no existe?

—¡Oh! Ese sí que es un buen truco, hay que admitirlo —opinó Fulco—. Es más fácil predicar lo sencillo de admitir porque te hace la vida más alegre, aunque sea falso, que lo difícil de aceptar porque te la complica, aunque sea cierto. —Echó mano a otro muslo de pavo con los dedos untados de grasa, y concluyó—: deberíamos aprender de sus mentiras para ganar más almas.

—Confundir a la gente; eso es lo que hacen —gruñó el legado antes de echarse al coleto una generosa copa de vino tinto—.

—Pero poseen un secreto que les hace fuertes y a nosotros, débiles —replicó Fulco, y a continuación paseó de nuevo por la tienda sus ojillos inteligentes antes de añadir en un susurro—: pero el engreído Montfort está a punto de poner en nuestras manos al hombre que al fin nos conducirá a ese secreto.

Fulco se prometió a sí mismo que si el informador que tenía en la ciudad estaba a sueldo suyo y no del papa, suyo habría de ser el ansiado tesoro, y no de Honorio III.

La contera de la vaina de la espada golpeaba las polainas de Raimundo, el hijo del conde de Tolosa, mientras caminaba de un extremo a otro de la sala. El frescor de la mañana se filtraba entre los gruesos tapices que cubrían las ventanas, y sobre la alfombra de piel que abrigaba las losas del centro de la estancia quedaban impresas las huellas de barro del guerrero, que acababa de regresar de inspeccionar las defensas de la ciudad. Al contrario que su padre, el joven Raimundo exudaba vigor y decisión, lo que le había convertido de un modo tácito en jefe militar de la ciudad desde su llegada a Tolosa procedente de Provenza apenas veinte días antes. Su entrada fue aclamada por el pueblo, esperanzado al ver que lo acompañaban refuerzos con los que oponer mayor resistencia a las tropas de Simón de Montfort.

Un año antes, su padre había aprovechado la niebla que rodeaba la ciudad para cruzar el río Garona y entrar en la ciudad burlando a los soldados de Montfort. Y aunque el viejo conde fue vitoreado por el pueblo, las expectativas se dispararon entre los tolosanos cuando el joven Raimundo sorteó la vigilancia de los franceses y entró en la ciudad con un fuerte contingente militar.

—Me niego a negociar —gruñó el futuro conde sin mirar a los demás mientras caminaba de un extremo a otro de la sala—. Negociar no es una opción. —De pronto, interrumpió su deambular y clavó su mirada en los ojos de su padre—. Esta vez, es ganar o morir.

Los labios de Raimundo VI temblaron, pero nadie supo si fue por la emoción de escuchar tan valerosa soflama por parte de su hijo o por indignación tras haberla escuchado. Muchos de los presentes habían asistido a la debacle de Muret cinco años antes y recordaban que en aquella ocasión el conde se abstuvo de secundar la estrategia del difunto rey de Aragón, Pedro II. Sin embargo, tampoco entonces tuvieron la certeza de que su negativa respondiera a una decisión táctica o a simple cobardía. El conde de Tolosa había protagonizado sonados cambios de opinión durante aquella larga guerra que el papa había bautizado con el nombre de *cruzada albigense.*

—No es necesario que os recuerde que ese malnacido de Montfort se instaló en nuestro castillo hace dos años con la aquiescencia del papa y del rey, que lo nombraron conde, un título que únicamente corresponde a nuestra familia —prosiguió el joven Raimundo, indignado. Su cuerpo erguido y su expresión resuelta contrastaban con la de su padre, un hombre de más de sesenta años que anhelaba los viejos tiempos, cuando los trovadores y las mujeres, la lectura y el vino, ocupaban sus plácidos días.

—No es necesario que nadie me recuerde quién soy —replicó el viejo conde con gesto airado—. Y mucho menos tú.

—A veces, lo dudo —replicó el muchacho, sosteniendo la mirada de su padre.

Los labios de Raimundo VI temblaron de nuevo, y desvió la mirada hacia los señores allí reunidos, buscando su complicidad y apoyo. Pero no lo encontró.

Nada quedaba en él del joven que cuarenta años antes se había casado por vez primera con Beatriz de Trencavel, la hermana del vizconde de Béziers, Carcasona y Albí. Y todos, en cambio, recordaban que, quince años después, la repudió. Para entonces, Beatriz gozaba de la simpatía del pueblo y de la nobleza del Languedoc por sus creencias cátaras, e incluso era sabido que había recibido el *consolamentum*. En cambio, él había maniobrado a un lado y a otro durante aquella guerra, sin que ello le hubiera evitado la excomunión.

—Estoy de acuerdo con vos, milord —intervino el siempre arrogante y pendenciero conde de Foix, Raimundo Roger—. Esto no es Muret, y Muret no volverá a repetirse. Aquí, venceremos o moriremos todos.

—Con esos lobos no se puede negociar. ¿Acaso no recordáis cómo acabaron las negociaciones en Béziers o Carcasona? —alzó la voz el joven Olivier de Termes, uno de los *faidits* presentes en la reunión del alto mando militar. Ocho años antes, su padre, Raimundo III, había sucumbido ante el empuje de los cruzados y el castillo de Termes cayó en poder de Montfort.

Las arrugas del rostro del conde de Tolosa se transformaron en surcos de indignación ante la cruel observación de aquel muchacho de tan solo dieciocho años.

—¿Qué sabréis vos? —dijo el viejo noble iracundo.

—Sé lo que todos saben pero nadie osa deciros a la cara —replicó con descaro Olivier mientras un murmullo de desaprobación surgía en un sector de los presentes y otro aplaudía al joven *faidit*—. El fantasma de vuestro sobrino Roger Trencavel os perseguirá mientras viváis.

El anciano conde hundió las uñas de sus dedos en la palma de las manos, pero no respondió a la ofensa. En el fondo, aquel petimetre tenía razón: jamás lograría enterrar al fantasma de Raimundo Roger Trencavel.

Nueve años antes, su sobrino, que entonces tenía veinticuatro años y ostentaba el título de vizconde de Albí, Béziers y Carcasona, se encontraba en una situación similar a la que ahora ellos padecían. Un poderoso ejército liderado por Simón de Montfort, pero bajo las órdenes de Arnaud Amaury, abad de Cîteaux, llegó a las puertas de la ciudad fortificada de Béziers. Por entonces, Raimundo VI había mostrado su capacidad camaleónica para sobrevivir y logró evitar que sus tierras fueran atacadas por los cruzados prometiendo no amparar a los cátaros.

En un intento de congraciarse aún más con los franceses, Raimundo intentó convencer a su sobrino para que no opusiera resistencia. Confiaba en que la inmadurez del muchacho jugara a su favor; después de todo, se había visto obligado a subir al poder con tan solo nueve años de edad por la prematura muerte de su padre, Roger II Trencavel. Y seis años después murió su madre, Adelaida, la hermana del viejo conde de Tolosa.

Pero Raimundo VI no sospechaba hasta qué punto habían calado en su sobrino las enseñanzas recibidas durante su minoría de edad por boca de su tutor, Bertrand de Saissac, un ferviente cátaro. Y resultó que el joven Trencavel rechazó la propuesta de rendición que le ofertó la hiena vestida de abad cisterciense. Arnaud Amaury le mostró una lista en la que figuraban doscientos veintidós nombres de cátaros. Si le entregaba a aquellos hombres, prometió, ni Béziers ni el propio Trencavel sufrirían daño alguno. Lo que jamás reveló Amaury era que de aquella larga lista únicamente le interesan ocho *perfectos* que, según sus espías le habían informado, conocían el secreto cátaro. Uno de ellos era Isarn de Auriac.

Pero Trencavel no cedió, y su osadía se saldó con una borrachera de sangre debido a una imprudencia de los defensores de la ciudad, que permitió la entrada de los cruzados. Muchos occitanos fueron literalmente descuartizados mientras el caballo blanco de Montfort pisoteaba sus cuerpos. Y en mitad de aquel infierno, alguien dijo haber escuchado a Arnaud Amaury ordenar que dieran muerte a todos los vecinos de Béziers, sin reparar en su edad, en su sexo o en sus creencias religiosas. Dios reconocería a los suyos, dijeron que bramó el despiadado cisterciense.

—Yo no tuve nada que ver con lo que ocurrió en Béziers —se defendió el anciano conde. Su mano aferró la empuñadura de la espada y desenvainó con inesperada rapidez.

Olivier de Termes reaccionó con agilidad felina y exhibió su acero ante la mirada atónita de los presentes.

—Tal vez no participasteis en la matanza, pero sois culpable igualmente por vuestra cobardía —aseguró el joven mientras pasaba su espada de una mano a otra sin apartar la mirada de los ojos del conde—. Como lo sois de la muerte de vuestro sobrino en Carcasona.

—¡Maldito seáis! —gritó Raimundo al tiempo que asestaba un poderoso mandoble sobre su rival, pero la espada no llegó a su destino, porque el acero del conde de Foix se interpuso.

—¿Acaso habéis enloquecido ambos? —dijo el imponente noble occitano a quien la Iglesia consideraba la más feroz de la bestias—. No estamos aquí para recordar las muertes pasadas, sino para evitar las futuras, que pueden ser las nuestras.

El viejo conde, sudoroso y agitado, miró con desdén al *faidit*.

—No tenemos otro enemigo que Montfort —recordó el conde de Foix—, y ha llegado la hora de…

—Milord, milord. —Un soldado irrumpió en la estancia. El hombre, fibroso como un junco, jadeaba por la carrera que parecía haber protagonizado y le costó recuperar el resuello para poder explicar su atrevimiento—: hemos apresado a un hombre cerca de la puerta de Montoulieu. Una sanadora llamada Ysabela lo vio entrar en la ciudad por un pasaje subterráneo que casi nadie conoce y dio aviso a la guarnición. Creemos que se trata de un espía, pero él asegura que es carpintero y que tiene una información valiosa que ofrecer. Dice llamarse Olivier Azille.

Simón se dejó hacer. Su escudero le ajustó el gambesón sobre el cual dispuso la cota de malla formada por anillos de acero entrelazados. El de Montfort se aprestó a adecuar la prenda metálica hasta sentirse todo lo cómodo que su peso permitía antes de disponer sobre ella un sobreveste o túnica sin mangas de rica tela de color rojo, en cuyo pecho estaba bordado su emblemático león de plata rampante en campo de gules. Seguidamente, ajustó la prenda a la cintura mediante una correa de cuero sobre la que dispuso el talabarte del cual pendía su temible espada, reluciente y extremadamente afilada.

Cuando se sintió satisfecho con su atuendo, el escudero le ayudó a colocarse el almófar, la malla flexible con la que se cubría la cabeza, el cuello y los hombros. Y finalmente completó la protección de su cuerpo con las brafoneras que cubrían sus piernas.

—Lleva mi caballo al lugar de la misa de campaña —ordenó el conde con gesto sombrío. Bajo su brazo derecho colocó el yelmo, sobre cuya cimera lucían tres plumas rojas.

Montfort salió de la tienda y respiró el aire fresco del amanecer. Sin poder evitarlo, lanzó una mirada furiosa a la irritante muralla de Tolosa, y se juró a sí mismo que acababa de amanecer el día que habría de ser el último de aquel maldito sitio; una apreciación en la que, sin imaginarlo, coincidía con la opinión que los nobles occitanos más resueltos habían expresado pocos minutos antes en el interior de la ciudad.

Siguiendo su costumbre, Montfort había ordenado que el obispo Fulco oficiara una misa al alba, antes de entrar en combate, y se dirigió hacia el lugar donde tendría lugar la ceremonia. A su paso, los soldados trajinaban preparándose para el que, creían, sería el asalto final a Tolosa gracias a la gigantesca *gata* que permanecía custodiada por un cuerpo de soldados de élite, tal y como había ordenado el *conde de Cristo*. En el aire se mezclaba el olor acre de la orina de hombres y animales, el vinagre, el humo de las hogueras agonizantes y el vaho procedente del río, a cuya orilla estaban acampados.

Montfort contemplo la *gata* con orgullo, y sus ojos se achicaron bosquejando una sonrisa. Aquella descomunal estructura de madera era su gran esperanza para tomar una ciudad de la cual era señor, pero cuyos habitantes no le permitían ejercer como tal.

—Milord, cuando deseéis comienzo el oficio —dijo el obispo Fulco extrañamente obsequioso, al verlo llegar.

Montfort se limitó a asentir con la cabeza, pero clavó sus ojos verdosos en el artero hombre de Dios, y luego buscó entre los presentes al legado papal. Había algo que aquellos dos hijos de puta le ocultaban, presintió. Algo tramaban; algo deseaban encontrar en Tolosa de lo que no le habían dicho ni una palabra. No era tan obtuso como aquella pareja de clérigos creían. Todavía no sabía qué era lo que ansiaban encontrar en Tolosa. Pero era cuestión de tiempo.

—Sea lo que sea, os desenmascararé, par de serpientes —masculló el *conde de Cristo* al tiempo que se santiguaba.

Mientras los cruzados celebraban su misa de campaña, un contingente de soldados occitanos salió de la ciudad con las primeras luces del alba. Al frente de aquel puñado de valientes se encontraba Olivier de Termes. El *faidit* se había ofrecido a liderar aquella incursión ganándose de ese modo el respeto del joven Raimundo y del conde de Foix, pero no del viejo Raimundo, que seguía mirándole con desprecio después de la agria disputa que ambos habían mantenido minutos antes.

La arriesgada estrategia se había diseñado tras escuchar al carpintero Olivier Azille, quien juró ante los nobles occitanos por lo más sagrado —que para él era su familia—, que no era un espía, sino un desertor de las fuerzas de Montfort, a las cuales había sido incorporado a la fuerza junto con otros artesanos tras la batalla de Muret. Azille se identificó como el artífice de la construcción de la temible *gata* con la que Montfort pretendía derribar las murallas de Tolosa, y explicó que el gigantesco artilugio tenía una serie de puntos débiles, no cubiertos por cuero y que, de ser atacados de un modo certero, podían provocar en la máquina daños irreparables. Pero debían actuar con celeridad, aseguró, porque el *conde de Cristo* iba a utilizar aquel ingenio poco después del amanecer.

La historia de Azille fue confirmándose minutos después, cuando se trajo a presencia de los señores occitanos a la familia del carpintero que, en efecto, no solo vivía en Tolosa, sino que sus miembros habían participado en la defensa de la ciudad de un modo decidido.

—¿Debemos arriesgarnos? —preguntó entonces Raimundo VI a los nobles y *faidits*.

—Debemos arriesgarnos —afirmó de inmediato el conde de Foix.

—Estoy de acuerdo —convino el joven Raimundo—. El mejor momento será durante la misa matinal. Montfort no se pierde una.

—¿Quién creéis que debe encabezar la incursión? —El de Foix miró al viejo conde. Era una pregunta inteligente, puesto que de ese modo le involucraba en una decisión que, presumía, no convencía demasiado a Raimundo VI. Al mismo tiempo, reconocía de ese modo la autoridad del veterano señor de la ciudad.

Pero antes de que el conde de Tolosa pudiera responder, se escuchó la voz del joven Olivier de Termes.

—Yo lo haré —dijo, y al sentir las miradas de todos los jefes occitanos clavadas en él, se apresuró a añadir mirando al conde con más altanería de la debida—: si vos me lo permitís, milord.

Raimundo VI frunció el ceño, pero al cabo de unos segundos asintió. Tras sopesar los pros y contras de aquella designación, arribó a la conclusión de que si el de Termes triunfaba, habría sido porque él supo acertar a la hora de elegir al jefe de aquella partida de hombres sin haberse dejado llevar por el rencor; en cambio, si fracasaba, se habría vengado a su manera de aquel petimetre arrogante que le había desafiado e insultado delante de la nobleza occitana.

Apenas una hora después, la expedición estaba preparada. Alrededor de cincuenta hombres atacarían el campamento de Montfort en una maniobra de distracción mientras Olivier de Termes y una docena de soldados de confianza arremeterían contra los centinelas que custodiaban la *gata*. Estos últimos iban provistos de teas empapadas en alquitrán, además de llevar una buena provisión de fuego griego.

—Recordad —dijo Olivier a los suyos antes de iniciar el ataque—, debemos centrarnos en la boca de la *gata*, como nos dijo el carpintero. En ese punto no hay defensas de cuero, y si logramos incendiar la punta del ariete, el resto prenderá como yesca.

El joven occitano desenvainó su espada de pomo de bronce irregular y encintado con tela azul, se acomodó sobre la silla de cuero repujado de su montura —un corcel de color pardo entrenado para el combate—, y dio la orden de atacar.

Un grito feroz escapó de las gargantas de los hombres que debían arremeter contra el campamento cruzado sembrando la incertidumbre y distrayendo a los soldados de Montfort mientras Olivier y la docena de valientes que le seguían a caballo se dirigían hacia la máquina de asedio.

Los guardines de la *gata* estaban lejos de imaginar un asalto semejante, pero apenas tardaron unos segundos en rehacerse y ofrecer una inesperada resistencia a los atacantes. Olivier advirtió demasiado tarde que se trataba de soldados experimentados, no de meros mercenarios.

—¡Disparad! —ordenó a los suyos.

Los jinetes que lo acompañaban lanzaron las teas impregnadas de fuego griego contra la máquina de asedio, pero fallaron en un primer intento, y también en el segundo. Mientras, Olivier luchaba a brazo partido contra uno de los soldados, y los primeros rayos de sol arañaron con su luz los aceros y las cotas de malla. Bajo el yelmo, el heredero de Termes sudaba copiosamente y a duras penas lograba sostenerse sobre la silla ante los golpes terribles de su adversario. Pero cuando todo parecía perdido, una de las teas alcanzó su objetivo y las llamas comenzaron a morder ferozmente a la *gata*.

En ese momento, se escucharon gritos procedentes del campamento.

—À Montfort! À Montfort!

Los soldados cruzados habían descubierto la estratagema y, repuestos de la sorpresa inicial, rechazaban con facilidad a los occitanos.

—¡Retirada! —gritó Olivier a sus hombres.

Apresuradamente, se dirigieron hacia el foso que amparaba la muralla perseguidos por una multitud de soldados de Montfort. Y en pocos minutos se vieron acorralados junto a la puerta de Montoulieu.

Jacques había logrado conciliar de nuevo el sueño al final de la noche, pero poco antes del amanecer una nueva pesadilla lo zarandeó. En esta ocasión, el demonio se le apareció a lomos de un caballo blanco, vestía una lujosa cota de malla bajo una sobreveste adornada con un gigantesco león de plata rampante. Sin embargo, no podía ver la cara de aquel ser, puesto que llevaba un yelmo de guerra en cuya cimera ondeaban tres plumas de color rojo.

—¡Madre! ¡Madre! —gritó el niño, y abrió los ojos aterrados.

Jacques saltó de la cama y se vistió. Al salir de la habitación descubrió que estaba solo en la casa. Y desde el exterior llegaron gritos terribles.

—Nos atacan —murmuró al comprender lo que sucedía.

Imaginó que Saúl y Caleb estarían ayudando a los soldados heridos junto a su madre, y decidió correr hacia las murallas tan rápido como su pierna izquierda se lo permitía.

¿Quién era aquel ser maligno que cabalgaba sobre un caballo blanco?, se preguntaba mientras a su alrededor el mundo parecía haber enloquecido. Desde las murallas caían hombres atravesados por flechas, y al otro lado se escuchaban los alaridos de aquellos desdichados sobre los cuales había caído el fuego griego que los defensores arrojaban o las enormes piedras que lanzaban con los trabuquetes.

Los tolosanos, al igual que sus atacantes, empleaban aquellas máquinas que contaban con dos armazones en forma triangular, encima de los cuales se colocaba un eje sobre el cual pivotaba una larga viga de madera. La viga se disponía sobre el eje de tal forma que quedaba dividida en un brazo más largo que el otro. Sobre el brazo corto había un contrapeso; sobre el largo, una honda que tenía dos cuerdas. Una de ellas se ataba al final de la viga, mientras que la otra colgaba de una estaca que sobresalía también de la vara. De manera que cuando se ponía sobre la honda la enorme piedra que hacía de proyectil se dejaba caer el contrapeso, y cuando la viga alcanzaba el ángulo idóneo se liberaba la cuerda que colgaba de la estaca y la piedra volaba rumbo al enemigo.

Al llegar a las inmediaciones de la puerta de Montoulieu, Jacques advirtió que la situación era desesperada. Los hombres gritaban desde lo alto de las murallas.

—¡Resistid! ¡Resistid!

No tardó en comprender lo que ocurría: un grupo de soldados occitanos que había protagonizado una valiente incursión al campamento enemigo estaba siendo acorralado por los franceses a los pies de las murallas. Desde lo alto de las mismas, los arqueros y ballesteros multiplicaban sus tiros contra el enemigo cubriendo la retirada de los tolosanos, y entonces fue cuando Jacques vio a su madre en lo alto de la muralla. Ysabela, a pesar de que su fe cátara le prohibía la violencia, ayudaba a otras mujeres a lanzar piedras con uno de aquellos trabuquetes.

Jacques, sin dudarlo, subió lo más rápido que pudo por las empinadas escaleras de piedra.

—¡Madre! —gritó al llegar al adarve.

Ysabela no le escuchó debido al griterío reinante. El humo, además, dificultaba la visión, y entre ambos había numerosos soldados, valientes mujeres sumadas a la defensa y siniestros montículos formados por cadáveres.

Jacques miró hacia abajo, al otro lado de las defensas, y descubrió la encarnizada lucha que mantenían los soldados tolosanos contra un enjambre de cruzados. Pero de pronto su mirada quedó atrapada en un jinete. Un gigantesco caballo blanco llevaba sobre su lujosa silla de cuero repujado a un enorme caballero en cuyo escudo y sobreveste el niño descubrió, aterrado, el león de plata rampante que había visto en sueños. Y sobre el yelmo del guerrero ondeaban las mismas plumas rojas que vio en la pesadilla.

¿Quién era aquel temible jinete? ¿Por qué sentía que su vida estaba vinculada a la de aquel demonio?

Jacques advirtió que los estribos del guerrero eran tan largos que le permitían ponerse casi de pie y segar brazos y cabezas con su afilada espada. Nadie parecía poder detenerlo, y lo vio avanzar hacia las murallas con la intención de socorrer a otro cruzado que había sido herido por una flecha y se lamentaba desde el suelo. En aquel momento, Jacques no podía saber que Simón de Montfort trataba de rescatar a su hermano Guy, caído durante la batalla.

—¡Madre! ¡Madre! —volvió a gritar Jacques al tiempo que intentaba sortear los cadáveres de soldados para acercarse a Ysabela.

Pero la joven occitana seguía atareada ayudando

a otras mujeres con aquel trabuquete. Ysabela dio las órdenes pertinentes a sus compañeras, tratando de ajustar el disparo del siguiente proyectil, y ella misma soltó la cuerda del trabuquete justo cuando creyó llegado el momento exacto. La pesada piedra voló describiendo una parábola perfecta y, ante el asombro de todos, cayó sobre el yelmo de las plumas rojas; sobre la cabeza del sanguinario Simón de Montfort, aplastando su cráneo, sus dientes... su vida.

De pronto, el campo de batalla enmudeció y el tiempo pareció detenerse.

Segundos después, las campanas tañeron; los cuernos, bramaron; las trompas, gritaron su estupor. Los timbales y los tambores gritaron la escalofriante noticia.

—¡Montfort ha muerto! —exclamaron, al unísono, atacantes y defensores—. ¡Montfort ha muerto!

La realidad pareció irreal mientras el humo cegaba y asfixiaba a los actores de aquel sanguinario teatro.

Los atacantes, desmoralizados ante la pérdida de su líder, cejaron en su empeño e iniciaron una retirada que fue respondida con vítores desde las murallas de Tolosa. Pero aún se intercambiaron gritos, piedras y flechas. Y una de aquellas flechas perdidas voló hacia lo alto de la puerta de Montoulieu.

—¡Madre! ¡Madre! —gritó Jacques.

Esta vez, Ysabela sí vio a su hijo, pero no pudo responderle. Entre sus pechos se había hundido aquella saeta asesina, una de las últimas lanzadas durante el asalto que padeció Tolosa aquella mañana.

Cuando Jacques llegó hasta ella, Ysabeala solo tuvo fuerzas para sonreírle un instante y susurrar:

—Maté al demonio que te trajo al mundo antes de tiempo.

A media mañana, el legado del papa y el obispo Fulco contemplaban el cadáver de Simón de Montfort. Bajo el yelmo, su cabeza parecía una enorme ciruela aplastada.

—¡Todo es mortal! —se limitó a decir el obispo con cierta repugnancia.

—Salvo lo que no lo es —le corrigió el legado papal en un susurro. Sus ojos grises contemplaban Tolosa con expresión sombría—. Y hoy se nos ha vuelto a escapar entre los dedos.

4

ENCOMIENDA DE SOURS
24 DE JUNIO DE 1218

—Buenos señores y hermanos, bien habéis visto que la mayoría está de acuerdo en hacer de este hombre uno de los nuestros; si hay alguno de vosotros que sepa algo de él por lo que no debería serlo directamente, entonces mejor sería que lo dijera antes que después de que haya comparecido ante nosotros. —Las palabras del visitador general Roberto resonaron por la capilla, se elevaron hacia las vigas de madera que sostenían el tejado a dos aguas y cayeron a continuación sobre los presentes, empapándoles.

El visitador —un hombre robusto, de brazos poderosos, cuello fornido, ojos pequeños pero inteligentes y frente despejada— presidía el Capítulo. A su derecha se encontraba el comendador André. Ambos recorrieron con la mirada los rostros de los monjes que debían dar el visto bueno al ingreso de William en la Orden. Y aunque nadie objetó nada, a Joseph no le pasó inadvertido un gesto de incomodidad en el hermano Morgan. El alquimista lo estudió con atención, pero el perspicaz mago de las matemáticas no permitió que su rostro revelara ningún otro sentimiento y se sumó al silencio del resto.

—Sea entonces —dijo el visitador, y con un gesto cedió la palabra al comendador.

—Hermanos Jocelin, Gerard y Humberto.

Tres veteranos caballeros abandonaron su lugar y, en silencio, salieron de la sala. Por su larga experiencia se les asignó la tarea de conducir a William, que aún estaba en el patio de la encomienda, hasta una sala contigua. Una vez los cuatro estuvieron a solas, Humberto tomó la palabra.

—Hermano, ¿solicitas la compañía de esta casa?

William dijo que sí, y entonces el monje le recordó las obligaciones que adquiría al profesar como caballero templario y los mandamientos caritativos a los que se obligaba.

William conocía el ritual de ingreso, porque Joseph le había instruido en cuanto sucedería. Estaba prevenido ante las preguntas que se le harían y sabía que sus respuestas debían ser claras y concisas.

—Solicito la compañía de esta casa y asumo los deberes y obligaciones que derivan de mi decisión de buena gana por Dios y todos los días de mi vida —afirmó.

El hermano Humberto quiso saber a continuación si el joven tenía esposa o prometida. Durante unos segundos por la mente del joven cruzó el recuerdo de una joven morena, de labios gruesos y ojos verdes a quien había conocido en Chartres mientras daba cumplimiento a encargos del hermano Joseph. La muchacha regentaba una taberna próxima a las obras de la catedral. En el exterior del establecimiento, a modo de reclamo, colgaba de dos cadenas un pequeño barril de madera. William supuso que debía ser un poco más joven que él, conjetura que resultó acertada después de realizar algunas indagaciones al respecto. Al parecer, la joven había heredado la taberna de su padre, prematuramente muerto. En cuanto a su madre, nadie supo darle razón. Algunos clientes aseguraron que padre e hija habían llegado al burgo un año antes, juntos y solos.

En varias ocasiones, la joven se había acercado a él y le había sonreído sin apartar la mirada. Y aunque William carecía de experiencia en esas lides, resultaban evidentes las señales que la muchacha le dedicaba.

El coqueteo de la joven, sus miradas, el roce provocado de sus caderas contra las piernas de William en cierta ocasión en que ambos se encontraron en la trastienda de la taberna mientras el joven cargaba en un carro provisiones, hizo que la Naturaleza obrara por su cuenta. Aquella tarde, William conoció el sabor de un beso, el calor que una caricia en su entrepierna podía provocar, y la sensación inefable de morir entre las caderas de una mujer.

Una vez. Solo sucedió una vez, pero fue perfecta.

—¿Tenéis mujer o prometida? —repitió Humberto.

Por un instante, William estuvo a punto de pronunciar el nombre de aquella joven, pero su mente dominó a su corazón, como de costumbre.

—No, no tengo —respondió.

—¿Habéis hecho voto o promesa en otra Orden?

Dijo que no, pero lo cierto era que en breve juraría su ingreso en una hermandad a la que pertenecía un selecto grupo de templarios.

—¿Tenéis alguna deuda con un seglar?

—No.

—¿Sufrís alguna enfermedad?

—No.

Los tres viejos monjes se miraron y asintieron. Humberto pidió a William que aguardara en aquella sala mientras ellos regresaban al Capítulo. El muchacho se sentó en un banco de madera adosado a la pared y contempló la luna a través de un pequeño ventano. Y así, con la luna como compañera, esperó a que se le convocase formalmente ante la comunidad.

Fue entonces cuando desde sus labios se derramó el nombre que no se permitió pronunciar minutos antes:

—Irene.

—Mi señor, hemos hablado con este hombre de mérito que está fuera y le hemos indicado los sufrimientos de la Casa como mejor hemos podido y sabido hacerlo. Y aun así, dice que desea ser un siervo y esclavo de la Casa. Y de todas las cosas que le hemos preguntado, está libre y exento; no hay obstáculo que signifique que no pueda y no deba ser un hermano si así place a Dios, a vos y a la comunidad —dijo Humberto ante el visitador, repitiendo palabra por palabra lo que establecía el ritual de ingreso.

El visitador asintió y alzó la voz.

—¿Hay alguien que tenga alguna objeción a que ese hombre sea traído ante nosotros? —repitió, como era preceptivo. Y al responderle el silencio, añadió—: ¿deseáis que sea traído aquí en nombre de Dios?

—Traedlo en el nombre de Dios —respondieron los tres monjes veteranos.

Instantes después, William entró en la sala y se arrodilló ante el visitador con las manos unidas. Joseph, que le conocía bien, supo ver que aquella humildad del joven se limitaba a su cuerpo, pero en su mente —brillante y afilada— no había humildad alguna. Afortunadamente, pensó el apicultor, nadie más reparó en ello porque nadie conocía a William como él. Y mientras repetía maquinalmente las respuestas que se esperaban de él en la ceremonia de ingreso, el joven recordó en silencio lo que su mentor le había revelado a propósito del origen del Temple.

—¿Alguna vez tuviste dudas sobre las enseñanzas religiosas que has recibido? —le preguntó Joseph en cierta ocasión mientras limpiaban las colmenas. Era un día de primavera bastante fresco y el cielo se había oscurecido inesperadamente.

William miró de soslayo a su instructor. Durante los años que llevaba conviviendo con él había escuchado cosas que jamás imaginó, pero jamás su instructor le había hecho una pregunta tan directa a propósito de un tema sobre el que él mismo se había negado siempre la posibilidad de reflexionar, no fuera a ser que sus convicciones religiosas flaquearan.

—Alguien tan observador y reflexivo como tú, seguramente habrá dudado en alguna ocasión, ¿no es cierto? —El templario le presionó—. ¿En verdad era Jesucristo el Hijo del Dios? ¿Murió y resucitó? ¿Por qué encarnó entre los judíos? ¿Quiénes somos exactamente los hermanos de Ormus y qué propósitos tenemos? ¿Estamos del lado de los ángeles o del de los demonios?

William empalideció. Escuchar a un monje hablar de

aquel modo le desconcertó, pero lo que más le incomodaba era el modo en que Joseph parecía haber leído en su corazón.

—¿Crees que es mejor conocer la verdad, sea cual sea, que permanecer en la duda? —insistió el templario.

William tragó saliva y, pálido como un cadáver, suplicó una respuesta.

—¡Prefiero saber a creer! —exclamó—. Os ruego la verdad, aunque eso me condene al infierno.

—Si estamos del lado de los demonios, tal vez se apiaden de nosotros y no nos envíen al peor lugar del infierno, ¿no crees? —bromeó el monje. A continuación, cerró una de las colmenas en las que trabajaba y puso su mano sobre el hombro izquierdo de William—. Sentémonos bajo aquel olmo —añadió señalando un árbol próximo al colmenar.

Una vez reclinaron las espaldas sobre el grueso tronco, Joseph reveló al muchacho la verdadera historia de los primeros caballeros de la Orden, retomando semanas después el relato de las enigmáticas Palabras que, procedentes de Egipto, llevaron los judíos a Jerusalén.

El templario aseguró que cientos de años antes, en ciertos monasterios de las regiones de Apulia y Calabria, en la Italia meridional, los monjes habían mantenido a salvo conocimientos procedentes de las tradiciones egipcias, griegas y bizantinas mediante una ardua labor en sus *scriptoria*. Algunos de esos textos llegaron mucho tiempo después a manos del segundo abad del Císter en Cîteaux, Esteban Harding. Gracias a su ímpetu, Cîteaux se transformó en un centro cultural extraordinario, pero para traducir algunos de aquellos textos necesitó la colaboración del rabino de Troyes, Salomón Rashi.

Al descubrir lo que revelaban aquellos textos, Harding se dirigió al conde de Champaña, con quien mantenía una relación de amistad. En aquella reunión se tomó la decisión de que el conde viajara a Tierra Santa para comprobar si era cierto lo que decía el manuscrito.

—En realidad, Hugo de Champaña viajó dos veces a Jerusalén: en 1104 y en 1114 —dijo Joseph—. Años antes de que llegaran allí los primeros de nuestra Orden.

A su regreso de Tierra Santa, el conde de Champaña cedió a los monjes del Císter unos terrenos de su propiedad situados en el interior del bosque de Bar--sur-Aube para que se construyera en aquel valle luminoso —*Clara Vallis*—, una abadía que habría de convertirse en el centro de operaciones de aquella trascendental aventura. Y al frente de aquella casa puso Harding a un joven monje que había llegado a Cîteaux dos años antes llamado Bernardo.

—¡Bernardo de Claraval! —exclamó William, sorprendido al escuchar en aquel relato el nombre del redactor de la regla de la Orden.

—¿Sabes de quién era sobrino el eminente Bernardo? —preguntó el templario.

William negó con la cabeza.

—De André de Montbard, uno de los primeros nueve caballeros de nuestra Orden y, para que lo sepas todo, primer maestre de la hermandad de Ormus, o más bien de su heredera, la Orden de Santa María del Monte de Sión —respondió Joseph.

William necesitó un momento para procesar la información recibida, que era abundante y explosiva.

—De modo que, antes que Hugo de Payns, fue su señor el conde de Champaña, quien viajó a Jerusalén y confirmó lo que decían los documentos traducidos en Cîteaux —resumió el monje—. A su regreso fue cuando se ultimaron los preparativos para una expedición más amplia, y el conde Hugo eligió a un vasallo suyo, Hugo de Payns, como hombre de confianza para dirigirla.

—Ahora, buen hermano, ¿prometes a Dios y a Nuestra Señora la Virgen María que de ahora en adelante y durante todos los días del resto de tu vida obedecerás al maestre del Temple y a cualquier comandante que esté por encima de ti? —preguntó el visitador general.

William, que hasta ese momento había respondido maquinalmente a las preguntas del ritual, dijo también lo que se esperaba de él. Se diría que, de pronto, una mano misteriosa lo había arrastrado desde el recuerdo de las charlas con su maestro hasta aquella sala donde estaba prestando un juramento trascendente para su vida.

—Sí, mi señor, si así place a Dios —dijo.

Al término de la ceremonia, el visitador sentenció:

—Nosotros, en el nombre Dios y de Nuestra Señora la Virgen, en el nombre de mi señor san Pedro de Roma, y en el nombre de nuestro padre el papa y de todos los hermanos del Temple, te damos la bienvenida a todos los favores de la Casa que han sido hechos desde el comienzo y que serán hechos hasta el final, a ti y a tu padre y a tu madre y a todos aquellos de tu linaje a los que desees dar la bienvenida.

Al oír la mención a su padre y a su madre, William se estremeció. No recordaba a ninguno de ellos, y tampoco al resto de su linaje. Lo único que sabía por una carta enviada meses atrás era que su hermano mediano, Gatiss, se había convertido en un consejero eminente para el rey de Inglaterra. Pero de su hermano mayor, Sherrin, no tenía noticia alguna.

El visitador se acercó hasta él portando un inmaculado manto blanco adornado por la cruz patada roja en el lado izquierdo y se lo puso sobre los hombros. A continuación, ató las cintas alrededor de su cuello, y el hermano sacristán comenzó a entonar el salmo *Ecce quam bonum*. Después, de un modo tan solemne que hizo estremecer al impasible William, toda la comunidad comenzó a rezar el padrenuestro. A continuación, el visitador le hizo levantarse y le besó en la boca, algo que repitió a continuación el capellán.

—Buen hermano —dijo finalmente el visitador—, Nuestro Señor te ha conducido a tu deseo y te ha puesto en tan noble compañía como es la de la Caballería del Temple, por lo que deberías asegurarte de no hacer nunca nada por lo que fuera necesario expulsarte de ella, de lo que Dios te guarde.

Seguidamente, el visitador enumeró las faltas que podrían conllevar la expulsión de la orden, y el hermano pañero proveyó al joven templario del ajuar con el que se cubriría en un futuro. Además del manto blanco, le entregó dos calzones, una pelliza, un sayo, dos pares de fajas de paño, otro manto forrado con piel, dos camisas, una túnica, un bonete de algodón y otro de fieltro y un cinturón de cuero ancho. Al llegar a su destino, se le entregaría un jergón en el que dormir, un par de sábanas y una manta ligera junto a otra gruesa. Pero fue el equipamiento militar el que hizo que el joven caballero se estremeciera. Al rozar con sus dedos la cota de malla fabricada en cuero y cubierta de anillas metálicas, tuvo por vez primera conciencia del significado de su iniciación. Un yelmo cubriría su cabeza por completo, a excepción del espacio para ver que posibilitaban unas franjas horizontales en el frontal. Su atuendo se completaría con unas calzas de malla provistas de cordones que se ataban en la parte posterior de la pierna y unos botines de armas.

Y al fin, llegó el turno para la espada.

Durante los años de aprendizaje con Joseph, William había sido instruido en el manejo de la espada, ejercicio que había fortalecido sus brazos y sus hombros hasta adquirir un aspecto atlético. Seguía siendo espigado y fibroso, pero enérgico y resistente.

Joseph había sido concienzudo a la hora de impartir las clases de esgrima, hasta el punto de que el joven templario era tan hábil con el brazo izquierdo como con el derecho; el suyo natural. En el período de adiestramiento, su maestro contó con la silenciosa colaboración de *Saladino*, un maniquí articulado de madera de apariencia casi real que él mismo había construido tiempo atrás para utilizarlo como ficticio adversario en prácticas de esgrima o en otros ejercicios militares, como la carga de caballería con lanza o el disparo con arco.

El maestro forjador se acercó a William con una espada envuelta en tela, y el joven templario tragó saliva. Sabía que aquella arma se convertiría en su compañera, en su confidente y amiga. Sabía que carecería de cualquier adorno superfluo, más allá de la cruz patada y, tal vez, la divisa templaria grabada en la empuñadura: «*Non nobis, Domine, non nobis, sed Nomini tuo da gloriam*». Sabía que no sería demasiado grande ni muy pesada, y que dispondría de una acanaladura a ambos lados de la hoja y en su centro, precisamente para rebajar su peso y hacerla más manejable. Sabía todo eso, pero no pudo evitar una sincera emoción al apartar la tela y contemplar aquella espada de acero perfectamente equilibrada, y tan dura como flexible.

Al asir la empuñadura, una sensación de embriaguez recorrió su cuerpo desde la base de la espina dorsal hasta la coronilla. William miró con profundo agradecimiento a su mentor, y por un instante creyó percibir el brote de una lágrima en los ojos grises del apicultor. Pero fue tan fugaz, que no podría asegurarlo.

Sucedió en Maitines un día después del ingreso de William en la Orden.

Fue en Maitines cuando advirtieron la ausencia del hermano Hugo.

La noticia se propagó como el fuego por la encomienda, y afectó especialmente a Joseph y al propio William, puesto que estaba previsto que, tras su juramento como templario, hiciera lo propio en la hermandad de Sión la noche siguiente en la cripta de la catedral de Chartres; una ceremonia a la que debía asistir el monje desaparecido.

Los templarios, incluidos el visitador y la media docena de freires que lo acompañaban cuando llegó a Sours, se habían reunido en la capilla a rezar los primeros salmos del día cuando el capellán se acercó al comendador y susurró a su oído:

—¿Acaso está enfermo el hermano Hugo?

André se sorprendió en gran medida, que era la medida justa para el caso, pues no era costumbre hablar en semejante trance y aún menos para escuchar noticia tan insólita. No se conocía que algún mal aquejase a Hugo, y varios monjes aseguraron haberlo visto levantarse de su jergón como uno más para acudir a los rezos.

—Salió el último —apuntó uno de los freires.

Pero resultaba indudable que algo le había impedido llegar a la capilla.

Joseph y William intercambiaron una mirada y se dijeron todo en silencio. Ambos estudiaron el rostro de los demás, pero no encontraron ningún gesto que delatara nerviosismo o culpabilidad. Los caballeros llegados junto al visitador parecían sinceramente desconcertados, al igual que el resto. Pero fue Morgan, siempre práctico, quien tomó la iniciativa.

—Dividámonos y registremos la encomienda —propuso.

Tras unos segundos de reflexión, el comendador aceptó, aunque visiblemente incómodo por no ser él quien hubiera dado aquella orden.

Y así, tras Maitines, los freires se dividieron en parejas visitando todas y cada una de las dependencias de la encomienda, pero nadie encontró pista alguna sobre el paradero de Hugo.

Ni en la serrería, ni en la fragua, ni en las bodegas, ni en la enfermería, ni en el *scriptorium*, ni en los edificios anejos que ocupaban los sargentos, ni en la celda que servía de oficina al hermano Morgan en calidad de tesorero, ni en los huertos ni en ninguna parte descubrieron un hilo que pudiera conducir hasta el monje desaparecido.

William y Joseph se habían dirigido con sigilo al lugar donde se encontraba la losa de la capilla que cubría el acceso secreto que conducía hasta la catedral de Chartres, a pesar de que era evidente que nadie podía haber accedido a él desde el instante en que los testigos vieron a Hugo en su jergón hasta que desapareció, puesto que todos los monjes estaban en el lugar de oración.

William advirtió que el comendador y el visitador intercambiaron unas palabras con gesto grave, y después le miraron a él de soslayo.

—¿Qué sucede, hermano Joseph? ¿A qué vienen esas miradas del visitador y del comendador?

El monje apicultor se irguió y tomó aire antes de responder.

—El visitador es uno de los nuestros, y esta noche debe estar presente en tu juramento. Él y el hermano Hugo ingresaron en la hermandad al mismo tiempo. Son grandes amigos.

Al amanecer, la consternación inicial había dado paso al nerviosismo más evidente entre los monjes. Pero, por iniciativa del comendador, se prohibió comentar el caso con el personal al servicio de la comunidad, que comenzó sus labores con total normalidad al despuntar el día.

Los freires mantuvieron su rutina y rezaron las oraciones diarias a la hora de prima y de tercia. Pero, por orden del comendador, Joseph, Morgan y William, a quienes André reconocía su ingenio, recibieron el encargo de dedicar todo su tiempo a esclarecer aquel misterio. Y a ello se entregaron por separado.

Pero por más que escudriñaron la encomienda; por más que William trató de rastrear entre las mil huellas dejadas por los monjes en la tierra del patio las que pudieran pertenecer a Hugo, todo resultó baldío. Había cientos de pisadas que se entrecruzaban, y en aquel maremágnum era imposible leer ninguna información de interés. Sin embargo, sí sucedió algo totalmente inesperado para el joven templario que zarandeó su corazón, tan acostumbrado al orden y a la reflexión.

Poco después de la hora de tercia, se abrieron las puertas de la encomienda para permitir el acceso del carro que acostumbraba a traer periódicamente el vino del que carecía la comunidad. En los terrenos de los monjes no había viñedos, por lo que acostumbraban a comprarlo a un par de proveedores de Chartres. Para desasosiego de William, en aquella ocasión era una mujer la que conducía el carro cargado con varias barricas de vino.

—Irene —murmuró al ver saltar del carro a la joven de cabello negro. Y aún más le turbó escuchar su voz grave al impartir órdenes a los dos hombres que la acompañaban.

Los sirvientes se apresuraron a bajar el primero de los toneles y lo llevaron a la bodega, donde el hermano cillero registraría el trasiego de mercancías.

—No deberíais mirar así a ninguna mujer, hermano William —dijo de pronto Joseph a su espalda.

Era la primera vez que el alquimista utilizaba aquel tratamiento con su antiguo discípulo.

—Esa muchacha puede enloquecer a cualquier hombre —apostó el monje.

—No a un templario —le corrigió William, que seguía sin apartar la mirada del carro y a duras penas lograba tragar la saliva—. No a mí.

Joseph esbozó una sonrisa comprensiva que, si William la hubiera advertido, le hubiera planteado un curioso enigma y mil posibles preguntas sobre la certeza que tenía su mentor a propósito del poder de seducción de una mujer como Irene. Pero todo su interés estaba en las puertas de la cillería.

El puñetazo fue tan violento, que la cabeza del hermano Hugo pareció estar a punto de abandonar su lugar para rodar por el suelo de madera del habitáculo en el que Morgan ejercía su peritaje como tesorero de la encomienda. La sangre manaba en abundancia de la boca del freire, pero a pesar de los golpes no le habían arrancado una sola palabra.

Los puños del hombretón que lo golpeaba parecían poderosos como martillos, pero tras media hora ejerciendo como púgil y teniendo a Hugo por saco de entrenamiento, jadeaba por el esfuerzo. Se pasó el dorso de la mano velluda por la frente, sudorosa, e interrogó a Morgan con la mirada. El templario se limitó a asentir, y una furiosa lluvia de golpes cayó de nuevo sobre Hugo.

Los enormes puños se estrellaron en la mandíbula del monje, en su estómago, en sus riñones... Un diente voló hasta caer a los pies de Morgan, que se limitó a apartarse, asqueado. Hilos de sangre y saliva se precipitaban desde la boca del templario hasta el suelo.

—Nos podríamos ahorrar todo esto si confesarais —aseguró Morgan—. Decidme quiénes forman parte de esa hermandad a la que pertenecéis y qué secretos poseéis. Además de vos, el comendador y ese vanidoso monje que dice ser alquimista, ¿quién pertenece a esa secta? ¿Es cierto que rechazáis a Nuestro Señor Jesucristo y a Nuestra Señora y adoráis a diosas paganas?

Hugo apenas podía ver por el ojo derecho, mientras que el izquierdo lo tenía amoratado y ensangrentado. Posiblemente, jamás volvería a ver por él. Pero a pesar de todo, logró levantar la cabeza y buscó el rostro de Morgan. Con esfuerzo, logró distinguirle. Entonces, estalló en una carcajada que se vio interrumpida por ataques de tos al atragantarse con su propia sangre.

Morgan comenzó a caminar alrededor de Hugo, que permanecía atado, con los dos brazos en alto, a una viga del techo. Le habían arrancado el hábito y su torso estaba desnudo. Los golpes recibidos habían provocado derrames internos que se evidenciaban en su piel, violácea o ennegrecida, según las zonas.

El tesorero no había necesitado mancharse las manos para golpear a su hermano de comunidad. No había participado siquiera en su secuestro, aunque lo hubiera urdido en la sombra. Al fin, había puesto en marcha su plan, y para ello contaba con una red de colaboradores tanto dentro como fuera de la encomienda. Tipos como aquel hercúleo verdugo que golpeaba al monje una y otra vez; o los dos sargentos que lo secuestraron y lo trajeron a su propia oficina de trabajo, donde nadie lo encontraría puesto que, cuando los monjes registraron la encomienda, Morgan se encargó de revisar personalmente aquella sala, de donde salió afirmando que no había encontrado rastro alguno del freire desaparecido.

Sin embargo, no contaba con la resistencia de Hugo. No imaginaba que la lealtad a aquella misteriosa hermandad fuera tan importante para él como para entregar su vida antes de traicionarla.

—¡Maldita sea, hijo de Satanás! —gritó Morgan al oído del templario—. ¡Hablad de una vez!

Pero Hugo permaneció en su obstinado silencio. Y entonces, un terrible puñetazo cerró el ojo por el que aún alcanzaba a ver la sombra de su verdugo.

Morgan maldijo al templario, y al comendador, pero sobre todo a su antiguo alumno. Odiaba profundamente al engreído William, tan pagado de sí mismo, tan seguro de una inteligencia que, según Morgan creía, no resistiría una mínima comparación con la suya propia. Y la mejor prueba era el modo en que había burlado a todo el mundo. Nadie había imaginado que él pudiera estar detrás de aquel secuestro, puesto que cuando advirtieron que Hugo había desaparecido él estaba rezando junto al resto de la comunidad. Y después, fue el primero en proponer un plan de actuación. Fue a él a quien se le ocurrió registrar la encomienda, y se apresuró a responsabilizarse de la inspección de su lugar de trabajo.

—William y su supuesta capacidad de deducción —murmuró con una mueca despectiva pintada en los labios—. ¿Cómo es posible que lo hayan elegido a él?

El visitador general había decidido llevar a William a la Casa en París, pues había oído hablar de la inteligencia del muchacho y le auguraba un brillante porvenir. Allí, William alcanzaría los honores a los que Morgan siempre había creído ser acreedor. Y desde París, sería sencillo que pudiera hacer el viaje a Tierra Santa que Morgan tanto había deseado para sí.

Sin embargo, si lograba probar que aquel inglés hijo de puta pertenecía a una hermandad que despreciaba a Jesucristo y a la cruz en favor de ídolos paganos; entonces, aquel futuro jamás llegaría y William sería arrestado allí mismo, en la encomienda, junto al imbécil del comendador, que nunca premió su valía, y a aquel alquimista hereje.

Pero Hugo no confesaba, y Morgan carecía de pruebas que exhibir. No había podido lograr documentos probatorios de saberes secretos al registrar en varias ocasiones la vivienda del maestro de obras de la catedral, ni tampoco encontraba colaboración alguna en aquel obstinado templario.

—Si los vivos no hablan; tal vez lo hagan los muertos —dijo.

Y con un gesto displicente, sentenció al hermano Hugo.

Sin pestañear, el hombretón que lo había golpeado clavó una daga en el corazón del monje.

—Habrá que llamar al cillero —se limitó a decir Morgan.

Tal vez William se saliera con la suya en aquella ocasión, se dijo, pero juró que un día se vengaría de él.

—Por mucho que se crea especial, es patético —dijo—. La perfección que cree exhibir es vulgar. Pero juro que su vida será un infierno. Le romperé el corazón dos veces en dos días —profetizó, como si William estuviera presente para escucharle—. Y hoy, será el primero.

A media mañana, la comunidad seguía tan desconcertada como a primera hora del día. Nadie sabía dar razón alguna de dónde pudiera estar el hermano Hugo. De modo que, desesperados, los freires y el personal a su servicio iniciaron una batida por los alrededores. A caballo, y en parejas, varios caballeros salieron de la encomienda en todas las direcciones.

—Vayamos hacia Chartres —propuso William a Joseph.

El apicultor lo miró con curiosidad.

—Tengo mis razones —se limitó a añadir el joven.

Ambos azuzaron a sus monturas y, antes de entrar en el burgo, alcanzaron al carromato que conducía Irene. En el pescante, iban también los dos hombres a su servicio.

—Buenos días, hermanos —dijo la joven con aquel tono de voz grave y sensual, tan turbador. En su mirada había una luz dedicada exclusivamente a William.

Joseph miró de soslayo al muchacho y contuvo una sonrisa. Creía entender el motivo por el cual William había propuesto cabalgar hacia Chartres. No le interesaba tanto el paradero de Hugo como volver a ver a aquella belleza; porque, indiscutiblemente, la tabernera era una mujer muy hermosa, e intuyó que había algo entre aquellos dos que él desconocía.

—Buenos días —respondió William, ceremonioso y muy tieso sobre su silla de montar. Nube caracoleó frente al carromato, y el joven templario miró con aparente desinterés su cargamento—. Al parecer, los hermanos son buenos clientes —juzgó al contar la media docena de barriles que había en el carro.

—No me puedo quejar —respondió la joven con gesto despreocupado.

—En la encomienda conté tantos barriles llenos de vino como barricas vacías hay ahora en él —comentó William.

Nada en el rostro de William dejaba traslucir emoción alguna, pero Joseph comprendió su error. Su discípulo no ansiaba volver a ver a aquella joven morena únicamente por su belleza o por lo que quisiera que hubiera ocurrido entre ambos: ni tampoco esas habían sido las razones por las que le había dedicado tanta atención en la encomienda.

—Sin embargo, hubo algo que me sorprendió mientras descargabais los barriles llenos de vino y cargabais los vacíos —dijo William con la misma tranquilidad.

—Vos diréis —repuso Irene sin perder aquel brillo

seductor en su mirada. La misma que se había clavado en los ojos de William tres semanas antes, cuando él perdió su virginidad.

—Vuestros criados subieron al carro con facilidad cinco de los barriles vacíos, pero uno de ellos requirió toda su energía. Algo insólito, puesto que los seis son idénticos. Y me preguntaba el motivo de esa anomalía. —William saltó del caballo, y se acercó al carro—. De modo que decidí ir a vuestro encuentro y satisfacer mi curiosidad abriendo esos toneles.

Los dos hombres que flanqueaban a Irene se removieron, inquietos. Uno de ellos puso su mano derecha sobre la empuñadura de una daga que llevaba sujeta a un cinturón, pero ella no pareció inmutarse.

—Haga lo que desee, hermano —dijo con cierto desdén. De pronto, el brillo de su mirada había desaparecido—. Suba al carro y obre como mejor crea oportuno.

Y así lo hizo William. Una vez arriba, abrió, una por una, las seis barricas. Pero, al verlas vacías, su rostro empalideció.

—¿Y bien? —Irene lo miró, burlona.

William comprendió que aquella mujer había jugado con él, tal vez desde el primer momento. Tal vez todo había sido fingido, incluso sus gemidos. Comprendió de pronto que se enfrentaba a alguien sumamente inteligente que había previsto sus propios movimientos antes de que a él mismo se le hubieran ocurrido. Y fue en ese mismo instante cuando sintió que algo se quebraba en su interior —¿su corazón, tal vez?—. Se trató de un sentimiento que nunca antes había experimentado.

—Vámonos —dijo a Joseph, enrabietado.

—¿Se puede saber qué es lo que ha ocurrido? —preguntó el apicultor una vez que se hubieron alejado del carro y de su hermosa propietaria.

—Que hemos sido engañados —gritó William—. ¡Yo he sido engañado! Me he dejado seducir por las apariencias. Si retrocedemos siguiendo las huellas del carro en dirección a la encomienda, encontraremos al hermano Hugo. O, más bien, su cadáver.

—¿Queréis decir…?

—Sacaron su cuerpo en una de esos barriles —aseguró William—, pero esa mujer es más inteligente de lo que imaginé, y se habrá desecho del cuerpo por el camino. De ese modo, no tenemos ninguna prueba que la relacione con el crimen.

Y resultó que William estaba en lo cierto.

El cadáver de Hugo apareció en las inmediaciones de un puñado de árboles, apenas enterrado. La fosa se había cavado de un modo tan apresurado que no fue difícil encontrarla. Sus ropas estaban desgarradas y sucias.

—Ella lo ha enterrado, pero no lo secuestró ni lo asesinó —aseguró William mientras contemplaban los golpes que el difunto monje había recibido en su rostro y gran parte de su cuerpo, así como la terrible herida que la daga había dejado en su pecho.

William acercó su nariz al cadáver, como si fuera un sabueso, y lo olió.

—Uno de los barriles era nuevo, jamás había sido utilizado, de ahí que el cuerpo del hermano no huela a vino, y lo envolvieron en esta tela —añadió señalando un lienzo abandonado junto a la improvisada tumba—, para que no hubiera rastros de sangre en el interior del barril.

Joseph coincidió con su discípulo. Irene no estaba en la encomienda en el momento de la desaparición de Hugo, y la bodega había sido registrada poco después de advertirse su ausencia.

—Alguien lo llevó a la cillería después de muerto —dedujo William—. Y habrá que preguntarle al cillero cómo pudo ocurrir sin que él lo viera. —De pronto, algo reclamó su atención—. ¿Qué es esto?

Los dos monjes se arrodillaron junto al cadáver. Un pequeño fragmento de pergamino manchado de sangre permanecía pegado a las desgarradas ropas del difunto. En el pergamino se leía una única letra: W.

—¿Qué diablos significa? ¿William? ¿Acaso Hugo os envió un mensaje? —dijo Joseph.

El joven templario estudió el pergamino, y se lamentó por carecer de conocimientos suficientes como para poder diferenciar su calidad de la de otros que pudiera haber en la encomienda y así reconocer su origen. Y tampoco sabía cómo poder deducir alguna información a partir de la tinta empleada para escribir aquella letra. Algún día, pensó, alguien llegaría a conclusiones más acertadas que las suyas solo con más conocimientos de los que él poseía. Salvo que recuperaran el resto del documento al que pertenecía aquel fragmento, nada relevante podría deducirse de él.

—Este crimen lo ha urdido alguien extraordinariamente inteligente —aseguró—; alguien que ha comprado voluntades dentro y fuera de la encomienda, y esa joven es uno de sus peones. —Miró hacia Chartres y entornó la mirada—. Pero no podremos probarlo. El responsable no habrá dejado ningún cabo suelto, salvo tal vez este fragmento de pergamino, en el que no reparó.

Al llegar a la encomienda, dieron cuenta al comendador y al visitador general de su descubrimiento y varios sargentos salieron de inmediato en busca del cadáver de Hugo para poder enterrarlo cristianamente. Por su parte, William se dirigió hacia la cillería con grandes zancadas, deseando escuchar las explicaciones del cillero.

—¡Hemos llegado tarde! —exclamó al entrar en la bodega y encontrar a su responsable tendido en un charco de sangre. Alguien le había cortado el cuello de un modo brutal.

Las pesquisas posteriores no arrojaron luz alguna que permitiera aclarar lo sucedido. William se las ingenió para visitar las dependencias donde había pergaminos —el *scriptorium*, las dependencias del tesorero, la enfermería...—, pero no encontró ningún documento rasgado en una de sus esquinas. Supuso que el responsable de aquella trama también había eliminado aquella prueba.

—¿Quién podía querer matar al hermano Hugo? ¿Qué lo hacía diferente al resto de los freires? —se preguntó William cuando estuvo a solas con Joseph.

—Exactamente lo mismo que nos hace diferentes al comendador, al visitador y a mí: ser miembros de la hermandad de Ormus; ser caballeros de Nuestra Señora de Sión —respondió el apicultor—. Y más nos vale estar alerta esta noche.

Las cartas del Císter habían llegado al rey Balduino II antes de la llegada en 1118 de los nueve caballeros encabezados por Hugo de Payns a instancias del conde Hugo de Champaña. El monarca conocía a alguno de ellos, y las instrucciones de Bernardo de Claraval eran claras y precisas. El rey cedió a los caballeros parte de sus posesiones en la antigua explanada donde en otros tiempos estuvo el Templo de Salomón, como le requería Bernardo, y ellos se entregaron a la misión que les había llevado hasta allí.

Años antes, tras la toma de Jerusalén por parte de los cruzados, Godofredo de Bouillón había fundado una comunidad denominada Hermanos de Ormus o del Santo Sepulcro, y ordenó construir una abadía en el mismo lugar donde el emperador Constantino erigió siglos antes una basílica que acogía la que creían era la tumba de Jesús. Aquella hermandad comenzó a ser conocida como Orden de Santa María del Monte Sión, emplazamiento donde se alzaba la Anastasis y el Martyrium. Al poco de llegar a Jerusalén, uno de los caballeros enviados por el conde de Champaña, André de Montbard, fue nombrado maestre de aquella Orden.

Joseph le había dicho a William que Montbard era tío de Bernardo de Claraval, y con su nombramiento se convirtió en el nexo de unión entre Sión y la futura Orden del Temple.

Esa unión fraternal entre ambas organizaciones tuvo una expresión material en un túnel que los caballeros ordenaron excavar y que unía el solar del Templo de Salomón y una necrópolis judía a la que se podía acceder desde las tripas del Santo Sepulcro.

Lo extraordinario del caso era que aquella necrópolis estaba fuera del recinto de la iglesia que acogía, según la fe, la tumba de Jesús.

Los caballeros cumplieron su misión y encontraron lo que habían ido a buscar. Desde entonces, sus labios permanecieron sellados. Pero, para salvaguardar su secreto, los juramentados decidieron mantener viva la Orden de Sión o Hermandad de Ormus dentro del corazón del Temple, de suerte que únicamente un puñado de iniciados de entre los freires fueran depositarios de cuanto habían descubierto.

—Como ya te revelé, los primeros caballeros fueron a Jerusalén en busca de uno de los símbolos de la Tradición, pero encontraron algo más que desde aquellos lejanos días custodiamos los hermanos de Ormus.

La voz de Joseph resonó, poderosa, en la cripta de la catedral de Chartres. Arrodillado frente a él, William escuchó de los labios de su mentor los estremecedores conocimientos de los que eran depositarios, y comprendió todas las lecciones que hasta aquel día había recibido. En ese instante, las piezas encajaron de un modo tan extraordinario como terrible.

—¿Juráis mantener en secreto las palabras que esta noche os han sido reveladas? —preguntó el visitador. A su lado, el comendador de Sours lo miraba con severidad. William había llegado a pensar que lo culpaba a él de la muerte del hermano Hugo.

—Lo juro —afirmó.

Entonces, el visitador sacó de alguna parte una cruz y ordenó a William que escupiera sobre ella.

—No adoramos un símbolo de muerte y tortura —dijo.

Y William, obedeció.

—Honramos la vida —dijo el comendador, al tiempo que mostraba una cruz diferente; similar a la cristiana, pero rematada por un semicírculo que asemejaba el ábside de una iglesia—. El templo del hombre —añadió el comendador, e instó a William a besar aquella cruz.

Cualquier testigo no avisado hubiera podido llegar

a conclusiones precipitadas al escuchar aquellos actos, aquellas palabras y el resto del ritual que las siguió, o tergiversar todo lo sucedido para convertirlo en lo que no era. Simplemente, bastaba con ser estrecho de miras, o tan inteligente como dañino para proponer una interpretación herética de cuanto sucedió en aquella ceremonia. Y esta última descripción encajaba a la perfección con la personalidad del hermano Morgan, testigo de excepción entre las sombras de cuanto había ocurrido aquella noche en la cripta de la catedral.

—Irene te rompió el corazón una vez; falta la segunda —murmuró clavando su mirada en la espalda de William.

Dos días después, sucedieron varias cosas notables en la encomienda de Sours.

Un correo procedente del sur anunció la inesperada muerte de Simón de Montfort a las puertas de Tolosa; un suceso que alivió a la mayoría de los freires y fue acogido con frialdad por el resto.

El segundo suceso trascendente se produjo en el momento en que el visitador general y su séquito, al que se incorporaba William, se disponía a emprender su marcha hacia París: un labriego irrumpió en el patio de la encomienda muy alterado.

—Han quemado la casa —gritaba—; la casa de las abejas.

William empalideció.

Joseph había regresado a su guarida el día anterior y ambos se habían despedido con la esperanza de que sus caminos volvieran a cruzarse algún día, aunque en el fondo ambos sabían que eso no sucedería jamás.

El comendador instó al campesino a calmarse; hizo

que le sirvieran vino aguado, y le permitió unos segundos para tomar aire. Después, le pidió que se esforzase en ordenar su relato.

El hombre, de piel reseca, labios prominentes y cabello como esparto, relató que aquella misma mañana, cuando acudía a las tierras que trabajaba, vio la casa de las colmenas envuelta en llamas. Añadió que dos hombres huían de allí a caballo; que no pudo verles el rostro, puesto que estaba lejos de ellos, pero que sí logró escuchar a uno de los jinetes jactarse de que había cortado la cabeza al monje antes de prender fuego a la casa.

—¿Estáis seguro de haber escuchado eso? —inquirió el comendador, visiblemente nervioso.

—Completamente, *sire*.

Un murmullo se extendió entre todos los presentes, con la única excepción de Morgan, que contemplaba con deleite el rostro pálido de William y la promesa de una lágrima que no llegó a derramarse desde sus ojos grises.

—Es la segunda vez que te rompo el corazón —murmuró—. La próxima vez, te mataré.

V

MONTSÉGUR
27 DE MAYO DE 1242

La luz del atardecer de primavera arrancaba colores de una belleza imposible en el valle del río Aude. Un majestuoso buitre barbudo sobrevoló el inaccesible castillo, alzado como un equilibrista insensato sobre la cumbre de aquella montaña escarpada, suma milenaria de bloques calcáreos coronados por una roca viva que se derramaba en vertical desde mil doscientos metros de altura hasta los tres profundos valles que la rodeaban. La brisa perfumaba el lugar con el aroma evocador de los pinos que, como centinelas insomnes, custodiaban la mitad de aquel pico orgulloso. La exquisita fragancia procedente del bosque contrastaba con el hedor que reinaba en el interior de la fortaleza, a cuyo alrededor se habían adherido viviendas de piedra y madera. Más de trescientas personas se arracimaban en los poco más de setecientos metros cuadrados de la fortaleza y en el escuálido terreno adyacente a la misma en la cima del monte. Demasiada humanidad para tan poco espacio.

Jacques de Autier contempló el vuelo magnífico del buitre desde el paseo de ronda de la fortaleza. En el patio del castillo la vida seguía su curso, como si el mundo que se extendía a los pies de aquella montaña no estuviera pereciendo lenta, pero inexorablemente. Los encastillados se aprestaban a concluir las tareas cotidianas de aquel día primaveral, y Jacques pensó si tal vez eran ciegos que no veían el nuevo mundo que se estaba imponiendo a fuerza de espada y cruz; o sordos que no escuchaban las trompetas que anunciaban el final de la vida que habían conocido.

Aunque aún no había cumplido los treinta años, Jacques comenzaba a ver la vida como lo haría un escéptico veterano. Apenas le quedaban certezas, y la amargura rebosaba en su corazón.

Cerró los ojos y aspiró el aire fresco antes de descender de las murallas. Al llegar al patio de armas, donde se habían construido almacenes para el trigo, para las armas y los proyectiles y cuadras para los caballos, su mirada se cruzó con la de una mujer algo más joven que él y que portaba un cubo de madera rebosante de agua. Jacques buscó en el fondo de los ojos de la occitana el alma de Ysabela, su madre, pero no la encontró. La muchacha, azorada, miró al suelo y prosiguió su camino.

—No ha vuelto —murmuró Jacques mientras la joven se alejaba—. Todo es mentira.

Veinticuatro años después de que una flecha perdida se cobrara la vida de Ysabela durante el asedio de Tolosa, Jacques había dejado de creer en la fe cátara. Isarn y los demás *perfectos* mentían; la reencarnación no existía.

Jacques estaba convencido de que si fuera cierto que las almas se reencarnasen, como decían los cátaros, su madre habría regresado del más allá para volver a abrazarle. Y también su padre, a quien ni siquiera conoció, por defender aquellas ideas que ahora él sabía que eran erróneas.

—Todo es mentira —repitió—. El que lleva razón es fray Guillermo.

Jacques había conocido a fray Guillermo de Borgo meses antes, durante una de sus incursiones por el condado de Tolosa, ahora bajo el control del rey francés, para recoger plantas y hierbas medicinales. Y es que, a pesar de que nunca llegó a demostrar la destreza que su madre evidenció a la hora de diferenciar las hierbas y fabricar remedios médicos con ellas, Jacques había sido un digno discípulo de Saúl ben Barak durante su juventud. Y precisamente su oficio de sanador le obligaba a recorrer aquellas tierras, cuyo signo político tanto había cambiado tras la muerte de Simón de Montfort durante el asedio a Tolosa.

También el corazón de Jacques había cambiado en aquel tiempo. Saúl había muerto, y también Isarn, e incluso el maldito Caleb. Sí, también Caleb había muerto.

—Muerto y bien enterrado —sonrió el joven. Una ráfaga de aire agitó su cabello negro y lacio, y su boca se curvó dibujando una amarga mueca.

Aquellos años de guerra y muerte le habían conducido a la creencia de que el único acierto de la doctrina cátara era que el demonio, el diablo, Satán o como quiera llamarse al Mal, reinaba en el mundo. Y seguiría haciéndolo hasta el fin de los tiempos, que estaba mucho más próximo de lo que todos imaginaban, tanto los cátaros como el papa. La Iglesia, la Gran Prostituta, era el mejor aliado del demonio en este mundo, según había escuchado a fray Guillermo.

El día en que Jacques escuchó por vez primera a fray Guillermo de Borgo, atisbó un rayo de esperanza. Aquel hombre era un verdadero franciscano, según el peritaje de Jacques. Era uno de los monjes pobres que encarnaban la verdadera voluntad del de Asís, corrompida por los prebostes de la orden, que se habían entregado al pecado de la riqueza siguiendo el ejemplo de Roma.

—Si el hermano Francisco viera en lo que han convertido la orden, los expulsaría como a los mercaderes del templo —profetizaba el monje en sus prédicas. Sus ojos, de un intenso color miel, penetraban en el alma de quienes le escuchaban. Era un hombre alto y delgado, de rostro afilado, y que lucía una descuidada barba negra—. Nada queda en pie de cuanto construyó Francisco de Asís, salvo nosotros. —Con un gesto, señaló a la media docena de pobres predicadores que lo acompañaban vistiendo, como él, unos raídos hábitos franciscanos, sucios y malolientes por su antigüedad—. Pero el fin está muy cerca, hermanos. Está mucho más cerca de lo que imagináis, como ya anunció fray Joaquín de Fiore, y no le escucharon.

La voz profunda de Guillermo de Borgo sedujo a Jacques desde el primer momento, y desde entonces le había escuchado numerosas veces. Tras cada prédica, se sentía más unido a aquellos monjes extremadamente pobres que tenían en alta estima los augurios de Joaquín de Fiore, un abad fallecido cuarenta años antes que se tornó ermitaño y aventuró el fin de la iglesia y del mundo conocido.

—En breve llegará el día en que el mundo necesitará una nueva orden de monjes que predique el Evangelio por todos los países, y entre ellos elegirán a un *Novus Dux* que les conducirá y alejará a la humanidad del pecado y los vicios terrenales —auguraba Guillermo de Borgo—. Pero esos nuevos monjes no podrán nacer de la Iglesia pecadora ni tampoco de la falaz versión del cristianismo que predican los cátaros. El fin del mundo está tan cerca, que apenas hay tiempo para el arrepentimiento —advertía.

Aunque el auditorio del franciscano era escuálido, el verbo apasionado del monje hacía vibrar a los congregados. La mayoría de ellos, era gente iletrada, fácilmente impresionable y preocupada más por poder comer que por elevarse espiritualmente. Sin embargo, pronto medró el número de oyentes, entre los cuales se embozaban clérigos desencantados con la Iglesia y tal vez con ellos mismos, y hombres como Jacques, que habían agotado sus esperanzas y se habían hartado del fanatismo cátaro después de tantos años de guerra y muerte.

—La historia de la humanidad, nos enseñó el padre Joaquín de Fiore, es un proceso espiritual que consta de tres etapas —predicaba el franciscano de Borgo—: la Edad del Padre, la Edad del Hijo y la Edad del Espíritu Santo. La primera se extendió desde la Creación hasta el nacimiento de Cristo; la segunda, alcanzó hasta nuestros días, y en breve llegará la última y definitiva. El fin se acerca, y la Gran Prostituta ha de desaparecer,

Desde luego que sí, pensó Jacques mientras atravesaba el patio del castillo de Montségur: el fin estaba muy cerca. Y, para empezar, iban a morir todos los que estaban en aquel nido de águilas si no se decidían a tomar la iniciativa. O luchaban, o la Gran Prostituta y el Anticristo reinarían antes de tiempo.

Apenas unos meses le separaban de la treintena, y nada quedaba en él de aquel niño de cinco años que asistió a la muerte de su madre y al fin del siniestro Simón de Montfort; nada, salvo aquellas pesadillas en las que Satán regresaba para retarlo, como aquella noche lejana en casa de Saúl ben Barak en Tolosa, cuando el demonio le mordió dejando en su carne la marca de dos colmillos que aún eran visibles en su brazo izquierdo casi veinticinco años después.

—Acabaré contigo. Acabaré contigo, y el Espíritu reinará antes del Juicio Final —murmuró mientras recordaba el final de una de las apasionadas prédicas de Guillermo de Borgo en la que mencionó la existencia de lugares por donde los ángeles rebeldes entraban y salían de este mundo. Había siete puertas abiertas por los pecados de la Iglesia, según el franciscano.

Aquella convicción era tan intensa en él, que Jacques había olvidado los placeres mundanos a los que se había entregado durante su juventud en un acto de rebeldía contra los dictados cátaros y los de la propia Iglesia. Si unos y otros rechazaban el trato carnal con mujeres, él había compartido catre con un puñado de muchachas, e incluso con mujeres casadas y hasta viudas. De hecho, meses atrás había vivido una tórrida relación con la desconsolada viuda de un molinero que vivía a orillas del río Aube y que era un proveedor habitual de Montségur.

Iveta, la viuda del molinero, era una mujer de mediana edad, caderas rotundas, pechos pequeños y sonrisa generosa. Jacques se acostumbró a ella sin darse cuenta. Acudía al viejo molino cada vez que descendía del castillo en busca de hierbas medicinales para su particular botica; hasta que un día escuchó a Guillermo de Borgo, En ese instante, su percepción del mundo, y también de Iveta, cambió. Sin querer, fue a parar a las mismas ideas que tanto había menospreciado: se convenció a sí mismo de que el trato carnal debilitaba la voluntad del guerrero espiritual.

Y así fue como Iveta se quedó sin las tardes de sexo que le hacían olvidar a su difunto marido.

De pronto, una inesperada escena sacó a Jacques de sus cavilaciones: dos de los centinelas que custodiaban la puerta oeste de la fortaleza —la única vertiente accesible de aquella montaña a pesar del empinado desnivel— irrumpieron en el patio escoltando a un desconocido.

AVIGNONET. HORAS ANTES, ESE MISMO DÍA.

—No os inquietéis, hermano, el bailío es tan fiel como el perro de su amo —aseguró el inquisidor Guilhem Arnaut ante la mirada recelosa del dominico Bernart de Roquefort—. Ya veis las confortables habitaciones que nos ha asignado —añadió recorriendo con la mirada la estancia en la que se encontraban.

—Ese hombre no es de fiar —rezongó Bernart—. Ni tampoco su amo.

—No hay nada que temer del conde Raimundo VII —afirmó Arnaut, rotundo—. Más allá de Montségur, la herejía ya es cosa de muertos. Y los estamos desenterrando para que no quede de ellos ni sus huesos ni su memoria.

Bernart de Roquefort frunció el ceño, evidenciando sus dudas.

Aunque era cierto que el condado de Tolosa era ahora dócil a los designios del rey y del papa, aquella tierra y sus gentes no le inspiraban confianza. Por más que en los últimos años el signo de la cruzada fuera claramente favorable a los intereses de Roma, la lucha contra el catarismo parecía una batalla sin fin, en la que resultaba difícil predecir hacia dónde se decantaría la fortuna en cada momento.

Veinticuatro años antes, cuando todo parecía perdido para los herejes, la muerte de Simón de Montfort hizo que la mala hierba creciera de nuevo. Amaury de Montfort, más débil e inexperto que su padre, había sido incapaz de mantener el pulso con los cátaros. Sus sucesivas derrotas ante Raimundo VII de Tolosa, que también había sucedido a su padre tras la muerte del viejo conde en 1221, permitieron a los occitanos recuperar Carcasona y otras plazas importantes.

Confiados ante el cambio político, los *perfectos* cátaros volvieron a predicar impúdicamente por aquellas tierras hasta que el arzobispo de Narbona, Arnaud Amaury, consiguió que la corona francesa se involucrara en la lucha contra la herejía.

Primero fue el rey Luis VIII quien abanderó la cruzada, y luego, tras su inesperada y prematura muerte por disentería, recogió el testigo su esposa Blanca de Castilla, que demostró ser una adversaria temible para los herejes.

Finalmente, Raimundo VII había sido derrotado, excomulgado y obligado a firmar en 1229 el humillante tratado de Meux, por el que el condado de Tolosa pasaba a estar controlado de facto por el rey. Además, se le obligó a combatir a los herejes cátaros, diezmados y recluidos en Montségur.

—Hermano, ya sé que parece difícil de admitir, pero ahora el conde de Tolosa está de nuestro lado, le guste o no —insistió el inquisidor Guilhem Arnaut. El dominico palmeó el hombro de su compañero, y le animó a seguirle—. Es la hora del rezo, vamos a buscar a nuestros hermanos en la fe.

Bernart de Roquefort siguió a su superior con expresión taciturna. A pesar de todo, seguía sin gustarle el bailío Ramón de Alfaro.

Unas horas antes, el grupo de inquisidores encabezado por los dos dominicos e integrado además por su hermano fray Gaesias d'Aure, los franciscanos Estève de Sant Tibèri y Ramón de Carbonier, y otros clérigos y hermanos legos, había llegado a Avignonet, donde fueron recibidos cordialmente por el bailío al servicio del conde tolosano.

Ramón de Alfaro se mostró en todo momento obsequioso con los inquisidores, y se esforzó porque sus huéspedes se sintieran como en su casa en la fortaleza de la ciudad.

—Los tolosanos recibimos a la Inquisición con los brazos abiertos —aseguró a los clérigos mientras impartía las órdenes oportunas para que se alojaran con la mayor comodidad posible—. Solo la Inquisición saneará estas tierras para siempre.

—Así será, no lo dudéis —respondió Arnaut clavando sus ojos de halcón en los del señor de Avignonet, que le sostuvo la mirada, impasible—.

Al cabo de unos segundos eternos, el dominico,

enjuto, de aspecto ascético y perfil de águila, se alejó dando la espalda al representante del conde de Tolosa en aquella plaza.

Alfaro, un hombre acostumbrado a dar órdenes y a recibirlas, y cuyo cuerpo se había tallado en numerosas batallas al servicio de los condes de Tolosa, contempló a los inquisidores sin mover un solo músculo del rostro. La Inquisición había comenzado a dar sus primeros pasos en Tolosa once años antes, tras la muerte del iracundo obispo Fulco. Su sucesor, Ramón de Falga había enseñado a los occitanos el poder del miedo sembrando de hogueras aquellas tierras y ordenando, entre otras muchas atrocidades, quemar el cadáver de una mujer ya enterrada solo por el hecho de que, según le habían informado, había recibido el *consolamentum.* Y ahora era aquel dominico, Guilhem Arnaut, quien aterrorizaba a las gentes del Languedoc exhumando cadáveres de *perfectos* para enviarlos a las hogueras, contribuyendo de ese modo a que el odio del pueblo contra la Iglesia se multiplicara.

En cada parroquia, los obispos habían nombrado sacerdotes asistidos por laicos que se encargaban de visitar las viviendas de aquellos vecinos de quienes se sospechaba de herejía. Previa denuncia, las autoridades eclesiásticas apresaban a los presuntos cátaros, y se quemaban las casas y las tierras de quienes acogieran a algún hereje. Los arrepentidos iban a prisión; los recalcitrantes, a la hoguera.

Se decía que los predicadores dominicos pagaban a los chivatos por cada denuncia que llegara a buen puerto, y eso multiplicó las delaciones. Pero en otras ocasiones no fue preciso el dinero; sino que bastó con el miedo.

Muchos occitanos denunciaron a sus vecinos e incluso a sus familiares para evitar que los inquisidores sospechasen de ellos.

En aquel clima de terror, nadie estaba a salvo, ni siquiera los muertos. Y cumpliendo esa divina labor habían ido a parar a Avignonet.

Cuando los dominicos y sus acompañantes desaparecieron al final del pasillo, Alfaro susurró algo al oído de Jordán de Mas, uno de sus hombres de confianza. El soldado abrió los ojos desmesuradamente por la sorpresa, pero asintió en silencio. Poco después, se le vio abandonar apresuradamente Avignonet a lomos de uno de los mejores caballos de la fortaleza.

—Más que de Alfaro, debemos preocuparnos del puñado de almas descarriadas encastilladas en Montségur —sugirió el inquisidor a los demás clérigos cuando todos ellos se reunieron en oración.

—Y no olvidéis a fray Guillermo de Borgo y a ese rebaño suyo que dicen llamarse *espirituales* —apuntó el franciscano Ramón de Carbonier.

—Las guerras que podáis tener en el seno de vuestra orden no son mi prioridad —replicó Arnaut con sequedad.

—Son tan herejes como los cátaros —objetó el franciscano con enojo—. Se hacen eco de las locuras de Joaquín de Fiore, predican la inminencia del fin de los tiempos, y aseguran que los hombres solo podrán salvarse si son guiados por una nueva orden monástica que es la que ellos representan, y que estará dirigida por un maestro supremo —recordó, exaltado—. Por no mencionar que no dudarían en matarnos a todos, si fuera necesario, porque, a sus ojos, la Iglesia es la Gran Prostituta que menciona Juan en su Apocalipsis.

—Palabrería, paparruchas —se burló el inquisidor—. No son más que un puñado de desarrapados piojosos que no representan a nadie más que a ellos mismos. —Un brillo maligno se adueñó de los ojos oscuros del dominico, y en su rostro macilento se dibujó una sonrisa pérfida—. ¿Acaso tengo yo la culpa de que unos franciscanos critiquen a otros franciscanos porque habéis olvidado los ideales de vuestro fundador y os gusta tener la barriga llena y las arcas de la orden repletas, como a los demás?

—No tenéis derecho... —respondió airado Carbonier. Las aletas de su nariz se movían con autonomía, y sus carrillos se enrojecieron.

—Debo recordaros quién soy yo y quién sois vos, hermano —replicó el dominico sin alterar el tono de su voz, tan dulce como venenoso.

El franciscano se tragó los reproches que llenaban su boca, y bajó la mirada con forzada mansedumbre ante el inquisidor. Pero por mucho que debiera obediencia a aquel artero dominico, para él las prédicas de Guillermo de Borgo y de sus seguidores representaban un peligro mortal para la Iglesia. Carbonier estimaba que era un error de cálculo de consecuencias impredecibles que los dominicos creyeran que aquella enfermedad únicamente atañía a los seguidores de Francisco de Asís. En realidad, las ideas perniciosas que predicaban aquellos díscolos franciscanos, que en algunos lugares comenzaban a ser conocidos como *fraticelli*, se estaban extendiendo como una enfermedad contagiosa. Apenas cincuenta años más tarde, los pronósticos de Carbonier resultarían tan acertados como terribles para los intereses no solo de su orden, sino de Roma.

Sin embargo, Guilhem Arnaut esbozó una sonrisa irónica al contemplar el efecto de su poder sobre los demás religiosos. Ninguno de aquellos estúpidos imaginaba que él había sido elegido inquisidor con una misión que iba más allá de combatir a aquellos herejes que rechazaban la autoridad del papa, la muerte de Jesús en la cruz o la eucaristía. A él le traía sin cuidado si había o no un principio del Bien y un principio del Mal; ni siquiera resultaba de su interés que los cátaros permitiesen la participación de la mujer en la vida religiosa, que predicasen a los cuatro vientos la reencarnación de las almas o que se abstuviesen de comer carne. Allá ellos con sus normas de vida, mientras no afectaran a las suyas.

Su verdadera misión era localizar el secreto que los cátaros custodiaban, aquello que la hermandad a la que se había sumado anhelaba echar mano desde que comenzó aquella puñetera e inacabable cruzada. Arnaut estaba decidido a triunfar allí donde sus antecesores, Fulco y Ramón de Falga, habían fracasado a pesar de que ellos contaron con una ayuda de la que él ahora carecía: un infiltrado entre los herejes.

En los últimos años, los inquisidores habían contado con la inestimable colaboración de un soplón que les permitió apresar a varios miembros del reducido círculo de *perfectos* que conocían el paradero del tesoro cátaro. Así fue como tiempo atrás cayeron en sus redes Isarn de Auriac y otros compañeros suyos. Pero, desgraciadamente para sus intereses, ni la tortura ni la hoguera lograron arrancarles su secreto.

La suma de cientos de muertos no había servido para averiguar qué era y dónde se encontraba aquello que confería a los cátaros la seguridad suicida que evidenciaban.

El último servicio que realizó el confidente de los inquisidores antes de ser descubierto fue señalar el castillo de Montségur como el lugar donde se había refugiado el último *perfecto* que conocía el paradero del enigmático tesoro. Se trataba de Bertrán Martí, hijo de uno de los *perfectos* más peligrosos de cuantos se recordaban, Gilabert de Castres.

—Solo Montségur importa —recordó el inquisidor dominico al resto de los clérigos con su voz suave y su mirada gélida—. Solo Montségur.

MONTSÉGUR

El jinete procedente de Avignonet llegó exhausto a Montségur envuelto en la luz del atardecer. Sin tiempo para recuperar el resuello, se identificó ante los centinelas apostados en la puerta oeste del alcázar, y solicitó ser conducido ante Ramón de Perella, señor de aquella altiva e inexpugnable fortaleza.

De camino hacia la torre del castellano, el emisario del bailío de Avignonet se sorprendió ante las modestas proporciones de aquella construcción. Por todo el Languedoc corrían rumores a propósito del sentido mágico de aquella fortificación. Se aseguraba que dos *perfectos*, Ramón Blasco y Ramón Mercer de Mirepoix, habían rogado años atrás a Ramón de Perella que reconstruyera la vieja fortaleza abandonada en lo alto de aquella cima. Los *perfectos* contaban con la bendición de Esclaramunda de Foix, ferviente cátara y verdadera señora de aquellas tierras, a la que Perella rendía vasallaje. Las habladurías aseguraban que los *perfectos* supervisaron las obras, que se prolongaron durante cuatro años, para convertir aquel enclave en algo más que un castillo. Decían que era en realidad un templo que se había orientado astronómicamente atendiendo al movimiento del sol según los principios maniqueos, porque toda la construcción respondía a la idea de que en el universo se libra un interminable combate entre la Luz y las Tinieblas.

Pero al contemplar el recinto, el jinete de Avignonet dudó sobre la veracidad de aquellas historias. Si aquel castillo era un templo, la gente con la que se cruzó por el patio lo disimulaba muy bien. En los rostros de los encastillados advirtió preocupación y miedo. Únicamente los *perfectos*, ataviados con sus ropas negras, parecían tranquilos y charlaban despreocupadamente. Al igual que un joven de cabello negro y ojos azules, que lo miró con curiosidad mientras atravesaba el patio en dirección a la residencia del señor de Perella. El joven descendía de las murallas sin apartar sus ojos de él, y el emisario se preguntó quién sería.

—Es el sanador —dijo uno de los dos hombres armados que lo flanqueaban, como si hubiera leído el pensamiento del recién llegado.

¿Cuánta gente estaba refugiada allí?, se preguntó el emisario de Ramón de Alfaro. ¿Doscientos? ¿Trescientos? No le pareció posible que hubiera muchos más, aunque sumase a quienes vivían en las cabañas y casas adosadas a las murallas. Pero no se atrevió a preguntar a los hombres que lo escoltaban, no fueran a imaginar que se trataba de un espía y no de un heraldo.

La estancia adonde lo condujeron era austera y pequeña. Unos tapices sellaban las ventanas, y el suelo era de madera. A pesar de que la primavera estaba avanzada, hacía frío, y el jinete no vio chimenea alguna que caldeara el lugar.

Un grupo de hombres a quienes no conocía lo recibieron con una mezcla de recelo y curiosidad. El jinete advirtió que casi todos eran hombres de armas. Supuso que se trataba de *faidits* que habían encontrado en Montségur un refugio y a la vez una esperanza para poder recuperar algún día sus feudos y su dignidad. Junto a ellos, únicamente había dos *perfectos* y, para su sorpresa, también el joven de ojos claros con el que se había cruzado en el patio. El sanador, como lo había llamado el centinela, no parecía ser un noble ni tampoco un predicador cátaro, puesto que sus ropas —calzones de color pardo y gambesón más oscuro— no eran las prendas de los *buenos hombres.*

De entre todos los presentes, el emisario únicamente reconoció a Pierre Roger de Mirepoix, el *faidit* que ejercía como jefe militar de Montségur y a quien había visto en alguna ocasión en Avignonet junto al bailío. Era alto y fuerte, de aspecto resuelto y cuya mano izquierda siempre reposaba sobre el pomo de su espada. Su lenguaje corporal evidenciaba que se trataba de un hombre de acción. El jinete sabía que el de Mirepoix era yerno de Ramón de Perella y verdadero brazo ejecutor de las decisiones que se adoptaban en la fortaleza

—Me dicen que os envía Ramón de Alfaro —dijo un hombre de cabello y barba canosos. El emisario de Avignonet le calculó unos sesenta años de edad—. Soy Ramón de Perella, señor de Montségur. ¿Qué noticias nos traes del bailío?

El jinete paseó la mirada por la decena de hombres reunidos en aquella sala y dudó. La información de la que era portador era tan delicada como sensible.

—No debéis temer la indiscreción de nadie de los presentes —le tranquilizó Ramón de Perella, interpretando correctamente el recelo del hombre enviado por Alfaro.

Los ojos del correo estudiaron de nuevo el rostro de los hombres que aguardaban escuchar sus palabras, y finalmente tomó la decisión de confiar en el señor de Montségur.

—El bailío me ha enviado para advertir de la presencia en Avignonet de un grupo de inquisidores encabezado por Guilhem Arnaut —Hizo un alto y comprobó el efecto de sus palabras en los allí reunidos. Algunos se habían removido inquietos; otros fruncieron el ceño y en sus rostros se dibujó una mueca a medio camino entre el odio y el asco. Varios intercambiaron miradas de preocupación. El emisario volvió su mirada hacia Perella, y lanzó las siguientes palabras de un tirón—: mi señor propone que enviéis una partida de hombres que dé muerte a los inquisidores. Él os abrirá las puertas y os conducirá hasta las habitaciones donde se hospedan.

—¡Por todos los diablos! —exclamó Ramón de Perella—. ¿Acaso tu señor ha enloquecido?

Todos los presentes alzaron sus voces de tal suerte que reinó en la sala una enorme confusión. Acobardado, el jinete de Avignonet no se atrevía a abrir la boca, y aguardaba a que alguien impusiera orden entre los presentes. Y esa labor la ejerció Pierre Roger de Mirepoix.

—¡Silencio! —gritó el guerrero exhibiendo el acero de su espada—, ¡silencio!

La cacofonía cesó. Incluso el señor de Perella enmudeció al ver la fiera expresión de su yerno. Al cabo de unos segundos, todos parecían haber olvidado al mensajero y aguardaban, expectantes, las palabras del jefe militar de Montségur.

—¿Acaso no veis la ocasión que el destino pone en nuestras manos? —dijo el *faidit*—. Tenemos la oportunidad de hacer justicia pagando con la misma moneda a ese miserable dominico que ha sembrado nuestras tierras de hogueras y odio, y que ha sido capaz de desenterrar a hombres y mujeres porque habían recibido vuestro *consolamentum* para quemar sus cadáveres —recordó dirigiéndose expresamente a los dos *perfectos* presentes en la sala, cuyos rostros evidenciaban una evidente tensión—. Es hora de convertirnos en la espada del ángel de Dios —gritó, y su exclamación fue secundada por varios *faidits*, pero no por Ramón de Perella.

—Dios no tiene espada; es Satán quien la empuña —intervino el más joven de los dos *perfectos*, un hombre de mediana estatura y complexión liviana—. Recordad que rechazamos la violencia, que nunca debemos ser como ellos.

—Con todos los respetos, venerable Bertrán Martí, vos podéis seguir sin comer carne, respetando a todos los animales y no mordiendo jamás el pezón de una mujer —respondió Roger de Mirepoix con ironía—; todo eso me trae sin cuidado. Pero no olvidéis que gracias a hombres como yo aún es posible que podáis predicar vuestras ideas, y recordad que muchos de vuestros hermanos en la fe se han visto obligados a recluirse en este castillo porque miserables como el inquisidor Arnaut no les han dejado otra alternativa que esconderse como ratas o morir en la hoguera.

—El odio nunca vencerá a la verdadera fe —repuso el *perfecto*. Su mirada imploraba comprensión por parte de los *faidits*. Dio la espalda al de Mirepoix y se dirigió a los demás caballeros—. La espada es materia, como el cuerpo, y obra de Satán. No podemos ser como quienes nos persiguen; no podéis olvidar que el pueblo occitano rechaza a esos a quienes ahora pensáis en dar muerte precisamente por no respetar la vida humana. ¿En qué os diferenciaríais de ellos si aceptáis la oferta del bailío de Avignonet?

Durante unos segundos, un espeso silencio se adueñó de la estancia, y hasta Roger de Mirepoix parecía haber sido intimidado por el discurso del *perfecto*. Pero entonces, inesperadamente, tomó la palabra el joven de ojos claros que había permanecido en silencio hasta ese momento.

—Mi padre y mi madre murieron por defender vuestras ideas —dijo encarándose con el *perfecto*—. Mi madre, Ysabela, encontró la muerte en el sitio de Tolosa después de haber matado al maldito Simón de Montfort, y no sé qué premio le concedió vuestro Dios por su heroísmo. Lo único que sé es que si ella no hubiera lanzado aquella piedra sobre Montfort, los franceses nos hubieran pasado a cuchillo a todos cuantos estábamos en la ciudad por defender vuestras ideas, empezando por *perfectos* como Isarn de Auriac, a quien conocí siendo niño.

—Todos conocemos la historia de vuestra familia y lo que habéis hecho por la verdadera fe —intervino Jordá de Perella, el hijo del señor del castillo—, pero no acierto a ver adónde queréis ir a parar.

Jacques de Autier dio la espalda al *perfecto* y se dirigió a Jordá y a su padre, que parecían menos entusiasmados que el resto ante la perspectiva de atacar a los inquisidores.

—Puesto que tan bien conocéis mi historia, sabréis que gracias a mí se puso fin a la vida del delator que durante tantos años había trabajado para la Inquisición —dijo Jacques, envalentonado—. Si Montfort murió fue porque mi madre olvidó esa estupidez de rechazar la violencia; si el traidor al servicio de los dominicos no puede delataros a vos y a los otros *perfectos* que están aquí —añadió volviéndose a los ojos de Bertran Martí— es gracias a que yo creo que solo se puede combatir la espada con la espada.

—Pero vos sois un sanador, maese Jacques —objetó el *perfecto*—. Salváis vidas, no las quitáis.

—Salvo la vida que merece ser salvada, no la de un inquisidor —replicó Jacques, tajante—. Si, como vos predicáis, la Iglesia encarna el mal, si ha pervertido el mensaje de vuestro Cristo ahogándolo entre inútiles sacramentos y se ha entregado a la gula y la lujuria, ¿acaso merece seguir haciendo daño al prójimo y confundiendo al pueblo? —Se giró hacia los caballeros y, alzando el puño, gritó—: ¡muerte al inquisidor!

—¡Muerte! ¡Muerte! —gritó el de Mirepoix, y su alarido de rabia fue secundado por casi todos los *faidits* presentes.

Por su parte, Ramón de Perella guardó silencio y miró a su yerno con una mezcla de tristeza y preocupación.

A primera hora del día siguiente, un nutrido grupo de jinetes salió de Montségur en dirección a Avignonet. Roger de Mirepoix encabezaba la hueste, y junto a él cabalgaban algunos de los *faidits* que habían acogido con entusiasmo la misión de dar muerte a los inquisidores. El último lugar de la partida lo ocupaba Jacques de Autier, a quien se permitió acompañarlos a pesar de no ser hombre de armas. Roger de Mirepoix había valorado la decisiva y vehemente intervención del sanador ante Ramón de Perella y el *perfecto* Bertrán Martí, que a la postre sirvió para inclinar la balanza a favor de la espada y no del diálogo. Además, todos recordaban los valiosos servicios que aquel muchacho había realizado a favor de la causa occitana.

De no haber sido por Jacques, tal vez ahora Bertrán Martí estaría siendo torturado por los inquisidores a quienes pensaban dar muerte. Tal vez el *perfecto* hubiera corrido la misma suerte que Isarn de Auriac y varios *hombres buenos* que fueron apresados junto a él en 1231, tras abandonar discretamente Tolosa rumbo a Montségur. Apenas un puñado de hombres conocía que el venerable Isarn partiría aquella noche, pero nadie imaginaba que uno de ellos lo delataría.

Los cátaros ultimaron los preparativos de su huida con el mayor de los sigilos. Isarn únicamente se despidió de su buen amigo el médico Saúl ben Barak, con quien se fundió en un fraternal abrazo, pues ni siquiera las discusiones religiosas que habían mantenido durante todos aquellos años habían logrado erosionar el afecto mutuo. La íntima relación entre el médico judío y el *perfecto* impedía sospechar que el traidor a la causa cátara dormía bajo el mismo techo que el galeno, y que era su propio hijo, Caleb. Sin embargo, Jacques siempre había recelado de él. Tal vez el hecho de que Caleb hubiera menospreciado primero a su madre y después a él cuando Saúl le inició en la ciencia médica, contribuyeron a sus sospechas, y por eso Jacques lo espiaba con frecuencia. Presumía que tras los exabruptos de Caleb contra la religión cátara y contra la de su propia raza se escondía algo más; que no era únicamente la envidia la que guiaba su conducta hacia Ysabela primero y hacía él mismo después. Simplemente, concluyó Jacques tras reflexionar detenidamente sobre aquel asunto, Caleb era malvado. No creía en nada, lo que hacía de él el mejor agente posible para Satán.

Por desgracia para Isarn, Jacques descubrió a Caleb en compañía de uno de los hombres del inquisidor Ramón de Falga demasiado tarde. La conversación entre ambos que pudo escuchar disipó todas sus dudas: Caleb era el informador de la Inquisición que había facilitado la detención, tortura y posterior ejecución en la hoguera de Isarn y de otros muchos cátaros antes que él. Pero también descubrió algo más; algo que jamás rebeló a nadie y que guardaba solo para sí. Aquel día escuchó que los inquisidores sentían especial animadversión por un puñado de *perfectos*, y que estos eran su verdadero objetivo porque custodiaban un secreto, algo que los dominicos llamaban el *tesoro cátaro*. A los demás herejes, los quemaban por sus creencias, desde luego, pero aquellas hogueras elevaban al cielo un humo que servía de cortina para que nadie reparara en el auténtico objetivo que perseguía la Inquisición.

—Tal vez un día, esa información me pueda salvar la vida a mí —se dijo entonces Jacques. Y por ello guardó silencio sobre esa cuestión el día en que rebeló a Roger de Mirepoix que el judío Caleb era el espía de la Inquisición que todos buscaban.

Desde entonces, había intentado averiguar qué era exactamente el tesoro que, según Caleb reveló, se había ocultado en Montségur. Pero él no era un *perfecto*, no había recibido el *consolamentum* y ni siquiera sabía exactamente en qué consistía la ceremonia realmente. Quienes sí habían sido *consolados* se limitaban a asegurar que se habían transformado, pero no añadían nada extraordinario a su narración. Para poder ser dignos de esa ceremonia, debían superar un período de prueba de varios meses conviviendo con un *perfecto*, que era quien evaluaba si eran dignos de recibir el misterioso sacramento. Para ello, se sometían a un largo ayuno al término del cual, ataviados de negro y tras realizar una serie de abluciones, comenzaba la ceremonia presidida por uno de los presbíteros o ancianos principales.

Jacques había oído decir que el postulante debía renunciar públicamente a Satán y al mundo de la materia, y que después tenía lugar un ritual que incluía una imposición de manos por parte del presbítero. Pero ninguna de las personas a las que interrogó fue más allá de ese punto en su relato, por lo que Jacques sospechaba que había algo más, y que la ceremonia del *consolamentum* tal vez guardaba relación con el tesoro que los inquisidores anhelaban.

Ensimismado en sus reflexiones, la larga jornada a caballo pasó para él más rápido que para el resto de la partida. Durante el camino se sumaron a la hueste una veintena de hombres armados procedentes de la localidad de Gaja-la-Selve, y otro puñado se incorporó al grupo en Mas-Saintes-Puelles. Finalmente, los occitanos llegaron al atardecer a un bosque situado a poca distancia de Avignonet.

—Aguardaremos aquí a que el bailío envíe a uno de sus hombres para conducirnos a la ciudad —anunció Pierre Roger de Mirepoix, cuyo rostro no reflejaba ninguna emoción. Descendió de su caballo y dio las órdenes necesarias para establecer un perímetro de seguridad, no fuera a ser que todo aquello se tratase de una maldita trampa de los franceses.

—¿Has matado a alguien alguna vez, sanador?

La inesperada pregunta de uno de los *faidits* de Montségur sorprendió a Jacques, sacándolo de su ensimismamiento.

Se trataba de un hombre extremadamente robusto, de enormes brazos que terminaban en unas manos peludas y callosas. Sus ojos eran pequeños, pero vivaces, y vestía una sobreveste amarilla y roja con un águila negra cosida en el pecho. Jacques advirtió que la cota de malla del caballero no brillaba como la de Roger de Mirepoix, pero resultaba evidente que había sido empleada en numerosas batallas.

—No, nunca he matado a nadie —admitió Jacques sin perder la compostura ni apartar la mirada de la del guerrero—. ¿Tenéis prisa por ser el primero?

El *faidit* estalló en una poderosa carcajada que permitió al sanador advertir que al soldado le faltaban casi todas las piezas dentales y que su aliento era fétido. Por toda respuesta, el occitano arrojó a los pies de Jacques una enorme y reluciente hacha de guerra.

—No te separes de mí esta noche —dijo—. Yo te enseñaré cómo matar a esas ratas de la Inquisición —añadió, y rubricó la frase con un sonoro y generoso escupitajo.

En ese momento, un jinete hizo su aparición en el claro del bosque donde estaban apostados. Se identificó como Guillaume Arnaud de Golairan, uno de los hombres de confianza del bailío de Avignonet.

—Mi señor ruega que me sigáis —dijo el recién llegado sin bajar del caballo—. Debemos llegar al anochecer.

Roger de Mirepoix dividió a sus hombres en dos grupos. El primero de ellos, encabezado por un *faidit* llamado Bernardo de Saint-Martin, sería el que se encargase de ejecutar a los inquisidores, mientras que él se quedaría fuera de la fortaleza de Avignonet para garantizar la huida, si fuera necesario.

—Mi señor, quiero ir con el grupo —solicitó Jacques al jefe militar de Montségur.

El de Mirepoix lo miró de arriba abajo, escéptico, hasta que reparó en la fabulosa hacha de guerra que el médico había atado a la silla de cuero de su montura.

—¿Tenéis nuevo material quirúrgico? —bromeó el jefe militar de Montségur.

Jacques no respondió, pero no apartó la mirada de los ojos del señor de Mirepoix hasta que este asintió con un leve gesto.

Cuando el grupo de occitanos llegó a la fortaleza, el emisario del bailío les indicó una puerta entreabierta.

—Mi señor os aguarda tras ella —aseguró.

La treintena de hombres armados a la que se había sumado Jacques entró en la plaza, y Ramón de Alfaro les rogó silencio. Con una antorcha les alumbró el camino hasta alcanzar la estancia en la que dormían los clérigos. Una vez llegaron ante la puerta, tres de los conjurados, entre los que se encontraba el *faidit* que proporcionó a Jacques su arma, la derribaron a hachazos e irrumpieron en los aposentos. Los clérigos, sorprendidos en mitad del sueño, apenas tuvieron tiempo de iniciar sus rezos implorando la Gracia Divina antes de que las hachas cayeran sobre sus cuerpos, sajando brazos, rajando vientres y cortando cabezas.

Para su sorpresa, Jacques descubrió que jamás había gozado tanto en su vida, mientras la luz de la luna que se filtraba por uno de los pequeños ventanales de la estancia arrancaba un brillo maligno en su mirada azul y le permitía descubrir su hacha manchada de sangre y restos del cráneo del inquisidor Guilhem Arnaut adheridos al acero.

5

SAN JUAN DE ACRE
MAYO DE 1242

Ajeno a los sucesos que aquellos mismos días se estaban produciendo en el lejano Languedoc, Duende caracoleó al llegar a lo alto de una loma situada al este de la llanura sobre la que se extendía la ciudad de San Juan de Acre. Abrigada por su complejo sistema defensivo de murallas, torres y pasajes secretos, como el que la Orden había construido y que conducía hasta el maravilloso puerto de aguas profundas, la ciudad parecía dormitar con un ojo abierto, alerta.

Desde la toma de Jerusalén por los musulmanes cincuenta y cinco años antes, los freires habían convertido Acre en su capital y base de operaciones en Tierra Santa. En el puerto, la vida se tornaba bulliciosa y se expresaba en voces venecianas, pisanas y genovesas. William aspiró el aire del mar y se sintió lleno de vida. A su espalda, colinas verdes y, más allá, a lo lejos, cerros pardos y resecos. La vida y la muerte iban de la mano en Tierra Santa, pensó. Duende relinchó, feliz, al intuir la inminencia del regreso a los establos de la Orden. Se trataba de un fantástico animal de combate a quien William había bautizado con el mismo nombre del caballo de su inolvidable instructor. Junto a él, cabalgaban un joven templario llamado Wiggins y un turcople, Serhan.

A pesar de los veinticuatros años transcurridos, no había un solo día en que William no recordara al monje alquimista y apicultor, cuya muerte jamás se esclareció. William se reprochaba con frecuencia su incapacidad para resolver aquel asesinato. Si no hubiera sido requerido por el visitador general para acompañarlo a París, se decía, tal vez el crimen no hubiera quedado impune. Pero, para su desgracia, se le negó su deseo de demorar su marcha hasta desentrañar el misterio que envolvió aquellos crímenes.

Desde que salió de la encomienda rumbo a París, William no había regresado a Sours ni a Chartres. Sin embargo, su prestigio dentro de la Orden no había cesado de crecer durante todos aquellos años, y se hizo frecuente su presencia en delegaciones diplomáticas de los freires ante reyes y prelados. Tal fue la fama que alcanzó, que en varias ocasiones algunos nobles y monarcas solicitaron a la Casa del Temple de París la colaboración de William para esclarecer robos o crímenes que habían tenido lugar en sus dominios. Hasta que, al fin, gracias a la hermandad de Sión, pudo hacer realidad su sueño de viajar a Tierra Santa.

La mirada de William se perdió en los recuerdos con San Juan de Acre frente a él. Por un instante, creyó escuchar la voz de Joseph ofreciéndole una versión muy diferente de las gestas cruzadas, no siempre heroicas, y sí salpicadas de intrigas y miserias. Desde que los primeros cruzados tomaron Jerusalén en 1099; desde que llegaron a la ciudad santa los primeros caballeros que fundarían la Orden en 1118, cristianos y musulmanes se habían dado muerte en nombre de sus respectivos dioses. Habían ganado y perdido plazas, y tras la primera cruzada, se habían sucedido cinco más. William había llegado a aquella tierra maldita poco antes del inicio de la sexta, en 1228.

Aquella aventura militar fue bien curiosa, puesto que la encabezó el emperador Federico II, a quien el papa Gregorio IX había calificado de *Anticristo* y lo había excomulgado por no acatar sus órdenes. William se encontró, como todos los caballeros de su Orden, en una singular tesitura: ¿debían apoyar a un monarca cristiano contra los musulmanes a pesar de estar excomulgado por el papa?

Finalmente, los freires optaron por acompañar al emperador, pero sin mezclarse con su ejército. Tanto el Temple —con su maestre Pedro de Montaigú— como el Hospital —encabezado por su maestre Bertrand de Thessy—, cabalgaron a la par de la columna del monarca, pero sin añadirse a sus huestes.

Sin embargo, a pesar de la precariedad de semejante alianza, los cristianos recuperaron varias plazas notables y, especialmente, algunas de gran significado para su credo, como Belén, Nazaret y Jerusalén.

Traiciones, intrigas… La religión era una mera excusa para mover las piezas sobre el tablero del poder. Y la Orden a la que William pertenecía se había prestado a ello en numerosas ocasiones, cosechando soberanos fracasos, y él temía que no tardaría en volver a suceder.

Las murallas de la ciudad que tenía frente a él eran el

mejor notario posible de tanta traición, mentira y gloria vana.

La brisa del mar hizo que el manto blanco de William ondeara como una bandera, y la crin de su caballo, inmaculadamente blanco, se despeinó.

Al entrar en la ciudad, los tres jinetes se dirigieron hacia la zona norte, tras las murallas, donde se encontraba el cuartel general de la Orden. Regresaban de Jerusalén tras dar cumplimiento a una misión bastante singular, como acostumbraban a ser las que encomendaban a William a causa de su sagacidad. Sin embargo, en aquella ocasión ni siquiera imaginaba la verdadera importancia de aquel encargo tan peculiar.

Días antes, el senescal del Temple en Jerusalén había cursado las órdenes oportunas para solicitar la presencia de William, dada su experiencia en resolver problemas singulares.

—¿El hermano Teobaldo me requiere? ¿Qué sucede? —preguntó William a Robert, el comendador de Acre.

Teodobaldo, al igual que Robert, era un alto dignatario de la hermandad de Sión.

Robert miró alrededor, receloso. Se acercó a William y, en voz baja, le explicó que se había producido un inoportuno incendio en el almacén de un tejedor judío al que la hermandad había adquirido dos lienzos de lino y algodón sumamente valiosos, por los que se le había pagado más que generosamente.

—El caso es que el judío no aparece, y tampoco los lienzos —añadió el comendador—. Necesitamos saber si sigue vivo o no.

—¿No tiene familia vuestro tejedor?

El comendador negó con la cabeza.

—Es viudo —explicó—, y vive con un par de criados que aseguran que la última vez que lo vieron fue entrando en el almacén donde, minutos después, se declaró el incendio.

—¿Debo saber algo más sobre esos lienzos? —tanteó William, a quien desconcertaba semejante interés por unas simples telas.

El comendador se limitó a negar nuevamente con la cabeza, pero William creyó advertir cierta duda en su mirada. No obstante, no insistió. El respeto, la discreción y la disciplina eran indispensables para que Sión pasara inadvertida dentro de las tripas del Temple. A pesar de gozar de un enorme prestigio dentro de la hermandad, William no se encontraba entre la jerarquía de Ormus. Su carácter soberbio había jugado en su contra en más de una ocasión, al igual que su desmedida curiosidad y afán de saber. A su edad, ni él ni sus superiores tenían esperanzas de que cambiara. ¿Acaso a esa falta de tacto se refería su añorado maestro cuando aseguraba que le faltaba alma y que era todo cerebro?, se preguntaba en ocasiones. Pero se respondía diciendo que no; que Joseph tampoco hubiera querido verle mendigando un cargo o una dignidad a cambio de parecer quien no era.

—Te acompañará el hermano Wiggins —le dijo Robert cuando le encargó la misión.

—¿Wiggins? No sabía que perteneciera a la hermandad —repuso William, sorprendido.

—No, no es uno de los nuestros —admitió el comendador—, pero es un joven callado y prudente, y os respeta. No hará preguntas indiscretas y su presencia hará que vuestra llegada a la Casa en Jerusalén llame menos la atención que si llegara un templario solo, algo mucho más insólito.

—Podría acompañarme Serhan —comentó William.

—No hay inconveniente —concedió Robert—, pero no es un caballero. Por más que nos haya mostrado fidelidad en muchas ocasiones, no es un monje. Sin embargo, os será de utilidad para el segundo encargo que quiero haceros. —El comendador entregó a William unas líneas escritas en un trozo de pergamino—. Acudid a ese lugar, y se os entregará en la fecha escrita un mensaje de Alamut.

Serhan era un cristiano ortodoxo sirio integrado en las tropas auxiliares del Temple, a las cuales se incorporaban habitualmente soldados de origen turco y padres griegos o, incluso, musulmanes de variada procedencia. Serhan, de barba negra, ojos aún más oscuros y silencioso en extremo, era un hombre en quien se podía confiar la vida. Gracias a él, el templario había aprendido a hablar árabe y sirio. Además, Serhan era un excelente embajador ante los *asesinos* de Alamut, puesto que algunos familiares suyos pertenecían a aquella secta con la que el Temple mantenía estrechas relaciones.

De modo que al día siguiente, los dos templarios y el turcople emprendieron el camino hacia Jerusalén, cuyas murallas alcanzarían a ver tres días más tarde.

El sol del atardecer resbalaba sobre las cúpulas de las mezquitas y de la iglesia del Santo Sepulcro. Y sobre el cielo bermejo se recortaban las siluetas de los campanarios y torres de los demás templos. La visión de aquella ciudad siempre provocaba en William sentimientos encontrados y, sin poder evitarlo, regresaron a su memoria las largas conversaciones con su mentor muchos años antes.

Joseph le había dicho que la primera vez que se mencionaba en la Biblia a aquella ciudad era en el libro del Génesis, cuando el sacerdote y rey de Salem, Melquisedec, salió al encuentro de Abraham y le ofreció comida y bebida.

—No olvides ese detalle nunca, William —le dijo el monje apicultor—: un hombre que es rey y sacerdote al mismo tiempo; alguien en quien coinciden el poder político y el religioso: el sueño de la Orden del Temple.

Habían pasado muchos años desde aquellas conversaciones, y William tenía de nuevo frente a él la antigua capital de los jebuseos, asentada sobre la colina de Ofel y rodeada por el torrente de Cedrón al este; por el de la Gehenna al sur; por el valle del Tiropeón o de «los queseros» al oeste, y por el monte Moria al norte.

Desde su llegada a Tierra Santa, había podido recorrer sus calles en más de una ocasión. La primera vez, la hermandad de Sión le facilitó una visita a la explanada del Templo, e incluso la posibilidad de deslizarse al interior de los antiguos pasajes que conducían hasta el lugar donde los caballeros liderados por Hugo de Payns habían encontrado más de cien años antes la Palabra grabada en las piedras.

También pudo ver la boca del túnel, sellada para siempre, que los primeros caballeros excavaron desde el subsuelo del Templo hasta un lugar próximo, situado en el occidente de la ciudad. Un paraje donde, más de mil años atrás, había existido una cantera de piedra calcárea explotada desde siete siglos antes del nacimiento de Jesús. Como consecuencia de aquellos trabajos, el terreno presentaba hoyas y depresiones, y en medio de ellas emergía un siniestro picacho al que los judíos llamaban *el cráneo* con la voz en arameo *Golguta*, y al que los romanos se refirieron como *Calvario* por presentar una caprichosa forma semejante a una calavera. El paraje fue utilizado por Roma para ajusticiar a insurrectos y bandidos, y para ello dispuso unos maderos verticales —*stipes*— fijados en lo alto de la colina sobre los cuales se ajustaba el madero horizontal que conformaba la cruz en la que morían los desdichados reos, clavados a ella como mariposas sangrantes por un sádico entomólogo.

Una parte de aquella cantera se había transformado con el paso del tiempo en un huerto con olivos, y también se habían excavado algunas tumbas. Uno de aquellos sepulcros, según la tradición, acogió el cuerpo sin vida de Jesús. Pero Joseph le explicó que, en el año 130, el emperador romano Adriano prohibió a los judíos observar el sábado y practicar la circuncisión, lo que motivó un levantamiento nacionalista liderado por Bar Kojba. Los rebeldes llegaron a tomar Jerusalén y, durante tres años, vivieron libres del yugo romano. Sin embargo, el poder militar de Roma era incontestable y, en 135, los rebeldes fueron derrotados. Adriano se mostró inmisericorde: arrasó la ciudad y construyó una nueva a la que bautizó como Aelia Capitolina. Y sobre los restos del antiguo Templo, ordenó construir un altar dedicado a Júpiter. La zona del Calvario fue igualmente destruida. Se rellenó con escombros y se erigió un foro y un templete dedicado a Venus.

El monje recordó que el emperador Constantino, tras el Edicto de Milán de 313, convirtió al cristianismo en religión oficial. Y relató cómo, de un modo tan milagroso que a cualquier hombre sensato le haría dudar, la madre del emperador, Helena, encontró la tumba de Jesús y también la cruz donde lo clavaron.

—Dicen que había varias cruces —recordó el monje—, por lo que decidieron colocar a un muerto en cada una de ellas para descubrir cuál era la auténtica. Y se cuenta que un difunto resucitó al contacto con la madera de una de aquellas cruces, por lo que dedujeron que era la verdadera —Joseph alzó una ceja, con gesto burlón—. ¿Palabra de Dios?

Por más que resultara difícil de admitir aquella historia, la fe movió montañas y se ordenó la construcción de una basílica de cinco naves sobre aquel lugar, considerado la tumba de Jesús. Lo llamaron *Martyrium*, y lo rodearon de un jardín y un atrio. En el complejo incluyeron un montículo identificado como el Gólgota, a cielo descubierto, y el lugar de la resurrección, la *Anastasis*, cubierta con una enorme rotonda de más de cien metros de diámetro. En su interior, estaba el supuesto sepulcro vacío del Galileo.

Pero el paso de los persas de Cosroes II primero, y del califa fatimí de Egipto El Hakim después, provocó cambios irreversibles en aquel lugar, y no quedaron ni los cimientos de la basílica ni de la tumba. Cuando los primeros cruzados llegaron a Jerusalén noventa años más tarde, Godofredo de Bouillon ordenó restaurar la *Anastasis* y construir un nuevo templo que se consagró en 1148.

—¿Qué pretendéis decirme con ese relato repleto de templos construidos y destruidos? —tanteó William.

—Que la tumba de Jesús no es la que los creyentes veneran —respondió Joseph sin titubeos.

—¿Cómo osáis proferir semejante blasfemia? —se escandalizó el muchacho.

—Porque los primeros miembros de Ormus descubrieron la auténtica tras excavar un túnel que conducía hasta ella desde el lugar donde descubrieron la Palabra.

Jerusalén se estructuraba entorno a cuatro calles principales. De norte a sur, las de san Esteban y Sión; de este a oeste, las de David y el Templo. Y a partir de ellas, surgían numerosas callejuelas y estrechos pasajes. A lomos de Duende, William contempló las piedras del suelo e imaginó los ríos de sangre que las bañaron durante siglos.

Los tres jinetes se adentraron por la calle del Templo. El aire estaba impregnado por mil aromas, y no todos eran agradables. Artesanos, vendedores de fruta, carniceros, oportunistas y peregrinos formaban un oloroso y vociferante caos humano. El olor del estiércol de los animales se mezclaba con el de la comida que se preparaba en las casas, en medio de aquel barullo para los sentidos.

Minutos más tarde, los tres llegaron a la Casa del Temple, donde fueron recibidos por algunos caballeros y sargentos que, al identificarse, ordenaron a varios servidores que se hicieran cargo de los caballos de los recién llegados.

—Avisaremos de inmediato al hermano Teodobaldo —dijo uno de los freires—. Mientras, acompañadme.

Serhan no necesitó que se le recordase su posición, y se alejó en compañía de unos sargentos en busca de agua para refrescar su garganta y algo de comer para recuperar fuerzas.

El senescal Teobaldo resultó ser un hombre fornido, de manos peludas. Sus ojos estaban muy juntos, pero desprendían un brillo azul que denotaba inteligencia. Como muchos templarios, había adoptado costumbres orientales y vestía una túnica que bien pudiera ser del agrado de cualquier acaudalado infiel. En aquel momento, sin embargo, no se tocaba con la *kufiyya*, que sí empleaba en ocasiones cuando salía de la Casa. Sus largos años de estancia en Tierra Santa se advertían no solo en su atuendo, sino también en su dominio del árabe, al igual que William. Y esa destreza políglota les resultó de utilidad para deslizar en la conversación frases que el hermano Wiggins no comprendía, puesto que no hablaba árabe. Pero el joven freire se mostró discreto, y no preguntó a cuento de qué se pronunciaban palabras de infieles en aquella santa Casa.

De modo que Wiggins alcanzó a comprender parte de la historia que les había conducido hasta allí, que, básicamente, era la que ya conocía: un tejedor judío se había embolsado una suculenta suma abonada por el Temple a cambio de dos exquisitas piezas de lino, y había desaparecido sin dejar rastro. O tal vez había muerto devorado por un incendio declarado en un almacén de su propiedad. Lo que nunca llegó a saber el joven templario inglés era que, en realidad, no había sido el Temple, sino la hermandad de Sión, la que había pagado aquella fortuna. Y esa era la razón por la cual Teodobaldo deslizaba frases en árabe a William, pues ambos eran caballeros de Ormus.

La casa de Ebenezer era más grande de lo que William había imaginado. Era cuadrada, y constaba de tres plantas, si bien la inferior acogía el taller y no era lugar de habitación. Justo detrás de la vivienda, había un pequeño patio y al fondo del mismo se encontraba el almacén que había sido devorado por el fuego.

—Los restos del amo estaban calcinados —aseguró uno de los criados, un hombre delgado en extremo y de mirada huidiza al que le faltaban varios dientes.

William paseó la mirada por los restos del almacén y por el patio. Después, contempló la casa del tejedor sin despegar los labios.

—¿Qué haremos ahora sin el amo? —lloriqueó el criado.

El templario ignoró sus quejas y se dirigió a Wiggins.

—Entremos en la casa, aquí no hay nada que hacer. Han pasado varios días desde el incendio, el cadáver, si quedara algún resto, no nos dirá nada.

—¿Qué habría de decirnos un cadáver? —preguntó el joven monje, extrañado.

—Los muertos pueden hablar más de lo que supones, hermano —respondió William—. Pero en esta ocasión, hemos llegado demasiado tarde para esa conversación.

—Eso, parece evidente —confirmó Wiggins—. El judío está muerto, y no veo cómo podemos recuperar los lienzos que hemos venido a buscar si se guardaban en ese almacén. —Lanzó una mirada al inmueble en ruinas.

—Nos falta información, hermano —replicó William—. Considero que es un grave error elaborar teorías mientras no se dispone de todos los hechos, no vaya a ser que nos esforcemos en que estos encajen en las teorías en lugar de elaborar las teorías de acuerdo a la información que proporcionan los hechos.

Wiggins lo miró, intrigado. En su opinión, todo estaba claro: un desgraciado accidente se había llevado por delante al tejedor judío y a su género.

Pero Williams ignoró el escepticismo de su compañero y exigió a los sirvientes visitar la casa. El escuálido lugarteniente del artesano desaparecido le franqueó la puerta, y Williams se vio obligado a inclinarse para entrar en el taller, que tenía un acceso independiente al de la vivienda. Con el ceño fruncido, el monje contempló los telares, el lino y el algodón con el que trabajaba Ebenezer, y observó que el judío cumplía el precepto de su religión que prohibía mezclar las fibras animales y las vegetales. Por ello, la lana o la piel de cabra o camello no se mezclaban con el lino.

A continuación, entró en la casa y recorrió las estancias como si se tratara de un sabueso, o al menos esa impresión le dio a Wiggins al ver a su hermano de fe arrodillarse y escudriñar cada rincón de aquella vivienda. De vez en cuando, William daba largas zancadas, como si midiera alguna distancia de interés. Su inspección incluyó, además del taller, los dos pisos de la vivienda.

Al cabo de media hora, Wiggins creyó oportuno decir algo.

—Me temo que no podemos hacer mucho más. Aquí está todo visto.

William, que en aquel momento parecía abstraído contemplando los ladrillos de adobe de una de las paredes, se volvió hacia su compañero y respondió:

—Hermano, tuve un maestro que me recomendó concentrarme en los detalles y no confiar en las impresiones generales. Es una lección que os regalo. —A continuación, se dirigió al sirviente esmirriado, y probó fortuna—. Mi Orden había adquirido a vuestro amo dos lienzos de gran calidad por los que había pagado una suma considerable. ¿De qué clase eran?

El sirviente negó con la cabeza.

—No lo sé, *sire* —aseguró, mientras un hilillo de saliva se deslizaba por la comisura de su boca.

Sin embargo, William no le creyó. Aquel miserable sabía más de lo que confesaba, y comenzó a sentirse incómodo ante tantas mentiras o medias verdades. ¿Qué le ocultaban sus superiores sobre aquellas telas?

—¿Nos vamos, hermano? —presionó Wiggins, visiblemente aburrido.

—Por ahora, sí —respondió William—. Debo pensar con calma. Creo que aquí está todo visto.

—Os ha costado admitirlo —bromeó el joven monje.

—No os confiéis. Un hombre sabio no siempre dice todo lo que sabe; en cambio, creo que un amigo demasiado crédulo puede ser una fuente de diversión nada despreciable.

—¿Es lo que pensáis de mí?

—Es lo que tal vez un día alguien en mi situación pensará si tiene a su lado a alguien que no sea su hermano, tan solo su amigo, y piense como vos —repuso Williams.

Al regresar a la Casa, Teodobaldo salió a su encuentro y urgió a William a que le informara sobre el resultado de sus pesquisas, pero el monje se mostró esquivo.

—De momento, únicamente he recogido datos —dijo—. Aún no tengo nada importante que comentaros, y será difícil hacerlo sin tener toda la información —añadió, picado.

—No os entiendo —respondió Teodobaldo.

William se acercó a él y susurró unas palabras en árabe, dejando al margen a Wiggins de un modo tan poco educado como efectivo.

El senescal, cuyo rostro empalideció al escuchar al

monje, respondió en el mismo idioma, asegurando que no tenía nada más que añadir sobre la naturaleza y el valor de los lienzos desaparecidos.

—Lo único que debe saber, hermano, es que nos haréis un gran servicio si esclarece este enigma —añadió con una calculada ambigüedad y sin emplear ya el árabe, de forma que no se supiera si ese servicio se prestaba al Temple o a Sión. Era un mensaje que únicamente William podía comprender.

William, por su parte, contuvo su indignación y emergió el monje-soldado disciplinado. Una de las cosas que Joseph le había inculcado era la virtud de acatar en silencio las órdenes que recibiera, aunque significara sacrificar su insaciable curiosidad. Sin embargo, veinticuatro años después de haberse separado de su maestro, seguía evidenciando falta de sensibilidad —de *alma,* hubiera dicho Joseph— a la hora de enfrentarse a problemas como aquel o a la vida en general, pero sí había logrado un notable autocontrol sobre su soberbia. Y no era sencillo. No lo era cuando un intelecto como el suyo era tan superior al de quienes le rodean y, especialmente, al de sus superiores. Para lograrlo, acostumbraba a refugiarse en el más absoluto silencio, lejos de todos y de todo. Y por ello anunció a Teodobaldo su deseo de soledad desde aquel momento.

—Asistiré a los oficios —aclaró—, pero os ruego me dispenséis de acudir al refectorio.

—¿Acaso no comeréis? —preguntó el alto dignatario de la Orden. En su tono se advertían gotas de extrañeza y de ironía.

—Necesitaré concentrar toda mi energía en el cerebro

—respondió William, ignorando la sorna de su superior—, y dar trabajo al estómago dividiría mis fuerzas.

Wiggins, que ya había oído en Acre hablar de las excentricidades del hermano William, cruzó una mirada cómplice con el senescal y se encogió de hombros.

Y William cumplió su palabra.

Rezó formalmente con el resto de la comunidad en cada una de las horas preceptivas, pero no acudió al refectorio. Consumió la noche en soledad en una sala adornada con armas y escudos, y con la única compañía de la luz que derramaban sobre las frías piedras cuatro antorchas sujetas a la pared. Y, aunque tenía a su disposición dos sillones de madera, no los empleó en ningún momento. Ocasionalmente, se dejó caer sobre un banco corrido de piedra tallado en una de las paredes y miraba al techo con expresión ausente. De vez en cuando, abría algún paréntesis para pasear arriba y abajo con la barbilla hundida en el pecho.

Finalmente, al terminar los rezos de la hora de prima se dirigió a Teodobaldo y le anunció que creía saber qué había sucedido con el tejedor judío y con las telas.

—¿Cómo es posible? —preguntó asombrado el senescal.

—En realidad, lo supe ayer mismo, tras visitar la casa —explicó William—. A lo que me he dedicado esta noche es a reflexionar sobre el motivo por el cual ese judío se ha comportado de un modo tan extraño, a sabiendas de que se granjeaba la enemistad de la Orden. Y debo confesar que no he encontrado una respuesta, puesto que es imposible edificar paredes sin piedras ni adobes. Y a mí, me faltan ambos, dado que desconozco el interés que pueden tener esos lienzos.

Teodobaldo resopló, molesto.

—Debería bastaros con saber que es de vital importancia recuperarlos —se defendió.

—Eso ya nos ha quedado claro a ambos —replicó William—, pero me temo que la actitud del judío sea el síntoma de una enfermedad que no podré curar.

El senescal lo miró de forma extraña, como si el monje hablara en un idioma desconocido o fuera una forma de vida a la que jamás se hubiera enfrentado.

—No os entiendo —reconoció tras unos segundos de silencio—. ¿Qué queréis decir?

—Si esos lienzos son tan valiosos, el judío jamás se hubiera atrevido a desafiar al Temple, puesto que desconoce que quien le ha pagado es Sión y no la Orden —explicó William—. De modo que hay algo que no sabemos, ni vos, hermano, ni yo.

—¿Queréis decir...?

—Que alguien mueve los hilos para perjudicarnos —dijo William—, y dudo mucho que sea un simple tejedor judío. Pero, puesto que lo urgente es lo que nos reclama, acompañadme a la casa del tal Ebenezer.

Minutos después, ambos se encontraron ante la vivienda del tejedor acompañados de Wiggins y de Serhan. Y aunque la presencia de estos últimos no agradaba a Teodobaldo, pues ninguno de ellos pertenecía a Sión, comprendió que William estaba en lo cierto cuando le dijo que no podía prescindir del joven templario inglés, dado que lo acompañaba desde Acre y conocía la misión encomendada. En cuanto al turcople, William aseguró que era de su total confianza.

De inmediato, el escuálido criado del judío salió al encuentro de los visitantes, receloso.

—¿Qué deseáis, *sires*? —Su boca despoblada se arqueó formando una mueca que aspiraba a ser sonrisa, sin conseguirlo.

—Para empezar, entrar en la casa —respondió William, enérgico. E ignorando al siervo, entró en la vivienda seguido de sus compañeros. A continuación, se dirigió a Wiggins y a Serhan—. Traed paja y algo de leña. En el patio trasero encontraréis suficiente para lo que pretendo. En cuanto a ti —añadió mirando al esmirriado lacayo—, trae un par de cubos de agua, porque los vamos a necesitar.

Seguidamente, subió al segundo piso de la casa por la estrecha escalera de madera con grandes zancadas seguido de un desconcertado Teodobaldo.

—¿Qué demonios pretendéis? —dijo el senescal cuando alcanzaron el pasillo alrededor del cual se distribuían cuatro puertas que, suponía, daban acceso a otras tantas habitaciones.

William le rogó paciencia, al tiempo que hacían su aparición Wiggins y el turcople cargados con paja y madera. Y, sin mediar palabra, William prendió fuego a los materiales a penas estuvieron dispuestos al fondo del pasillo, que tenía una longitud de algo más de veinte pasos. Aterrorizado, el criado hizo ademán de apagar el fuego, pero William se lo impidió. Y, para sorpresa de todos, gritó.

—¡Fuego! ¡Fuego!

Con un gesto, William indicó a sus compañeros que lo imitaran, y de inmediato los cuatros gritaron a la vez mientras las llamas prendían cada vez con más energía:

—¡Fuego! ¡Fuego!

Teodobaldo cruzó con Wiggins una mirada de

incredulidad, pero segundos después se vio obligado a abrir aún más los ojos al ver que en la pared de adobe que cerraba el pasillo, se abría un pequeño agujero por el que, a gatas, emergía el desaparecido tejedor.

—¡Por todos los diablos! —exclamó el senescal.

—¡Ahí tenéis a vuestro pájaro! —dijo William—. E imagino que en el interior de ese cubículo encontraremos los lienzos que tanto os preocupaban.

Sin mediar palabra, y mientras el criado y otro sirviente arrojaban cubos de agua sobre las llamas, Teodobaldo se precipitó hacia al interior de aquella gatera, de donde regresó segundos más tarde con dos fajos enrollados cuidadosamente y protegidos contra su pecho.

William miró los lienzos envueltos, y advirtió un gesto involuntario de Teodobaldo llevando su mano a la empuñadura de su espada.

—Está claro que moriríais por esas telas —dijo William en árabe, para evitar que Wiggins lo entendiera—. No os preocupéis, yo también las defenderé con mi vida, si es preciso. No os exigiré explicación alguna.

Los hombros del senescal se relajaron, y finalmente asintió levemente con la cabeza. A continuación, pareció rehacerse, pues aún estaba pálido tras la conmoción provocada por la jugarreta de William para obligar a Ebenezer a salir de su escondite, aún a riesgo de dañar los linos con el fuego.

—Llevémosle a la Casa —propuso William señalando al judío—. Deberá explicarnos quién le incitó a esconderse y a violar su acuerdo con el Temple, que tan generosamente le había pagado.

—¿A qué os referís? —gritó el judío, desconcertado—. Yo no he roto ningún pacto con vuestra Orden. Hice justamente lo que el Temple me pidió.

Los tres monjes se miraron sorprendidos, pero los ojos de William a penas tardaron un par de segundos en brillar. Una idea se había abierto paso en su mente; una idea sobre la que había reflexionado la noche anterior y que había barajado como una de las explicaciones posibles, aunque quería creer que era la más improbable de las soluciones.

—¿Fue un templario quien os pidió que os ocultarais con esos lienzos? —preguntó al tejedor.

—Así fue, *sire* —respondió el judío, tembloroso—. Me dijo que corrían peligro y que me pagaría el doble si los ocultaba durante unos días, hasta que él regresase a por ellos.

—¡Mentís! —gritó Teodobaldo.

Pero William le tranquilizó poniendo una mano sobre el brazo derecho del comendador, y volvió a dirigirse al artesano.

—¿Conocíais a ese hermano de nuestra Orden?

—No, *sire*, jamás lo había visto —admitió Ebenezer—. Pero aseguró que hablaba en nombre del Temple.

—¡Hijo del diablo! —gritó Teodobaldo.

—¿Podrías reconocer a ese monje si lo volvierais a ver? —preguntó William intentando disimular su inquietud. De pronto, se había apoderado de él la misma sensación que lo invadió tras el asesinato del hermano Hugo y de su mentor muchos años antes. Entonces, también llegó a imaginar que el culpable se encontraba dentro de la Orden y no fuera de ella, pero no pudo probarlo.

—Naturalmente que sí —aseguró el tejedor.

—Entonces, regresemos a la Casa sin pérdida de

tiempo —propuso William. Y volviéndose a Teobaldo, añadió—: daréis orden de que todos los hermanos se presenten ante vos y ante este hombre, a fin de que reconozca al traidor.

El senescal asintió, sin dejar de apretar contra su pecho los dos preciados lienzos.

Segundos después, montaron sobre sus caballos y Serhan subió al suyo al prisionero, cuyas manos habían quedado fuertemente atadas. El turcople lo colocó delante de él, a lomos de su montura, y los cascos de los cuatro caballos comenzaron a escucharse por aquellas calles estrechas y sombrías. Iban al paso, en silencio, rumiando lo ocurrido después de que William les explicase que había concluido que la casa tenía una habitación secreta tras haberla examinado en su primera visita y haber comprobado que el piso superior era unos pasos más cortos que el inferior, sin que, vista desde el exterior, la casa ofreciera alguna explicación lógica para aquella anomalía, puesto que su planta era perfectamente cuadrada. Dedujo por ello que el judío jamás había salido de allí, y que si lo asustaban con el humo y las llamas y gritaban del modo en que lo hicieron, seguramente saldría por su propio pie.

—Es un truco muy efectivo, y estoy seguro de que en el futuro le resultará útil a alguien que se pueda encontrar con un problema como el que nos ocupó —apostó.

Pero apenas habían cabalgado durante cinco minutos, el silencio de la comitiva se quebró con el silbido de un dardo de ballesta. Cuando quisieron reaccionar, la flecha había atravesado la garganta de Ebenezer limpiamente.

El judío estaba muerto.

Los caballos se encabritaron, pero los monjes pudieron controlarlos al tiempo que alzaban la mirada buscando al tirador y temiendo ser ellos mismos los siguientes objetivos de aquella ballesta asesina. Pero no hubo más dardos ni más muertos. Estaba claro quién era el objetivo del atentado.

—Tenemos un traidor en la Casa —dijo William al comendador—. Y me temo que es más inteligente de lo que imaginamos. Tanto, que no creo que se haya manchado las manos asesinando a ese hombre —aventuró—. Si preguntáis, veréis que ningún hermano ha salido del convento sin permiso o justificación. Él no está aquí —concluyó mirando hacia los tejados que les rodeaban.

—¿Él? ¿Quién es él? —preguntó Teodobaldo con gesto desesperado y sin perder de vista las casas.

—No lo sé —admitió William—. No lo sé.

Y, sin poder evitarlo, el recuerdo de los acontecimientos de Sours regresó a su mente con una fuerza arrolladora.

—No lo sé —repitió para sí—. No sé quién es él.

Ataviados con túnicas y tocados con *kufiyyas*, William y Serhan se adentraron en una humilde vivienda, sombría y destartalada, situada en una de las callejuelas próximas al Templo. Ambos habían abandonado la Casa disimuladamente para no dar explicaciones a Wiggins, y se disponían a cumplir la segunda misión que les había conducido hasta Jerusalén: reunirse con un emisario de Alamut.

Era una noche más fresca de lo habitual, y el aire limpio había ayudado a William a revivir todo lo sucedido desde el asesinato del tejedor judío. La investigación llevada a cabo en la Casa del Temple había resultado infructuosa, como él mismo había supuesto. El hombre que movía los hilos de aquella trama; el mismo que se había presentado ante Ebenezer induciéndole a esconderse y a hurtar los misteriosos lienzos a la Orden, no fue identificado.

Teodobaldo reunió a todos los hermanos presentes —media docena de caballeros y sus escuderos estaban realizando una misión fuera de la ciudad aquellos días—, y por más que fueron interrogados, ninguno pareció flaquear. Nadie había hablado con Ebenezer, y de hecho, salvo Teodobaldo y dos hombres de su total confianza que pertenecían a Sión, los monjes desconocían la existencia de los lienzos recuperados y puestos ahora a buen recaudo.

La estéril búsqueda del culpable no hizo sino incrementar las sospechas de William y fortalecer su convicción de que se enfrentaba con alguien extremadamente inteligente, si bien no alcanzaba a vislumbrar el objetivo que perseguía el criminal.

—*As-salamu aláikum* —dijo una voz al fondo de la sala a la que acababan de acceder.

—*Wa aláikum as-salam* —repondió Serhan, y William le imitó.

De entre las sombras emergió la figura de un hombre embozado tras una capa. A pesar de la oscuridad, William pudo advertir la blancura de los ropajes que ocultaba bajo la capa oscura, e incluso el fajín rojo con el que se ceñía.

Cuando el comendador le dijo que debía recibir un mensaje de Álamut, William no imaginó que le sería entregado directamente por uno de los *fidai*, uno de los caballeros capaces de inmolarse en el cumplimiento de las misiones que les encomendara el *Viejo de la Montaña*.

El templario miró de soslayo a Serhan, y creyó advertir miedo reverencial en sus ojos negros ante la presencia del *asesino*, como se había comenzado a llamar a los fieles de Álamut.

El hombre embozado no dijo una sola palabra, y se limitó a sacar de entre sus ropas un pergamino cuidadosamente doblado. A continuación, lo puso en manos de William y desapareció de un modo tan sigiloso, que pareció haberse disuelto en las sombras.

VI

MONTSÉGUR
15 DE MARZO DE 1244

Jacques siguió con la mirada al obispo Bertrán Martí, a los diáconos cátaros Ramón de Sant Martí, Clemenç y Pierre Bonet y a Guilhem Joan. Ataviados con sus ropas negras, atravesaron el patio del castillo y entraron en una de aquellas cabañas adosadas a las murallas mientras una larga fila de hombres y mujeres aguardaban en la puerta para recibir el *consolamentum*. Algunos, como el catalán Pere Ferrer o el sargento Bertrand de Carcasona, estaban gravemente heridos y deseaban alcanzar el más allá tras haber recibido el sacramento cátaro; otros habían apostado su vida a aquella fe, dispuestos a morir en la hoguera cuando al día siguiente se entregara la fortaleza.

A pesar de sus esfuerzos por averiguar qué relación tenía aquel ritual con el secreto que la Inquisición anhelaba poseer, Jacques seguía sin poder establecer una relación entre ambos, lo que le generaba un malestar que a duras penas lograba disimular cuando hablaba con los *perfectos* o con Ramón de Perella. Habían pasado casi dos años desde la matanza de los inquisidores de Avignonet, y a pesar de sus esfuerzos por ganarse la confianza de los *perfectos*, nadie le había revelado lo que tanto ansiaba descubrir. En aquellos meses, llegó a considerar la posibilidad de fingir una devoción que no sentía y solicitar él mismo el *consolamentum*, pero había desistido porque, suponía, nadie creería su súbito cambio de parecer. Ni siquiera el recuerdo de su madre, Ysabela, a la que los cátaros tenían en alta estima por haber dado muerte a Montfort y porque sabían que había sido discípula de Isarn de Auriac, haría que Bertrán Martí olvidara su beligerante posicionado a favor del asesinato de los inquisidores dos años atrás.

Un viento frío arrastró por el patio del castillo hierbas secas y levantó una polvareda sucia y hostil. El invierno se aferraba a las piedras de la fortaleza negándose a abandonar aquella aguja calcárea donde se alzaba.

Desde el ángulo opuesto a la torre del castellano, Jacques advirtió que varios herejes entraban en la residencia de Perella llevando sacos de trigo y bolsas que, presumió, contenían monedas. En los últimos días, los cátaros se estaban deshaciendo de sus pertenencias antes de que concluyera la tregua pactada a comienzos de aquel mes entre los señores de Montségur y Hugo de Arcis, senescal de Carcasona.

¡Quince días! ¡Una tregua de quince días antes de entregar la fortaleza! ¿Por qué ese plazo?, se preguntó una vez más. ¿Qué ocultaban los cátaros? ¿Guardaba relación con lo que anhelaban los inquisidores?

Desde que supo que los encastillados habían pactado aquella prórroga antes de abrir las puertas de Montségur, Jacques había hecho toda suerte de cábalas a propósito del sentido que tenía aquella tregua, y su instinto le invitó a imaginar que su propia vida podía depender de que lo averiguara.

Mientras contemplaba la fila de entusiastas herejes que aguardaba su turno para ser consolados, se arrebujó bajo su manto y se apretó contra las piedras de la fortaleza. Haciendo memoria, recordó que, días antes, había escuchado al señor de Montségur hablar con su yerno entre susurros de algo situado *infra castrum*.

—¿Bajo el castillo? ¿A qué se referían? —murmuró sin quitar ojo a la casa donde se dispensaba sin desmayo el *consolamentum*.

Puesto que los cátaros rechazaban la materia por ser la expresión de la acción del Mal, Jacques había descartado que el secreto de aquella gente tuviera que ver con una reliquia. Para ellos, el Gólgota o el Santo Sepulcro no tenían un valor especial, de manera que tampoco lo tendría una copa, una cruz o una corona de espinas. De modo que, tras mucho imaginar cuál sería la naturaleza del misterioso secreto, había ido a parar a ninguna parte. Sin embargo, aquella extraña hermandad de inquisidores a la que habían pertenecido el obispo Fulco y algunos de los asesinados en Avignonet tenía la convicción de que el maldito tesoro que tanto ansiaban se encontraba en Montségur.

—Debo conseguirlo, o moriré como ellos —se dijo mientras contemplaba la larga fila de postulantes que se extendía por el patio de armas.

El sanador miró su brazo izquierdo, donde aún era visible el mordisco que, según creía, el demonio le infligió siendo él un niño. El fin del mundo se acercaba, y no se trataba solo de la muerte de los cátaros y del epílogo de aquella fortaleza. La única esperanza, como predicaban los espirituales liderados por fray Guillermo de Borgo, era una nueva orden monacal y un *Novus Dux* que los liderara.

¿Y si aquel líder fuera él?

No, no se atrevía a pensarlo. Al menos no hasta que se hiciera con el secreto que perseguían los inquisidores. Si para la Gran Prostituta se trataba de algo valioso, tal vez era porque temía su poder. Y si temía su poder, había supuesto Jacques, tal vez se debía a que podía destruirla.

Si se hacía con lo que quiera que se custodiara en Montségur, quizás él mismo pudiera precipitar el fin de la Iglesia y el advenimiento de una nueva orden monacal que saneara el mundo antes del final de los tiempos. O al menos, tendría una baza con la que negociar para salir con vida del castillo.

Meses antes, Jacques, durante una de sus expediciones en busca de hierbas medicinales, había seguido con discreción al diácono Clemenç y a otros tres perfectos que habían abandonado el castillo con sigilo al rayar el alba.

Fue una perfecta casualidad que él hubiera madrugado aquella mañana para emprender una de sus excursiones a través de las gargantas y caminos casi impracticables que únicamente los encastillados conocían y a través de los cuales recibían las provisiones que gentes de la comarca les hacían llegar.

Al verlos partir a hora tan temprana, Jacques presintió que algo extraño ocurría, puesto que el diácono Clemenç era un hombre a quien se tenía en alta estima entre las autoridades cátaras. Si salía del castillo, presumió, debía ser por alguna imperiosa razón, e imaginó que esa razón se transportaba en los sacos que dos de sus acompañantes cargaban sobre sus hombros. De modo que, sin pensarlo dos veces, fue tras ellos.

Los cátaros alcanzaron el pie de la montaña sin la menor dificultad, a pesar de que se tropezaron con alguna de las patrullas de vigilancia del ejército francés. Sin embargo, aquellos soldados de a pie eran lugareños que habían sido reclutados a regañadientes a requerimiento del arzobispo de Narbona, Pèire Amelh, y equipados a sus expensas. No eran soldados profesionales, y no tenían la menor intención de morir por unas ideas con las que no simpatizaban. En ocasiones, se producían deserciones en sus filas, y la connivencia con los sitiados, a muchos de los cuales conocían personalmente, resultaba evidente. El senescal de Carcasona, Hugo de Arcis, se había visto en la obligación de contar con ellos porque carecía de hombres suficientes para rodear el *pog*. Sus hombres, disciplinados y profesionales, hubieran sido de gran utilidad si el combate lo librara la caballería en campo abierto, pero no en una guerra de desgaste como aquella.

De modo que la pequeña expedición de Montségur se pudo dirigir sin la menor dificultad hacia el valle de Ussat-les Bains, al suroeste de la fortaleza.

El paisaje, compuesto por enormes rocas calizas sedimentarias y margas, era sobrecogedor. Las montañas que lo delimitaban estaban horadadas por infinidad de cuevas, algunas de las cuales se prolongaban durante varios kilómetros en las tripas de aquellos montes. Un puñado de ellas había sido habitado desde la época más remota, y los cátaros habían convertido esas oquedades en improvisadas sedes para su culto y para ritos de iniciación. En las de Bouan o en la de Ornolac, existían incluso estructuras defensivas, y precisamente los cuatro hombres a quienes Jacques seguía se dirigieron a una cabaña situada a los pies de la gruta de Ornolac.

Jaques aguardó pacientemente durante un par de horas refugiado entre las rocas hasta que vio salir a los cátaros y regresar, ya sin la carga de aquellos sacos, hacia Montségur.

Naturalmente, presumió que el objetivo del viaje era ocultar en aquella cueva lo que quisiera que contuvieran aquellas sacas, y en los días siguientes descubrió otras expediciones similares que partieron del castillo hasta aquel laberinto de grutas situado al sur de Foix.

¿Qué tramaban los *hombres buenos*?

Jacques se convenció de que era imprescindible que lo descubriera si quería salir con vida de aquel aprieto. La fortaleza, tarde o temprano, se rendiría. Era imposible mantener aquella posición mucho más tiempo. Y cuando aquello sucediera, él no tenía la menor intención de convertirse ni en héroe ni en mártir; al menos, no por un credo que no sentía como suyo.

El aire frío de los estertores del invierno arreció y borró de un plumazo aquellos recuerdos, arrastrando a Jacques a su presente. Entornó sus ojos claros, contempló a todos aquellos infelices que aguardaba sus *consalmenta*, y pensó que la extinción de todos ellos era un precio justo si lograba salvar al resto del mundo de su inminente final.

Faltaban pocas horas para que expirase la tregua pactada entre los encastillados y los franceses que asediaban aquella montaña desde el mes de mayo del año anterior. El tiempo se escapaba entre sus dedos, pensó, y decidió jugar su última carta en aquella partida.

Cuando el papa Gregorio IX envió una circular el 20 de

abril de 1233 anunciando la creación de una institución especial dedicada en exclusiva a combatir la herejía, jamás imaginó que dentro de sus filas se gestaría a sus espaldas una hermandad oscura que perseguía un interés ajeno al de Roma.

Naturalmente, los miembros de aquella cofradía secreta combatían el catarismo con el mismo celo que sus compañeros, pero sus dignatarios principales ansiaban el secreto que suponían estaba en posesión únicamente de un puñado de herejes. De manera que el asesinato en Avignonet del inquisidor Guilhem Arnaut —cuyo nombre Roma no aupó al listado de mártires por el cristianismo—, ni extinguió esa hermandad ni, por supuesto, acabó con la Inquisición. Un peón muerto es solo un peón muerto. Lo importante era mantener protegida a la reina —la Iglesia—, y al rey —Dios—.

Por otra parte, el concepto de Inquisición era algo ya conocido y definía un procedimiento jurídico que tenía por misión identificar a cualquier hereje en cualquier lugar. Hasta la aparición de aquella institución, los obispos se encargaban de tal menester. Pero la novedad residió en conceder esos poderes en exclusiva a unos religiosos concretos y hacer de ese oficio el único que debían desempeñar. Eso les situaba al margen del poder de los propios obispos de cada ciudad, lo que en cierto modo les colocaba por encima de ellos.

Roma pensó que aquella misión la podían desempeñar mejor que nadie los fanáticos seguidores de Domingo de Guzmán, que había fallecido años antes —en 1221— tras haber intentado, sin éxito, reconducir el problema cátaro en el Languedoc. Se trataba de una orden de predicadores mendicantes más que fervorosos, ardorosos o apasionados; eran sectarios, extremistas, intransigentes y ciegos a cualquier interpretación del cristianismo que pusiera un solo pie fuera de la ortodoxia. Pero, al contrario que el clero común, vivían de modo austero, predicaban sin desmayo vagabundeando de un lugar a otro y exaltaban al pueblo llano con su amor a Dios, lo que en cierto modo les equiparaba a los *perfectos*, pues hacían justo lo que predicaban. Y cuando predicaban que el castigo divino caería sobre los herejes, también eran coherentes, porque sabían que un instrumento como la Inquisición únicamente podría tener éxito si iba acompañado del terror.

De manera que los asesinatos de Avignonet avivaron el avispero. Roma se enfureció; la Inquisición se enfureció, y la hermandad secreta que anidaba en su vientre, también. De modo que cuando Hugo de Arcis, el senescal de Carcasona, puso sitio a Montségur no estaba acompañado únicamente por miles de soldados, sino también por el arzobispo de Narbona, Pierre Amelh, y por un nutrido grupo de clérigos de diverso rango y especie; entre ellos, un inquisidor que conocía bien a aquellas gentes; un dominico de aspecto tosco y descuidado hábito llamado fray Ferrer, a quien todo el mundo miraba con temor. Tenía unos ojos pequeños pero su forma de mirar acobardaba a quien se exponía a su mirada. Su ojo izquierdo estaba enmarcado en un angioma o anomalía en la pigmentación de la piel.

Al poco de llegar al pie de Montségur y alzar la vista hacia la cumbre donde parecía balancearse el castillo cátaro en un ejercicio temerario de funambulismo, fray Ferrer susurró a uno de sus clérigos de confianza:

—Quiero ver a nuestro topo mañana mismo.

Desde entonces, había pasado casi un año, pero gracias al informador de Montségur, la partida estaba a punto de finalizar.

Apenas quince días separaban a fray Ferrer de triunfar allí donde el obispo Fulco y los demás habían fracasado.

¿Una prórroga de quince días? Él jamás hubiera otorgado semejante gracia si hubiera estado en su mano. Pero ¿por qué ese plazo?, se preguntó.

—Necesitaremos tres personas, a lo sumo cuatro —dijo Pierre Roger de Mirepoix, con expresión grave.

—Me parecen demasiados —opinó Ramón de Perella con gesto preocupado—. Será difícil que pasen inadvertidos. Mejor, un par de ellos. —Se giró hacia Bertrán Martí y recabó su opinión—: ¿qué pensáis vos? ¿Bastarían dos?

—Bastaría uno para transportar lo que deben llevarse —respondió el *perfecto*—, pero no para confundir a los soldados del senescal si es descubierto. —Miró al jefe militar de Montségur, y añadió—: necesitamos señuelos.

—Pues decid sus nombres cuanto antes —intervino de nuevo Perella—, porque el plazo se agota.

—Esta noche tendrá lugar la ceremonia, y entonces será el momento —anunció Martí.

Un espeso silencio se adueñó de la pequeña sala donde se encontraban los tres hombres, como si cada uno de ellos precisara un instante de recogimiento para rumiar sus pensamientos.

Por la mente de Pierre Roger de Mirepoix galoparon veloces los recuerdos de aquellos meses de asedio y, sobre todo, la duda que le corroía desde la pasada Navidad, cuando los sitiados perdieron la barbacana este, clave para la defensa de la fortaleza.

Tras haber resistido siete meses de asedio, haber superado el verano y el peligro de quedar aislados sin agua al llegar las primeras lluvias de otoño, y manteniéndose abiertos los caminos que solo los vecinos de la zona afines a la fe cátara conocían y por los que seguían recibiendo víveres, parecía que la partida les iba a resultar favorable. Ni siquiera los diez mil hombres del senescal de Carcasona eran suficientes para cercar una montaña de aquellas dimensiones y evitar que los trescientos encastillados recibieran ayuda.

A los sitiadores les resultaba imposible acercarse a la fortaleza sin ser arrollados por las piedras que lanzaban los occitanos desde la cumbre, y no había modo de establecer un campamento desde el cual asaltar las murallas. Además, los almacenes de víveres estaban repletos desde hacía mucho tiempo, y especialmente provistos tras la matanza de los inquisidores en Avignonet, que convirtió Montségur en un mito para los creyentes cátaros de todo el Languedoc.

Ante la inminente llegada del nuevo invierno, el senescal Hugo de Arcis reclutó a un puñado de mercenarios de origen vasco; hombres acostumbrados a escalar y pelear en terrenos escarpados. Y gracias a ellos, se alcanzó una estrecha plataforma situada a unos ochenta metros debajo de la fortaleza. Aquel fue un duro golpe para los sitiados, que se sintieron más acorralados con la llegada de refuerzos aportados por el obispo de Albi, Durand de Bèlcaire. Pero la posición que ocupaban los vascos no era suficientemente peligrosa para el futuro de los cátaros, porque se trataba de un terreno estrecho en el que resultaba difícil acomodar máquinas de asedio. Además, se dispuso una barbacana en aquella zona oriental desde la cual se podía responder a cualquier ataque de los católicos, mientras se sentían a salvo del frío y la nieve, inclemencias que asolaban a los soldados franceses.

Pero en Navidad, todo cambió.

—¿Seguís pensando que fue una traición? —preguntó Ramón de Perella a su yerno, adivinando de ese modo por dónde discurrían los pensamientos del guerrero.

—Sin la menor duda —respondió el de Mirepoix—. Y os juro que si descubriera al traidor… —Dejó la frase en suspenso y la rubricó cerrando su puño poderoso.

—Tal vez estéis en lo cierto —convino el señor de Montségur—. De otro modo, no sé cómo pudieron llegar.

—Les guio algún hijo de puta, no lo dudéis —bramó Pierre Roger de Mirepoix—. Alguien debió hablar con los centinelas y les hizo bajar la guardia.

—Poco importa ya todo aquello —objetó Bertrán Martí—. Debemos concentrarnos en salvar nuestro tesoro tras la ceremonia de esta noche.

—Tal vez para vos no sea importante una traición —repuso Roger de Mirepoix—, pero yo no visto de negro y llevo una espada, y gracias a ella podéis intentar poner a salvo vuestros secretos.

El obispo cátaro guardó silencio, mientras que Ramón de Perella reconvino a su yerno con la mirada.

Roger de Mirepoix dio la espalda a ambos, y se refugió en los recuerdos de aquella noche de tan solo cuatro meses antes, cuando de forma inesperada un destacamento de soldados franceses accedió a los pies de la torre este a través de un sendero imposible; más bien, una serie de anfractuosidades de la roca calcárea unidas entre sí que permitían sortear profundos precipicios y grietas sin fondo. Se trataba de trochas que únicamente los lugareños conocían, por lo que era sencillo deducir que había un traidor en Montségur. O más de uno.

Después de analizar lo sucedido aquella noche, en la que los centinelas se vieron sorprendidos sin ofrecer resistencia, Roger de Mirepoix dedujo que el confidente de los católicos no solo había guiado a los asaltantes, sino que había hablado con los soldados defensores y estos le conocían, por lo que bajaron la guardia.

Tras la toma de aquella posición, los franceses tenían controlada toda la montaña y se encontraron en disposición de establecer una base donde colocar una catapulta que derribara las murallas. Y eso fue justamente lo que sucedió.

Los posteriores desesperados intentos de los sitiados por recuperar la barbacana resultaron baldíos. Cada uno de sus ataques fue repelido al borde del precipicio en el que se combatía a vida o muerte.

—Aquella noche dictó nuestro fin —resumió Roger de Mirepoix con amargura, de espaldas al obispo y a su suegro, que no pudieron ver el destello que dejó en los ojos del guerrero la idea que acababa de prender en su mente.

Mientras tanto, el obispo cátaro y Ramón de Perella habían comenzado a valorar nombres de posibles candidatos para el plan trazado con antelación.

—Tres pueden ser suficientes —consideró el señor de Montségur.

—Habrá un cuarto, pero el nombre del cuarto lo propondré yo —intervino inesperadamente Roger de Mirepoix—. Os lo diré esta noche —añadió antes de dirigirse a la puerta de aquella pequeña estancia de suelo de madera, paredes de piedra vieja y tapices de un sucio color ocre que cubrían los minúsculos ventanales.

—¿A dónde vais? —preguntó Bertrán Martí.

—A averiguar el nombre de nuestro cuarto hombre —respondió el occitano, enigmático.

El diácono Guilhem Joan era un hombre de mediana edad, con sobrepeso a pesar de la dieta que se le presuponía, y de rostro amable. Sonreía mucho más que la media de los encastillados, e incluso en aquellas horas previas a la entrega de la fortaleza y a su propia muerte, puesto que los herejes habían decidido no abjurar de sus creencias a pesar de la amenaza inquisitorial.

Joan siempre se mostraba amable, y ni siquiera los agudos ataques de gota que sufría lograban agriar su expresión. Pero esto último era algo que solo su sanador conocía. Y su sanador era Jacques.

Jacques había mantenido su secreto profesional respecto al diácono durante dos largos años, pero además había sido discreto al guardar silencio sobre las causas de aquella enfermedad que aquejaba al cátaro.

—Podría soportar la hoguera, maese Jacques, pero no el hambre y la sed —había admitido el afable hereje durante una de las consultas médicas.

No resulto fácil, naturalmente, que Guilhem Joan reconociera su afición al vino y a la carne, vicios a los que se entregaba a escondidas y que, debido a su naturaleza física, le provocaban graves trastornos a pesar de que nunca llegó a emborracharse ni tampoco su gula era desmedida. Y no resultó fácil que lo admitiera, no porque fuera diestro en mentir —ningún cátaro lo era—; simplemente, era por vergüenza. Pero una tarde en la que los dolores en el dedo gordo del pie y otras zonas de sus extremidades resultaban insoportables, admitió su debilidad.

—Tomarás frecuentes infusiones de perejil, apio y alfalfa —le recetó Jacques.

—¿Perejil? —preguntó sorprendido el diácono.

—Así lo recomendó Santa Hildegarda de Bingen en su *Ciencia médica* —respondió el sanador.

—¿Una santa católica me ha de curar? —bromeó el cátaro.

—Una sanadora —precisó Jacques—. No seré yo quien ensalce a los católicos, pues ellos mataron a mis padres. Pero no juzgo a Hildegarda por haber sido abadesa, sino por sus conocimientos médicos, y para vuestros problemas de salud ella recomendaba consumir perejil y freír en aceite de oliva cuatro veces más de ruda. Después, hay que aplicar las hierbas bien calientes en el lugar donde sufrís esos dolores colocando un vendaje o un paño sobre la zona. El jugo frío del perejil disminuye los humores de vuestra enfermedad, y el calor del jugo de la ruda impide que estos jugos se separen para que no aumente, mientras que el aceite de oliva los disuelve. Pero eso sucede exactamente si se mezclan unos con otros.

—¿Y el apio y la alfalfa? Ya sé que se supone que los cátaros somos vegetarianos, pero ¿acaso soy un caballo para apasionarme con la alfalfa? —bromeó el regordete diácono.

—El apio y la alfalfa mejorarán vuestras articulaciones —explicó Jacques, paciente.

El recuerdo de aquellas consultas y la promesa que hizo al cátaro de no revelar jamás su flaqueza ante el vino y la carne bien guisada se abrió paso en la mente de Jacques mientras todos aquellos encastillados guardaban su turno para recibir el *consolamentum*. El sanador se encaminó con decisión hacia la casa donde estaban los herejes, dispuesto a poner sobre la mesa su última carta para descubrir qué era y dónde estaba el misterioso tesoro cátaro. Y aquella carta se llamaba Guilhem Joan.

—Necesito hablar con vos —susurró al oído del diácono, que lo miró desconcertado. Al ver la duda en el rostro redondo de Joan, Jacques le presionó—: es muy importante... para vuestro honor.

La expresión del cátaro se ensombreció, como si hubiera presentido por dónde iba a discurrir la conversación posterior. Y tras solicitar permiso a los otros miembros de la iglesia cátara con los que se encontraba reunido en el interior de aquella cabaña de piedra y madera abrazada a las murallas del castillo, acompañó al sanador a la calle.

Una vez afuera, el diácono miró a su alrededor. En el patio, ajenos a la inquietud que se había instalado en el estómago de Joan, hombres y mujeres se afanaban en ultimar los preparativos para la entrega de la fortaleza al día siguiente. En sus rostros se advertía una mezcla de determinación y miedo, pues todos habían visto la enorme empalizada que los inquisidores habían ordenado construir en una pradera a los pies de la montaña y en cuyo interior se habían dispuesto leña y gavillas de paja para las hogueras que aguardaban a quienes no abjuraran de sus creencias. Mientras tanto, entre los soldados de la guarnición se habían impuesto un silencio espeso; el que precede a la vergüenza de la derrota.

La tarde era fría, y lentamente la luz se iba apagando.

Unas nubes negras se habían instalado sobre la fortaleza, como heraldos de las terribles horas que vivirían poco después los inquilinos de aquel recinto amurallado altivo y orgulloso.

—¿Qué queréis? —preguntó el diácono, cerciorándose una vez más de que nadie podía escucharles.

Jacques sonrió, condescendiente.

—No debéis temer nada de mí —mintió—. He dado prueba de mi honestidad como sanador durante estos años. Jamás os he traicionado mencionando vuestras debilidades, pero ahora...

Guilhem Joán empalideció.

—¿Qué queréis decir? —insistió el cátaro con impaciencia.

—Que ahora todo está perdido; que en las próximas horas toda esa gente buscará el modo de salvarse, como sea. —Lanzó una mirada al patio del castillo. Un caballo piafó en alguna parte, y el olor a estiércol llegó, nítido, hasta ellos.

—Los creyentes, no —recordó Joan con orgullo—. Los creyentes moriremos con nuestras ideas.

—Pero los demás, sí —replicó el sanador.

—Y vos estáis entre quienes serán capaces de cualquier cosa por salvarse, ¿no es cierto? —le reprochó el cátaro.

—Mis padres murieron por defender vuestro credo, y no he visto que regresaran reencarnados para volver a abrazarles —dijo Jacques con una mezcla de rabia y desdén—. No creo en vuestra fe, ni tampoco en la Iglesia que defienden los asesinos que aguardan allá abajo, en el valle. El mundo necesita una orden monacal nueva, capaz de guiar a los hombres ante la inminencia del fin de los tiempos.

El diácono lo miró desconcertado, como si jamás hubiera visto al hombre que había aliviado los dolores que la gota le provocaba.

—¿De qué fin del mundo habláis? ¿Qué decís?

—Eso no os importa —respondió Jacques—. Después de todo, apenas os quedan unas horas para vuestro propio final. Pero ¿preferís entregaros a la hoguera con vuestra reputación intacta o con la vergüenza de que se conozca vuestra afición al vino y a la carne? ¿Qué pensará el pueblo si descubre que uno de los diáconos de los *buenos hombres* es un farsante? Tal vez lleguen a sospechar que todos los demás fantoches vestidos de negro son igualmente un fraude, como vuestra propia doctrina.

Los labios de Joan temblaron involuntariamente, y sus ojos se encharcaron.

—No podéis ser tan miserable —acertó a balbucir—. No me importa mi reputación, pero sí la de mi fe.

—¡Por favor, no lloréis! Nunca me gustaron las plañideras —se burló Jacques—. Después de todo, lo único que quiero es un salvoconducto que me libre de las garras de la Inquisición; algo con lo que negociar, si llega el caso.

—Si es eso lo que buscáis, nada tengo que os pueda servir —replicó el cátaro, desconcertado.

—Ya lo creo que lo tenéis —repuso Jacques clavando sus ojos claros en la estupefacta mirada del diácono—. Los inquisidores van tan tras ello.

Guilhem Joán tardó unos segundos en reponerse del golpe que había recibido en el estómago al escuchar al sanador. ¿Qué sabía Jacques de Autier? ¿Qué pretendía exactamente aquel hombre sin escrúpulos?

—¿Me vais a mentir? —Jacques sonrió con ironía—.

A los cátaros no se os da bien eso. Se afirma que sois incapaces.

—¿Qué queréis saber?

Jacques se permitió unos instantes de silencio para saborear su triunfo antes de responder:

—Todo; lo quiero saber todo del *consolamentum* y su relación con ese secreto vuestro que persiguen los perros de la Inquisición.

Al ver llegar a Roger de Mirepoix solo, sin escolta y ni tan siquiera con su inseparable espada al cinto, Hugo de Arcis, el senescal de Carcasona, lo miró desconcertado. Por un instante, imaginó el peor escenario posible: que los señores de Montségur hubieran decidido romper el acuerdo alcanzado quince días antes.

Las condiciones de la capitulación eran claras y, en cierto modo, generosas con los occitanos que defendían el castillo. Se les había concedido la extraña prórroga de quince días que habían solicitado antes de abandonar la fortaleza; se otorgó el perdón incluso a quienes habían participado dos años antes en el asesinato de los inquisidores en Avignonet; serían condenados únicamente a penitencias leves los hombres armados que reconocieran sus faltas, y el resto de las personas de la fortaleza quedarían libres si abjuraban de sus ideas heréticas.

Todos aquellos acuerdos se habían rubricado con la entrega de rehenes significativos, como Arnaut Roger de Mirepoix, un viejo caballero pariente del jefe militar de Montségur que ahora comparecía ante el senescal; Jordá, el hijo de Ramón de Perella, e incluso Ramón Martí, hermano del obispo cátaro Bertrán Martí.

—¡Sea bienvenido el señor de Mirepoix! —dijo el senescal de Carcasona, de forma afectuosa.

El jefe militar de Montségur inclinó la cabeza y, a pesar de que apretó las mandíbulas, su rostro no evidenció tensión alguna.

Hugo de Arcis estudió al hombre que tenía enfrente; un tipo corpulento, de expresión fiera y resuelta. Un adversario temible, resumió.

—¿Qué deseáis horas antes de la entrega de la fortaleza? —tanteó el senescal.

—Con todo el respeto, y sin que desee provocaros incomodidad alguna, no es con vos con quien deseaba hablar, sino con Pierre Amelh, el arzobispo de Narbona.

El senescal frunció el ceño. Naturalmente que le molestaba que el de Mirepoix no respondiera con claridad a su pregunta.

—Os recuerdo que fue a mí a quien rendisteis la fortaleza —dijo, picado.

—Os aseguro que mi visita nada tiene que ver con la capitulación ni con las condiciones pactadas —respondió el de Mirepoix con firmeza—. Mañana, Montségur será vuestro.

Hugo de Arcis dudó durante unos segundos, y finalmente respondió:

—Haré que os conduzcan a la tienda del arzobispo, pero yo estaré presente durante la conversación.

Entonces, fue Roger de Mirepoix quien dudó, pero al final, posiblemente al comprender que no estaba en posición de imponer nada, asintió con la cabeza.

Minutos después, los dos hombres de armas se encontraron ante el arzobispo de Narbona, un hombre pequeño, seboso y rubicundo.

—Me dicen que deseáis hablar conmigo —dijo el prelado. Su voz era chillona, y su tono untuoso. Se le veía feliz al verse en una posición ventajosa. Varios clérigos le asistían, y a su izquierda, de pie, estaba presente un dominico de expresión severa y mirada febril. Era un hombre alto y de aspecto ascético. Sin poder evitarlo, el de Mirepoix se sorprendió al ver el angioma o antojo que rodeaba el ojo izquierdo de aquel monje.

—Así es, eminencia —respondió Roger de Mirepoix en el tono más neutro que encontró en su repertorio tras lograr apartar la mirada del dominico—. Deseaba hablar con vos, pero no con todos estos —añadió, altivo, señalando a los demás religiosos.

—¡No estáis en disposición de exigir! —bramó el arzobispo.

—Sí que lo estoy —replicó el occitano—. No comparezco ante vos como un derrotado, ni tampoco como un prisionero. Lo hago a voluntad propia, y lo hago como un hombre que desea conversar con otro. No me importa que seáis arzobispo —dijo mirando a los ojos al hombrecillo rubicundo—, ni tampoco que yo sea el jefe militar de Montségur —añadió irguiéndose con orgullo.

El arzobispo se removió inquieto en el sillón de cuero repujado sobre el que asentaba sus generosas nalgas, y tragó saliva. Finalmente, con un gesto, hizo salir a todo el mundo.

—Él se queda —dijo Roger de Mirepoix señalando al senescal.

—Y yo también —bramó el dominico—. ¿O acaso debo recordaros que no tenéis autoridad ninguna sobre mí, como inquisidor que soy? —añadió dirigiéndose al prelado.

El rostro del arzobispo enrojeció aún más, y sus labios se movieron, nerviosos, sin acertar con las palabras convenientes para construir una respuesta del tono y dimensión que se requería. Roger de Mirepoix comprendió el aprieto en el que se encontraba Pierre Amelh, y salió en su ayuda.

—La reunión la solicito yo, y no el papa al que sí debéis rendir cuentas, por lo que tengo entendido —dijo encarándose con el inquisidor—. De modo que, como quiera que os llaméis, no tengo la menor intención de hablar en vuestra presencia. Solo acepto al senescal. Eso lo hemos pactado él y yo, dos hombres de honor.

La frase quedó en el aire provocando el efecto que el guerrero occitano pretendía. Quedaba claro que, en su opinión, de los cuatro presentes solo dos eran hombres de honor. Y ninguno de ellos vestía hábitos.

El dominico enrojeció de ira.

—Fray Ferrer —estalló al cabo de unos segundos el inquisidor—. Mi nombre es fray Ferrer, y os aseguro que no lo olvidaréis después del día de mañana. —Y, tras lanzar esa profecía, abandonó la tienda del arzobispo con altivez.

—Está bien, hablad —urgió el prelado, visiblemente enojado por cómo se estaba desarrollando la reunión.

—Mañana, Montségur será vuestro —recordó Roger de Mirepoix—, y lo serán también las vidas de los cátaros que no acaten vuestras ideas —añadió arrastrando las palabras—, de manera que la victoria está ya en vuestras manos. Por tanto, no debiera importaros que yo haga justicia también antes de presentarme ante vos y ante el senescal para rendir el castillo.

—No os comprendo —dijo el arzobispo—, esforzaos más.

—Quiero el nombre del traidor que permitió que vuestros hombres tomaran la barbacana este de Montségur la Navidad pasada —dijo Roger de Mirepoix sin apartar la mirada de los ojillos del arzobispo—. Imagino que el senescal, aquí presente —miró a Hugo de Arcis de reojo—, no desea traicionar a su espía, por eso no quise ponerle en la situación de mancillar su honor y solicité hablar únicamente con vos, que no sois hombre de armas, y esta es la única merced que os solicito.

El arzobispo y el senescal intercambiaron una mirada cómplice. Hugo de Arcis guardó silencio y después miró a Roger de Mirepoix con admiración. Ahora comprendía los motivos del occitano.

—Si el senescal nada dice, no es por discreción, sino por desconocimiento —dijo el arzobispo con su voz chillona—. El traidor cuyo nombre solicitáis no estaba a su servicio, sino al de la Iglesia, y más concretamente al del hermano dominico a quien acabáis de convertir en vuestro más feroz enemigo.

—¿Al servicio de la Inquisición? —se sorprendió el occitano.

—Al servicio de Dios —le reconvino el arzobispo sin disimular su desdén—. Y como tal secreto solo hace bien a esos dominicos del demonio —se santiguó—, presumo que a mí me hará bien pronunciar el nombre de quien os traicionó.

VII

MONTSÉGUR
15 DE MARZO DE 1244

—¿Acaso no sabéis en qué consiste la ceremonia del *consolamentum*? —Guilhem Joan lanzó la pregunta en un desesperado y vano intento de desviar la atención de Jacques hacia un ritual que, en realidad, era una tapadera de algo mucho más importante y trascendente.

El sanador sonrió con desgana.

—¿Acaso me tomáis por estúpido? —replicó Jacques con sequedad—. Hasta el menos enterado conoce los rudimentos de esa pantomima. Lo mismo que los demás teatrillos que representáis: el *melhorament*, el *aparelhament* o ese ayuno vuestro que llamáis *endura* y que conduce a los más fanáticos a la muerte por hambre.

El rostro del diácono se encendió de ira al escuchar el tono despectivo de Jacques hacia las ceremonias que los cátaros consideraban venerables.

—Para nosotros, el *consolamentum* es el equivalente al bautismo, la eucaristía o cualquiera de los principales sacramentos de la Iglesia —replicó, airado, el diácono—. No permitiré que lo califiquéis de pantomima.

—¿No lo permitiréis? —Jacques agarró por el hábito al cátaro y lo zarandeó. La diferencia de estatura entre ambos y la juventud del sanador inclinaban claramente la balanza a su favor—. Escuchadme bien, no quiero que me repitáis que para recibir vuestro sacramento hay que pasar un período de prueba de dos años en casa de un *perfecto*, y aguardar a que este dé su aprobación. No me habléis del ayuno previo al ritual, ni de que el neófito debe lavarse las manos ni de la exigencia que se le impone de rechazar a Satán y a la Iglesia, porque eso ya lo sé.

—Pero... —balbució el diácono.

—No hay peros ni excusas —atajó Jacques, que lanzaba miradas fugaces a su alrededor, no fuera a ser escuchado por alguien accidentalmente—. Conozco toda esa filosofía vuestra; la de rechazar el trato carnal con una mujer, los juramentos de seguir una vida errante predicando y todo lo demás. Ahorraos esa parte, y contadme exactamente qué sucede con la imposición de manos a la que se somete el neófito.

Guilhem Joan entornó los ojos y trató de escabullirse con una respuesta que, en realidad, no respondía a nada.

—No hay nada extraño ni misterioso —dijo—. Rememoramos lo que relatan los Evangelios. Juan escribió que Jesús les anunció que un día enviaría a un defensor que estaría siempre con los apóstoles, y lo llamó Espíritu Santo. Y en los Hechos de los Apóstoles también se habla de esa ceremonia de imposición de manos. No sé qué creéis que sucede.

—Quiero saber la verdad —insistió Jacques—. No me vengáis con la historia de que repetís lo que pidió

Jesús a los suyos enviándoles por el mundo a predicar. Estoy seguro de que hay algo más, algo que todos esos ingenuos desconocen —lanzó una mirada despectiva a quienes iban y venían por el patio del castillo—, y que no sabéis más que un puñado de vosotros. ¿Qué secreto ocultáis y qué tiene que ver con esa ceremonia?

—¿También vos creéis que poseemos un tesoro? —se mofó el diácono sin responder a la pregunta del sanador.

—Yo no he hablado de ningún tesoro —le corrigió Jacques, airado—. Sé perfectamente que varios de los vuestros han salido a escondidas del castillo llevando consigo oro, plata y abundantes monedas. Y sé también que tenían la misión de ocultarlo todo en cuevas del valle de Ussat, como la de Ornolac. Pero a mí no me interesa el oro de vuestra iglesia, porque intuyo que lo más valioso que poseéis no es material, dado que no le concedéis a la materia ningún valor por ser obra del diablo. De modo que, o me decís ahora mismo qué secreto poseéis, o vuestra honra será pisoteada esta misma noche.

—No, os lo suplico —gimió el cátaro—. No es por mí, es por lo que dijisteis a propósito del juicio que el pueblo hará de nuestra fe por mi culpa.

—Muy bien —sonrió Jacques, malignamente—, contadme entonces.

Con lágrimas en los ojos, el diácono Guilhem Joan admitió que los *consolamenta* eran una expresión de piedad de los iniciados a los no iniciados; que el *consolamentum* era, simplemente, la parte exotérica de un ritual mucho más profundo, al que únicamente accedía un puñado de *perfectos*.

—¿Y vos sois…?

—Uno de ellos, sí —admitió el cátaro—. Para mi

vergüenza y deshonra, porque no soy merecedor de ese don. Antes del asesinato de muchos de los nuestros, únicamente ocho de los más venerables accedían a ese conocimiento, pero ahora… —se encogió de hombros—; ahora hasta alguien tan pecador como yo ha sido honrado con ese don.

—¿Un don? ¿Qué don?

—Eso que vos llamáis *secreto*, supongo —respondió Joan.

—No comprendo.

—¿Recordáis el relato de lo sucedido en Pentecostés que se narra en los Hechos de los Apóstoles? —preguntó el cátaro. Al ver que Jacques asentía, recitó de memoria—: «Al llegar el día de pentecostés, estaban todos juntos en el mismo lugar. De repente, un ruido del cielo, como de viento impetuoso, llenó toda la sala donde estaban. Se les aparecieron como lenguas de fuego, que se repartían y se posaban sobre cada uno de ellos. Todos quedaron llenos del Espíritu Santo y comenzaron a hablar lenguas extrañas, según el Espíritu Santo les movía a expresarse…».

—Recuerdo ese pasaje, pero ¿qué tiene que ver con lo que yo busco?

—¿No os parece que el relato de Lucas es muy pobre? Después de todo, está describiendo nada menos que la llegada del Espíritu Santo sobre los apóstoles.

Jacques se encogió de hombros, totalmente desconcertado.

—Después de aquel día, los apóstoles fueron capaces de obrar prodigios extraordinarios solo con imponer sus manos sobre los creyentes —recordó el diácono—. Se cumplía así lo que Jesús les había pedido hacer tiempo atrás: salir al mundo y curar a los enfermos, resucitar a los muertos, limpiar a los leprosos y expulsar a los demonios. Así lo escribe Mateo, y Marcos asegura lo mismo. Juan elige una metáfora preciosa sobre lo que sucedió en aquel momento; ¿no lo recordáis?

Jacques negó con la cabeza.

—Juan escribió que Jesús se apareció a los apóstoles tras su muerte a pesar de que se encontraban en un lugar con las puertas cerradas —dijo el cátaro—. Asegura que Jesús «sopló» sobre ellos al tiempo que les anunció que acababan de recibir el Espíritu Santo. El relato de Pentecostés es sorprendentemente parecido, ¿no os parece? —Joan sonrió candorosamente antes de repetir—: «sopló» sobre ellos.

—¿Es lo que hacéis al imponer vuestras manos en el *consolamentum*? —quiso saber Jacques, en cuya mirada se advertía una mezcla de codicia y admiración.

—Naturalmente que no —aclaró Joan—. Ninguno de nosotros posee el poder del Ser que anidaba en el cuerpo de Jesús, pero sí el relato exacto de lo sucedido en Pentecostés, aunque solo alguno de los nuestros ha sido capaz de obrar prodigios semejantes a los que se atribuyen a los apóstoles tras esa ceremonia.

—¿El relato exacto? ¿Es que existe otra versión de lo ocurrido diferente a la del Nuevo Testamento? ¿A qué os referís?

Desde su infancia, Jacques había oído hablar a Isarn de Auriac y a su propia madre de los textos a los que los cátaros veneraban. Conocía *La Cena Secreta, El Libro de los Dos Principios* y el resto de los escritos que acostumbraban a leer y que inspiraban sus oraciones. Pero nunca tuvo noticia del relato al que se refería el diácono.

—Me refiero a un escrito capaz de permitir a un

hombre justo obrar el prodigio de convocar de nuevo esas lenguas de fuego, por llamarlas de algún modo; la misma energía que proporciona al bendecido el poder sobre la vida y la muerte; sobre los ángeles y los demonios. En definitiva, conectarse con la esencia divina que dejaron atrás los ángeles caídos.

Jacques necesitó unos segundos para asimilar aquella información, puesto que su mente quedó anclada durante unos instantes en la palabra *demonios*. El poder de dominar y vencer al demonio… Pero ¿quién podía haber escrito semejante relato?

—Os preguntaréis quién escribió ese texto, ¿no es cierto? —El diácono sonrió con dulzura, a pesar de la situación en la que se encontraba, y respondió a su propia pregunta—: sabed que lo escribió quien mejor podía relatarlo; el único protagonista de aquellos hechos al que no se atribuye una sola palabra escrita.

Jacques empalideció al comprender el alcance del secreto cátaro. La capacidad de vencer a los demonios y a la propia muerte…

—¿Me estáis diciendo que entre los textos que vuestra iglesia posee existe un manuscrito de…? —Jacques tragó saliva, incapaz de terminar la frase—. ¡Mentís! —exclamó, al cabo de unos segundos—. Es imposible.

—¿Lo es? —Joan sonrió con amargura tras haber cedido al chantaje de aquel miserable—. ¿Por qué creéis que se solicitó una tregua de quince días para entregar la fortaleza?

—¿Para celebrar Pentecostés? —Jacques respondió en tono igualmente burlesco.

El diácono negó sacudiendo la cabeza.

—El Bien y el Mal, sanador; el Bien y el Mal —dijo,

enigmático—. Más os valdría saber en qué bando estáis antes de esta noche. ¿Nunca oísteis hablar de una fiesta llamada Bema?

Jacques admitió que jamás había oído hablar de esa festividad.

—Lo suponía —dijo Joan—. Pero eso no es importante para vuestros planes. Ahora ya sabéis qué naturaleza tiene nuestro más preciado tesoro.

—Un manual para convocar al Espíritu Santo —farfulló el sanador.

—Supongo que alguien tan poco digno de conocerlo como vos podría denominarlo así —admitió el diácono, al tiempo que se encogía de hombros, resignado—. Pero pensar en él de ese modo resulta insuficiente para su grandeza. Pensad que otorga a quien lo recibe en un estado de suficiente pureza el poder de resucitar a los muertos y vencer a los demonios, y eso último parece que os interesa mucho, ¿no es cierto? —añadió mirando las marcas que Jacques tenía en su brazo izquierdo.

Jacques se bajó las mangas del camisón, arremangadas de forma involuntaria mientras zarandeaba al diácono agarrando sus hábitos negros con fuerza.

—Háblame de esa fiesta —exigió.

—¿De Bema o de la nuestra?

—¿Acaso no son la misma?

—Naturalmente que no —aclaró el diácono—. Si mencioné Bema era porque tal vez hubierais oído hablar de ella, puesto que la celebraban los seguidores de Mani, quienes también creían en la existencia de un principio del Bien y uno del Mal, y que su combate era constante. Pero nosotros no somos maniqueos, aunque así lo pregone la Iglesia. Somos cristianos, y nuestra ceremonia ritual no es pagana, sino inspirada en el texto del que os hablé.

—¿Dónde tendrá lugar esa ceremonia?

—*Infra castrum* —respondió el hereje.

—*Infra castrum* —repitió Jacques, al tiempo que hacía memoria. Y de pronto, recordó las palabras de Ramón Perella que había escuchado de forma casual —. Bajo el castillo —murmuró.

—Bajo la tierra se ocultan también los demonios —recordó el diácono, enigmático—. Deberíais recordarlo.

—¿Vos asistiréis a ese ritual?

—No debería preocuparos si yo estaré o no; sino cómo pensáis acceder vos —replicó el diácono, socarrón—. Únicamente los elegidos recibirán el fuego del Espíritu para que la llama no se extinga, y dudo que vos seáis uno de ellos.

—Pero allí estará ese texto, ¿no es así? —preguntó Jacques.

—Sin lectura, no tendría sentido el rito; sin la Palabra, no regresaría la Llama.

—Y si os vais de la lengua, yo mismo os la cortaré —amenazó el sanador al diácono.

Quizás un día, si el mundo no se extinguía en tan breve plazo como auguraban los franciscanos disidentes que seguían a fray Guillermo de Borgo frente a su propia orden y que tanta admiración habían despertado en Jacques de Autier, la humanidad se interrogaría sobre los sentimientos de quienes aguardaban a que expirase la tregua solicitada al rey y al papa antes de entregar Montségur. Es posible que se hicieran conjeturas sobre su heroicidad al permanecer fieles a sus creencias, pero tal vez no se reparase en que los casi doscientos *perfectos* y *perfectas* encastillados en Montségur no estaban a resguardo del miedo al dolor y a la muerte, aunque para ellos el martirio fuera un precio asumible para la salvaguarda de su fe.

Es posible que un día, si el mundo no se extinguía, alguien escribiría un verso, un renglón o dedicase al menos un pensamiento a quienes, no siendo *perfectos*, eligieron libremente morir junto a ellos tras ser *consolados*. Pero ese no fue el caso de Jacques, cuyas reflexiones en aquellas últimas horas previas a la entrega de la fortaleza discurrían por otros derroteros bien diferentes.

Por ejemplo, cuando vio caminar por el patio del castillo al caballero Ramón de Marselha y a los sargentos Guilhem de Tornabois y Brassilhac de Calhavel, con quienes había cabalgado dos años antes hasta Avignonet para dar muerte a los inquisidores, se preguntó cómo era posible ser tan estúpido como para recibir el *consolametum* justamente ese día, lo que significaba firmar su sentencia de muerte. Junto a ellos, Arnaut Domere, Pons Narbona y otros hombres de armas habían tomado idéntica decisión, al igual que un puñado de mujeres: y al ver a estas últimas, el recuerdo de Ysabela irrumpió en su mente sin permiso.

—Madre, sé que comprenderás mis motivos —murmuró como si fuera una oración—. Debo intentar salvarme para salvar al mundo.

La tarde moría, y el anuncio de la noche hizo que el sanador afilara su ingenio para averiguar dónde se iba a celebrar la extraña ceremonia de la que el diácono Gilhem Joan le había hablado.

El cátaro había jurado desconocer el lugar exacto, porque, según le reveló, bajo aquella fortaleza existían varias grutas a las que se accedía a través de pasajes que únicamente Ramón de Perella y algunos de sus familiares conocían.

¿Qué hacer? ¿Cómo podría apoderarse de aquel texto que, según el cátaro, lo había escrito…?

—Sanador —gritó alguien a su espalda, interrumpiendo sus cavilaciones—. El señor Ramón de Perella reclama vuestra presencia.

Jacques miró aturdido al caballero Guiraut de Rabat. Se trataba de un hombre corpulento y temible, casado con Arpaís, una de las hijas del señor del castillo.

—¿No me has oído? —insistió el caballero occitano—. Os aguardan en la torre, seguidme.

Jacques creyó advertir algo extraño en el tono empleado por el yerno de Perella, pero sus temores se desvanecieron al ser recibido de un modo cordial al entrar en la estancia donde estaban reunidos los líderes militares y religiosos de Montségur. Numerosas velas arañaban la oscuridad. La última noche cátara en aquella fortaleza había comenzado.

—Al fin os encontramos —dijo, afable, Ramón de Perella.

—No tenemos demasiado tiempo —urgió el obispo cátaro Bertrán Martí—. Ahora que estamos todos, pongamos sobre la mesa los nombres de los elegidos.

—Mi candidato es nuestro sanador —anunció Pierre Roger de Mirepoix, al tiempo que se acercaba a Jacques y ponía una de sus poderosas manos sobre su hombro—. No encuentro a nadie más capacitado y digno para semejante honor. Su madre dio muerte a Simón de Monfort en el sitio de Tolosa, y fue él quien desveló la identidad de aquel miserable judío, Caleb, que sirvió como espía a los inquisidores.

Jacques miraba a los presentes desconcertado. Allí estaban los diáconos cátaros Ramón de Sant Martí, Pierre Bonet y Ramón Agulher. Y, de pie junto a ellos, reconoció a Corba de Lantar, esposa de Ramón de Perella, además de a sus hijas, Filipa, que estaba casada con Roger de Mirepoix, Arpaís y Esclaramonda.

—No comprendo —farfulló, perplejo.

—Enseguida lo entenderéis —dijo el de Mirepoix, apretando el hombro de Jacques con sus dedos.

—Nosotros proponemos a Amelh Aicart, a Peitaví Laurenç y a Pierre Sabatier —anunció Martí, el obispo cátaro—. Cada uno de ellos tiene ya una copia de los textos y aguardan vuestra decisión —añadió mirando a Ramón de Perella.

El señor de Montségur parecía fatigado: la espalda, encorvada; los ojos, enrojecidos. Perella cruzó una mirada con su yerno, y Roger de Mirepoix tomó de nuevo la palabra, volviéndose hacia Jacques.

—Cuatro hombres se salvarán de la hoguera mañana —aseguró sin apartar su mirada de los ojos claros de Jacques—, y he propuesto que vos seáis uno de ellos.

—Pero, sigo sin entender…—balbució Jacques.

—Esos cuatro hombres tendrán la misión de poner a salvo nuestros textos más sagrados —explicó el obispo Martí—. Tres llevarán una copia; el cuarto, los originales.

—Por si sois apresados —aclaró Roger de Mirepoix esbozando una leve sonrisa que, sin embargo, resultó fugaz.

—¿Os referís a *La Cena Secreta* y el *Libro de los Dos Principios*? —tanteó Jacques, a quien de pronto aquella extraña misión se le antojó la mayor de las chiripas, porque intuyó que el texto más valioso para los cátaros pudiera estar en esa singular biblioteca que deseaban poner a salvo.

—Esos, y algún otro escrito al que profesamos gran devoción —se limitó a responder Bertrán Martí.

—¿Y cómo pretendéis que salgamos con vida de esta fortaleza? —preguntó Jacques, escéptico.

—No saliendo de ella —respondió Ramón de Perella.

—*Infra castrum*, sanador. *Infra castrum* —dijo Roger de Mirepoix, en cuyos pupilas refulgió un brillo extraño que Jacques no pudo ver—. Los cuatro os ocultaréis en una gruta, y no saldréis de ella hasta que todo haya acabado. Si aceptáis el honor que se os propone, os explicaremos el resto del plan.

—¿Y por qué yo? —se atrevió a preguntar Jacques, incapaz de creer en su buena suerte. Una vez que tuviera en su poder el misterioso escrito cátaro, deshacerse de los otros tres herejes sería sencillo, pensó. Tan solo tendría que delatarlos a los inquisidores. Su excelsa misión estaba por encima de lo que las mentes vulgares juzgarían apresuradamente como una traición, sin reparar en que él se movía por un principio más elevado y universal.

—Ya os lo he dicho —respondió el de Mirepoix—. La causa cátara os debe mucho a vos y a vuestra familia. Además, un sanador siempre puede ser útil en una misión como esa.

—¿Aceptáis? —le urgió Ramón de Perella.

Jacques miró a los hombres y a las mujeres que aguardaban su respuesta, y, sin titubear, asintió.

—Está bien, acompañadnos —dijo el obispo Martí.

Jacques fue conducido por Roger de Mirepoix y por

el dignatario cátaro hasta una de las cabañas adosadas al castillo. La oscuridad era absoluta, y el aire frío de la noche le hizo estremecerse.

Dentro de la cabaña aguardaban tres hombres a quienes Jacques reconoció como los *perfectos* cuyos nombres había pronunciado el obispo minutos antes. Le llamó la atención que todos se hubieran desprendido de sus inconfundibles hábitos negros, pero más atrajeron aún su atención los macutos que cada uno de ellos portaba.

—Tomad este —Bertrán Martí entregó a Jacques un cuarto morral.

Jacques vio que estaba repleto de manuscritos, pero contuvo su curiosidad. Mas las sorpresas no habían hecho sino comenzar. De pronto, Roger de Mirepoix abrió una trampilla disimulada bajo la paja que cubría el suelo de la cabaña y Jacques descubrió un pozo oscuro. El de Mirepoix sacó de alguna parte una gruesa soga, la ató con firmeza en una de los postes de madera que sostenían la construcción, e invitó a los cuatro hombres a descender por ella. Para entonces, los cátaros habían arrojado al interior varias antorchas, y Jacques pudo ver que, a poco más de cinco metros de profundidad, había una estancia excavada en la roca.

—Desde esa cueva se puede salir al exterior por un estrecho pasaje —informó Roger de Mirepoix—. Abajo encontraréis algunos víveres y agua. También hay cuerdas para descolgaros al día siguiente, cuando todo haya acabado.

—Morid antes de permitir que esos textos caigan en poder de la Inquisición —exigió a los cuatro el obispo cátaro. Los tres herejes asintieron sin titubeos; y Jacques les imitó, sin entusiasmo.

Instantes después, Amelh Aicart descendió por la soga, y lo siguió Peitaví Laurenç. El tercero de aquella cordada fue Jacques de Autier, quien precisamente por ocupar ese lugar en el orden de descenso no pudo escuchar las palabras que Pierre Roger de Mirepoix susurró al oído de Pierre Sabatier, el último de la cordada.

—Bastará con cortar la cuerda —dijo el jefe militar de Montségur.

Fray Ferrer fue incapaz de dormir durante la última noche de libertad de Montségur. Los ojos del dominico lucían más febriles aún que de costumbre, y recorría una y otra vez las empalizadas dispuestas en la pradera suroeste del pico calcáreo sobre el que se alzaba el castillo hereje relamiéndose a medida que el tiempo transcurría.

Sin embargo, ni siquiera en esas horas previas a su gran victoria el dominico del antojo en el rostro lograba espantar la sombra de una sospecha. Desde el principio, se había posicionado en contra de la concesión de aquel paréntesis solicitado por los defensores del castillo. Había costado demasiado esfuerzo vencer la resistencia de aquella *sinagoga de Satanás*, como él llamaba a Montségur, como para permitir a sus devotos plazo alguno para que hicieran Dios sabía qué y por qué causas.

El fraile había llegado a entrever ciertos motivos políticos detrás de aquella gracia, y no le entusiasmaban lo más mínimo. Pero temía que hubiera algo más; algo que desconocían todos, incluso el senescal de Carcasona y el arzobispo de Narbona.

—¿Qué hacéis allí arriba, hijos de Luzbel? —se interrogó mientras acariciaba la empalizada de madera en cuyo interior se habían dispuesto los haces de madera donde morirían al día siguiente los herejes que no se retractasen.

Dos días antes, milagrosamente, el papa había levantado la excomunión lanzada por el arzobispo contra el conde Raimundo VII.

¿Milagrosamente? ¿Pura coincidencia?

Fray Ferrer sospechaba que a sus espaldas se había cocido una sucia negociación entre los sitiadores y los sitiados; que el conde de Tolosa, de quien jamás se fiaría, estuviera excomulgado o no, había obligado a Pierre Roger de Mirepoix a resistir unos días más, como fuera. Era la última carta que tenía para negociar el fin de su excomunión, y el jefe militar de Montségur, siempre fiel al conde, había accedido aún a sabiendas de que Raimundo VII no pensaba enviar refuerzo alguno a la fortaleza, ni siquiera ayudar a los encastillados con más víveres.

El dominico tampoco tenía en mejor consideración a Hugo de Arcis y al resto de la plana mayor del ejército francés. Presumía que todos ellos habían pactado aquella tregua por razones políticas únicamente, sin atender a los principios religiosos que debían presidir la cruzada. A nadie, ni siquiera al arzobispo, parecía importarle la muerte de los inquisidores en Avignonet. Ninguno de ellos tenía el menor respeto por los hermanos asesinados en aquel lugar, como demostraban las vergonzosas cláusulas apalabradas para la entrega de Montségur, en las que no se preveía un castigo específico para los asesinos.

De manera que aquella noche fray Ferrer dio rienda suelta a su odio. Odió a los cátaros y a los soldados del papa; y se odió a sí mismo por no haber tenido agallas suficientes para trepar a lo alto de aquella cima imposible y dar muerte con sus propias manos a todos los herejes allí refugiados, sin distinción de sexo o edad.

—Dios no tiene por qué reconocer a los suyos; son los suyos quienes han de demostrar en vida que son de Dios —murmuró.

Impotente ante aquella tregua que estaba a punto de expirar, todas las esperanzas de fray Ferrer estaban depositadas en el hombre con quien había negociado tiempo atrás; el espía que guio a los soldados franceses por caminos desconocidos hasta la barbacana cuya toma supuso un golpe mortal para los defensores de la plaza.

Si su hombre cumplía la misión encomendada, al día siguiente tendría en su poder el maldito secreto que con tanto celo guardaban aquellos herejes. Eso, y el olor de la carne quemada, endulzarían su paladar.

—Entonces el papa podrá pactar cuanto quiera con todos los hijos de Satanás, pero sus días estarán contados —profetizó—. Los suyos, y los de todos aquellos que se separen de la verdadera fe.

En ese instante, una ráfaga de aire extrañamente caliente agitó sus hábitos en aquella noche de final del invierno, como si una mano fantasmal hubiera prendido antes de tiempo las hogueras dispuestas en la pradera.

Pero a pesar de ser cálido, aquel viento hizo estremecer a fray Ferrer.

No lejos de Montségur, fray Guillermo del Borgo y el puñado de *espirituales* franciscanos que le seguían compartían una cena más que modesta compuesta por pan duro y algunas generosas raciones de queso que media docena de lugareños atraídos por sus prédicas les habían llevado con la esperanza de recibir como pago la bendición de su palabra.

El tiempo parecía haberse detenido en el Languedoc. Los occitanos rumiaban su pena y su dolor sabiendo que al día siguiente la orgullosa fortaleza de Montségur caería en manos francesas, pero el franciscano trató de espantar aquellas sombras de la mente de su minúsculo auditorio.

—No es la suerte de un castillo ni de quienes lo defienden lo que os debiera preocupar —dijo mientras crepitaban las llamas—. Lo que os debiera quitar el sueño es la inminencia del fin de estos tiempos, como profetizó el venerable Joaquín de Fiore. Nada importa la locura de los inquisidores ni la suerte de los cátaros, pues más pronto que tarde todos ellos perecerán. —Paseó su mirada por el rostro de los suyos sorteando las llamas. Tres mujeres se tapaban la boca, espantadas; los hombres, se frotaban sus manos encallecidas, nerviosos—. El Apocalipsis anticipa que dos hombres vestidos de saco profetizarán durante mil doscientos sesenta días, y cuando hayan acabado de dar su testimonio, la Bestia que sube del abismo los dará muerte. Sus cadáveres quedarán expuestos en la plaza de una gran ciudad, y durante tres días y medio serán contemplados por gentes de todas las razas. Pero, tras ese tiempo, un soplo divino los devolverá a la vida.

—¿Quiénes serán esos hombres, maestro? —preguntó uno de los occitanos, tembloroso.

—Algunos dijeron que se trataba de Elías y Moisés —respondió fray Guillermo, con desprecio—. Otros, que eran Elías y Enoc. Pero fray Joaquín de Fiore supo ver lo que la Iglesia jamás comprendió. —Hizo una pausa teatral, y aguardó a que su auditorio estuviera preparado para la gran revelación—: los dos testigos son heraldos del nuevo orden; de la nueva orden mendicante que cambiará el signo de los tiempos.

—¿Serán franciscanos como vos? —quiso saber otro de los presentes.

Fray Guillermo del Borgo negó con la cabeza.

—La orden a la que un día pertenecimos se prostituyó y prostituyó el mensaje de su fundador —dijo con voz grave—. Mis hermanos y yo somos velas que conservan su verdadera llama, basada en la pobreza y en el primitivo cristianismo. Cristo no estaría hoy del lado de papas y obispos entregados a la lujuria y a la gula, ni tampoco junto a nobles y adinerados. A todos los hubiera expulsado del Templo, como a los mercaderes. Pero resulta que hemos sido nosotros los expulsados por Roma; nos tildan de *espirituales*, como si eso fuera insulto. Pero sabed que el fin del mundo será inminente si no emerge un nuevo líder espiritual y una nueva orden monacal capaz de derrotar al demonio. —Miró al hombre que había formulado la pregunta, y añadió—: no, no serán franciscanos, pero la Edad del Espíritu Santo comenzará con ellos, o no comenzará.

Amelh Aicart demostró de inmediato que estaba al mando de la situación, y se lo dejó claro a Jacques desde el primer momento. Se trataba de un hombre de mediana edad y complexión atlética, habituado a largas caminatas predicando por medio Languedoc.

—No sé qué hacéis aquí si no sois *perfecto* —espetó al sanador apenas se cerró sobre sus cabezas la trampilla que cubría el agujero por el cual se habían deslizado al interior de aquella cavidad—, pero debe quedaros clara una idea: aquí, mando yo. Y mis hermanos —añadió señalando con un gesto a los otros dos cátaros— no dudarán en ataros a un árbol si es preciso, si no cumplís exactamente con lo que se nos ha ordenado.

—No sé si puedo daros o no la razón —replicó Jacques alumbrado por las antorchas que habían recogido del suelo—, puesto que nadie me ha dicho a mí tampoco por qué estoy aquí y qué se espera de mí.

Aicart miró a Peitaví Laurenç, un hombre enjuto y barbudo, y a Pierre Sabatier, el más alto y fuerte de los tres cátaros, pero ninguno de ellos dijo nada. El primero se limitó a encogerse de hombros; y el segundo guardó silencio.

—¿Nadie os ha dicho cuál es nuestra misión? —se extrañó Laurenç.

—Me hicieron presentarme ante el señor de Perella y Roger de Mirepoix, y fue este último quien me dijo que cuatro hombres se ocultarían bajo el castillo hasta que la fortaleza se entregara mañana, y a continuación me dieron este saco —señaló el macuto que portaba—, repleto de manuscritos, por lo que he podido ver.

—No son simples manuscritos —empezó a decir Laurenç, pero fue interrumpido bruscamente por Aircart.

—Si no os dijeron nada más, sería por alguna razón, ¿no creéis? —dijo el cabecilla—. Y si no os dijeron nada más, nada más os diré yo. Simplemente, limitaros a seguirnos mañana.

—A seguiros, ¿a dónde? —preguntó Jacques, receloso.

—A las cuevas del valle Ussat —respondió el hasta ese momento silencioso Sabatier.

—Ya es suficiente —zanjó el asunto Aicart.

—No, no lo es —protestó Jacques—. Si debo seguiros

cargando con estos manuscritos, me gustaría saber el motivo.

Aicart miró a sus dos hermanos en la fe, y tras lanzar un suspiro que expresaba su enojo por que le hubieran asignado un incómodo compañero de viaje como aquel, dijo:

—Debemos poner a salvo nuestros textos sagrados. Los ocultaremos en una de las cuevas del valle de Ussat, donde ya se han ocultado otras cosas hace semanas. Os basta con saber eso.

—¿Otras cosas? ¿Otros manuscritos? —tanteó Jacques.

—Oro, plata, monedas... —respondió el cátaro—. Medios con los que mantener viva la verdadera fe después de Montségur.

—Pues si ya pusisteis a buen recaudo un tesoro, ¿por qué debemos cargar ahora con este petate? —preguntó con fingida ingenuidad el sanador.

—Ya basta de preguntas —dijo Aicart con sequedad—. Descansemos hasta mañana, que será un día triste y muy duro.

Jacques comprendió que lo más inteligente era fingir que desconocía el verdadero valor de al menos uno de aquellos manuscritos, y no dijo nada más. Y aunque ardía en deseos de abrir el macuto y leer el maravilloso escrito del que le había hablado el diácono Joan, logró contenerse. Ya habría tiempo para saciar su curiosidad, pensó.

Los tres cátaros se sentaron juntos y comenzaron a rezar. Al verlos, Jacques no pudo evitar pensar en el misterioso ritual del que le había hablado Joan. ¿Sería posible que aquella noche se convocase a la Llama del Espíritu Santo en Montségur?

Inconscientemente, palpó el contenido del macuto, y sonrió por su buena fortuna.

VIII

MONTSÉGUR
16 DE MARZO DE 1244

El fin de la tregua solicitada por los defensores de Montségur llegó, como llegan todos los finales. Con las primeras luces del alba, el senescal Hugo de Arcis entró en la fortaleza tomando posesión de la misma en nombre del rey junto a un fuerte séquito armado. La Iglesia estuvo representada por el obispo de Albi y los inquisidores Ferrer y Pierre Durand.

En el rostro de fray Ferrer se advertía una expresión de asco por poner sus pies en aquella *sinagoga del diablo* y de triunfo, precisamente por pisar aquel patio de armas. Al fin, la Iglesia triunfaba; al fin, la verdadera fe estaba a punto de cortar la cabeza del monstruo hereje. Los militares ya habían hecho su trabajo; ahora, era el tribunal eclesiástico quien debía decidir sobre la suerte de aquellas almas perdidas.

El inquisidor paseó su mirada febril por las cabañas adosadas a las murallas, por los almacenes de grano, por los adarves... Después buscó los ojos de las mujeres y los hombres que lo contemplaban erguidos, orgullosos a pesar de la derrota. Y el dominico supo de inmediato que algo iba mal; que tal vez había ganado, pero no les había vencido.

—Tenéis vuestra fortaleza y también nuestras vidas, pero no nuestras almas —dijo alguien que se abría paso entre los encastillados.

El obispo cátaro Bertrand Martí apareció ante los inquisidores y el senescal de Carcasona con el aplomo de un vencedor, no de un derrotado. Su rostro parecía extrañamente iluminado, y el inquisidor advirtió el mismo brillo en varios de los herejes.

¿Qué había sucedido aquella noche en Montségur? —se preguntó fray Ferrer, a quien podría acusarse de fanatismo y crueldad, pero no de falta de inteligencia.

—Vuestras almas están condenadas —replicó el dominico—, y solo la Iglesia de Dios en la tierra puede salvarlas, por eso os ofrecemos el perdón a cambio del arrepentimiento.

—Si no hay pecado, no es preciso perdón —contestó Martí—. Nosotros no creemos en el pecado, y vos sí. El problema le tenéis vos, no nosotros. Por eso mismo, no creo que Dios se sienta representado en la tierra por alguien como vos.

El inquisidor enrojeció de ira, y miró a su alrededor. Decididamente, había ganado, pero no les había vencido. Pero ¿y el secreto de aquella gente? Por más que buscó entre aquellos miserables a su hombre, no lo encontró.

—Registradlo todo —susurró el dominico a dos frailes que lo acompañaban—. Encontradlo.

Las horas siguientes fueron dramáticas para los encastillados. El señor de Montségur, Ramón de Perella, entregaba no solo aquella inexpugnable fortaleza, sino también la vida de su mujer y de su hija menor, pues ambas habían recibido el *consolamentum* y no estaban dispuestas a abjurar de sus ideas. Las otras hijas del matrimonio, Filipa de Mirepoix y Arpaís de Rabat, se habían despedido de su madre y de otra hermana la noche anterior, después de que se designara a los cuatro hombres que debían poner a salvo los textos cátaros.

Los herejes fueron encadenados y sacados a empellones del castillo. Y aunque se les volvió a ofrecer la opción de la conversión, los inquisidores no se esforzaron en convencerles, ni tampoco los cátaros mostraron interés en atender a las razones de quienes habían construido un amplio cercado en la cara sudoeste de la montaña, dispuesto para acoger las hogueras adonde fueron arrojados sin contemplaciones más de doscientos hombres y mujeres. Con el paso del tiempo, aquel lugar siniestro pasaría a ser conocido como el Campo de los Quemados, en recuerdo de aquella atrocidad cometida en nombre de un dios.

Primero enviaron al fuego a los más enfermos y a los heridos, mientras que los demás, entre gritos de terror, vómitos e incontenibles llantos, se unieron buscando a los amigos o a sus parientes. Y pronto el olor de la carne humana quemada se sumó al de la orina y las heces de aquellos a quienes el terror venció antes de su final.

—Morid en paz —gritó el obispo Bertrán Martí para hacerse oír por encima de los alaridos de los demás ajusticiados.

A sus pies, llorando sin consuelo, el diácono Guilhem Joan aguardaba su turno.

—Fuisteis valiente al confesar el chantaje al que os sometió ese miserable sanador. Venid junto a mí; el fuego purificador nos aguarda —añadió el obispo cátaro ayudando a incorporarse a Joan.

—No podía morir con esa culpa —dijo Joan entre sollozos—. Fui débil con el vino y la carne; e incluso lo fui al irme de la lengua ante las presiones de ese miserable, pero no temía por mi honra, sino por la de nuestra fe.

El obispo lo atrajo hacia su pecho y le abrazó.

Una humareda negra, siniestra, tiznó de muerte el azul del cielo y el verde del valle. Los *faidits* occitanos fueron los últimos en abandonar la fortaleza, y mientras el llanto resbalaba por el rostro de Ramón de Perella, una mueca parecida a una sonrisa se dibujó en la cara de Roger de Mirepoix al pensar en el destino que aguardaba al traidor que había entregado la barbacana este de la fortaleza una noche de la Navidad anterior. El mismo cuyo nombre le reveló Pierre Amelh, arzobispo de Carcasona durante la entrevista que solicitó al prelado; el mismo a quien había propuesto para unirse a la cordada que debía salvar los libros sagrados de los cátaros.

—Bastará con cortar la cuerda —murmuró Roger de Mirepoix mientras abandonaba Montségur, recordando la última orden que había dado a Pierre Sabatier antes de que el *perfecto* descendiera a la cueva secreta donde se había ocultado con los otros tres hombres.

Al llegar la noche, cuando aún las brasas de las siniestras hogueras seguían vivas, cuatro sombras emergieron de entre las rocas calcáreas de la montaña. Como seres paridos por las piedras, los cuatro hombres alzaron la mirada hacia el cielo estrellado y ajustaron a sus espaldas los macutos.

Durante aquellas horas de encierro, Jacques había tenido tiempo de revisar el contenido de su mochila y de sonreír ante su buena suerte. En efecto, había tres copias de los escritos cátaros y los originales de los mismos, incluido el maravilloso texto del que le habló el diácono Joan. Lo único que debía hacer era descender con los demás desde aquel nido de águilas y, una vez en el valle, localizar a los inquisidores. Estaba seguro de que fray Ferrer valoraría su ya probada fidelidad. La Inquisición tendría copias del texto que perseguía, pero nadie sabría jamás que él habría ocultado antes el original.

Una vez estuviera en libertad, buscaría a aquellos franciscanos disidentes liderados por fray Guillermo de Borgo. El fin del mundo se aproximaba, y Jacques sentía que tenía una excelsa misión que cumplir: salvar de ese final a los justos. Inconscientemente, acarició la marca de la dentellada del diablo, que aún era claramente visible en su brazo izquierdo.

—Te derrotaré —murmuró.

—Vamos, aprisa —urgió Aicart—. Debemos aprovechar la noche.

Los cuatro hombres dispusieron las cuerdas y, en silencio, comenzaron a descender con extrema precaución. Cualquier error podía ser mortal, pues a sus pies se abrían insondables grietas y estrechos precipicios.

Jacques sentía sobre su espalda el peso de aquel manuscrito, capaz de destruir a la Gran Prostituta de Roma, y se sintió satisfecho. El fin de aquellos infelices cátaros, e incluso la muerte de su madre y de su padre, habrían tenido sentido. Una nueva orden monacal surgiría, alejada de la Iglesia antes del advenimiento del fin del mundo predicado por Joaquín de Fiore.

Pero había dos cosas que Jacques desconocía; o tal vez tres.

La primera era la confesión del diácono Guilhem Joan al obispo Martí antes de que se propusieran los nombres de los cuatro elegidos para transportar los manuscritos; la segunda, que Roger de Mirepoix sabía que el sanador había sido el traidor que inclinó la balanza del lado de los sitiadores al caer la barbacana este de Montségur, y la última, que el Destino es juguetón, caprichoso e impredecible.

—Bastará con cortar la cuerda. —El *perfecto* Pierre Sabatier repitió la orden que le diera Pierre Roger de Mirepoix mientras su cuchillo rompía la soga que ataba a la vida al sanador.

Y Jacques de Autier se precipitó al abismo.

Los hombres de fray Ferrer registraron Montségur de arriba abajo, sin éxito.

—No hay rastro del sanador —dijo uno de los frailes al servicio del inquisidor, temeroso e incapaz de mirar al rostro del dominico del antojo en el rostro.

—¿Y el manuscrito? ¿Lo habéis encontrado? —preguntó el monje, airado.

Los clérigos negaron con la cabeza.

—No hemos hallado ni un solo libro hereje —respondió el más decidido de los frailes.

—Hijo del diablo —maldijo el inquisidor. Parecía evidente que aquel hijo de puta le había traicionado también a él—. Juro que os encontraré.

De inmediato, fray Ferrer dispuso patrullas armadas que recorrieron los valles próximos, poniendo especial interés en las grutas que los cátaros habían utilizado como lugar de reunión y de culto en el valle de Ussat. Sus informadores le habían hablado de aquellas cuevas fortificadas y de cavernas que se prolongaban a lo largo de varios kilómetros en el interior de las montañas, constituyendo un laberinto que únicamente los lugareños podían recorrer sin perderse. Sus espías le habían asegurado que los cátaros habían ocultado un tesoro en el interior de aquellas cuevas, pero nadie sabía con certeza cuál de aquellas grutas había sido elegida como escondite.

Dos días después de la entrega de Montségur, un grupo de soldados al servicio del inquisidor encontró junto a un río a una mujer de mediana edad pero bien proporcionada y no carente de atractivo. Tenía unos enormes ojos marrones y llevaba de las bridas a una mula que tiraba de un carro con varios sacos llenos a rebosar.

—¿Quién sois, mujer? —preguntó el soldado al mando.

—Me llamo Iveta, y soy la molinera —añadió apuntando con la barbilla a un viejo molino situado a unos cientos de metros, apenas visible desde allí por los árboles de la ribera.

—¿Qué lleváis en esos sacos?

—Grano para el molino —respondió la mujer.

El soldado hizo un gesto a uno de sus hombres, que descendió de su montura y clavó una daga en uno de los talegos. De inmediato, un chorro de granos de trigo cayó sobre el carro y también sobre la hierba verde y húmeda.

A instancias de su superior, el hombre repitió la operación en dos sacos más, con idéntico resultado.

Satisfecha su curiosidad por el contenido de los fardos, el soldado preguntó a Iveta si había visto a algún hombre por aquel lugar, tal vez caminando en dirección hacia las cuevas de Ussat.

La viuda del molinero negó con la cabeza.

—No he visto más hombres que los vuestros —afirmó—, y el humo negro de las hogueras —añadió con sequedad.

El soldado sonrió despectivamente.

—Si habéis mentido, lo sabré —aseguró—. Y volveré para mataros.

Iveta guardó silencio y se esforzó por evitar que sus ojos miraran uno de los sacos destripados, por donde asomaban los dedos de la mano de un hombre.

Buena parte de los cátaros creía que el fin del mundo no tendría lugar hasta que todos los ángeles caídos y todas las almas encarnadas se hubieran convertido a la verdadera fe tras haber recibido el *consolamentum*. La salvación definitiva solo sería posible si era universal.

Inmediatamente después del Juicio Final, la materia, creación del Mal, sería destruida en una orgía de fuego y azufre que la reduciría a la nada de la que surgió, pero había quienes dudaban de que algún día cesara la lucha entre el Bien y el Mal.

Pero ¿qué sucedería con las almas justas que ya hubieran abandonado el cuerpo material en el que se habían encarnado mientras llegaba el Juicio Final? ¿Se encarnaban una y otra vez hasta ese momento?

Algunos aseguraban que esas almas iban a parar a una

suerte de paraíso que se encontraba a medio camino entre la materia y el Reino de Dios, aguardando a que todas las demás gozaran de la misma fortuna que ellas. E incluso los ángeles caídos tendrían la oportunidad de regresar al seno del Bien, en el cual nacieron y contra el cual se rebelaron.

—Palabrería —dijo Jacques mientras releía bajo la titilante luz de una vela *La Cena Secreta*, uno de los textos que los cátaros veneraban—. No es más que palabrería. —Su mirada se detuvo en un pergamino que tenía a su derecha—. En cambio, esto es increíble —murmuró.

El Espíritu de Pentecostés. Había leído aquel manuscrito innumerables veces en los últimos días, apenas tuvo fuerzas para ello. Se trataba de una traducción al latín de un relato en arameo que se acompañaba a la traducción y escrito en primera persona por un narrador que decía llamarse Yeshúa.

¿Sería en verdad Él?, se había preguntado decenas de veces. ¿Era una patraña más de los cátaros? Pero, de ser así, ¿por qué la Inquisición ansiaba poseer aquel texto? Y si era auténtico, ¿cómo había podido llegar a las manos de los herejes?

—Fray Ferrer mataría por estas palabras —se dijo—. Me mataría por estas palabras…

El autor de aquel relato ofrecía una perspectiva novedosa sobre un ritual de iniciación capaz de abrir un canal o vía de comunicación entre el adepto y una fuerza misteriosa que en los Evangelios se califica de Espíritu Santo y se describe como una lengua de fuego. Pero, al contrario de lo que se podía leer en los Hechos de los Apóstoles, el manuscrito no mencionaba a un Jesús resucitado. Se hablaba de una ceremonia que incluía una imposición de manos taumatúrgica, y de una alteración física del entorno donde se celebró el ritual: un estruendo inesperado, una corriente de aire de origen misterioso, y la aparición de una suerte de puntos de luz inexplicables en la sala donde tuvo lugar la celebración. A continuación, los adeptos experimentaban una alteración de los sentidos —Jacques no había encontrado otro modo de interpretarlo—.

—Prodigios, milagros, sanaciones... —Rumiaba una y otra vez el contenido del pergamino, dudando si no sería el ardid definitivo del demonio para burlarse del hombre y mantenerlo entretenido con juegos de sombras mientras él seguía reinando en el mundo.

En ese momento, escuchó la voz de Iveta, que susurraba su nombre desde el otro lado de la falsa puerta que daba acceso al minúsculo zulo donde Jacques se ocultaba desde hacía varios días. La molinera le había encontrado a la orilla del río ensangrentado, con un brazo roto y numerosas heridas y abrasiones producidas por la caída que sufrió después de que Pierre Sabatier cortara la cuerda que lo unía a la cordada cátara.

Mientras se precipitaba al vacío, convencido de que encontraría la muerte apenas unos segundos más tarde, Jacques aún tuvo tiempo de sonreír con desprecio sin apartar la mirada de los tres *perfectos*. Ellos no comprendieron a qué venía aquella risa del traidor a su causa, porque ninguno de ellos imaginaba que Jacques había derramado, en el pellejo de cabra donde llevaban el agua que compartían, el extracto de un compuesto venenoso derivado de la maceración de varias plantas tóxicas. Los tres cátaros tenían las horas contadas.

Aferrado a su zurrón, Jacques cayó como una piedra por una angosta garganta calcárea. Los tres *perfectos* lo perdieron de vista, y eso les impidió ver cómo el cuerpo de Jacques impactaba contra la rama de un árbol que, por un capricho de la Naturaleza, se aferraba a la vida de un modo inexplicable entre las rocas de la ladera. El golpe fue brutal. El brazo izquierdo de Jacques, el mismo donde siendo niño le había mordido el demonio, se quebró como si sus huesos fueran también de madera. Pero el topetazo evitó su muerte. Su cuerpo se golpeó a continuación contra una piedra, y luego contra otra, y otra… hasta besar la hierba del valle.

Jacques permaneció sin sentido durante horas. Para cuando recuperó la conciencia, atardecía.

Con el cuerpo ensangrentado y la mirada perdida, sus pasos le condujeron maquinalmente hacia el molino de Iveta, pero las fuerzas lo abandonaron a unos cientos de metros, junto al río. Cayó de bruces en la tierra, y allí mismo fue donde la molinera lo encontró cuando regresaba con su carro cargado de sacos de trigo.

Los días posteriores a la caída de Montségur, los cátaros de la comarca que lograron escapar de los soldados franceses se encaminaron por los senderos menos transitados hacia el castillo de Quéribus, que desafiaba a los inquisidores desde su atalaya rocosa, a más de setecientos cincuenta metros de altura. Desde su privilegiada posición, la fortaleza oteaba los valles que se extendían a sus pies y acogió a los derrotados occitanos. Tras sus murallas, que parecían emerger de la propia roca, iba a languidecer, sin esperanza alguna, el credo de los *hombres buenos* en una agonía lenta y cruel.

Quéribus estaba demasiado lejos de los núcleos urbanos principales del Languedoc —Carcasona, Tolosa o Narbona—, y tal vez eso ayudó a que la presencia cátara se prologara allí durante más años de lo que jamás se pudo sospechar. En aquellos días, sin embargo, nadie hubiera supuesto que la fortaleza no caería en poder de los franceses hasta once años después de la rendición de Montségur.

Durante los primeros días de su convalecencia en la habitación secreta que ocupaba en el viejo molino de Iveta, Jacques consideró la posibilidad de refugiarse también en Quéribus y, una vez que las aguas se hubieran calmado, buscar después a fray Guillermo de Borgo. Pero debía ser prudente, puesto que los soldados de la Inquisición seguían rastreando la comarca en busca de herejes y, presumía, también tras su pista y la del secreto cátaro. Conocía lo suficiente a fray Ferrer como para imaginar que el inquisidor no se rendiría fácilmente.

Dirigirse a Quéribus era, por tanto, un riesgo y a la vez la única posibilidad que se le ocurría de salir con vida de aquella ratonera en la que se había convertido el Languedoc y conservar el extraordinario manuscrito que poseía. Negociar con fray Ferrer su libertad a cambio de aquel pergamino no era ya una opción. El dominico jamás permitiría que siguiera con vida nadie que lo hubiera leído.

Si en verdad el texto era obra de Jesús, el retrato que se creía conocer de él se emborronaba. En aquel relato no se hablaba de una divinidad, sino de un hombre. No se mencionaba resurrección alguna, y se ofrecía una descripción insólita sobre un ritual de iniciación que un inquisidor consideraría herético sin la menor duda.

No, decididamente, negociar con fray Ferrer no era una opción. Y, sin embargo, Jacques tenía que salir de su escondite obligatoriamente. Había tres cabos sueltos que no podía permitirse.

De modo que al tercer día de su convalecencia, cuando se sintió lo suficientemente fuerte como para emprender la caminata que necesitaba realizar, se levantó al rayar el alba y, sin avisar a Iveta, puso rumbo hacia el valle de Ussat-les-Bains. Era lo más prudente, puesto que si ella desconocía su destino, nada podría confesar en el caso de que los soldados de fray Ferrer regresaran al molino.

Jacques había calculado el tiempo en que tardaría en hacer efecto el veneno que había vertido en el agua de los tres *perfectos* huidos de Montségur. Si lo habían administrado, como presumía, tal vez hubieran podido llegar con vida a su destino. En caso contrario, confiaba en encontrar sus cadáveres por el camino que tenían previsto recorrer.

Naturalmente, era consciente del riesgo que asumía. Tal vez los cuerpos de los occitanos hubieran sido ya descubiertos por los soldados franceses, o podía tener él mismo la mala fortuna de tropezarse con una patrulla armada. Pero el premio que supondría hacerse con el texto original, y no conformarse con una de las copias, merecía arriesgar la vida.

Caminó con precaución, evitando los senderos más transitados, abrigándose entre las gigantescas rocas calizas sedimentarias que salían a su encuentro a medida que se aproximaba a su destino.

Según creía, los tres *perfectos* se habían dirigido al mismo lugar donde, antes de la caída de Montségur, los herejes Mateus y Pierre Bonet habían puesto a buen recaudo oro y diversos objetos de valor que habían transportado en sacos. Al acercarse a la cabaña próxima a la gruta de Ornolac, recordó el día en que siguió a aquellos occitanos hasta ese mismo lugar.

Al fin, agotado por el esfuerzo que había supuesto la caminata en su estado, alcanzó a ver la cueva y la cabaña de madera a sus pies. No obstante, se mantuvo escondido tras unas rocas durante varios minutos, estudiando el terreno y cerciorándose de que allí no hubiera nadie más.

Finalmente, con la boca reseca y sudoroso, avanzó hacia la cabaña pegando siempre la espalda a las rocas. Cuando estuvo apenas a cinco metros de la construcción, cerró los ojos y corrió hacia la puerta temiendo recibir una flecha en cualquier momento. Pero no sucedió, y se precipitó en el interior de la pequeña construcción —constaba de una única habitación de poco más de quince metros cuadrados— como un ciclón, lo que le hizo tropezar con algo y caer de bruces sobre el suelo de madera.

Cuando se rehízo, sintió un dolor intenso en el brazo roto, que llevaba en cabestrillo. Y al incorporarse descubrió que había tropezado con el cuerpo sin vida de Amelh Aicart. En el rostro del occitano se advertía un rictus que hizo que Jacques se sintiera mal consigo mismo durante unos segundos; los que necesitó para sustituir el sentimiento de culpa por la curiosidad que le provocó el descubrimiento de una trampilla abierta en la pared opuesta a la puerta. Al asomarse, comprobó que se trataba del acceso a un túnel que se adentraba en el interior de la montaña.

Antes de aventurarse por el angosto pasaje, exploró con la mirada la cabaña en busca de algo con lo que poder alumbrarse, y encontró los restos de una antorcha que, presumió, habría pertenecido al cátaro muerto. Lo que no encontró, sin embargo, fue el morral de Aicart.

Una vez encendió la antorcha con el pedernal que

llevaba en la faltriquera y el puñal colgado de su cinto, se introdujo en el estrecho túnel.

Apenas había caminado unos metros, se sorprendió al comprobar que el pasaje se ensanchaba al confluir con una de las oquedades de la montaña. Fue allí donde descubrió los cuerpos sin vida de Peitaví Laurenç y de Pierre Sabatier. Junto a ellos, dormitaban las tres mochilas y su cargamento de manuscritos cátaros. Sin perder un instante, las revisó y localizó el ansiado original. Después, Jacques dudó sobre lo que convenía hacer con las copias.

Antes de tomar una decisión, recorrió la cueva con la mirada. Apilados contra las paredes, pudo ver los sacos repletos de oro y joyas con la que los infelices encastillados de Montségur habían previsto revitalizar la Iglesia cátara cuando toda aquella locura hubiera acabado. Abrió uno de los sacos y acarició las monedas que había en su interior.

—Una fortuna —murmuró.

Pero dentro de aquellos tres zurrones había algo mucho más valioso que el oro; algo capaz de demoler los cimientos sobre los que se asentaba la Gran Prostituta.

¿Era prudente que existieran copias?

—Mejor, únicamente el original —resolvió Jacques mientras aproximaba la llama de su antorcha a los macutos.

—En el nombre del Padre, del Hijo y del Espíritu Santo, amén. Nos, fray Ferrer, de la orden de los frailes predicadores, inquisidor de la depravación herética del Reino de Francia encargado de combatir a los infectados y sospechosos del veneno cátaro por autorización divina del arzobispo de Narbona, hemos hallado y se nos ha demostrado que vos, Iveta, viuda de Guilhem Tornier, en otros tiempos molinero, que fuisteis condenada un día a sentencia a prisión perpetua y abjurasteis solemnemente en juicio de toda herejía, creencia, recelo y participación, bajo pena de veros infligir las condenas reservadas a los relapsos, nos habéis mentido. —La voz del dominico hizo estremecer a los presentes en aquel improvisado tribunal constituido en el mismo molino.

—¡No! ¡Os juro que no os miento! —gritó la viuda, fuera de sí.

Jacques desconocía que la mujer con la que se acostaba ocasionalmente hubiera sido condenada tiempo atrás por su fe cátara; ella nunca lo había mencionado, tal vez por pudor o por miedo a que, de saberlo, él se cuidase de frecuentar su intimidad para no ponerse en peligro.

El dominico, a quien acompañaban en aquella pantomima de tribunal un puñado de miembros de su orden y un par de legos, además de los hombres armados que habían descubierto la habitación secreta donde Jacques había permanecido oculto, ignoró los lamentos de Iveta.

—No obstante, a pesar de vuestro juramento pronunciado sobre los santos Evangelios, que tocasteis con vuestras propias manos, de perseguir a los creyentes, fautores, encubridores y defensores de estos de revelar sus fechorías, de apresarlos o hacer que los apresaran por todos los medios a vuestro alcance y, por encima de todo, conservar y guardar la fe católica, habéis recaído en la depravación herética, como un perro que vuelve a vomitar tras haberse saciado de carne podrida. —Fray Ferrer se paseó alrededor de Iveta, quien había caído de hinojos en el suelo y, encogida como si deseara desaparecer, seguía gimiendo sin fuerza ya ni siquiera para gritar.

En los rostros de quienes asistían a la escena en calidad de miembros de aquel tribunal carente de legalidad alguna, se adivinaba el regocijo que sentían al ver a una mujer en semejante estado. En sus ojos refulgía la llama de la locura que prende en los hombres que se creen con el deber de poder decidir sobre el derecho a la vida del prójimo por razones religiosas.

—Habéis dado cobijo a un hereje —prosiguió el dominico con su voz grave, ajeno al dolor de Iveta, que se había orinado encima sin poder evitarlo. Fray Ferrer se limitó a arrugar la nariz al advertirlo—. Considerando que cuanto antecede ha sido convenientemente probado, y tras haber requerido el juicio de estos hombres de bien que me acompañan —lanzó una mirada a sus secuaces sin aguardar reacción alguna de ellos—, dictamos y os declaramos relapsa en crimen y protección de herejía, como hereje impenitente. Y, puesto que la Iglesia no tiene nada que hacer con una hereje como vos, os abandonamos al tribunal secular, rogando no obstante a dicho tribunal, de una forma apremiante y como lo recomiendan las sanciones canónicas, que se os conserve la vida y los miembros sin peligro de muerte, si vos, Iveta, confesáis plenamente los hechos de herejía que se os reprochan. Si el arrepentimiento conmueve vuestro corazón, y si no persistís en no confesar el paradero del sanador a quien perseguimos, el tribunal tendrá piedad de vos.

—¡No lo sé! ¡No lo sé! —Murmuró Iveta, entre lágrimas—. ¡Os juro que no lo sé! ¡No sé dónde está!

A un gesto del dominico, uno de los soldados arrancó

de un tirón las ropas de la molinera, cuya carne quedó expuesta a la mirada de todos los hombres que componían el tribunal. Ella se cubrió los pechos con sus manos, mientras los soldados la obligaban a incorporarse.

Los ojos de los soldados se clavaron en el pubis, velludo y negro, de la viuda; mientras que los clérigos fingían una vergüenza de la que carecían por completo.

—Así pues, insistís en vuestro silencio —dijo fray Ferrer, amenazante.

Iveta negó con la cabeza. No sabía dónde estaba Jacques, ni tampoco tenía conocimiento de que fuera un hereje perseguido por la Inquisición. Pero eso ya lo había repetido antes, de manera que no tenía nada nuevo que aportar. Y de pronto, algo cambió en su interior. Supo que iba a morir; que toda aquella palabrería de aquel hijo de puta dominico sobre que el tribunal secular respetaría su vida era una patraña, puesto que la justicia secular —allí representada por dos hombres de paja de fray Ferrer— no tenía obligación alguna de observar la recomendación del inquisidor. Y entonces, Iveta dejó de cubrirse los pechos con sus manos, se irguió, aún temblorosa, y exhibió ante los ojos de aquellos mal nacidos su cuerpo, hermoso y rotundo. Alzó la cabeza y repasó los rostros de sus verdugos clavando la mirada en sus ojos, uno por uno. Alguno de ellos, enrojeció, pero ella no supo si fue por rabia, por vergüenza o por lujuria.

Minutos después, cuando ingresó en la hoguera que se dispuso para la ocasión frente al molino, no se la escuchó gritar ni una sola vez. Ninguna lágrima más recorrió sus mejillas, y se diría que hasta disfrutó al ver el rostro airado de fray Ferrer al percibir que no lograba intimidarla.

Lo último que hizo Iveta, fue mirar al dominico a los ojos y escupir.

Antes de llegar al molino, Jacques presintió que algo no iba bien. ¿Olía a humo? No, no era únicamente a humo. Había algo siniestro y familiar en aquel olor; algo que había percibido días atrás al huir de Montségur.

Instintivamente, se arrojó al suelo y permaneció en silencio y sin mover un músculo durante bastantes minutos. Aguzó el oído, pero no escuchó nada más que a los pájaros y el murmullo del río. Y sin embargo…

Se arrastró unos metros entre la maleza, arañándose con arbustos y espinos hasta tener una visión parcial del molino. Y entonces vio los restos de la hoguera y… ahogó un grito de terror.

Fray Ferrer había estado allí, pero ¿se había marchado?

Oculto entre la vegetación y prácticamente hundido en el barro como lo estuvo su madre durante la batalla de Muret antes de traerle al mundo, Jacques aguardó la llegada de la noche. Solo entonces se atrevió a abandonar su posición y, no sin precaución, aproximarse al molino.

No tuvo valor para acercarse a la pira donde Iveta había muerto únicamente por darle asilo, ni tampoco encontró en su repertorio de mentiras un puñado de frases que, a modo de oración, desearan una feliz travesía al alma de la molinera. Lo que sí hizo fue correr hacia el molino y buscar refugio, al menos durante aquella noche. Era consciente de que antes del amanecer debía huir, puesto que los soldados del inquisidor podían regresar en cualquier momento.

El interior del molino parecía haber conocido el paso de un huracán. Los hombres del dominico habían puesto patas arriba el austero mobiliario y, resultaba obvio, habían descubierto su escondite.

El corazón de Jacques galopaba por su cuenta dentro del pecho, y un sudor inexplicable lo empapó al imaginarse a sí mismo atado al mismo madero donde Iveta había aguardado ser devorada por las llamas. Inconscientemente, acarició su faltriquera, repleta de monedas de oro robadas del tesoro cátaro, y ajustó el morral con los pergaminos sobre su espalda.

No, se dijo. No era una buena idea ni siquiera pasar una noche allí. Tenía dinero y algo que carecía de precio pero de un valor incalculable. Había llegado la hora de que Jacques, el sanador hijo de Ysabela, desapareciera del mundo para siempre. Era preciso morir para renacer.

6

LA FORBIE (HIRIBYA)
17 DE OCTUBRE DE 1244

Siete meses después de la caída de Montségur, muy lejos del Languedoc una miríada de tiendas de campaña se extendía desde la costa hacia el interior de una franja de Tierra Santa. Un manto de antorchas alumbraba la noche, hermanando a musulmanes sirios y cristianos en una alianza de urgencia y, por ello mismo, más endeble de la que sus integrantes suponían a pesar de su número. Las fuerzas de Al-Mansur Ibrahim, emir ayyubí de Emisa, las de an-Nasir Dawd, gobernador de Kerak, y las procedentes de Damasco, se veían engrosadas con las tropas cruzadas, las de la Orden del Hospital de Jerusalén, las de los caballeros teutónicos y las del Temple. La suma de efectivos de aquella coalición era claramente superior al número de adversarios que les retaba apostados al sur. Los musulmanes coaligados con los cristianos habían elegido como comandante a Al-Mansur, y su número no era inferior a los cuatro mil hombres. Por su parte, los cristianos habían aceptado la capitanía de Walter IV de

Brienne, conde de Jaffa y Ascalón, y juntos aportaban mil caballeros y seis mil infantes. Y a todos ellos se sumaban las huestes beduinas, no inferiores a dos mil hombres.

La vida o la muerte; la gloria o el fracaso, aguardaban en el campamento enemigo; el del ejército del sultán ayyubí de Egipto, as-Salih Ayyub, a quien fortalecían sus temibles aliados procedentes de Chorasmia, en Asia Menor. Si alguien se hubiera tomado la molestia de sumarlos a todos, el resultado hubiera arrojado la cifra de cinco mil caballeros y seis mil infantes. Todos ellos liderados por un mameluco al que llamaban Baibars.

La inferioridad numérica de estos últimos, sin embargo, no debiera servir para sacar conclusiones apresuradas. Dos meses antes, los terribles chorasmios habían tomado Jerusalén, extendiendo el terror tanto entre los cristianos como entre los musulmanes, cuya convivencia se quebró. Las disputas familiares entre los sirios de Damasco, Emesa y Kerak habían conducido a estos últimos a buscar a la desesperada una alianza de intereses con los cruzados frente a sus hermanos de Egipto. Y a pesar de que los caballeros de Ormus habían intentado evitarlo a toda costa, el irresponsable maestre de la Orden del Temple, Armand de Périgord, embarcó a los freires en aquella aventura.

William contempló en silencio las antorchas, que chisporroteaban en el suelo como estrellas caídas, y a continuación alzó la mirada al cielo. De entre las sombras, emergió a su lado Serhan.

—¿Tienes la misma sensación que yo? —preguntó el monje al turcople.

El sirio, siempre discreto y silencioso, no respondió. Conocía lo suficiente al caballero como para saber que acostumbraba a formular preguntas retóricas que él mismo respondía. William le había dicho que tener un auditorio, aunque fuera tan minúsculo como el formado por un solo hombre, le ayudaba a pensar con más claridad.

—Es posible que todos encontremos la muerte en este empeño —profetizó el templario—. Al-Mansur ha aconsejado fortificar nuestro campamento, a pesar de que somos superiores en número a los egipcios y a esos diablos llegados de Asia. Pero ese engreído conde Jaffa, al que nuestro maestre ríe las gracias, ha considerado que esa estrategia es propia de cobardes y que, para una vez en que somos superiores en número a los infieles, hay que salir a luchar a campo abierto. La misma idiotez que permitió hace años que Montfort barriera a los ejércitos occitanos en Muret. —Se giró y buscó los ojos negros de Serhan—. Los hermanos de Ormus hemos insistido en que la propuesta de Al-Mansur no es cobarde, sino inteligente, pero el maestre es tan necio como los hospitalarios y los teutónicos. Parece que todo el mundo ha enloquecido —Meneó la cabeza con gesto desolado—. Como imaginé desde que Armand de Périgord llegó a Acre hace cinco años como maestre de la Orden, algún día nos conduciría a un error de magnitud parecida a la de los cuernos de Hattin.

Serhan abrió la boca y dudó antes de opinar. Finalmente, se atrevió a compartir sus sentimientos.

—No tengo miedo a morir, pero sí a morir sin sentido.

William puso su mano derecha sobre el hombro izquierdo de su fiel amigo.

—Nunca escuché palabras tan inteligentes y sensatas —dijo el templario.

—Por eso, he tomado mis precauciones —añadió el sirio, enigmático.

William retiró su mano del hombro del turcople, y lo miró con desconcierto. Un viento gélido recorrió el campamento templario, cuyas tiendas se habían dispuesto alrededor de la capilla de campaña. Los dos hombres se encontraban cerca de la tienda de William, pues el reglamento prohibía que los hermanos pudieran alejarse en solitario cuando estaban acampados, aunque fuera para ir en busca de forraje o de leña.

—¿Qué quieres decir?

—Os lo diré si finalmente esas precauciones fueran necesarias —respondió el sirio—. Mientras, yo estaré cerca de vos y os defenderé hasta el límite de mis fuerzas.

William se arrebujó en su manto blanco y escrutó el rostro de su amigo, pero no encontró en él ni miedo ni mentira. Ambos habían convivido el tiempo suficiente para confiarse sus vidas.

Habían pasado dos años desde el asesinato del tejedor judío y de la aventura de los misteriosos lienzos a los que tanto valor concedía la hermandad de Sión. Dos años desde de que entregara en mano al comendador de Acre el mensaje que, procedente de Alamut, le había confiado el embozado *fidai* en Jerusalén y que, por alguna razón, William siempre sospechó que guardaba alguna relación con las telas de marras.

Desde entonces, nada había vuelto a saber de los dichosos lienzos, y se cuidó de intentar saciar su curiosidad al respecto. En la hermandad, los secretos se rebelaban cuando llegaba el momento para cada cual, no antes.

En aquel tiempo, William había perfeccionado aún más su árabe y profundizado en las enseñanzas de la

Tradición a las que Sión guardaba fidelidad y devoción. Asimismo, había dedicado buena parte de su tiempo a ampliar los conocimientos que su mentor le esbozó en su día a propósito de la Palabra y de los documentos exhumados por los primeros caballeros templarios en Jerusalén manteniendo conversaciones no solo con judíos, sino también con otros grupos de cristianos cuya fe distaba de la oficial.

El alba sorprendió a William en vela. La humedad había calado su manto cuando la actividad comenzó o bullir a su alrededor. El campamento templario cobraba vida, poco antes de que prácticamente todos la fueran a perder.

Cascos, espadas, mazas turcas, escudos, dagas, hachas y cotas de malla... Mantos blancos, cruces rojas, caballos engalanados para la guerra... Los hermanos aguardaban la señal del mariscal para ensillar a sus monturas. Si algún caballero debía decirle algo al mariscal, debía dirigirse a él a pie, y regresar a su sitio tras la conversación. La disciplina y el silencio eran dos armas que no se empuñaban, pero se exhibían.

Finalmente, el mariscal dio orden de montar, y los monjes se cercioraron antes de partir de no dejar tras de sí nada olvidado. Minutos después, como un solo manto blanco, se vio a los caballeros al trote, disponiéndose los escuderos delante de ellos.

En los escuadrones había templarios a quienes William no había visto antes. Habían llegado desde las diferentes fortalezas, cuyo número había menguado con el paso de los años ante el avance musulmán. La caída de Jerusalén había desparramado a los hombres de Teodobaldo por diversos lugares de Tierra Santa, y ahora todos coincidían para matar o morir ante el ejército del sultán de Egipto.

Las huestes cristianas arremetieron contra los infieles desde el ala derecha del ejército coaligado; la zona más próxima a la costa. Por el centro, cargó el emir de Homs junto a los damascenos, mientras que los beduinos se lanzaron al ataque desde el ala izquierda.

El encuentro fue de una brutalidad extrema. Alaridos animales, más que humanos, salieron de las gargantas de unos y otros. Los caballos relinchaban aterrados; la sangre empapaba sus lomos y el rostro de sus jinetes. El aire olía a muerte y salitre, procedente del mar. Pero a media mañana el hedor a vísceras, carne abierta impúdicamente y heces comenzó a adueñarse de aquel lugar maldito al que llamarían La Forbie.

El mariscal del Temple había congregado a su alrededor a una decena de hermanos dispuestos a morir por defender el estandarte, como establecía el reglamento. Uno de ellos, era el comandante de Acre, quien a su vez llevaba un estandarte de repuesto enrollado alrededor de su lanza, por si el primero caía en manos infieles.

Tras las cargas iniciales, pareció que los cristianos lograban abrirse paso entre las tropas egipcias y que los pronósticos de William no se cumplirían; sin embargo, pronto las tornas cambiaron y los cruzados fueron rechazados, debiendo recular.

Extenuados, unos y otros combatientes cejaron en su empeño al caer la tarde. Habría que aguardar al día siguiente para que ver qué dios salía triunfante de aquella carnicería.

Durante la noche, William acompañó a Robert, el comendador de Acre, a Teodobaldo y a otros hermanos de Ormus ante el maestre del Temple. Sión pretendía hacer entrar en razón a Armand de Périgord, haciéndole ver que aún estaban a tiempo de secundar la estrategia que Al-Mansur había propuesto; es decir, fortalecer el campamento ante los egipcios y sus aliados de Asia Menor, a pesar de su superioridad numérica. Mejor inteligencia que fuerza, insistieron. Pero el maestre demostró su altanería y soberbia, desoyendo a aquel grupo de caballeros que solía incomodarle. Él, como la inmensa mayoría de los freires, desconocía la existencia de una hermandad secreta en el corazón del Temple.

—¿Acaso no establece nuestra regla que jamás rendiremos el estandarte? —bramó el maestre.

—Así es, *sire* —concedió William, adelantándose a los demás—. Pero lo que la regla no dice es dónde está la frontera entre la valentía y la temeridad; entre la inteligencia y la estupidez.

—¿Cómo osáis? —gritó el maestre a un palmo del rostro de William.

Al fondo de la tienda donde se encontraban había varios monjes a los que William nunca había visto. Uno de ellos se abrió paso entre los demás. Llevaba la cabeza cubierta por la capucha, y no lo reconoció hasta que escuchó su voz.

—El maestre ha hablado con suficiente claridad, hermanos. Mañana, venceremos o moriremos juntos.

—¡Morgan! —exclamó William.

El aludido descubrió su cabeza, prominente y carente de cabellos. Morgan había envejecido, pero sus ojos conservaban el brillo astuto que William recordaba. Tenía los hombros más caídos, tal vez, pero, a sus cincuenta y dos años, seguía siendo un hombre alto e inquietante.

—¡Hermano William! —Morgan le saludó con fingido entusiasmo—. ¡Qué coincidencia! Nos encontramos de nuevo a las puertas de la victoria.

—O de la muerte —murmuró William—. Desconocía que estuvierais en Tierra Santa.

—Yo, en cambio he oído hablar de vos —replicó Morgan.

—Basta de cháchara. —El maestre zanjó la conversación—. Mañana, el Temple volverá al campo de batalla y vencerá.

Los caballeros de Sión, visiblemente enojados, abandonaron la tienda. A sus espaldas, William creyó escuchar la sonrisa de satisfacción de Morgan.

—¿De qué le conocéis? —preguntó Robert a William apenas estuvieron fuera de la tienda del maestre.

—Fue mi preceptor en la encomienda en la que me crie como *donado* —explicó William—. Él me enseñó las primeras letras y matemáticas. Es un hombre terriblemente inteligente.

—Estuvo un tiempo en la Casa en Jerusalén cuando llegó a Tierra Santa —apuntó Teodobaldo—, pero desconozco dónde ha estado después. Por lo que parece, su opinión es importante para el maestre.

William se sumió en un silencio absoluto durante el resto de la noche. La presencia de Morgan había hecho saltar las alarmas en su mente, aunque no acababa de comprender el motivo de su inquietud.

Serhan se acercó a él y se sentó a su lado, fuera de la tienda. El sirio le conocía lo suficiente como para no molestarle. Había visto muchas veces a William caer en una especie de trance mientras juntaba las manos, como si orara.

Abstraído por completo de cuanto le rodeaba, William recordó cuanto Joseph le había referido un día lejano sobre la estupidez de otro maestre de la Orden, cuya altanería había conducido a los hermanos a la muerte en Hattin.

Cincuenta y siete años antes, Gerard de Ridefort, había demostrado la misma soberbia ciega que ahora exhibía Armand de Périgord al desoír los consejos de los hermanos de Ormus. Entonces, el Temple se sumó al temerario plan de ataque que Guy de Lusignan y Renaud de Châtillon idearon para hacer frente al ejército de Saladino, tan extenso como un océano y muy superior al cristiano.

En la tarde del 3 de julio de 1187, bajo un sol de justicia, los cristianos acamparon junto a la colina de Hattin. Aquella sería la última noche con vida de la inmensa mayoría de ellos. Como aquella podía ser la última de William, de Serhan y de todos los demás.

—Mañana la historia se va a repetir —murmuró.

Serhan lo miró de soslayo y recordó:

—Por eso, he tomado mis precauciones.

William reparó en él por primera vez. En su ensimismamiento, no había advertido la presencia del sirio sentado a su lado.

Si ocurría que un hermano no podía acudir junto al estandarte de su escuadrón durante una batalla, bien porque se hubiera adelantando en exceso al resto de los freires y quedara a merced de los sarracenos si lo hacía o bien porque no viera al portador del *beauseant*, el reglamento establecía que ese caballero debía acudir al primer estandarte cristiano que encontrara, aunque fuera el del Hospital o el de otra orden. Una vez allí, aguardaría en silencio hasta que le fuera posible reunirse con los suyos. El problema era que William no veía por ninguna parte ni a sus hermanos ni a ningún cruzado. Y lo extraño no era que el fragor de la batalla lo hubiera aislado tras perder a su amado Duende, lanceado sin piedad por un grupo de chorasmios; lo extraño era el modo en que aquellos demonios lo habían acorralado a él, aislándolo de los demás y empujándolo hacia el borde de aquel barranco cuya cima se elevaba decenas de metros sobre un lecho de enormes rocas.

William se enfrentaba a brazo partido con tres infieles tras haber logrado desembarazarse de dos más. Como templario, no entregaría su vida sin luchar hasta sus últimas fuerzas. Jamás se rendiría.

A su espalda, el vacío que se abría más allá del borde del barranco; frente a él, las espadas de aquellos guerreros temibles llegados de Asia Menor. Y a lo lejos, mucho más lejos de lo que desearía, los cadáveres de miles de cristianos y sirios. La victoria del ejército del sultán de Egipto iba a resultar histórica, y aunque William no podía saberlo aún, apenas una treintena de templarios saldrían con vida de aquella matanza. El Hospital y la Orden teutónica quedarían exterminados prácticamente aquella mañana sangrienta.

¿Y Serhan?

William se defendió del ataque de uno de los tres chorasmios, y repelió a otro. El tercero, lo atacó con demasiada confianza, y William logró asestarle un mandoble en las costillas y después un puntapié que lo precipitó por el barranco.

¿Y Serhan?

La última vez que lo había visto estaba junto a un freire que combatía ferozmente cubierto aún con el yelmo. El caballero se aproximó al turcople y le dijo unas palabras que William no alcanzó a escuchar, porque fue en ese mismo instante cuando el grupo de mercenarios chorasmios le rodeó, aislándole de los suyos y de la propia batalla, hasta empujarle al lugar donde ahora se jugaba la vida.

Dos contra uno era mejor que cinco contra uno, pero las fuerzas le fallaban después de una mañana de combate, y sentía un dolor lacerante en el costado derecho. Una espada había penetrado en la cota de malla provocando un corte profundo por el que manaba abundante sangre. El peso del escudo y del resto de los arreos de guerra comenzaba a resultar un lastre excesivo. Al caer desde la grupa de Duende, se había desprendido del yelmo y había perdido su maza turca. Pero aún conservaba su espada, la misma que recibió en Sours y con la que moriría en la mano.

Uno de los infieles se lanzó hacia él con una fuerza desmedida, y William apenas pudo parar el golpe. Trastabilló y cayó al suelo, muy cerca del precipicio. Los dos guerreros chorasmios se relamían al ver al correoso cristiano a su merced, y el siguiente golpe desarmó a William. La espada resbaló de sus manos y comprendió que había llegado su hora cuando, inesperadamente, un caballero templario apareció a la espalda de los dos sarracenos y, cogiéndolos desprevenidos, les segó la vida con dos certeros tajos en el cuello.

—Gracias a Dios, hermano —dijo William, incorporándose. Tenía sangre en la cara, y la herida del costado le dolía terriblemente. El esfuerzo para levantarse hizo que se tambaleara.

Pero apenas había recuperado su arma, el recién llegado le atacó violentamente y William detuvo el golpe en un acto reflejo que le salvó la vida, momentáneamente.

—¡Por todos los diablos! ¿Qué hacéis? —gritó.

William miró a su espalda, pero el corte vertical del acantilado seguía en el mismo lugar. Frente a él, aquel templario loco; y a su izquierda, una escarpada pared de roca que le impedía huir.

—¿Pensabais que esos mal nacidos chorasmios os trajeron aquí por casualidad? ¿Acaso creéis que la voluntad de esos infieles no tiene precio? Harían lo que yo quiera tras ponerles en bandeja la cabeza de sus adversarios. Les di mi palabra, y lo he cumplido.

William comprendió de pronto lo ocurrido: había sido víctima de una celada. Pero ¿por qué? ¿Urdida por quién?

Las respuestas acudieron como un torrente a su mente al ver el rostro del enigmático caballero.

—¿Dispuesto a morir, hermano William? —dijo Morgan tras desprenderse del yelmo.

—¿Vos?

—Siempre he sido yo. —Los labios de Morgan esbozaron una mueca cruel.

Y de pronto, como si una mano invisible las dispusiera en su mente, todas las piezas se ordenaron para William.

Media docena de monjes estaban fuera de la Casa en Jerusalén cuando fue asesinado el tejedor judío, recordó. Y ahora comprendió que Morgan debía ser a la fuerza uno de ellos, puesto que Teodobaldo le había dicho que había estado bajo sus órdenes en aquella época, pero cuando los hermanos fueron convocados durante la investigación posterior al asesinato del judío, Morgan no estuvo presente.

—¿Por qué? —preguntó William, al tiempo que su mente trabajaba a marchas forzadas para encontrar por sí mismo la respuesta.

—¿Os referís a la muerte del judío o a la de vuestro amado preceptor? —dijo Morgan mientras asía con fuerza su espada con ambas manos. Al contrario que William, parecía fresco y en plenitud de facultades.

—¡Maldito seáis! —exclamó William. De pronto, se había hecho la luz—. No era una W; era una M —dijo, con rabia

Morgan lo miró con desconcierto, porque no comprendió a qué se refería William. Pero, sin dar respiro a su adversario, lo atacó con violencia. William asentó los pies sobre la tierra y se defendió como pudo. El golpe hizo que la herida del costado se resintiese y volviera a sangrar. Tenía la boca seca y sudaba copiosamente. Necesitaba ganar tiempo para recuperar fuerzas, de modo que trató de distraer a Morgan invitándole a una conversación.

—¿No lo sabíais? ¿No sabíais que el hermano Hugo conservó un pequeño trozo de pergamino en el que había escrito una letra? —dijo William—. Durante años he reflexionado sobre el significado que tenía su mensaje, porque nunca creí que fuera una advertencia hacia mí. No se dirigía a mí; no era *William*; era *Morgan*. Hugo quiso delatar al traidor que lo había asesinado. Pero ¿por qué lo hicisteis?

—Conmovedor —se burló Morgan, mientras acechaba a su presa como un felino—. Estúpido, pero conmovedor. Os jactáis de resolver enigmas, de esclarecer problemas que para todas las mentes mediocres que nos rodean resultan irresolubles, y no habíais comprendido nada de nada. A lo sumo, habéis tenido destellos en los que sospechabais que existía un adversario feroz en la sombra; una mente maravillosa que había urdido la muerte de aquel estúpido de Hugo, o la de ese judío a quien cegó el dinero que le ofrecí por esconderse como un conejo. Aunque, eso sí, me privasteis de hacerme con esos lienzos, que habrían sido una prueba definitiva que incorporar a los legajos que acumulo en vuestra contra.

William sentía seca la garganta, pero lograba respirar algo mejor. Si Morgan le concedía unos minutos más de cháchara, tal vez las fuerzas de ambos se equilibraran.

—No comprendéis nada, ¿verdad? —se mofó Morgan—. Lo sé todo sobre vosotros, sobre Ormus o Sión, o como quiera que os llaméis. Os vi aquella noche en la cripta de Chartres, cuando renegasteis de la cruz; cuando besasteis obscenamente al comendador André; cuando ensalzasteis a las diosas paganas. —La mirada de Morgan se asemejaba a la de una serpiente, dispuesta a lanzarse sobre su presa en cualquier instante—. Sé lo que encontraron los caballeros bajo el solar del antiguo templo, aunque aún desconozco dónde lo ocultasteis. Y también conozco parte de los textos que exhumaron en aquella tumba próxima al Santo Sepulcro. Sé lo suficiente como para acabar no solo con Sión, sino con todo el Temple. Todo está escrito, y todo lo tengo a buen recaudo.

—Pero, mentís —gritó William—. No renegamos de la cruz, sino de un instrumento de tortura. En cuanto a los textos, son solo la verdad. La verdad no puede ser un peligro. Y no hay nada de obsceno en el ritual de ingreso en la hermandad. Si asististeis en secreto, lo sabéis.

—Yo sí, pero la Iglesia y los reyes, no —respondió Morgan—. Y os aseguro que, convenientemente presentadas las pruebas, tal y como las he redactado, el Temple está perdido.

—Os mataré antes de que eso suceda —prometió William.

—¿En serio? —Morgan hizo un gesto con la espada señalando el costado de William, por donde la sangre seguía manando y limando sus fuerzas—. No parece que estéis en vuestro mejor momento, ahora que os encontráis ante el último enigma que resolver. ¿Encontráis solución a vuestro problema final, hermano? ¿Creéis que vuestra Orden sobrevivirá cuando, gracias a las pruebas que he reunido, se os acuse de sodomía, de herejía y de otras lindezas?

—¡Es falso! ¡Mentís!

—¿En serio creéis que los obispos y los reyes simpatizan con la Orden? ¿Tan ciego estáis? El Temple mira por encima del hombro a todo el mundo, se jacta de su riqueza, de sus préstamos a interés, de su poder aquí, en *Outremer*, y en Occidente —dijo Morgan—. Y por ello, tiene más enemigos de los que sospecháis. De hecho —sonrió—, ha sido mucho más sencillo de lo que podáis imaginar tejer una red con la que pescaros: sargentos ambiciosos, muchachas a quienes seduce más el dinero que un hombre, como vuestra querida Irene —se mofó—. ¿La recordáis? ¿Nunca os preguntasteis qué fue de ella después de que sacara de la encomienda el cadáver de Hugo en aquel barril de vino? —Hizo una pausa teatral, y añadió—: ordené que la mataran horas después de burlaros. Poco antes de que vuestro admirado maestro fuera decapitado y su casa quemada, junto con sus malditas abejas. —Estalló en una carcajada ante la palidez que había adquirido el rostro de William—. Cuento entre mis colaboradores con templarios descontentos que no dudarán en corroborar mi versión de los hechos; con turcoples que me son fieles, y con gentes que ni siquiera imagináis. Para una mente como la mía, fue fácil conducir a un estúpido maestre como Armand de Périgord hasta la debacle de hoy. Y el resto de la Orden caerá cuando presente las pruebas que he reunido. Simplemente, hay que escribir las cosas tal y como desean leerlas vuestros enemigos, que son muchos. Para empezar, hoy ya sois bastantes menos que ayer —Se giró hacia el campo de batalla, situado a cientos de metros de allí, donde decenas de templarios yacían sin vida entre miles de cadáveres—. Esos lienzos que me birlasteis hubieran sido la puntilla en el proceso que se seguirá en vuestra contra, pero tengo suficientes testimonios como para acabar con la maldita Orden.

—¿Por qué? —insistió William, mientras se aferraba a su arma. Sentía que había llegado el momento de jugarse el todo por el todo. Conocía la destreza de Morgan con la espada, pero también su debilidad; la misma, gracias a la cual le había derrotado en el tablero del alquerque: sus emociones. Debía jugar con ello.

—¿Por qué? —Morgan estalló en una carcajada—. ¿Por qué es superior Lucifer a san Miguel? Simplemente, porque lo es. Y yo era superior a vos y a cualquiera en la Orden, pero me condenaron a permanecer año tras año en aquella mediocre encomienda, sumando y restando, porque ellos son incapaces de hacerlo. Yo era la Luz, y me condenaron a ser la Oscuridad —gritó antes de lanzarse contra William.

El golpe fue tan violento que William tardó unos segundos en comprender lo que había ocurrido. Su brazo derecho había recibido un profundo tajo que permitía ver el hueso, y sangraba en abundancia. Pero, a pesar de ello, había logrado lo que se proponía. Morgan estaba fuera de sí. Tambaleante, logró incorporarse y asir la espada con su mano izquierda.

—De nada os servirán esas pruebas falsas si os mato aquí mismo —dijo, retador.

—¿Me consideráis tan estúpido como el maestre? —respondió Morgan—. Tengo copias de esos documentos y llegarán a las manos indicadas, si yo muriera. —Sonrió con desprecio—. Pero no sé cómo podría morir yo si el adversario es alguien como vos, medio manco y desangrado.

—Precisamente porque soy yo, vais a morir —aseguró William, tambaleándose y con la mirada extraviada—. En el futuro, los hermanos se burlarán de vuestro recuerdo, como lo hicieron aquella tarde en que os derroté en Sours en el juego del alquerque. Siempre he sido más inteligente que vos, y lo sabéis. Os derroté entonces y lo haré ahora porque sé cuál es vuestra debilidad.

—Maldito seáis.

El renegado templario saltó como un felino hacia William, que aguardaba una reacción semejante, y se echó a un lado, rodando por el suelo hasta el borde del acantilado. Morgan, que no esperaba aquel requiebro, se precipitó al vacío sin saber que su propia debilidad, sus emociones y su ego, lo habían derrotado, y no William.

Exhausto, el templario contempló la caída de aquel miserable hasta que su cuerpo se estrelló contra unas rocas una veintena de metros más abajo. Fue lo último que vio antes de que su vista se nublara y murmurara:

—El final del problema final era vuestra muerte.

William abrió lentamente los ojos y trató de enfocar la mirada. ¿Dónde estaba? ¿Acaso había muerto al borde de aquel barranco? Tenía la boca seca y sentía los labios agrietados. De pronto, alguien se los humedeció con un paño mojado en agua. A su derecha, descubrió a un hombre a quien no había visto jamás. Se trataba de un tipo delgado, de barba rala, grandes ojos marrones, y vestido con una túnica inmaculada. Un turbante blanco cubría su cabeza. Su piel cetrina se arrugaba alrededor de los ojos. El hombre esbozó una fugaz sonrisa al ver que el templario abría los suyos. William le escuchó decir en árabe:

—Debes descansar. Aún estás muy débil.

—¿Dónde estoy? —preguntó William mientras recorría con la mirada aquella estancia oscura, apenas iluminada por el fuego de unas antorchas y por la mortecina luz del atardecer que se filtraba por un estrecho ventano abierto en la piedra.

—Estáis a salvo. En la fortaleza de Masyaf —dijo una voz a su espalda.

—¿Serhan?

El turcople se aproximó al camastro donde yacía William, y tomó asiento en un taburete, junto a su cabecera.

—Sí, *sire*, soy yo. —El sirio sonrió.

—Pero ¿cómo…?

—Debe descansar —insistió el hombre del turbante blanco—. No le conviene hablar.

Serhan asintió, pero pidió permiso al desconocido

para permanecer unos minutos junto al enfermo. El hombre del turbante dudó, antes de asentir.

—Os encontré malherido al borde de aquel barranco —explicó el turcople—. Durante la batalla, os perdí de vista porque un templario me aseguró que vos le habíais dicho que nos reuniéramos tras una colina situada a unos cientos de pasos a mi izquierda. Obedecí, aunque tuve que matar a unos cuantos de aquellos demonios chorasmios. Pero al llegar, comprendí que algo iba mal, porque tras la colina no había más que cadáveres de cristianos y de soldados de los ejércitos de Damasco —Serhan suspiró con fuerza—. Intenté regresar, pero era demasiado tarde. La batalla estaba perdida, y decidí que había llegado el momento de salir de allí.

William entornó los ojos, sin comprender a qué se refería su amigo sirio.

—Como os dije la noche antes de la batalla, no tengo miedo a morir, pero sí a morir sin sentido —recordó Serhan—. Y os anticipé que había tomado mis precauciones. —Hizo un gesto con la cabeza apuntando al hombre del turbante—. Como sabéis, varios miembros de mi familia son *fidais*, *asesinos*, como dicen los cristianos. De modo que días antes me puse en contacto con ellos y establecimos un punto de encuentro, por si vuestros pronósticos sobre la batalla se cumplían.

—¿Huisteis? —dijo William, indignado.

—No, no hui, salvé mi vida y la vuestra —le corrigió el turcople—. Yo no he jurado fidelidad a un maestre loco ni tengo nada que ver con las disputas dinásticas de esos emires. Yo guardo lealtad a vos y a la hermandad; pero especialmente, me guardo lealtad a mí.

—Huisteis —insistió el templario.

—Os salvé —repitió Serhan sin perder la calma—. Tras encontrarme con dos de mis parientes, les convencí para regresar al campo de batalla a pesar de que aún proseguían los combates. Busqué el lugar donde os había perdido de vista cuando aquel templario se dirigió a mí, y a partir de ese punto exploré la zona hasta encontraros. —Serhan movió la cabeza, apesadumbrado—. Creí que habíais muerto. Pero solo era… —El sirio lanzó una mirada hacia la derecha de William.

El templario sintió de pronto que algo no iba bien. Intentó incorporarse y entonces lanzó un grito desesperado.

—¡Mi brazo!

—Habéis perdido un brazo, sí —dijo alguien al fondo de la sala, envuelto en la oscuridad—. Pero mejor es perder un brazo que no la vida, ¿no os parece, hermano William? Después de todo, vos y yo somos un cerebro; el resto de nuestro cuerpo es un apéndice.

William, aún con una mueca de dolor en la boca y la mirada extraviada por el terrible descubrimiento de su mutilación, se estremeció al escuchar aquella voz. Era imposible. ¿Cómo iba a ser posible?

—¿Vos? —dijo cuando el hombre salió de las sombras y se expuso a la luz de las antorchas. Pero el esfuerzo al intentar incorporarse y el impacto del descubrimiento resultaron excesivos para sus menguadas fuerzas, y se desmayó.

7

MASYAF
20 DE OCTUBRE DE 1244

Cuando recuperó el sentido, William comprendió que no había tenido un sueño; que se encontraba postrado en el mismo jergón y en la misma sala alumbrada por antorchas; que su brazo derecho había sido amputado realmente, y que junto a él se encontraba sentado el hermano Joseph, a quien creía muerto desde hacía veinticuatro años.

—¿Vos? Pero ¿cómo es posible? —murmuró, incrédulo. Sus ojos estaban enrojecidos, y sintió su lengua rasposa y torpe—. Habíais muerto.

—¿Acaso vieron mi cadáver? —dijo Joseph, con su habitual socarronería—. El cadáver acostumbra a ser, generalmente, la prueba más elocuente de que un hombre ha muerto. Los relatos, ya sean orales o escritos, como bien sabéis, suelen tergiversarse según el interés del narrador para que se ajusten a sus deseos o a sus aspiraciones. Si se desea un muerto, el narrador entierra a quien incomoda; si se desea un resucitado, se remueven las piedras de su tumba, si es preciso.

—Dijeron que os decapitaron —recordó William, desconcertado. Y aunque comprendía la ironía que subyacía en las palabras de su mentor a propósito de la manipulación de los relatos, fingió ignorarla—. Quemaron vuestra casa y las colmenas.

—Y eso os lo dijo…

—¡Morgan! ¡El hermano Morgan era el traidor! —exclamó William mientras intentaba incorporarse. Sentía que era urgente que su antiguo maestro conociera la verdad que él había descubierto.

Joseph impidió que se levantara, y le recordó que debía descansar.

—Lo sé —añadió el monje apicultor—. Sé todo sobre Morgan; de hecho, lo supe antes de que enviara a aquellos hombres armados a por mí.

—La letra…

—No era una W —lo interrumpió Joseph—: era una M. El hermano Hugo nos alertó sobre ese reptil. Caí en la cuenta poco antes de que quisieran precipitar mi viaje al otro mundo. —Sonrió, y se enderezó sobre el taburete. Su rostro, huesudo y afilado, no parecía haber envejecido en absoluto, y sus ojos grises mantenían intacto su brillo—. La soledad y el zumbido de mis amigas me ayudaron a reflexionar sobre todo lo sucedido en la encomienda. Repasé cada uno de los hechos, sin apasionamiento ni prejuicios, y recordé que, aunque durante la desaparición de Hugo todos estábamos en la capilla, incluido Morgan, este fue el único que entró en su celda durante el registro. Podía habernos mentido asegurando que allí no había rastro de Hugo, y así lo hizo. Pero comprendí que debía contar con manos ejecutoras para sus planes, como aquella hermosa joven, que resultó ser más inteligente que nosotros dos juntos.

—Descubrí su juego —se apresuró a recordar William, picado. El recuerdo de Irene se clavó en su corazón lastimándolo más de lo esperado.

—Demasiado tarde, debo corregiros —puntualizó Joseph—. Fue muy astuta, y pudimos demostrar que estuviera implicada. No había rastro de sangre en el barril vacío, ni nada en el cadáver del hermano Hugo que pudiera permitir que se la relacionara con aquella muerte. Sin embargo, comprendí que había algo personal entre Morgan y tú, querido William —añadió en tono cariñoso y empleando el mismo tratamiento que le dispensaba cuando era su alumno—. Por eso había reclutado a aquella joven a la que habíais prestado más atención de la que ahora reconocéis. Morgan imaginó que ante ella bajaríais las defensas, y deseó heriros en lo más profundo al hacer que, primero, os conquistara y después se burlara de vos.

—Morgan la asesinó antes de ordenar que acabaran también con vos —dijo William con amargura.

—¿En serio? —Joseph sonrió—. ¿Y cómo pudo hacerlo si ella se encontraba conmigo cuando aquellos matones fueron a mi casa?

William lo miró perplejo.

—Comprendí que ella era un cabo suelto que Morgan no se permitiría —explicó Joseph—. Era un riesgo que Irene hablara, y fui a verla a Chartres y se lo expliqué. Le revelé la suerte que había corrido el cillero y, como era lista, comprendió que yo estaba en lo cierto. —Miró cariñosamente a William antes de añadir—: sé que os acostasteis con ella antes de vuestro ingreso en la Orden.

A pesar de los años, William se ruborizó.

—¿Os lo confesó? —preguntó con un hilo de voz.

—No fue necesario que lo hiciera —aclaró el apicultor—. Apenas hablé con ella sobre vos, até cabos. Quien sí lo sabía era Morgan, y por eso la usó como arma contra vos.

—Entonces, ¿está viva?

—Lo estaba la última vez que la vi —respondió Joseph, que pareció dudar si añadir algo más. Finalmente, se limitó a añadir—: iba camino de Inglaterra, huyendo para siempre de Morgan.

La mirada de William se perdió en el recuerdo de aquellos labios, en el calor del cuerpo de Irene; en la única vez que amó a una mujer. Por una vez, sus sentimientos se impusieron a su cerebro, y no reparó en el modo en que Joseph apretó sus labios, como si alguna palabra pugnara por salir de ellos y él luchara por contenerla. Había algo más que Joseph silenció.

—Supuse que si Morgan tenía algo personal contra vos, yo también podía ser una pieza a sacrificar en su partida para lastimaros. De modo que cuando llegaron, estaba preparado. Oculté a Irene en el bosquecillo próximo a las colmenas, y le ordené que no se moviera hasta mi regreso.

—Dijeron que os cortaron la cabeza —dijo William.

—A mí, exactamente, no —Joseph señaló su rostro mientras esbozaba una sonrisa pícara—. A quien sí decapitaron fue a Saladino. ¿Lo recordáis?

Naturalmente que sí, dijo William. Saladino era el maniquí de madera articulado que su maestro había empleado durante su adiestramiento en las artes militares.

—Vestí al pobre Saladino con mis ropas —explicó el monje—. Lo senté lejos del fuego, en la zona más sombría de la estancia, y cubrí su cabeza con la capucha del manto. El resto, ya lo imaginas.

—De modo que creyeron…

—No les di tiempo a comprobar a quién habían asesinado —aclaró—. Me oculté de modo que pudiera ver el instante en que me *decapitaban* y, de inmediato, comencé a gritar desde fuera de la casa: *asesinos, asesinos…* —rio al recordar la escena y meneó la cabeza, satisfecho de su propio ingenio—. Y reaccionaron como esperaba: se asustaron y huyeron sin mirar a su *víctima*. Desgraciadamente, no pude evitar que antes de huir arrojaran unas antorchas a la casa y a las colmenas. Perdí mi laboratorio, documentos valiosos de la hermandad y cuanto había escrito de mi *Manual del apicultor*. —Su mirada se empañó al recordar aquellos sucesos—. ¡Media vida!

—Morgan aseguró antes de morir que sabía lo que los caballeros habían encontrado en el Templo, y también presumió de conocer el contenido de los manuscritos que exhumaron en la tumba —dijo William—. Sin embargo, reconoció que desconocía dónde estaba oculta la Palabra.

—Está a salvo, no te preocupes —lo tranquilizó el monje—. Está donde debe, en la catedral. En el centro del laberinto, como se planeó, pero las losas están invertidas. El fuego no destruye la piedra cubierta de piedra.

—Sin embargo, desconozco cuánto sabía en realidad sobre los manuscritos —admitió William—, ni tampoco en qué consisten las acusaciones contra la Orden que, aseguró, había redactado y entregado a personas de su confianza.

—Lo que un hombre puede inventar, otro lo puede descubrir —sentenció Joseph—. Investigué a Morgan desde la ventaja que me concedía estar muerto y con la ayuda de todo lo que Irene me reveló. El único a quien confié lo ocurrido fue al comendador André, y entre ambos pudimos identificar a algunos miembros de la red de colaboradores de M —bromeó el alquimista al bautizar de aquel modo al templario traidor—. Descubrimos que su odio por la Orden y por ti en especial estaba motivado por la envidia, por el rencor que sentía al no haber sido propuesto para dignidades más elevadas dentro de la Orden.

—Nos espió la noche en que juré mi fidelidad a Sión —rebeló William.

Joseph se golpeó en la frente con la mano derecha.

—¡Me faltaba esa pieza! —exclamó—. Sabía que conocía la existencia de nuestra hermandad, pero jamás imaginé que nos siguió aquella noche.

—Si todas las mentiras que elaboró salen a la luz, serán la perdición de la Orden y de Sión —profetizó William.

—Es posible que así sea —admitió el apicultor—. De hecho, era cuestión de tiempo que nuestros propios privilegios nos devoraran. Y maestres estúpidos como el que os condujo a ese desastre militar hace unos días han contribuido a ello. Hemos pecado de soberbios, de corruptos, de decadentes… Supongo que cosecharemos lo que hemos sembrado. Salvo que…

En ese momento, irrumpió en la estancia el hombre de la túnica blanca y el turbante en la cabeza. Joseph hizo las presentaciones.

—William, os presento al hombre que ha salvado vuestra vida, aunque hayáis pagado el precio de un brazo, el maestro Ibn Nafis.

—¿Cómo os encontráis? —preguntó el recién llegado.

—Un caballero sin un brazo —dijo William con amargura—. ¿Vos cómo creéis que estoy?

—Bastante mejor que si estuvierais muerto —opinó el médico—. La herida se había gangrenado. Vuestro brazo se moría antes que vos. Y, para que os tranquilicéis, conozco a guerreros mucho más temibles que cualquier templario capaces de matar a un hombre con un solo brazo. Es cuestión de práctica.

—¿Acaso sabéis de guerra más que de medicina? —dijo William, visiblemente molesto por la altanería del galeno.

—Es posible —respondió el musulmán sin perder la calma.

—Miradme a mí —dijo Joseph reclamando la atención de William.

El herido reparó entonces por vez primera en su maestro. Sí, desde luego que lo había visto mientras charlaban, pero no lo había mirado en realidad. La sorpresa inicial de encontrarse a alguien a quien creía muerto había causado una emoción tan intensa en William que, extrañamente en él, no había estudiado con detenimiento al hombre que tenía en frente.

—¿Cómo es posible? —dijo al cabo de unos segundos.

Joseph se levantó del taburete y se irguió. Su cuerpo seguía siendo igual de fibroso y enérgico; las arrugas que William recordaba alrededor de los ojos de su maestro no habían aumentado ni en número ni en profundidad. Sus ojos grises seguían conservado el mismo brillo. ¡Joseph no había envejecido ni un solo año en más de veinte!

—Mi amigo, médico y maestro alquimista, Ibn Nafis me enseñó cuanto sé sobre esa ciencia y sobre el cuidado de las abejas hace muchos años, cuando era un joven recién llegado a Tierra Santa y la hermandad me envió por vez primera a Alamut, donde nos conocimos. A la vista de lo que veis en mí, ¿cómo podéis dudar de su autoridad en medicina?

—¡Alamut! —murmuró William, atónito. Pero no tardó en comprender lo que le había revelado implícitamente su mentor—. ¿Me estáis diciendo que al fin lograsteis la piedra filosofal que alarga la vida?

Joseph sonrió.

—A lo mejor es más sencillo. Hay una sustancia que producen las abejas que tiene virtudes que no imagináis —respondió de aquel modo suyo tan peculiar, en el que resultaba difícil diferenciar la ironía de la verdad más desnuda—. Pero ya habrá tiempo de explicaciones; ahora, descansad.

—No podemos permitirnos descansar —protestó el templario herido—. Cuando se conozca la muerte de Morgan, sus secuaces divulgarán todas esas infamias contra la Orden.

—No está en nuestras manos poder evitarlo —admitió Joseph—, pero tal vez pase bastante tiempo desde que sepan de su muerte y comience el juego contra el Temple. Sin embargo, sí podemos hacer algo mientras tanto, y es utilizar cuanto sabemos e intentar presentarlo de un modo que contrarreste esas infamias, cuando llegue el momento.

—Sabéis que los obispos y, en general la Iglesia entera, darán más crédito a las mentiras que a las verdades de las que somos custodios —objetó William—. Les conviene más creer la mentira que admitir la verdad. Y más tras haber acabado con los cátaros en Montségur hace meses. Si se hicieron con el manuscrito que los *perfectos* conservaban y del que me hablasteis en cierta ocasión, es posible que ahora busquen los nuestros como lobos.

—Como te he dicho, aún podemos mover algunas de nuestras piezas en la partida —respondió Joseph—. Tal vez un día, emerja un nuevo Melquisedec, ¿recordáis?

—Rey y sacerdote.

—La vieja aspiración del Temple y de nuestros amigos —miró afectuosamente al médico, que se limitó a asentir con gesto serio—, los *asesinos*. Unificar el poder político y el religioso en una misma persona.

—No lo permitirán —afirmó William—. Ni el papa ni los reyes lo permitirán.

—Lo harán si no les queda más remedio; lo harán si antes cambian los hombres y les enseñamos a ver más allá de lo que ahora ven. —Hizo una pausa, y añadió—: lo harán si jugamos bien la partida.

—¿Y cómo habría de ocurrir eso? Vos me enseñasteis que en el interior de cada hombre se libra una batalla eterna entre el Bien y el Mal, y acostumbra a vencer Lucifer. ¿Cómo derrotar en este mundo al ángel que lo creó? Mirad cómo han acabado los cátaros.

—Ni todos murieron en Montségur, ni lo que los cátaros creían saber es todo lo que hay que saber —repuso Joseph—. El único modo de derrotar a la Oscuridad es la Luz.

—¡La Luz! —bufó William mientras miraba de soslayo su brazo amputado.

—La luz alquímica y la Palabra oculta en el cofre de

piedra que es la catedral —insistió Joseph, erguido ante su convaleciente discípulo—. El día en que os descubrí espiándonos en la cripta de Chartres os expliqué que la hermandad había hecho creer que las catedrales son la síntesis del esfuerzo humano y el divino; que son la expresión en piedra de las dos ciudades sobre las que escribió San Agustín, la terrenal y la divina. Durante los años siguientes, os revelé lo suficiente sobre nuestro proyecto como para que ahora no lo pongáis en duda simplemente porque habéis perdido un brazo y culpéis al mundo de esa desgracia —añadió, molesto.

William se mordió el labio inferior y ahogó una respuesta airada. Finalmente, se dejó caer sobre el jergón y suspiró, derrotado.

—Podéis explicarme al menos qué hacéis aquí —dijo—. ¿Por qué habéis regresado a Tierra Santa después de tanto tiempo?

Joseph volvió a tomar asiento junto a su antiguo discípulo mientras Ibn Nafis cambiaba los vendajes que cubrían el muñón del brazo amputado de William.

—Llegué hace algo más de dos años —reveló el alquimista.

—¿Dos años? —dijo William mientras en su rostro se dibujaba una expresión de dolor al sentir cómo se despegaban de su piel los apósitos que el médico le había colocado—. ¿Cómo es que no supe de vos? ¿Dónde os habéis metido durante ese tiempo?

Joseph miró al médico musulmán, y ambos sonrieron.

—Ibn Nafis se ha convertido en mi instructor una vez más —dijo Joseph—. En realidad, no he salido de esta fortaleza durante todo este tiempo. —Miró a su alrededor, y suspiró—. De nuevo, he sido un aprendiz, William.

Pero en esta ocasión no de alquimia, sino de una extraña ciencia de la que os hablaré en otro momento. Aunque sí os adelanto que esos estudios guardan relación con los lienzos que os ordené recuperar en Jerusalén.

William abrió los ojos, sorprendido.

—¿Me ordenasteis? ¡Fue el comendador Robert quien lo hizo!

—A instancias mías, William —sonrió Joseph—. A instancias mías.

William necesitó unos segundos para sobreponerse. Jamás hubiera imaginado que el comendador estuviera a las órdenes de Joseph.

—Pero ¿qué interés tienen esos malditos lienzos? Nadie me dio jamás una explicación sobre ellos, y ahora, dos años después, salís vos de la nada para volver a mencionarlos.

—No creo que necesite recordaros que uno de los secretos de la supervivencia de nuestra hermandad es una organización interna tan discreta que hace que pocos de sus miembros se conozcan entre sí, y que no todos sepan la totalidad de cuanto conocemos.

—Lo que evita que, en caso de ser prendidos, nadie pueda revelar la identidad de todos los demás ni nuestros proyectos —le interrumpió William recitando aquella frase como si fuera una cantinela que había oído mil veces en boca de su maestro—. Eso ya lo sé desde hace mucho. Pero ¿puedo al menos conocer qué valor tienen esos lienzos?

Joseph cerró los ojos y suspiró antes de responder.

—Vos no sabíais que yo estaba en Tierra Santa, porque no era conveniente.

—¿Tampoco era conveniente que durante todos estos

años os haya dado por muerto? —contraatacó William, herido. Durante todo aquel tiempo había llorado en más de una ocasión recordando a su preceptor y se había culpado mil veces por no haber esclarecido los hechos que tuvieron lugar en Sours.

—Tampoco lo era, aunque os parezca cruel —afirmó Joseph, rotundo—. De ese modo, pude investigar los propósitos de Morgan y entregarme después a los estudios que os he mencionado con la seguridad de que nadie me buscaría para acabar conmigo. —Hizo una pausa, y sonrió con dulzura a su antiguo alumno—. Lo cierto, William, es que todo guarda relación con lo que antes os dije a propósito de cómo podemos contrarrestar las pruebas falsas que Morgan y otros como él exhibirán tarde o temprano contra el Temple y, por extensión, contra Sión. Insisto en que nuestra única posibilidad cuando llegue el momento de defendernos es presentar cuanto sabemos de un modo que pueda ser aceptado sin causar escándalo, y para ello es preciso ayudar a los hombres a variar su perspectiva de lo humano y de lo divino.

—Gracias a las catedrales, ya lo sé —dijo William con gesto cansado—. Pero aún no habéis respondido a mi pregunta sobre los lienzos.

Joseph guardó silencio durante unos segundos, como si tratara de ordenar en su mente el relato que sobrevino a continuación. Y cuando creyó haber elegido las palabras adecuadas, inició una exposición que habría completado con creces el informe acusatorio que había instruido el hermano Morgan con sigilo durante años.

Joseph recordó que durante los primeros siglos del

cristianismo florecieron movimientos a los que la Iglesia tildó de herejes y condenó sin miramientos. Sin embargo, todos ellos eran cristianos, aunque su visión de la figura de Jesús distaba mucho de la que defendía la ortodoxia.

El templario alquimista mencionó a los mesalianos, que aseguraban que el único modo de combatir el pecado era la oración, y rechazaban a la Iglesia y a sus sacramentos. Sus ideas fueron condenadas en el siglo IV, pero su influencia se mantuvo hasta llegar al centro de Europa cien años antes de que tuviera lugar aquella conversación que ambos mantenían en la fortaleza de Masyaf. Los mesalianos también creían en la existencia de dos fuerzas antagónicas —Bien y Mal, Cristo y Lucifer— que se disputaban el alma de cada hombre, pero no admitían que el mundo material fuera obra de Satanás.

Sus ideas, prosiguió Joseph, se asemejaban a las de los paulicianos, que aparecieron en Armenia en el siglo VII y cuyo influjo posterior se extendió hasta los Balcanes. Ellos también defendían que existe una disputa entre dos fuerzas opuestas que se libra en el interior de cada hombre, pero, al contrario que los mesalianos, sostenían que todo lo material era producto del diablo. Lucifer era el príncipe de esta realidad, afirmaban. No obstante, tanto el Bien como el Mal procedían de un dios superior, que triunfaría en el final de los tiempos.

Predicadores paulicianos arribaron a Tracia alrededor del siglo X y comenzaron a predicar el contenido de algunos textos a los que concedían plena autoridad. Su influencia, añadió Joseph, fue decisiva para que apareciera el movimiento bogomilo, al que debía su creación el catarismo. Todos ellos defendían que en el tiempo primordial existió un Principio del Bien que, por diversas razones, dio origen al Mal, encarnado en Lucifer. Y este, ayudándose de los cuatro elementos, creó todo lo material, incluido el hombre. Pero en el interior del espíritu humano subyace el recuerdo de su origen divino. Por ello, Dios envió a un ser de Luz a este mundo para despertar la herencia divina que hay en cada uno de nosotros, aseguró Joseph.

—Todo eso ya lo sé —intervino William, impaciente—. Pero no acabo de comprender qué relación guardan las ideas maniqueas y gnósticas de aquellas gentes, cuyos principios nosotros mismos aceptamos, con mi pregunta sobre el interés que tienen para la hermandad los lienzos que recuperé.

Joseph intercambió una mirada con Ibn Nafis y después miró al techo de piedra de la estancia. Finalmente, se pasó la lengua por los labios antes de responder.

—Esos cristianos condenados por la Iglesia no estaban locos ni se hubieran expuesto a morir si sus convicciones no tuvieran algún punto de apoyo —dijo—. Si rechazaban los sacramentos y creían que Cristo no murió en la cruz, porque solo estaba en el cuerpo de Jesús en apariencia, era por alguna razón.

—Eso también lo sabemos ambos —protestó William, removiéndose nervioso en el jergón.

—Permitidme, no obstante, que siga ordenando el relato como creo que corresponde —le reconvino Joseph.

William cerró los ojos y asintió. Como le sucedía a él, su antiguo maestro pensaba mejor en voz alta, de modo que se esforzó en contener su impaciencia y se obligó a escuchar.

Joseph recordó que, además de la Palabra de Dios —una suerte de fórmula de la Creación oculta en el Arca de la Alianza—, los primeros templarios descubrieron algo más.

—Los textos de la tinaja de barro —atajó William torciendo el gesto.

Joseph ignoró la mueca de fingido hastío de su antiguo discípulo y prosiguió con su relato, minucioso y ordenado, ante su minúscula audiencia.

William escuchó una vez más cómo las sucesivas destrucciones, movimientos de escombros y reconstrucciones que había padecido Jerusalén provocaron el error en los creyentes al identificar como tumba de Jesús uno de los sepulcros del viejo enclave conocido como Gólgota. Pero siglos después, Hugo de Payns y los suyos descubrieron una tumba fuera del recinto del Santo Sepulcro en la que había una tinaja de barro que contenía dos pergaminos cosidos entre sí, formando rollos. Sobre ellos, en diferentes columnas, se habían escrito en arameo dos relatos extraordinarios. Uno de ellos era un texto anónimo cuyo autor parecía haber sido testigo directo de la crucifixión y muerte de Jesús, a tenor de los datos que ofrecía; el otro, era aún más desconcertante. Estaba escrito en primera persona por un predicador nacido en Nazaret llamado Yeshúa. Joseph recordó que, según el evangelista Juan, fue en ese lugar donde nació Jesús, y no en Belén. Que Belén hubiera sido el lugar del nacimiento de Jesús, aseguró el templario, fue un bulo que se extendió por el interés de dar cumplimiento al augurio que siglos antes había realizado el profeta Miqueas al afirmar que el futuro Mesías nacería en ese lugar.

El autor de aquel texto aseguraba ser hijo de una mujer llamada Maryam, y de un hombre llamado Yoseph. Y, para mayor desconcierto, mencionaba el nombre de algunos de sus hermanos de sangre: Santiago, Judas, José, Simón…

—Si aquel hombre era el propio Jesús —reflexionó Joseph—, significaba que la creencia en la virginidad de María carecía de fundamento alguno. Además, no tendría sentido que el evangelista Mateo mencione la genealogía de un hombre al que se acaba de atribuir un nacimiento divino en el seno de una virgen, ¿no crees?

—De acuerdo, pero eso no es algo nuevo —le recordó William—. Vos mismo me explicasteis el contenido de aquellos textos que conserva la Hermandad y que nos convierte en poderosos ante la Iglesia y, por lo mismo, también nos sitúa en peligro ante ella. ¿Vais a responder al fin mi pregunta sobre los lienzos?

Joseph sonrió ante la impaciencia de su amigo.

—Si el hombre que escribió aquel texto fue Jesús, en nada se parece al descrito por la Iglesia —aseguró—. Había nacido como cualquier otro, en una familia como la de cualquiera en aquella época. Pero tuvo la audacia de intentar aunar en su persona el poder religioso y el político.

—Un nuevo Melquisidec, como el que anhela el Temple —apuntó William, impertinente.

El alquimista ignoró el comentario de su antiguo discípulo y prosiguió.

—Hay, en efecto, un evidente contenido político en la actuación de Jesús que se advierte en los Evangelios; algo que el autor de aquel texto que descubrieron Hugo de Payns y sus acompañantes confirma. —Se aclaró la garganta, y recordó—: la llegada a Jerusalén antes de su muerte, por ejemplo. Recuerda aquella trama según la cual los discípulos encontrarían a las puertas de la ciudad un asno atado que, evidentemente, un colaborador suyo había dejado allí previamente en secreto. Jesús les ordena que lo desaten y se lo lleven, advirtiendo que, en caso de que alguien les interpelara por ello, dijeran que era él quien lo solicitaba. Todo respondía a un plan político previamente diseñado para dar cumplimiento a la profecía de Zacarías, según la cual el salvador de Israel llegaría a lomos de un asno.

»Aquel hombre tenía más colaboradores y partidarios que los que se mencionan en los Evangelios, y entre ellos había nacionalistas judíos, zelotes, gente armada..., como después se descubre cuando le prenden en Getsemaní y se requiere una numerosa dotación militar para lograrlo. El mismo Pedro desenvaina su espada y agrede al sirviente Malco, y el propio Jesús había instado a quien no tuviera una espada a que vendiera su manto para comprar una.

—Eso ya lo sé, hermano Joseph —volvió a interrumpir William—. Os recuerdo que he leído aquel manuscrito, y también sé que aquel hombre no era únicamente un líder político, sino que había viajado a Egipto, donde se había formado en la Tradición; y que conocía sus secretos es algo que se advierte no solo en sus prédicas, sino también en rituales que celebró con los suyos, como la Última Cena o la imposición de manos. Y recuerdo igualmente que en su relato menciona un tercer texto relativo precisamente a ese ritual, pero que no se encontró en la tinaja de barro. Un texto que, según sabe la Hermandad, es el gran secreto cátaro y la base de su *consolamentum*.

—Yeshúa, el autor de aquellos escritos, era un iniciado en la Tradición que intentó un difícil maridaje de sus secretos con la ley judía —afirmó Joseph—. ¿Creyó ser el hijo de Dios? Según ese documento, no. Pero sus palabras sobre el combate entre la Luz y la Oscuridad, entre el Bien y el Mal, fueron mal entendidas o deliberadamente tergiversadas después por quienes escribieron su biografía y lo convirtieron en Hijo de Dios.

—¿Y los lienzos? —insistió William—. ¿Qué importan los lienzos?

—La principal diferencia entre un hombre y un dios, es que el primero es mortal —respondió Joseph—. En el segundo de los relatos que los caballeros encontraron en aquella tinaja se describe la muerte en la cruz de un hombre, no de un dios. Un hombre no resucita; un dios, tal vez.

—Un iniciado en la Tradición sí muere para renacer a una nueva vida tras superar las pruebas de admisión —recordó William—. Yeshúa era un iniciado.

—Pero la Iglesia sostiene que era hijo de Dios; que nació de una virgen, que murió y resucitó al tercer día, y no se trata de un rito de iniciación —objetó Joseph. Hizo un alto y tomó aire antes de ofrecer a William la explicación que tanto ansiaba—. El caso es que entre círculos cristianos se extendió la creencia de que existían unos lienzos en los que quedó impresa la imagen del resucitado en el momento en el que regresó a la vida. —Clavó su mirada en los ojos de William, que creyó comprender de pronto el valor de aquellos lienzos—. Si un muerto regresa en carne y hueso a esta realidad, no sería un hombre, sino un dios.

—Y entonces, los documentos que poseemos y que nos convierten en un peligro para la Iglesia carecerían de valor, y seríamos vulnerables —reflexionó William en voz alta.

—Sería mucho más sencillo decapitarnos a todos si no tuviéramos con qué negociar cuando llegue el momento de enfrentarnos a las acusaciones que se verterán sobre nosotros —coincidió Joseph—. La Iglesia nada sabe de la Palabra ni de nuestro proyecto vinculado a las catedrales, pero sí está al tanto de parte del contenido de esos manuscritos, no en vano sirvieron para que el papa concediera al Temple el poder casi omnímodo del que ha disfrutado. Esteban Harding y Bernardo enviaron a sus hombres en busca de la Palabra, y ellos regresaron con algo que jamás imaginaron. La Hermandad se hizo imprescindible desde aquel momento, puesto que no todo el Temple estaba capacitado para conocer aquellos secretos y custodiarlos para garantizar la vida de la Orden.

—¿Y esos lienzos son...?

—No lo sabemos, William —reconoció el alquimista—. Regresé a Tierra Santa con una misión concreta cuando tuvimos noticia de su existencia. Lo que hasta ese momento era una leyenda, mera especulación, resultaba que podía ser verdad. Supimos que estaban en manos de aquel tejedor al que se pagó una fortuna por ellos. Desconocemos cómo o dónde los encontró. Después de que vos los recuperaseis, se custodiaron en la Casa de Jerusalén hasta que yo terminara mis estudios aquí. Pero, al perder la ciudad, han ido a parar a manos infieles. Yo, ni siquiera pude llegar a verlos. Tal vez sean auténticos o tal vez no. En realidad, no son los únicos que se exhiben como verdaderos.

—¿Sabemos dónde están?

—Creemos que se vendieron y que están en Constantinopla, junto otras reliquias —reveló Joseph.

—¿Y qué os proponéis?

—Recuperarlos, naturalmente —respondió el alquimista—. Pero antes, debo completar mis conocimientos con nuestro amigo Ibn Nafis —miró al médico y *fidai*, y este sonrió.

Tras la muerte de Mahoma en el año 632, el islam había conocido su primer conflicto sucesorio. Los sunnitas, defensores de la ortodoxia del dogma y de la libre elección de los califas, auparon a la cumbre del islam como sucesivos califas a Abu Bakr, Ómar y Uthmán. En cambio, los chiitas únicamente reconocieron como legítimo sucesor del Profeta a su yerno, Ali ibn Abi Tálib. Para ellos, siempre fue el primer imán, y su violenta muerte reforzó su posición mesiánica entre ese grupo islámico que, a su vez, conoció escisiones en sus filas.

Los chiitas aseguraban que el Corán contiene un mensaje invisible, esotérico, además del exotérico al que todos los fieles pueden acceder si lo leen y estudian. Ese mensaje hermético se estructura en diferentes estadios. Al más elevado únicamente puede acceder el imán. El imán encarnaba la misma idea que el Temple anhelaba; una especie de nuevo Melquisedec: la unión en una persona de los poderes espirituales y terrenales.

Por esa razón, la relación entre los templarios y los chiitas había sido fluida desde que los monjes del manto blanco llegaron a Tierra Santa. Y ese hermanamiento era aún más intenso entre los grupos herméticos de ambas facciones, como podían ser los miembros de Sión y los *asesinos* de Alamut o determinadas comunidades sufíes.

Los hombres de la fortaleza de Masyaf, donde William se recuperaba de sus heridas mientras Joseph era adiestrado en una ciencia de la que aún el templario manco no sabía absolutamente nada, pertenecían a una de las facciones escindidas del chiismo conocida inicialmente como ismailismo.

El ismailismo había surgido en 765, a raíz de las discusiones que se generaron a propósito de la sucesión del sexto de los imanes que los chiitas reconocían como legítimos sucesores de Mahoma, Ya'far as-Sadiq. Antes de morir, Ya'far había nombrado sucesor a su primogénito Ismael, pero este falleció poco después, o al menos eso sostuvieron quienes propusieron como sucesor a otro de los hijos del imán muerto, Musa al-Kazim. Sin embargo, una parte del chiismo no aceptó la muerte de Ismael y se propagó la leyenda de que se había ocultado para reaparecer posteriormente como *mahdi*, un ser mesiánico.

El imán desaparecido, sostenían, enviaba señales que podían interpretar un grupo de iniciados, los *ulemas* o *mulás*.

Esta corriente del islam alcanzó el poder en 969 con la dinastía fatimí de Egipto. Pero, poco antes de que los cruzados llegaran a Tierra Santa, sufrió una nueva división interna al morir el califa Al Mustánsir en 1094. Los partidarios de su hijo Nizar contaron entre sus filas con un hombre nacido en Irán y que había llegado a Egipto años antes; aquel hombre, llamado Hassan al-Sabbah, terminaría siendo conocido como el *Viejo de la Montaña*.

Hassan agrupó a su alrededor a los ismalelitas nizaríes y reformó las doctrinas chiitas abrazando las corrientes más esotéricas y alejadas del oficialismo islámico. Se trataba de un hombre pragmático, que creía en la acción directa y que no dudó en diseñar una estrategia de asesinatos políticos para lograr sus objetivos. Para ello, condujo a sus seguidores en 1090, nueve años antes de que los primeros cruzados tomaran Jerusalén, hasta la cumbre de un macizo montañoso que, desde su más de dos mil metros de altura, dominaba el valle del Elburz, al norte de Irán. Allí, reforzó las defensas de una fortaleza conocida como Alamut o el Nido del águila.

Desde su posición de poder y autoridad moral, Hassan fortaleció a los nizaríes y sus adeptos se multiplicaron. Su severidad se hizo legendaria, no en vano ordenó la muerte de sus hijos Usta Husain y Muhammad por desobediencia e intrigar contra él. Y puso a su servicio a una orden de caballeros sorprendentemente parecida al Temple en muchos aspectos. Sin embargo, a diferencia de los monjes cristianos, los *fidais* o *asesinos* seguían una estrategia de combate muy diferente. Sus dagas envenenadas y su audacia les hicieron ser temidos más por los dignatarios musulmanes no afines a su credo que por los cristianos. Aquellos *ángeles ejecutores* que vestían túnicas blancas con fajines rojos y turbantes, como los que usaba Ibn Nafis y los parientes de Serhan que vivían en la fortaleza donde se hospedaban William y Joseph, ejecutaban sin piedad y por sorpresa a los hombres más poderosos.

Sobre Alamut circulaban muchas leyendas, pero eran muy pocos los que habían estado allí. Lo único cierto era que nadie estaba a salvo de los hombres del Viejo de la Montaña, que permanecía recluido en su fortaleza dedicado al estudio de las más diversas disciplinas. No en vano, se aseguraba que Alamut contaba con una de las bibliotecas más grandes y mejor dotadas de cuantas existían en el mundo en aquel momento.

Hasan Sabbah murió, pero otros ocuparon su lugar y ostentaron el título de Viejo de la Montaña.

Un día de otoño especialmente benigno, la fortaleza de Masyaf se dejaba acariciar por una brisa suave mientras el sol moría envolviéndolo todo en una luz escarlata. William contemplaba aquellas tierras duras y cargadas de historia. A su derecha, creía sentir aún su brazo fuerte y fibroso, pero era un espejismo. En realidad, le había explicado Ibn Nafis, no eran sino recuerdos que su cerebro conservaba. Ya nada sería jamás igual, pensaba el templario. Aunque había recuperado sus fuerzas y habían menguado los terribles dolores que padeció tras haber salido de la somnolencia inducida por la adormidera que el médico le obligó a ingerir tras la amputación, aún eran en ocasiones tan punzantes que no lograba resistirlos sin fumar hachís con peligrosa frecuencia. ¿Qué clase de caballero sería sin un brazo?

—Cuando los primeros cruzados tomaron Tierra Santa, se dieron cuenta de que eran muy pocos para poder mantener aquel inmenso territorio —dijo inesperadamente a su espalda Joseph. El alquimista había subido al lugar donde William se encontraba sin que este lo hubiera advertido—. De manera que tuvieron que ser condescendientes con las demás religiones y con los fieles que las practicaban. Y eso favoreció los intereses del Temple, pero especialmente a los de nuestra hermandad —Joseph tenía la mirada clavada en la agonía del sol—. Para Hassan y sus *asesinos*, la llegada de los cristianos fue casi una bendición, puesto que creyó ver en ellos aliados ocasionales para enfrentarse a sus enemigos dentro del islam.

»Cuando el Temple ocupó diferentes fortalezas en Siria, unos y otros advirtieron que tenían muchas cosas en común. Y los primeros miembros de nuestra hermandad dentro de la Orden del Temple comprendieron de inmediato que la lectura esotérica que aquella gente hacía del Corán les conducía a un estadio superior de conciencia que les resultaba familiar. Y aunque desde entonces hasta nuestros días ha habido tensiones y hasta enfrentamientos armados entre los *asesinos* y el Temple, jamás los hubo entre Sión y los más altos iniciados de Alamut, como Ibn Nafis. Hace años, él me enseñó en Alamut cuanto ahora sé de alquimia; y gracias a él vuelvo a sentir el placer de ser alumno y no maestro.

William se volvió hacia Joseph olvidando el espectáculo del atardecer.

—Jamás me hablasteis de vuestra estancia en Alamut —dijo.

—Las lecciones más importantes de la vida llegan al final de la misma, hermano. No lo olvidéis —repuso Joseph sin apartar la vista del horizonte. Durante unos segundos, los dos templarios compartieron el silencio, hasta que Joseph buscó la mirada de William para zarandear su espíritu con una frase que le había dicho muchos años antes—: hay cosas más difíciles que no morir; por ejemplo, saber para qué vivir. Y os juro que vos aprenderéis de mí para qué vivís. —Miró el muñón del brazo amputado, y añadió—: os demostraré que el cerebro, pero sobre todo el alma, están por encima de cualquier órgano del cuerpo, así que dejad de compadeceros.

8

CONSTANTINOPLA
1247

William jamás había visto un espectáculo tan sobrecogedor como aquel. Ni siquiera su primer recuerdo de Jerusalén podía competir con la estampa del atardecer en Constantinopla. Las aguas del estrecho del Bósforo espejaban al contacto con los rayos de sol. El aire olía a historia. A toda la historia de la humanidad. Olía a sangre y sudor, ingredientes con los que se habían cocido los ladrillos que sostenían aquella inmensa urbe cuyo nombre recordaba al del emperador que había ordenado su construcción novecientos años antes sobre las ruinas de la antigua Bizancio. Cuna y tumba de imperios, la ciudad vigilaba como un gigantesco mastín adormilado el mar de Mármara y el Cuerno de Oro.

—La reina de las ciudades —dijo Joseph desde lo alto de la colina donde se encontraban. Su caballo caracoleó, como si también él reverenciara a su manera la ciudad donde Asia y Europa se anudaban y desanudaban desde hacía cientos de años.

William no acertó a decir nada. Simplemente, permitía que sus ojos se llenaran con la silueta de las torres, con el dibujo serpenteante de las decenas de kilómetros de murallas que rodeaban al gigante, con la intimidante imagen de la cúpula de Santa Sofía... Allí, por lo que un día muy lejano le dijera el comendador André, había sido visto por última vez su padre, Arthur Baker. Esa idea encogió su corazón.

—Cada vez estamos más cerca de regresar a casa —aseguró Joseph, sin apartar la mirada de la ciudad.

William tragó saliva.

—¿Tan fácil creéis que será? —preguntó, espantando los recuerdos que nunca pudo construir alrededor de su familia.

—Nunca un emperador tuvo tanta necesidad de oro como el que gobierna a duras penas esa maravilla —respondió Joseph.

Los dos templarios tiraron de las bridas de sus monturas obligándolas a reanudar el camino en dirección a la ciudad. Ninguno de los dos llevaba los hábitos de la Casa. Ambos vestían humildes ropas de peregrino y se cubrían la cabeza con la capucha de sus mantos. Sin embargo, cuidadosamente sujetas a la silla de montar viajaban, envueltas en tela, sus inseparables espadas. Desde que hubiera perdido su brazo derecho tres años antes, William había aprendido a llevar las bridas solo con el izquierdo, y a fuerza de humillaciones y de masticar el polvo en cada derrota durante sus entrenamientos, también logró soltura en el manejo del acero con la única mano que le quedaba. Sin embargo, desde la amputación no había participado en ningún combate de cuantos habían tenido lugar en Tierra Santa antes de que ambos partieran rumbo a Constantinopla. Ninguno de ellos sabía aún que el 17 de junio los cristianos habían perdido también Tiberíades.

Constantinopla se encontraba, como tantas veces a lo largo de su historia, en una encrucijada. El emperador Balduino II estaba atrapado tras sus murallas, mientras que su adversario, Miguel Paleólogo, se hacía fuerte impidiendo cualquier movimiento de su rival, al que pretendía derrocar.

Las urgencias financieras que asolaban al emperador le habían obligado a vender algunas de las reliquias que se custodiaban en la ciudad y que se habían salvado milagrosamente del asalto de las tropas venecianas, belgas y francesas medio siglo antes, cuando hicieron un alto en la ciudad camino de la cuarta cruzada. Aquellos cristianos, a pesar de las protestas del papa Inocencio III, habían asaltado Constantinopla comportándose como verdaderos piratas. Los venecianos robaron cuantos tesoros materiales fueron capaces de echar mano, mientras que los francos se hicieron con reliquias de gran valor.

—Por entonces, ya corrían rumores a propósito de esos lienzos que perseguimos —le había confesado Joseph a William durante aquel viaje—. Al parecer, los pusieron a salvo ocultándolos en el palacio de Bucoleón, una de las residencias imperiales en la ciudad, frente al mar de Mármara.

—Pero si ya se tiene noticia de esos lienzos entonces ¿qué interés tienen los que nosotros perseguimos ahora? —preguntó William.

—Es posible que todos sean falsos o que haya alguno que no lo sea —respondió Joseph—. Y eso es lo que debemos aclarar. Se cuenta que varios fragmentos conservan la imagen de Jesús. Pero, si eso fuera cierto, y espero que no lo sea por el bien de nuestra hermandad, solo podría ser auténtico uno, y no un puñado de ellos.

—¿Estáis seguro de que los que perdimos en Jerusalén están ahora aquí?

—Eso creemos, pero estamos tan seguros como de todo lo demás que te he revelado —admitió el alquimista—. Lo único cierto es que Balduino II está con el agua al cuello y que ha vendido o empeñado todo cuanto ha podido para mantener el trono. Y ya solo le queda la baza de esos lienzos con la que negociar. El Temple ya le concedió un préstamo a cuenta de un fragmento de la supuesta cruz de Cristo, y ahora ha llegado el momento de comprar esas telas. Todas las que pueda tener —aseguró palmeando uno de los dos cofres que pendían a ambos lados de su montura.

—¿Sabe el emperador que es con Sión y no con el Temple con quien va a negociar?

—¿Acaso le debería importar? ¿Creéis, hermano William, que debemos aclarárselo?

Tras su regreso a Acre, los meses siguientes discurrieron para William y Joseph dentro de la Casa del Temple entre libros de alquimia, ensayos de aplicación de la ciencia que Joseph había conocido a través de Ibn Nafis y el estudio de los lienzos que habían traído desde Constantinopla. Al final, únicamente los dos que William había recuperado en Jerusalén resultaron de interés para ellos, puesto que el resto de telas mortuorias supuestamente empleadas en el enterramiento de Jesús habían desaparecido durante el asalto cruzado decenas de años atrás.

El trabajo era tan absorbente que, más allá de asistir a los servicios religiosos con la puntualidad y devoción exigida al resto de los monjes, Joseph y William carecían de otras obligaciones, algo que no todos los hermanos aceptaban de buen grado, puesto que los secretos herméticos de la comunidad nunca habían sido conocidos por todos los caballeros de la Orden. Por ello, comenzó a fermentar la desconfianza y la envidia dentro de la Casa en Acre.

El capellán de la Orden, Sebastián, comenzó a liderar a un grupo de caballeros que miraban con recelo al excéntrico alquimista y a su compañero manco. Por su parte, Joseph y William eran conscientes de los rumores que propagaba aquella camarilla, pero contaban con el respaldo de algunos altos dignatarios de la Casa que, como ellos, pertenecían a la hermandad de Sión.

Gracias a esa protección, Joseph y William pudieron trabajar sin ser molestados en una enorme sala a la que únicamente se permitía el paso a Serham, el fiel turcople, lo que aún levantaba más ampollas entre el grupo liderado por el capellán. Ninguno de ellos entendía lo que consideraban un trato de favor que se dispensaba a un sirio emparentado con *asesinos*.

Pero durante aquellos meses también sucedieron otras cosas notables, y alguna de ellas pasó inadvertida para William de modo sorprendente. Tiempo después, iría a parar la convicción de que sus inmersiones en el mundo alternativo que le facilitaba el consumo de hachís le habían emborronado la vista y las entendederas, pero en realidad lo que sucedió es que su privilegiado cerebro se negó a creer posible la realidad: Joseph había envejecido súbitamente.

Aquel viaje hasta Constantinopla y su regreso parecían haber minado la salud del monje, en cuyo rostro se fueron dibujando más arrugas y más profundas. Y su rostro, enjuto y aguileño, se fue consumiendo lentamente. ¿Acaso le faltaban las abejas y el producto que ellas segregaban y al que, medio en broma o medio en serio, siempre atribuía su buena salud? ¿O quizá había olvidado cómo reproducir el elixir alquímico? O tal vez todo tenía una explicación más simple y natural: William tenía casi cuarenta y ocho años; ¿cuántos tenía en realidad Joseph?

El veterano templario se fatigaba al ir y venir desde su laboratorio a la capilla, y ya apenas abandonaba la Casa. Sin embargo, sus ojos seguían conservando el brillo de antaño, y reprendía a William con el mismo vigor de siempre por seguir consumiendo hachís. E incluso había reunido las fuerzas suficientes para reemprender su viejo proyecto de escribir un manual para apicultores.

—Dudo mucho que el hachís te ayude a completar la mitad de vos que siempre ha permanecido vacía —recriminaba a William.

—De nuevo volvéis con eso —rezongaba el aludido.

—Os lo dije siendo un niño y os lo he repetido desde entonces mil veces —recordó el viejo monje—: os falta alma para enfrentaros al verdadero gran problema. No basta con vuestra memoria y con vuestra capacidad de deducción. Para comprender la lucha del Bien y del Mal, se requiere alma. Y no sé si la vuestra dejó de funcionar tras la burla de aquella joven en Chartres o es que habéis venido al mundo desprovisto de ella. Pero lo que sí os aseguro es que el hachís no os servirá ni para ocultaros del Mal cuando venga a por vos, ni para defenderos de él.

—Según los textos, todos somos almas encarnadas y con memoria divina —se defendió William.

—¡Al diablo los textos! —estalló Joseph—. Por una vez, ¿podríais emplear los sentimientos en lugar de la memoria? —De pronto, miró a su amigo con curiosidad, como si no lo conociera—. ¿Sentís algo cuando os hablo del Bien y del Mal o creéis que son dos elementos naturales, dos piedras, dos humores del cuerpo, dos astros de los cielos o dos animales mitológicos?

William gruñó, y se abstuvo de responder. Tal vez, porque no sabía qué decir para ser sincero.

—Mañana, llevaremos a cabo el ensayo definitivo, y después vendréis conmigo hasta el monte Carmelo —anunció Joseph, para sorpresa de William.

—¿Vais a cabalgar de nuevo?

—¿Acaso creéis que no podría? —bufó Joseph—. Aún sería capaz de sumarme a los ejércitos que, según parece, está reuniendo en Francia el rey Luis —Joseph cerró los ojos—. En breve, los tendremos por aquí. Otra cruzada más para recuperar lo que se perdió para siempre —dijo, escéptico.

William sabía que su antiguo maestro estaba en lo cierto. Más temprano que tarde, el islam les empujaría a todos al mar; a casa. La derrota en La Forbie había abierto al sultán de Egipto, al Salih Ayyub, no solo las puertas de Jerusalén, sino también de Tiberíades, Ascalón e incluso Damasco. Ante semejante coloso islámico, el reino franco había quedado reducido a una escuálida franja litoral que no representaba peligro alguno para los infieles.

—Pero antes del Carmelo, mañana nos aguarda la hora de la verdad —dijo Joseph mientras contemplaba un lienzo de lino cuidadosamente extendido sobre la mesa de madera situada junto al laboratorio.

El amanecer encontró a los dos templarios y a Serham en la sala que se había convertido en su estudio y laboratorio particular, repleto de pergaminos y extraños materiales, infrecuentes en una casa conventual. Pero de entre todas las rarezas que allí se exhibían, sin duda una de ellas hubiera reclamado la atención de cualquier visitante indiscreto. Se trataba de uno de los dos lienzos que William había encontrado en la casa del tejedor judío de Jerusalén años antes.

El otro componente de la pareja textil parecía carecer de todo interés. Era inmaculadamente blanco, y había servido para envolver al que resultaba desconcertante por la imagen que aparecía impresa en él. Sin embargo, ambos habían sido tejidos empleando la técnica denominada *sarga de pescado* o espiguilla, de uso frecuente en Tierra Santa hacía más de mil años. Los estudios que Joseph y William habían realizado durante aquellos meses les permitieron confirmar que en su elaboración se habían empleado lino y algodón, y que no había rastro de lana ni de piel de camello o de cabra. Este extremo parecía confirmar la idea de que eran obra de un tejedor judío, porque la ley de Moisés prohibía mezclar fibras animales y vegetales, mientras que en cualquier otro telar que no fuera judío se tejía indistintamente con unas u otras.

Las dos telas tenían una dimensiones similares: algo más de cuatro metros de largo por poco más de uno de ancho, pero lo que convertía en extraordinario a uno de ellos era la figura de un hombre de ciento ochenta y un centímetros de altura que aparecía impresa en él.

El sujeto estaba desnudo, aunque sus manos cubrían sus genitales.

Joseph y William habían estudiado durante aquel tiempo la sorprendente figura, que parecía presentar una suerte de quemaduras en algunas zonas y en cuyo cuerpo se advertían heridas muy parecidas a las que los Evangelios aseguraban que había sufrido Jesús durante su calvario: la espalda estaba cubierta de hematomas que podrían ser la huella producida por la flagelación a la que fue sometido Jesús; en el cuero cabelludo se observaban heridas que permitían suponer que eran el sangriento tributo cobrado por la corona de espinas que se colocó sobre la cabeza del Nazareno; en las muñecas, marcas que podrían haber dejado los clavos que lo sujetaron a la cruz, y aunque este extremo desconcertó inicialmente a William, que suponía que a Jesús lo clavaron en la palma de las manos, Joseph le explicó que, según Ibn Nafis, de haber sido así el tejido se hubiera desgarrado al no poder sostener el peso del ajusticiado; y en los pies, aparecía la señal que podría haber dejado un clavo que hubiera atravesado ambos, dispuestos uno encima del otro. Finalmente, en el costado derecho se advertía una herida de poco más de cuatro centímetros de ancha con una trayectoria casi horizontal, y que bien podría haber sido producida por la punta de una lanza. Pero, dada la trayectoria, o bien el palo vertical de la cruz era muy corto y el agresor estaba casi a la misma altura que el reo, o bien el lancero era un jinete a lomos de su caballo.

¿Cómo se había formado aquella imagen?

Durante semanas, los dos templarios, ocasionalmente asesorados por Ibn Nafis, habían estudiado aquella imagen a la luz de sus conocimientos y de los medios de que disponían sin lograr resultados esclarecedores. Sin embargo, Joseph había revelado a William que la hermandad de Ormus conocía desde hacía tiempo la existencia de ese lienzo y que ese había sido el motivo por el cual había permanecido junto a Ibn Nafis formándose en una ciencia desconocida por completo para él.

—Si esta es la imagen de Jesús —le había dicho—, y dado que no parecen advertirse en ella signos de corrupción, los documentos que poseemos y que hablan de un hombre, de un iniciado, y no de un ser divino, carecerían de valor —confesó—. Si este lienzo cae en manos de la Iglesia, no tendremos nada con qué negociar cuando las acusaciones de Morgan y otros muchos como él, salgan a la luz. Dirán que se trata de una prueba concluyente de la divinidad de Jesús y de su resurrección, y los textos que hasta ahora hemos silenciado a cambio de la posición de poder de que disfrutamos ante el papado, no nos servirán como escudo.

—Podría ser un hombre cualquiera —había apuntado William sin demasiada convicción.

—Podría, y debemos intentar conseguir pruebas que permitan defender esa posibilidad cuando llegue el caso —había respondido Joseph—. Pero la Iglesia exhibirá esas heridas tan precisas, y añadirá que, si estaba tumbado, el peso debía haber hecho que la espalda estuviera más marcada en esa parte que en el pecho, y no es así. Es como si…

—Como si hubiera levitado cuando se formó —aventuró William.

—O como si hubiera estado de pie —matizó Joseph, pensativo.

—Podríamos argumentar que se trata de una pintura —señaló William.

—Pero no hemos encontrado restos que permitan asegurarlo —recordó Joseph—. Sin embargo, si logramos reproducir el fenómeno en el lienzo en blanco, que está tejido igual que el otro y tiene sus mismas medidas, tendremos algo con lo que negociar cuando llegue el día de nuestro propio juicio final, William, y te aseguro que ese día llegará.

Durante las semanas de trabajo y discusiones sobre la imagen de aquel lienzo, Joseph había resumido cuanto había aprendido junto a Ibn Nafis.

Recordó que el filósofo griego Platón describió siglos antes una metáfora para explicar la realidad asegurando que si un hombre se sentaba de espaldas en la entrada de una cueva y contemplaba la pared del fondo, advertiría que sobre ella se proyectaban las sombras del mundo exterior, pero invertidas. Y también habló a William durante horas sobre alquimia y sobre otras ciencias conocidas en el mundo islámico que eran desconocidas en Occidente.

—Durante todo este tiempo, Ibn Nafis me instruyó en los estudios realizados por un físico llamado Al-Haitham a propósito del comportamiento de la luz y los efectos que tiene sobre la realidad —explicó—. Al parecer, ha profundizado como nadie en los secretos de nuestros ojos y en la corrección de los defectos que pueda tener la visión ocasionada por enfermedades o por envejecimiento, y comenzó a trabajar en esto. —Puso sobre la mesa un curioso objeto de forma similar a una lenteja, aunque mucho más grande.

El día en que William contempló aquel tesoro por vez

primera, quedó impresionado. Jamás había visto nada igual.

—Es un disco de cuarzo molido —reveló Joseph—. Dándole la forma precisa, pueden permitir leer a quien apenas puede, y ver mejor a quien padezca alguna pérdida de visión. Ibn Nafis me habló de los trabajos de otros estudiosos infieles, como Averroes o Al-Gafiqui, que han dedicado tiempo y años a estudiar la visión y la luz.

En aquellos primeros días, William no comprendía qué relación podría tener todo cuanto Joseph le explicaba sobre aquellos vidrios y sobre los estudios de un alquimista llamado Abd-el-Kamir, que había descubierto seiscientos años antes el efecto que producían en la tela unas sustancias derivadas de la plata que Joseph le mostró y de las cuales había hecho acopio en aquel estudio. Pero, tras unas clases prácticas, todo cobró sentido para William. Al fin comprendía adónde quería ir a parar su viejo maestro y qué aplicación podía tener todo aquello en el misterio que les ocupaba.

Más tarde, los tres hombres se entregaron al trabajo de carpintería necesario para construir una singular habitación de madera en un patio anejo al estudio en el que trabajaban, a salvo de miradas indiscretas. Se trataba de una habitación a la que la luz accedía únicamente a través de un pequeño orificio en el cual, cuando estuvo terminada, Joseph dispuso uno de aquellos objetos de cuarzo.

—Es extraordinario —dijo William la primera vez que vio el resultado del experimento.

—Como ves, las imágenes del mundo exterior se proyectan en la pared de madera de forma invertida

—explicó Joseph cuando ambos estuvieron a oscuras en el interior de la construcción.

Joseph explicó el resto de los conocimientos que había recibido de Ibn Nafis y realizaron durante semanas diferentes pruebas que fortalecieron sus esperanzas de poder reproducir una imagen similar a la del hombre del enigmático lienzo, que les contemplaba con su mirada vacía mientras trabajaban.

Y al fin, había llegado el día decisivo.

Poco después del amanecer, embozado en las sombras y con la complicidad de los dignatarios de la Orden que amparaban los estudios de los dos templarios, Serham llegó a la Casa conduciendo un carro en el que transportaba una carga envuelta en varias telas. Con la ayuda de tres hermanos de Sión, el fardo fue llevado hasta el estudio de Joseph y William, quienes, tras aguardar a que los monjes salieran, se apresuraron a desprender las telas del pesado paquete.

—El parecido es asombroso —admitió Joseph al cabo de un rato mientras contemplaba el cadáver de un hombre que yacía sobre la mesa de madera—. No sé dónde lo has encontrado, Serham —dijo mirando al sirio, que permanecía sumido en su acostumbrado silencio—, pero podría pasar por un pariente próximo del hombre del lienzo.

Se trataba del cadáver de un tipo alto, de estatura prácticamente idéntica a la del misterioso retratado en la tela que tanto habían estudiado. Y, por el estado del mismo, había fallecido pocas horas antes. William llegó a sospechar que Serham lo había matado con sus propias manos, pero trató de espantar esa idea porque ya tendría bastante con no vomitar con lo que sabía que debían hacer a continuación.

Afortunadamente, nadie irrumpió en el estudio durante la siguiente fase de su experimento, porque, de haber sido sorprendidos, nada ni nadie les hubiera salvado de la hoguera. ¿Qué argumento podrían emplear para justificar que estuvieran atravesando las muñecas de aquel difunto con unos clavos o que lo hubieran flagelado y lanceado hasta conseguir un resultado similar al deseado? ¿Por qué le habían golpeado en la nariz y arrancado partes de la barba? ¿Cómo defenderse ante un tribunal que les acusase de brujería o aun de cosas peores?

Cuando consideraron terminada aquella siniestra fase de su trabajo, sacaron al patio trasero el cuerpo de Saladino, como bautizaron al difunto en recuerdo del maniquí que un día fue decapitado en Sours por unos asesinos, y lo colgaron de una cuerda bocabajo. Previamente, habían empapado la tela blanca en una solución con aquellos productos derivados de la plata que Ibn Nafis había proporcionado a Joseph, y después la habían aclarado y escurrido. Seguidamente, entraron en la habitación de madera y colocaron el lienzo cerca de la pared opuesta al lugar por donde se filtraba la luz a través del pequeño agujero en el que estaba dispuesta la lente de cuarzo.

—Ahora, debemos tener paciencia —dijo Joseph mientras la luz del sol incidía sobre el cuerpo de Saladino y su imagen se proyectaba sobre la tela en el interior de la cabaña de madera.

Los dos templarios realizaron el experimento en tres ocasiones en exposiciones que duraron varias horas y en dos días sucesivos, hasta que en la tela se formó una imagen frontal y otra dorsal del hombre muerto; la tercera exposición sirvió para fijar aún más los rasgos de la cara. Después, Joseph lavó la tela en una solución que hedía a orina, y tras ser extraída, el resultado fue desconcertante. Se había producido una oxidación de las fibras superiores de lino que se asemejaba a quemaduras, y la imagen de Saladino que se había fijado a la tela tenía un sorprendente parecido con la que se podía admirar en el otro lienzo.

—¡Extraordinario! —exclamó William.

Joseph contempló el resultado en silencio, tan consternado como su compañero, pero con el ceño fruncido.

—Sin embargo… —empezó a decir William.

—Sin embargo, hay detalles diferentes, ¿verdad? —atajó Joseph.

—¿Creéis que esa otra imagen se formó como la de Saladino? —preguntó William.

—No lo sé —admitió Joseph—. Pero sí sé que ahora tenemos dos lienzos, dos imágenes y un argumento de peso con el que negociar: si hemos sido capaces de crear esa imagen, podemos discutir que el hombre que aparece en la otra sea un resucitado; un ser divino. Podemos defender que se trata de un mortal cuyo retrato se fijó en la tela con un procedimiento similar al que hemos empleado nosotros.

William, que no lograba apartar la mirada de los dos lienzos, no advirtió el brillo que espejeó en los ojos cansados de su antiguo preceptor.

Los hebreos llamaban *Karmen El* o «jardín de Dios» al promontorio noroccidental de una cordillera de forma triangular que se extiende a lo largo de treinta kilómetros y que desciende hasta Haifa. De aquel nombre derivó

Carmelo, un lugar maravilloso y mítico, y destino último de la expedición encabezada por Joseph e integrada, además, por William y Serham.

La montaña parecía en verdad un vergel poblado por tamarindos, algarrobos, laureles, encinas, cedros y mirtos. Al paso de los caballeros y sus monturas, algunos conejos, jabalíes y gamos huyeron apresuradamente mientras se escuchaba el murmullo de los números regatos y riachuelos que regaban aquel exuberante jardín, salpicado de oquedades y grutas.

—Aquí ha vivido el hombre desde hace cientos de años —aseguró Joseph, que se mantenía erguido sobre su caballo como si hubiera recuperado la energía perdida al llegar hasta aquel lugar—. Mira—señaló con la mano derecha—, ¿ves esa cueva? Pues hay decenas en todo el monte, y han sido el lugar donde ermitaños e iniciados trataron de encontrar a sus dioses y se encontraron en la misma encrucijada que nosotros al reflexionar sobre el Bien y el Mal. —Se giró hacia William y buscó su mirada—. A ellos tal vez les faltaba tu inteligencia, pero les sobraba alma.

William torció el gesto, harto de escuchar la misma monserga.

—En este monte ha habido santuarios cananeos, fenicios, griegos y hasta Vespasiano acudió aquí para consultar con un oráculo antes de emprender el ataque a Jerusalén —aseguró Joseph—. No es de extrañar que el profeta Elías, como cuenta la Biblia, citara aquí a los augures paganos para desafiarlos. ¿Recuerdas la historia?

William asintió. Elías había dado muerte a más de cuatrocientos profetas de Baal y a otros tantos de Asera, según las Escrituras.

Poco después, los tres jinetes alcanzaron el santuario cristiano dedicado a la Virgen del Carmen, la Estrella del Mar, situado a ciento setenta metros de altura sobre la bahía Haifa. Pero, para sorpresa de William, Joseph pasó de largo y siguió ascendiendo sin dejar de hablar.

—A juzgar por vuestra expresión, pensabais que nos detendríamos aquí. —Hizo un gesto con la cabeza señalando el santuario—. Donde san Bertoldo de Malafaida reunió el siglo pasado a un puñado de ermitaños para dar forma a este lugar de devoción.

—Para ser sincero, no sé muy bien qué hacemos aquí, de modo que espero cualquier cosa y nada me extraña ya de vos —admitió William.

—Eso está bien, muy bien —sonrió Joseph—. Pero ¿por qué crees que este monte ha sido objeto de todo tipo de cultos, incluido el cristiano, desde hace miles de años? —Tampoco en esta ocasión aguardó la respuesta de su antiguo discípulo, y siguió hablando, aunque con mayor dificultad a medida que la subida se hacía más empinada—. Habrá que reconocer que algo sucede en este lugar, ¿no os parece? No es posible que todos esos hombres hayan padecido un extraño espejismo siempre en este jardín exuberante. —Detuvo su montura y aguardó a que William, que iba tras él, llegara a su altura. Entonces, añadió—: el dios de Israel acostumbraba a amenazar a su pueblo con desposeerle del Carmelo si caía en la infidelidad con los dioses paganos, a quienes consideraba hijos del Maligno. ¿No comienza a pareceros ahora más interesante nuestra expedición? —En sus ojos chispeó un brillo extraño, que William no supo calificar—. ¿No os parece curioso que los hebreos llamen a este lugar Jardín o Vergel de Dios, aunque ocasionalmente haya estado habitado por el Mal?

William cerró los ojos al comprender a dónde quería ir a parar su viejo preceptor.

—Estamos en uno de esos lugares, en uno de esos nudos de Serpientes —dijo.

—Estamos en uno de los más poderosos de cuantos se conocen, William —reveló Joseph—. Estamos en la punta de la espada del ángel, y ya es hora de que descubramos si tienes un alma que te proteja ante la batalla que deberás librar allí —apuntó con su dedo índice hacia un lugar situado a más de quinientos metros de altura sobre el nivel del mar—: donde tuvo lugar el sacrificio de Elías.

Cuando al fin alcanzaron aquel lugar, Joseph invitó a sus compañeros a seguirle hasta una de las grutas abiertas en la montaña. Caminaban entre piedras y arbustos, llevando a los caballos de las bridas.

—Acamparemos aquí —anunció Joseph al llegar a la cueva.

Atardecía y la temperatura descendió bruscamente en pocos minutos. La brisa del mar arrastraba humedad y aromas que se mezclaban con los que emanaban de la vegetación del monte.

Tras encender un fuego acogedor y acomodar sus escasas pertenencias en el interior de la gruta, los tres hombres improvisaron una cena frugal.

—Mientras ascendíamos, dijisteis que este lugar es la punta de la espada del ángel —recordó William—. ¿A qué os referíais?

—Esa es la razón por la que hemos venido hasta aquí —confesó Joseph, mientras se arrebujaba bajo el manto—, y también la razón por la que vais a quedaros solo en este lugar hasta que encontréis la respuesta que necesitáis para la pregunta que aún no os habéis formulado en serio. Mañana, Serham y yo regresaremos a Acre, y vos os quedaréis aquí, entre el Bien y el Mal, averiguando qué fue de vuestra alma.

William lo miró con perplejidad. ¿Acaso la senectud estaba derritiendo el cerebro de Joseph y no se había dado cuenta hasta ahora? Serham, en cambio, no pareció sorprendido. El turcople sonrió, y William comprendió que el sirio conocía de antemano los planes del viejo templario.

—Existe una tradición rabínica que, en cierto modo, corrobora la Biblia —dijo Joseph—. En el libro del Génesis, justo cuando comienza a narrarse la historia de Noé, se menciona una sutil diferencia entre dos tipos de seres: los *hijos de Dios* y las *hijas de los hombres*. Ambos se emparejan y ellas dan a luz a seres que el Libro califica como *gigantes*. En la tradición judía, se afirma que esos seres misteriosos habían descendido del cielo; que eran ángeles caídos, e incluso se asegura que al caer del cielo pusieron sus pies sobre el monte Hermón. Hay relatos, como bien sabéis, que van más lejos, y que sostienen que el principal de esos ángeles caídos, Lucifer, fue quien creó este mundo y toda la materia, incluido el hombre. Los cátaros no tienen duda alguna a ese respecto.

—De nuevo el Bien y el Mal —rezongó William.

—Lo que trato de decirte, William, es que existen tradiciones, o llámalas leyendas si ese cerebro tuyo que jamás descansa se siente más cómodo, que aseguran que hay lugares donde ese combate se libra eternamente. No me refiero a la disputa en el interior del ser humano, sino a puntos concretos de la tierra.

—¿Os referís al monte Hermón?

—Seguramente, también allí, y en Jerusalén y otros lugares principales donde los hombres sintieron la llamada de lo trascendente —respondió Joseph—. Pero, como os dije hace mucho tiempo en Chartres, la Tradición asegura que hay líneas, o Serpientes, que recorren la tierra en las que el poder de una y otra fuerza se agigantan. Los hombres construyeron en los nudos de esos senderos invisibles altares para aplacar al Mal o alabar al Bien. Y este es uno de esos parajes poderosos.

—¿Por qué lo llamasteis la punta de la espada del ángel? —insistió William.

Joseph sacó su daga de entre los pliegues del manto, y a la luz de la hoguera dibujó una línea recta en la tierra. En ella, señaló siete puntos clavando su arma en el suelo hasta formar otros tantos agujeros.

—Una de las Serpientes más poderosas se prolonga desde muy lejos hasta aquí, William —reveló—. La Línea Sacra de san Miguel une por este sendero invisible siete lugares donde la fuerza del Bien y el Mal se mide continuamente, aunque la leyenda afirma que el arcángel san Miguel derrotó al diablo con un terrible golpe de espada que dibujó esta línea invisible sobre la tierra al enviar a su adversario al infierno. Pero, para sellar la entrada al inframundo, se edificaron siete monasterios en esos lugares.

—Jamás oí esa historia —reconoció William.

—En una isla desierta —Joseph clavó su daga en un extremo de la línea—, no lejos de donde vos nacisteis, san Miguel se apareció a san Patricio para ayudarle a expulsar al demonio, y así surgió el monasterio de Skelling Michael, que estaría ubicado en la empuñadura de la espada del guerrero del Bien. —Joseph buscó los ojos de William entre las sombras que proyectaban las llamas de la hoguera—. Más cerca aún de vuestro hogar se encuentra el segundo de los enclaves terribles, el monte de Saint Michael, y al otro lado del mar y frente a él, mont Saint-Michel. Mucho más lejos, pero unido a los otros por esta línea mágica que se prolonga a lo largo de cientos de leguas, en el valle de Susa se alza Sacra de san Michele, y más al sur, en el interior de una gruta, encontraréis el santuario de san Miguel Arcángel, donde el guerrero del Bien se apareció a san Lorenzo Maiorano. El sexto monasterio está en la antigua Grecia —prosiguió señalando con su daga el siguiente agujero en la tierra, en la isla de Symi. Y el último, la punta de la espada del ángel…

—Es el monte Carmelo —se adelantó William.

Joseph asintió.

Los tres hombres permanecieron en silencio durante unos segundos mientras escuchaban chisporrotear el fuego y la vida del monte: el canto de aves nocturnas, la conversación de las hojas de los árboles zarandeadas por el aire, las pisadas de algún animal asustado por el fuego… El cielo estaba limpio, por estrenar. Miles de estrellas asistían expectantes al relato del templario, pero no parecían sorprenderse, porque lo conocían.

—Habláis del Bien y el Mal, del combate entre Lucifer y san Miguel como si fueran dos guerreros reales, dos hombres —objetó William tras reflexionar sobre aquella historia.

—No son dos hombres —le corrigió Joseph—. Son dos ángeles. Dos seres ajenos a nuestro mundo. Y uno de ellos, el principal entre todos los demás seres de su naturaleza. No lo olvides.

—¿Me estáis diciendo que cobran vida y cruzan sus espadas?

—No cobran vida, William. Están vivos —sentenció el monje—. Tan vivos como cada uno de nosotros. Recuerda que dentro de todo hombre se libra idéntica batalla. Es nuestra alma la que se disputan, y solo a través de la mirada del alma podrás contemplar a los dos combatientes.

—¿Vos los visteis alguna vez? —preguntó William, a medio camino entre la incredulidad y la excitación que aquella revelación le había producido.

Joseph clavó su mirada en el fuego, como si en las llamas se proyectasen escenas que únicamente él podía ver.

—Como os veo a vos —respondió al cabo de unos segundos.

Un nuevo y espeso silencio sustituyó a las palabras mientras William trataba de asimilar cuanto acababa de escuchar. Había aprendido tantas cosas de Joseph, que no se atrevía a dudar de él, pero sin embargo…

—Sé que resulta difícil de creer —dijo el viejo monje, como si leyera en la mente de su amigo—, pero solo para el intelecto, William. No para el alma. Como os dije en su momento, únicamente un cambio en el interior del hombre permitirá llevar a buen puerto el propósito de la Orden y, especialmente, el de nuestra hermandad. Solo si se produce una elevación espiritual de las personas, el mundo cambiará y las falacias que sobre nosotros esgriman gentes como Morgan carecerán de efecto aunque haya obispos, papas y reyes que quieran utilizarlas contra nosotros. Por ello, como ya sabéis, dispusimos la Palabra en Chartres y pretendemos conectar la red de Serpientes en diferentes lugares, para favorecer ese cambio interior.

»En la Antigüedad, únicamente los iniciados, los sacerdotes que conocían los secretos de la Tradición, experimentaban lo inefable, puesto que únicamente ellos tenían acceso a la parte más sagrada de los templos construidos atendiendo a la Traza, que es la ciencia que permite al iniciado dar forma a templos ajustados a las medidas mágicas que conocían los grandes maestros. Como ya os dije en su momento, existe una cofradía, los Hijos de Salomón, que custodia esos saberes y que trabaja para Sión.

»Lo que pretendemos es cambiar la historia; hacer que aquello que solo estaba al alcance de los sacerdotes sea patrimonio de todos los hombres. Ese es el objeto de la construcción de nuestras catedrales. A ellas entrará todo el mundo, porque no serán únicamente lugar de oración, sino también de representaciones teatrales, de reuniones de la comunidad o escenario de mercados. De manera que todo el que entre sentirá que algo se remueve en su interior. Las medidas sagradas que se han empleado en su construcción tienen la virtud de amplificar el poder de los nudos de las Serpientes sobre las cuales están construidas. Y un puñado de ellas, aquellas que dibujan en la tierra la silueta de la Constelación de Virgo, son especialmente poderosas. Chartres, como bien sabes, es la principal y por ello dispusimos la Palabra en el centro de su laberinto.

William cerró los ojos y sonrió.

—Muchas veces he pensado en lo irónico que

resultaba que el gran secreto de la Orden se custodiara en un lugar tan humilde, con unas abejas como centinelas.

—Lo más sublime, suele contenerse en lo más sencillo —repuso Joseph.

—Tal vez por ello la hermandad confió en vos la Palabra y el secreto de su Sonido —conjeturó William—. Jamás conocí a alguien tan lleno de sabiduría y tan humilde al mismo tiempo.

Joseph sonrió fugazmente y miró a su alumno.

—Y yo me he empeñado en confiar en ti. —Y, acercándose a William, susurró algo en su oído. A continuación, se separó de él y lo miró con una mezcla de dulzura y firmeza—. Conocéis ahora el Sonido de la Palabra. Sois el único depositario de ella. No permitáis que el Mal os derrote en esta montaña. —Sonrió con dulzura, y añadió—: ni dejes inconcluso mi manual del apicultor.

William permaneció en soledad tres días en aquella cueva. De lo que sucedió durante su estancia en ella, jamás dijo nada a nadie. Pero cuando descendió del monte Carmelo una mañana en la que el rocío había bañado los árboles y matorrales, y la vida se desperezaba con el trino de las aves y el sonido del galope de los gamos al ser sorprendidos mientras ramoneaban por aquel hombre a quien le faltaba un brazo, todo le pareció diferente, siendo todo aparentemente igual.

Al pasar junto al monasterio dedicado a la Virgen del Carmen, el templario sonrió fugazmente. Cuando realizó el camino inverso junto a Joseph y Serham creía que la inteligencia era capaz de dar respuesta a todos los problemas si se conocían los hechos y las circunstancias que los rodeaban. Sin embargo, ¿cómo podría explicar lo sucedido en aquella cueva apelando únicamente a la razón? ¿El hachís le había jugado una mala pasada? No, por vez primera desde su juventud, abrió las compuertas de su interior a otra forma de conocimiento, más intuitiva… con alma. Y admitió lo inadmisible: lo fantástico había sido real.

Durante el viaje de regreso a Acre, masticó cuidadosamente los recuerdos de cuanto había vivido aquellos días y saboreó con calma el fruto de aquella experiencia extraordinaria. Pero apenas hubo llegado a la Casa, sintió que algo no iba bien. Varios hermanos lo miraron con una mezcla de inquietud y recelo, y poco después de dejar su caballo en los establos salió a su encuentro el comendador, visiblemente nervioso.

Antes de que su superior dijera nada, William supo lo que había sucedido.

—¿El hermano Joseph? —dijo.

El comendador asintió.

—Él y ese turcople amigo vuestro fueron asesinados antes de llegar a Acre —reveló el comendador—. Y la celda en la que trabajabais…

William empalideció.

—¿Quién lo hizo? ¡¿Lo sabéis?! —gritó.

No, nadie lo sabía. El comendador añadió algunos datos sobre lo ocurrido que no hicieron sino permitir a William atar cabos. Joseph y Serham habían sido abatidos por arqueros desconocidos a poco más de una legua de Acre. Mientras, su lugar de trabajo había sido literalmente destrozado.

—¿Y los lienzos? —preguntó William con un hilo de voz.

El comendador, que pertenecía también a Sión, negó con la cabeza.

—Han desaparecido —confesó.

—¿Y ellos han sido...?

—Al hermano Joseph le dimos sepultura al día siguiente de su muerte. El cuerpo de Serham se entregó a sus parientes.

William fue conducido hasta la tumba de su preceptor, tan humilde como él. Apenas un montículo de tierra, sin cruz alguna que lo señalara. Y, de rodillas, lloró todas las lágrimas que jamás se había permitido derramar durante años. Más tarde, con los ojos enrojecidos y el cuerpo como un lamento, entró en la celda donde habían trabajado durante tanto tiempo para reproducir la imagen del hombre del lienzo. Paseó la mirada por los estantes derribados, los papeles aventados, la cabaña de madera del patio anejo destruida, los elementos químicos derramados... En el suelo, destelló algo que llamó su atención. Se trataba de un par de lentes de cuarzo de las que habían empleado en su experimento, y tras acariciarlas con los dedos, las guardó. Igualmente, recuperó los restos de la sustancia extraída de la plata con la que impregnaron la tela antes de exponer el cuerpo de Saladino a la luz, y se despidió en silencio de todos aquellos recuerdos. Pero justo en el instante en que iba a cerrar la puerta tras de sí, unos pergaminos le llamaron. No le llamaron la atención; simplemente, *le llamaron*.

—*Manual del apicultor* —leyó, mientras una última lágrima resbalaba por la mejilla hasta su barba.

William recordó la voluntad de su maestro, y decidió que un día concluiría aquel estudio. Ojeó los apretados renglones con la pequeña letra de Joseph, y entonces reparó en una nota al margen, escrita en cuerpo desacostumbradamente grande en el estilo de su preceptor.

—¡Por todos los diablos! —exclamó.

Minutos después, sin solicitar permiso de sus superiores y en absoluto secreto, abandonó la Casa y regresó sobre sus propios pasos en dirección al Carmelo.

¿Cómo iba a imaginar que Joseph había ocultado uno de los dos lienzos en aquella cueva el día en que subieron hasta el lugar donde Elías había dado muerte a los profetas paganos? ¿Cómo iban a sospechar una jugada tan inteligente Sebastián, el capellán de la Orden, y quienes habían urdido semejante felonía? Según las notas escritas en aquel pergamino, Joseph había descubierto que Sebastián era uno de los hombres de confianza de Morgan desde hacía años, y se adelantó a sus movimientos. Pero ¿por qué ocultó únicamente uno de los lienzos?

—Porque ellos sabían que existía una tela con la imagen de un hombre grabada, no dos —se respondió a sí mismo William tras reflexionar sobre aquel nuevo enigma—. Si no la encontraban, no cejarían en su empeño. Con ella, podrán presionar al papa para acabar con la Orden.

Pero ¿cuál de los dos lienzos había ocultado Joseph en la cueva del Carmelo?

William espoleó a su caballo en busca de la respuesta.

SEGUNDA PARTE: LA ESPADA DEL DIABLO

I

ABADÍA DE FOUNTAINS, YORKSHIRE
SEPTIEMBRE DE 1258

William sintió el mordisco de la humedad en el muñón donde se interrumpía bruscamente lo que en otro tiempo había sido su brazo derecho, y un gesto de dolor se dibujó en su rostro. A pesar de que había nacido en aquella tierra, no la sentía suya. Aquel clima caprichoso y voluble, aquella lluvia casi cotidiana, aquella niebla y aquel sol mustio no eran los suyos. No recordaba nada de los dos primeros años de su vida, precisamente los vividos en la hacienda familiar, situada muy cerca de allí, al norte del condado de Yorkshire. Su padre le había donado al Temple a una edad tan temprana que nada en aquel paisaje le resultaba conocido.

El dolor en la vieja herida menguó, y William tomó aire.

En el extremo opuesto del claustro, varios monjes caminaban con la barbilla hundida en el pecho, en actitud reflexiva mientras oraban. En el aire se mezclaban el olor a incienso, a hierba y al agua del río Skell, a cuya vera se había construido aquella imponente abadía cisterciense en 1132. El claustro al que William acababa de acceder se encontraba al sur del complejo. En el otro lado de las arcadas estaba la sala capitular a la que había sido convocado, y el calefactorio, la habitación donde los monjes acudían para combatir el crudo frío invernal. Muy cerca de ella estaban el refectorio y la cocina.

¿Qué querría ahora su hermano?, se preguntó. ¿Acaso le quedaba algo más que pudiera pedirle? ¿A qué venían ahora esas urgencias?

Dos meses antes, una carta inesperada firmada por su hermano de sangre Gattis, con quien no había hablado jamás en su vida, le removió las entrañas. De su otro hermano, Sherrin, el mayor de los tres, nadie sabía nada desde que marchó a Tierra Santa en su juventud. En cambio, William había oído que Gattis era un hombre clave en la política inglesa, o lo había sido.

Él, por su parte, tras regresar de Tierra Santa mutilado y fatigado, siguió las instrucciones que Joseph le había dejado escritas entre las páginas de su *Manual del apicultor*. Su preceptor le recomendó dirigirse a su tierra, Champaña, y presentarse en la encomienda de Bonlieu, situada en los límites del Bosque de Oriente. Allí encontraría al comendador Gaillard, pero Joseph le advertía que no se dejara engañar por la primera impresión que pudiera causarle. Gaillard, un hombre de aspecto rudo y aparentemente obtuso, era en realidad el gran maestre de Sion. Únicamente a él debía mostrar el lienzo en el que estaba impresa la enigmática imagen. Gaillard decidiría qué hacer. Mientras tanto, William debía ponerse a sus órdenes, si bien Joseph le sugería que solicitase un retiro en alguna de las casas que la Orden tenía en aquel bosque.

Ningún otro lugar podía ser más seguro para él, le había dejado escrito. Aquella gigantesca arboleda de más de cinco mil hectáreas salpicada de números estanques era el corazón de Sión, le revelaba su preceptor. Si un día los enemigos del Temple osaban poner en marcha sus arteros planes, aquel lugar resultaría inexpugnable, pues contaba con defensas y escondites que jamás descubrirían.

William hizo caso una vez más a su preceptor, y una mañana de primavera alumbrada por un tímido sol llegó a las puertas de la encomienda de Bonlieu y solicitó ser recibido por el comendador.

Gaillard resultó ser exactamente como Joseph lo había descrito. Se trataba de un hombre robusto y chaparro, de ojos negros y enormes cejas, que ocultaba bajo su rudo aspecto su verdadera identidad.

Apenas William mencionó el nombre de Joseph Cloche, Gaillard ordenó a los demás freires presentes que salieran de la sala en la que se encontraban. Solo entonces William sacó de su macuto el lienzo que custodiaba y resumió lo sucedido en Tierra Santa. A continuación, ofreció el lienzo al maestre de Sión. Pero, para su sorpresa, Gaillard consideró que el mejor custodio de aquel tesoro era el propio William, a quien, tras escuchar la sugerencia que el propio Joseph había dejado escrita, asignó la misión de gestionar una casa que el Temple tenía cerca de un paraje situado en el lugar más inaccesible del gigantesco Bosque de Oriente. El comendador mencionó que la casa estaba a un paso del punto más elevado de aquel bosque, a cuyos pies del Roble del Promontorio se encontraba.

Gaillard, que prefirió que William no le revelase si se trataba del lienzo original o de la copia que Joseph intentó realizar, le ordenó ocultarlo donde creyera que estaría más seguro. Igualmente, le exigió no revelar el escondite elegido a nadie, ni siquiera a él mismo, salvo una emergencia o un peligro inminente. Lo que William desconocía era que aquel bosque ocultaba igualmente otros tesoros de la Orden por los que los hombres suspirarían durante siglos y que también contaban con caballeros que, como él, ejercían de cancerberos.

El comendador le anunció que le visitaría periódicamente, como tenía por costumbre hacer con otras casas que el Temple tenía en aquel bosque: L´Ermitage, La Picarde, Beauloisir, La Belle Guise, El Bello Espino, L'Abondance, La Chapelle… Durante aquellas visitas, William rendiría cuentas de su trabajo en la casa, pues debería aportar a la encomienda algo que le hiciera pasar desapercibido. Y William mencionó de inmediato las abejas. Tendría colmenas, dijo. Ofrecería miel, que se podría vender, además de trabajar las tierras próximas a la casa. Gaillard se mostró encantado con la idea. Él también conocía las habilidades de Joseph como apicultor, y si William estaba a su altura, sería una buena contribución para la economía de la Orden. El comendador añadió que contaba también con los conocimientos en alquimia que William había revelado que Joseph le transmitió.

Todo quedó así pactado, sin otra discrepancia que el rechazo de William a contar con gente a su servicio, tal y como sugirió el comendador. Trabajaría solo, aunque fuera con su único brazo, insistió.

Y así fue como William se instaló en una vieja casa en lo más profundo del Bosque de Oriente. De no haber sido por el guía que el comendador puso a su disposición, dudaba que hubiera sido capaz de llegar por su cuenta a aquel lugar en medio de una exuberante vegetación y rodeado de estanques de aguas grises y sombrías. Hasta mucho tiempo después, no supo que algunos de aquellos estanques eran artificiales y que su función no era precisamente la de proveer de pescado a los freires. Bajo algunos de ellos, los templarios habían diseñado ingeniosos laberintos de túneles que ofrecerían una vía de escape en caso de necesidad, además de servir de caja fuerte para algunos de los secretos que ocultaban en aquel bosque misterioso.

Los siguientes meses le obligaron a un duro trabajo, pero al final de cada día William se sentía satisfecho consigo mismo. Y cuando consiguió que su colmenar guardara un parecido más que razonable con el que muchos años antes tuvo su preceptor, sonrió complacido. Dispuso las colmenas exactamente igual, custodiando en su centro otro secreto. En esta ocasión, no se trataba de la Palabra que en otro tiempo reposó en el Arca de la Alianza, sino el lienzo que había traído desde Tierra Santa y que William colocó dentro de un cofre que enterró entre las colmenas.

Y así, pasaron los días. Y de pronto, fueron años.

El comendador le visitaba con periodicidad, como le había anticipado, y ambos intercambiaban recuerdos y secretos. La Orden, tarde o temprano, moriría, vaticinaba Gaillard. Pero aseguraba que Sión surcaría a salvo los mares de la historia si era capaz de mantener en secreto su existencia y sus tesoros.

Al cabo de un tiempo, William presumía que ya le quedaban muy pocas cosas que hacer en la vida. Había decidido terminar aquel manual del apicultor que su maestro no había podido concluir, y velar por la seguridad del valioso lienzo con la esperanza de que tal vez un día la Orden pudiera esgrimirlo como arma ante sus enemigos. La amenaza de Morgan de hacer públicas las acusaciones contra los freires seguía latente, a pesar de los años transcurridos. Gaillard le había confirmado la existencia de los documentos que Morgan aseguró a William que había puesto a buen recaudo, aunque no le explicó cómo conocía esa información.

Pero la paz de su vida cotidiana, que se consumía en el colmenar y en el laboratorio alquímico en el que practicaba todo lo que su viejo maestro le había enseñado, se había quebrado dos meses antes. A sus cincuenta y nueve años, William no esperaba recibir una carta tan inesperada: su hermano Gattis, que firmaba la misiva como abad de Fountains, reclamaba su presencia. La carta no añadía demasiados detalles, más allá de la necesidad de hablar de asuntos de extrema importancia para la familia.

Una vez más, William solicitó —y volvió a obtener sin demasiada dificultad— permiso del comendador; en esta ocasión, para viajar hasta su tierra natal.

Cuando al fin llegó a la abadía, William no acertó a reconocer a su hermano entre los monjes que salieron a su encuentro. No tenía ningún recuerdo de él. Pero aunque se hubiera esforzado en poner en práctica sus dotes de observación, jamás lo hubiera identificado, puesto que ninguno de ellos era Gattis. Uno de los monjes que lo recibieron le informó que el abad estaba enfermo y que lo aguardaba en su celda.

Con el corazón encogido, William siguió al cisterciense por las dependencias del enorme complejo hasta una celda tan modesta que nadie supondría que era la que ocupaba el abad. Al entrar en ella, el templario se encontró con un hombre de enorme complexión, cierto sobrepeso, sonrisa dulce y mirada inquisidora. Gattis vestía como el resto de los religiosos de su orden: un hábito blanco y un escapulario negro.

—Querido hermano —dijo el abad. El tono de su voz era cálido, pero sus gestos fueron excesivamente fríos, como si los años dedicados a la política hubieran atrofiado su capacidad para expresar sus sentimientos de un modo más expresivo.

William estudió al hombre que tenía frente a él: alto, calvo y orondo. Se diría que era la antítesis de sí mismo, pero descubrió cierto parecido entre ambos en su mirada gris.

—Veo que habéis fortalecido el brazo izquierdo —observó Gattis—. Seguro que sois tan bueno con la espada ahora como pudisteis serlo cuando teníais vuestro mejor brazo. Sin embargo, debo admitir que jamás imaginé vuestra pasión por la apicultura.

William se sorprendió al escuchar aquellas palabras. ¿Sería posible que el don de la observación y la deducción fueran hereditarios? Era cierto que su brazo izquierdo evidenciaba una notable musculatura, pero la mención a la apicultura era ciertamente sobresaliente. Instintivamente, se llevó la mano al cuello, donde aún se advertían las huellas que habían dejado los picotazos de unas abejas antes de partir para Inglaterra.

—Si únicamente fueran esas marcas en el cuello, podría pensarse que fue un accidente —aseguró Gattis al leer la sorpresa en los ojos de su hermano—. Pero cuando he visto esas otras en vuestra mano, claramente más antiguas que las del cuello, he supuesto que estáis en contacto con abejas habitualmente.

—Si sois tan bueno escribiendo como observando a los demás, ese libro en el que estáis trabajando desde hace tiempo será sumamente interesante —replicó William.

El abad sonrió, complacido.

—La callosidad de mis dedos me delata, imagino —aventuró el abad.

—Eso también —admitió William, y sonrió antes de añadir—: pero fue suficiente con mirar vuestro escritorio. —Apuntó con la barbilla hacia la mesa situada tras Gattis, donde había un voluminoso manuscrito y una pluma aún manchada de tinta.

Ambos rieron, y la tensión que presidía el encuentro se quebró.

En los días siguientes, William fue conociendo un poco a su hermano. Descubrió en él a un hombre sumamente inteligente y culto, a quien se respetaba —¿y temía?— en las más altas instancias de Inglaterra, aunque Gattis se cuidó de hablar de política. Por el contrario, quiso saber de su hermano pequeño, de cómo había sido su vida en el Temple y de cómo era Tierra Santa.

Aquellas largas charlas parecían calmar los dolores que Gattis padecía y que trataba de disimular. Fue el prior de la abadía quien confirmó a William la gravedad del estado de salud del abad.

William, que en la abadía había mudado de hábitos ciñéndose el blanco del Císter por sugerencia de Gattis, necesitó una semana para que su hermano le confesase el motivo por el cual le había enviado aquella carta.

—No fue fácil dar con vos —admitió el abad—. Pero aún tengo contactos a cierto nivel. —Sonrió mientras acomodaba su corpachón en el catre donde yacía—. Y al fin, aquí estáis; a tiempo para que podamos hablar de lo humano, puesto que de lo divino está todo dicho. No en vano, ambos somos monjes, aunque vuestra vocación fuera muy anterior a la mía, y vuestra vida haya sido, sin duda, más interesante.

—No estaría yo tan seguro —aventuró William.

Gattis clavó en su hermano aquella mirada gris tan parecida a la suya, y esbozó una leve sonrisa.

—¿Creéis que no sé lo que me digo? No olvidéis que vuestra Orden tiene también presencia en Inglaterra.

—Naturalmente que sé que el Temple tiene...

—He dicho vuestra Orden, William —atajó Gattis mientras su mano derecha dibujaba en el aire un gesto de cansancio—. Aunque tal vez debí decir esa hermandad a la que pertenecéis un puñado de templarios y que juega con fuego desde hace años. Esa es la razón principal por la que os escribí. —Hizo un alto para respirar, y un violento golpe de tos hizo que su rostro enrojeciera. Cuando al fin se recuperó, añadió—: os darán caza a todos, y sin piedad. Tarde o temprano, y me temo que será más temprano que tarde, acabarán con vosotros.

—Pero ¿cómo sabéis...?

—No hay nada que yo no haya sabido o haya urdido en Inglaterra —confesó Gattis—. Reyes, nobles, clérigos... y también templarios. Sé todo de todos. Sé tanto que fingí una devoción que no siento y me oculté tras los muros de esta abadía, temiendo por mi propia vida. Sé tanto, que puedo advertiros que en el futuro estaréis más seguro vestido de cisterciense que de templario, por eso os sugerí que vistieseis esos hábitos.

William necesitó unos segundos para recomponerse,

y caminó por la habitación trazando un círculo sin fin mientras clavaba su barbilla en el pecho.

—Tiene gracia ese gesto vuestro —dijo Gattis—. Ese de hundir la barbilla en el pecho. Os parecéis a Sherrin mucho más que yo; él también tenía esa costumbre. Y, como vos, es espigado y enjuto.

William se detuvo, y regresó al taburete junto al lecho de su hermano.

—¿Qué sabéis exactamente? —preguntó.

—Exactamente, lo sé todo —respondió el abad—. Pero desgraciadamente no sé cuándo caerán sobre vosotros. Tal vez suceda en el plazo de un año o puede que ocurra dentro de cincuenta. Vuestra hermandad se ha granjeado enemigos poderosos, y los más letales están dentro del propio Temple. Los traidores siempre son cuñas de la misma madera: monjes que no alcanzaron las dignidades que pretendían o a quienes se les vedó el acceso a esos conocimientos que con tanto celo protegéis. Algunos han descubierto la existencia de Sión, pero les falta información para engordar un expediente que os conduzca a la hoguera.

Sin poder evitarlo, William pensó en Morgan. Se diría que Gattis lo estuviera describiendo como si lo conociera.

—¿Para eso me hicisteis venir? ¿Para advertirme? —preguntó al cabo de unos segundos.

—Y porque algo habrá que hacer con la hacienda familiar ahora que yo soy abad y vos, querido hermano, estáis en grave peligro.

—¿Tenéis hijos? —quiso saber William.

El abad asintió.

—Tengo un hijo, pero aún no le entregué nuestras tierras —respondió.

—Tenéis todo el derecho a hacerlo. Sois el mayor.

—El mayor es Sherrin, no lo olvidéis —le corrigió Gattis.

—¿Sherrin? ¿Quién sabe si está vivo o muerto?

—Yo lo sé —repuso el abad—. Está vivo, aunque recluido en un monasterio singular, en una isla frente a las costas de Irlanda. Y no quiere saber nada de la hacienda. En ese arcón —señaló un cofre de madera a los pies del camastro— conservo una carta de su puño y letra en la que nos cede las tierras y la casa familiar a vos y a mí.

—Entregárselas entonces a vuestro hijo —le animó William.

—Mi hijo es un irresponsable; un gañán que no hace honor a su apellido. Es pendenciero e irreflexivo. —Un nuevo acceso de tos le obligó a poner la mano en la boca—. Por eso, he decidido entregaros todo a vos, William. Me queda muy poco tiempo de vida, y nada me haría más feliz que saberos a salvo, lejos del Temple, lejos de esa hermandad que llamáis Sión. Encerraos en nuestras tierras de Yorkshire y no las abandonéis jamás.

William sacudió la cabeza.

—Lo que me pedís es imposible —dijo al cabo de unos segundos—. Decís que sabéis todo de todos, pero no imagináis lo que sé yo y la responsabilidad que recae sobre mis espaldas.

—¿Acaso importa más que vuestra propia vida? —replicó el abad—. ¿El Arca de la Alianza?, ¿el Santo Grial? Esas cosas que se rumorea que poseéis no valen vuestra vida. Os lo digo yo, que he visto a reyes y papas jugar con el destino de los hombres sin piedad; os lo digo yo, que he ayudado tantas veces a tejer esas tramas.

—No sabéis lo que decís —se defendió William.

—Lo sé perfectamente, hermano —repuso Gattis—. No hay dios que no hayan construido los hombres.

—Olvidáis que soy un templario —recordó William—. No nos está permitido poseer nada.

—Abandonad la Orden ahora que aún estáis a tiempo —le presionó Gattis.

William negó con la cabeza.

—Si nuestro hermano está vivo, como decís, debería saber que ni vos ni yo estamos en disposición de aceptar propiedad alguna —insistió William—. ¿Acaso desconoce vuestra posición de abad y mi pertenencia al Temple?

—Id vos mismo a preguntárselo —contraatacó Gattis, al tiempo que una chispa prendía en sus ojos.

A William no le pasó desapercibido aquel fulgor en la mirada de su hermano, pero fingió no haberlo visto.

—¿Cómo se llama ese lugar donde está Sherrin? —preguntó, consciente de que había caído en la trampa que Gattis le había tendido.

—Lo llaman Skellig Michael o Great Skellig —dijo Gattis.

Al oír ese nombre, William se sobresaltó.

—La empuñadura de la espada —murmuró para sí al recordar la leyenda que unía a siete monasterios y que un día le refirió Joseph.

—¿Os ocurre algo? Habéis empalidecido —dijo Gattis—. ¿Es por ese lugar? ¿Acaso habéis oído hablar de él?

—Hace mucho tiempo, un hombre a quien considero

mi maestro en la Orden, lo mencionó. Eso es todo —confesó, pero evitó entrar en más detalles.

—¿Y bien? —dijo Gattis—. ¿Iréis a ver a Sherrin?

Sin saber muy bien por qué, William dijo que sí. Desde su experiencia en el monte Carmelo había comprendido al fin lo que tantas veces le había reprochado Joseph: le faltaba alma; capacidad para sentir y dejarse llevar por la intuición, y no únicamente por la razón. En aquel momento, sintió que la inesperada mención a su hermano desaparecido y a aquel enigmático monasterio no podía ser una mera casualidad. Pero, a pesar de que no creía que nadie encontrara en su ausencia el secreto que custodiaban sus abejas, no le parecía prudente demorar su regreso, de modo que anunció que saldría hacia Skellig Michael dos días más tarde. Desde allí, emprendería el regreso al Bosque de Oriente.

Sin embargo, justamente un día antes de partir, su hermano había reclamado su presencia con mucha urgencia, y ese era el motivo por el cual William se mostraba desconcertado mientras atravesaba el claustro de la abadía de Fountains en dirección a la sala capitular.

William se sorprendió al ver a Gattis en compañía de un monje de hábito de lana negro al que no conocía. Se trataba de un benedictino de mediana edad, de complexión fuerte y mirada resuelta que contrastaba con la tensión que evidenciaba su actitud corporal. William observó que el desconocido se frotaba los dedos, nervioso, y sus labios se movían sin control, como si murmurara una oración permanente.

Gattis no se levantó del banco de madera donde estaba sentado, y William comprendió que el abad había hecho un enorme esfuerzo para caminar desde sus aposentos hasta aquella sala. En el rostro de su hermano, William advirtió un agotamiento que le inquietó. Cuando abandonara Fountains, presumió, jamás volverían a verse.

—William —dijo Gattis—, os presento al hermano Robert Ripon, subprior de la abadía de Durham. Ha venido en busca de ayuda, y creo que nadie mejor que vos se la puede proporcionar.

El benedictino se acercó a William e, inesperadamente, tomó su mano y la besó, puesto de rodillas.

—Imploro vuestra ayuda —dijo ante la sorpresa de William—. Hemos oído hablar de vos y de vuestra capacidad para resolver enigmas como el que ha alterado la vida de nuestra abadía.

William intercambió una mirada con su hermano. Estaba seguro de que nadie más que Gattis era conocedor de las aventuras que había vivido y de las habilidades que el benedictino había mencionado. ¿Por qué Gattis había tenido que revelar esa parte de su pasado a un desconocido?

Como si hubiera leído los pensamientos de su hermano, el abad intervino.

—El hermano Robert se ha dejado llevar tal vez por la desesperación. —Clavó su mirada en William y añadió—: he sido yo quien le habló de vos y de vuestro talento para resolver problemas como el que tienen en Durham, que está al norte, pero cerca de aquí. En realidad —miró al benedictino—, el subprior solicitaba mi ayuda directa, sabedor de que también yo me ocupé hace años de esclarecer algunos extraños sucesos mientras servía al rey, pero mi salud no me permite ayudarle como desearía. En cambio vos…

—Sabéis que tenía previsto partir mañana —recordó William, visiblemente molesto.

—Mañana, pasado mañana, tres días después... ¡Qué importa el tiempo! —refunfuñó el abad—. Nunca estaréis más seguro que aquí y con esos hábitos que vestís —añadió.

El benedictino miraba alternativamente a ambos hermanos, desconcertado. Resultaba evidente que Gattis no le había dicho que William era un templario.

—Explicadle lo sucedido en la abadía, hermano —pidió Gattis al benedictino.

—¡Ha desaparecido el cuerpo de san Cutberto! —dijo el subprior con el gesto demudado.

De camino hacia Durham, el subprior resumió a William la historia de aquella abadía y la importancia que para la misma tenía el santo cuyo cuerpo, incorrupto al parecer, había desaparecido.

Doscientos años antes, el cadáver de san Cutberto se veneraba en una humilde iglesia de madera en Chester-le-Street, en Northumbria, al norte de York y no lejos de las tierras que ambos atravesaban a lomos de sendas mulas. Los peregrinos acudían hasta aquella pequeña iglesia para rezar ante el cadáver de un hombre extraordinario que había nacido en el año 635 en aquella misma región.

Cutberto era un humilde pastor de ovejas cuando un día, mientras cuidaba de su rebaño, tuvo una visión. Según la versión más extendida, vio el alma de un hombre que ascendía a los cielos con la ayuda de varios ángeles.

Curiosamente, al día siguiente tuvo noticia del fallecimiento del obispo Aidan, un monje del monasterio celta de Iona que había llegado hasta aquella región para evangelizar a los lugareños y terminó siendo nombrado obispo de Lidinsfarne.

Cutberto interpretó como una señal divina aquella visión premonitoria, y decidió tomar los hábitos en el convento de Melrose, muy cerca de Lindisfarne. Y no tardó mucho en asombrar al mundo por sus ardorosas prédicas, hasta el extremo de que fue nombrado prior poco después. Sin embargo, para sorpresa de todo el mundo, abandonó su cargo y se entregó a una vida eremítica en una de las islas Farne, frente a las costas de Northumbria.

Tras su muerte, explicó el subprior, Cutberto fue enterrado en Lidisfarne, y pronto comenzaron las peregrinaciones hasta su sepulcro.

—Once años después de su muerte —aseguró el benedictino—, los monjes decidieron trasladar su cuerpo a un lugar preferente dentro de la iglesia y descubrieron, asombrados, que el cadáver estaba incorrupto. —Abrió desmesuradamente sus ojos negros—. Dicen que parecía dormido, y eso se interpretó como una clara prueba de santidad.

—Supongo que semejante prodigio hizo que aumentara el número de peregrinos —aventuró William.

—Así ocurrió —admitió Robert—, pero fue entonces cuando arreciaron los ataques de vikingos y normandos, y los monjes decidieron llevar el cuerpo del santo a un lugar menos expuesto, y eligieron Chester-le-Street.

—¿Y cuándo llegó a vuestra abadía? —preguntó William, cada vez más interesado en el relato.

—Pasaron cien años hasta que el obispo Aldhum decidió trasladarlo ante el peligro vikingo —explicó el benedictino—. Se pusieron en marcha hacia el sur, y entonces se produjo un nuevo milagro: al llegar a un lugar junto al río Wear, el ataúd se negó a moverse.

William alzó una ceja, sorprendido.

—No sabía yo que los ataúdes se movieran —apuntó.

—Fueron los bueyes que tiraban del carro donde iba el ataúd los que se detuvieron —precisó Robert, picado.

En ese momento, ambos coronaron una loma, lo que les proporcionó una situación envidiable para observar el paisaje que se extendía ante ellos.

—En concreto, se detuvieron allí. —Robert señaló en dirección a un enorme complejo arquitectónico—: la abadía de Durham.

Mientras descendían la loma, William estudió con detenimiento el promontorio rocoso, rodeado por tres de sus lados por las aguas del río Wear.

—El obispo Aldhum construyó sobre ese risco la primera iglesia, el embrión de la abadía que veis —explicó Robert—. Junto a él, en unas humildes cabañas de piedra, se instaló un puñado de monjes a los que llamaron *hermanos de san Cutberto.*

—¿Y el castillo? —preguntó William mirando hacia la construcción situada frente a la abadía.

—El yerno del obispo, Utredo, que después sería conde de estas tierras, fue quien impulsó la construcción de la primera fortaleza para defenderse de los vikingos y otros invasores. Años después, en 1066, Guillermo, el duque de Normandía, ocupó la región y fortaleció aún más sus defensas con ese castillo, al norte de la iglesia —respondió el benedictino—. Y cinco años después llegó un obispo normando llamado Walcher, que, tras conocer la historia de san Cutberto, impulsó la construcción de la abadía y atrajo a monjes de nuestra orden llegados de monasterios próximos.

Un tímido sol asomó entre las nubes cuando entraron en el complejo, defendido por murallas y por el propio río. William supuso que los monjes ya habrían terminado de comer a esa hora. Tal vez, presumió, estuvieran disfrutando del breve descanso previo a la misa de Nonas. Al mirar a su alrededor, comprendió que estaba en un lugar de alto valor estratégico. La tierra que rodeaba el río estaba dividida por la catedral, dispuesta de este a oeste. Al norte estaba el castillo; al sur, el priorato. Más tarde descubriría que los edificios del priorato se estructuraban alrededor del claustro. Al norte, estaba la catedral; al oeste, el dormitorio de los monjes, situado en un primer piso bajo el cual estaban los almacenes y el calefactorio; al sur, el refectorio, con almacenes bajo su suelo, y más allá estaba la cocina. Al este estaba la sala capitular y las dependencias del prior, adonde William fue conducido sin demora.

El prior Reinfrid resultó ser un hombre obeso y de escasa estatura. Sus dedos eran rollizos y sus carrillos exhibían un intenso color bermejo. La nariz, repleta de venas azuladas, le concedía un aspecto muy poco ascético. William se fijó en sus hábitos. A pesar de ser iguales que los del resto de la comunidad, eran de una lana de mejor calidad. Reinfrid, por su parte, lo recibió con una sonrisa beatífica en medio de su jardín particular, situado entre sus habitaciones y su capilla privada.

—Os agradezco inmensamente vuestra colaboración —dijo mientras extendía su mano derecha con el propósito de que William la besara, algo que hizo maquinalmente y con desagrado—. Estamos desolados y desconcertados por lo sucedido.

—¿Qué es lo que ha ocurrido exactamente? —preguntó William de un modo más brusco del que había planeado—. Me refiero a los detalles de la desaparición del cuerpo del santo y cómo se descubrió.

—Acompañadme hasta el altar mayor mientras os lo cuento —propuso el prior, que no aguardó la respuesta de William. Para sorpresa del templario, Reinfrid caminaba con un vigor insospechado para alguien con aquel sobrepeso.

Al salir de sus dependencias el prior se dirigió hacia el claustro y lo atravesó en diagonal por el patio, rumbo a la catedral. Mientras caminaba, relató lo sucedido a William sin mirarle en ningún momento.

—El día veinte de marzo de cada año, celebramos la festividad más importante de nuestra comunidad —explicó—. Ese día, se exhibe el ataúd de san Cutberto, para lo cual se emplea una polea colocada en el techo y, con cuatro cuerdas atadas a cada esquina del ataúd, se le saca de la fosa que ocupa tras el altar mayor. Mientras tiene lugar esa operación, se hacen sonar seis campanillas de plata que anuncian el acontecimiento. —Ya dentro de la catedral, señaló el lugar del ceremonial—. Es ahí.

William observó unos pequeños armarios situados junto al altar ricamente adornados y en cuyo interior había piezas de plata y oro, imágenes y otras riquezas.

—Son joyas y otros regalos de nobles y reyes —aclaró el prior, que había reparado en la mirada que su invitado había lanzado a los peculiares armarios.

—Imagino que no son las únicas donaciones que recibe la abadía —supuso William.

—Naturalmente que no —confirmó el prior, sin falsa modestia—. Son miles los peregrinos que acuden a ver la tumba del santo incorrupto, y recibimos donaciones de tierras y dineros que expresan su fe y devoción.

William asintió en silencio. Resultaba evidente que Durham era uno de los centros religiosos más ricos de York, y se le hacía difícil desligar la evidente posición estratégica militar de aquel promontorio rocoso de la supuesta devoción que derivó en la construcción de aquel complejo religioso y militar. ¿Realmente se había construido allí la abadía porque el santo que ocupaba el ataúd había elegido ese lugar e hizo que los bueyes que tiraban del carro donde lo transportaban se negasen a avanzar, como decía la leyenda? ¿O habían existido intereses políticos y militares que habían invitado a construir la fortaleza en aquel paraje?

—De manera que durante esa festividad se exhibe el cuerpo del santo —dijo William.

—No exactamente; lo que se exhibe es su ataúd, que tiene una decoración maravillosa —aclaró el prior.

—Es decir, que hace meses, durante esa fiesta, nadie sospechó que el santo no estuviera en el ataúd —concluyó William.

—Estaba, porque yo mismo lo pude ver —afirmó Reinfrid. Al reparar en la mirada que William le lanzó, se sintió obligado a añadir algo más—: tengo la costumbre de rezar ante él durante esa fiesta. Es un privilegio únicamente al alcance del prior.

En ese momento, aparecieron el subprior, Robert, junto a otro monje alto y de aspecto desgarbado.

—Es el hermano Alfred, nuestro tesorero —dijo el subprior a modo de presentación.

William estudió al recién llegado y advirtió en él

cierta preocupación que no supo si atribuir al misterio del muerto desaparecido o a otra causa.

—El cadáver del santo ha desaparecido hace cinco días, nada más —prosiguió el prior.

—¿Cómo podéis saberlo si únicamente vos tenéis el privilegio de rezar ante él? —recordó William.

—Precisamente por eso —respondió secamente el prior—. Nadie ha vuelto a sacar el ataúd del lugar que ocupa desde la festividad del 20 de marzo.

—No parece que haya sido así —le corrigió William con calma—, pues de lo contrario nadie habría reparado en su ausencia.

El rostro del prior enrojeció, sin que se pudiera asegurar si había sido por vergüenza o por rabia al ser corregido por aquel larguirucho cisterciense.

—Fue un novicio, John Mody, quien dio la alarma —aclaró el subprior.

—¿Un novicio? —William alzó una ceja, sorprendido—. ¿Cómo pudo descubrir un novicio un robo tan singular si únicamente el prior tiene el privilegio de rezar a solas ante el santo?

—No lo sabemos, porque no lo ha aclarado —admitió el prior.

—Pues es evidente que deberé hablar con él —opinó William, y observó que el tesorero empalidecía, detalle que anotó mentalmente.

Tal y como William había presumido cuando llegó a la abadía, los monjes disfrutaban de un momento de asueto tras la comida y antes de Nonas. Después, a cada cual le correspondería ejercer el trabajo que tuviera asignado.

—Estará en el dormitorio —apostó el subprior.

—¿En el dormitorio del convento? —dijo William,

sorprendido—. Pensaba que los novicios tendrían un lugar aparte.

—Después de su ceremonia de ingreso, duermen bajo el mismo techo que el resto de los monjes, pero en una zona específica de la sala —explicó el prior—. Cada uno de ellos está bajo la supervisión de un monje mayor que les enseña cuál es el lugar que han de ocupar en la iglesia, en la sala capitular o en el refectorio. Deben saber cuándo se han de poner de pie y cuándo sentarse, y también qué textos leer en los oficios.

—¿Y quién supervisa al novicio John Mody? —preguntó William.

—Yo mismo —respondió el tesorero, cada vez más pálido.

—Eso os hace responsable de sus actos, ¿no es así? —tanteó el templario.

Los labios del hermano Alfred temblaron y sus ojos se desviaron, una vez más, a los armarios atestados de joyas.

—Vamos al dormitorio —insistió el prior.

Instantes después, los cuatro pusieron sus pies en una gigantesca sala con techo de madera dividida en diferentes secciones mediante biombos también de madera, formando cubículos que daban cierta privacidad a cada monje. Había dos hileras de camastros y dos hileras de ventanas que los iluminaban. Las ventanas de la hilera más alta eran espaciosas y alargadas, mientras que las inferiores eran más pequeñas y se hundían en los muros, de manera que dibujaban pequeñas alcobas. Las camas eran armazones de madera con una cuerda dispuesta en zigzag sobre la cual se había colocado un jergón de paja. El suelo también estaba cubierto de paja para intentar mantener caliente el enorme recinto.

Aquel dormitorio comunitario le recordó a William sus años en la encomienda, pero le sorprendió que se hubiera permitido a algunos monjes disponer telas que les concedían aún mayor privacidad en sus cubículos.

—Se le complica el trabajo al deán —comentó.

El prior y sus acompañantes le lanzaron una extraña mirada, que contenía reproches y culpabilidad. Pero la observación de William tenía sentido, puesto que la regla establecía que cada monje durmiera en su cama con la ropa puesta para levantarse con prontitud cuando fuera requerido a los rezos de Maitines, y para alejar así la tentación de la carne. Para ello, el deán, que se encargaba de mantener encendida la luz de las velas durante la noche, pasaba revista periódicamente a los camastros.

—Nunca he tenido problema para cumplir con mi trabajo —dijo una voz a la espalda de William.

El templario se giró y se encontró ante un monje de mediana edad, expresión serena y rostro de gran belleza. Tenían unos enormes ojos oscuros, y parecía molesto por la irrupción del forastero en el dormitorio.

—Buscamos al novicio John Mody —dijo el prior.

—No está aquí —afirmó el deán, y lanzó una mirada fugaz al tesorero, como si le reprochara que no supiera dónde encontrar a su pupilo.

Los cuatro monjes siguieron al deán hasta el cubículo asignado al novicio Mody, y comprobaron que el hermano Witton —nombre por el que respondía el deán—, estaba en lo cierto. Sobre el camastro encontraron un libro de salmos, pero ni rastro del joven.

En las horas siguientes se buscó a John Mody por las dependencias de la abadía, sin éxito. La búsqueda solo se interrumpió para celebrar los oficios de Nonas y Vísperas, y se reanudó con mayor brío antes de la cena.

Y entonces, lo encontraron. Muerto, pero lo encontraron.

El cuerpo sin vida de John Mody apareció con el cráneo partido no lejos de los dormitorios, en la trasera, donde se encontraban las letrinas. Alguien le había asestado un golpe brutal con un objeto contundente.

Generalmente, los conventos se construían junto a un arroyo o un río que les proveyera del agua necesaria para la vida, y mientras las cocinas se disponían río arriba, las letrinas estaban al final de la corriente de agua que pasaba junto al monasterio. En el caso de Durham, según William descubrió, habían tenido ciertos problemas a la hora de aprovechar el agua porque el río era bastante caudaloso y discurría por una garganta profunda, lo que hacía difícil desviar su curso. Por ello, se decidió a aprovechar otras corrientes de agua menores que descendían por la colina, y la trasera se edificó en la zona oeste, en el lado del dormitorio que se orientaba al río. Sobre la corriente se habían diseñado varios cubículos a modo de retrete, y en uno de ellos apareció el cuerpo del infortunado novicio.

—¡Dios mío! —exclamó el prior.

William guardó silencio y estudió el rostro de sus acompañantes. El tesorero parecía cada vez más pálido y nervioso; el subprior, visiblemente afectado, vomitó en una de las letrinas, y el deán cerró los ojos y dio la espalda a la escena. A continuación, William se agachó junto al cadáver ignorando el olor de las letrinas próximas, y estudió el suelo en busca de algún rastro que pudiera iluminar la oscuridad que envolvía a aquel suceso.

—¿Quién ha podido hacer esto? —se preguntó el prior.

—El mismo que facilitó a este desgraciado la posibilidad de ver el ataúd del santo —opinó William mientras se incorporaba tras su inspección.

—¿Qué queréis decir? —intervino el subprior, recuperado de la impresión mientras se limpiaba la boca con un trozo de lienzo que empleó a modo de pañuelo.

—Lo que digo es que John Mody descubrió que en el féretro del santo no había cuerpo alguno porque alguien le permitió el acceso al altar y le ayudó a sacarlo de la fosa empleando las cuerdas y las poleas de las que me hablasteis.

—¿Quién y por qué iba a hacer tal cosa? —preguntó el tesorero con los ojos muy abiertos.

—Las respuestas a esas preguntas, deberán aguardar aún —respondió William sin apartar la mirada de Alfred.

La noticia del asesinato envolvió a la abadía en un ambiente opresivo. Cada monje miraba con desconfianza a sus hermanos. Por ello, la cena fue especialmente tensa, y cuando todos se dirigieron al dormitorio comunitario —a excepción del prior, que contaba con habitaciones propias, y William, a quien se había ofrecido cama en el edificio de invitados, situado al suroeste del complejo— la tensión era evidente en el rostro de los benedictinos.

Cuando en mitad de la noche se anunció el rezo de Maitines, no fue preciso despertar a nadie porque nadie parecía haber pegado ojo. También William se levantó del jergón y se dirigió, como los demás, a la iglesia. Los monjes se habían dado cita, como de costumbre, en el claustro y desde allí iban en procesión hasta el coro de la iglesia, donde rezarían y cantarían los salmos acostumbrados. Pero un joven monje llegó tarde a la cita. Pidió perdón y explicó que se había visto obligado a visitar la trasera del monasterio, aunque eso no le eximió del castigo asignado a quien llegaba tarde a la cita en el claustro: entrar solo en la iglesia y tenderse bocabajo en el suelo, en el centro del coro. Hasta que el subprior no se lo permitía, el muchacho no podía moverse.

William supo más tarde que, una vez que llevaban un tiempo en la comunidad, los novicios, como aquel joven que estaba en el suelo, tenían permiso para leer o cantar en los oficios. Pero lo que reclamó la atención del templario fue el modo en el que el deán miraba al joven tumbado en las frías losas. No se trataba de una mirada curiosa ni reprobatoria; se trataba de una mirada lasciva que se clavaba en la parte inferior de la espalda del novicio. Y una idea prendió en su mente. Después, buscó con la mirada a Alfred, el tesorero, y advirtió que este también miraba al deán.

Tras el largo oficio de Maitines, los monjes regresaron al dormitorio para descansar unas horas hasta la celebración de la hora de Prima; después, tendrían tiempo de asearse y tomar un desayuno compuesto de cerveza y pan.

William pensó en interrogar al deán apenas despertara la comunidad, lo cual resultó un terrible error, como más tarde descubrió. Si hubiera hablado con Witton al concluir Maitines, habría aclarado aquel misterio sin que se hubiera producido otro asesinato. Pero las cosas sucedieron del modo que sucedieron, y ya nada se podía cambiar.

Al deán lo encontraron ahorcado en la habitación de lectura que los novicios tenían en el lado oeste del claustro. Daba la impresión de que había dispuesto la soga sobre una de las vigas de madera del techo subiéndose a un arcón repleto de libros. A continuación, había alejado de un puntapié aquel apoyo y la muerte le había abrazado tan amorosamente como tenía por costumbre.

—¡Es horrible! —juzgó el prior cuando descubrieron el cuerpo de Witton, asemejando un siniestro péndulo.

—Lo es —concedió William, situado junto al prior Reinfrid—. Pero supongo que será para vos un alivio.

—¿A qué os referís? —El prior se volvió hacia William, airado.

—A que estoy seguro de que conocíais la debilidad del deán, y ahora tenéis un problema menos.

—No os entiendo —respondió Reinfrid.

—Desde luego que me entendéis —repuso el templario—. Witton sentía atracción por los jóvenes, como ese novicio al que esta noche se castigó por llegar tarde a Maitines, y supongo que también por el desgraciado John Mody. Creo que ambos imaginamos cuál fue el pago que Mody debió hacer al deán a cambio de descubrir lo que únicamente unos pocos miembros de esta comunidad saben. Entre ellos, vos —añadió William mirando a Alfred, el tesorero, que había llegado instantes después al lugar donde apareció muerto el deán.

Alfred tartamudeó, sin lograr decir nada coherente.

—Entiendo vuestro nerviosismo —dijo William dirigiéndose al tesorero—, porque los ingresos de la comunidad menguarán notablemente si no se recupera el cuerpo del santo al que los peregrinos veneran y por el cual la abadía se ha enriquecido del modo en el que lo ha hecho. Por eso estabais tan nervioso junto a los relicarios repletos de joyas. —A continuación, miró al prior a los ojos—. Pero aún peor sería que se supiera que en ese ataúd tan ricamente adornado no hay ningún cuerpo incorrupto; ni el de san Cutberto, ni el de ningún otro. Si hay en él algunos restos, serán los propios de alguien enterrado hace tiempo.

—Pero ¿cómo os atrevéis? —bramó el prior.

—Tenemos dos opciones, prior —prosiguió William, ignorando la ira de Reinfrid—. La primera es que averigüe quién ha asesinado al deán, porque dudo que esto —lanzó una mirada al cadáver que aún pendía de la soga— haya sido un suicidio. Alguien tenía especial interés en silenciar al novicio que descubrió la patraña del santo incorrupto, y al deán, que hizo que eso fuera posible a cambio de favores carnales. Muertos ambos, nadie podía dudar de la palabra de vos, prior. —Miró al fondo de los ojos de Reinfrid—. Vos sois el único que tiene el privilegio de rezar a solas ante el cuerpo de Cutberto, de manera que no hay nadie que pueda contradecir vuestro testimonio. Todo el mundo cree que hay un santo incorrupto, porque vos lo aseguráis. E imagino que ese es un secreto transmitido de prior a prior desde el principio. No creo que el cuerpo del santo se negase a moverse de aquí y que por ello se construyera la abadía en este lugar. Antes creo que fue el interés militar y político el que resultó decisivo. Esta posición es fácilmente defendible gracias a que el río rodea el promontorio casi en su totalidad, y el enclave tiene un valor estratégico indudable. El resto son cuentos para viejas y para sacarles el dinero a los peregrinos.

El prior apretaba las mandíbulas y las venas azuladas de su nariz parecieron a punto de estallar. Mientras, el tesorero no sabía dónde poner las manos, que se movían por su cuenta, como sus labios.

—Estamos solos, de modo que decidnos cuál es la segunda opción que proponéis —dijo finalmente el prior arrastrando las palabras.

—La segunda es que me marche de este lugar ahora mismo, porque no deseo quedarme un solo instante más en vuestra compañía sabiendo que, por acción o por colaboración, sois un asesino. Sé que no podré demostrarlo, porque imagino que vuestros cómplices no os traicionarán —dijo William mirando al tesorero—. De manera que podéis decir, si os place, que habéis encontrado el cuerpo incorrupto de san Cutberto, y así seguir engañando a los peregrinos y a las gentes de buena voluntad que lleguen hasta aquí buscando la paz.

—¿Por qué haríais eso? —se extrañó el prior—. ¿Acaso no os convierte en cómplice de cuanto imagináis que ha sucedido?

—A lo largo de mi vida, he sido cómplice de mil mentiras urdidas por gente como vos, prior. Por hombres que dicen representar a Dios en la tierra, pero que se aprovechan de las debilidades y miedos del prójimo para vivir a su costa. —Se acercó a Reinfrid, lo agarró por los hábitos con su única mano y, a un palmo de su rostro sonrosado, añadió—: he sido muchas veces la última instancia a la que los inocentes han apelado, y precisamente es por los inocentes, por aquellos que creen en todas las cosas de las que yo dudo y en las que vos no creéis en absoluto, que me marcharé de aquí sin mirar atrás. Prefiero permitir una mentira que alivia el dolor de quienes tienen fe y creen en vuestro santo incorrupto, que arrancarles de entre los dedos ese clavo ardiendo que les ofrece una esperanza.

Al regresar a Fountains, William presintió que algo no iba bien. Un monje salió a su encuentro apenas descendió de la mula en la que había viajado y, con gesto compungido, le informó de que el abad estaba extremadamente grave.

William se dirigió sin demora a la celda que ocupaba su hermano, y se encontró a Gattis postrado, con los ojos hundidos enmarcados en unas profundas ojeras. Tenía la piel cerúlea y parecía haber envejecido de forma súbita. William se sentó a su vera y Gattis sonrió levemente al reconocerlo.

—¿Encontrasteis el cuerpo san Cutberto? —preguntó el abad con un hilo de voz.

William asintió.

—Todo está como estaba —respondió de forma calculadamente ambigua, pues no quería preocupar a su hermano.

—Bien, bien —murmuró Gattis. Después, entornó los ojos y preguntó—: ¿iréis a ver a Sherrin?

—Os lo prometí, aunque ya os dije que no puedo aceptar ninguna propiedad —respondió William.

Por un instante, en los ojos de Gattis reapareció el mismo extraño fulgor que William había advertido cuando le reveló que el hermano mayor de ambos vivía y que debía visitarlo. Fue apenas un instante, un soplo de vida que anticipó la muerte, porque de pronto el abad respiró con extrema dificultad, como si estuviera bajo el agua. Por un momento, pareció que fuera ahogarse, pero se recuperó lo suficiente para volver a hablar.

—Vestid como un cisterciense mientras viajéis

—recomendó a su hermano mientras agarraba la manga del hábito blanco con inesperada fuerza, hasta que, de pronto, sus dedos cedieron y cerró los ojos para siempre.

Y mientras el alma del hermano Gattis se dirigía a donde quiera que viajen las almas tras el trance de la muerte, muy lejos de allí un hombre lloraba, impotente, tras invocar infructuosamente al Espíritu Santo por enésima vez en su vida. De rodillas, acurrucado en posición fetal, imploraba que Dios le concediera al fin la capacidad de convocar a las lenguas de fuego. Sin aquel poder, el diablo jamás sería derrotado.

Pero Dios no le escuchaba.

—No, no es que Él no me escuche; es que aún no soy digno de ser escuchado.

Para que la invocación que contenía el pergamino que sostenía en sus manos tuviera éxito, necesitaba algo más.

—Solo un justo será escuchado —murmuró.

Había llegado la hora de comprobar la firmeza de sus convicciones. El tiempo apremiaba. El fin del mundo estaba cada vez más cerca. Había llegado el momento de que los dos testigos del apocalipsis anunciaran al mundo su misión.

—Ha llegado el momento de que mis dos testigos profeticen vestidos de saco —recitó el versículo cuarto del undécimo capítulo del Apocalipsis mientras sorbía sus lágrimas.

II

SKELLIG MICHAEL
SEPTIEMBRE DE 1258

La coca se abría pasó entre jirones de niebla mientras la espuma del mar arañaba la madera de roble con la que había sido construida. Media docena de hombres se afanaba en las labores marinas sobre aquella inestable superficie de quince metros de largo por cinco metros de manga. Un único palo provisto de una vela cuadrada les contemplaba impasible mientras William se esforzaba por descubrir su destino entre la niebla. En la popa, el hombre que ejercía de capitán de aquella embarcación mercante asía con firmeza el timón mientras masticaba pescado en salazón, ajeno al vaivén que las olas provocaban y que había revuelto el estómago de William.

Con su espada sujeta con tela a su espalda, bajo los hábitos cistercienses y con los suyos de templario ocultos en el morral que llevaba por equipaje, William se arrepentía de la promesa que había hecho a Gattis mientras la espuma del mar salpicaba su rostro a causa del fuerte oleaje. Después de todo, ni siquiera estaba seguro de que Sherrin, el mayor de los tres hermanos, aún estuviera en aquel islote al que se dirigía. Incluso le dio por preguntarse si estaría vivo. Sin embargo, no podía ocultar que algo en su interior se había removido cuando supo que su desconocido y enigmático hermano mayor se había recluido precisamente en el remoto monasterio colgado de una de las paredes rocosas de Skellig Michael, cuya imponente figura se abrió paso en ese instante entre la bruma mientras cientos de aves marinas se acercaron a dar su peculiar bienvenida a la nave y a sus tripulantes. Alcatraces, gaviotas de patas negras, alcas, araos y, sobre todo, frailecillos le observaron con descaro mientras ejecutaban arriesgadas maniobras aéreas e interpretaban un cacofónico concierto de graznidos.

De pronto, entre las embravecidas aguas, surgieron las figuras alegres de algunos delfines, y uno de los marineros aseguró haber visto la silueta de tiburones peregrinos. Pero William no les prestó atención, porque su mirada había encallado en el más grande de los dos islotes que se habían materializado entre la niebla. A poco más de tres leguas de la península de Iveragh, en el condado irlandés de Kerry, emergían del mar aquellas enormes rocas, abruptas y desprovistas de vegetación. La mayor de ellas era el destino de William, que había pagado generosamente al capitán de la embarcación para que lo dejase en la isla y regresara a recogerlo tres días después.

Mientras el capitán evidenciaba su pericia aproximando la coca a un pequeño embarcadero y sus hombres se apresuraban a ultimar los preparativos de atraque, William sintió un extraño cosquilleo en su interior. Sin poder evitarlo, recordó las palabras de Joseph a propósito de que aquella isla de aspecto poco hospitalario era la empuñadura de la espada del arcángel san Miguel. Y por su memoria cruzó el brillo que advirtió en la mirada de Gattis cuando le hizo prometer que visitaría a Sherrin en aquel paraje azotado por los vientos.

El viento arreció cuando William saltó a tierra y le obligó a gritar por encima del estruendo que provocaban las olas al romper contra las rocas para recordarle al capitán que debía recogerlo en aquel mismo lugar tres días más tarde. Para asegurarse de ello, únicamente le había entregado la mitad de las monedas que el marinero le exigió para llevarlo hasta allí. Instantes después, la coca soltó amarras y se alejó. Pero William apenas tuvo tiempo de sentirse solo en el islote, puesto que, inesperadamente, un monje emergió, como si de un duende de aquellas tierras celtas se tratara, tras una de las imponentes rocas que salpicaban el abrupto paisaje.

—¿Quién sois? —le interrogó el desconocido.

William le miró sorprendido. Vestía un hábito negro descolorido y sobado por el uso. El rostro del recién llegado lucía un color extraordinariamente claro, casi transparente. Sus ojos eran de un intenso color azul y su complexión era más que liviana. William calculó que tendría alrededor de treinta años.

—William de Yorkshire —respondió—. Vengo en nombre del abad de Fountains.

El desconocido lo miró durante unos segundos con una mezcla de curiosidad y desconcierto.

—Fountains está muy lejos de aquí —dijo finalmente. Después estudió al hombre alto y delgado que tenía frente a él y se detuvo unos segundos más de lo que prescribe la educación en el brazo amputado. Finalmente, se presentó—. Soy el hermano Etgal, y estoy buscando a nuestro abad. Os he visto por casualidad.

—¿Acaso vuestro abad se ha perdido en una isla? —bromeó William, obviando la falta de cortesía del monje al mirar de aquel modo su minusvalía, puesto que ya se había acostumbrado a ser objeto de semejantes escrutinios allá por donde iba. Pero, de pronto, advirtió un extraño nerviosismo en el monje. Se le veía sinceramente preocupado, y tuvo la corazonada de que había llegado al islote en un mal momento—. Disculpad, no pretendí ser irreverente ni maleducado. ¿Qué ha sucedido?

—Nadie lo sabe —respondió Etgal—, pero el caso es que no está, y todos lo estamos buscando.

William lanzó una mirada hacia lo alto del islote. Desde la embarcación había distinguido dos picos separados por lo que, imaginó, debía ser un pequeño valle, pero la isla no le pareció tan grande como para que uno pudiera perderse o como para que quienes lo buscasen no lo encontraran. No había arboledas ni vegetación notable. Se trataba de un ascético universo de piedra, hierba, pájaros y viento, sobre todo, viento. Por otra parte, pensó, ¿cuántas personas podían vivir allí?

—¿Cuántos son esos *todos* que decís que buscan al abad?

—Los hermanos Niall, Kellan, Adrien, Cyrille y Gelabert —respondió Etgal—. Tampoco sabemos dónde está el hermano Klaus —añadió. Pero, justo en ese momento, miró por encima del hombro de William, y sonrió—. Bueno, ahora ya lo sabemos. —Hizo un gesto y William se giró.

Un hombre fuerte, rubicundo y de poblada barba

dorada se aproximaba caminando con increíble soltura por el borde del acantilado. El hombretón alzó la mano y saludó. William observó que vestía un hábito tan gastado como el de Etgal.

—¡Hola! Estaba pescando allá abajo —dijo el recién llegado al tiempo que señalaba algún lugar indeterminado, más allá de unas rocas—. ¿Qué hacéis aquí, hermano? —Y, sin aguardar la respuesta, miró a continuación a William—: y vos, ¿quién sois?

Tras las presentaciones, Etgal puso al corriente a Klaus del motivo por el que estaba junto al embarcadero. La comunidad había dividido la isla en sectores con el propósito de descubrir el paradero del abad.

—¿El abad Fionan ha desaparecido? —dijo Klaus, sorprendido—. ¿Cómo es posible? Cuando salí a pescar, nadie dijo tal cosa.

—El hermano Gelabert advirtió su ausencia poco después de Nonas —explicó Etgal—. Supongo que casi coincidió con el momento en que vos os marchasteis.

William reparó en la mirada escrutadora que el monje de piel clara lanzó a su barbudo hermano, y en la impasibilidad con la que este la recibió.

—Yo no lo vi —se limitó a decir Klaus, cuyo acento delataba su origen germánico, según supuso con acierto William.

—Disculpad —intervino el cisterciense—, pero he escuchado el nombre de cinco monjes, además de los vuestros. ¿No vive nadie más en la isla?

—Somos una comunidad muy pequeña —explicó Etgal.

—De modo que sois siete monjes, además del abad —concluyó William.

—Ocho —le corrigió Etgal—. Somos ocho monjes.

—Pero me habéis dicho cinco nombres, al margen de los vuestros —recordó William.

—Olvidamos al anciano Sherrin —apuntó Klaus.

Al escuchar aquel nombre, William se estremeció.

Los dos religiosos le pidieron que les siguiera mientras el viento seguía peinando las hierbas que se aferraban a la tierra áspera y lamía las enormes piedras y la espuma del mar. Hasta aquel momento, William no había reparado en una imponente escalera tallada en la roca que se enroscaba en la ladera en un ascenso que no parecía tener fin. La obra era de tal magnitud que se diría propia de titanes. El templario ataviado de cisterciense calculó que tenía cientos de peldaños.

A medida que ascendían, William advirtió la peligrosidad del camino y de los salientes sobre el acantilado. Y se preguntaba si el abad no habría sufrido un trágico accidente, cuando algo le sobresaltó.

Un frailecillo salió a su encuentro, y luego otro, y otro más. De pronto, todo el camino estaba poblado por aquellas pequeñas aves de pelaje blanco y negro, que no parecían temer en absoluto a los hombres. William supuso que la soledad había hermanado a monjes y pájaros de aquel modo.

—Tiene su explicación —dijo Etgal al ver la sorpresa reflejada en el rostro del recién llegado—. Los frailecillos anidan cerca de la escalera porque saben que por aquí subimos y bajamos nosotros con frecuencia, y eso hace que las gaviotas, que temen a los hombres, no se acerquen. De ese modo, los nidos que los frailecillos excavan en el suelo están a salvo de las gaviotas, que atacan a sus crías o devoran sus huevos si construyen los nidos en otras zonas de la isla.

William sonrió mientras su respiración se agitaba a medida que la escalinata se empinaba cada vez más.

—¿Y se puede saber a qué habéis venido hasta aquí desde la lejana abadía de Fountains? —preguntó Etgal sin dejar de ascender.

—He venido a conocer a mi hermano —explicó William.

—¿A vuestro hermano? —gritó por encima del viento Klaus, que iba unos metros por delante.

—Al anciano Sherrin, como vos le llamáis —aclaró William—. Nos separaron siendo yo un niño.

Entonces, los dos monjes que le precedían se detuvieron y se volvieron hacia él, claramente sorprendidos. Ambos lo estudiaron de nuevo, como si le acabaran de ver por vez primera, y William no supo si en los ojos de los clérigos había respeto reverencial o temor.

—¿Sois el abad mismo de Fountains? ¿El hermano de sangre de Sherrin? —preguntó Klaus—. Eso lo explica todo.

William sonrió y negó con la cabeza.

—No, no lo soy —aclaró—. Soy el tercero en discordia; el más pequeño. ¿Y a qué os referís con que eso lo explica todo?

—Vos mismo obtendréis la respuesta cuando lleguemos al monasterio —respondió el germánico.

Minutos después, los tres hombres se detuvieron a más de ciento cincuenta metros de altura sobre el mar, donde William descubrió las construcciones más insólitas que jamás había sospechado que alguien pudiera haber erigido en aquel peñasco enorme. Ante sus ojos emergió entre jirones de niebla un conjunto de construcciones formado por dos terrazas delimitadas por muros de contención en las que se habían dispuesto media docena de cabañas de piedra de forma cónica con una técnica singular, puesto que aparecían engastadas unas con otras, sin mortero o cualquier otro material que las uniera. Descubrió también una pequeña iglesia, un cementerio minúsculo salpicado de losas y cruces celtas donde, presumió, la pequeña comunidad había dado sepultura a los hermanos fallecidos desde tiempos muy antiguos, a juzgar por el aspecto de alguna de aquellas cruces.

—También tenemos nuestros propios huertos —apuntó Etgal al observar la expresión de asombro que se había dibujado en el rostro de William. Y señaló una zona del complejo donde los monjes habían logrado que verduras y hortalizas nacieran en un universo tan adverso.

—Es la técnica de la piedra seca —informó Klaus—. Los primeros monjes llegaron aquí hace seiscientos años y construyeron los seis *clocháns*, como llama la gente de estas tierras a esas barracas, usando el único material del que disponía la isla: la piedra.

William se admiró del trabajo de aquellos hombres anónimos, a quienes imaginó recluidos como verdaderos anacoretas en aquel paraje aislado del mundo.

—¿Dónde están los demás? —preguntó tras contemplar el singular monasterio y lanzar una mirada al mar. Se encontraban en la cara nororiental de la isla, y allí parecía que el viento no soplaba con la misma intensidad, por lo que supuso que los primeros monjes habían elegido aquel lugar con mucho tino.

—Como os dije, todos habíamos salido en busca del abad —recordó Etgal—. Cada uno se dirigió a una parte de la isla. Esperemos que pronto regresen con buenas noticias.

—No parece que Skellig Michael sea tan grande como para no encontrarlo —apuntó William.

—Unos tres mil pies de largo y mil quinientos de ancho —informó Klaus mientras oteaba el horizonte, buscando tal vez con la mirada a alguno de los otros monjes.

William se preguntó si también su hermano Sherrin estaría rastreando la isla en busca de su superior, pero antes de que pudiera decirlo, una voz grave a su espalda le rebeló la respuesta.

—Por todos los santos, ¿quién sois vos?

William se giró y se encontró ante un monje de hábitos tan raídos como los de los dos que ya conocía, pero que parecía su viva imagen reflejada en las aguas quietas de un lago imaginario. Aunque más ajado por el paso del tiempo —no en vano era nueve años mayor que William—, Sherrin guardaba un asombroso parecido con el templario manco. William intercambió una mirada con Klaus, y el germánico sonrió. Ahora comprendía las palabras que el monje había pronunciado minutos antes: *eso lo explica todo.* Obviamente, se refería al parecido entre ambos hermanos.

Sherrin estaba aún más perplejo que William, puesto que jamás había imaginado que iba a recibir semejante visita.

—¡Santo Dios! —exclamó.

—Soy William, vuestro hermano menor —dijo el templario, que parecía haber recuperado el control de sí mismo tras la sorpresa inicial. Con una sonrisa, se acercó a su hermano y ambos se fundieron en un abrazo mientras un puñado de frailecillos revoloteaba sobre ellos. La tarde languidecía y el viento era cada más gélido.

—¡El pequeño William! —dijo Sherrin, aún desconcertado— ¿Cómo es posible?

Al cabo de unos segundos, el abrazo se deshizo y Sherrin miró a su hermano de arriba abajo, pero tuvo la delicadeza de no demorarse en el brazo perdido. Sus ojos parecieron encharcarse por la emoción, pero se sobrepuso y se volvió hacia Etgal y Klaus.

—¿Se sabe algo de nuestro abad? —le preguntó.

El monje de tez nívea negó con la cabeza.

—Salí en su busca y encontré al forastero, en vez de al abad —respondió.

—Yo ni siquiera sabía lo ocurrido —explicó Klaus—. Había ido a pescar.

Sherrin pareció estudiar al barbudo durante unos segundos.

—¿Y dónde está vuestra pesca? —preguntó con aspereza.

—No hubo suerte, me temo —replicó Klaus, cortante.

William intuyó que había algo que desconocía, pero sus pensamientos quedaron aparcados cuando su hermano le invitó a seguirle hasta una de aquellas extrañas construcciones de piedra. Antes de entrar en ella, Sherrin ordenó a los otros dos monjes que prosiguieran la búsqueda antes de que el sol se pusiera.

—¿Y los rezos? ¿Acaso no celebraremos los oficios vespertinos? —dijo Klaus con el ceño fruncido.

—¿No recordáis que Dios valora más al hijo pródigo? —replicó Sherrin con sequedad—. Sin duda, honraréis más a Dios encontrando a su hijo perdido que recitando oraciones.

—¿Y por qué no os unís vos a la búsqueda? —le reprochó el germánico, evidenciando la mala relación que William había intuido que ambos tenían.

—Porque mi vista no me lo permite, como bien sabéis pero fingís que olvidáis —se defendió Sherrin, y luego sonrió a William mientras sus ojos grises se abrigaban entre las profundas arrugas que los enmarcaban—. Además, tengo una vida que contar a nuestro huésped —añadió.

Cuando Etgal y Klaus se alejaron, Sherrin confesó a su hermano que sus ojos eran mucho más débiles de lo que desearía. Los años, dijo, siempre se cobraban diezmos y la pérdida de visión, especialmente cuando la luz del día menguaba, era uno de los que le había correspondido pagar a él.

—Cuando atardece, procuro no caminar a solas lejos del monasterio —explicó—. Ya habéis visto lo peligrosos que son los caminos. Un paso en falso y caes en brazos del Señor

William recorrió con la mirada la construcción y le sorprendió en primer lugar que en el interior adoptaba una forma rectangular, mientras que era perfectamente circular en el exterior. Estudió con curiosidad las paredes y el techo de aquella singular celda. Los artífices habían demostrado una pericia increíble ensamblando unas piedras con otras de modo que todo quedaba herméticamente sellado.

—No entra una sola gota de agua, si es eso lo que os preguntáis —dijo Sherrin, que observaba a su hermano, divertido—. No sé si Etgal y Klaus os dijeron que los primeros monjes llegaron a esta isla hace seiscientos años con el propósito de emular a los anacoretas de los desiertos que, supongo, conocéis tan bien como yo. —Miró con lástima el lugar donde debiera estar el brazo derecho de su hermano, y antes de que William pudiera replicar, añadió—: no os esforcéis en haceros pasar por un cisterciense ante mí. La musculatura de vuestro brazo izquierdo, el porte gallardo que mostráis y el modo en que habéis estudiado el entorno, desconocido para vos, delatan a un hombre de armas. Alguien que se ha jugado la vida en más de una ocasión; tal vez, un cruzado que perdió su brazo en una batalla. —Clavó su mirada en William, y concluyó—: si os envía Gattis y os obligó a vestir esos hábitos, debía tener sus razones. ¿Un templario? ¿Acaso mi hermano menor es un templario? ¿Y vuestra espada?

—¿Por qué suponéis tal cosa? —sondeó William tratando de disimular la impresión que le había causado aquel escrutinio. ¿Sería posible que los tres hermanos fueran tan diestros en el arte de la observación y la deducción?

—Mera conjetura, nada más —respondió Sherrin, evasivo—. ¿Tal vez acerté?

—¿Mera conjetura? —William frunció el ceño.

—Está bien —sonrió el monje—, os confesaré que me interesó mucho vuestro escuálido equipaje y no pude resistirme a abrir ese morral mientras os entreteníais estudiando esta celda tan peculiar —señaló con la mirada el macuto de William—. Vi dentro de ese macuto lo suficiente como para estar seguro de lo que digo.

William no supo si indignarse o sonreír ante la falta de educación de Sherrin, pero finalmente decidió ser práctico. Ya no tenía sentido discutir sobre aquello cuando tenía tantas cosas que preguntar.

—Os habéis referido a los desiertos de los anacoretas como lugares que ambos conocemos bien y, por lo poco que supe de vos, fuisteis cruzado. ¿Cómo y cuándo os convertisteis en ermitaño? —preguntó mientras deslizaba su espada, oculta bajo los hábitos, por la espalda.

—Es posible que escuchase la llamada de Dios con tanta claridad como os sucedió a vos, hermano —respondió Sherrin que parecía disfrutar con su ambigüedad, como si jugara una divertida partida de un juego que únicamente él conocía. Y añadió sin apartar la mirada de la espada—: ocultadla mientras estéis aquí. No sería prudente que os vieran armado.

William comprendió que aquel interrogatorio no le conduciría a buen puerto. Sherrin se parecía mucho a Gattis; no diría una palabra que no deseara que se escuchara. Debería aguardar si quería que su hermano mayor le abriera su corazón.

—Gattis ha muerto —dijo de un tirón. La noticia hizo empalidecer a Sherrin, y esta vez sí pareció descolocado.

—¿Lo han…?

—¿Asesinado? No, murió en su lecho —aclaró William—. Estaba muy enfermo. ¿No lo sabíais?

Sherrim negó con la cabeza mientras miraba el suelo de tierra cubierto de paja. Ambos estaban sentados en dos pequeños taburetes de madera que, junto con un par de jergones —William supuso que en cada una de aquellas chozas dormían dos monjes—, dos cubos con agua y una pequeña mesa de tosca madera eran el único mobiliario.

—Hacía tiempo que no nos veíamos —explicó Sherrim con los ojos humedecidos—. La última vez fui yo quien estuvo en Fountains y redacté un documento en el que expresaba mi voluntad de renunciar a la herencia de nuestros padres.

—¿Por qué creíais que lo habían asesinado? —tanteó William.

Sherrin alzó la mirada del suelo y buscó la de su hermano menor.

—Gattis tenía muchos enemigos —dijo—. Sabía demasiadas cosas de todo el mundo, y aunque también tenía poderosos aliados, siempre temí que el refugio de la abadía no fuera suficiente coraza para algún puñal a sueldo de alguien.

—¿Y vos? ¿Estáis del todo a salvo aquí?

Los dos hombres se estudiaron durante unos segundos. Sherrin esbozó una sonrisa fugaz antes de responder.

—Gattis creía que sí, por eso creo que os ha enviado también a vos. —Miró de reojo el macuto de William y añadió—: y a juzgar por ese hábito que guardáis y la espada que ocultabais, no me extraña que haya temido por vuestra seguridad. Los templarios están en grave peligro.

—¿Y cómo es que lo sabéis viviendo en un lugar tan remoto y hostil?

La respuesta de Sherrin murió en sus labios antes de nacer, porque en ese instante irrumpió en la celda otro de aquellos monjes de hábitos deshilachados. Se trataba de un hombre de ojos azules, cabello negro salpicado de canas y muy rapado, pero no tonsurado. William calculó que debía tener algo más de cuarenta años.

—Hermano Gelabert, ¿hay noticias de nuestro abad? —preguntó Sherrin.

El recién llegado, que parecía enormemente sorprendido por la presencia del inesperado visitante, negó con la cabeza.

—He recorrido el extremo norte de la isla —explicó, pero cuando estaba a punto de añadir algo más, se arrepintió y calló.

Tanto Sherrin como William interpretaron aquel silencio como desconfianza.

—No debéis temer nada en absoluto —dijo Sherrin en tono tranquilizador—. Es mi hermano menor, William, y es un hombre de Dios, como nosotros.

Los hombros de Gelabert se relajaron, y fue en ese momento cuando reparó en el evidente parecido entre los hombres que tenía enfrente. Ambos se habían levantado de los taburetes cuando entró en la cabaña y comprobó que eran igual de altos y delgados; que ambos tenían el mismo perfil aguileño en el que sobresalía una nariz afilada y una barbilla enérgica. Los mismos ojos grises; la misma mirada astuta.

—¿Cuándo y de dónde habéis llegado? —preguntó Gelabert, receloso.

—Llegué no hace mucho, y os puedo asegurar que nada tengo que ver con la desaparición de vuestro abad —aclaró William—. De hecho, uno de vuestros hermanos, Etgal, me encontró en ese embarcadero que hay abajo —hizo un gesto con la cabeza en dirección hacia el mar— cuando recorría la zona buscando al abad. Vengo desde la abadía de Fountains para ver a mi hermano, y dentro de tres días vendrá a recogerme la misma embarcación que me trajo hasta aquí.

—Disculpad mis recelos —dijo Gelabert.

—El hermano Gelabert es nuestro herbolario

—explicó Sherrin—. Él se encarga de esos huertos que habéis visto, y vela por nuestra salud.

—Decidme, ¿qué es lo que ha sucedido con el abad? —preguntó William.

Gelabert resumió el misterio en el que se había visto envuelta la pequeña comunidad religiosa aquella misma tarde, cuando, tras el oficio de Nonas, él mismo descubrió que el abad Fionan había desaparecido. William quiso saber cómo había advertido su ausencia, y Gelabert respondió que, antes de dirigirse a los huertos, entró en la celda del abad para comentarle que deberían traer nuevas semillas en el siguiente viaje de aprovisionamiento, cuando descubrió que el abad no estaba.

—Me pareció extraño, porque siempre acostumbraba a recogerse en oración tras Nonas, de modo que salí y miré alrededor, pero únicamente vi a uno de los gemelos cerca del cementerio.

—¿Uno de los gemelos? —preguntó William intrigado.

—Fue Niall —respondió el herbolario.

—Los hermanos Niall y Kellan son gemelos —aclaró Sherrin—. Son los dos miembros más jóvenes de la comunidad.

—¿Y dónde estaban los demás monjes en ese momento? —quiso saber William.

—Yo, leyendo aquí mismo —dijo Sherrin señalando una cordillera de pergaminos que se alzaba sobre la mesa de madera de la celda—, aprovechando la luz.

—Kellan no sé dónde estaba —admitió Gelabert—. Creo que tal vez cerca de la iglesia, porque no tardó mucho en llegar. Etgal apareció poco después, tal vez venía de las letrinas.

—Y el hermano Klaus dice que había ido a pescar

y no tuvo noticia de lo ocurrido —añadió Sherrin con escepticismo, según William creyó advertir.

Gelabert movió la cabeza y esbozó una sonrisa, como si comprendiera las dudas que Sherrin tenía de la versión del monje de origen germánico.

—Faltan otros dos monjes —recordó William—, ¿dónde estaban?

—Adrien y Cyrille, es cierto —admitió Gelabert—. Pues, ahora que lo decís, no estoy muy seguro. Tardaron bastante en llegar.

—¿Y qué sucedió a continuación? —preguntó William, cada vez más interesado en lo que estaba escuchando.

—Nos dividimos para ir a buscar al abad —respondió el herbolario—. Yo me dirigí al norte; Etgal, hacia la zona del embarcadero, hacia el este, que es donde os encontró. Adrien y Cyrille fueron hacia el sur, y los gemelos, hacia el oeste.

—Yo permanecí aquí, por inútil —aclaró Sherrin—. No sirve de nada llegar a viejo si después no tienes ninguna utilidad.

—No digáis eso, hermano —le reprendió Gelabert—. No hay nadie más sensato que vos entre nosotros.

—Tal vez porque ya cometí todas las locuras posibles hace mucho tiempo —replicó el veterano monje, y su mirada pareció perderse en la bruma de sus recuerdos.

—¿Cómo es vuestro abad? —intervino William nuevamente—. Me refiero a si es un hombre de complexión fuerte, sano, capaz de defenderse en caso de ser agredido.

—¿Agredido por quién? —dijo Gelabert con enojo—. ¿Quién iba a querer hacerle daño?

Sherrin tomó la palabra para explicar que el abad Fionan era más joven que él, y que gozaba de buena salud. Sin embargo, era un hombre delgado y de escasa estatura.

William guardó silencio y pareció estar rumiando con calma todo cuanto había escuchado. Entonces, fue Sherrin quien preguntó a Gelabert.

—Antes, al llegar, ibais a decir algo pero al ver a mi hermano os mordisteis la lengua. ¿Qué era? Podéis hablar con total confianza.

Gelabert pareció turbado. Se miró las manos, y rascó de sus dedos restos de cera, seguramente procedentes de un cirio o una vela.

—Siempre tan perspicaz y observador —admitió tras unos segundos de duda—. Lo que iba a deciros es que falta nuestra embarcación.

—¿Cómo que falta nuestra embarcación? —gritó Sherrin, furioso.

Gelabert explicó a William que existía otro embarcadero diferente al que él conocía y en el que había amarrado la coca que lo transportó. Los monjes disponían de una pequeña embarcación para ir periódicamente a Irlanda en busca de las provisiones que la isla no podía proporcionarles. La dieta de la comunidad estaba integrada, básicamente, por pescado, huevos y aves marinas. También tenían algunas vacas y ovejas, aunque muchas de ellas acababan despeñándose por los peligrosos acantilados con demasiada frecuencia. Pero alimentos tan básicos como el trigo procedían de Irlanda.

En ese momento, dos monjes jóvenes y perfectamente iguales irrumpieron en la cabaña. William los miró con asombro. No podían ser otros que los gemelos Niall y Kellan, de los que había oído hablar instantes antes. Ambos eran altos, fuertes, de tez sonrosada y mirada verde. En el exterior, la tarde había muerto y al sepelio asistían nubes oscuras de las que, al poco de llegar los gemelos, se descolgó una cortina de fina lluvia.

Los recién llegados informaron que sus pesquisas en la zona oeste de la isla habían resultado infructuosas, y Sherrin les presentó a William. Etgal y Klaus llegaron poco después empapados por la lluvia. Tampoco ellos habían encontrado rastro alguno del abad.

—¿Y Adrien y Cyrille? —preguntó Etgal tras comprobar que, además del abad, faltaban dos de los miembros de la comunidad.

—No han regresado —dijo Sherrin—. Pero el hermano Gelabert puede que tenga la solución a nuestro enigma.

Todos los monjes miraron al herbolario, que se rascó los cabellos negros salpicados de canas antes de responder.

—Nuestra embarcación ha desaparecido —dijo.

—No es posible —exclamó Kellan, que irguió su corpachón y tomó aire. Su pecho se hinchó como un gigantesco fuelle.

—¿Creéis que Adrien y Cyrille han huido? —preguntó Niall—. ¿El abad se ha ido con ellos? No lo entiendo —sacudió la cabeza, desconcertado.

William estudió a los dos jóvenes y creyó advertir en ellos tanta sinceridad como ingenuidad; tanta fuerza física como una evidente limitación intelectual. Dos muchachos de buen corazón, pero de mente bastante obtusa, concluyó.

Gelabert, el herbolario, le pareció un hombre sensato. Seguramente, con muchas cosas vividas, y se preguntó cómo y cuándo habría llegado a la isla. La desaparición de los dos monjes parecía haberle afectado tanto o más que la del propio abad.

El rostro de Etgal parecía más transparente que nunca. Había empalidecido al comprender que tal vez los dos monjes desaparecidos podían estar implicados en lo que fuera que le hubiera sucedido al abad, o que incluso los tres hubieran huido de la isla a bordo de la embarcación por alguna razón que nadie alcanzaba a comprender.

Klaus, el germano, permanecía agazapado en un segundo plano. Tenía el ceño fruncido y se mesaba la barba rojiza en un gesto que William no supo si atribuir al nerviosismo o a la reflexión.

La lluvia arreció en el exterior, y Sherrin propuso que celebrasen el oficio de Vísperas, como de costumbre. Después, la comunidad se reuniría en el refectorio, junto a la pequeña iglesia. Tras la cena, pensarían qué hacer al día siguiente.

Aquellas palabras parecieron calmar los ánimos. El regreso a la rutina proporcionó a la reducida comunidad un asidero al que agarrarse para permanecer mentalmente en el mundo que conocían y del que habían sido arrojados inesperadamente.

La lluvia cesó de forma tan súbita como había comenzado. De camino a la iglesia, William observó el pequeño camposanto, con sus cruces célticas y viejas losas rebozadas de verdín.

—El monasterio nunca tuvo más de una docena de monjes —dijo Sherrin, que caminaba a su lado y comprendió por dónde discurrían los pensamientos de su hermano.

—¿Y esas estructuras de piedra qué son? —preguntó William señalando unas extrañas construcciones próximas al cementerio.

—Son *leacht* —dijo Sherrin—. Señalan lugares de culto y enterramiento. Supongo que es el resultado del extraño maridaje entre el paganismo de estas tierras y el cristianismo. —Sherrin señaló con la mirada otras edificaciones más alejadas—. Disponemos de dos cisternas para recoger y purificar el agua de lluvia y dos oratorios. Uno de ellos es nuestra pequeño *scriptorium*.

Antes de entrar en la iglesia, William se volvió hacia su hermano.

—¿Me contaréis la verdad de lo que sucede aquí? ¿Por qué demonios os habéis recluido en este lugar?

Sherrin miró a su hermano con afecto y sonrió levemente antes de responder.

—Os lo diré, pero la respuesta está en vuestra propia pregunta —dijo, enigmático.

William frunció el ceño mientras Sherrin entraba en la iglesia con los demás monjes. Finalmente, los imitó. Y aunque recitó las oraciones y salmos como los demás, su mente permaneció anclada en las palabras de su hermano.

En 824, trescientos años después de que los primeros monjes se instalaran en Skellig Michael, los vikingos hicieron su primera incursión en la isla convencidos de que allí se guardaba algún tesoro, pero no lo encontraron. Despechados, se llevaron al abad de aquella época, tal vez con el propósito de solicitar un rescate o, simplemente, por pura maldad. Lo que no imaginaban era la obstinada fe de aquel hombre, que decidió dejarse morir de hambre.

Sin embargo, a pesar de aquel fracaso, veinticinco años después los vikingos regresaron a Skellig Michael. ¿Por qué?

Sabían que los monjes eran una fuerza exigua y que los accesos al monasterio eran difíciles de defender. Por lo tanto, se trataba de un paseo militar. Si en aquel lugar hubiera un tesoro, como presumían, estaría mucho mejor defendido. Además, su anterior incursión les había demostrado que no encontrarían riquezas en aquel lugar.

Es posible que la fascinación que producía aquella isla a los aventureros nórdicos naciese de su incomprensión sobre los motivos que pudieran llevar a un puñado de hombres a vivir en un desierto marino como aquel. Si alguien enterraba su vida en un peñasco azotado por el viento y con la única compañía de frailecillos y gaviotas, debía de tener algún motivo lógico, pensaban.

William escuchó por boca de su hermano la breve historia del lugar al día siguiente, que amaneció envuelto en una niebla que se fue disipando lentamente hasta permitir contemplar la magnificencia del mar, la silueta de la isla vecina y, hacia el sur, el imponente pico de más de doscientos metros de altura que coronaba Skellig Michael.

—Solo nos queda por explorar el Nido del águila —dijo Sherrin con la mirada clavada en aquella aguja de piedra que parecía arañar el cielo.

—¿Qué hay allá arriba? —preguntó William.

—Una ermita construida sobre el mismo abismo, y,

en lo más alto, una losa a la que hay que llegar gateando en los días de fuerte viento —respondió Sherrin sin apartar la mirada del imponente pico.

—¿Una losa? —dijo William, extrañado—. ¿Qué tiene de especial?

—Ayer nos fue imposible subir —dijo Etgal a sus espaldas antes de que Sherrin pudiera responder—. La lluvia y el inminente anochecer hacían que fuera temerario subir hasta allí. Es la única parte de la isla que nos queda por rastrear.

—Iremos todos —dijo Sherrin, para sorpresa del resto de los monjes.

—Es una imprudencia en vuestro caso —opinó Gelabert. El herbolario se enfrentó a Sherrin—. Vuestra vista os puede jugar una mala pasada. Conocéis los peligros del camino y una pisada en falso puede ser fatal.

Pero el veterano monje respondió sin apartar la mirada de la cresta rocosa.

—Iremos todos —insistió.

William miró de reojo a su hermano mayor y leyó en su mirada la determinación de un hombre de acción más que de un hombre de fe. Parecía que Sherrin estaba a punto de cargar a lomos de un caballo contra un adversario invisible en lugar de emprender una caminata en busca de un abad desaparecido.

—¿Estáis seguro? —susurró William a su hermano cuando los demás monjes iniciaron la marcha.

Sherrin asintió.

—No solo ha desaparecido el abad y nuestra embarcación —dijo mirando a su hermano.

—¿A qué os referís?

—La respuesta requerirá una conversación más larga

de la que ahora nos podemos permitir —respondió Sherrin—. Pero guarda relación con los motivos por los cuales vine a esta isla.

A medida que ascendían en busca de la cumbre, William fue adquiriendo una visión más completa del peculiar mundo al que había ido a parar. El islote, abrupto y áspero, apenas tenía zonas llanas, y en cambio estaba repleto de salientes traicioneros en los que una mala pisada podía resultar mortal. El monasterio se había construido buscando el amparo de los vientos en la cara sur de la cresta más baja de las dos que se alzaban en la isla; la situada al nordeste. Entre ambos picos, tal y como había presumido cuando vio por vez primera Skellig Michael desde el barco que lo había llevado hasta allí, había una depresión o pequeño valle.

La cuesta era empinada, y el viento comenzó a ser cada vez más frío y molesto. Pronto, cada paso se convirtió en un desafío. No solo había que vencer el desnivel, sino también al aire que, según el lugar desde el cual soplara, te empujaba hacia atrás o hacia el abismo. Alguno de los miembros de la expedición dio un traspiés, pero sin consecuencias. Sherrin se ayudaba de un cayado de recia madera, lo mismo que Gelabert, que tenía una forma extraña de caminar, según advirtió William, que era quien cerraba la cordada.

Finalmente, la expedición llegó a un recodo tras el cual William descubrió una ermita que resultaba totalmente invisible desde niveles más bajos. Sin duda, ofrecía un refugio excelente a la comunidad en caso de nuevos ataques de vikingos o de otro tipo de aventureros violentos en busca de los inexistentes tesoros que ansiaban. La ermita había sido construida con la misma técnica que las cabañas del monasterio, a base de piedras entrelazadas de forma magistral.

Fue Klaus el primero en entrar en ella, donde encontraron un refugio agradable, lejos del vendaval del exterior.

—Nada, no está tampoco aquí —dijo el huraño germano.

Las reducidas dimensiones de la ermita permitieron confirmar con un simple vistazo que Klaus estaba en lo cierto. El abad tampoco estaba allí. La estancia estaba alumbrada por un puñado de velas, que Gelabert apagó con sus dedos índice y pulgar.

—Una costumbre —dijo el herbolario al percibir la mirada curiosa de William.

Fue en ese momento cuando el templario reparó en que su hermano no había entrado con los demás, y salió al exterior.

—¡Sherrin! ¡No! —gritó.

Sherrin ascendía prácticamente a gatas en dirección a la cresta del picacho, suficientemente estrecha como para convertir el ascenso en una verdadera temeridad para alguien con una vista tan limitada como la suya. Sin pensarlo, William se apresuró a ir tras él sin dejar de gritarle pidiéndole que se detuviera.

Sus voces alertaron al resto de los monjes, que salieron de la iglesia sorprendidos. Los gemelos, más jóvenes y resueltos que el resto, fueron los primeros en ir tras Sherrin y William; segundos después, el resto les imitó. Pero instantes después, la comunidad al completo se detuvo.

—No hay nada más real que lo que se podría tildar de imaginario: el diablo no ha regresado, porque jamás se fue —murmuró Sherrin en un tono tan bajo que únicamente William pudo escucharlo.

El cuerpo sin vida del abad estaba sujeto fuertemente con sogas por los tobillos y las muñecas a unos salientes rocosos. El cadáver dibujaba una siniestra cruz sobre aquella losa negra azotada sin piedad por el viento. Alguien le había decapitado.

—¡Santo Dios! —exclamó Etgal.

—¿Quién ha podido hacer algo así? —se preguntó en voz alta Niall.

—¿Y con qué? —dijo William, reparando en un detalle que nadie parecía haber tenido en cuenta—. Para cercenar la cabeza de un hombre se precisa un hacha o una espada, y no cualquier espada. —Se volvió hacia los demás monjes, cuyos hábitos parecían estandartes negros agitados por el viento—. ¿Acaso disponéis de armas en el monasterio?

—Había una espada —respondió Sherrin—. Ya os dije que además del abad y de la embarcación faltaba algo más.

—¿Una espada? —dijo William, extrañado— ¿Quién de vosotros tenía una espada?

—Yo —admitió Sherrin.

—¿Y para qué demonios necesitabais una espada en un lugar como este?

—Como ya os dije, en vuestra pregunta está la respuesta.

III

SKELLIG MICHAEL
SEPTIEMBRE DE 1258

El viento no daba tregua a la comunidad, cuyos miembros formaban un siniestro círculo. Frente a ellos, como una boca abierta sedienta de muerte, la tumba excavada por los gemelos Niall y Kellan aguardaba el cadáver decapitado del abad Fionan envuelto en un tosco lienzo de lana. El difunto se iba de este mundo incompleto, sin cabeza. O su asesino se la había llevado o la había ocultado en algún lugar por descubrir.

«¿Y para qué demonios necesitabais una espada en un lugar como este?», había preguntado William a su hermano. «En vuestra pregunta está la respuesta» fue la contestación de Sherrin. Más tarde, durante el camino de regreso al monasterio desde el Nido del águila transportando por turnos el cadáver del abad, el hermano mayor rogó paciencia al menor. Aclararía sus dudas, prometió; respondería a todas las preguntas cuya respuesta ansiaba, pero antes debían enterrar a Fionan. Y William aceptó.

El templario aprovechó la caminata de regreso para

repasar cuanto había ocurrido y para observar con atención a los miembros de aquella minúscula e insólita comunidad. Un examen que completó durante el entierro del infortunado Fionan.

Etgal, que se había mostrado taciturno y pensativo tras el descubrimiento del cadáver del abad, tenía la mirada ausente durante el sepelio. Klaus, en cambio, dio la impresión de sobreponerse con facilidad ante la dantesca escena que ofrecía el difunto abad decapitado sobre aquella losa de piedra oscura que coronaba el picacho más alto de la isla. El germano, además, fue el primero en recordar la urgente necesidad de elegir un nuevo líder para la comunidad, algo que había irritado profundamente a los dos gemelos. Niall y Kellan eran irlandeses, al igual que el difunto, y sentían por él una sincera devoción, según supo William más tarde. Al parecer, Fionan había acogido a ambos jóvenes con especial cariño porque conocía a sus padres desde mucho tiempo antes de recluirse en Skellig Michael. Se trataba de una familia extremadamente humilde que creyó encontrar en la vida religiosa la única alternativa entre el hambre y la guerra para sus dos hijos.

Klaus, que no parecía gozar de otro apoyo entre los demás monjes que el que le dispensaba el herbolario, permanecía en un segundo plano durante el sepelio. Se mesaba la barba pelirroja y en sus ojos William advirtió algo que no supo si calificar como desdén o burla por los llantos de los dos gemelos.

Gelabert, por su parte, contemplaba a los gemelos con gesto grave mientras depositaban el cadáver en el interior de la fosa. El herbolario estaba visiblemente apenado por la implicación que, parecía evidente, habían tenido en aquel trágico suceso los dos monjes desaparecidos, Adrien y Cyrille. William supo por boca de su hermano que Gelabert había llegado a Skellig Michael en compañía de los dos huidos, y que los tres eran franceses.

En aquel momento, en el rostro de Gelabert se dibujó un rictus de dolor que William ya había advertido con anterioridad, en especial durante las caminatas de ida y vuelta al techo de la isla. Se diría que el herbolario padecía alguna dolencia, pero nunca le había oído quejarse.

En ese momento, los gemelos dispusieron el cadáver con delicadeza en el fondo de la fosa, salieron de ella y comenzaron los rezos por el alma del desgraciado irlandés.

Los labios de William se movieron recitando las mismas oraciones que pronunciaban los demás, pero lo hicieron de un modo maquinal, porque toda su atención estaba centrada en analizar el comportamiento y los gestos de los monjes negros de aquel islote.

Tras los rezos, todos comenzaron a arrojar tierra a la fosa, hasta que finalmente quedó prácticamente cubierta. Sobre el pequeño montículo dispusieron piedras, y a continuación los gemelos clavaron en el suelo una losa vertical en la cabecera del sepulcro antes de retirarse, llorosos, en dirección a la iglesia. Instantes después, Etgal y el herbolario les imitaron. Todos parecían tener intención de rogar de nuevo por el alma del abad asesinado; salvo Klaus. El germano lanzó una última mirada a la tumba, hizo una leve inclinación ante Sherrin y William, y descendió por la escalera de piedra en dirección al mar sin decir una sola palabra.

—Ahora, la gente ya no cree en los ángeles, pero hubo un tiempo en que las cosas no eran así —dijo de pronto Sherrin.

William se estremeció al escuchar aquellas palabras y se volvió hacia su hermano.

—Hubo un tiempo en que se creía que entre los hombres y los ángeles había estrecha relación. —El tono de voz de Sherrin adquirió un grado de gravedad que hasta ese momento William no había percibido, y mientras hablaba miraba hacia el mar. Parecía que hubiera olvidado la presencia de su hermano. Después, permaneció en silencio durante unos segundos, como si buscara en su memoria algún dato que se mostraba esquivo o anduviera eligiendo con mimo las palabras que iba a necesitar a continuación. Finalmente, invitó a William a seguirle, y echó a andar en dirección a su celda.

Cuando entraron en la cabaña, Sherrin señaló a su hermano uno de los dos taburetes de madera y colocó el otro contra la pared de piedra, para que le sirviera de respaldo. Aunque era mediodía, la luz allí adentro era escasa, y Sherrin encendió unas velas. Después, rebuscó en la pequeña montaña de pergaminos que William había observado la primera vez que entró allí, y eligió uno de ellos.

—Existe un libro cuya autoría se atribuye, seguramente de un modo erróneo, al patriarca Henoc. En él se relata el descenso a este mundo de un puñado de ángeles encabezados por uno de ellos, al que llaman Semyaza —dijo Sherrin con el pergamino en las manos. No parecía tener la intención de leerlo, pero se aferraba a él como si le sirviera de apoyo para avanzar en su relato—. Se asegura que su caída tuvo lugar en la cima del monte Hermón. A aquellos seres se les ha llamado *ángeles caídos* o *vigilantes*. El relato afirma que corrompieron a los humanos, que se juramentaron contra Dios en su rebeldía, y que enseñaron a los hombres el arte de la guerra y la fabricación de armas, cómo hacer hechizos y otras maldades. Pero también les instruyeron en el conocimiento de los astros y en la ciencia de las estrellas. —Sherrin tomó aire y lo expulsó en un sonoro suspiro—. Lamentablemente, dieron rienda suelta a sus más bajos instintos y se mezclaron con mujeres, y estas parieron a unos seres gigantescos. Al ver lo ocurrido, Dios envió a la tierra a los arcángeles Miguel, Gabriel, Rafael, Suriel y Uriel, que lograron apresar a Semyaza y a sus secuaces, y encadenarlos por setenta generaciones. Además, Dios arrasó aquella humanidad corrupta con el diluvio.

William, que había escuchado aquel inesperado relato con los ojos entornados y sin perder de vista el pergamino que su hermano sostenía entre las manos, se removió en el incómodo taburete, inquieto.

—No entiendo qué tiene que ver… —comenzó a decir, pero Sherrin alzó la mano derecha, pidiéndole paciencia.

—No entiendes qué tiene que ver esa historia con lo que ha sucedido en la isla, con mi presencia aquí y con la desaparición de mi espada, ¿no es cierto?

—Digamos que buscaba una solución menos compleja o que no requiriera tener que remontarnos a tiempos tan remotos como dudosos históricamente —reconoció William.

—Parecéis demasiado descreído para ser monje —se mofó Sherrin, y hundió su mirada en los ojos de su hermano—. ¿O tal vez ya no lo sois y soy yo quien debiera interrogaros sobre esa mudanza de hábitos? —Miró de soslayo el macuto con el que William había llegado a la isla.

—Soy monje —reaccionó William, sin inmutarse—. Tanto como lo sois vos —añadió sin apartar la mirada inquisidora de su hermano mayor.

Sherrin asintió con una leve sonrisa.

—Tal vez os parezca un relato difícil de creer, pero los primeros padres de la Iglesia lo daban por cierto —aseguró—. Y no debía estar muy errado quien quiera que escribiera ese libro atribuido a Henoc, porque hay en él frases que después aparecen en los Evangelios, o expresiones como *hijo del Hombre*.

»¿Cuántos eran los sublevados? —prosiguió Sherrin—. En el capítulo doce del Apocalipsis se nos ofrece una pista, ¿recuerdas? —Por vez primera leyó el manuscrito que tenía entre las manos—: «Otra señal apareció en el cielo: un dragón color de fuego, con siete cabezas y diez cuernos; sobre sus cabezas, siete diademas; su cola arrastraba a la tercera parte de las estrellas y lanzó sobre la tierra». —Alzó la mirada y repitió—: «la tercera parte de la estrellas». Esos fueron los sublevados; la tercera parte de los ángeles se convirtieron en ángeles caídos.

—¿En serio dais crédito de una manera literal a esos textos? —se asombró William—. Creía que debían ser los padres de la Iglesia quienes los interpretaran.

—Y lo han hecho —respondió de inmediato Sherrin—. Creyeron que los ángeles rebeldes habían caído a este mundo por orgullo. ¿Y sabes por qué? Porque el orgullo no requiere que fueran corpóreos. Por eso, pensadores como Julio Africano buscaron una solución al problema que planteaba el texto de Henoc, en el que, como os dije, se asegura que los ángeles caídos tuvieron relaciones con mujeres humanas. Julio Africano argumentó que aquellos seres no eran hijos de Dios exactamente, sino de Set, el tercer hijo de Adán y Eva. Afirmó que la *caída* describía las relaciones que estos entablaron con las hijas inferiores de Caín. ¿Te das cuenta? —Sherrin sonrió—. Eso era más cómodo de creer. ¿Cómo podrían tener relaciones carnales seres que eran espíritus puros? Por eso, san Agustín le dio la razón a Julio Africano.

—No sé adónde conduce vuestro relato, pero he comprendido perfectamente el debate que me habéis resumido: si los ángeles son seres puramente espirituales, no pueden mantener relaciones carnales con mujeres. De modo que se pensó que Henoc se equivocaba o había que hacer que pareciera que se había equivocado —apuntó William.

—¡Exacto! —exclamó Sherrin al tiempo que se daba una palmada en su rodilla derecha, satisfecho por la sagacidad de su hermano pequeño—. Pero si los ángeles, caídos o no caídos, son inmateriales, hay episodios bíblicos ciertamente difíciles de explicar. Por ejemplo, el relato de la lucha que mantiene Jacob con uno de esos seres, que finalmente le lesiona en la disputa. O los ángeles que Lot ocultó en su casa de Sodoma, que despertaron la lascivia entre los vecinos a causa de su extraordinaria belleza. Y el mismísimo Pablo asegura en el capítulo once de su primera Carta a los Corintios que las mujeres deben cubrirse la cabeza por respeto a los ángeles, como si estos fueran tan corpóreos que pudieran verse tentados por la belleza femenina.

—Muy bien, concedamos que los ángeles caídos podían ser tan corpóreos como ocasionalmente lo fueron los ángeles de Dios que llegaron a Sodoma o el que luchó con Jacob; acepto también que la rebelión de Lucifer no fue únicamente guiada por el orgullo, sino que también pudo subyacer la lujuria. ¿Y eso qué tiene que ver con vos, conmigo y con el abad al que alguien ha decapitado? —dijo William inclinando su cuerpo hacia delante sobre el taburete.

—Los ángeles caídos, guiados por el más excelso de todos ellos, perdieron tal vez la chispa divina —afirmó Sherrin—, y con ello, la capacidad de perdonar, de tener remordimientos.

—He conocido a miles de hombres con esos mismos defectos, y no eran ángeles caídos —se burló William, pero al ver la expresión severa en el rostro de Sherrin, su sonrisa se congeló.

—¿Y si no todos los ángeles caídos fueron exterminados por Dios? ¿Y si hubieran seguido encarnándose en la tierra sin interrupción? ¿Y si pasan junto a nosotros como hombres comunes y no les reconocemos? ¿Y si nosotros mismos, todos los hombres, somos descendientes de ellos? —Sherrin pareció de pronto terriblemente agotado y viejo. Respiraba con dificultad, y el pergamino que aún sostenía, tembló en sus manos. Las velas parpadearon y el monje las contempló durante unos instantes, embobado—. Orígenes de Alejandría aseguró que los ángeles podían camuflarse entre los hombres a voluntad, y en caso de ser demonios, adquirían un cuerpo frío y oscuro.

De pronto, William se vio a sí mismo de nuevo en aquella gruta del monte Carmelo donde Joseph había ocultado uno de los dos lienzos en los que estaba impresa la imagen de un hombre. La misma cueva en la que permaneció tres días, pero nunca en soledad. «Sabéis ahora el Sonido de la Palabra. Sois el único depositario de ella. No permitáis que el Mal os derrote en esta montaña». Las palabras de Joseph resonaron en su cabeza con extraordinaria e inquietante nitidez, y se estremeció.

—Pero ¿no os parece demasiado pueril que una tercera parte de los ángeles de Dios se sublevaran únicamente por lujuria? —preguntó Sherrin—. ¿No suena excesivamente *humano* ese razonamiento?

William estaba tan impactado por la mágica claridad con la que había escuchado en su mente las palabras de Joseph, que no tuvo fuerza para argumentar absolutamente nada, y se dejó arrastrar por la voz de Sherrin.

—La posibilidad de que la maldad de los hombres que vos mismo habéis recordado guarde relación con los ángeles caídos puede tener una explicación más profunda y aterradora —dijo Sherrin—. Tal vez no tenga que ver con que seamos hijos carnales del demonio, sino que nuestra vida en la tierra guarda relación con la lucha entre la Luz y la Oscuridad en otros mundos que no vemos, y los derrotados son enviados al infierno, que no es sino el mundo que habitamos.

—¿Me estáis diciendo que vivimos en el infierno?

—Lo que puedo asegurar es que hay puertas de acceso de un mundo al otro —prosiguió Sherrin—. Lugares por los que el diablo llegó a esta realidad que contemplamos y que fueron selladas para evitar que los demonios pudieran escapar de este infierno y regresar al mundo del que proceden. —Hizo una pausa teatral, y añadió—: o del que procedemos.

—¿Todos somos demonios? ¿Es eso?

—Es posible —concedió Sherrin—. O es posible que no todos lo seamos en igual medida. Supongo que cada cual tiene un grado de memoria espiritual diferente, tal vez en función de la penitencia a pagar.

—Parecéis muy seguro de lo que decís. —William creyó entrever adónde conducía aquel extraño relato—. Se diría que…

—Con tanta claridad como lo habéis visto vos, me temo —le interrumpió Sherrin—. Ambos le hemos visto y sabemos que es tan real como un hombre común, pero más extraordinario, poderoso y seductor que ningún otro ser que hayamos conocido.

En la mente de William se proyectaron los recuerdos de cuanto vivió en el monte Carmelo. «La punta de la espada», murmuró. Había puertas de acceso de un mundo a otro que habían sido selladas. Siete monasterios, había mencionado Joseph. La lucha entre la Luz y la Oscuridad. Skellig Michael era la *empuñadura*, había asegurado entonces su maestro.

—La *espada del ángel* —murmuró.

Sherrin abrió los ojos fingiendo sorprenderse.

—De modo que lo sabéis —dijo el mayor de los dos hermanos—. ¿Por eso habéis venido hasta aquí?

William negó con la cabeza. Estaba aún aturdido por las palabras que había escuchado y por las que había recordado.

—Fue Gattis quien me hizo prometer que os visitaría —aseguró—. Supongo que toda esa historia de nuestra herencia familiar fue un ardid, y que realmente estaba preocupado por mi seguridad. Conocía mi pertenencia a… —dudó durante un instante lo que convenía revelar a Sherrin, y finalmente optó por mencionar únicamente parte de la verdad— la Orden del Temple. Creía que los templarios estamos en peligro, y me recomendó vestir como un cisterciense.

Sherrin, con expresión severa, no dijo nada, como si

aguardara que William completara su relato. Pero al ver que no añadía nada más, tomó de nuevo la iniciativa.

—¿Eso es todo lo que Gattis sabía de vos? ¿Que sois un templario? —En su boca se dibujó una expresión a medio camino entre la ironía y la decepción—. ¿Un templario que conoce el secreto de la espada del ángel?

William se removió en su asiento. Tragó saliva y se le escuchó decir algo más:

—Hubo un caballero en la Orden que fue para mí maestro y amigo —reveló—. Fue él quien me habló de la existencia de líneas invisibles en la tierra que los pueblos celtas llamaron Serpientes; son senderos recorridos por una fuerza arrebatadora y sobre los cuales se han construido templos a lo largo de los tiempos. —Suspiró y seleccionó las siguientes palabras de su relato con sumo cuidado—. Un día mencionó la existencia de la Línea Sacra de san Miguel. Él llamaba a esa línea la espada del ángel, y creía que la empuñadura de la misma estaba en este lugar: Skellig Michael. —Lanzó una mirada a su alrededor—. Para él, no se trataba de una simple leyenda. Jamás imaginé que un día el destino me arrastraría hasta aquí. De hecho, no volví a recordar aquella historia hasta que nuestro hermano me dijo dónde os encontraría. —Sonrió con amargura—. Comprendí de inmediato que no era una casualidad.

Una corriente de aire hizo temblar la luz de las velas mientras los dos monjes compartían el silencio y cada cual rumiaba las palabras del otro.

—Hacéis bien en revelar únicamente aquello que creéis que os mantiene a salvo —dijo Sherrin quebrando de pronto la tregua—. Pero ambos sabemos que un simple monje templario desconocería el verdadero secreto de la espada del ángel: que no que se trata de una leyenda.

William sostuvo la mirada de Sherrin, y buscó una salida de emergencia para la ratonera adonde lo había conducido su propio relato.

—Tampoco vos habéis respondido aún a mi pregunta sobre las razones por las que un monje benedictino necesitaba una espada en este islote —replicó—. Una espada que, en cierto modo, os hace responsable de la muerte del abad.

—Ya os respondí, pero no prestasteis atención —se defendió Sherrin—. Algo extraño en alguien con vuestra sagacidad. —Al ver la expresión de desconcierto de William, recordó—: «¿Para qué demonios necesitabais una espada en un lugar como este?», me preguntasteis, y os dije que en la pregunta estaba la respuesta.

William molió durante unos segundos las palabras, y de pronto comprendió. Como si le hubieran pinchado con una aguja, se levantó del taburete: «demonios».

—¡Por todos los santos! No estáis aquí como un monje, sino como un guerrero con la misión de enfrentarse a los demonios —concluyó.

—Soy un monje —le corrigió Sherrin—. Como antes dijisteis, ambos lo somos, y en igual medida.

William volvió a tomar asiento, pero aproximó el taburete aún más a su hermano. Sus pupilas grises brillaron con intensidad.

—¿Qué clase de monje sois?

—Uno de los pocos que conocen lo que realmente se oculta bajo la Línea Sacra de san Miguel. —Hizo una pequeña pausa antes de añadir—: como vos y como el hombre a quien consideráis vuestro maestro, cuyo nombre habéis silenciado con la prudencia debida.

—¡Sois un caballero de Sión! —exclamó William.

—Por eso Gattis os envió aquí —explicó Sherrin—. No es el Temple quien está en peligro, o no únicamente. La amenaza que se cierne sobre la Orden ha nacido en su interior. Algunos hermanos, guiados por el rencor o por la ambición, se han puesto al servicio de nuestros enemigos —Se frotó el mentón, rasposo por la incipiente barba canosa, y concluyó—: Gattis tenía contactos valiosos y sabía bien de lo que hablaba. Temía por ello sinceramente por nuestra vida. —Sonrió con amargura antes de añadir—: ¡sus dos hermanos habían entregado sus vidas a la misma causa a pesar de haber sido separados siendo niños!

La figura de Morgan apareció en la mente de William con dolorosa claridad. Nadie mejor que él sabía de la existencia de traidores dentro de la Orden y de los planes que se fraguaban contra los freires, y se preguntó cuándo darían el siguiente paso.

—Pero ¿por qué estáis aquí exactamente? ¿Qué pretende Sión? —preguntó William. Tras valorar si era el momento adecuado para hablar de Morgan, había decidido que aquella parte de su historia podía aguardar a ser contada.

—Como bien sabéis, Sión ha logrado salvaguardar sus secretos revelando discretamente a sus miembros parte de los mismos, y asignando misiones específicas a los hermanos, sin que cada uno sepa qué hacen los demás. —Tomó aire y lo exhaló con fuerza—. Pues bien, en cada uno de los siete lugares de poder de la Línea Sacra de san

Miguel hay un guardián de Sión, cuya misión es velar porque el acceso al otro mundo permanezca sellado.

—¿Me estáis diciendo que existe un lugar físico, material y concreto, que es una ventana a esa otra realidad? —dijo William, pero de inmediato recordó la imagen del abad decapitado y el lugar donde fue encontrado su cuerpo, y exclamó—: ¡la losa negra!

Sherrin asintió.

—¿Y qué significado tiene el asesinato del abad? —preguntó William.

—Aún no lo sé —admitió Sherrin.

—¿Y los demás? ¿Saben quién sois? ¿Conocen lo que esconde este lugar?

—No, no saben que no soy un benedictino. Y de Skallig Michael únicamente conocen su leyenda, lo mismo que, supongo, conocían la mayoría de los monjes que han permanecido en este islote desde hace seiscientos años —respondió Sherrin—. Pero es evidente que alguno de ellos sí fue consciente de la importancia de este paraje y del combate que se dilucida entre la Luz y la Oscuridad. De otro modo, seguramente jamás se hubieran instalado los primeros anacoretas en la isla. Los vikingos y otros aventureros creyeron que estaban aquí porque guardaban un tesoro, sin imaginar lo que realmente se oculta en este lugar.

—¿Qué sentido puede tener la muerte del abad? ¿Creéis que lo asesinaron esos dos monjes que han huido en la barca?

—El abad Fionan era un hombre frágil, de escasa estatura y mente cerrada. La vida en la comunidad se había relajado en exceso en los últimos tiempos —confesó Sherrin—. Sin embargo, Niall y Kellan le idolatraban, como ya habéis visto. Le hubieran defendido hasta la muerte. No parecía preocuparles el incumplimiento, cada vez más frecuente, de los oficios en las horas, ni que el propio abad se ausentase de los mismos. Incluso hubo murmuraciones a propósito de la naturaleza de las relaciones que mantenían los tres irlandeses.

William alzó las cejas, sorprendido.

—¿Con algún fundamento? —preguntó.

—Quiero pensar que con ninguno —respondió Sherrin.

—¿Quién podía tener interés en desprestigiar al abad? ¿Quizás el hermano Klaus? —aventuró William—. No parecía excesivamente afectado durante el entierro, y no ha tardado en reclamar el nombramiento de un nuevo abad, tal vez pensando en postularse.

—Supongo que esa es la conclusión más lógica —admitió Sherrin—. Pero lo cierto es que cada uno de los miembros de la comunidad tiene sombras en su vida. —Por vez primera durante la conversación, dejó sobre la mesa el pergamino que aún temblaba en sus manos—. Como bien sabéis, media cristiandad se ve zarandeada por las más dispares creencias, especialmente en el seno de la propia Iglesia. Decenas de predicadores se han lanzado a los campos exigiendo una verdadera vida apostólica y alzándose contra Roma. Muchos de ellos predican una iglesia invisible, sin jerarquías ni sacramentos, rebosante de paz y pobreza cristiana, como presumen que fue la primera comunidad de seguidores de Jesús. Dicen que Tanquelmo de Flandes se atrevió a considerarse hijo de Dios tras predicar contra la riqueza de los obispos y papas. Eón de Estella también afirmó en Bretaña ser hijo de Dios. Amalarico de Bena divulgó la idea de que todos los cristianos son parte de Cristo, y sus ideas han sido popularizadas y sostenidas por los Hermanos del Libre Espíritu, por los begardos. E incluso hay quienes, como los luciferianos, consideran que Satanás había sido injustamente expulsado de los cielos.

—Mendicantes, cátaros, valdenses… Conozco muchos de esos cristianos a quienes la Iglesia persigue o persiguió —metió baza William—. Pero no entiendo qué queréis decirme.

—El hermano Klaus abrazó las ideas luciferianas siendo joven, y posteriormente formó parte de una comunidad de begardos —reveló Sherrin—. Pero, según me confesó, rompió con aquellas creencias y buscó la penitencia en este monasterio.

—Comprendo —dijo William—. ¿Y los demás?

—No conozco del todo la vida del hermano Etgal, pero sé que comulgó durante un tiempo con las ideas de Pedro Valdo, aquel reformador de Lyon que denunció al clero por su relajada forma de vida.

—Los Pobres de Lyon —recordó William.

—Exacto —admitió Sherrin—. En principio, a su alrededor se formó un grupo de laicos que defendían un cristianismo ascético, muy riguroso. Pero cuando permitieron que se sumaran a su causa también las mujeres, la Iglesia actuó contra ellos con firmeza. No podía tolerar que un puñado de laicos anduviera bautizando y perdonando los pecados sin el menor control.

—Pero los valdenses hace tiempo que desaparecieron —apuntó William.

—Es posible dar muerte a los hombres, pero es más difícil acabar con sus ideas —afirmó Sherrin—. Etgal, y otros muchos, defendieron a Valdo mucho tiempo después de Valdo. Hasta que vino a parar a Skellig Michael.

—¿Y los demás?

—Los irlandeses están menos cristianizados de lo que desearía en Roma —sonrió el benedictino—. La sombra de los antiguos druidas parece imborrable en estas tierras. Y conversando con los demás descubrí en ocasiones aprecio a los antiguos donatistas, a los bogomilos, a los cátaros o a esos rebeldes franciscanos que en algunos lugares han comenzado a llamar *fraticelli.* No estoy seguro de si buscaron en Skellig Michael redención por sus ideas heréticas o un escondrijo para salvar sus vidas.

—Y vos, ¿cuándo llegasteis aquí? ¿Cuándo os envió Sión?

—Hace once años —respondió Sherrin—. Por entonces, únicamente el abad, los dos irlandeses y Klaus estaban en la isla. Etgal llegó poco después, y apenas unas semanas más tarde arribaron el herbolario y los dos desaparecidos.

—Adrien y Cyrille —dijo William—. ¿Ellos también tenían un pasado herético?

En ese momento, Etgal irrumpió en la celda silenciando la respuesta de Sherrin. El rostro del recién llegado parecía aún más transparente que de costumbre, y en sus ojos se advertía una angustiosa urgencia.

—Hermano, ¿qué sucede? Parecéis alterado —Sherrin se levantó del taburete que ocupaba y se lo ofreció al recién llegado.

El antiguo valdense, tembloroso, ocupó el asiento. Ocultó sus manos uniendo las mangas del hábito, y miró alternativamente a ambos hermanos, como si no supiera a quién debía confesarse. Finalmente, tal vez por la familiaridad que otorgaba haber compartido tantos años de vida en común en un lugar tan remoto, miró a Sherrin.

—Hace unos días, antes de la desaparición del abad, escuché a Adrien y Cyrille por casualidad —dijo de un tirón. Pero después, al escucharse, pareció dudar sobre si debía añadir algo más. Finalmente, decidió, antes que nada, excusarse—: no pretendía espiarles. Ocurrió antes de Completas. Yo estaba paseando cerca de la iglesia, y ellos no me vieron.

—No debéis sentiros culpable de nada —le tranquilizó Sherrin—. ¿De qué hablaban?

—Mencionaron el monte de Saint Michael —reveló Etgal—. Les oí decir que, cuando todo acabara, se dirigirían allí. Entonces no comprendí, pero ahora... —Se santiguó, blanco como la nieve.

Sherrin puso su mano derecha sobre el hombro izquierdo del monje, y le consoló.

—Vos nada podíais saber. Tened la conciencia tranquila.

Etgal se levantó del asiento y buscó la mirada de Sherrin, desolado.

—¿Qué podemos hacer? —preguntó.

Sherrin miró a su hermano.

—Iremos tras ellos —respondió—. Ahora, sabemos a dónde se dirigen y debemos evitar lo peor.

—¿Qué queréis decir? —preguntó Etgal, desconcertado. Era evidente que por su mente no habían cabalgado los mismos pensamientos que por las de los dos hermanos.

Sherrin invitó a Etgal a convocar a los demás miembros de la comunidad en la iglesia. Debían anunciarles algo, anticipó. Y cuando se quedaron a solas, se dirigió a William.

—Debéis detenerles. Saldréis tras ellos mañana mismo, cuando la embarcación que os trajo hasta aquí regrese a por vos.

—¡Por todos los santos! —exclamó William—. ¿Acaso creéis...?

—Debéis llegar al monte de Saint Michael antes de que vuelva a ocurrir —insistió Sherrin—. Hay que impedir que se abra otra puerta al infierno.

—Pero ¿qué razón tendrían esos dos monjes para hacerlo?

Sherrin negó con la cabeza.

—Aún no lo sé —reconoció—. Pero es preciso actuar con rapidez. Nos llevan ventaja, y vos sois el único capaz de impedirlo. Si lograran abrir las siete puertas... —La mirada de Sherrin se ensombreció.

—¿Vendréis conmigo?

—Mi vista me lo impide, hermano —respondió Sherrin—. Además, debo velar por lo que pueda ocurrir aquí.

Minutos después, en la penumbra de la modesta iglesia, alumbrados por un puñado de velas, los monjes escucharon la confesión de Etgal sobre la conversación que, de forma accidental, había escuchado y los planes de Sherrin.

—Mi hermano William embarcará mañana con el propósito de alcanzar a Cyrille y Adrien para esclarecer lo ocurrido aquí —dijo, ocultando de forma deliberada su sospecha de que el destino elegido por los dos monjes guardaba relación con la leyenda que unía ambos monasterios.

—Iré con vos —dijo inesperadamente el herbolario. Su tono evidenciaba su decisión, aunque su rostro se mostraba descompuesto—. Me siento responsable de lo sucedido. Yo traje a Cyrille y Adrien a este monasterio. Les conocí cuando viajaba hacia aquí después de haber escuchado hablar de este lugar y con el propósito de entregarme a Dios en la austeridad de este paraje. Ellos habían abandonado la orden franciscana, hastiados de su alejamiento de la pobreza cristiana. Me confesaron que, llevados por su pasión, se integraron en grupos mendicantes —reveló sin atreverse a levantar la mirada del suelo.

—¡*Fraticellis*! —dijo Klaus, con desprecio.

—¿Estáis vos en situación de hacer reproches a los demás? —replicó el herbolario.

El germano refunfuñó y enrojeció, pero no replicó.

A William no le agradaba tener compañía, pero no pudo negarse cuando Etgal y los gemelos se mostraron favorables a que el hermano Gelabert expiase su culpa colaborando en la captura de los dos asesinos del abad Fionan. William intercambió una mirada con Sherrin, que se limitó a encogerse de hombros, resignado.

A continuación, todos salieron en silencio de la iglesia. Únicamente William y Gelabert se demoraron para concretar los detalles de su partida al día siguiente, mientras el herbolario apagaba con sus dedos las temblorosas llamas de los cirios.

William pasó la noche prácticamente en vela, reflexionando sobre cuanto su hermano le había revelado y sobre lo que, posiblemente, aún desconocía de él. Su instinto le susurraba que aquel singular monasterio encerraba más secretos de los que le había descubierto, y que sus integrantes parecían resumir las milenarias divergencias que habían enfrentado hasta la muerte a los cristianos, sin importarles si Cristo vivió, e incluso podría ser que les incomodara que lo hubiera hecho si su verdadera biografía en nada se parecía a la que cada uno de ellos defendía.

Mientras el viento azotaba las *clocháns* de piedra y el mar aullaba, se preguntó cuál sería la reacción de aquellos monjes si conocieran el contenido de los manuscritos que los primeros caballeros templarios descubrieron en Jerusalén. ¿Les darían crédito o los quemarían? ¿Matarían los cristianos herejes a los portadores de la verdad con la misma determinación con la que lo harían obispos y papas?

Arrianos, bogomilos, donatistas, docetinos, ebionitas, cátaros, mesalinos, maniqueos, monofisistas, montanistas, espirituales, valdenses, nestorianos, priscilianistas, paulicianos, luciferinos, *fraticellis*… todos se habían disputado durante cientos de años la túnica de un hombre a quien nadie conocía en realidad y a quien, posiblemente, ellos mismos hubieran crucificado si les llevaba la contraria.

¿Y él? ¿En qué creía él, en realidad?, se preguntó en medio de aquella noche interminable.

Al amanecer, la comunidad se reunió para el oficio de Prima y, a continuación, los monjes dieron cuenta de su frugal desayuno en medio de un silencio más espeso que de costumbre. Minutos después, todos descendieron por los interminables escalones arrancados a la piedra hasta alcanzar el muelle, donde aguardaba, puntual, la coca que debía transportar a William.

Cuando el capitán supo que tendría un nuevo viajero a bordo, miró con desdén a Gelabert y exigió un puñado de monedas más de las pactadas. El herbolario entregó una pequeña bolsa de cuero en la que tintineó el metal, y el capitán la abrió, codicioso. Tras revisar el contenido, gruñó satisfecho y asintió. Después, escupió al mar y dio la espalda a los monjes, cuyos hábitos se agitaban por el viento, siempre presente.

No hubo despedidas emotivas ni palabras cálidas, más allá de las breves que Sherrin intercambió con William. Los demás se limitaron a dibujar una cruz en el aire, a modo de bendición, y ninguno dedicó siquiera una mirada al herbolario. William consideró injusto que se culpara a Gelabert de la muerte del abad, pero Sherrin le dijo que los demás creían que no se podía culpar al viento de desorganizar una casa, sino a quien había dejado abierta la puerta que le había permitido entrar.

Cuando William embarcó, Sherrin señaló el macuto donde su hermano llevaba sus escasas pertenencias, entre ellas los hábitos templarios.

—Llevas contigo mi historia —le dijo.

William entornó los ojos. La coca comenzaba a alejarse de la costa cuando abrió el petate y vio un puñado de pergaminos garrapateados. Cuando alzó la mirada, las olas separaban a los dos hermanos, pero Sherrin gritó por encima de la espuma del mar.

—Sentí tanto como tú la muerte de Joseph.

Entonces, William empalideció. Él jamás había revelado a su hermano el nombre de su mentor.

IV

CORNUALLES
OCTUBRE DE 1258

Cuando al fin saltaron a tierra, William respiró aliviado. El mar y los barcos siempre le habían parecido territorios hostiles, pero aquellas aguas del norte, permanentemente enojadas y hambrientas de marineros, se le antojaron las más terribles de cuantas existieran. Ni siquiera el hachís había logrado aislarlo de aquel vaivén de olas y espumas. Atrás había quedado el estruendo de los paíños, las pichonetas y los frailecillos que poblaban Skellig Michael. Atrás quedaban las tierras verdes irlandesas que, apenas él y Gelabert pusieron un pie en ellas, abandonaron tras negociar con el patrón de otra coca más marinera y sólida el pasaje hasta Inglaterra.

El olor a salitre, que lo había impregnado todo durante demasiado tiempo para su gusto, lo perseguía también mientras caminaba junto a Gelabert bordeando unos acantilados que no parecían tener fin. El paisaje de aquella zona de Cornualles camino a la bahía de Mount se ondulaba a lo largo de páramos desiertos y grises salpicados por túmulos de piedra de carácter funerario, recuerdo imperecedero del pasado pagano de aquellas regiones. La mañana era húmeda; el cielo, como de costumbre, estaba pintado de gris, y la hierba por la que caminaban estaba empapada. La noche anterior había llovido con furia.

Aunque viajar siempre era empresa peligrosa, incluso para dos monjes como ellos, ambos habían decidido rehuir cualquier compañía. Presumían que, a medida que se aproximaran a su destino, podrían encontrarse con peregrinos que pretendieran rendir visita al santuario dedicado al arcángel san Miguel, pero incorporarse a una de aquellas comitivas podría retrasarles. En su ánimo estaba descansar lo menos posible, conscientes de que la suya era empresa de vida o muerte.

William miró de soslayo al herbolario, cuya compañía inicialmente le había generado incomodidad, pero que lentamente se había ganado su confianza e incluso su simpatía. Gelabert era más hablador que él, sin duda, pero no por ello era un compañero incómodo. Se trataba de un hombre instruido y reflexivo, provisto de más conocimientos de los que inicialmente William le había supuesto. Sus saberes excedían los de un simple herbolario, y más parecían los propios de un sanador competente. Los concilios celebrados en Letrán en 1179 y 1215 habían prohibido a los clérigos profesiones como la de cirujano, porque implicaban el derramamiento de sangre, pero William sabía que aquellas normas, como tantas otras, no se cumplían, y se interrogó sobre si el hermano Gelabert sería uno de esos clérigos que habían ido más allá en sus estudios de lo que la propia Iglesia permitía.

William creía intuir un enorme mundo interior en su compañero de viaje, en cuyo rostro había descubierto en varias ocasiones el mismo rictus de dolor que ya había advertido en alguna ocasión en el monasterio. Como entonces, William supuso que su acompañante padecía algún tipo de mal que, presumió, él mismo debía mantener a raya con algún remedio. Pero, siendo él profano en humores y enfermedades, no se atrevió a diagnosticar qué pudiera ocurrirle al hermano Gelabert.

El herbolario marchaba en aquel momento delante de él, apoyándose en un robusto cayado de madera de roble. Había algo en su forma de caminar que resultaba extraño, y en lo que William ya había reparado durante su estancia en el monasterio. Durante unos segundos, su mirada se perdió en las huellas que dejaban sobre la alfombra verde de aquella tierra, empapada por la lluvia. Entonces, William entornó los ojos y observó el largo hábito de lana negro de Gelabert, ceñido con un cordón, que lamía la hierba y el barro, cubriendo incluso sus pies. El escapulario, también negro, confería a su compañero de viaje un aspecto lúgubre, al que contribuían sin duda su mirada melancólica y sus ojos azules ribeteados por ojeras violáceas. A su lado, el blanco hábito cisterciense de William resplandecía por el contraste, no por su limpieza, pues también sus bajos estaban salpicados de barro.

Ambos habían tenido la ocasión de conocerse un poco más durante las dos travesías marítimas.

—Es asombroso vuestro parecido con él. —Había roto el hielo la primera vez Gelabert mientras la coca se alejaba de Skellig Michael y ambos contemplaban el islote.

William, que aún rumiaba en aquel momento las

palabras de su hermano a propósito de la muerte de Joseph, no escuchó al herbolario, que insistió.

—Digo que, sin ser gemelos, tenéis un parecido increíble vos y el hermano Sherrin.

Una ola traicionera salpicó el rostro de ambos, y tuvo la virtud de arrancar a William de su introspección.

—Os confesaré que yo mismo desconocía que nos pareciésemos de ese modo —admitió.

—¿Cómo es posible? —se extrañó el herbolario.

—Nos separamos hace tanto tiempo que no recordaba su rostro —respondió William—. Yo tenía dos años, y él once.

—¿Qué ocurrió? —preguntó Gelabert mientras se sujetaba con fuerza a la borda de la coca para evitar perder el equilibrio por culpa del oleaje.

—Nuestro padre marchó a Tierra Santa como cruzado y… —De pronto, dudó sobre la conveniencia de mencionar al Temple en su biografía. No tenía motivos para desconfiar de aquel benedictino francés, pero el sigilo siempre es más protector para quien posee un secreto—. A mí me criaron unos familiares al norte de Francia, mientras que mis hermanos permanecieron en Inglaterra.

—¿Y vuestra madre consintió?

—Nuestra madre había fallecido —respondió William con más sequedad de la necesaria.

—Lo lamento —dijo Gelabert—. Sé lo que se siente cuando se pierde a una madre, y cuando se crece sin haber tenido cerca un padre.

William alzó la mirada, que tenía clavada en la cubierta del barco, y estudió con interés el rostro de su compañero.

—¿Vos también fuisteis huérfano prematuro?

Gelabert asintió.

—Mi padre murió antes de que yo naciera, y mi madre me dejó siendo yo un niño.

—¿Dónde nacisteis?

—Al sur de Francia —respondió Gelabert, evasivo.

William recordó lo que su hermano le había revelado a propósito del pasado herético de varios de los monjes de Skellig Michael. Etgal había comulgado con el ideario valdense, Klaus convivió con luciferianos, y mencionó igualmente que en la comunidad encontraron refugio algunos que en otro tiempo habían defendido las ideas de los bogomilos, de los donatistas, de los díscolos franciscanos que defendían una pobreza a ultranza y que comenzaban a ser conocidos como *fraticelli*, y también citó a los cátaros.

—Al sur de Francia —repitió William, y deslizó un comentario—: el país de los cátaros.

Gelabert se encaró con él, sin perder la calma.

—No todo el mundo allí abrazó ese credo herético —dijo con sequedad. Y se sumió en un silencio que William supo acatar, lo que allanó el camino para una incipiente amistad sustentada en el respeto al pasado de ambos.

En los días siguientes, a pesar de la acostumbrada frialdad de William y sus recelos a mencionar nada que tuviera que ver con la misión que su hermano le había encomendado, ambos hablaron más de lo que William había imaginado que sucedería. Sin embargo, hubo un tema en el que el herbolario mostró especial interés un día antes de desembarcar en Cornualles.

—Es cierto lo que dicen de vos —dijo—. Es cierto

que habéis resuelto misterios que parecían astucias del diablo.

William dio un respingo involuntario al escuchar la mención a Lucifer, pero se repuso sin que en su rostro se advirtiera la menor muestra de emoción.

—De momento, creo que siempre me enfrenté a problemas estrictamente humanos —dijo. Irguió su figura, alta y fibrosa como un junco, y frunció el ceño—. Dudo que tenga fuerza y armas para combatir al diablo.

—En el monasterio escuché que teníais un don especial para esos menesteres —insistió el herbolario—. ¿Resolveréis la muerte de nuestro abad?

—No creo poseer un don del que los demás carezcan —repuso William, aún más tieso—. El único mérito puede ser ver donde otros solo miran, y no desechar ningún detalle de lo observado, pero sin apresurarme a la hora de formar una teoría. La vida, hermano, es más extraña que cualquier cosa que se pueda uno imaginar. Está repleta de misterios.

—¿Y qué pensáis de lo sucedido al abad?

—Justamente, nada... aún —respondió William—. Estamos en el proceso de recoger toda la información posible. No podemos teorizar antes de poseer los datos. Después, podremos razonar hacia atrás, si es necesario. —Se acercó al herbolario y sonrió—. Pero os puedo asegurar que si habéis vivido con mi hermano Sherrin, nada de cuanto yo haga o diga os sorprenderá, pues, de los tres hermanos, es sin duda el más dotado para este tipo de ejercicios mentales. Lástima que su vista esté tan gastada por la edad...

—¿Le hubierais preferido a él como compañero? —aventuró Gelabert, incómodo.

William negó con la cabeza.

—Es posible que seáis un magnífico pedernal para encender el fuego —profetizó William.

Gelabert no supo si tomar aquellas palabras como un cumplido o como un insulto. ¿Un pedernal?

—No me malinterpretéis —se apresuró a explicar William—. Sé que sois un hombre instruido, con más formación de la que tal vez gustéis de exhibir o reconocer. Es solo que en ocasiones razono mejor en voz alta, y es más agradable tener audiencia que hablar solo. Y os aseguro que llevo media vida hablando solo.

El rostro de Gelabert se había tensado. Aún no estaba seguro de cómo debía interpretar el comentario de aquel cisterciense manco. Un detalle sobre el que, a pesar de cuánto le intrigaba, había tenido el buen gusto de no preguntar, aún.

—Es cierto que el hermano Sherrin es inteligente y buen lector, pero desconocía que pudiera poseer esa facultad que se os atribuye para resolver misterios. Jamás le imaginé fuera de un monasterio y, dentro de uno, fuera de un *scriptorium*.

—Supongo que ahí reside la cuestión —concedió William con una sonrisa—: ser unos años más joven que él puede hacerme parecer más vigoroso, más acostumbrado a la acción.

—A juzgar por el brazo que os falta, podría pensarse que es así —apuntó Gelabert con evidente embarazo.

—Debo agradeceros que hayáis controlado el deseo de formular esa observación hasta ese momento —replicó William con media sonrisa—. ¿Cuándo y cómo perdí el brazo? Está bien, os lo diré para que podamos conversar sin que la parte de mi cuerpo que justamente no está presente atraiga vuestra atención.

—No pretendía... —balbució el herbolario.

William hizo un gesto con la mano.

—Está bien, no pasa nada —dijo, afable—. Ocurrió en Tierra Santa. Acompañaba a un grupo de peregrinos cuando fuimos asaltados por una partida de infieles —mintió—. Tuve suerte, después de todo. Muchos de los peregrinos perdieron la vida. Yo, únicamente el brazo derecho.

Gelabert lo miró de un modo extraño. No era compasión, pero tal vez eso hubiera podido pensar alguien menos observador que William. No era compasión, ni tampoco rechazo. Lo que el herbolario dijo a continuación resolvió el enigma... en parte.

—Odio la guerra —reveló—. Demasiados muertos en nombre de los dioses.

Después se giró buscando el mar con la mirada. William, por su parte, se encerró en sí mismo, abrigando sus secretos en compañía del hachís.

Había pasado algo más de una semana desde aquella primera conversación.

A medida que se acercaban al lugar donde, según los lugareños a quienes preguntaron, se encontraba el monte de Saint Michael, la angustia atenazó el estómago de William. Temía no llegar a tiempo de evitar que los dos monjes a quienes perseguían hubieran cometido algún crimen como el de Skellig Michael.

¿Estaría en lo cierto Sherrin? ¿Realmente la muerte del abad Fionan guardaba relación con el secreto de la Línea Sacra de san Miguel? Después de todo, que el hermano

Etgal hubiera asegurado que escuchó a los dos huidos mencionar su intención de dirigirse al monte Saint Michael podía no ser suficiente como para conjeturar que pretendieran cometer otro asesinato en aquel lugar.

Tal vez Sherrin se había precipitado al llegar a esa conclusión, se dijo William cuando alcanzaron la cima de una pequeña loma. Pero su instinto, le decía Sherrin, no andaba desconaminado. También él había advertido la sombra de una amenaza; algo terrible y letal respiraba cerca de su nuca. Sherrin y él se parecían tanto… pensó mientras descendían aquella loma en dirección al mar. Y lo más extraordinario era que la vida los había conducido por senderos diferentes hasta un mismo destino; hasta conocer ambos al caballero Joseph Cloche.

—Sentí tanto como tú la muerte de Joseph —le había gritado su hermano cuando se alejaba de Skellig Michael a bordo de la coca.

William palpó en el interior de su macuto el puñado de pergaminos en los que Sherrin había garrapateado media vida antes de que partiera; antes de que el alba arañara las sombras de la empuñadura de la espada del ángel y que había podido leer durante la travesía.

Apenas os recuerdo siendo niño. Yo tenía once años y vos dos cuando nuestro padre os donó al Temple. Veintiocho había cumplido yo el día en que decidí ir en su busca, aunque pasaron varios meses hasta que me fue posible emprender mi aventura. Dejé a Gattis al frente de nuestras propiedades, y le hice entrega de un primer documento de cesión de las mismas.

Como sabéis, nuestro padre, Arthur Baker, se sumó a la cruzada tras dejaros en manos del comendador de Sours, y jamás regresó. La última noticia suya que llegó a nuestra hacienda de Yorkshire fue una carta sellada en Constantinopla. Y a aquella ciudad me dirigí inicialmente.

Constantinopla es una ciudad tan hermosa como gigantesca, y no fue fácil encontrar a alguien que pudiera darme una información lo suficientemente veraz como para proseguir mi aventura. Hasta que un día, un caballero recién llegado de Francia que dijo estar al servicio del rey Felipe Augusto y que se disponía a embarcar rumbo a Jerusalén, me aseguró que nuestro padre se había incorporado al séquito de Juan de Brienne, monarca de Jerusalén tras desposar pocos años antes a la joven reina María de Montferrato. Ella tenía diecisiete años, y él andaba ya por la cincuentena.

El caballero me pareció de fiar y le rogué poder embarcar en su compañía. A juzgar por el modo desenvuelto con el que trataba con marinos, algunos de ellos infieles, y con gentes de armas curtidas en batallas que se dirigían a Tierra Santa o que, heridos y mutilados, regresaban de aquellas tierras, supuse que no era aquel el primer viaje a Jerusalén que hacía, a pesar de que nunca me atreví a calcular con certeza su edad.

Durante el viaje, me habló lo justo para no parecer descortés, pero se las ingenió —eso fue algo que advertí posteriormente— para que yo dijera de mí todo cuanto quiso saber. Yo, por mi parte, apenas supe durante la travesía que su nombre era Joseph, y que era originario de la región francesa de Champaña. Que se trataba de un monje templario y no de un caballero de la corte del rey francés fue algo que no descubrí hasta que llegamos a Acre, pues ni siquiera vestía sus hábitos.

Desde luego que me había parecido extraño que no tuviera escudero ni sirvientes, pero no me atreví a preguntar por discreción. En aquel momento, naturalmente, no podía imaginar que nuestro encuentro no era producto de la casualidad. No sé si Dios deja cosas al albur, pero con el tiempo descubrí que quien no lo hacía era Joseph.

Gracias a él, tuve noticia de que el arzobispo de Acre, un hombre llamado Jacques de Vitry, había predicado con fervor entre los francos asentados en Siria la necesidad de una nueva cruzada, siguiendo instrucciones del papa. Me confesó igualmente que los colonos cristianos que se habían asentado en aquellas tierras habían relajado sus costumbres y debilitado tanto su fe, que apenas se podría diferenciar a un cristiano de un infiel. Pero a pesar de cuanto me refirió, no estaba yo preparado para el mundo al que fui a parar al desembarcar tras un viaje infernal. Los barcos, querido hermano, nunca me han parecido hospitalarios.

San Juan de Acre era una explosión de color, una babel de idiomas, un gigantesco zoco para el que mi alma no estaba prevenida. Mercaderes venecianos, cambistas genoveses, comerciantes pisanos, marineros marselleses y gentes de mil razas gritaban las bondades de sus mercancías, se desafiaban, se retaban o juraban en sus lenguas. En el aire se mezclaban aromas desconocidos para mí que se superponían al del salitre y al del pescado que descargaban los marineros.

Mientras nos alejábamos del muelle, se cruzaron en nuestro camino mujeres de una belleza extraordinaria que sonreían a nuestro lado, pero me esforcé por seguir a mi guía, que caminaba con paso firme y decidido por aquellas calles abigarradas como si aquella ciudad fuera su propia casa.

No os agotaré, hermano, con un relato pormenorizado de cuanto viví en aquellas tierras hasta el momento en el que mi vida cambió para siempre. Os bastará con saber que, gracias a la mediación del caballero Joseph, obtuve audiencia con un alto dignatario al servicio del rey Juan, quien, tras enviudar prematuramente, había contraído nuevas nupcias con la hija del rey armenio León II. Aquel noble me confesó que nuestro padre, con quien había viajado desde Francia, había muerto sin llegar a Tierra Santa. No supo, sin embargo, explicarme los síntomas que lo aquejaron, pero sí que recibió santa sepultura no lejos de Constantinopla.

Desconsolado y sin otro hombro amigo en el que llorar que el de Joseph, aquella misma mañana tomé la determinación de cumplir la voluntad de nuestro padre y abrazar la cruzada. A ello contribuyeron, sin duda, los sermones que no cesaba de escuchar desde que había llegado a aquellas tierras, así como la presencia en tan lejanas regiones del rey de Hungría, Andrés II, y el duque de Austria, Leopoldo VI.

Aquellos señores de la cristiandad habían arribado al puerto de Acre meses antes, y a ellos sumaron sus huestes el rey de Chipre, Hugo I de Lusignan, y el príncipe de Antioquía-Trípoli, Bohemundo IV.

Yo jamás había visto un ejército tan formidable, y en mi ingenuidad llegué a pensar que seríamos invencibles. Pero entonces fue cuando Joseph me dijo algo que jamás olvidaría:

—El peor enemigo de Cristo son los cristianos.

Recuerdo que me volví hacia él y le lancé una mirada cargada de odio y desprecio. ¿Cómo podía pensar así un monje? ¿Acaso su corazón no palpitaba de orgullo al vestir aquel manto blanco adornado con la cruz ensangrentada?

Él, sin embargo, sonrió, compasivo. Me miró de un modo tan extraño que me pareció que había leído mi mente sin que yo hubiera abierto la boca.

—Sé que no entendéis mis palabras, pero concedeos a vos mismo un poco de tiempo —dijo.

Pero mi enojo no menguó, y tampoco mi desprecio.

Sin embargo, meses más tarde, había comprendido perfectamente su afirmación, que más me pareció después profecía…

La regla benedictina aconsejaba que el tesorero de la comunidad fuera «un hombre sabio, maduro de carácter, moderado y que coma poco, que no sea ni arrogante ni impetuoso, ni grosero ni lento, ni derrochador, sino un hombre temeroso de Dios, que llegue a ser como un padre para la comunidad». Y aquel retrato se ajustaba, aparentemente, al hermano Edward como si se tratara de un guante.

El hermano Edward era el segundón de un acaudalado comerciante que, gracias a generosas donaciones a la abadía, había logrado que su retoño fuera acogido en la comunidad treinta años atrás. Un tiempo suficiente como para apenas recordar sus nervios el día en que ingresó en el monasterio como novicio y le fueron entregados dos bonetes, dos pares de zapatillas, un par de polainas, dos pares de botas, dos pares de mantas, un puñado de pares de calcetines blancos, un cuchillo para las comidas, un cinturón de piel, unos pañuelos de lienzo basto, unas agujas, material de escribir y aquel hábito de lana de color negro, pesado y rudo.

Era tanto el tiempo que había pasado entre los muros de la abadía, que el hermano Edward no recordaba la vida fuera de la comunidad. En ella había aprendido cuál era su sitio, dónde sentarse, cuándo levantarse, en qué momento había que hablar y en qué instante estaba prohibido hacerlo. Le enseñaron a cantar en los oficios, a servir en el refectorio, y a leer en voz alta cuando era menester. Había logrado domar al demonio de la carne a duras penas, y aunque en ocasiones su mano derecha caía derrotada en la batalla, podría decirse que aquella guerra se iba decantando a su favor. Tal vez por ello, el demonio había encontrado un resquicio por el que minar la voluntad del hermano Edward con el propósito final de hacerse con su alma.

Los primeros seis años de su vida en el monasterio del monte Saint Michael, Edward los había consumido, como los demás novicios, dedicándose al estudio. Al término de aquel período, ya ordenado formalmente, comenzó su verdadera carrera dentro de la comunidad. Hasta que los demás hermanos vieron en él el vivo retrato de lo que la regla exigía para acceder al cargo de tesorero y administrador.

El hermano Edward no gastaba más palabras que las estrictamente necesarias. Era enjuto, de piel cerúlea, nariz ganchuda, mirada inquisidora y espalda encorvada, tal vez debido al ejercicio diario de sumar y restar anotando pulcramente en los pergaminos los números de la vida cotidiana de aquella casa. Recluido en su guarida, llevaba las cuentas de cuanto se gastaba —en cereales, vino y productos de los que los monjes carecían y necesitaban— y de cuanto se recaudaba —a través de diezmos, donaciones y caridades de los peregrinos y venta de los excedentes que proporcionaban las tierras que la comunidad poseía—.

Tenía Edward a su cargo y bajo su total responsabilidad a un joven novicio llamado Thomas, que era quien en ocasiones, y de un modo involuntario, había provocado las debilidades carnales de su superior. Thomas era un muchacho de doce años de edad, de rostro claro y mirada limpia, hijo de un notario acomodado y que estaba adornado con las mismas virtudes que un día evidenció Edward. Bien pudiera ser, pensaban todos en la abadía, que en el futuro fuera su sucesor. Pero lo que nadie sospechaba era que aquel relevo podría precipitarse, porque el muchacho había reparado en que, de un tiempo a esta parte, las cuentas del monasterio no cuadraban. Y no cuadraban, porque el diablo, hábil y artero, había olfateado una debilidad en Edward mayor que la de la carne: la del vino.

El hermano Edward bebía, y bebía mucho. Pero su organismo parecía tener el don de diluir en la sangre con una facilidad pasmosa el alcohol que se mezclaba con ella en las venas, de tal suerte que no daba muestras de estar achispado ni su lengua se tornaba de trapo. Sin embargo, la urgencia de volver a beber se estaba haciendo cada vez más insoportable. Y para aplacar la sed, el tesorero necesitaba monedas con las que pagar al buhonero con el que, cada semana y a escondidas, se reunía en la parte más discreta de los acantilados que rodeaban aquella fortaleza de Dios, alejada unos cientos de metros de la costa y unida a ella únicamente cuando las mareas no la aislaban por completo. El buhonero, de ojillos vivarachos y abrigado por una abundante capa de grasa, había encontrado un filón en aquel monje pecador. A medida que su cliente dependía más del suministro de vino que le proporcionaba, la avaricia le cegó y comenzó a exigir, además, unas monedas por su silencio cada vez que ambos se reunían.

El joven Thomas, tan audaz como avispado, había espiado sigilosamente a su maestro hasta el apartado acantilado donde tenían lugar las transacciones del tesorero y el buhonero. Y luego de mucho cavilar sobre qué debía hacer con lo que había descubierto, resolvió que su lealtad a la abadía estaba por encima de la lealtad debida a su mentor. Y aunque se apresuró a enterrar de inmediato en su mente aquella idea, la perspectiva de convertirse en el más joven tesorero que la comunidad hubiera tenido en su historia le cegó durante unos segundos.

El problema para el hermano Edward era que, una vez al año, el tesorero debía dar cuenta a la comunidad del estado de las finanzas. Y aunque era cierto que en los años anteriores había demostrado ser capaz de maquillar los números sin que ni Thomas ni nadie advirtiesen su delito, en la inminente cita anual no iba a resultar tan sencillo, puesto que su deuda con el buhonero había alcanzado una suma considerable.

Desesperado, el tesorero se rascaba el cráneo tonsurado mientras contemplaba el balance de las cuentas, tan desequilibrado que no veía cómo salir de aquel atolladero. Era tal su desánimo y abatimiento, que estaba lejos de sospechar que Thomas hubiera sugerido al abad unos días antes la conveniencia de aclarar algunos cálculos que le habían parecido turbios en el trabajo de su maestro. Y el abad Henry, un hombretón rubicundo, ávido lector de alquimias y astrologías en la intimidad de su celda, le había reclamado por sorpresa los rollos de pergaminos con los números anuales, de los que habría que dar cuenta a los demás hermanos en un capítulo extraordinario semanas más tarde. Edward acostumbraba a detallar los gastos y los ingresos en las dos caras de media docena de pliegos de pergamino que se unían después formando un extenso rollo.

De la solicitud de cuentas del abad, hacía ya varios días.

El tesorero contempló sus dedos tintados de azul tras los cálculos empuñando la pluma, y advirtió su involuntario temblor. De no haber mediado la llegada a la abadía de dos monjes procedentes de Skellig Michael unos días antes, seguramente el abad ya habría descubierto su delito. La llegada de los dos forasteros quebró la monotonía de la vida conventual, haciendo que el abad demorara la fiscalización de las cuentas de la casa. Pero los dos huéspedes se habían despedido el día anterior, y Edward aguardaba la llamada del abad en cualquier momento.

Debía hacer algo, se dijo. Y debía hacerlo sin demora.

Con manos temblorosas, apuró el contenido del cuenco de madera a rebosar de vino especiado. Se limpió los labios con el dorso de la mano, y se encaminó hacia las dependencias del abad.

Ajeno a las tribulaciones del tesorero de la abadía del monte Saint Michael, William caminaba recordando el resumen de su vida que Sherrin había escrito apresuradamente la noche antes de su partida de Skellig Michael.

En su apresurada biografía, Sherrin relataba su incorporación a las fuerzas cruzadas y su participación en la conquista de El Cairo, empresa de la que salió mejor parado que muchos de los que estuvieron presentes en aquella aventura:

… Los infieles se retiraron, dejando Damietta a nuestro alcance. El sultán buscó refugio en El Cairo, y tanto él como su hermano Melik el-Muazzan, sultán de Damasco, enviaron negociadores para pactar la entrega de Jerusalén a cambio de mantener el poder en El Cairo.

Yo había logrado salir casi ileso de la carga contra la caballería musulmana. Apenas había sufrido un par de heridas en la pierna y en el brazo derecho, y creía que habíamos logrado nuestro objetivo. Si recuperábamos Jerusalén, pensaba, habría honrado la memoria de nuestro padre y podría regresar a Yorkshire con la cabeza alta. Pero entonces, apareció el peor enemigo de Cristo: la Iglesia…

Ochocientos años antes de que el hermano Edward se encontrara en tan graves apuros, el arcángel san Miguel se apareció a un grupo de pescadores de la región. En aquel tiempo, el monte y las tierras que lo rodeaban gozaban de una amplia vegetación. Avellanos y otros árboles autóctonos convertían en un vergel aquel enclave situado frente al mar, pero fue precisamente el mar el que lo arrasó. Una terrible inundación anegó el entorno casi trescientos años antes de que el tesorero de la abadía se entregara a la bebida y arruinara su vida. El agua convirtió el peñón en una isla mareal situada a poco más de trescientos metros de la costa de Cornualles.

Nadie podía saber con certeza cuál fue el mensaje del

arcángel a los pescadores, pero poco después de aquel mágico encuentro un grupo de monjes fundó el primer monasterio en aquel monte. Con el paso del tiempo, los benedictinos de Mont Saint-Michel, su homónimo normando, pasaron a controlar aquel enclave, posiblemente convencidos de que el diablo y el arcángel habían cruzado también allí sus espadas.

Cuando la marea subía, el monte quedaba aislado de la costa, como sucedía en el momento en el que el hermano Edward, con la espalda más encorvada que de costumbre y resuelto a condenar su alma por salvar su reputación, se dirigía a la celda del abad Henry.

¿Qué pensaba hacer? Ni él mismo tenía claro el plan, más allá de evitar a toda costa, y pagando el precio que fuera necesario, que se divulgara la vergonzosa debilidad que le dominaba.

Era la hora del descanso tras la misa de mediodía y la comida. Hasta Nonas, el abad acostumbraba a entregarse a la lectura de aquellos textos herméticos que tanto le apasionaban y que bordeaban la frontera de lo permitido. Sus aposentos acostumbraban a estar atestados de hierbas y plantas extrañas, polvos minerales, alambiques y artefactos alquímicos. Y tanta era su devoción por aquellos estudios, que entre algunos monjes de la comunidad había comenzado a extenderse cierto malestar, e incluso reproches. Unas murmuraciones que habían aumentado desde que, años antes, recibieran la visita de una delegación de hermanos procedentes de Mont Saint-Michel y descubrieran que el verdadero motivo de aquel viaje, revestido de visita pastoral, era el deseo de los dos abades de intercambiar opiniones sobre las prácticas alquímicas que apasionaban a ambos. Al parecer, desde aquella visita los dos abades intercambiaban mensajes cifrados que enviaban a través de correos de su total confianza.

Edward extremó las precauciones para no ser visto por ningún hermano, y de ese modo alcanzó con éxito la celda del abad. Se irguió cuanto su espalda le permitía, tomó aire y abrió la puerta resuelto a…

—¡Por todos los santos! ¿Qué hacéis vos aquí? —dijo al sorprender allí a su discípulo Thomas.

El muchacho empalideció primero y se sonrojó después. Farfulló algo incomprensible, y se interpuso torpemente entre él y unos pergaminos que presidían la montaña de escritos que había sobre una mesa. Edward se acercó y apartó de un empujón a Thomas.

—¿Qué significa esto? —preguntó al descubrir que aquellos documentos eran sus propias cuentas falsificadas. Pero de inmediato comprendió lo sucedido y asió al muchacho por el hábito, zarandeándolo—: ¿qué habéis hecho, maldito? ¡Habéis traicionado mi confianza!

Thomas tragó saliva, y lo único que pudo decir antes de que Edward lo lanzase contra la pared y recibiera un mal golpe en la nuca que se lo llevó de este mundo fue:

—El abad no está; ha desaparecido.

El espectáculo natural del monte Saint Michael se ofreció de pronto a Gelabert y William tras alcanzar la cima de la última de aquellas lomas que bordeaban la costa. Ambos se detuvieron y contemplaron ensimismados aquel capricho de la Naturaleza. La marea alejaba la abadía de la costa momentáneamente. Un mar de aspecto violáceo acorralaba el peñón mientras la espuma de las olas martilleaba los acantilados oscuros confiriendo al lugar un aspecto irreal.

Gelabert se volvió hacia William y sonrió. Hizo un gesto con la cabeza animando a su compañero de viaje, y comenzó a descender en dirección a la bahía. William se demoró durante unos instantes, como si temiera lo que pudiera aguardarle en el aquel lugar; el segundo hito de la espada del ángel. Y la imagen de su hermano Sherrin se abrió paso en su mente:

… Unas semanas antes, había llegado a Damietta un leonés de mente obtusa llamado Pelagio Gaitán, que ejercía como cardenal-legado. El papa le había confiado la dirección de la Iglesia en aquella empresa, y no tardó en negarse a negociar con los sultanes.

Por segunda vez, recordé las palabras del caballero Joseph sobre quiénes eran verdaderamente los enemigos de Cristo. Y para mi sorpresa, pues siempre había mirado con respeto a aquellos monjes, los templarios le secundaron, posicionándose contra el rey. Salvo algunos.

Un puñado de aquellos monjes guerreros se esforzó en convencer al legado papal para que se decantara por el diálogo y no por la fuerza, pero no tuvieron éxito.

Imagina, sin embargo, mi desconcierto cuando descubrí entre aquellos monjes a Joseph, a quien no había vuelto a ver desde el día en que me alisté en las huestes del rey Juan.

Finalmente, el cardenal se salió con la suya y los cruzados, liderados a regañadientes por el rey, tomamos Damietta. Lo que sucedió a continuación, no obstante, me convenció de que Joseph tenía razón: los italianos, partidarios del cardenal, y los franceses, fieles a Juan, se enfrentaron en aquellas calles mientras se producían violaciones y actos de rapiña.

Profundamente decepcionados, algunos cristianos decidieron marcharse, y yo también. Pero, en el último momento, alguien me hizo cambiar de idea.

Encontré a Joseph —o posiblemente me encontró él a mí— la noche antes de mi partida y condujo la conversación como solo él sabía hacer, de modo que poco después de iniciada me escuché a mí mismo preguntar sobre los motivos por los cuales aquel grupo de templarios había disentido del resto de sus hermanos de Orden sobre la estrategia a seguir en Damietta. Y entonces, me dijo algo que me desconcertó y me sedujo a la vez:

—Los cristianos son, como ya os dije, los peores enemigos de Cristo; por eso es necesario que dentro del Temple haya defensores de Cristo que no parezcan cristianos.

Cuando tres años después la irreflexiva actuación del legado Pelagio Gaitán condujo al desastre al ejército cruzado —decidió tomar El Cairo y los musulmanes les hicieron caer en una trampa mortal al romper unos diques y ahogar a muchos y dejar a otros acorralados entre el barro y el agua— Joseph ya me había iniciado en los secretos de Sión…

La noticia de la desaparición del abad Henry se extendió como el peor de los incendios alterando la monótona vida de la veintena de religiosos. Desconcertados, unos habían interrumpido sus descansos, y otros, el comienzo de sus tareas tras la comida. Arracimados alrededor del hermano Edward, le interrogaban sobre cómo había descubierto la ausencia del abad.

—Ha debido ocurrir algo espantoso —explicó el

tesorero, falsamente compungido—. Hay sangre en la pared de su celda.

Haciéndose cruces, los monjes siguieron a Edward desde la iglesia, donde todos se habían congregado tras la primera voz de alarma, hasta los aposentos del abad. Ninguno de ellos podía sospechar que, minutos antes, sobre aquel suelo de piedra yacía el cadáver del joven Thomas —cuya sangre era la que Edward pretendía mostrar a los demás— y sobre la mesa de trabajo de su superior, entre los cachivaches y legajos alquímicos, estaban los pergaminos que habrían delatado a Edward si hubieran podido examinarlos.

Una vez dentro de la celda, el anciano Wardley tuvo que aproximarse tanto a la pared donde se advertía la sangre que su gruesa nariz estuvo a punto de untarse con ella. Había gastado sus ojos iluminando libros desde su juventud, y ahora apenas alcanzaba a ver mal de cerca, y muy poco de lejos. A unos metros de distancia, las personas eran para él garabatos borrosos, pero dado que su vida transcurría siempre por los mismos itinerarios dentro de la abadía, no tenía problemas para alcanzar su refugio en el *scriptorium,* sentarse donde le correspondía en el refectorio u ocupar su lugar durante los oficios religiosos. Sin embargo, si su vista hubiera sido mejor, podría haber identificado con facilidad al monje a quien había visto arrojar un fardo al mar antes de que el tesorero anunciara *urbi et orbe* la inexplicable desaparición del abad Henry.

Sucedió tras su regular visita después de comer a la trasera del monasterio. Al salir de las letrinas, buscó una bocanada de aire limpio y se dirigió hacia los muros de la abadía que se alzaban, orgullosos e inexpugnables, sobre el mar. La marea había alcanzado su plenitud, y en breve comenzaría a descender. Aspiró el aire impregnado de salitre, y al volver la vista en dirección a los dormitorios vio a aquel hombre lanzar al mar un fardo desde el borde del recinto amurallado. La escena tuvo lugar lo suficientemente lejos de él como para que apenas pudiera añadir ningún detalle de valor si se le interrogara al respecto, pero lo bastante cerca como para que sus gastados ojos hubieran reparado en ella.

Tras comprobar la mancha de sangre, Wardley se incorporó y escuchó el cacareo de lamentos de los demás hermanos, acompañados de aspavientos, gestos de desolación y desconcierto. Les oyó decir que todo aquello —señalaron los pergaminos, los matraces, los minerales y los hierbajos que atestaban la celda— no podía acabar bien; que el abad estaba coqueteando con el demonio desde hacía tiempo, y que el Maligno había acudido al fin a la cita y se lo había llevado. Pero Wardley guardó silencio. Y lo hizo porque nadie mejor que él sabía hasta qué punto era perfectamente posible que el diablo se hubiera materializado en aquel lugar, puesto que conocía los secretos de Sión desde hacía tanto tiempo que ni siquiera lo recordaba. Sin embargo, algo le decía que no era Lucifer a quien había visto arrojando al mar aquel saco, y comenzó a suponer que el abad Henry había sido asesinado y que su asesino estaba ante sus cegatos ojos. Y entonces fue cuando alguien reparó en la ausencia del joven Thomas.

En efecto, faltaba Thomas.

¿Acaso el muchacho tenía algo que ver con la desaparición del abad?

El herbolario Stephen, uno de los hermanos más

serenos en aquellos momentos de tribulación, avanzó la idea de que tal vez se estuvieran precipitando en sus conclusiones.

—Ni siquiera sabemos si esa sangre es del abad —dijo con gravedad tras aproximar su corpachón a la pared manchada. Su papada vibró como gelatina con sus palabras, y sus ojos, marrones y extrañamente juntos, se entornaron. Según tenía por costumbre, sus manos dibujaron en el aire invisibles figuras mientras añadía—: tal vez todo tenga una explicación razonable. El abad comió con todos nosotros hace unas horas, y estaba perfectamente sano y en sus cabales.

Aquello era cierto, admitieron los demás.

La campana había anunciado la hora de la comida, como de costumbre, y todos se reunieron en el claustro para lavarse las manos en un barreño próximo a una cañería de agua. A continuación, se habían dirigido en procesión al refectorio encabezados por el ahora desaparecido abad. Una vez dentro, se sentaron alrededor de las largas mesas y comieron en silencio mientras el hermano Hatfield leía el Evangelio desde el púlpito.

—Hablé con él brevemente cuando salimos del refectorio —recordó el herbolario—. Me expresó su deseo de retirarse a leer y a trabajar en su laboratorio, como tenía por costumbre. Me dio su bendición, y se alejó. Parecía de buen humor.

—¿Y Thomas? ¿Dónde está Thomas? —insistió otro de los monjes.

Todos empezaron a hablar al mismo tiempo, hasta convertir su cháchara en una cacofonía insufrible.

—¡Silencio, hermanos! —gritó Wardley por encima de todas las demás voces.

La orden del anciano bibliotecario fue acatada con el debido respeto. Wardley les convenció para registrar todas las dependencias del monasterio, reservando a dos de los monjes más jóvenes y atléticos la misión de explorar los acantilados próximos al lugar donde había visto al misterioso monje arrojar su carga al mar, aunque se cuidó de mencionar lo ocurrido.

—Cuando hayáis terminado, nos volveremos a encontrar aquí —propuso—. Después de todo, este es el único lugar donde sabemos con seguridad que no está nuestro amado abad.

Nerviosos y excitados, los benedictinos salieron de la habitación dispuestos a resolver el inesperado enigma. El último en salir fue Edward. El tesorero miró con recelo al viejo bibliotecario, que le precedía, y lanzó una última mirada a la celda. Afortunadamente, pensó, había recuperado los pergaminos que podrían condenarle. Ya tendría tiempo de maquillar aquellas cuentas, se dijo. Y su boca se arqueó en una mueca de satisfacción, más que en una sonrisa. Pero al mirar hacia la pared opuesta a la que había manchado la sangre de Thomas, aquel gesto se borró de su rostro. ¿Qué era aquello?, se dijo.

—Será mejor que cerremos la puerta y dejemos todo tal y como está —propuso en aquel momento Wardley—. Mejor que nadie toque nada, no vaya a regresar el abad y monte en cólera por haber hurgado en sus cosas.

Edward había comenzado a sudar tras haber visto en aquella pared unas letras garrapateadas con lo que parecía ser sangre.

¿Cómo era posible? ¿Acaso el abad había dejado escrito un mensaje? ¿Qué demonios había sucedido en aquella celda antes de que él hubiera irrumpido en ella con el propósito de salvar su reputación a costa de lo que fuera?

—Yo mismo permaneceré aquí hasta que todos regresen —anunció Wardley, para desesperación del tesorero.

Resignado, Edward se convenció de que únicamente tenía dos alternativas: matar de nuevo a un hombre, o confiar en la ayuda del demonio, puesto que sabía que Dios no se la concedería.

Fue entonces cuando reparó en un profundo arañazo en su brazo izquierdo, y maldijo al estúpido Thomas una vez más.

V

MONTE SAINT MICHAEL
OCTUBRE DE 1258

Un tímido sol se abrió paso entre las nubes espesas y grises arrancando tonalidades verdosas al mar en calma. Barcas de pescadores salpicaban la bahía. A bordo de ellas, William vio trajinar a sus ocupantes mientras el silencioso marinero a quien habían contratado para llevarles en una humilde chalupa hasta la abadía se concentraba en remar. Se trataba de un hombre de rostro curtido, cuerpo reseco y cabello sucio y enmarañado que había aceptado cubrir el trayecto entre la costa y el islote por mucho menos de lo que William había temido.

Las gaviotas con sus graznidos se unían al chapoteo que los remos provocaban para construir una melodía que a William le pareció inquietante sin saber por qué. Aquella bahía bien podría ser un buen lugar de reposo para un enfermo o la sepultura para un hombre sano, pensó de pronto. Una idea que se fortaleció al contemplar los siniestros acantilados y los arrecifes que asomaban entre la espuma del mar. Un piloto distraído o desconocedor de aquellas aguas podía conducir su nave y a sus ocupantes a la muerte si los vientos se tornaban traicioneros.

Gelabert, mientras tanto y ajeno a las reflexiones de su compañero, parecía ensimismado contemplando a los marineros. William llegó a contar casi una docena de embarcaciones faenando en la bahía. A lo lejos, vio un par de botes más. Uno de ellos, que acababa de echar amarras en la costa, le llamó la atención porque no había fondeado en el muelle donde todos los demás lo hacían. Dos hombres saltaron a tierra. ¿Habrían tenido buena pesca?, se preguntó. Pero estaba demasiado lejos para saberlo.

—Es un lugar maravilloso, ¿no os parece? —dijo de pronto Gelabert.

William se volvió hacia él, olvidando a los marineros que acababan de llegar a tierra, y entornó los ojos para admirar la construcción a la que se aproximaban.

—E intimidante —respondió.

—Hace años, cuando me dirigía a Skellig Michael en compañía de Adrien y Cyrille, los hermanos de este lugar nos dieron asilo —reveló Gelabert—. Estábamos agotados, no conocíamos a nadie ni sabíamos si habría algún otro monasterio tierra adentro, de modo que solicitamos amparo. En aquella ocasión, la marea estaba baja y pudimos llegar a pie.

—De modo que Cyrille y Adrien ya han estado aquí —dijo William frunciendo el ceño.

—Como os digo, los tres conocemos la abadía —confirmó Gelabert—. Y también Mont Saint-Michel, al otro lado del mar, en la costa normanda. También nos hospedamos allí durante nuestro viaje.

William guardó silencio y se sumió en profundas cavilaciones. Minutos después, el marinero que gobernaba la embarcación gruñó algo, y le vieron amarrar el bote en un muelle entre las rocas. A continuación, volvió a gruñir, y William comprendió que les estaba ordenando, más que invitando, saltar a tierra.

Una vez pusieron sus pies en el acantilado, el marino extendió una mano callosa y ajada, reclamando el precio acordado, y William le entregó la cantidad pactada. Después, el hombre regresó al bote y, sin gruñir nada más, comenzó a remar en dirección a la costa. Algunas gaviotas que se habían posado sobre las rocas oscuras echaron a volar de nuevo entre graznidos, como si algo las hubiera espantado.

—¡Dios esté con vosotros, hermanos! —dijo alguien de pronto.

William y Gelabert se giraron, sobresaltados.

Un joven benedictino, de aspecto atlético y robusto, se acercó a ellos sorteando las piedras. Más que caminar, saltaba sobre las rocas con facilidad pasmosa. Al acercarse, William descubrió que se trataba de un hombre de enorme estatura y, presumió, musculatura de gladiador oculta bajo el hábito negro.

—Soy el hermano Gareth —se presentó. Exhibió una sonrisa sincera, aunque con la ausencia de un incisivo. Tenía el cabello pajizo y lucía tonsura—. ¿Quiénes sois y qué urgencia os trae sin aguardar al descenso de la marea?

William se adelantó a Gelabert y explicó estrictamente lo indispensable sobre su identidad, pero esquivó el propósito de la visita y la urgencia a la que había aludido el gigantón benedictino.

—Desearíamos hablar con vuestro abad lo antes posible —añadió William sin apartar la mirada de los ojos de Gareth, que evidenciaban su desconcierto y creciente desconfianza.

—Eso parece que no va a ser posible, al menos de momento —respondió el joven.

—¿Acaso no está en la abadía? —preguntó William tratando de mantener la calma. Tal vez, la respuesta del monje no tuviera nada que ver con los temores que les habían conducido hasta allí.

—Sinceramente, no lo sabemos —respondió Gareth con gesto sombrío—. No lo encontramos.

—¿Cómo que no lo encontráis? —intervino Gelabert.

—Ha desaparecido —aclaró el joven religioso.

—¡Aquí! ¡Aquí! ¡Hermano Gareth! ¡Aquí! —gritó alguien a quien no veían y que parecía encontrarse tras unas rocas.

—¡Ya voy! —respondió el aludido, y antes de echar a correr se volvió hacia los recién llegados y aclaró—: Es el hermano Irwin. El anciano Wardley nos encargó que examináramos esta zona rocosa en busca de algún rastro del abad.

William y Gelabert intercambiaron una mirada de preocupación, y a continuación siguieron al joven, aunque con dificultad. Gareth parecía conocer perfectamente los acantilados y se movía sobre las piedras con enorme destreza.

Poco después, vieron a otro monje que miraba fijamente el mar a sus pies. Al acercarse, Gelabert y William descubrieron que era tan joven como Gareth, aunque menos musculoso y alto. Pero parecía igualmente atlético.

—¡Santo Dios! —exclamó Gareth al mirar en la misma dirección que su compañero.

—Es Thomas —dijo Irwin desolado. Por su rostro resbalaban lágrimas que terminaban humedeciendo su barba oscura y poblada. Tenía unos enormes ojos negros que ahora estaban encharcados por el dolor.

—¿Quién es? —preguntó Gelabert.

Los dos monjes del monte San Miguel resumieron en pocas palabras los misterios que habían tenido lugar en las últimas horas: la desaparición del abad, la sangre descubierta en una de las paredes de su celda y la ausencia del joven Thomas, a quien algunos habían culpado apresuradamente de la suerte que hubiera podido correr el abad Henry.

—¡Que Dios nos perdone por haber dudado de él! —sentenció Irwin persignándose.

El cuerpo sin vida de Thomas mostraba numerosos golpes y erosiones. Presentaba una enorme herida en el rostro y parecía tener todos los huesos descoyuntados, a tenor del modo en el que estaban dobladas sus extremidades. Las olas y las rocas lo habían destrozado.

—¿Cómo es posible? —se preguntó Gareth, incrédulo—. Thomas conocía tan bien como nosotros estos acantilados. No lo entiendo.

William, que se había agachado para estudiar el cadáver del joven religioso, se incorporó y afirmó:

—Me temo que no ha sido un accidente. A vuestro hermano lo han asesinado.

Los tres benedictinos miraron asombrados al cisterciense, pero únicamente Gelabert acertó a decir algo.

—¿Cómo estáis tan seguro?

—Creo que será más prudente responder ante el abad.

—Clavó sus ojos grises en los dos muchachos de hábitos negros antes de añadir—: si lo encontramos con vida.

El diablo había escuchado las súplicas del hermano Edward. De otro modo, hubiera sido imposible que la llegada de dos forasteros fuera a coincidir con el revuelo generado por la desaparición del abad y con los sudores que le había provocado el descubrimiento de aquellas palabras borrosas escritas en una pared con lo que parecía ser sangre.

Cuando el voluntarioso y atolondrado hermano Gareth se presentó jadeando por la carrera ante el viejo Wardley, que aún permanecía apostado como cancerbero en la puerta de la celda del abad, y anunció que un benedictino y un cisterciense acababan de llegar, el tesorero respiró aliviado. Lo más natural, imaginó, sería que los recién llegados recibieran el trato que se dispensaba a los huéspedes y fueran conducidos a los dormitorios reservados para los invitados y peregrinos notables que llegaban hasta el monte. Aquella visita, aventuró, haría que Wardley abandonara su labor de centinela, y sería el momento ideal para forzar la puerta de la celda del abad y averiguar qué había escrito en aquella pared, no fuera a tener que ver con él y con sus turbias aritméticas.

Pero Edward palideció al escuchar al bibliotecario.

—Hacedlos subir —dijo Wardley—. Hasta que no regresen todos los hermanos, permaneceré aquí, como convinimos.

—Id vos a su encuentro y yo os sustituiré —se ofreció el tesorero, tragando saliva.

Pero el viejo Wardley negó con la cabeza.

—Vos tenéis mejores piernas y una vista que ya quisiera para mí —rezongó el bibliotecario—. Podéis ir a su encuentro, si lo deseáis.

—En ese caso, permaneceré junto a vos —respondió Edward, esforzándose en no evidenciar su desesperación.

—Hay algo más —dijo Gareth mientras se frotaba las manos, visiblemente nervioso—: hemos hallado muerto al hermano Thomas.

Wardley y Edwards se persignaron.

—¿Dónde? —quiso saber el anciano.

—En los acantilados donde vos nos ordenasteis buscar al abad —explicó el gigantón—. Tiene un golpe terrible en el rostro, y parece un muñeco con todos los huesos rotos. ¡Que Dios nos ampare!

Wardley cerró los ojos y apretó las mandíbulas.

De modo, pensó sin decirlo, que el misterioso fardo que arrojó al mar el monje a quien sorprendió no era el abad Henry, sino Thomas.

En aquel momento, comenzaron a regresar de su inspección por la abadía algunos monjes. Ninguno de ellos había encontrado la más mínima pista de dónde podía estar el abad. Wardley les escuchó en silencio, con el ceño fruncido y mil arrugas más de las acostumbradas en su rostro enjuto. Algo en su interior se había removido con todo aquello; algo que jamás imaginó que llegaría a sentir cuando Sión le envió a aquel lugar.

Al cabo de unos minutos, diez monjes que habían concluido su inspección se presentaron ante él. Eran tantos los presentes, que atestaban el estrecho y oscuro pasillo donde se encontraban los aposentos del abad. El bibliotecario y el tesorero ocupaban el centro del corrillo.

Fue entonces cuando Irwin llegó en compañía de los dos inesperados visitantes, e hizo las presentaciones.

William tomó la palabra a continuación para lamentar haber irrumpido en la abadía en momentos de tanta tribulación. Edward relajó los hombros inconscientemente, un gesto que no pasó inadvertido a William. En medio de tanta tensión, resultaba curioso que uno de los monjes pareciera aliviado de pronto. En aquel momento, no podía imaginar que el gesto del tesorero se debía a que suponía que ahora toda la atención se centraría en aquella curiosa pareja integrada por un benedictino y un cisterciense manco.

Wardley, por su parte, escuchó en silencio las explicaciones de William a propósito del motivo de su viaje —una peregrinación por un voto personal, había dicho— y, cuando este concluyó, comprendió que aquel monje alto, espigado y tullido, no había dicho toda la verdad.

Y estaba en lo cierto.

Gelabert miró de soslayo a su compañero, sorprendido por aquella mentira. Pero William tenía motivos evidentes para ser prudente, porque no sabía de quién podía fiarse. Nadie parecía saber dónde estaba el abad, y desconocía quién era el caballero de Ormus que tenía por misión la custodia de aquel hito de la espada del ángel. De modo que decidió acabar su discurso con una mención aparentemente casual a su hermano Sherrin, añadiendo una alusión a Skellig Michael, para dejar claro a quién se refería. Si alguno de los presentes pertenecía a Sión, supuso, reaccionaría al escucharlo. Pero aquel nombre pareció dejar indiferente a todos los religiosos presentes.

En ese momento, se abrió paso entre los monjes el

corpachón del herbolario Stephen. Sus ojillos morrones estudiaron con interés a los dos desconocidos, y se detuvieron durante unos segundos en el rostro de Gelabert, como si creyera conocerlo y tratara de hacer memoria. Llegaba sudoroso, con los carnosos carrillos encendidos, y necesitó unos segundos para explicarse:

—Ni en la cocina, ni en la trasera, ni en mis jardines de plantas medicinales, ni en la despensa —resopló—. No hay rastro alguno.

William reprimió una sonrisa al ver cómo la papada del recién llegado bailoteaba por su cuenta mientras hablaba. En aquel momento, estaba lejos de imaginar lo importante que sería aquel hombretón en su vida apenas unas horas más tarde.

Los monjes asaetearon a preguntas al herbolario, a quien todos tenían en alta consideración y cuyo juicio consideraban siempre atinado y digno de ser escuchado. Fue en ese instante, cuando todas las miradas se posaban en el hermano Stephen, el que eligió Wardley para susurrar al oído de William unas palabras:

—Debo imaginar que no habéis mencionado al hermano Sherrin de Skellig Michael por casualidad.

William se volvió y sonrió imperceptiblemente al veterano monje.

—¿Ormus? —dijo, sin añadir nada más.

—Sión —respondió Wardley.

—Es preciso que hablemos a solas —se apresuró a solicitar William—. Vos, mi compañero y yo. Pero no hagáis ante él mención alguna a Sión. Él no sabe…

El bibliotecario asintió, y a continuación reclamó la atención de los demás monjes.

—Está bien. Que cada uno regrese a la búsqueda. No podemos perder el tiempo con cháchara s.

—¿Os quedaréis aquí? —preguntó Edward.

—Nos veremos en Vísperas en la iglesia —respondió Wardley, esquivo.

—Os acompañaré —insistió el bibliotecario.

—Nuestros invitados lo harán —respondió el anciano mirando a Gelabert y a William—. Alguien debe ocuparse de ellos.

El tesorero torció el gesto, pero pareció resignarse y se unió a los demás.

Los monjes se alejaron, pero el herbolario se detuvo de pronto y regresó sobre sus pasos.

—Disculpad, hermano —dijo dirigiéndose a Gelabert—, pero me ha parecido que os conocía. ¿No estuvisteis aquí hace unos años?

—Diez, para ser preciso —admitió el francés con una sonrisa en el rostro—. Llegué en compañía de dos hermanos. Los tres nos dirigíamos entonces a Skellig Michael y se nos ofreció la hospitalidad de la abadía durante unos días. Recuerdo vuestro jardín de plantas medicinales. Yo también soy herbolario y sanador, ¿recordáis?

Stephen sonrió complacido.

—¡Claro! Ahora os recuerdo —dijo, y examinó de arriba abajo a Gelabert.

—Todos hemos envejecido, me temo —bromeó el inspeccionado.

Wardley había entornado sus cansados ojos y parecía estar haciendo memoria. Finalmente, asintió.

—Yo también os recuerdo —dijo—. Por entonces, mi vista era mejor y mis piernas, más fuertes.

—¿Vuestro actual abad lo era ya entonces? —preguntó William.

—¡Oh, sí! El abad Henry ya guiaba a la comunidad —dijo Stephen.

William guardó silencio, y Stephen se disculpó antes de dejarlos a solas. Solo entonces, Wardley abrió la puerta de la habitación del abad e invitó a William y a Gelabert a entrar. A continuación, cerró la puerta a su espalda.

Ninguno de ellos sospechaba que el tesorero Edward había regresado sigilosamente para tratar de escuchar lo que allí se dijera.

—Vos diréis —rompió el hielo Wardley. Sus ojos gastados chisporrotearon, inteligentes, en su rostro ratonil.

William admiró de inmediato la habilidad del anciano, que había captado perfectamente que Gelabert era conocedor únicamente en parte de lo que realmente les había conducido hasta allí. Al ceder la palabra a William, dejaba que este tomara la decisión de lo que podía revelar y lo que convenía mantener en secreto.

—Hace unos días, el abad de Skellig Michael fue asesinado —dijo William—. Decapitado, posiblemente con una espada —añadió, y estudió el rostro de Wardley para ver si había captado la esencia del mensaje.

El anciano se tambaleó, y Gelabert se apresuró a ayudarle a sentarse en una de las dos austeras sillas de madera que había en la habitación.

—Y ahora nuestro abad… —El atribulado anciano alzó la mirada tras unos segundos en los que pareció ordenar sus pensamientos en silencio y añadió—: ¿cómo podíais saber que ocurriría algo así en nuestra casa?

Porque, deduzco, no habéis llegado en este momento por puro azar.

—¿Habéis recibido la visita de dos monjes benedictinos en los últimos días? —preguntó Gelabert.

Wardley asintió.

—¿Están aún en la abadía? —urgió William.

Wardley negó con la cabeza.

—Se fueron hace un par de días —aseguró.

—¿Y cuándo ha desaparecido vuestro abad? —preguntó William.

—Lo hemos advertido hace poco, después de la comida.

—¿Vos lo visteis en el refectorio? —intervino Gelabert, extrañado.

—Sí —respondió el bibliotecario—. Hablé con él, me anunció su deseo de venir aquí —lanzó una mirada alrededor—, a su celda para leer y trabajar en sus experimentos. —Bajó la voz, como si una multitud pudiera escucharle y explicó—: le apasionaba la alquimia y todos esos cachivaches —dijo, y señaló los pergaminos, los alambiques y atanores.

La imagen de Joseph irrumpió en la mente de William con una violencia imposible de contener. Recordó a su mentor y se vio a sí mismo en un laboratorio más grande y mejor dotado que el que había en aquella celda.

—Decidme, ¿hace mucho que la alquimia apasiona a vuestro abad? —preguntó.

—Ya lo creo —aseguró el bibliotecario—. Desde hace más de diez años él y el abad de Mont Saint-Michel, en tierras normandas, intercambian conocimientos y mensajes. —Se levantó de la silla y rebuscó entre los pergaminos que atestaban la mesa del abad. Cogió uno de ellos y se lo entregó a William—. Se escribían empleando códigos, como veis.

William contempló durante unos segundos el pergamino y afirmó:

—Un código bastante sencillo, por otra parte.

Wardley abrió los ojos, incrédulo.

William se sintió obligado a añadir algo más:

—Leído de un tirón, el texto parece absurdo —dijo con gesto cansado—, pero si se toma la primera palabra y después cada tercera palabra, se lee con facilidad.

—Nunca se me hubiera ocurrido —admitió Gelabert, que miraba el escrito por encima del hombro de William.

—Lo supongo —dijo secamente William, y se dirigió de nuevo al anciano Wardley—: de modo que la desaparición de vuestro abad casi ha coincidido con nuestra llegada. —Mientras hablaba, se acercó a la mesa del abad y dejó el pergamino que el bibliotecario le había entregado. Después, tomó asiento en la otra silla, cruzó las piernas bajo el hábito y juntó sus manos bajo el mentón, como era su costumbre. Cerró los ojos y pareció alejarse de allí durante unos minutos.

Gelabert, mientras tanto, reparó en la mancha de sangre que había en una de las paredes.

—¿Podrían haberle asesinado aquí? —comentó señalando la sangre.

Wardley se encogió de hombros.

—Decidme, ¿cómo es físicamente el abad Henry? —preguntó inesperadamente William, saliendo de su aislamiento.

Wardley describió al desaparecido como un hombre delgado, no demasiado alto y bastante callado.

—Esa sangre seguramente será del joven que

encontramos muerto en los acantilados —aventuró William.

—¿Cómo lo sabéis? —dijo Wardley cada vez más sorprendido por la peculiar personalidad de su compañero de hermandad.

—El muchacho estaba muerto cuando lo lanzaron al mar, seguramente desde lo alto de la abadía —afirmó el cisterciense—. Eso le provocó la enorme herida en el rostro y las múltiples fracturas en sus huesos, pero al examinarlo reparé en que tenía la parte trasera del cráneo abierta. Supuse que su agresor, con quien forcejeó, lo empujó y pudo golpearlo contra esa pared. La estatura del infortunado Thomas coincide con la altura a la que se encuentra esa mancha. Vuestro abad, según acabáis de decir, es un hombre no muy alto, mientras que la altura a la que se encuentra esa sangre en la pared nos habla de alguien de estatura notable, como la del joven Thomas.

—De todos modos, es una conjetura arriesgada —opinó Gelabert—. Por otra parte, ¿cómo podéis saber que se trató de un crimen y que Thomas luchó contra su asesino?

—Será mejor que responda a eso cuando os diga quién lo mató —dijo William, y miró alternativamente a su compañero y al viejo benedictino—. Es evidente que el asesino está aquí, entre nosotros. La marea le ha impedido huir salvo… —De pronto, su mirada se perdió en algún recuerdo que le pareció trascendente y exclamó—: ¡maldita sea! —Y se aproximó a la única ventana de la habitación, desde la que se podía admirar la bahía y el mar.

Wardley miró a Gelabert, buscando una explicación, pero el herbolario negó con la cabeza. Parecía tan desconcertado como el bibliotecario.

—Debo confesaros algo que bien pudiera daros la razón —dijo Wardley.

Y a continuación, resumió la escena del misterioso monje arrojando al mar un fardo que, erróneamente, creyó que pudiera ser el cuerpo del abad.

—Por eso enviasteis a esos dos jóvenes a explorar los acantilados —dijo Gelabert recordando las palabras de Gareth cuando lo encontraron cerca del muelle.

Wardley asintió.

—Pero ¿quién querría asesinar al joven Thomas? —dijo a continuación.

—Eso, aún no lo sé —admitió William—. Pero es más urgente para encontrar a vuestro abad que yo descifre el mensaje que alguien escribió con sangre en esa otra pared.

Gelabert se giró y descubrió unas palabras medio borradas e ininteligibles en el lugar que William había señalado. Wardley, por su parte, tuvo que levantarse de la silla y acercar su nariz a las piedras para descubrirlas.

—¡Por todos los santos! —exclamó.

Gelabert intentó leer lo escrito, pero desistió.

—Alguien lo borró para que no pudiera ser leído —concluyó.

—Más bien creo que quien lo borró dejó una parte legible para que pudiera leerse el resto —afirmó William, provocando el pasmo de su minúscula audiencia.

—¿Cómo podéis afirmar algo así? —preguntó Wardley, después de tomar asiento de nuevo. Aquel monje manco parecía una caja de sorpresas sin fin, pensó.

—La respuesta está aquí —aseguró William señalando

el laboratorio del abad desaparecido. Después, les mostró un pergamino y leyó—: «la increíble anatomía del escarabajo bombardero». —Esbozó una ligera sonrisa, como si estuviera disfrutando con el desconcierto de los dos hombres que le escuchaban—. Vuestro abad escribió algo en esa pared con su propia sangre, y después borró lo suficiente como para que no pudiera leerlo cualquiera o quizá pretendía borrarlo por completo, pero alguien debió irrumpir en la celda y no pudo terminar su trabajo —aseguró William.

—Pero, si lo borraba, ¿quién podría leerlo después? —preguntó Wardley, y de pronto se iluminó su rostro—: ¡el abad de Mont Saint-Michel.

—¡Exacto! —coincidió William.

—¿Y ahora qué haremos? —quiso saber Gelabert, que no lograba apartar la mirada de aquellas palabras escritas en las piedras de la pared.

—Descifrar el mensaje, naturalmente —respondió William al tiempo que se levantó de la silla y se dirigió con decisión hasta una estantería repleta de hierbas, minerales e insectos. A continuación, se giró hacia los otros—. Me llevaré a estos amigos. —Señaló a unos extraños escarabajos—. Mientras tanto, creo que sería conveniente que no se permitiera la entrada en esta celda a nadie hasta que esta noche yo mismo venga para leer ese mensaje que, tal vez, nos aclare lo que le ha sucedido a vuestro abad.

Gelabert tenía la mirada clavada en los insectos que su compañero había recogido con tanto cuidado, mientras que la expresión de Wardley parecía la de un hombre que acabara de escuchar el razonamiento de un loco. No obstante, ambos no tuvieron más remedio que seguir a

William que, tras abrir la puerta, les invitó a salir de la celda.

—Tengo llave —dijo Wardley—. Puedo cerrar la puerta para que nadie entre hasta que vos digáis.

Ninguno de los tres sospechaba que Edward había escuchado la conversación y que se apresuró a alejarse de allí instantes antes de que ellos salieran al pasillo.

La comunidad se reunió para el oficio de Vísperas sin que se hubiera podido encontrar el menor rastro del abad Henry. No obstante, aún quedaban rincones de la abadía y del islote por rastrear, y Wardley, cuya opinión era respetada por el resto debido a su edad, instó a todos a reanudar la búsqueda antes de la cena.

—Me gustaría hablar con vos a solas —dijo William antes de salir de la iglesia.

Wardley asintió y se alejó un momento hasta el lugar donde se encontraba Stephen. Instantes después, el herbolario invitó a Gelabert a visitar su jardín y su dispensario. Después, añadió, ambos podrían incorporarse a las tareas de rastreo de la abadía. Gelabert, aceptó de buena gana.

—Me pareció un buen recurso que vuestro amigo nos dejara a solas —aventuró el anciano—. De modo que le he pedido a nuestro herbolario que sea un buen anfitrión con su colega.

William sonrió ante la perspicacia del viejo monje.

Cuando al fin estuvieron a solas, Wardley se interesó por lo sucedido en Skellig Michael, y William relató los hechos con todos los detalles que pudo recordar.

—Mi hermano Sherrin temía que los dos monjes a quienes perseguimos mi compañero y yo tuvieran el propósito de acabar con vuestro abad. En principio, tenía mis dudas, pero ahora creo incluso que intentarán hacer lo mismo en Mont Saint-Michel —dijo William. Ambos habían tomado asiento en el coro de la iglesia, y el templario se aproximó aún más al anciano y bajó la voz—. Sherrin es mi hermano de sangre. No nos habíamos vuelto a ver desde la niñez, y desconocía que formara parte de Sión y que la hermandad, al igual que supongo que a vos, le hubiera responsabilizado de velar por la espada del ángel.

—Conozco a vuestro hermano desde hace mucho tiempo. El destino ha querido que la vista de ambos se haya deteriorado. —Sonrió con amargura—. Los que veíamos donde los demás solo miraban, ahora ni siquiera vemos más allá de nuestras narices. —Se volvió hacia William, apesadumbrado—. Hace más de veinte años que estoy aquí. Cuando Sión me encomendó esta tarea, jamás imaginé que algo así pudiera llegar a ocurrir. ¿Quién puede desear la muerte de los abades y con qué motivo? ¿Quién mató al joven Thomas? ¿Creéis que ambos misterios están relacionados?

—No lo sé —admitió William—. Como os dije, creo que la muerte de ese muchacho se produjo en la habitación del abad, pero podríamos descubrir a su asesino si ordenáis a los hermanos que se desnuden.

—¡Por todos los diablos! ¿Qué decís?

—Encontré restos de piel en las uñas de Thomas —reveló William—. Es evidente que antes de morir luchó por salvar su vida, y creo que arañó a su asesino. Pero no puedo saber de quién se trata si no vemos sus cuerpos.

—¡Es indecoroso y pecaminoso! —juzgó Wardley.

—¿No creéis que es un pecado mayor el asesinato?

El bibliotecario guardó silencio durante unos instantes. Finalmente, recondujo la conversación a la desaparición del abad y a lo sucedido en Skellig Michael.

—Decís que el abad Fionan fue decapitado.

—Suponemos que con la espada de Sherrin, porque nadie la ha podido encontrar desde entonces —explicó William. Miró a los ojos al anciano y añadió—: ¿conserváis la vuestra?

—La espada de la Orden es sagrada —respondió el bibliotecario—. Hace tantos años que no la empuño que ni siquiera recuerdo su tacto. Pero sí, no os preocupéis. Mi espada está a salvo.

—Habladme de esos dos monjes que estuvieron hace unos días y que, según decís, marcharon poco antes de nuestra llegada. ¿No les recordabais? Como ya escuchasteis a mi compañero, estuvieron aquí hace alrededor de diez años, de camino a Skellig Michael.

—Por aquí han pasado muchos peregrinos, hombres de Dios y nobles durante todos estos años. No, no los recordaba. Pero si son los asesinos de Fionan, no pudieron tener nada que ver con la desaparición de nuestro abad —aseguró Wardley—. Como decís, partieron hace dos días.

—¿Andando?

—Así fue —confirmó el bibliotecario—. Partieron con la marea baja.

William se perdió en sus pensamientos durante unos instantes, como si una pieza no encajara en lo que había escuchado y visto hasta ese momento. Finalmente, preguntó a Wardley:

—¿Dónde está la entrada al infierno en esta casa?

—¿Creéis tal vez…?

—El abad Fionan fue decapitado sobre la losa negra de Skellig Michael —recordó William—. ¿Habéis enviado a alguien a buscar en ese lugar?

—Ninguno de los hermanos sabe dónde está la entrada —confesó Wardley—. Está aquí mismo —señaló un lugar tras el altar—. Y, como podéis comprobar, Henry no está ahí, ni vivo ni muerto.

William se levantó del asiento del coro y, con grandes zancadas, se dirigió al lugar señalado por el bibliotecario. Después, se tumbó en el suelo, como un sabueso que olfateara una pista. Pero todas las losas de piedra eran idénticas a las del resto del pavimento de la iglesia. Ninguna tenía una señal o un color diferente.

—No busquéis lo intangible en lo tangible —dijo Wardley sin levantarse de su asiento en el coro—. La entrada se abre sin que nadie pueda ver puerta alguna.

—Como os dije, en Skellig Michael había una losa negra —recordó William.

—Pues aquí, no —repuso Wardley—. Y estoy dándole vueltas a esa idea vuestra de descubrir al asesino de Thomas… Tal vez, se me pueda ocurrir algo.

—Sería de gran ayuda —afirmó William—. Mientras tanto, antes de la cena, tengo trabajo que hacer con mis amigos —señaló los escarabajos que había recogido en la celda del abad.

—¿Qué pretendéis hacer con esos animales?

—Hace mucho tiempo, el hombre que me instruyó e inició para poder ingresar en la hermandad me enseñó los senderos de la alquimia que tanto apasionan a vuestro abad —respondió—. Pero junto a él aprendí muchas cosas de gran utilidad y de ciencias diversas. Estos pequeños —miró a los escarabajos—, nos ofrecerán la posibilidad de leer el mensaje borrado a medias. Creo que vuestro abad y el de Mont Saint-Michel sabían que eso era posible.

—No entiendo cómo os pueden ayudar esos insectos —admitió Wardley.

En ese momento, Gelabert y Stephen entraron en el templo. Ambos parecían de buen humor.

—Ha sido un placer charlar con vos, hermano —confesó Gelabert—. Vuestra botica es de las más surtidas que he conocido.

—¿Y alguna pista del abad? —preguntó Wardley cortando de golpe la cháchara entre ambos colegas.

—Me temo que nada —respondió el orondo Stephen, que de pronto reparó en los escarabajos que tenía William—. ¡Escarabajos bombarderos! Un curioso animal, capaz de lanzar una sustancia extraña a una gran temperatura produciendo quemazón e irritación en los depredadores que pretendan matarlo. ¿Dónde los habéis encontrado?

—En la habitación del abad —respondió Wardley.

—Lo que decís es cierto —confirmó William—. Pero tal vez desconozcáis que esa sustancia tiene otra virtud: la de permitir leer algo que haya sido escrito con sangre y borrado después. Y antes de la cena habré sacado de estos pequeños seres suficiente dosis de esa sustancia para poder averiguar qué quiso decirnos vuestro abad.

En ese momento, los cuatro monjes escucharon un ruido en la iglesia.

—¿Quién anda ahí? —gritó Stephen.

Pero nadie respondió.

Mientras tanto, el corazón del tesorero Edward latía

con la fuerza de un gigantesco tambor, oculto en la oscuridad.

Si el maldito mensaje guardaba relación con sus trapicheos financieros y aquel extraño monje era capaz de leerlo, estaría perdido… Salvo que lo evitara.

La campana convocó a los hermanos en el claustro para dirigirse al refectorio. A la hora de la cena, seguían sin encontrar el menor rastro del abad Henry, de manera que el silencio era aún más sepulcral que de costumbre.

William había sido el primero en llegar. Antes incluso que Gelabert, a pesar de que ambos habían sido acomodados en unas celdas contiguas situadas en la zona destinada a los huéspedes y peregrinos.

Los monjes se acercaron al barreño junto a la cañería con agua corriente, situado en el claustro, y se arremangaron los hábitos para lavar sus manos antes de la cena. William, que había sido el primero en realizar las abluciones, se demoró cerca del barreño.

Uno tras otro, los monjes se lavaron las manos y los brazos, como de costumbre. Pero únicamente en dos ocasiones William entornó los ojos, intrigado.

Para cuando le correspondió el turno a Wardley, William creía saber quién había asesinado a Thomas, y se mostraba de un humor excelente.

—Hermano, ahora que está resuelto el misterio de la muerte de ese muchacho, estamos en disposición de enfrentarnos con todas nuestras energías al enigma del mensaje escrito con sangre en la pared —dijo en voz baja a Gelabert.

—¿Cómo que está resuelto el asesinato de Thomas? —

Gelabert alzó la voz involuntariamente, y varios monjes se giraron, sorprendidos.

—Bajad la voz, por favor —exigió William, aunque una leve sonrisa parecía contradecir el disgusto que pretendían evidenciar sus palabras.

Edward, al igual que varios monjes próximos, había escuchado al benedictino francés y trastabilló con el barreño, derramando agua en los pies de otro de los religiosos.

William se acercó a Wardley y le explicó sus planes.

—Me adelanté para lavarme las manos en primer lugar y asistir a las abluciones del resto —dijo—. No tenía demasiadas esperanzas, pero debía probar suerte por si los arañazos que presumía que debía tener el asesino de Thomas se encontraban en los brazos, y no en una zona más íntima de su cuerpo.

—¿Me estáis diciendo que sabéis quién es el culpable? —se admiró Wardley—. Haremos que confiese su crimen de inmediato.

—Lo cierto es que la suerte nos ha sonreído —respondió William sin jactarse—, pero si lo prendemos ahora es posible que se nos cierre la puerta a saber si ha tenido que ver también con la suerte que haya podido correr el abad Henry.

—¿Sugerís que no hagamos nada?

—Sugiero que me permitáis trabajar a mi manera —replicó William—. No le perderé de vista, y, tras la cena, iremos a la celda del abad. Allí os mostraré cómo es posible leer aquellas palabras gracias a esto —Mostró una ampolla de barro—. Dentro está el líquido que he podido extraer de nuestros amigos los escarabajos.

Wardley rezongó, pero comprendió que sería imposible hacer cambiar de opinión a un tipo como William. A continuación, se sumaron a la procesión que formaron todos los religiosos tras las abluciones, y de ese modo se encaminaron al refectorio. Una vez dentro, y antes de sentarse en silencio ante las largas mesas de madera, se dio gracias a Dios por la bendición de disponer de alimento. Después, y en ausencia del abad, se sentó en primer lugar Wardley. A continuación, lo hizo el resto de la comunidad, con la excepción del herbolario Stephen, a quien correspondió la lectura del Evangelio desde el púlpito.

La cena consistió en una sopa de verduras, pan, queso y cerveza.

William aspiró el aroma de la sopa y sintió rugir su estómago. A su lado, Gelabert atacaba el contenido del cuenco que le habían servido con evidente satisfacción. Una cucharada, y luego otra. Después, alargó el brazo para alcanzar su copa de cerveza y, torpemente, movió el cuenco de sopa, que se derramó sobre la mesa de madera.

William le lanzó una mirada de reprobación. La sopa era excelente, y la comida era un bien demasiado preciado. Todos sabían que el hambre, que con frecuencia asolaba a las gentes y las tierras al otro lado de los muros de monasterios y abadías, un día podría arañar con sus garras a los servidores de Dios.

Gelabert balbució disculpas en voz baja, recuperó la compostura, y aguardó a que se sirvieran el pan y el queso.

William buscó con la mirada al monje en cuyos brazos había visto la marca de dos profundos arañazos, y le vio comer con gesto preocupado. Pero, de pronto, su mirada se enturbió, y comenzó a respirar de un modo extraño. Desconcertado, miró su única mano. No tenía sensibilidad en ella, y un inesperado hormigueo recorría su cara. Miró a Gelabert, pero apenas le reconoció. Todo era borroso, y escuchaba en sus oídos un creciente zumbido.

Gelabert advirtió que algo le sucedía a William y trató de incorporarse en su asiento, pero se mareó. Una sensación de angustia atenazó su pecho y comenzó a padecer los mismos síntomas que su compañero.

Y, de pronto, el mundo se oscureció para ambos.

William abrió los ojos muy despacio. Tenía la boca seca, respiraba lentamente, y apenas lograba mover los dedos de su mano. Con enorme esfuerzo, logró girar la cabeza para ver dónde se encontraba.

No recordaba aquella habitación. Vio un par de jergones vacíos próximos al que él mismo ocupaba. Al fondo, y de espaldas, descubrió la oronda figura del herbolario Stephen. Entonces, abrió la boca y trató de reclamar su atención, pero su lengua estaba adormilada y no logró emitir más que un sonido gutural grave y desagradable. Aun así, Stephen lo escuchó, se giró y se acercó a él.

—Apenas nadie creía que os rescataría de la muerte —dijo el obeso sanador con evidente orgullo—, pero ya veis: regresáis de entre los muertos.

William movió la cabeza.

—Lo sé, aún no podéis articular una sola palabra, pero esa lengua de trapo vuestra recuperará su sensibilidad. Tened paciencia y descansad.

Sin embargo, William trató de incorporarse, y al hacerlo, la habitación comenzó a girar y cayó sobre el jergón como una piedra.

—Estáis muy débil, hermano —dijo Stephen—. ¿Sabéis que es esto? —le mostró una planta que lucía unas hermosas flores de casi cuatro centímetros de diámetro de color azul y violeta—. Es lo que ha estado a punto de mataros a vos y al hermano Gelabert. Alguien había echado en los cuencos de vuestra sopa una sustancia que se extrae de la raíz de esta planta, el napelo o acónito. —El herbolario frunció el ceño—. ¿Sabíais que Medea intentó envenenar a Teseo con esta planta?

William negó con la cabeza.

—Pues con vos el plan estuvo muy cerca de tener éxito —afirmó—. Y a vuestro amigo le sonrió la fortuna cuando, accidentalmente, derramó la sopa durante la cena. Por fortuna para él, apenas había tomado un par de cucharadas. En cambio vos, parece que teníais apetito, ¿eh?

—¿Cómo…? —logró preguntar William.

—¿Cómo supe que os habían envenenado?

William asintió.

—Gracias a uno de esos pétalos —señaló la flor de la planta—. Quien preparó el veneno no advirtió que uno de ellos había caído en la sopa. Si no lo hubiera visto casi de inmediato… Seguramente ahora estaríamos rezando por la paz de vuestra alma.

—¿Gelabert? —dijo William.

—Vuestro compañero salió del lance con rapidez, porque había ingerido menos veneno que vos.

—¿Dónde está?

Stephen se pasó una de sus enormes manos por la cara, como si intentara despejarse tras una larga siesta. Después, tomó aire y luego lo exhaló en un largo suspiro.

—Está con los demás, intentando descubrir quién ha decapitado al abad Henry —dijo de un tirón.

Al escuchar aquella revelación, William se incorporó

sobre el jergón como si lo hubiera impulsado un resorte, y aunque el suelo volvió a moverse bajo sus pies, no obedeció al herbolario y trató de caminar. A duras penas logró no caer, pero impulsado por una voluntad de hierro, dio varios pasos en dirección a la única puerta que había en la estancia.

—¡Por todos los diablos! —exclamó Stephen—. Está bien, dejad al menos que os ayude a llegar a la iglesia.

—¿La iglesia? —preguntó William. Su lengua parecía obedecerle cada vez mejor.

—El cuerpo del abad apareció tras el altar mayor —explicó el herbolario.

—¿Cómo es posible? ¿Nadie vio nada?

—Tras el desvanecimiento que sufristeis vos y mi colega, se generó una enorme confusión —dijo Stephen mientras ambos caminaban del brazo, muy lentamente. Al salir a la calle, un viento frío les recibió de un modo poco hospitalario. Estaba a punto de amanecer—. El viejo Wardley ordenó que no me moviera de vuestra cabecera, mientras unos y otros se miraban con desconfianza, porque todos sospechan del resto.

—Ha sido muy inteligente —murmuró William.

—¿Cómo decís?

Pero William no respondió.

Poco a poco, su cuerpo comenzó a responder con cierta normalidad. Sus pasos eran más firmes, y su mente parecía estar trabajando a la velocidad de costumbre.

Al llegar a la iglesia, Wardley salió a su encuentro. Aquella noche parecía haber envejecido aún más. A William le pareció un hombre increíblemente frágil, como si estuviera a punto de desvanecerse.

—¡Alabado sea Dios! —Se felicitó el anciano al ver con

vida a William. Visiblemente nervioso y emocionado, se aferró al único brazo de su compañero de hermandad, como si fuera el único asidero fiable en toda la abadía.

—Stephen me ha explicado lo ocurrido.

Wardley se persignó.

—El hermano sacristán, Roger, encontró el cuerpo antes de Prima —informó Wardley—. Había venido a preparar el altar, como de costumbre.

—¿Y la cabeza?

Wardley negó.

—Ni la cabeza ni la espada, ¿verdad? —preguntó William.

El silencio del anciano fue la más terrible de las afirmaciones.

En ese instante, se acercó Gelabert. Sus ojeras eran más marcadas que de costumbre, y su rostro había empalidecido extrañamente. En sus ojos claros se advertía un profundo cansancio.

—Creía que os perdería para siempre —se sinceró, al tiempo que abrazaba efusivamente a William.

—Supongo que me he esforzado por arruinar los planes de quien deseó nuestra muerte —repuso el templario, irónico—. Aunque no estoy seguro de si realmente deseó matarnos o provocar una polvareda, una cortina de humo que le permitiera llevar a cabo sus siniestros planes.

—¿Queréis decir que quien ha dado muerte al abad fue quien nos envenenó? —dijo Gelabert, sorprendido—. Creía que perseguíamos a Adrien y Cyrille. Y ninguno de ellos está aquí.

William entornó la mirada y buscó al tesorero Edward, pero no lo encontró entre los presentes.

—Ninguno de los dos está aquí... que sepamos —dijo, y a continuación se dirigió a Wardley—: pronto, vayamos a la celda del abad.

Minutos después, William, Gelabert y Wardley se encontraron ante la sorpresa de que la puerta de la habitación del decapitado Henry había sido forzada.

William ahogó una maldición y se precipitó al interior.

—¡Por todos los diablos! —exclamó al ver el estado en el que se encontraba la pared donde el abad había escrito con sangre unas palabras que ya nadie podría leer.

—¿Quién ha podido hacerlo? —se preguntó Wardley mientras contemplaba las piedras de la celda, que habían sido golpeadas con furia hasta hacerlas añicos. Del mensaje del abad, no quedaba ni rastro.

—Supongo que es hora de hablar con vuestro tesorero —dijo William, con gesto de abatimiento.

—¿El hermano Edward? ¿Por qué?

—Porque creo que él asesinó al joven Thomas —respondió William—. Durante las abluciones previas a la cena, pude ver unos arañazos en sus brazos que me hicieron llegar a esa conclusión. Tal vez debí haceros caso entonces y prenderlo. —Se lamentó mientras se acercaba a la ventana de la celda, como ya hizo en la primera ocasión en que estuvo allí—. Pero preferí esperar para ver cómo reaccionaba después de que desvelé al hermano Gelabert —miró afectuosamente a su compañero— que había resuelto el misterio de la muerte de Thomas. Lo hice delante de todo el mundo, con el propósito de estudiar la reacción de Edward, que evidenció su nerviosismo tropezando con el barreño. Eso confirmó mi teoría, que por otra parte ya había comenzado a madurar cuando os encontramos frente a esta puerta en el momento de nuestra llegada. A pesar de que Gareth acababa de dar la noticia del hallazgo del cadáver de Thomas, vuestro tesorero relajó los hombros cuando toda la atención de la comunidad se concentró en nosotros, los forasteros.

—Daré orden de buscarlo —anunció Wardley.

—Tal vez sea demasiado tarde —aventuró William sin apartarse de la ventana—. La marea ha bajado, y lo ha tenido muy fácil para huir. —A continuación, se giró y miró al viejo bibliotecario—. ¿Disponéis de alguna embarcación en la abadía?

—No, las mareas nos aíslan solo temporalmente.

—Pero sí disponéis de un muelle —recordó William—. El mismo al cual llegamos nosotros.

—Es cierto —admitió el anciano—. Allí atracan las barcas que nos traen las provisiones o las que transportan peregrinos y visitantes que no desean aguardar a que descienda la marea.

William, que caminaba arriba y abajo por la celda con la barbilla hundida en el pecho, según su costumbre, se detuvo de pronto.

—Cuando nos acercábamos al monte a bordo del bote que nos transportó, me llamó la atención una embarcación que regresaba a tierra. De ella saltaron dos hombres, y me entretuve durante unos segundos en imaginar si habrían tenido buena pesca. Pero estaban demasiado lejos para saberlo, y más tarde, cuando entré aquí por vez primera, comprendí lo extraño que era que aquellos dos marineros atracaran tan lejos del pequeño muelle desde el cual nosotros mismos habíamos partido. Donde echaron amarras no hay más que unos acantilados afilados que pueden convertirse en trampa mortal según sople el viento. Aquello era algo más que extraño; era temerario. Después de todo, el muelle estaba a muy poca distancia.

»Creo que la única pesca que transportaban aquellos hombres era el abad Henry, que había desaparecido poco antes de nuestra llegada. Es la misma barca que acabo de ver desde esta ventana —dijo señalando con su único dedo índice hacia el mar.

Gelabert y Wardley se aproximaron al ventanuco, aunque el anciano sabía que no vería nada.

—¿Estáis seguro de que se trata de la misma barca? —preguntó el herbolario francés.

—Completamente —respondió William—. En ella viajan los dos hombres a quienes seguimos desde Skellig Michael.

—Pero, si cuando decís que les visteis la primera vez ya tenían en su poder al abad, ¿por qué no lo asesinaron en ese momento?

—En primer lugar, fingieron abandonar el monte hace unos días para después regresar en esa barca —contestó William—. Conocían lo suficiente la abadía como para pasar inadvertidos. Habían estado aquí hace diez años, y durante su reciente estancia debieron ultimar su plan. Se ocultaron en algún lugar hasta que tuvieron la ocasión de apoderarse del abad y, tal vez, lo mataron en ese momento. Pero sus crímenes responden a un ritual, como ya sucedió con la muerte del abad Fionan.

—Si os referís a una decapitación, pudieron haberlo hecho al secuestrarlo —opinó Gelabert.

—No se trata únicamente del modo en que ejecutan a sus víctimas, sino del lugar elegido para ello —matizó William—. Y deseaban hacerlo en la iglesia, algo que les resultaba imposible a la luz del día. Aunque el secuestro tuvo lugar tras la comida, sería muy arriesgado para ellos llevar a su víctima a la iglesia, porque podrían ser sorprendidos.

—¿Y por qué regresar precisamente esta noche? —preguntó Wardley.

—¿Tal vez porque se iba a generar un gran bullicio por el envenenamiento de dos monjes? —dijo William con una ligera sonrisa en los labios.

—Eso significaría… —caviló Gelabert.

—Que contaban con la ayuda de alguien. —William completó la frase mientras contemplaban la pared donde había estado escrito el mensaje con sangre—; alguien a quien no le interesaba que leyéramos lo que el abad quiso decir.

—¡El hermano Edward! —concluyó Wardley.

—Debo admitir que aún no sé qué relación tiene vuestro tesorero con los dos criminales que perseguimos —dijo William—. Pero es posible que Thomas pudiera haberlo descubierto, y por eso fue asesinado. Es posible que el abad también hubiera llegado a la misma conclusión y escribió cuanto sabía en esa pared.

—¿Y por qué lo borró? —preguntó Gelabert, que no parecía estar convencido de la teoría de su amigo.

—Porque, me temo, también afecta a su amigo el abad de Mont Saint-Michel —respondió William.

Wardley, que había guardado silencio durante unos segundos, se mostró en desacuerdo con aquella exposición.

—¿Por qué habría deseado Edward la muerte de Henry? No tiene sentido.

—¿No os parece llamativo que Thomas, su discípulo,

haya sido asesinado? —replicó William—. Es posible que el joven hubiera descubierto algo turbio en las cuentas de vuestro tesorero. Y os recomiendo que las reviséis, porque tal vez os sorprendan desagradablemente.

—Pero ¿y qué relación podría tener Edward con Cyrille y Adrien? —metió baza de nuevo Wardley.

—Me tomé la molestia de interrogar al hermano Stephen sobre cuánto tiempo llevaba aquí Edward, y me confirmó que hace más de diez años —explicó William—. Los tres se conocían.

Gelabert negó con la cabeza.

—Me parece muy extraño —concluyó—. Decís que no se trataba únicamente de decapitar al abad, sino de hacerlo en la iglesia. ¿Por qué? Al abad Fionan no lo encontramos en la ermita, sino en lo alto de aquel picacho.

Wardley y William intercambiaron una rápida mirada. ¿Debían confesar a Gelabert la existencia de una suerte de entradas invisibles que comunicaban dos mundos? ¿Era prudente revelar el secreto de la espada del ángel?

William decidió proteger a su amigo manteniéndolo en la ignorancia.

—En eso tenéis razón —dijo—. Tal vez me haya dejado llevar por mi tendencia a elucubrar en voz alta y a buscar misterios donde no los hay. —Se volvió hacia Wardley—. Lo urgente ahora es detener a Edward y a los otros dos. Enviad a alguien a tierra para que busque ayuda.

Mientras recorrían aquel angosto pasillo, William comenzó a percibir grietas en la explicación de los hechos que él mismo acababa de ofrecer. Sentía como si unas pequeñas piedras se hubieran colado en sus sandalias y se clavaran en la planta de sus pies a cada paso que daba. E instintivamente, miró sus sandalias en el momento en que comenzaron a subir unos escalones antes de salir al exterior. Gelabert y Wardley le precedían. Imaginó que también en sus sandalias sentirían las incómodas piedras que arrojaba su explicación. Y entonces, como había sucedido durante las abluciones previas a la cena, entornó los ojos, intrigado.

V

MONT SAINT-MICHEL
OTOÑO DE 1258

William aspiró intensamente el aire impregnado de salitre. Una luz tenue y plateada se desplomaba de entre las nubes sobre aquella gigantesca bahía de cuarenta y cinco mil hectáreas; un universo de cieno marino, arena y barro sobre la cual caminaban. El mar había retrocedido cuatro leguas por el poderoso influjo de la marea, ofreciendo un paso expedito hacia Mont Saint-Michel, vestigio de las montañas formadas por el plegamiento herciniano seiscientos millones de años antes de que Willliam y Gelabert hundieran sus pies en aquel terreno aparentemente baldío y que, no obstante, ocultaba una agitada vida. Mariscos, crustáceos, peces planos e incluso una notable colonia de focas habían encontrado su hábitat ideal en aquel paisaje sublime. A una legua de distancia hacia el norte, veía pasar el tiempo la isla de Tombelaine, y a cinco leguas al oeste se adivinaba entre la bruma la silueta de Mont-Dol. Los ríos Sée, Sélune y

Couesnon morían en aquellos arenales y en su sepelio dibujaban meandros fabulosos.

—Debemos apresurarnos —urgió Gelabert—. Las mareas son peligrosas aquí.

William lanzó una rápida mirada al mar, cuya frontera parecía tan lejana como el cielo.

—No os dejéis engañar —advirtió Gelabert, adivinando los pensamientos de su compañero—. Parece que está lejos, pero recuerdo que hace diez años, cuando estuve en la abadía —miró hacia la formidable silueta de la edificación que coronaba el peñón que se alzaba frente a ellos, a más de doscientos pies de altura— pude admirar cómo se comporta el mar en este lugar. La velocidad con la que sube la marea podría competir con la del galope de un caballo, y puede subir hasta cincuenta pies de altura en un abrir y cerrar de ojos.

—¿Os burláis? —dijo William, sin apartar la mirada de la lejana línea del mar.

—Los hermanos me contaron historias terribles sobre hombres y mujeres que se descuidaron e ignoraron el peligro de las mareas, siendo devorados por el mar —respondió el herbolario.

—Ya ha habido demasiados muertos desde que partimos de Skellig Michael —opinó William—. Intentemos entonces evitar ser los siguientes.

Gelabert asintió y apretó el paso.

William estaba en lo cierto. Ambos estaban agotados por el viaje y por aquella aventura en la que habían sido incapaces de salvar a los abades Fionan y Henry, y no habían sido los únicos en morir. Además del joven Thomas, el tesorero Edward había sido hallado ahorcado a media jornada de camino desde el monte

Saint Michael. Gelabert atribuyó la muerte al arrepentimiento del monje por los delitos que, presumían, había cometido. Pero William no estaba tan seguro. De hecho, se demoró más de lo que parecía aconsejable, dado que perseguían a dos asesinos, en inspeccionar el lugar donde se encontró al tesorero. Todos los presentes se sorprendieron y admiraron a la vez al ver a aquel monje manco husmear alrededor del árbol, examinar el nudo de la soga que había estrangulado a Edward y la altura desde la que pendía su cuerpo sin vida. William no pareció escandalizarse por la erección que se advertía bajo el hábito del monje, ni por la mancha de inútil semen que hizo que algunas de las personas que asistían al espectáculo desviaran la mirada.

De no haber sido por Gelabert, que le instó a partir cuanto antes tras el rastro de Adrien y Cyrille, William hubiera permanecido junto a aquel árbol mucho más tiempo, intentando escuchar el postrer mensaje del ahorcado. Pero más tarde comprendió su error. Debía haber escuchado al herbolario con más diligencia, puesto que la ventaja que les llevaban los dos asesinos terminó por incrementarse gracias a aquella demora, dado que, cuando finalmente llegaron a un puerto en el que contratar una embarcación que los llevara a tierras normandas, una inoportuna tormenta retrasó su marcha y trastocó sus planes. ¿Cuántos días de ventaja les llevaban ahora los asesinos?

En varias ocasiones, Gelabert le había reprochado aquella pérdida de tiempo junto al cadáver del tesorero, pero William se había mostrado imperturbable. Estaba seguro de que a Edward lo habían asesinado.

—No estaban dispuestos a dejar un cabo suelto —repetía—. Y, sin embargo…

Aquellas chinas en la suela de la sandalia que ya había sentido en tierras inglesas aparecían de nuevo. Algo no encajaba en su teoría. ¿Realmente el desgraciado tesorero había sido cómplice en el asesinato del abad Henry o sus pecados no guardaban relación alguna con aquel crimen? Pero, en ese caso, ¿qué razón pudieron tener Adrien y Cyrille para ahorcarlo en aquel árbol, como presumía que había sucedido?

Aquellas chinas en la suela de la sandalia…

Delante de él, Gelabert caminaba con dificultad sobre arena y el cieno, y la mirada de William se perdió una vez más en las huellas de su compañero.

Las voces de algunos peregrinos sacaron a William de su ensimismamiento. Algunos reían y otros, simplemente, daban gracias a Dios por haber llegado con vida a los pies de aquel santuario. La variedad de sus acentos evidenciaba la fuerte atracción religiosa que emanaba de Mont Saint-Michel. La gente parecía llegar de todos los lugares.

A medida que se aproximaban a las puertas del enclave, los dos monjes descubrieron que el número de peregrinos era mucho más grande del que imaginaron. Entre ellos, había hombres a quienes les faltaba una pierna, un brazo —como a William—, o incluso los dos. Algunos eran ciegos, y otros, mudos. Había personas mayores y jóvenes; mujeres y niños… Todos habían llegado desde muy lejos con la esperanza de ser curados o en cumplimiento de alguna promesa. William escuchó la historia de una mujer de Lisieux que llegó hasta allí en avanzado estado de gestación y a la que los dolores del parto le sorprendieron en medio de una de aquellas terribles mareas. La joven, recordaba una peregrina que pasó junto a él, pudo salvarse por la intercesión del arcángel san Miguel. Las aguas siguieron subiendo, como es natural, pero no ahogaron al bebé, que fue encontrado por unos pescadores sano y salvo.

En otro corrillo, se relataba el caso de una mujer que, encontrándose en pecado mortal, intentó subir a la abadía y una fuerza sobrenatural se lo impidió. Hasta que no se confesó, afirmó el arrugado y mugriento peregrino que narraba el episodio, no le fue posible llegar al santuario.

Y un peregrino italiano enfermó tras llevarse, sin permiso, una piedra de Mont Saint-Michel…

Y un monje se curó milagrosamente tras beber agua del santuario…

Y otro peregrino enfermó gravemente por no beberla…

Y…

Mil relatos, mil milagros, miles de esperanzas.

Al adentrarse en la única calle del lugar, William y Gelabert se vieron arrastrados a un universo asombroso y aún más ruidoso. Una multitud ascendía por una empinada calle en dirección a la abadía y, sin poder evitarlo, se vieron arrastrados por ella.

Vendedores de baratijas y reliquias reclamaban la atención de los peregrinos elogiando las virtudes de su mercancía. Otros, mostraban imágenes del arcángel talladas en madera policromada u ofrecían comida y bebida a los agotados visitantes a la sombra de las casas de madera entramada.

Gelabert se abrió paso entre el bullicio mientras miraba hacia atrás para cerciorarse de que William lo seguía.

—Hay que llegar a la escalera —dijo.

William asintió.

Por un instante, el templario se recordó a sí mismo en las calles de Jerusalén, entre los cientos de peregrinos que habían viajado a Tierra Santa con el propósito de escuchar el eco de la voz de Jesucristo, o incluso con la esperanza de ser sanados de algún mal. Ni entonces ni ahora se sintió a gusto. Le incomodaban las multitudes. Las multitudes siempre son irracionales, creía. Lo había comprobado en el campo de batalla y también en parajes como aquel, donde los hombres confundían espiritualidad con superchería.

¿Milagros? ¿Creía William en los milagros?

Naturalmente que…

—¿Me escucháis? —gritó Gelabert por encima de las demás voces—. Es por aquí.

William alzó la mirada hacia aquel santuario, que daba la impresión de estar colgado del cielo. De un modo inconsciente, le vino a la mente la Jerusalén celeste que describe el Apocalipsis, donde los elegidos se reunirán al final de los tiempos. Y se interrogó sobre cómo pudieron los constructores de aquella abadía asentar los cimientos de su obra en lo alto de una superficie que, al menos vista desde abajo, parecía muy pequeña. ¿Cómo se las habían ingeniado para que los monjes dieran cumplimiento a la Regla acogiendo peregrinos, trabajando y llevando a la vez una vida de clausura? Para ello se precisaban numerosos edificios, y desde los primeros escalones de la imponente escalinata en la que se encontraban no se le ocurrían soluciones arquitectónicas para semejante problema.

A medida que ascendían por la escalera, William se sintió cada vez más pequeño. La bahía iba mostrando su inmensidad al ganar en perspectiva. Las nubes y el mar creaban en el horizonte un lienzo gris, sin que se advirtiera separación alguna entre ellos. El viento, frío y cortante, soplaba como heraldo del otoño recién estrenado. William aspiró el aire de la bahía y se preguntó si, tras tantas jornadas de viaje, lograrían acabar con aquella pesadilla antes de que el invierno los devorase.

Al cabo de unos minutos, alcanzaron una puerta de arco rebajado que podría cerrarse, si fuera necesario, con un rastrillo. A partir de ese punto, la escalera se empinaba aún más. Se trataba de una obra majestuosa, monumental, encajada de manera sorprendente entre la iglesia, las rocas del peñón y otros edificios del complejo. En un par de ocasiones, William descubrió corredores, pasajes suspendidos como acróbatas que parecían unir las dependencias como si se tratase de las ramas de un árbol de piedra. Toda aquella fábrica, comprendió, se estructuraba en diferentes niveles superpuestos unos sobre otros.

Al llegar a la altura de la iglesia, vieron a un benedictino de aspecto frágil y mirada huidiza. El monje daba la bienvenida a los peregrinos, les sonreía tímidamente y hacia la señal de la cruz en sus frentes. El religioso reparó también en la extraña pareja de recién llegados, y se dirigió hacia ellos.

Al acercarse, William descubrió que el benedictino era mucho más joven de lo que parecía. Su piel era sonrosada y tersa. Lucía tonsura, y su nariz era extrañamente pequeña para su rostro, alargado y barbilampiño.

—¿Quiénes sois, hermanos? ¿De dónde venís? —preguntó al tiempo que miraba de arriba abajo los hábitos manchados de barro de los recién llegados.

Gelabert se adelantó a William y rebeló sus nombres, pero fue el templario quien urgió al joven monje.

—Es preciso que hablemos con vuestro abad sin perder un instante —dijo.

El monje, que había dicho llamarse Jean, tragó saliva. William creyó advertir temor en los ojos avellanados del muchacho, y temió haber llegado tarde.

—El abad Thibaud os recibirá con alegría —dijo finalmente Jean—. Siempre le agrada recibir noticias de lo que sucede en otros lugares.

—Luego está vivo —espetó Gelabert, sin pensar.

—Hasta hace bien poco, lo estaba —sonrió Jean—. Y no creo que haya tenido tiempo de cambiar de estado desde las oraciones de Nona.

William respiró aliviado.

—Venid conmigo —dijo Jean, mientras les invitaba a entrar en la iglesia.

El templo parecía un ser vivo que hubiera crecido y cambiado continuamente desde tiempos pasados. William lo exploró con la mirada, y el joven Jean sonrió.

—La iglesia abacial se construyó hace más de un siglo sobre los primeros templos del peñón —explicó—. La configuración de la montaña dificultó la tarea de los cincuenta monjes que por entonces vivían aquí y que se vieron en la necesidad de ampliar las dependencias conventuales y las dedicadas a los peregrinos, cuyo número crecía sin cesar. La cumbre de la montaña ofrecía un terreno muy limitado, insuficiente para alzar una iglesia como la que imaginaron, de ochenta metros de larga y con planta de cruz latina. Para lograrlo, se valieron de tres criptas que sirvieran de cimientos. —El monje señaló el coro—. Una al este, y otras dos al sur y al norte, para sostener los brazos de la cruz.

—De modo que caminamos sobre un suelo sostenido por criptas —comentó William, visiblemente asombrado.

—Y sobre un templo más antiguo, Notre-Dame-sous-Terre —explicó Jean.

—Un ejercicio temerario —apuntó Gelabert, que había conocido la increíble arquitectura del lugar en su anterior visita diez años atrás.

—Audaz, diría yo —matizó el joven monje—. Pero es cierto que la historia de nuestra iglesia no está exenta de accidentes. En el año del Señor de 1103, parte del edificio se hundió sobre el dormitorio común —señaló hacia el lado norte de la iglesia—.

Gelabert se persignó.

—¿Falleció algún hermano? —preguntó.

—El arcángel vela por nosotros —aseguró Jean—. El accidente sucedió cuando celebraban Matines, y la comunidad estaba orando.

Jean guio a los forasteros hacia una puerta situada en el mismo lado norte que había señalado, y de pronto William se sintió transportado hasta el cielo del modo más inesperado. Gelabert, que ya conocía aquel claustro maravilloso al que habían ido a parar, sonrió divertido.

El corazón del conjunto monástico parecía estar colgado a medio camino entre el mar y el cielo. El aire estaba impregnado de salitre y del aroma de las flores del jardín que se dibujaba en el centro del claustro. Las galerías que lo componían se sostenían sobre delgadas columnillas que soportaban un cañón artesonado de madera, mucho más ligero que una bóveda de piedra.

Jean explicó aquella anomalía arquitectónica.

—Nos encontramos en el tercer nivel, el más alto, de nuestra casa. El peso de una bóveda de piedra era desaconsejable. El suelo que pisamos se sostiene sobre el techo de otra sala construida en el segundo nivel.

William miraba asombrado los relieves de los capiteles esculpidos en piedra calcárea. Entre los motivos vegetales, le llamó la atención la presencia de dragones, que simbolizaban el Mal, a los que debía derrotar el arcángel san Miguel. Y se preguntó si, dado que el abad Thibaud estaba vivo, al fin habían conseguido anticiparse a los planes de sus adversarios.

En la galería occidental, William vio a dos hombres sentados de espaldas a ellos. Uno vestía hábitos benedictinos; el otro, no. Ambos contemplaban la bahía, cuyas aguas habían comenzado a subir a un ritmo verdaderamente asombroso, según él mismo pudo comprobar al acercarse. Jean carraspeó, y los dos hombres se giraron. El joven presentó a los forasteros a su superior, que pareció alegrarse ante la inesperada visita.

El abad Thibaud era un hombre de estatura media, de complexión normal, rostro afable, escasos cabellos alrededor de la tonsura, barba poblada y sonrisa permanente. Su acompañante era alto y en su rostro curtido por el sol destacaba una vieja cicatriz que se extendía desde su ceja izquierda hasta la comisura de la boca. Tenía unos enormes ojos negros, barba cuidada y cabello muy corto. William comprendió que se trataba de un hombre de armas, a pesar de que sus ropas —modestas pero bien cortadas y de buen tejido— no invitaban a llegar a esa conclusión. Aunque no estaba armado, su porte y la fortaleza de sus hombros y sus brazos hablaban de un hombre de acción.

Gelabert hizo las presentaciones, y recordó su visita

a la abadía diez años atrás, en compañía de otros dos monjes a quienes ahora buscaban.

—¿Habéis recibido la visita de dos benedictinos en los últimos días? —preguntó William en el tono más neutro que encontró en su repertorio.

El abad dijo que no, pero recordó que eran numerosos los peregrinos que llegaban cada día hasta el monte.

—¿Ninguno solicitó veros personalmente? —insistió William.

Thibaud volvió a negar con la cabeza, y en su mirada apareció por vez primera una turbadora sospecha.

—¿Sucede algo que deba saber? —preguntó.

Gelabert tomó entonces la palabra y relató la muerte del abad Henry. Al escuchar la noticia, Thibaud se tambaleó y se sentó en la galería del claustro, visiblemente conmocionado. William observó el rostro del hombretón de la cicatriz, que aún no se había presentado, y advirtió cómo se tensaba y cómo sus enormes puños se cerraban con fuerza.

—¿Vos sois…? —preguntó William clavando la mirada en el desconocido.

—Disculpadme —dijo el interpelado—, soy Romain de Granville.

—El caballero Romain ha abandonado la vida mundana y solicitó asilo en nuestra comunidad —aclaró el abad, aún pálido tras la noticia recibida.

—¿Un hermano lego? —preguntó Gelabert, extrañado al mirar de nuevo los ropajes de Romain, en nada parecidos a los religiosos.

—No, no soy un hermano lego —aclaró el hombretón—. Solo soy un hombre que busca a Dios entre la paz de estos muros.

William, que seguía sin apartar la mirada de los ojos de aquel caballero, leyó más en sus silencios que en sus palabras. Romain, por su parte, lanzó una mirada a la manga derecha del hábito de William.

—¿Un accidente? —dijo.

—Un grupo de infieles atacó a la caravana de peregrinos de la que formaba parte —respondió William sin dejar de estudiar la expresión imperturbable de Romain—. No parecéis espantaros por ver a un hombre mutilado —deslizó.

Romain de Granville apretó las mandíbulas, y la cicatriz de su rostro pareció palpitar.

—He visto demasiada sangre como para impresionarme por vuestra mutilación.

—Decidme qué le sucedió exactamente al hermano Henry —pidió Thibaud, ajeno al intercambio de miradas de William y Romain.

Gelabert dudó antes de responder, y el abad comprendió lo que le sucedía.

—No receléis por la presencia del caballero Romain —dijo Thibaud—. Nadie es más digno de mi confianza que él.

Gelabert, sin embargo, buscó la conformidad de William, y no habló hasta que este asintió. Solo entonces añadió a lo que ya había comentado la muerte del abad Fionan en Skyllig Michael, la persecución que desde entonces habían comenzado en pos de los dos monjes por quienes se habían interesado minutos antes, y el temor de que el siguiente objetivo de los asesinos fuera él mismo.

Cuando Gelabert concluyó su relato, Thibaud paseó

su mirada por los rostros de los tres hombres que le acompañaban, sin saber qué decir.

—¿Y por qué habrían de querer asesinar a nuestro abad esos hombres que mencionáis? —preguntó Romain.

Se trataba de una pregunta lógica, que posiblemente el propio Thibaud habría formulado de no estar conmocionado por el relato que acababa de escuchar, pero William creyó advertir un brillo extraño en la mirada del enigmático caballero.

—No lo sabemos —afirmó Gelabert.

William se sintió aliviado al escuchar a su compañero. Realmente, el herbolario no había mentido. Él no tenía la menor sospecha de la existencia de una línea mágica e invisible que unía siete puertas que daban acceso a dos mundos, y mucho menos que hombres y demonios pudieran atravesarlas. Durante su viaje, William había respondido con vaguedades cada vez que el herbolario había expresado sus dudas sobre los motivos por los cuales sus antiguos compañeros, Adrien y Cyrille, habían dado muerte a los abades. Y lo cierto era que ni el propio William alcanzaba a imaginar qué sucedería si las siete puertas se abrían de par en par, y allí donde otrora reinó la espada del ángel se impusiera ahora la espada del diablo.

El abad alzó la mirada. El llanto había enrojecido sus ojos, y su bondadosa sonrisa se había esfumado.

—¿Creéis que guarda relación con nuestra afición por la alquimia? —preguntó.

William se encogió de hombros.

—No lo sé —dijo—. Lo único que sabemos es que un monje de Skellig Michael escuchó que esos dos hombres pretendían viajar a los santuarios de san Miguel en

Cornualles y en Normandía. —Al ver la expresión desolada del abad, se sintió en la obligación de disipar sus dudas—. En todo caso, el abad Fionan no compartía vuestra pasión por la alquimia, y también fue asesinado.

Thibaud guardó silencio y se abrigó con sus propios pensamientos. William creyó percibir en su actitud culpabilidad.

—¿Vos podríais haber leído ese mensaje escrito con sangre? —dijo Romain rompiendo el incómodo silencio que se había tejido en el claustro mientras la luz de la tarde languidecía lentamente arrancando reflejos plateados al mar y al cielo.

El abad asintió.

—Desde hace años, el abad Henry y yo intercambiamos conocimientos sobre alquimia y sobre los secretos de plantas y animales. Ambos habíamos leído en un viejo pergamino que ese tipo de escarabajo está dotado de la sustancia que el hermano Gelabert ha mencionado.

—¿Por qué empleabais códigos secretos? —preguntó William—. ¿Tan cerca estabais de la herejía en vuestras prácticas?

Romain se encaró con William, visiblemente molesto por aquella impertinencia, aunque el tono del templario no había sido ofensivo.

Thibaud se levantó del improvisado asiento de piedra, y sonrió con amargura.

—Los hombres no son herejes por querer saber; es Nuestra Madre la Iglesia quien les convierte en pecadores por ello —afirmó, sin titubeo.

Gelabert abrió los ojos, pasmado ante la blasfema afirmación del abad. William, en cambio, esbozó una leve sonrisa, y descubrió otra en el rostro curtido del caballero Romain.

—Acompañadme —dijo Thibaud al tiempo que se encaminaba hacia la galería este del claustro.

Los cuatro entraron en una amplia y bella sala impregnada por una suave luz. William comprendió que aquel era el refectorio de la abadía, y se sorprendió al no ver más que dos ventanas en la fachada oriental. Eran muy pocas para que reinará aquella luminosidad. Pero a medida que se adentraban en el refectorio el misterio quedó aclarado: realmente, había cincuenta y nueve ventanas, que no se advertían porque estaban disimuladas en los muros con canalones. Las ventanas aparecían a medida que caminaban, pero parecían desaparecer a sus espaldas.

Una puerta, al sur de la sala, unía el refectorio con la cocina, pero el abad se encaminó hacia otra puerta, donde se abría una escalera. Por ella, descendieron al piso inferior.

En silencio y en fila, accedieron a una enorme sala dividida por tres hileras de robustas columnas, que diferenciaban cuatro naves de diferentes alturas. En el muro norte, William vio dos gigantescas chimeneas que caldearían las entumecidas manos de los monjes que trabajaban allí, porque aquella sala era el *scriptorium* de aquel laberíntico complejo monacal.

William trató de memorizar aquel intrincado laberinto de pasajes, escalinatas y obras superpuestas, pero tuvo que desistir. Ni siquiera para alguien tan observador y con buena memoria como él era empresa sencilla orientarse en aquella ingeniosa y audaz construcción.

—Con el tiempo, no es tan difícil orientarse

—comentó a su lado Romain, que parecía haber leído los pensamientos de William.

William sonrió. Había algo que le resultaba familiar en el comportamiento de aquel caballero. Y una idea se abrió paso lentamente en su mente.

Al cabo de unos minutos, llegaron a los aposentos de Thibaud, y el abad les invitó a entrar en ellos.

De inmediato, William y Gelabert se sintieron transportados a la guarida privada del abad Henry. Aquella sala más parecía el laboratorio de un alquimista que la celda de un benedictino. Alambiques, atanores, pergaminos, polvos minerales, ungüentos…

—Los herejes no se hacen; es la Iglesia quien les crea —insistió Thibaud—. ¿Acaso debe temer el maestro Alberto que sus estudios en París sobre la naturaleza y la alquimia lo conduzcan a la hoguera acusado por sus propios hermanos dominicos?

William volvió a sonreír. El abad Thibaud se había ganado definitivamente su simpatía. Y al mirar al caballero Romain, descubrió que no era él el único a quien divertía la rebeldía del abad.

William, al contrario que Gelabert, jamás había estado antes en Mont Saint-Michel, por ello escuchó con sumo interés al abad Thibaud cuando trató de explicar los motivos por los cuales creía que aquel era un lugar sagrado más allá de los motivos por los cuales la propia Iglesia a la que debía obediencia pudiera considerarlo como tal.

Thibaud, que insistió en que sus aficiones alquímicas en nada empañaban ni enturbiaban su fe en Nuestro Señor Jesucristo, se sentía digno sucesor del puñado de ermitaños que se asentaron en aquel monte en el siglo VI y construyeron una capilla dedicada al primer mártir cristiano, Esteban, y otra en memoria a un mártir de Autun, san Sinforiano.

—En otro tiempo —explicó el abad—, este lugar era conocido como Mont-Tombe.

—¿Una tumba? —dijo William frunciendo el ceño. Le sorprendió la noticia, puesto que no parecía tener que ver con la leyenda de las puertas del infierno—. Creía que guardaba relación con san Miguel y su victoria sobre el demonio.

—Hasta el siglo IX no se introdujo el culto a san Miguel —afirmó Thibaud, y al ver advertir el desconcierto en el rostro del monje manco, aclaró lo ocurrido en aquella época—. Según un manuscrito titulado *Revelatio ecclesiae sancti Michaelis*, una noche del año del Señor de 708, el obispo de Avranches, Aubert, vio en sueños al arcángel, que le ordenó construir una iglesia en su honor en esta montaña. Pero el obispo hizo oídos sordos, lo que provocó dos nuevas apariciones del arcángel, y en la tercera, harto de la incredulidad de Aubert, san Miguel le perforó el cráneo con su dedo.

William arqueó las cejas, más por escepticismo que por sorpresa.

—Fue entonces cuando el obispo impulsó la construcción de un templo inspirado en el que existía en el monte Gargano, al sur de Italia, donde el arcángel se había aparecido también en el siglo IV.

Al escuchar aquella mención a uno de los siete monasterios que formaban parte de la invisible espada del ángel, William entornó la mirada, vivamente interesado. A su derecha, el caballero Romain no le quitaba ojo.

—Aubert envió a dos clérigos al monte Gargano en busca de reliquias que fortalecieran la fe de los peregrinos que llegaran hasta aquí —prosiguió el abad—, y trajeron una túnica de color bermellón que el arcángel había dejado en aquel lugar, además de un fragmento del bloque de mármol sobre el cual se apareció.

—Al parecer, la iniciativa fue un éxito —comentó Gelabert lanzando una mirada alrededor.

—Las aguas no siempre han estado en calma —matizó el abad—. Es cierto que los peregrinos comenzaron a acudir en gran número durante los primeros tiempos, pero hace cuatrocientos años esa paz se quebró con las invasiones vikingas. Supongo que creían que en este lugar se guardaba un tesoro.

—¿Y en qué lugar afirma la tradición que el arcángel se apareció al obispo Aubert? —quiso saber William.

La pregunta pareció desconcertar tanto al abad como interesar al caballero Romain de Granville, a juzgar por la diferente expresión que se dibujó en sus rostros.

—Tal vez sea únicamente una leyenda —deslizó el abad intentando barnizar su escepticismo.

—¿Acaso no admitís que el arcángel se haya aparecido en este lugar? —preguntó Gelabert, aparentemente escandalizado.

—Los caminos del Señor son inescrutables —respondió el abad—. Pero ¿lo son tanto como para que sus arcángeles perforen el cráneo de los hombres con un dedo?

William disimuló su sonrisa y desvió la mirada. Al hacerlo, se encontró con los ojos negros de Romain, que lo taladraron.

—Y ahora, hermanos, deberéis disculparme —dijo Thibaud—, pero me gustaría meditar a solas sobre todo cuanto habéis relatado —se volvió hacia el caballero de Granville—, Romain os acompañará a vuestros alojamientos. Nos veremos más tarde en la iglesia para compartir las oraciones.

William asintió, pero se apresuró a advertir al abad que extremara a las precauciones cuando estuviera entre peregrinos.

—¿Debo dejar de cumplir con mis obligaciones ante aquellos que llegan a esta casa empujados por la fe? —preguntó Thibaud, molesto.

—Será difícil velar por vos si os exponéis en exceso —replicó Gelabert.

—Si la voluntad de Dios es que muera, ¿lo podrá evitar la espada? —zanjó el asunto el abad, y con un gesto solicitó que lo dejaran a solas.

Cuando la puerta de la celda del abad se cerró, Romain invitó a los dos forasteros a seguirle por aquel laberinto de pasadizos y salas en las que, en ocasiones, coincidían con grupos de peregrinos. Poco después, alcanzaron un nuevo pasillo, y el caballero giró hacia la derecha sin titubeos.

—Hemos llegado —dijo el caballero señalando dos puertas de recia madera—. La campana os convocará a los rezos en breve, de modo que descansad.

Gelabert y William asintieron, y entraron en las celdas que les habían asignado. Pero apenas unos segundos después, el templario escuchó un fugaz repiqueteo en la puerta. Sorprendido, se dirigió a ella y abrió.

Romain de Grenville aguardaba en el pasillo y le invitó a seguirle con un gesto y sin decir una sola palabra.

Al cabo de unos minutos, ambos se encontraron en una amplia sala dividida en dos naves por una hilera de delgadas columnas y escasa decoración en sus capiteles.

En su parte más alta se abrían arcos que sostenían unas hermosas cúpulas de crucería cuyo peso reposaba sobre contrafuertes adosados a los muros. Nueve ventanales permitían que se filtrara la luz del atardecer.

—La sala de los huéspedes —dijo Romain con un gesto teatral. A continuación, se dirigió hacia el muro oeste, donde dos enormes chimeneas ocupaban todo el ancho de la sala.

Romain invitó a William a tomar asiento en un banco de madera, junto a las chimeneas.

—Tal vez ha llegado el momento de que os expliquéis mejor —dijo el caballero sin apartar la mirada de William.

—¿A qué os referís? —tanteó el templario.

—¿Os dio tiempo a dejar en vuestra celda la espada que disimuláis bajo el hábito? —le espetó el hombre de la cicatriz—. No sois el primer hombre a quien veo ocultar un arma de ese modo. Yo mismo aprendí a desenvainar llevándola así.

El rostro enjuto de William se tensó.

—¿Ormus?

—Sión —respondió Romain sin titubeos.

—¡Por todos los diablos! —exclamó William.

—Hace unos meses, nuestro guardián en esta casa falleció —explicó Romain—. Me asignaron la misión inesperadamente.

—¿Me delató mi espada? —preguntó William con gesto más relajado.

—Y las lagunas que advertí en vuestro relato —replicó Romain—. ¿Qué razón tendrían esos hombres a quienes perseguís para matar a los abades de esos monasterios y no a otros? Creo que eligieron a sus víctimas no por ser abades, sino por serlo justamente en esos santuarios dedicados a san Miguel. Y solo puede haber un motivo…

—La espada del ángel —admitió William—. Pero aún no sé qué objetivo persiguen.

Romain sonrió.

—Cuando preguntasteis al abad en qué lugar situaba la tradición la aparición del arcángel al obispo Aubert, comprendí que buscabais la puerta de acceso.

—¿Vos sabéis dónde está?

Cuando al fin san Aubert dio cumplimiento a los deseos del arcángel san Miguel en el año del Señor de 708, construyó un santuario que pudiera competir con la diócesis vecina de Mont-Dol. El diseño, sin embargo, fue tan sencillo como eficaz. Se sirvió de bloques de granito sin pulimento ni florituras, dispuestos en forma circular. El templo permitía congregar a un centenar de personas y se alzó en el flanco oeste del peñón, cerca de la cima. El propósito del santo era rendir homenaje a la gruta del monte Gargano en lugar mismo donde el obispo había tenido su decisivo encuentro con el arcángel.

—El corazón de Mont Saint-Michel —dijo Romain franqueando la entrada a William a una pequeña capilla—: Notre-Dame-sous-Terre.

William recorrió con la mirada el modesto recinto, situado bajo las faldas de la iglesia, y miró después a su guía, sorprendido.

—¿Decepcionado? —Romain sonrió—. Esta capilla es posterior. Se construyó doscientos años después de la muerte del santo en el mismo lugar donde él impulsó la construcción del primer santuario.

William volvió a contemplar las adustas paredes de

mampostería. La capilla constaba de dos naves paralelas acabadas ambas en un pequeño coro.

—¿Es aquí? —preguntó.

Romain asintió.

—A través del coro —dijo.

La mirada de William quedó atrapada en aquella pared de apariencia tosca.

—Si vuelve a ocurrir —dijo tras unos segundos de silencio—; si el abad Thibaud…—se volvió hacia Romain—. Si vuelve a ocurrir, será aquí.

—Lo evitaremos.

La sombra de la duda veló la mirada de William. Había demasiados peregrinos entrando y saliendo de la abadía y del propio peñón. Todos aquellos vendedores de reliquias, buhoneros, enfermos en busca de un milagro…

—¿El abad sabe quién sois? —preguntó.

Romain negó con la cabeza.

—Sabe que soy un caballero cruzado que regresó herido de Tierra Santa —explicó—.

—¿Combatisteis allí?

—¿Acaso vos también?

—Esta ausencia me lo recuerda cada día —respondió William mirando la manga derecha de su hábito.

—Esta cicatriz que veis en mi rostro es la menor de cuantas tengo en el cuerpo tras aquel desastre —reveló Romain.

Los dos templarios se perdieron durante unos segundos en sus propios recuerdos, habitados por muertos y teñidos de sangre.

VI

MONT SAINT-MICHEL
OTOÑO DE 1258

Las voces de la treintena de monjes entonando los salmos matutinos elevaban el espíritu al más escéptico. Cada día, tras Maitines, los religiosos se reunían en la cripta de Notre-Dame-des-Trente-Cierges para celebrar una solemne oración precedida del encendido de los treinta cirios que daban nombre a aquel altar que había sobrevivido desde la época románica. La cripta sostenía el brazo norte del transepto de la iglesia abacial, y disponía de una única nave recta con dos bóvedas de arista y sus paredes estaban decoradas con hermosas pinturas.

William se estremeció, mientras que, a su lado, Gelabert sonrió divertido. Él sí recordaba el curioso ceremonial de los treinta cirios de su anterior visita a aquel lugar. William se sentía por ello en inferioridad, porque los asesinos conocían mucho mejor que él aquel dédalo de pasajes y criptas, lo que les concedía una ventaja indudable, si es que pretendían atentar contra el abad. La tozudez de Thibaud de no prohibir temporalmente el acceso a los peregrinos al monasterio dificultaba la misión que le había llevado hasta allí. Porque, aunque era cierto que las dependencias de clausura estaban vetadas a los visitantes, eso no impediría que alguien que conociera bien los diferentes corredores y túneles pudiera acceder a las zonas restringidas.

Cuando finalizaron los rezos, Romain se aproximó a William y señaló el vestíbulo de la capilla, por el que los monjes salían en aquel momento.

—El calabozo del diablo —dijo.

William se mostró interesado de inmediato. Cualquier alusión al Maligno hacía que su cuerpo se tensara.

El vestíbulo en cuestión tenía una columna central decorada con motivos vegetales, pero el templario no encontró nada en ella que indujera a pensar en el diablo.

—En otro tiempo, este lugar sirvió de prisión —explicó Romain—. De ahí el nombre con el que se le conoce.

A William le pareció significativo.

En ese momento, la luz de la cripta comenzó a menguar y los dos templarios se giraron hacia el altar. Un monje estaba apagando los cirios, y Gelabert se había unido a él para ayudarle. Como era su costumbre, el herbolario utilizaba los dedos directamente. Al verlo, un involuntario gesto a medio camino entre la sorpresa y el dolor torció la cicatriz del rostro de Romain.

El abad Thibaud había abandonado la capilla minutos antes que ellos en compañía de dos hermanos. Todo parecía en calma. La vida proseguía parsimoniosa y pacífica en Mont Saint-Michel.

Pero a la hora de Prima, el abad había desaparecido.

El bibliotecario Enaud fue quien dio la voz de alarma. Según explicó, había acordado reunirse con el abad en la parte más reservada del *scriptorium*, donde se custodiaban algunos tratados de Aristóteles junto con manuscritos de textos clásicos y también obras cuya temática era tan querida al abad: astrología, alquimia…

—Pero no apareció —explicó Enaud, visiblemente nervioso.

William escuchó con atención el apresurado relato de lo ocurrido por boca de aquel hombre bajito y enclenque, pero de mirada febril y cuyas manos trazaban mil piruetas en el aire mientras hablaba.

El hermano cillero, un hombretón de aspecto rudo y labios carnosos, aportó el dato de que el abad le había visitado, y aseguró que Thibaud se mostró tan afable como de costumbre.

—Mencionó que iba ir al *scriptorium*, pero dijo que antes pasaría por el claustro —recordó mirando a William y a Gelabert—. Me confió que estaba dándole vueltas a esa propuesta vuestra de limitar mucho más la zona de visita de los peregrinos, y que iba a meditar qué hacer al respecto en la tranquilidad del claustro.

Desde aquel momento, nadie más lo vio.

Inesperadamente, William abandonó a todos los demás religiosos, que se habían dado cita en el *scriptorium* y se dirigió hacia el claustro dando grandes zancadas, como acostumbraba cuando un problema como aquel se cruzaba en su camino. Al contrario que el resto, era consciente de la importancia de llegar cuanto antes y evitar que nadie pudiera enturbiar las pistas que, tal vez, pudieran existir para esclarecer lo sucedido.

Varios monjes jóvenes lo siguieron, excitados sin duda por la extraordinaria novedad que suponía aquel enigma en la rutina monacal. Pero al llegar al claustro, William se volvió hacia ellos y, con un gesto tan imperativo como intimidante, les ordenó detenerse.

—¡Que nadie entre! —gritó.

La avanzadilla de religiosos se detuvo como si hubiera sido víctima de un hechizo. Instantes después, llegó el resto de la comunidad. Gelabert y Romain, que habían sido de los primeros en llegar, dejaron hacer a William. El herbolario hizo un gesto al caballero de la cicatriz pidiéndole calma al ver su gesto de extrañeza mientras William exploraba el césped del claustro. Para asombro de todo el mundo, se había arrodillado y su nariz afilada captaba el intenso aroma de las flores y de la hierba húmeda.

—Afortunadamente, anoche llovió —dijo sin mirar a los demás.

De pronto, se incorporó como si lo hubiera impulsado un resorte. Gelabert, que ya conocía las extrañas costumbres de su amigo, comprendió que algo le había llamado poderosamente la atención, aunque William no dijo nada. Durante unos instantes, el templario caminó por el jardín, y finalmente se le vio abandonar el claustro por el lado opuesto. Al cabo de un rato, regresó. En su mirada llevaba prendida una sombra, pero nadie supo si se trataba de la que proyectaba una certeza o una duda. O algo aún más doloroso.

La comunidad benedictina se arracimó alrededor del espigado monje manco, expectante.

—¡Sería imprescindible evitar que nadie salga del recinto y que nadie más entre en él! —ordenó.

—Pero es posible que ya no estén aquí —objetó Romain.

—Que no estén, ¿quiénes? —preguntó Enaud, el bibliotecario. Y pareció hablar en nombre de los demás, porque fueron varios los monjes que corearon el mismo interrogante, dado que ninguno de ellos había sido informado del verdadero motivo de la llegada de William y Gelabert a Mont Saint-Michel.

—No hay tiempo para explicaciones ahora —urgió William—. Os bastará con saber que perseguimos a dos monjes que han asesinado a los abades de dos monasterios. Deberíamos dividirnos y buscarlos. Me temo que son ellos quienes han capturado al hermano Thibaud. —En medio del bullicio que provocó aquella revelación entre los benedictinos, William se aproximó a Romain y le susurró unas palabras que los demás no alcanzaron a escuchar.

—Voy con vosotros —dijo Gelabert.

—Mejor en parejas —objetó William—. Abarcaremos más. Que os acompañe el hermano bibliotecario —añadió.

Y sin más explicaciones, William y Romain corrieron hacia la cripta de Notre-Dame-sous-Terre, como el monje manco había sugerido en su cuchicheo. Si allí estaba la *puerta* al otro mundo, había pensado William de inmediato, era muy posible que encontraran al abad en aquel lugar.

—No vamos armados —recordó Romain mientras atravesaban los pasajes que conducían al segundo nivel del complejo religioso.

—Tal vez sea ya demasiado tarde para luchar

—respondió William—. No sabemos si han tenido tiempo de…

En ese momento, desembocaron en la capilla de San Martín, situada bajo el brazo sur del transepto de la iglesia. A través de unas pequeñas ventanas de medio punto abiertas en los gruesos muros se filtraba la claridad suficiente a aquella hora de la mañana como para no tropezar en su loca carrera. La bóveda de cañón sostenida por un musculoso arco perpiaño los contempló impasible, sabedora de que, por muy veloz que uno corra, la muerte lo aguarda en el lugar establecido. Una lección que, de haber estado más atentos a las señales que salían a su encuentro, Romain y William hubieran interiorizado al irrumpir en la siguiente estancia: el osario del monasterio.

Minutos después, se encontraron bajo el umbral de acceso a la capilla más venerable, allí donde originariamente el obispo Aubert había erigido el primitivo santuario. El lugar donde los dos mundos se encontraban.

Ambos monjes se detuvieron, sudorosos y sin resuello.

—¡Nada! ¡Nadie! —exclamó Romain.

William parecía verdaderamente desconcertado. Las huellas que había descubierto en el césped del jardín del claustro le habían revelado varias cosas. La lluvia caída durante la noche había empapado la hierba y embarrado la tierra, convirtiendo el jardín en un palimpsesto repleto de información, si se leía con detenimiento. En primer lugar, se advertían con claridad las huellas de dos hombres, a juzgar por su tamaño, y en medio de ellas el rastro dejado por los pies de una tercera, a la que parecían haber arrastrado. Presumió por ello que el abad había sido golpeado y sus captores lo sacaron de ese modo del claustro. Pero había leído en la tierra algo más, aunque no estaba suficientemente seguro de que tuviera que ver con lo que le hubiera sucedido al abad. Se trataba de un par de huellas alejadas de las otras y que le habían hecho sentir de nuevo la incomodidad de tener unas chinas en sus sandalias…

Al escuchar las conclusiones de William a propósito de lo que había descubierto en la tierra del claustro, Romain lo miró con una mezcla de extrañeza y admiración.

—Si hubieran cargado el cuerpo del abad, las huellas de los asesinos que perseguimos hubieran sido más profundas —añadió William—, pero el sendero que se dibujaba entre las marcas de sus pies lo hicieron las sandalias del abad al ser arrastrado.

—Sin embargo, os habéis equivocado al deducir que lo trajeron aquí —Romain recorrió la capilla con la mirada.

—Parecía lógico —opinó William mientras contemplaba la estancia, apenas alumbrada por unos cirios—. En los casos anteriores, el cuerpo de los abades fue encontrado junto a las *puertas*. —Mientras hablaba, comenzó a explorar cada centímetro de la cripta, con la esperanza de encontrar algo que pudiera explicar su error, pero al cabo de un rato desistió. Entonces, entornó la mirada y se volvió hacia su compañero—. Quizás me equivoqué de capilla.

Romain pareció haber seguido el curso de los pensamientos de su compañero de Hermandad, y se golpeó la frente, como si ambos hubieran llegado a la vez a la misma conclusión.

—¡El calabozo del diablo! —exclamó.

—¡Rápido, no hay tiempo que perder! —urgió William.

El abad tampoco estaba en el *scriptorium*.

Gelabert y Enaud, registraron incluso la zona restringida en la que se custodiaban los manuscritos más venerables y en la que únicamente el bibliotecario y el abad podían entrar. Nadie más que ellos poseía llave de aquella sala atestada de sabiduría y que, a pesar de lo que pudiera imaginarse por su pequeña puerta de acceso, tenía unas dimensiones considerables.

—Además de obras de Aristóteles y otros autores griegos y romanos, aquí se conservan textos que hablan del pasado más remoto y pagano de Mont Saint-Michel —comentó Enaud mientras recorrían los estantes repletos de pergaminos y volúmenes.

—¿Un pasado pagano? ¿A qué os referís? —preguntó Gelabert con interés.

Enaud apareció tras uno de aquellos anaqueles de madera vieja llevando en la mano una vela. Su mirada vivaracha chisporroteaba a la luz de la llama, y parecía feliz al poder explayarse sobre uno de sus temas favoritos.

El peñón, explicó, había sido considerado un lugar sagrado por los hombres desde hacía cientos de años. Mencionó la existencia de tumbas de piedra cerca de la cima del monte, y resumió una leyenda según la cual dos gigantes se enfrentaron en aquellas tierras. Uno representaba el caos; el otro, el orden celeste.

—Pero no fueron las únicas disputas ni aquellos tiempos fueron los únicos que asistieron a grandes cataclismos... —Sonrió antes de dejar con la miel en los labios a Gelabert.

El herbolario tragó saliva.

—Explicaos —pidió a Enaud, quien parecía disfrutar haciéndose de rogar.

—Hubo un tiempo en que a los pies del monte se extendía un bosque maravilloso: el bosque de Scissy —dijo tras unos segundos de teatral suspense—. Era un lugar de adoración pagano, y tal vez por ello Nuestro Señor decidió que las aguas del mar lo arrasaran casi al tiempo en que apareció en estas tierras su arcángel y heraldo. —Abrió sus ojos chiquitos cuanto pudo, y torció la boca en una sonrisa aviesa antes de añadir—: pero la gran historia pagana de este lugar guarda relación con la *puerta* a otro mundo.

La expresión de Gelabert cambió de pronto. ¿A qué se refería aquel hombrecillo?

—No se puede comprender el pasado de Mont Saint-Michel sin conocer lo ocurrido en Mont-Dol, un monte próximo que seguramente habréis visto más allá de la isla de Tombelain —afirmó—. En nuestro monte, vivía por entonces el dios Ogmios, una divinidad guerrera, pero también conocedora de los misterios de la escritura. El dios Ogmios se encargaba de conducir a los muertos hacia el más allá. Pero tenía un rival poderoso: su propio hermano, Taranis. Taranis reinaba en aquella época en Mont-Dol, y las gentes lo adoraban por su buen carácter. Él gobernaba los cielos y la meteorología. Además, había logrado derrotar a un monstruo terrible, a un ser que era medio hombre y medio serpiente.

—¡Un demonio! —concluyó Gelabert, traduciendo al cristiano el mito pagano.

—Exactamente eso pensó el misionero san Samson, que consagró Mont-Dol a san Miguel construyendo en su honor una capilla —respondió el bibliotecario.

—Pero ¿no fue aquí, en Mont Saint-Michel, donde

el arcángel derrotó al Maligno? —preguntó Gelabert, desconcertado.

—Se diría que habéis empalidecido —se burló Enaud—. Vuestra fe no debería basarse únicamente en una leyenda.

—¡Responded, por Dios! —exigió el herbolario.

—El combate entre el arcángel y el monstruo comenzó, en efecto, en Mont-Dol, pero fue en Mont Saint-Michel, donde concluyó —aclaró el monje con mucho aspaviento—. Fue aquí donde san Miguel arrojó al monstruo al otro mundo antes de ascender a los cielos.

Gelabert, que había contenido la respiración inconscientemente durante el relato, exhaló un suspiro de alivio.

—¡Estáis más tranquilo ahora! —se mofó Enaud mientras rebuscaba en su hábito las llaves de aquel templo del saber para cerrar sus puertas. Pero, para su sorpresa, cuando levantó la vista Gelabert no estaba.

—¿Hemos visto todas las dependencias? —William miró a Romain. En su gesto se advertía la desesperación tras haber recorrido diferentes estancias una vez comprobaron que no había rastro alguno del abad en la cripta de Notre-Dame-sous-Terre, como presumió inicialmente, ni tampoco en el llamado calabozo del diablo, adonde llegaron sin resuello.

Romain reflexionó durante unos segundos antes de responder.

—Hay un lugar al que no hemos ido —dijo al cabo de un rato—: los dos calabozos.

—¿Otros calabozos? —preguntó William, extrañado.

—Los verdaderos calabozos —aclaró Romain—.

Hace un siglo, el abad Robert de Thorigny tuvo que hacer valer su posición como señor feudal de estas tierras. Debía impartir justicia y ser respetado.

—Y ordenaba la prisión para quienes no le obedecieran —presumió William.

Romain asintió.

—¿Por qué no mencionasteis esas habitaciones hasta ahora?

—Porque no se suele hablar de ellos, no se visitan, no están al alcance de los peregrinos y únicamente quien conoce bien la abadía sabe de su existencia —explicó el caballero de la cicatriz en el rostro—. Los monjes los llaman los *gemelos*.

—Por lo más sagrado, vamos allá —urgió William.

Una vez más, los dos templarios corrieron como si les fuera la vida en ello. Romain guio a su compañero por corredores y escaleras que permitían descender al nivel inferior, al más antiguo, de aquel complejo. Al llegar a la escalera norte-sur, cerca de la entrada de la primitiva abadía y al oeste de la misma, Romain señaló unas puertas. Para sorpresa de ambos, se encontraban entreabiertas.

Romain se adentró en una de aquellas sombrías celdas alumbrándose con la antorcha que portaba, y apenas puso un pie en el interior lanzó una exclamación.

—¡Santo Dios!

William comprendió de inmediato el motivo de la exclamación de Romain. El cuerpo del abad Thibaud estaba tendido en un charco de sangre en el centro de aquel calabozo. Pero le faltaba la cabeza.

William arrebató la antorcha a Romain y se aproximó al cadáver. Comprobó si existían huellas, pero el suelo de piedra no ofrecía pista alguna. Nadie había pisado la sangre. Los asesinos habían sido precavidos.

El templario manco se arrodilló a continuación junto al cuerpo de Thibaud e indicó a Romain que acercara la luz de la antorcha. Torció el gesto al ver el tajo que había seccionado la cabeza del abad, y le asaltaron los recuerdos de los dos crímenes anteriores. Sin poder evitarlo, pensó en su hermano Sherrin. Resultaba una cruel ironía que el arma empleada en aquellos asesinatos fuera la de un caballero de Sión.

Con cuidado, giró el cuerpo del abad. Nuevamente, pidió a Romain que alumbrara la escena. Inspeccionó con detenimiento el cadáver y su hábito, pero no pareció encontrar nada que resultara relevante. Sin embargo, de pronto, entornó los ojos. Se acercó aún más a las ropas del difunto, y apretó las mandíbulas.

—¿Qué sucede? —preguntó Romain.

—No es nada —mintió William—. Una simple mancha.

—¿Y la cabeza? ¿Qué demonio ha podido hacer algo así?

En ese momento, un grito estremecedor les sobresaltó. Envueltos en la oscuridad de aquella celda y en medio del laberinto de pasajes, el alarido de terror había llegado hasta ellos amplificado. Romain señaló con el índice hacia arriba.

William se incorporó, lanzó una última mirada al abad y a aquella mancha que había ensombrecido su mirada. Después, cerró la puerta del calabozo y se precipitó tras Romain, que ya corría escaleras arriba. A medida que ascendían, el número de voces aumentaba. Parecía evidente que no eran los únicos que habían escuchado el primer grito.

—Es en Notre-Dame-sous-Terre —gritó Romain por encima del hombro.

William se estremeció.

—La *puerta* —murmuró, al tiempo que lamentaba su estupidez.

Cuando llegaron a la pequeña capilla, media docena de monjes se hacían cruces. Alguno, incapaz de soportar la impresión, había roto a llorar. Entre ellos, se encontraba Gelabert, que se abrió paso entre los demás.

—¡Por todos los santos, os he estado buscando por media abadía! —dijo—. El bibliotecario me contó una historia a propósito de las relaciones entre este peñón y Mont-Dol, y llegué a pensar que tal vez se hubieran podido llevar al abad allí, —se giró a los monjes, que habían formado un círculo alrededor de algo que William aún no alcanzaba a ver—, pero es evidente que me equivocaba.

William no lograba apartar la mirada de la espalda de los benedictinos, y apenas escuchó lo que Gelabert le había dicho. Se acercó a los monjes, que formaban un corro alrededor de algo que parecía haberse adueñado de su mirada y de su voluntad. Cuando al fin pudo abrirse paso, William comprendió el motivo del grito que habían escuchado y el llanto de alguno de los presentes.

Junto al altar de la capilla, allí donde Romain le había dicho que estaba la *puerta* entre los dos mundos, alguien había colocado la cabeza del abad Thibaud, en la que se advertía un siniestro agujero, presumiblemente provocado por un clavo o hierro terriblemente afilado que alguien le había clavado.

—El dedo del arcángel —dijo a su espalda Romain.

Thibaud era el tercer abad de los siete monasterios que dibujaban la invisible espada del ángel que había sido asesinado sin que William hubiera podido evitarlo, y el monje manco se culpaba por ello. Sin embargo, el último crimen se diferenciaba de los anteriores en dos cosas.

Para empezar, había aparecido la cabeza del muerto.

Romain aventuró con bastante tino que los asesinos pretendieron evocar el milagro atribuido al arcángel san Miguel al introducir su dedo índice en el cráneo de san Aubert para obligarle a construir un santuario en aquel peñón.

En segundo lugar, y sin embargo más importante, William creía haber encontrado un par de piezas que comenzaban a dar sentido al siniestro acertijo que se esforzaba en resolver.

Tras el primer impacto que supuso la noticia de la muerte de su abad y la conmoción que provocó el hallazgo de su cabeza en el altar de la capilla de Notre-Dame-sous-Terre, todos se movilizaron con rapidez siguiendo las instrucciones de William. Se cerraron a cal y canto las salas de clausura y se envió a monjes y sirvientes a registrar los edificios a los que accedían los peregrinos y también las casas que se arracimaban a los pies del peñón, aunque William dudaba del éxito de aquellas pesquisas. Unas dudas que Romain no comprendía.

—No pueden haber ido lejos —objetaba el caballero de la cicatriz en el rostro—. Nosotros habíamos estado en esa capilla minutos antes y en ella no había rastro alguno del abad.

—¿Y qué hicimos después? —le recordó William sin apartar la mirada de uno de los monjes presentes.

—Fuimos hasta el calabozo del diablo —respondió Romain.

—¿Y después?

—Vos me preguntasteis si habíamos registrado todas las dependencias, y yo recordé los dos calabozos.

William apartó al fin la mirada del monje que tanto parecía interesarle, y se volvió hacia Romain.

—¡Hemos sido unos estúpidos! —sentenció—. Los asesinos llevaron al abad a esos calabozos inmediatamente después de golpearlo y sacarlo a rastras del claustro. Mientras tanto, nosotros dábamos tumbos por las criptas como dos ciegos.

—Pero ¿por qué no lo ejecutaron de inmediato en el lugar donde está la *puerta*, ya que, según decís, eso han hecho en las dos ocasiones anteriores?

—Como bien dijisteis, aquí han querido evocar el milagro del arcángel y del obispo san Aubert —admitió William—. Pero lleváis razón al haceros esa pregunta, porque bien pudieron haber decapitado al hermano Thibaud tras apoderarse de él, y solo se me ocurren dos razones.

—¿Cuáles?

—El secuestro del abad en el claustro entrañó un elevado riesgo. Presumieron que su ausencia sería advertida enseguida y se emprendería la búsqueda de inmediato. Saben que les perseguimos y que conocemos su siniestro juego, por lo que dedujeron que nos dirigiríamos de inmediato a la *puerta* —reflexionó William, pero el tono de su voz y la expresión de su rostro revelaban sus dudas.

—Podría ser —concedió Romain—, aunque no estoy muy seguro de que estéis en lo cierto en esta ocasión.

Creo que tuvieron tiempo de matar al abad antes de ser sorprendidos en el claustro.

—Pero entonces no hubieran dejado su cuerpo o su cabeza en la capilla —objetó William—. En los crímenes anteriores expusieron a su víctima junto a las *puertas*.

Romain meneó la cabeza. No parecía muy convencido.

—¿Y cuál sería la segunda razón que se os ha ocurrido? —preguntó al cabo de unos segundos.

William entornó los ojos y volvió la mirada hacia la comunidad benedictina que seguía consternada por los hechos que acababa de vivir. Los monjes hablaban entre sí, aterrados y llorosos.

—Es tan terrible que prefiero aguardar para estar totalmente seguro de que es cierta —respondió William con gravedad.

Nadie fue capaz de encontrar a Cyrille y a Adrien.

A pesar de los esfuerzos de los monjes y del personal a su servicio para localizar a los asesinos del abad, los criminales parecían haberse volatilizado. Sin embargo, William tenía la corazonada de que no estaban lejos de Mont Saint-Michel. Los dos hombres habían demostrado conocer perfectamente el entorno gracias a los muchos días pasados en la abadía años antes, y el trasiego de peregrinos y mercaderes, de piadosos visitantes y buhoneros que iban y venían, les había ofrecido la posibilidad de salir de allí sin que nadie reparara en ellos.

—Al final va a resultar que los demonios son más humanos de lo que creíamos —reflexionó Romain junto a William.

La tarde moría sobre la bahía envuelta en una luz plateada. Una gaviota se posó cerca de ellos; otra graznó algo ininteligible mientras su silueta se recortaba sobre el gris del cielo.

Gelabert se volvió hacia el caballero de la cicatriz, sorprendido por el comentario. Después, miró a William, que parecía muy interesado en el vuelo de la gaviota.

—Me temo que los humanos nos parecemos de un modo inquietante a los demonios —opinó William sin apartar la mirada del ave.

—Deberíais ser más cauto en vuestras opiniones —juzgó Gelabert—. No olvidéis que estamos en tierra sagrada.

—Son los hombres los que sienten que un lugar es especial, sin importar cuál es su credo ni su dios —replicó William—. Y este, sin duda, es uno de ellos. Pero, precisamente por ser hombres, humanizamos todo, incluida nuestra visión del Bien y del Mal, de los ángeles y los demonios.

—No os entiendo —admitió Gelabert, visiblemente incómodo por las opiniones de su amigo.

—Tomemos, por ejemplo, el caso de la rebelión de los ángeles díscolos —dijo William—. Somos nosotros, los hombres, quienes hemos relatado los hechos de ese modo. Todo es muy humano: un grupo de ángeles se alza contra el Señor. ¿Simplemente por lujuria? ¿No os parece un riesgo excesivo enfrentarse a Dios por poder copular con las hijas de los hombres?

Romain sonrió ligeramente y guardó silencio.

—¿Adónde queréis ir a parar? ¿Acaso sabéis vos más que los Padres de la Iglesia? —contraatacó Gelabert.

—¡Los Padres de la Iglesia! —William torció el gesto—. Durante bastante tiempo, ni ellos se pusieron de acuerdo sobre si los demonios son carnales o no lo son. Si fueron capaces de copular con las hijas de los hombres, deben serlo, ¿no creéis?

—Julio el Africano ya explicó que quienes copularon con ellas no fueron ángeles caídos, sino hijos de Set —objetó Gelabert.

—Era más cómodo de creer —opinó Romain.

—¿No os parecen más demoníacos los crímenes que hemos visto? —preguntó William al herbolario.

—Son obra de dos monjes, no del demonio —respondió Gelabert, enfurruñado.

—Vuestra respuesta refuerza mi teoría: va a resultar que los demonios son más humanos de lo que creíamos —respondió William antes de alejarse del imponente mirador sobre la bahía que ofrecían los muros de la abadía.

VII

FRANCIA
OTOÑO DE 1258

Por unos segundos, sintieron que habían ido a parar al instante en el que el mundo estaba por estrenar; al momento en el que aún no se había escuchado el primer gemido por amor, y todavía nadie lamentaba el primer asesinato. El paisaje era tan exuberante, los mil colores ocres del otoño pintados en las hojas de aquella inmensa foresta eran tan sobrecogedores, que resultaba difícil imaginar que el diablo acechaba y que ellos perseguían desde varias semanas a dos monjes que parecían desconocer la piedad. Ante aquella belleza, resultaba difícil creer la siniestra aventura que el destino había tejido.

Pero William y Gelabert no habían viajado en el tiempo hasta los umbrales de la creación. Simplemente, contemplaban embelesados el mar de árboles que se extendía frente a ellos.

—El Bosque de Oriente —dijo William, y en su voz se advirtió una mezcla de orgullo y emoción. Aunque no lo confesó, sentía que estaba en casa.

Dos días antes se habían incorporado a una modesta caravana integrada por peregrinos y mercaderes que habían elegido la Vía Francígena para transitar por aquellas tierras con más seguridad. Viajar en solitario siempre era un riesgo, incluso para dos religiosos como ellos.

Gracias a los hermanos de Mont Saint-Michel, William y su compañero disfrutaban de la comodidad que les proporcionaban dos mulas, sobre cuyos lomos viajaban, y unos mantos más gruesos con los que abrigarse en las noches que, cada vez más, eran más frías. El otoño seguía su curso, y William temía que la nieve pudiera salir a su encuentro antes de llegar a Sacra de San Michele.

La ruta por la que transitaban la había popularizado siglos antes Segerico el Serio, arzobispo de Canterbury en 990. En aquel tiempo, tras realizar un viaje a Roma, el prelado optó por regresar a su diócesis siguiendo un itinerario del que realizó una pormenorizada descripción. Su ejemplo fue seguido después por numerosos peregrinos, y se comenzó a hablar del itinerario de Sigerico o Vía Francígena, aunque realmente esta última correspondía únicamente a la parte que enlazaba Roma con la localidad lombarda de Vercelli. Desde allí hasta Canterbury el camino era una de las varias rutas que llevaban a los devotos hasta Roma a través de Europa y que se conocían con el nombre de Vías Romeas.

Los peregrinos que comenzaban su viaje desde el pórtico sur de la catedral de Canterbury atravesaban el canal de la Mancha en Dover a bordo de algún navío que los transportara hasta Calais. A partir de allí, el sendero conducía a través de las regiones de Picardía y Champaña, justamente donde ahora se encontraba la modesta caravana a la que William y Gelabert se habían incorporado.

Sin embargo, la decisión de elegir aquella vía había sido motivo de discusión entre ambos. El herbolario había urgido a William a dirigirse sin demora hacia Sacra de San Michele, temiendo que los asesinos les tomaran demasiada ventaja, pero William se mostró extrañamente tranquilo, y a la vez inflexible.

—Es cierto que no sabemos cuánta ventaja nos llevan esos miserables —dijo—, pero no puede ser demasiada. En todo caso, deberán ser cautos si pretenden atravesar todo el territorio francés. Nadie en su sano juicio emprendería un viaje así sin el amparo de alguna caravana o en compañía de hombres de armas.

Gelabert tuvo que admitir que su amigo estaba en lo cierto. Los caminos solitarios eran el mejor escenario posible para las emboscadas de los bandidos y salteadores. Y aunque una caravana significaba un ritmo de viaje más pausado, ofrecía indudables ventajas. La primera de ellas era la seguridad, porque con frecuencia los integrantes pagaban la soldada a hombres armados que pudieran garantizar un viaje tranquilo.

William mencionó la Vía Francígena como la ruta más aconsejable, y hacia ella se encaminaron buscando cobijo siempre en las ciudades y villas, evitando hacer noche en los descampados.

Una semana después de partir de Mont Saint-Michel, tuvieron la fortuna de encontrar al sur de Reims a un grupo de viajeros que seguían aquel camino. Algunos pretendían llegar a Roma; otros, a diferentes poblaciones próximas a aquel sendero.

Un orondo comerciante germano llamado Cedryk

viajaba con una escolta integrada por cuatro jinetes mal encarados pero bien pertrechados. Se trataba de un hombre de mediana edad, notablemente obeso, calvo y untuoso al hablar que apenas lanzó una mirada a los dos monjes cuando solicitaron sumarse a la caravana. Fue su hombre de confianza, Aldo, quien les exigió en nombre de su señor un pago por beneficiarse de la escolta armada. Aldo tenía un fuerte acento germánico y los ojos azules más fríos que William había visto jamás. Su tez era clara y su cabello pajizo.

Una vez que pusieron en las manos enguantadas del soldado las monedas fijadas como pago, los germanos ignoraron por completo a William y a Gelabert. El templario, no obstante, advirtió que sí parecían muy interesados en cambio en una joven de poco más de quince años que viajaba en compañía de sus padres. Las ropas del cabeza de familia delataban su origen judío. Apenas tuvo ocasión, William se acercó a él y se presentó.

Yehudá Levi reveló que era rabino en la ciudad de Besanzón, situada al sur, aunque había nacido en Reims, adonde había viajado para que su hija conociera a su futuro marido y celebrar allí la fiesta del Gran Perdón o *Yom Kipur*.

—Sé la importancia que tiene para los vuestros esa fiesta —confesó William—. En Tierra Santa conocí a varios judíos, con los que mantuve una buena amistad.

El rabino le miró, sorprendido.

—¿Un cisterciense comprensivo con los asesinos de Cristo? —le espetó, irónico.

William sonrió y tomó aire antes de responder.

—Entre vuestro Año Nuevo y *Yom Kipur* han de pasar diez días de arrepentimiento y penitencia, en los que acostumbráis a visitar las tumbas de los antepasados —dijo—. Si no recuerdo mal, la fiesta comienza por la tarde, y solicitáis el perdón de aquellos a los que podáis haber ofendido —lanzó una mirada divertida al judío y añadió—: ¿creeis que me habéis ofendido con vuestra pregunta?

Yehudá sonrió y negó con la cabeza.

—Espero que no —respondió.

Pero lo más sorprendente para ambos fue escuchar a Gelabert, que hasta ese instante había guardado silencio.

—Ese día, no os está permitido comer, beber, bañaros, llevar calzado de cuero, perfumaros ni mantener relaciones sexuales —dijo el benedictino—. En la víspera, se sacrifica un gallo por cada varón y una gallina por cada hembra como rescate simbólico por los pecados cometidos. —Hizo un alto y contempló el gesto de estupefacción de los dos hombres—. Y después entonáis en la sinagoga la plegaria *Kol nidré* o Todos los Votos.

—¡He sido bendecido con dos monjes judíos! —bromeó Yehudá—. Se diría que ambos habéis vestido de blanco en algún *Yom Kipur*.

—El sonido del *sofar* me resulta familiar —dijo William, que miró con curiosidad a Gelabert—. Pero jamás imaginé que vos conocierais esos rituales.

—No olvidéis que nací y me crie en el sur, y entre los occitanos había numerosos judíos —recordó Gelabert.

William asintió con el ceño fruncido.

A continuación, el rabino presentó a su familia.

Sara, la esposa de Yehudá, era una mujer amable, obsequiosa y de grandes ojos negros. Aún era hermosa, pero la belleza de su joven hija, Ruth, la eclipsaba. La muchacha era perfecta. De cuerpo esbelto, sonrisa incomparable a pesar de su timidez, ojos tan negros como el tizón y una cabellera oscura y ondulada maravillosa. El año próximo, la familia regresaría a Reims para celebrar los esponsales de la joven, y ella parecía feliz ante aquella perspectiva.

El grupo de viajeros lo completaba un par de buhoneros que se dirigían a Lombardía con sus mercancías y que se mostraron hoscos desde el primer momento con los dos monjes. William les trató con idéntica simpatía, aunque Gelabert sí logró entablar con ellos alguna conversación cuando el grupo acampaba por las noches lejos de alguna ciudad.

Y así, habían llegado a las puertas del Bosque de Oriente.

La tarde moría envuelta en una luz dorada y los hombres de Cedryk se detuvieron a una señal suya. Era más prudente acampar antes de aventurarse por aquella inmensa extensión arbolada.

Todos descabalgaron y se aprestaron a acomodarse en un claro abrigado del aire por unas altas rocas graníticas, contra las cuales dispusieron sus enseres. A continuación, comenzó el ritual cotidiano, que incluía recoger leña para hacer fuego, desensillar las monturas, cepillarlas, y buscar agua para que abrevasen.

Como en las últimas noches, William esperaba poder charlar con Yehúda sobre los ángeles, una costumbre que ambos habían adquirido después de que el rabino supiera que los dos religiosos se dirigían a Sacra de San Michele. A William le apasionaba escuchar al rabino hablar sobre los ángeles y los demonios, tal y como se interpretaban en su religión. A Gelabert, en cambio, nada de aquello parecía asombrarle.

Yehudá explicó a William que el Talmud situaba precisamente al arcángel Mikael en lo alto de la jerarquía angélica, junto con Gabriel, Uriel y Rafael.

—En Números —dijo el rabino— se nos dice que, al igual que el Santo Único (bendito sea), creó los cuatro vientos o puntos cardinales y los cuatro estandartes para el ejército de Israel, creó cuatro ángeles para que rodearan su trono. Mikael está a su derecha, y le corresponde la tribu de Rubén; a la izquierda, Uriel, con la tribu de Dan, situada al norte; delante, Gabriel, con la tribu de Judá y con Moisés y Aarón, dispuestos al este; y Rafael está detrás, con la tribu de Efraím, emplazada al oeste.

A William le agradó el convencimiento de Yehudá de que aquellas entidades no eran una mera entelequia; que eran reales, y que interactuaban con los hombres, a pesar de que en el Antiguo Testamento no se describe exactamente su naturaleza. Pero el rabino recordaba que la misión de estos seres era servir a Yahvé, y precisamente por ello entraban en contacto con los hombres; en ocasiones, para servir de mensajeros, y en otras para proteger y salvar a los creyentes, como se lee en Números y en otros libros del Antiguo Testamento. Pero de lo que no cabía ninguna duda era de su capacidad para encarnar, para mostrarse a los humanos de un modo tan material como ellos mismos.

—Son seres de gran belleza —decía el rabino—. Y, aunque no están limitados por el tiempo y por el espacio, adoptan nuestra forma en numerosas ocasiones. Hablan y comen con los hombres. Y únicamente quienes les ven descubren que se trata de ángeles cuando ellos mismos lo dicen. Recuerda que son tres ángeles quienes anuncian a Abraham el nacimiento de Isaac, y un ángel será quien después impida por orden de Yahvé que el propio Abraham sacrifique a su hijo. En Números leemos cómo un ángel indica a Balaam los deseos de Yahvé, pero, a pesar de que el profeta lo tiene ante sus ojos, no descubre que es un ángel quien le habla hasta que el propio Yahvé le abre los ojos.

Gelabert, que se había alejado en busca de madera con la que poder hacer fuego, regresó con semblante serio. Dispuso la leña convenientemente y encendió una incipiente hoguera que no tardó en ofrecer un calor agradable.

Uno de los hombres de Cedryk dijo que había visto un arroyo cerca de allí, y los dos lombardos, Yehudá y su hija, además de Gelabert, se aprestaron a dirigirse hacia donde indicaba el germano, provistos de pellejos para llenarlos de agua.

—Después, llevaré las mulas para que abreven —dijo el herbolario.

William asintió, y Gelabert se alejó. El templario le miró con expresión sombría. Esperaba que el rabino regresara pronto, poder zambullirse con él en las aguas talmúdicas y espantar de su mente las ideas que venía moliendo desde su partida de Mont Saint-Michel. Pero apenas habían transcurrido unos minutos, escuchó gritar a Ruth. Sara y los hombres de armas que permanecían junto al orondo Cedryk dieron un respingo, pero fue la judía quien echó a correr hacia el bosque antes que el resto. William no tardó en imitarla.

Cuando llegaron al lugar del cual procedían los gritos, William vio a Ruth en el suelo. Abraham estaba caído junto a un árbol y tenía la nariz ensangrentada.

Parecía haber perdido el sentido. Mientras tanto, los dos lombardos estaban petrificados y pálidos contemplando cómo el hombre de Cedryk se había situado a horcajadas sobre la bella judía y trataba de violarla. De Gelabert, no había rastro, según advirtió William.

Sin pensarlo, el templario se precipitó contra el agresor y le propinó una patada en la boca que le hizo proferir un grito feroz y un juramento después al descubrir quién le había golpeado. Ruth, llorosa, corrió junto a su padre y su madre. Por su parte, el germano, cuya boca destilaba saliva y sangre, desenvainó su espada. Uno de sus compañeros le imitó, pero guardó su acero a instancias de Aldo.

El violador frustrado alzó la espada y se lanzó contra William, que, ante el asombro de todos, esquivó el golpe con destreza y frialdad. Sin embargo, las sorpresas no habían hecho más que comenzar, y Gelabert llegó a tiempo para asistir a ellas, pues en ese instante hizo su aparición entre unos altos helechos que cerraban la senda que conducía al arroyo.

El mercenario, ofuscado y enrabietado, miró con odio al monje y sonrió.

—La segunda vez no tendréis tanta suerte —vaticinó mientras calculaba el golpe.

Pero cuando su espada parecía a punto de atravesar a William, este hizo una extraña maniobra y de la parte posterior de su hábito surgió una espada que detuvo el acero germano con una destreza insólita para un monje.

El germano le miró estupefacto, mientras sus compañeros reían y se burlaban de él.

—¿Un fraile manco puede con vos? ¿Y pensabais poder montar a esa joven yegua judía? —se carcajearon.

Encendido por aquellos comentarios, el mercenario desplegó toda su destreza militar, pero William detuvo cada uno de sus golpes con su brazo izquierdo.

Era evidente que el cisterciense no tenía la menor intención de atacar, tan solo de defenderse. Pero entonces ocurrió algo que cambió por completo la situación y el futuro inmediato de aquella pequeña caravana de viajeros. Por alguna razón, el gordinflón Cedryk se sintió humillado al ver que el monje se burlaba de su hombre, y susurró algo al oído de Aldo. Este, al escucharlo, alzó la ceja derecha, extrañado, pero sus ojos azules se mostraron tan gélidos como acostumbraban y se limitó a hacer un gesto al hombre a quien había ordenado instantes antes envainar su espada.

El segundo germano unió sus fuerzas a su compañero y ambos comenzaron a acechar a William. Las dos mujeres lloraban en silencio, mientras los lombardos parecían haberse convertido en estatuas de sal. Gelabert, por su parte, miraba la escena con la boca abierta, totalmente desconcertado.

Los dos mercenarios cargaron a la vez contra William, que, una vez más, se limitó a parar sus golpes. Pero, tras sucesivos ataques, el cisterciense se vio atrapado entre dos enormes robles a su espalda y las espadas de sus enemigos enfrente. Y entonces, el curso de la pelea cambió. William pasó inesperadamente al ataque y, con unos movimientos tan ágiles como precisos, cortó la mano de uno de sus agresores y asestó un tajo mortal en el cuello del otro. A continuación, y antes de que el herido pudiera siquiera comprender lo que había sucedido, William le cercenó el cuello sin pestañear. Luego, clavó la mirada, desafiante, en Cedryk y Aldo.

—¿Alguno más desea mancillar el honor de esta joven? —preguntó a los germanos.

Aldo miró a su señor en busca de instrucciones, pero Cedryk negó con la cabeza. Su papada gelatinosa se movió a izquierda y derecha, y regresaron al lugar donde habían acampado. En ese momento, Gelabert pareció haber recuperado milagrosamente el habla y la capacidad para moverse.

—¡Por todos los santos! ¿De dónde habéis sacado esa espada y quién os enseñó a usarla de ese modo?

William jadeaba por el esfuerzo. Por vez primera, se sintió viejo para según qué ejercicios.

—Viaja a mi espalda siempre, aunque nunca la visteis —reveló—. En cuanto a dónde aprendí a luchar, os diré que en Tierra Santa uno no solo encuentra a Dios, sino también al diablo, y ha de aprender a luchar para sobrevivir.

Gelabert asintió, pero en su rostro se advertía la duda. Aquella era una explicación poco creíble, pensó.

Los dos lombardos regresaron al campamento en silencio, lanzando miradas recelosas al monje manco. Mientras tanto, Yehudá había logrado incorporarse gracias a la ayuda de su esposa y su hija.

—Siempre os estaremos agradecidos —balbució el rabino con los ojos encharcados.

William sonrió ligeramente.

En ese momento, uno de los lombardos regresó gritando.

—¡Se han marchado! ¡Cedryk y sus hombres se han marchado!

Cuando todos llegaron al campamento, descubrieron que el miserable germano les había dejado en la estacada y, además, se había llevado sus monturas, aunque no los hatillos donde llevaban sus equipajes.

—¡Malnacidos! —exclamó Gelabert.

—No todo está perdido —dijo inesperadamente Yehudá, mientras tocaba un lateral de su túnica. Sonriente, mostró unos abultados sacos de cuero ingeniosamente atados a sus ropas, y repletos de monedas—. Compraremos nuevas monturas en cuanto nos sea posible.

Pero mientras todos miraban sorprendidos las bolsas ocultas entre las ropas del judío, los ojos expertos de Gelabert se detuvieron en una mancha oscura que crecía en el costado opuesto al que mostraba el rabino. Y antes de que pudiera hacer nada, Yehudá se tambaleó.

—¡Rápido! ¡Está herido! —gritó el herbolario mientras evitaba que el judío cayera al suelo.

La desgracia impulsó a todos a reunirse cerca de un gran fuego. Sin embargo, los lombardos se mantuvieron en silencio, temerosos de aquel monje capaz de enviar al infierno a un hombre sin pestañear. Gelabert, por su parte, dedicó su atención a la herida del rabino. Al parecer, el germano no se había limitado a golpearle, sino que, ante la feroz oposición de Yehudá a que su hija fuera violada, le había asestado una puñalada, que afortunadamente no era muy profunda.

Gelabert abrió el saco en el que guardaba algunos remedios médicos que a lo largo del viaje habían sido de utilidad en algunas ocasiones para atender ampollas en los pies y rasguños sin importancia. Pero en esta ocasión no iba a ser suficiente con aplicar miel o llantén, porque aquella herida comenzaba a tener mal aspecto.

—¿Tenéis vino? —preguntó a Sara, y la mujer asintió.

Ruth y su madre miraron con angustia al enfermo y al galeno. En su mirada se advertía también recelo.

—San Agustín asegura que el vino tonifica el estómago, permite al enfermo recuperar fuerzas y ayuda en la cura de las heridas del cuerpo y del alma —dijo Gelabert al percibir las desconfianza en las dos mujeres—. Pero no será el vino el que le cure, tan solo ayudará a que quede inconsciente junto a esto —mostró unas hierbas que extrajo de su petate—. El beleño y el vino le sumirán en un sueño plácido.

William entornó la mirada, intuyendo el peligro que suponía el uso de una planta como el beleño. Todo el mundo sabía que, al igual que la raíz de mandrágora, podía ser mortal si no se empleaba la dosis adecuada.

Ajeno a esas cavilaciones, Gelabert preguntó a las mujeres si tenían algún cuchillo. Uno de los lombardos ofreció de inmediato una daga, pero Gelabert sabía lo que hacía y William sonrió. Imaginó que un rabino dispondría de un cuchillo *kósher*, sin mella ni defecto alguno; los empleados por los judíos para el sacrificio de animales de acuerdo a lo establecido en los preceptos de su ley. De ese modo, el herbolario quería ganarse la confianza de las mujeres.

Instantes después, Sara le entregó un cuchillo tras rebuscar entre su equipaje. A continuación, Gelabert lo acercó al fuego mientras observaba el efecto que la mezcla de vino y beleño provocaba en el paciente.

—Debemos cauterizar la herida y reducir los humores y flemas que haya provocado esa cuchillada bajo la piel —explicó—. Hay cuatro humores en el cuerpo humano: pituita, sangre, bilis y atrabilis. En los niños, domina la bilis junto con la sangre; en los jóvenes, la atrabilis; en la madurez, la sangre, y en la vejez, la pituita. A lo largo del año, según las estaciones, domina un humor u otro. En primavera, hay un exceso de sangre, en verano de bilis, en invierno de pituita, y ahora, en otoño, de atrabilis.

Y cuando su auditorio parecía entregado a sus explicaciones y el herido había caído en brazos del sueño, inesperadamente Gelabert aplicó el hierro candente a la herida, que previamente había explorado con dedos expertos.

Sara y Ruth ahogaron un grito. Los lombardos cerraron los ojos. Pero William siguió con atención el trabajo del herbolario, y hubo de reconocer su pericia. Durante sus años en Tierra Santa, había visto en numerosas ocasiones amputaciones y cauterizaciones de heridas, y no recordaba a ningún galeno que hubiera mejorado el trabajo de Gelabert.

El herbolario aplicó un emplasto de hierbas y arcilla a la herida cauterizada, y después la vendó con una tela de lana.

—Deberemos descansar aquí al menos un par de días —anunció—. Si hace un esfuerzo, podría abrirse la herida.

—Mañana buscaré nuevas monturas —dijo William.

Mucho antes del alba, William abandonó el campamento llevando consigo una de las bolsas repletas de monedas que Sara le confió. Los dos viajeros lombardos también guardaban faltriqueras entre sus ropas, y le proporcionaron una cantidad suficiente para comprar dos mulas para ellos.

La mañana era fría y húmeda. La hierba estaba empapada por la helada, y las hojas de los árboles, los arbustos y helechos estaban cuajados de gotas de rocío. El aire era limpio, y William lo aspiró con fuerza mientras sentía la seguridad de la espada en su espalda. Las imágenes del combate de la noche anterior salieron a su encuentro cuando pasó junto al lugar donde habían enterrado a los dos germanos. Hacía mucho tiempo que no luchaba contra nadie, y más aún desde la última vez que había matado a un hombre, pero le sorprendió descubrir que aquellas eran cosas que no se olvidaban. Un guerrero lo es para siempre, incluso cuando quiere dejar de serlo. De un modo inconsciente, los demonios y los ángeles se adueñaron nuevamente de sus pensamientos. Recordó las palabras de Sherrin. Tal vez todos somos hijos del Mal; tal vez en este mundo no tengamos otra opción que la de matar o morir; tal vez por ello la espada y la cruz se parecen tanto en su forma.

Si Sherrin estaba en lo cierto, Maimónides se equivocaba, pensó William.

Durante una de sus conversaciones con Yehudá, el rabino mencionó que Maimónides creía que los ángeles eran inmateriales, puesto que se trataba de inteligencias puras, y que si en los relatos bíblicos se les describía en ocasiones con formas humanas se debía únicamente a creaciones subjetivas de la imaginación de los hombres. Los ángeles, creía Maimónides, tenían por única misión ejecutar la voluntad de Yahvé. Eran sus intermediarios en el mundo. Y los demonios, añadía, eran únicamente la expresión metafórica de los sufrimientos y desgracias, pero no eran reales.

—Pues me temo que Maimónides se equivocaba —dijo para sí William.

Yehudá parecía discrepar también del filósofo. En su opinión, la existencia de Samael o Satán era real. Samael, el *veneno de Dios*, tenía doce alas, según el rabino, y contaba con un ejército de demonios, porque no posee el don de la ubicuidad. Él fue quien sedujo a Adán y Eva; y él está detrás de las desgracias y maldades de los hombres, a quienes acecha durante todos los días del año, a excepción del día del *Yom Kipur*. Y su gran adversario es, justamente, Mikael.

—¡La espada de Mikael! —murmuró el templario.

¿Dónde se encontrarían los dos monjes cuyos pasos seguían? ¿Cuánta ventaja les tomarían ahora que carecían de monturas y Yehudá estaba herido y convaleciente?, se preguntó. De todos modos, desde que abandonaron Mont Saint-Michel, William parecía extrañamente tranquilo, como si no le importara el paradero de Adrien y Cyrille. Y precisamente por ello no se estaba dirigiendo a Troyes, la ciudad más próxima al lugar donde habían acampado y en la que podría encontrar nuevas monturas sin dificultad. Sin duda, la dirección que había elegido extrañaría a cualquiera que pudiera verle, pero, afortunadamente, nadie lo acompañaba. O eso creía.

La encomienda de Bonlieu no había cambiado nada. Todo estaba exactamente igual que como Wiliam lo recordaba: los campos que la circundaban, los muros que la defendían… y los centinelas que la vigilaban. En efecto, dos sargentos salieron al paso de aquel cisterciense manco y exigieron con firmeza explicaciones: ¿adónde iba? ¿Qué deseaba?

William sonrió levemente, y se identificó.

Los dos hombres de túnicas negras intercambiaron una breve mirada, recelosos. ¿Por qué vestía aquellos hábitos y no los de la Orden? ¿Cómo sabía el nombre del maestre de Bonlieu?

William resopló. Comprendía que los dos sargentos cumplían con su deber, pero estaba demasiado agotado como para dar más explicaciones. El comendador Gaillard, mintió, le estaba esperando. ¿De verdad querían correr el riesgo de ser objeto de su ira?, añadió sabedor del terrible carácter del maestre de Bonlieu y máximo dignatario de los caballeros de Ormus, aunque esto último apenas nadie lo supiera. Aquel hombre bajo, rudo y de mirada negra como el tizón, era temible si se le sacaba de sus casillas.

Tras unos segundos de duda, los sargentos ordenaron a William que les siguiera.

Ninguno de los tres reparó en el hombre que, parapetado tras unos árboles, contempló la escena. Los ojos del espía se abrieron de par en par primero por la sorpresa al escuchar aquel diálogo en el que William se identificó como caballero templario, y se achicaron después, como si de pronto algunos interrogantes que se agitaban en su cabeza hubieran encontrado respuesta.

Minutos después, William se encontró frente a Gaillard, comendador del lugar y maestre secreto de Ormus. El fuego chisporroteaba en la chimenea de una sala de modestas dimensiones pero de recios muros de piedra; afuera, había comenzado a llover.

—¡Por todos los demonios! —exclamó Gaillard, abalanzándose hacia el inesperado visitante.

William, que era casi tres cabezas más alto, sintió las

enormes manos de Gaillard mientras lo asían y zarandeaban como si fuera un pelele.

—¿Se puede saber qué hacéis aquí? Os suponía muy lejos.

—Y lo estaba —respondió William—, pero el destino parece que siempre me arrastra ante vos.

Gaillard le invitó a tomar asiento junto a la chimenea. A continuación, él mismo le sirvió una copa de vino caliente y con especias. Los dos dieron un largo sorbo. El comendador paladeó el vino y entornó los ojos bajo sus espesas cejas.

—¿Y bien? —se limitó a decir.

Durante más de media hora, escuchó la asombrosa historia que William le resumió.

—De manera que necesitáis seis mulos y un caballo —dijo el maestre cuando William finalizó su relato.

—En realidad, el caballo os lo devolveré antes de Nonas. En cuanto a las mulas, os pagaré.

—¿Se puede saber para qué queréis entonces el caballo? —preguntó entonces Gaillard.

—Necesito lo que vos sabéis que custodio en mi casa, en el bosque.

—¡Por todos los santos! ¿Qué os proponéis?

—Resolver el misterio de los abades asesinados —respondió William con su calma habitual.

—¿Y es imprescindible el tesoro del que sois responsable?

—No sé si lo es, pero se me ha ocurrido que me ayudará a demostrar mi teoría —repuso William con gravedad—. No tengo pruebas definitivas que respalden mis conjeturas, pero tal vez de ese modo…

—Sinceramente, hermano William, no alcanzo a

entender cómo puede resultaros de utilidad para algo tan sórdido. Pero confío en vos. Sión siempre ha confiado en vos —afirmó al tiempo que se levantaba de la silla de madera que había ocupado y se echaba al coleto el resto del contenido de la copa—. Daré las órdenes oportunas. Cuando regreséis con el caballo, las mulas estarán listas. —Su mano izquierda aterrizó sobre el hombro de William—. Y guardaos ese dinero. Ni el Temple ni Sión exigirían una sola moneda al hombre que pretende acabar con el demonio.

—Me temo que no es a él a quien me enfrento —matizó William.

—A tenor de lo que me habéis referido, yo diría que se le parece mucho —replicó Gaillard.

—También necesitaré otra cosa —anunció William.

—Vos diréis.

—Un mensajero que lleve a Sacra de San Michele este mensaje para el abad —explicó al tiempo que entregaba al comendador un pergamino enrollado.

William cabalgó a lomos de aquel caballo pardo primero con calma, paladeando el reencuentro con los árboles, los lagos y praderas de aquel bosque que tan bien conocía; pero después, lo hizo al galope, porque el tiempo urgía y por el puro placer de sentir de nuevo el aire en su rostro.

La casa al pie del Roble del Promontorio parecía envuelta en una atmósfera irreal. El tibio sol se filtraba entre las ramas de los frondosos árboles derramando sobre ella la luz pálida del otoño. Los colores del bosque herían la mirada por su belleza, pero William saltó del caballo de inmediato, ignorándolos. Antes que nada, quería visitar a sus amigas.

Con mirada de experto, pasó revista a las colmenas y se demoró unos minutos charlando en silencio con las abejas. Todo parecía en orden. A continuación, entró en la casa, se dirigió al atestado laboratorio alquímico y rebuscó entre los cachivaches hasta que localizó lo que buscaba. Antes de salir, visitó su particular almacén de hierbas e hizo acopio de hachís, fruto de la plantación de cannabis que él mismo cultivaba. Después, salió al exterior y comenzó a cavar en el centro del círculo que dibujaba el colmenar.

VII

SACRA DE SAN MICHELE
INVIERNO DE 1258

Con el frío calando sus huesos, William y Gelabert vieron al fin a sus pies el valle de Susa, flanqueado por los imponentes picos y glaciares de los Alpes. Los mantos que cubrían sus hábitos estaban empapados por la nieve ya derretida, tenían los ojos hundidos y la mirada extraviada por el esfuerzo. Las mulas que William había conseguido en Bonlieu parecían estar a punto de rendirse por el extraordinario esfuerzo que habían supuesto aquellas semanas de viaje, y aún quedaba el último esfuerzo: ascender a la cumbre del monte Pirchiriano, sobre cuya cima, a más de novecientos metros de altura, se ceñía con orgullo Sacra de San Michele.

Los dos monjes intercambiaron una breve mirada y, en completo silencio, comenzaron a descender hacia el valle que debían recorrer antes de comenzar la escalada hacia aquella abadía que arañaba el cielo. Atrás quedaban leguas de viaje y vivencias que ninguno de ellos olvidaría. Parecía que habían pasado mil años desde que William se enfrentó a los mercenarios germanos del orondo Cedryk para defender el honor de Ruth, la joven judía. Desde entonces, su relación con Gelabert se había enfriado. William supuso, con acierto, que el benedictino no había creído sus explicaciones sobre cómo era posible que un monje fuera tan diestro en el manejo de la espada. Sin embargo, no sospechaba que el herbolario le hubiera seguido hasta las puertas de la encomienda de Bonlieu y le hubiera escuchado identificarse como un templario.

Gelabert había perdido su confianza en William, aunque se cuidó de revelarle que conocía su secreto. Pero no acertaba a imaginar los motivos por los cuales había ocultado su verdadera identidad durante todo aquel tiempo. Sin poder evitarlo, de vez en cuando miraba con recelo la espalda de William, donde ahora sabía que ocultaba su espada.

De Cedryk y sus hombres no volvieron a saber nada, y el resto del viaje había sido tranquilo, sin sobresaltos. La familia judía fue la primera en despedirse de ellos, y lo hicieron con profundo agradecimiento. En cambio, los comerciantes lombardos les habían dicho adiós el día anterior. Desde ese momento, los silencios entre ambos habían sido aún más espesos.

Por alguna razón que Gelabert desconocía, su compañero había comenzado a sumirse con más frecuencia en las ensoñaciones que provocaba el consumo de hachís. Cada atardecer, después de acampar, William parecía encerrarse en sí mismo, como si tuviera la facultad de alejarse del mundo, de aislarse en un palacio mental cuya puerta solo lograba encontrar gracias al consumo de aquella sustancia que Gelabert consideraba pecaminosa.

En aquel estado, el templario repasó una y otra vez los acontecimientos vividos desde que puso sus pies en Skelling Michael. Reconstruyó mentalmente cada diálogo, recreó las escenas que conservaba grabadas en su memoria, esforzándose por recordar los más mínimos detalles: dónde estaba cada cual en el momento en que se produjeron las desapariciones y posteriores asesinatos de los tres abades, los gestos y actitudes de los monjes… A su mente regresaron con increíble viveza algunas escenas, como el momento en que descubrió en los brazos del hermano Edward, el tesorero de la abadía del monte Saint Michael, los arañazos que, en el intento por defender su vida, el joven Thomas le había hecho. Fue un descubrimiento totalmente causal, durante las abluciones, pero hubo algo más que descubrió en aquel momento. En principio, no parecía tener nada que ver con la muerte del abad Henry, sin embargo…

Aquella fue la primera vez que sintió la incomodidad de tener una pequeña piedra dentro de su sandalia, y precisamente esa imagen le hizo reparar en las sandalias de alguien por vez primera en la abadía inglesa. Y, más tarde, aquella mancha que descubrió en el hábito del difunto abad Thibaud apuntaló sus convicciones.

Tres abades habían sido asesinados. ¿Qué relación había entre ellos?, se había preguntado William una y otra vez.

El abad Fionan, según deslizó en cierta ocasión su hermano Sherrin, podía haber cometido algún pecado carnal con los jóvenes gemelos Niall y Kellan, o al menos alguien había propagado esos rumores en la pequeña comunidad de aquella isla. Sherrin no los creía fundados, pero…

Por su parte, los abades Henry y Thibaud se habían entregado a las prácticas alquímicas y la ciencia de las estrellas. ¿Habían sobrepasado los límites permitidos por la ortodoxia dictada por la Iglesia?

¿Eran pecados suficientemente graves como para ser ejecutados sin piedad? ¿O existía alguna otra razón que aún no alcanzaba a comprender a pesar de viajar a lomos del hachís?

¿Quién ostentaba el cargo de abad en Sacra de San Michele?

Las abluciones, las sandalias, la mancha en el hábito del abad Thibaud… ¿Dónde estaba cada cual en el momento de los asesinatos?

Sin apartarse nunca del morral que lo acompañaba siempre y que desde su paso por el Bosque de Oriente era más voluminoso, William daba forma al plan que, pensaba, le permitiría terminar con aquella pesadilla.

Ángeles y demonios.

Para la mayoría de las personas, son seres inmateriales, invisibles o, incluso, legendarios. Pero no para él. A instancias de su maestro Joseph, había vivido en aquella cueva del monte Carmelo una experiencia que jamás olvidaría.

Debía impedir que se abrieran las puertas selladas por la espada del ángel. Si no lo lograba, las consecuencias podían ser terribles. Ni siquiera el proyecto de la Orden de transformar a los hombres elevando su nivel espiritual aprovechando las energías de las Serpientes amplificadas por las catedrales gracias al poder de la Palabra sería suficiente para derrotar al Maligno. La presa espiritual que pretendía ser el plan arquitectónico diseñado con las catedrales sería un insignificante obstáculo para el diablo. Lo más sensato, si el Mal triunfaba, sería desactivar aquellos ingenios de piedra hasta que llegaran tiempos más propicios para la batalla.

La tarde, turbia y fría, comenzaba a expirar cuando los dos monjes alcanzaron en su escalada, a muy poca distancia de la abadía, una pequeña iglesia románica de planta central, formada por cuatro capillas rectangulares dispuestas en los extremos de una cruz griega, y unidas entre sí por nichos circulares. Al pasar junto a ella, a William le recordó la basílica del Santo Sepulcro.

Un poco más adelante descubrieron un edificio que, según parecía, cumplía las veces de hostelería para los peregrinos. A pesar de las fechas en las que se encontraban, los devotos atestaban el hospedaje. Hombres y mujeres les miraron con una mezcla de recelo y curiosidad. En sus ojos, William advirtió una mezcla de esperanza y temor. Pero no pareció reparar en que dos de aquellos hombres les miraron de un modo diferente. Vestían hábitos negros, sucios y deshilachados. Gelabert, sin embargo, sí miraba en aquella dirección, pero apenas unos segundos después varias personas se interpusieron entre ellos.

William alzó los ojos y su mirada se enredó en las almenas de aquella imponente fábrica de piedra, que más parecía fortaleza que casa de Dios. Minutos después, ignorando la cháchara de los peregrinos y los graznidos de los pájaros, alcanzaron una puerta de robustas láminas de hierro. Allí, les salió al paso un benedictino sonriente, de hábito impoluto y abrigado con un grueso manto de lana.

—¡Alabado sea el Señor, hermanos! —saludó el monje. Sus carrillos, generosos y movedizos, lucían sonrosados por el frío. Era barbilampiño y regordete. Su mirada parecía limpia, cristalina—. Soy el hermano Antonio.

William respondió al amable monje con algo parecido a una sonrisa, pero el agotamiento y el frío impidieron que pudiera decir poco más que su nombre y el de su compañero, y anunciar su imperiosa necesidad de hablar con el abad del lugar.

—¿Necesitan hablar con el abad Vincenzo? —se sorprendió Antonio.

—¿Vincenzo? —preguntó Gelabert con el ceño fruncido.

—¿Acaso le conocéis? —preguntó fray Antonio, extrañado.

Gelabert negó con la cabeza.

—¿Acaso no es posible verle? —sondeó.

William aguardó expectante la respuesta del benedictino.

—El caso es que... —Antonio parecía no saber qué decir.

—¿Le ocurre algo al abad? —preguntó el herbolario.

—Será mejor que me acompañéis, hermanos —respondió Antonio, esquivo.

William y Gelabert intercambiaron una rápida mirada.

Los tres se adentraron en el enorme complejo, en el que los recién llegados descubrieron diferentes cuerpos, como si hubiera existido un monasterio más antiguo que ahora convivía con otro de construcción más reciente, formando ambos una gigantesca cebolla de piedra de varias capas.

—Hace algo más de cien años que la abadía comenzó a adquirir el aspecto que ahora veis —explicó el hermano

Antonio al ver el modo en que sus acompañantes contemplaban la gigantesca obra compuesta de edificios tan diversos—. En gran medida, se lo debemos todo a dos hombres: al venerable Giovanni Vincenzo y al noble Hugo de Montboissier, señor de Alvernia. Él fue quien financió la mayor parte de la obra que ahora admiráis.

—Ese tal Vincenzo no puede ser vuestro abad, salvo que tenga casi doscientos años —dijo William.

El hermano Antonio sonrió.

—¡Oh, no! Es una casualidad lo del nombre —explicó—. San Giovanni Vincenzo se había retirado a esta montaña, donde ya existían templos más antiguos superpuestos, para vivir como ermitaño. Y fue quien construyó la tercera y más importante de las tres capillas que ahora se encuentran bajo el ábside de nuestra iglesia —señaló hacia el templo que coronaba la montaña.

—¿La más importante? ¿Por qué? —preguntó William, que intuía la respuesta que iba a escuchar.

—Es el corazón de Sacra de San Michele —dijo Antonio—. El lugar donde san Giovanni se encontró con el arcángel; es la capilla que goza de la consagración angélica.

Gelabert y William volvieron a cruzar sus miradas mientras ascendían por aquel complejo monástico.

A medida que ascendían, William imaginó que el basamento que se requirió para semejante obra debía haber sido ciclópeo, y sin duda exigió muchos años de trabajo. Una conjetura que se acentuó cuando los tres hombres, tras haberse encontrado con otros hermanos benedictinos por el camino, llegaron a una sobrecogedora escalinata que, desde el piso inferior, conducía hasta la plataforma donde se alzaba la basílica.

—La Escalera de los Muertos —dijo el hermano Antonio sin perder la sonrisa.

Gelabert y William recorrieron con la mirada aquella escalera de piedra verdosa alumbrada por antorchas y cuya luz arrancaba sombras inquietantes en los nichos que, intercalados por columnas, comenzaron a advertir en sus paredes. La imponente escalinata superaba un desnivel de más de veinte metros en muy poco espacio.

—¿La Escalera de los Muertos? —dijo Gelabert.

—¡Oh, sí! En los nichos que veis se ha enterrado a muchos hermanos a lo largo del tiempo —explicó Antonio, como si tal cosa.

Finalmente, alcanzaron una puerta flanqueada por columnas ricamente decoradas que llamaron la atención a William. Los capiteles estaban historiados y floreados. Una frase escrita en latín le hizo detenerse.

—Este es un lugar de paz, deponed cualquier motivo de disputa —tradujo mientras observaba la representación de tres figuras que se arrancaban los cabellos.

—También podréis descubrir la muerte de Abel, las aventuras de Sansón y muchas lecciones de gran interés —aseguró Antonio achicando la mirada—. Es la Puerta del Zodíaco.

William y Gelabert vieron signos zodiacales esculpidos, escenas confusas donde mujeres amamantaban serpientes, sirenas, un león enfurecido, grifos, un dragón… La mirada de William quedó atrapada por aquellas figuras y, de pronto, reparó en un nombre: Nicolaus.

—*Vos qui transitis sursum vel forte reditis, vos legite versus quos descripsit Nicolaus* —leyó Gelabert.

—«Vos que subís o que quizás bajáis, leed los versos escritos por Nicolaus» —dijo William, que buscó de inmediato una explicación mirando al hermano Antonio.

—El maestro Nicolaus trabajó en la abadía hace más de cien años —dijo.

William comprendió de inmediato que aquel misterioso maestro había sido iniciado en algunos de los secretos que su Orden tan bien conocía. Aquellos símbolos lo delataban, y alertaba con ellos a quien supiera leerlos. El león del conocimiento, los grifos, los símbolos zodiacales, el dragón... Sin poder evitarlo, volvió la mirada hacia la empinada Escalera de los Muertos, que vista desde la luz de la mortecina tarde que se derramaba en la terraza adonde habían ido a parar tras el ascenso, se asemejaba a la entrada del mismísimo infierno.

Ya en el exterior, subieron por una nueva escalinata a un nivel aún más alto, donde se abría un patio enlosado alzado sobre la cumbre de la montaña. Frente a ellos, vieron al fin la basílica que culminaba aquella fábrica de piedra.

En ese momento, dos monjes emergieron de la iglesia por un imponente portón románico formado por piedras grises y verdosas. La columnas estaban ricamente decoradas, pero los ojos de William, que tras la experiencia de la Escalera de los Muertos parecía estar alerta a cualquier información esculpida en la piedra, se enredaron en la representación de la cabeza de un monje encapuchado situado en la parte derecha del portal que parecía mirar al rostro de un joven de cabello pulcramente cortado situado justo enfrente.

Sin embargo, el templario no tuvo tiempo de asimilar la información, porque los dos monjes que acababan de salir del templo se dirigieron hacia ellos, y el hermano Antonio hizo las presentaciones.

Uno vestía el hábito benedictino; en cambio, el otro llevaba el hábito dominico. A su izquierda, Gelabert frunció el ceño, según William advirtió. Parecía que a su compañero los dominicos le desagradaban tanto como a él.

—Los hermanos Secondo y Miguel —dijo fray Antonio, que se apresuró a disculparse antes de alejarse. Parecía aliviado, según creyó William. Tal vez, porque se había librado de explicar qué sucedía con el abad Vincenzo.

El hermano Secondo, el benedictino, se presentó como el prior de la abadía y detuvo su mirada durante unos segundos en la manga derecha del hábito de William. El templario aguardó en silencio el escrutinio de aquel hombre corpulento, de barba espesa y canosa, y mirada tan profunda como oscura. William calculó que debía tener más de cincuenta años, y sintió de inmediato que podía confiar en él. En cambio, el dominico...

¿Qué diablos pintaba un dominico en aquella abadía benedictina?

El tal Miguel no era alto ni bajo, ni grueso ni delgado... Era tan normal que se diría vulgar. ¿Lucía tonsura o simplemente padecía alopecia? Sus ojillos eran, eso sí, inteligentes. Había en él algo desagradable, y William no creía que su juicio se debiera a la desconfianza que siempre le producía la presencia de un miembro de aquella Orden. No, no se trataba de que lo imaginara como un potencial inquisidor, circunstancia que, no obstante, se confirmó de inmediato.

—El hermano Miguel, miembro de la Inquisición pontificia, ha llegado de Castilla junto a su séquito hace una semana de camino a Roma, y pasará el invierno con nosotros, ampliando sus conocimientos —explicó el hermano Secondo, como si hubiera seguido el curso de los pensamientos de William.

—¿Conocimientos en qué? —se interesó Gelabert, que parecía cada vez más incómodo.

—El *scriptorium* de esta abadía está repleto de tesoros —respondió el hermano Miguel con ambigüedad, pero clavando la mirada en el herbolario, como si el alma de Gelabert fuera un palimpsesto que pudiera estudiar a la luz del atardecer.

—¿De modo que castellano? —sondeó William.

El dominico sonrió, beatífico, y clavó sus ojillos claros en el monje manco.

—Miguel Capellán, emisario del papa ante el rey de Castilla y ahora de regreso a Roma con la respuesta del monarca. A vuestro servicio y al de Dios, hermano —dijo con falsa modestia.

William hizo una ligera reverencia. ¿Era una casualidad que aquel inquisidor hubiera llegado a la abadía precisamente en aquel momento? Espantó aquel interrogante de su mente de inmediato, y se volvió hacia el prior, tratando de olvidar al petulante personajillo del alba, la esclavina, el rosario de quince misterios sujeto al cinto y la siniestra capa negra.

—Desearíamos ver a vuestro abad —dijo.

—También yo estaría encantado de volver a hablar

con él —metió baza el irritante Miguel Capellán, que no pareció darse por aludido incluso cuando William ya ni siquiera le miraba.

—¿Qué queréis decir? —preguntó Gelabert, casi arrastrando las palabras y evidenciando su incomodidad por tener que hablar con el inquisidor.

—Que no sabemos dónde está nuestro abad —reveló el prior—. Desde hace cuatro días, nadie lo ha visto.

—En concreto, desde la llegada de aquel jinete —añadió el dominico volviéndose hacia el hermano Secondo.

—Llegaron muchos peregrinos a la vez que aquel caballero —replicó el prior.

—Pero ninguno a lomos de un corcel como aquel —bufó Capellán.

—¿Un jinete? —preguntó Gelabert, desconcertado.

—Un caballero, diría yo —respondió Capellán—. Un hombre de armas, sin duda.

—Es cierto que aquel caballero solicitó audiencia con nuestro abad, y poco después, nuestro amado Vincenzo desapareció.

—El hermano Antonio nos dijo que así se llamó también un santo que vivió en esta montaña —apuntó William.

—San Giovanni Vincenzo —dijo el prior—. Es una casualidad lo del nombre.

Gelabert pareció balbucir algo, que únicamente William pareció advertir.

—Pero entremos, por Dios —dijo el prior—. Os ofreceremos vino especiado y el calor de la chimenea antes del rezo de Vísperas.

El aire era cada vez más frío, y tan intenso, que

parecía que fuera a derribar los arcos rampantes y los contrafuertes que sostenían la fábrica sobre la Puerta del Zodíaco.

Una vez en el interior del templo, el prior les invitó a seguirle.

Mientras caminaban, William se interesó por la capilla donde, según el hermano Antonio había comentado, el arcángel san Miguel se apareció en aquel monte.

—El culto a san Michele es muy anterior a la llegada de san Vincenzo —explicó el prior—. Seiscientos años atrás, el culto al arcángel se había extendido por esta región. Roma había enviado a varios monjes de origen persa y trajeron con ellos su devoción por él. El culto se mantuvo durante la ocupación bizantina, y también los lombardos lo veneraron.

—El hermano Antonio mencionó tres capillas ocultas ahora bajo este templo —recordó William, procurando evitar que su tono de voz delatase hasta qué punto le interesaba aquel viejo enclave sagrado.

—Así es —respondió Secondo—. Las tres están abrazadas a la roca del monte, pero las dos más pequeñas debían cumplir la función de ser un pasaje, un deambulatorio, para llegar a la más grande. Creemos que se construyeron sobre un castro romano. Se puede acceder a ellas desde allí —señaló la nave central de la basílica.

—¿Por qué os interesa tanto esa capilla? —sondeó el sibilino Capellán, cuyos ojillos azules miraban con frecuencia la manga vacía del hábito de William.

El templario se giró y miró a los ojos al dominico.

—¿Cómo no habría de interesarme un lugar santo como ese, hermano? —dijo con aplomo.

El inquisidor gruñó y entornó los ojillos. William,

por su parte, comprendió que no era prudente decir nada más en presencia del castellano.

Tras descender por varias escaleras talladas en la piedra, lo que hizo que por un instante Gelabert y William creyeran que habían regresado a Mont Saint-Michel, en tierras normandas, accedieron a una sala no demasiado grande y provista de una enorme chimenea. El fuego chisporroteaba, hospitalario. Un monje joven salió a su encuentro, como si ya esperara la llegada de los visitantes, y el prior le susurró algo y desapareció por una puerta situada en la pared opuesta. Instantes después, el joven benedictino regresó con una jarra de barro y cuatro cuencos de madera. Sin decir una sola palabra, les sirvió vino caliente.

—Aún tenemos unos minutos antes de Vísperas —dijo el prior—. Contadnos de dónde venís y qué os ha traído hasta aquí, hermanos.

Reconfortado por el vino y el calor de la lumbre, William intercambió una rápida mirada con Gelabert antes de responder. El herbolario pareció haber captado de inmediato las intenciones del templario: la presencia del dominico exigía aún mayor discreción, de modo que no se sorprendió al escuchar el falso relato que William aderezó instantes después.

Ambos eran peregrinos, dijo. Se dirigían a Roma y se habían encontrado casualmente días antes. Juntos habían acometido el ascenso de los montes que rodeaban el valle donde se alzaba aquella abadía, y llegaron a ella resueltos a pedir su hospitalidad.

Capellán escuchó a William con los ojos cerrados, como si procesara toda aquella información y, tras evaluarla, pareció no haber creído una sola palabra.

—¿Peregrinos? —dijo—. ¿De qué monasterio partisteis y por qué viajáis solos?

—No he dicho que viajáramos solos —aclaró William—. Dije que nos encontramos hace unos días —miró a Gelabert y añadió—: yo vengo de la abadía de Fountains, en Inglaterra, y atravesé Francia con una caravana de comerciantes, pero ellos llegaron a su destino un par de días antes de encontrarme con el hermano Gelabert.

—Así fue —mintió el herbolario.

—¿Y de dónde procedéis vos? —quiso saber el dominico—. Aunque leve, vuestro acento parece occitano.

Gelabert irguió la espalda y afirmó que su monasterio estaba, en efecto, en el sur de Francia.

—¿Conocéis la abadía de la Grandselve? —preguntó al inquisidor con aplomo.

Miguel Capellán negó con la cabeza, pero su mirada revelaba desconfianza.

—Deberíais visitar aquellas tierras —añadió Gelabert, envalentonado—. La gente de por allí guarda un buen recuerdo de vuestra Orden.

El inquisidor lanzó una mirada intimidatoria a aquel insolente benedictino, pero Gelabert no se inmutó. En ese instante, afortunadamente, sonaron las campanas que llamaban al rezo de Vísperas.

—¿Y por qué queríais ver al abad con tanta urgencia? —preguntó Capellán apenas se levantaron de los bancos de madera que habían ocupado.

—No nos queríamos limitar a solicitar su hospitalidad, sino que también deseábamos ponernos de inmediato bajo sus órdenes, al servicio de la comunidad —atajó William con rapidez.

Tras los rezos, William y Gelabert fueron acomodados en dos de las celdas vacías de la abadía, y no en la hospedería destinada a los peregrinos. La última conversación que ambos mantuvieron antes de retirarse a descansar giró en torno a la desaparición del abad, como no podía ser de otro modo. Gelabert parecía más desconcertado que William sobre las circunstancias que, según el relato del prior, rodearon aquel suceso. Por vez primera, no parecía que los dos monjes a quienes perseguían hubieran tenido nada que ver. ¿Quién podía ser el jinete que habló con el abad Vincenzo?

—¿Tuve la impresión de que os sorprendió el nombre del abad? —apuntó William.

—No, simplemente me pareció curioso que se llamara como el ermitaño que alcanzó la santidad en este monte —respondió Gelabert. William guardó silencio, pero recordaba perfectamente que el hermano Antonio había mencionado el nombre del abad antes de relatar la historia de san Giovanni Vincenzo.

—En cambio, vos parecéis extrañamente tranquilo a pesar de que el abad ha desaparecido —contraatacó el herbolario.

—No lo estoy —respondió William—. Pero el hecho de que se haya introducido una novedad tan notable respecto a lo sucedido en las otras abadías me hace concebir esperanzas —torció la boca formando una sonrisa fugaz—. Espero que no resulten infundadas.

Minutos después, tumbado a solas sobre el jergón de su celda y tras haber dispuesto bajo aquel humilde catre su macuto y su espada, William reflexionó sobre cuanto había escuchado desde su llegada a aquel lugar, y se devanó los sesos tratando de imaginar quién era el guardián que Sión había enviado hasta aquella siniestra abadía para custodiar la entrada al infierno, que suponía situada en la famosa capilla consagrada por el arcángel.

En ese momento, unos suaves golpes en la puerta de la celda le sobresaltaron.

William se incorporó como impulsado por un resorte y se dispuso a abrir, pero antes se cercioró de que su espada y su macuto estuvieran ocultos a los ojos de quien pudiera ser el inesperado visitante.

—¡Alabado sea el Señor! Disculpad que os moleste a estas horas, pero no veía el modo de soportar el peso de esta misiva durante una noche más —dijo el prior Secondo al tiempo que mostraba un pequeño pergamino a William.

El templario exhaló el aire que, inconscientemente, había retenido hasta que descubrió quién llamaba a su puerta. Sin embargo, no pareció demasiado interesado por la carta que le mostraba el benedictino.

—No la leéis —dijo el prior, desconcertado.

—¿Para qué, si la escribí yo mismo? —respondió William en voz baja. Después, puso su dedo índice sobre sus labios, exigiendo silencio a Secondo, y le invitó a salir de la celda y a alejarse de allí.

Minutos más tarde, los dos hombres entraron en una pequeña sacristía, lejos de las celdas de los monjes. William lanzó una mirada a su alrededor y comprobó que estaban solos y sin peligro de ser escuchados por nadie.

—Yo envié a aquel caballero templario para alertar a vuestro abad del peligro que corre —reveló William.

—¿Un templario? No vestía como tal.

—Tampoco yo, y sin embargo pertenezco a la Orden —confesó William.

Secondo miró inconscientemente el lugar donde debía estar el brazo derecho de aquel monje alto y delgado, y se sonrojó.

—Lo perdí en Tierra Santa —dijo William.

—Disculpad, hermano. No pretendía…

—Eso no importa ahora. Lo que urge es salvar la vida de vuestro abad.

—Pero ¿qué sucede? En esta carta le advertíais de que corría un gran peligro y mencionabais la muerte de los abades de esas tres abadías consagradas al arcángel. ¿Por qué está en peligro el hermano Vincenzo?

William resumió al prior los sucesos de las últimas semanas, aunque obvió cualquier mención a la espada del ángel y a las entradas a otro mundo. En cambio, admitió que había sido idea suya enviar a un jinete capaz de aventajar a los asesinos. Los templarios tenían encomiendas y casas a lo largo de la Vía Francígena, y en ellas, caballos veloces y diestros jinetes.

—Como habéis leído, en la carta alerté a vuestro abad del peligro que corre y le aconsejé ocultarse hasta que un monje manco llegara a la abadía. Y ese manco, soy yo —sonrió.

—El abad dejó la carta en mi celda antes de desaparecer —explicó el prior—. Supongo que lo hizo para que estuviera atento a vuestra llegada. Al veros, comprendí que erais el hombre que esperaba.

William estudió el rostro barbudo del prior y creyó llegado el momento de saber si estaba ante el guardián de la hermandad en aquel lugar.

—¿Ormus? —dijo.

Pero el hermano Secondo no reaccionó.

—¿Cómo decís?

William sacudió la cabeza.

—No es nada, disculpad —respondió. Después, alzó la mirada al techo de piedra de la sacristía, como si pretendiera encontrar en él instrucciones para su siguiente movimiento. Finalmente, preguntó—: ¿os confesó el abad dónde se ocultaría?

El prior negó con la cabeza, y William le creyó.

—Decidme, ¿estáis seguro de que el inquisidor llamó a estas puertas hace una semana, como antes escuché?

—Sí. Llegó unos días antes de la desaparición del abad. —El prior hizo memoria durante unos segundos—. Lo recuerdo porque dos días después falleció el hermano Bosco, nuestro bibliotecario.

—¿Vuestro bibliotecario ha muerto? —dijo William intrigado.

—Un accidente terrible —explicó el prior—. Se precipitó desde la terraza sobre la que se alza la basílica.

—¿Estaba enfermo?

—¡Oh, no! Pero su vista…

William guardó silencio durante unos segundos. Su hermano Sherrin y el viejo Wardley también habían desgastado la vista en los *scriptoria*. Uno, en Skelling Michael; el otro, en Inglaterra. Y ambos tenían algo más en común.

—¿Ya había llegado el hermano templario con mi carta cuando tuvo lugar la muerte del bibliotecario?

El prior frunció el ceño, pensativo. Era evidente que no había caído en la cuenta de que fray Bosco había muerto al atardecer del mismo día en que llegó el jinete.

—¿Podría visitar la celda del hermano Bosco? —preguntó William al percibir el desconcierto de Secondo.

El prior abrió los ojos, sorprendido. Durante unos segundos, el único sonido que se escuchó fue el de un búho que parecía haberse posado cerca del pequeño ventano de la sacristía por el que se podía ver la noche estrellada.

Pocos minutos después, ambos entraron en la celda del fallecido bibliotecario.

—Nadie ha entrado aquí desde que…

—Mucho mejor, entonces —dijo William mientras lanzaba miradas a un lado y otro de la modesta habitación. A continuación, se agachó y se arrastró bajo el camastro, de donde emergió al cabo de unos instantes con una espada en la mano.

—¡Por todos los santos! —el prior se persignó.

—Me temo que vos habéis perdido a un bibliotecario y yo, a un hermano —dijo William. Tras reflexionar durante unos segundos, puso su única mano sobre el hombro del prior, y añadió—: es posible que a Bosco lo hayan asesinado por algo que sabía, y debo confesaros que no confío en absoluto en ese inquisidor. Nada de cuanto hemos hablado aquí puede llegar a sus oídos, ¿de acuerdo?

—Es un hombre muy perspicaz —recordó el prior.

—Pero yo voy armado y él no —amenazó William.

El prior tragó saliva.

—Lo acompaña una escolta de soldados —informó Secondo.

—Necesito ver la capilla de San Giovanni Vincenzo —dijo William, que pareció ignorar la advertencia del prior.

—¿Ahora?

—Sin perder un instante.

Alumbrados por la luz de una antorcha que portaba el prior, recorrieron durante varios minutos pasajes y escalinatas hasta ir a parar a tres capillas excavadas en la roca del monte. Las tres se encontraban bajo la basílica. Al norte, estaba la más pequeña.

—¿Cuál de las tres es la de san Vincenzo? —preguntó el templario con urgencia.

El prior señaló la más grande, que contaba con un pequeño ábside y cuya pared estaba hecha de roca viva.

William la recorrió con la mirada de arriba abajo e inspeccionó el suelo y el ábside de forma minuciosa. Finalmente, se volvió hacia el prior con la decepción dibujada en su rostro.

—Creí que vuestro abad podría estar aquí —confesó.

—¿Aquí? Lo hubiéramos visto.

O tal vez no, pensó William. Si allí estaba, como presumía, la entrada al otro mundo, tal vez ni el prior ni nadie podría descubrir dónde se ocultaba Vincenzo.

—Decidme, ¿qué tipo de hombre es vuestro abad?

—¿Qué queréis decir? —repuso Secondo, desconcertado por la pregunta.

—Me refiero a si es magnánimo, estricto, pecador…

El prior se santiguó.

El abad Vincenzo era estricto cumplidor de la Regla, severo pero comprensivo, dijo Secondo. Añadió que se trataba de un hombre de costumbres ascéticas, y que ya ostentaba el cargo de abad cuando él llegó a la abadía.

—¿Y el hermano Bosco? ¿Cuándo llegó?

—Ambos estaban aquí antes de mi llegada, hace más de diez años —respondió el prior.

—¿Cómo es, físicamente, el abad?

—Delgado, menos alto que vos, con los ojos claros, y el izquierdo está enmarcado por un antojo.

William asintió mientras archivaba aquella información.

—Escuchadme bien: creo que puedo desentrañar este misterio, si me ayudáis —dijo al cabo de un rato. Y al ver que el prior asentía, añadió—: Estoy seguro de que el abad reveló al hermano Bosco dónde se ocultaría, pero al morir este, deberemos aguardar a que sea el propio Vincenzo quien sepa de la llegada a la abadía del monje manco que se mencionaba en la carta, de modo que mañana visitaré el resto de las dependencias y la hospedería de peregrinos. Me dejaré ver.

El prior volvió a asentir sin decir nada.

A continuación, William reveló al prior algunas de las conclusiones a las que había llegado tras la investigación de los crímenes anteriores, y anticipó algunos detalles del plan que había trazado en su mente. Pero el prior no pareció muy convencido de que aquella estratagema fuera a tener éxito, a juzgar por el modo en que arqueó las cejas y torció el gesto.

—Lo único que tenéis, son conjeturas —comentó Secondo.

—Si me conocierais más, sabríais que mis conjeturas acostumbran a ser certezas —repuso William sin falsa modestia—. Pero necesitaré algunas cosas que se dispondrán cuando lo solicite en esa terraza situada frente a la entrada de la basílica donde vos y yo nos conocimos —añadió.

El prior encogió los hombros, pero a pesar de su escepticismo, dijo:

—Os ayudaré en todo cuanto necesitéis.

VIII

SACRA DE SAN MICHELE
INVIERNO DE 1258

Sacra de San Michele gozaba de una posición estratégica envidiable, según William apreció al día siguiente. Un sol tímido lograba abrirse paso a duras penas entre nubes densas, mientras el valle amanecía cubierto por un manto de niebla.

—La abadía creció con el fin de acoger a los miles de peregrinos que llegaban hasta aquí de camino a los grandes santuarios del sur —explicó el prior Secondo, que había acompañado a Gelabert y a William hasta la terraza sobre la que se asentaba la basílica—. Muchos, incluso, iban a Tierra Santa y llegaban aquí enfermos y agotados. Por ello se construyó un hospital para atenderlos. Al mismo tiempo, los abades, especialmente Benedetto II, hace más de cien años, comenzaron una lucha para conseguir la independencia de esta casa respecto a los obispos de Torino.

—¿Y la lograron? —preguntó William.

—Así fue —confirmó el prior.

Gelabert aspiró el aire frío de la mañana, y lo exhaló con fuerza. Parecía ajeno a la cháchara de sus acompañantes.

—¿No deberíamos preocuparnos de la suerte del abad más que de la historia de este lugar? —rezongó el herbolario.

—No he hecho otra cosa desde que llegamos —replicó William—. De hecho, precisamente había citado al prior a esta hora temprana para visitar el hospedaje de peregrinos y el resto del complejo.

El herbolario meneó la cabeza. A lo largo de aquellas semanas había advertido que William pecaba de inmodestia y sentía predilección por teatralizar sus peculiares teorías. Cuando descubrió que su compañero era en realidad un templario, comprendió mejor la extraña personalidad de aquel monje manco. Los templarios acabarían mal, auguró. Tal vez fueran ciertas las murmuraciones que, cada vez con más intensidad, circulaban a propósito de ellos: soberbios, amigos de judíos e infieles, descreídos…

Pero el herbolario no dijo nada cuando pensaba sobre William y sobre el Temple, sino que formuló una inesperada pregunta al prior.

—Decidme, ¿cómo es físicamente vuestro abad?

Secondo sonrió, mientras William miraba con interés a los peregrinos que salían a esa temprana hora del albergue, situado decenas de metros bajo sus pies. La vida se abría paso en Sacra de San Michele.

—Tiene gracia —dijo el prior—. También el hermano William me preguntó lo mismo anoche.

William apretó las mandíbulas.

—¿Anoche? —dijo Gelabert, confuso.

—Hablamos un momento después de Vísperas —atajó William, y lanzó una mirada cómplice al prior.

Secondo, para no mentir como lo acababa de hacer el templario, se limitó a responder a la pregunta del herbolario. El abad Vincenzo, dijo, era alto, delgado y de ojos azules. Alrededor de uno de ellos, añadió, tenía un antojo.

—¿Por qué os interesa saberlo? —preguntó el prior.

Gelabert respondió que si tenían que encontrar a un hombre, parecía necesario saber cómo era.

El prior asintió. El herbolario tenía razón, juzgó.

Minutos más tarde, los tres se encontraron paseando por la zona próxima al hospedaje, mezclándose con los peregrinos y charlando con ellos. William quería que lo vieran; que todos supieran que un monje manco había llegado a Sacra de San Michele, con la esperanza de que la noticia pudiera llegar a oídos del abad y que este saliera de su escondite.

El prior y Gelabert le siguieron la corriente, y también ellos mantuvieron breves conversaciones con algunos devotos viajeros, e incluso con comerciantes y buhoneros acampados a los pies del monasterio. William, mientras tanto, no perdía detalle de cuanto sucedía a su alrededor. Incluso hubo un momento en que pareció totalmente abstraído, concentrado en alguno de los corrillos que se formaron alrededor de Gelabert y del prior.

—Hermano Secondo, ¿qué iglesia es esa que tanto me ha recordado a la del Santo Sepulcro de Jerusalén? —preguntó William al prior, interrumpiendo una de aquellas conversaciones con los peregrinos.

—¡Ah, es la iglesia de San Stefano! —respondió el benedictino—: el Sepulcro de los Monjes.

William arqueó las cejas.

—Tiene más de doscientos años —reveló el prior—. Hay una leyenda que asegura que se edificó sobre un altar pagano. Desde hace mucho tiempo, es la capilla de nuestro cementerio.

—¿Podríamos visitarla? —dijo el templario.

El prior les condujo al interior de aquella modesta iglesia de planta octogonal formada por cuatro capillas rectangulares situadas en los extremos de una cruz griega, y unidas por nichos circulares.

Secondo iba a añadir algunos datos sobre la historia del lugar, pero William pareció olvidarse de él y del propio Gelabert. Ante la atónita mirada del prior, el monje manco comenzó a ir de un lado para otro. Gelabert sonrió al ver la sorpresa reflejada en el rostro de Secondo. A él no le tomaba por sorpresa el comportamiento del templario.

William necesitó un cuarto de hora para explorar aquella pequeña iglesia.

—Está todo visto —aseguró cuando regresó junto a los otros monjes.

—¿Y qué habéis visto? —preguntó el prior visiblemente intrigado.

—Cuanto había que ver —respondió William sin mirarle. Y, con sus características grandes zancadas, se dirigió a la salida del templo.

Aquel mismo día, siguiendo las instrucciones que William había dado al prior, varios monjes comenzaron a llevar hasta la elevada terraza que coronaba el complejo monástico madera con la que, bajo la dirección del enigmático monje manco, el carpintero de la abadía construyó una suerte de cabaña cuyo interior no recibía otra luz que la que entraba por un minúsculo agujero orientado al sureste. En la parte opuesta al mismo, William dispuso una tela inmaculada.

Como era de prever, la insólita construcción provocó toda suerte de comentarios entre los monjes, y atrajo poderosamente la atención del inquisidor Miguel Capellán.

—¿Qué significa todo esto? —preguntó el dominico a media mañana, cuando tuvo noticia de lo que estaba sucediendo a las puertas de la basílica. El inquisidor rodeó la pequeña construcción mientras sus dedos, blancos y regordetes, acariciaban la madera—. ¿Es algo por lo que deba preocuparse la Santa Madre Iglesia?

—No lo creo, salvo que a vos y a la Iglesia os incomoden las opiniones de Aristóteles sobre los fenómenos luminosos —respondió William mientras colocaba un objeto en el pequeño orificio por el que la luz se filtraba en la cabaña.

—¿Aristóteles? Explicaos —exigió el inquisidor, que parecía cada vez más molesto por aquel misterio.

—El filósofo dijo que, si se construye una caja cerrada en la que la luz únicamente pueda penetrar a través de un pequeño orificio como este —señaló el lugar donde acababa de disponer aquel curioso objeto—, los rayos del sol formarán en la pared opuesta una imagen cuyo tamaño aumenta si crece la distancia entre la pared donde está el orificio y la pared opuesta donde surge la imagen.

—Sin embargo, no parece que sea posible que de pronto la distancia entre estas paredes aumente —observó el inquisidor—. Y no alcanzo a entender las razones que tenéis para semejantes prácticas, tan próximas a los saberes prohibidos.

—Desconocía que fuera prohibido algo que el eminente Roger Bacon conoce y ha mencionado —replicó William, sabedor del prestigio del teólogo franciscano.

—Nunca leí una sola palabra del hermano Roger Bacon sobre este tema —se defendió el inquisidor.

—Estoy seguro de que habrá mil cosas que vos no habréis leído y eso, sin embargo, no las convierte en herejías —replicó William. Varios monjes que escucharon sus palabras sonrieron, mientras Miguel Capellán enrojecía de ira.

—Aún no habéis respondido a mi pregunta —recordó el dominico arrastrando las palabras—. ¿Qué propósito tiene todo esto?

—Simplemente, dar satisfacción a la curiosidad del prior, con quien ayer mantuve una agradable conversación sobre los misterios de la luz —mintió William. El prior enrojeció. Pero cuando el dominico se volvió hacia él, demostró entereza y complicidad con William, y asintió.

—Y todo eso, ¿qué es? —preguntó el inquisidor señalando algunos saquitos de tela y al objeto que William había colocado en el agujero de la pequeña cabaña de madera.

—Nitrato de plata, con el que he impregnado una tela que he dispuesto en el interior —respondió William con aplomo, y lanzó una mirada divertida al inquisidor—. Pero imagino que sí habréis leído al eminente Alberto Magno, y no tengo que explicaros nada sobre las propiedades de esta sustancia. —Capellán tragó saliva, y al ver que los demás monjes le miraban, guardó silencio para no reconocer su ignorancia—. En cuanto a esto —William señaló el pequeño objeto colocado en el agujero de la construcción de madera—, es un disco de cuarzo pulido. Es indispensable para lo que pretendo demostrar al hermano prior.

—¿Y es...? —dijo Capellán con una mueca de desprecio.

William resumió en pocas palabras cuanto su maestro Joseph le había enseñado muchos años antes.

—Y puesto que el prior se ha mostrado sumamente interesado en este experimento al que un día asistí como espectador, he decidido tratar de reproducirlo para satisfacer su curiosidad —volvió a mentir William.

—¿Una imagen de la realidad capturada en ese lienzo? ¡Imposible! —juzgó el inquisidor.

William se limitó a encogerse de hombros, y alzó la mirada al cielo. El sol asustadizo de los días anteriores había dado paso a un astro vigoroso, que había derrotado a las nubes grises del invierno. ¿Sería suficiente aquella luz?, se preguntó. Naturalmente que no. Sabía que iba a necesitar varias exposiciones para que el experimento fuera un éxito, pero el juego había comenzado y en esta ocasión podía ser suficiente con crear una imagen imperfecta en la tela. Era un riesgo, pero el placer del juego reside justamente en la incertidumbre del resultado.

A continuación, William exhibió un crucifijo sostenido sobre una peana de madera.

—¿Qué pretendéis? —bramó el inquisidor.

—Reproducir una imagen de este crucifijo en la tela impregnada de nitrato de plata.

—¡Hereje! —gritó Capellán.

Los cuatro soldados que acompañaban en ese momento al dominico dieron un paso al frente y llevaron las manos al pomo de sus espadas dispuestos a intervenir. Mientras, los monjes presentes contenían la respiración. Por su parte, Gelabert se alejó de William unos pasos, como si aquel gesto infantil fuera a hacer olvidar que había llegado en compañía del monje manco que practicaba artes propias de un brujo.

—¿Acaso es herejía ensalzar a Nuestro Señor multiplicando su imagen? —se defendió William, consciente de que caminaba sobre el filo de una espada al jugar aquella partida en presencia de un inquisidor. Aquel era un detalle que no había imaginado mientras maduró su plan durante el viaje hasta Sacra de San Michele. Entonces no podía sospechar que se encontraría con un adversario como Capellán.

—No perdemos nada por aguardar el resultado —medió el prior, que intercambió una nueva mirada cómplice con William.

El templario trató de olvidar al inquisidor y a su guardia armada, e incluso fingió no advertir el modo en que Gelabert se había apartado de él, y se concentró en repetir lo que, muchos años antes, su maestro le había enseñado.

La exposición se prolongó durante todo el tiempo en que la luz del sol de invierno lo permitió. William sabía que apenas conseguiría una imagen tosca, pero guardaba una carta bajo la manga que, si fuera necesario, podría jugar. Cuando finalmente terminó el proceso de exposición, se aprestó a fijar la imagen empapando la tela en un barreño repleto de orín de caballo que había ordenado recoger en los establos.

Horas después, pudo exhibir una imagen muy imperfecta del crucifijo que nada tenía que ver con el asombroso resultado que Joseph obtuvo tras varias exposiciones de Saladino, como llamaron al cadáver del anónimo modelo que emplearon en su día para reproducir la imagen del misterioso hombre del lienzo que recuperaron en Constantinopla. Sin embargo, a los benedictinos no pareció importarles que la imagen fuera borrosa, y se santiguaron y alabaron a Dios emocionados. William tragó saliva y sonrió al prior. El juego parecía decantarse a su favor, hasta que se escuchó la voz del dominico Miguel Capellán.

—¡Blasfemia! ¡La imagen de Jesús está invertida! —gritó, colérico.

William cerró los ojos, reprochándose no haber reparado en ese detalle. La realidad se invertía con aquel juego óptico, pero ¿cómo podía hacérselo comprender a un inquisidor?

—Si el hermano William fuera un hereje blasfemo, ¿creéis que se habría arriesgado a demostrarlo ante un representante de la Santa Inquisición pontificia? —intervino el prior Secondo.

Las aletas de la pequeña nariz de Miguel Capellán se abrían y se cerraban como las de un pez a causa de la indignación, y sus carrillos barbilampiños estaban encendidos por el odio.

—Esta comunidad conservará ese lienzo con el crucifijo como un regalo que Dios envía a los creyentes para recordarles su grandeza —prosiguió el prior—. Nada de lo creado le es ajeno, y los verdaderos cristianos pueden sentirle en todo cuanto les rodea, incluso en la luz del sol, como ha demostrado el hermano William.

Los monjes asintieron y sus voces se sumaron a la opinión del prior, que miró una vez más al templario y sonrió fugazmente.

—¡Pero el crucifijo está invertido! —insistió el inquisidor.

—El hombre es imperfecto en su actos —replicó el prior—, pero Dios no. No juzguéis con tanta severidad a un hermano que hoy ha demostrado la grandeza de nuestro Creador.

Los ojillos del dominico se pasearon por los rostros de todos los presentes y, sintiéndose derrotado, les dio la espalda y se adentró en la basílica seguido por los miembros de su escolta.

Antes de Maitines, la altiva abadía que parecía balancearse sobre la cumbre del monte Pirchiriano fue testigo de varias cosas notables y que resultaron trascendentes para comprender los inesperados acontecimientos que tuvieron lugar cuando llegó la luz del día, decidida a iluminar la verdad.

Una enorme luna plateada jugaba al escondite con las nubes cuando el caballero William de Yorkshire salió de su celda con todo el sigilo que el caso requería y, con tanta decisión como prudencia, abandonó aquella santa casa y se encaminó hacia el Sepulcro de los Monjes, la construcción románica que había visitado en compañía del prior Secondo y de su compañero de fatigas, Gelabert. La madrugada era extremadamente fría y tras él iba dejando un rastro de vaho con cada respiración. De vez en cuando, se volvía para cerciorarse de que nadie lo seguía, y solo cuando estuvo completamente seguro de que así era entró en aquella iglesia.

En el interior, la temperatura templó. El pequeño universo de piedra medieval se hacía visible gracias a la luz de un puñado de cirios; los mismos que William ya había visto en su anterior visita y que le habían permitido afirmar cuando salió de la iglesia que ya había visto allí todo cuanto necesitaba ver.

Con paso decidido, William se dirigió hacia el único cirio que le interesaba; el situado junto al nicho adosado a la capilla del brazo situado al este de la iglesia; el mismo cuya luz había temblado mientras recorrió el recinto en su primera visita. Fue entonces cuando comprendió que la corriente de aire que hacía bailar a la llama procedía de una estancia oculta, y tuvo la convicción de que había descubierto dónde se escondía el abad Vincenzo.

Sin pérdida de tiempo, comenzó a acariciar las piedras de aquel muro con la esperanza de encontrar algún resorte que abriera la puerta que, según creía, disimulaban. Pero no fue necesario ningún alarde más de inteligencia por su parte, porque apenas había comenzado su exploración, una voz a su espalda le sobresaltó.

—Debo suponer que sois vos el monje manco que me escribió aquella carta advirtiéndome del peligro en el que al parecer me hayo. —Un hombre delgado y de voz grave emergió de entre las sombras. Cuando al fin se expuso a la luz de los cirios, William reconoció al abad desaparecido al ver el antojo que rodeaba su ojo izquierdo.

—¿El abad Vincenzo?

—¿El misterioso templario que prometió venir a socorrerme? —respondió el abad— Nadie lo diría a juzgar por vuestros hábitos.

—William de Yorkshire, en efecto. Y sí, estáis en grave peligro —añadió al tiempo que alzó su único brazo y miró sus ropas—. En cuanto a mis hábitos, no os dejéis engañar por ellos.

—Vuestra carta hablaba del asesinato de tres de los abades de la Línea Sacra de San Michele —dijo el abad—.

Como veis, tomé en serio vuestra recomendación, pero no me esconderé por más tiempo si no me decís exactamente qué está sucediendo.

William sabía que aquel momento llegaría, y que debería hilvanar un relato convincente sin que en él se deslizara nada que tuviera que ver con las entradas al infierno. De manera que resumió los terribles sucesos de los que había sido testigo cuidando no revelar más de lo necesario, y aseguró estar en disposición de acabar con aquella pesadilla de una vez por todas. Pero para ello, añadió, necesitaría la colaboración del abad.

—Debéis confiar en mí —rogó.

—¿Cómo hacerlo si vos me ocultáis aquella parte de vuestro relato que explica los verdaderos motivos de la muerte de mis hermanos abades? —dijo inesperadamente el benedictino.

William empalideció.

—Todo cuanto vos no habéis querido decir, me lo confesó mi difunto hermano Bosco —reveló el abad—. En él confié mi seguridad cuando leí vuestra carta, y fue él quien me habló de las puertas del diablo selladas con los siete monasterios que se construyeron sobre ellas. En cambio vos…

El templario seguía sin reaccionar. ¿Cómo era posible que Bosco hubiera traicionado a la Hermandad?

—Si no dije más de lo que escuchasteis, fue por temor a que pudiera perjudicaros —se defendió William.

—Mentís, pero no lo hacéis mal —sonrió el abad con ironía—. Quiero creer que la mentira no forme parte de las enseñanzas que se dispensan en el Temple. No quisiera pensar que son ciertas todas esas cosas que se rumorean cada vez con más fuerza sobre vuestra Orden.

Aquel comentario destilaba veneno. ¿Era una amenaza? ¿Qué había revelado Bosco antes de morir? De pronto, la imagen del inquisidor Capellán cruzó veloz por la mente de William. ¿Cómo había muerto Bosco realmente?

—Y bien, ¿qué proponéis? —preguntó el abad quebrando el curso de los pensamientos de William—. Puesto que estoy en vuestras manos parece justo que ahora sí seáis sincero conmigo.

William dudó durante unos segundos, tomó aire, y finalmente explicó al abad qué quería que hiciera cuando amaneciera. Poco después, salió de la iglesia y regresó a la abadía con el mismo sigilo y precaución con los que la había abandonado minutos antes.

Desde que conoció a su maestro, William había tratado de corregir los defectos propios de su carácter: lúgubre en ocasiones como si la vida le resultara insoportablemente aburrida, altivo ante su superioridad intelectual frente a quienes le rodeaban, frío hasta la aparente insensibilidad al conceder un poder absoluto a su cerebro sobre su corazón... En definitiva, todo lo que hacía que Joseph le reprendiera diciéndole que le faltaba alma. Sin alma, le advirtió, sería incapaz de comprender a los hombres, tanto en sus grandezas como en sus miserias. Pero sus intentos por cambiar resultaron baldíos hasta la experiencia que el destino le había reservado en aquella cueva del monte Carmelo.

Sin embargo, estaba a punto de equivocarse de nuevo.

Nadie mejor que él sabía que hasta los más insignificantes detalles podían ser claves para resolver un problema como aquel al que se enfrentaba. Y, desgraciadamente para sus intereses, le faltó alma —o tal vez luz, porque la que proporcionaban las llamas de los cirios del Sepulcro de los Monjes era escasa— para percibir el brillo que destelló en la mirada del abad Vincenzo en un momento de la conversación que mantuvieron. No sucedió cuando le explicó qué debía hacer al día siguiente, ni tampoco al revelar que, en efecto, las muertes que habían tenido lugar en las otras abadías guardaban relación con las puertas del infierno. Aquel brillo en los ojos del abad apareció al hablar de una persona sobre la que Vincenzo mostró un inesperado interés. Aquel fue el primero de los errores que William cometió durante las horas siguientes.

—¿Estáis seguro de que es el mismo hombre? —dijo saliendo de entre las sombras el inquisidor Capellán al abad después de que William hubiera abandonado la iglesia.

—Lo reconocería hasta en el mismo infierno —respondió Vincenzo.

—De modo que los visteis llegar.

—Desde mi escondite podía ver el camino de acceso a la abadía a través de una rendija entre las piedras —confesó.

—Bien, olvidemos eso por el momento —propuso el dominico—, y centrémonos en cuanto sabemos: el hermano Bosco —se santiguó— confirmó antes de morir la existencia de esas puertas diabólicas cuando le mostrasteis la carta de ese templario, pero se negó a revelar cómo lo sabía. Ni siquiera cuando Nos, como brazo armado de Dios en la tierra, le instamos a que confesase en lo más alto de la abadía. Y ahora resulta que los templarios, o al menos uno de ellos, también conocen ese secreto. ¿Acaso era Bosco un templario?

El abad se encogió de hombros.

—¡Por lo más sagrado! ¿Es que no conocíais el alma de vuestros monjes? —estalló Miguel Capellán.

—Tal vez el alma no, pero sin duda sé mucho más de cuanto vos sabíais antes de llegar a esta casa —replicó Vincenzo—. Gracias a mí conocéis el secreto de las abadías de la Línea Sacra de San Michele y la existencia de un manuscrito que podría hacer tambalear a nuestra Iglesia.

—La Inquisición pontificia sabrá cómo pagar vuestros servicios —aseguró Capellán.

—¿Acaso me nombrará papa? —se mofó el abad.

El inquisidor lo atravesó con una mirada feroz.

—Sabéis perfectamente el valor de cuanto os he revelado —dijo el benedictino sosteniendo aquella mirada asesina—. Lo que sé, bien vale un papado.

Miguel Capellán sonrió y se cuidó de añadir una sola palabra más a aquella conversación. Si uno de los dos podía soñar con el papado, pensó, no era aquel estúpido que un día se travistió de benedictino porque había sido incapaz de lavar sus manos manchadas de sangre en el pasado.

Tras el rezo de Maitines, William buscó la compañía del prior en primer lugar; y después, se acercó a Gelabert.

Al primero, apenas le susurró unas frases que el benedictino escuchó en silencio, limitándose a asentir. En cambio, con el segundo William tenía mucho más que hablar.

—Esta noche he visto al abad Vincenzo —le espetó.

—¡Por todos los santos! ¿Dónde está? —preguntó el herbolario con los ojos abiertos de par en par.

—Eso es lo de menos —respondió el templario—, lo

importante es salvaguardar su seguridad hasta que localicemos a los dos monjes a quienes perseguimos. Debemos evitar una nueva atrocidad. —Lanzó una mirada alrededor, cerciorándose de que nadie les escuchaba—. Le hablé de la cabaña de madera donde realicé el experimento sobre la luz que tanto escandalizó a ese inquisidor y tanto os avergonzó a vos.

—¿Por qué decís eso? —protestó Gelabert.

—Vamos, ¿acaso creéis que no advertí cómo os alejabais de mí, como si no me conocierais, cuando el dominico me acusó de herejía? —William sonrió, indulgente—. Nos os preocupéis, no os lo reprocho.

—¿Qué tiene que ver la cabaña de madera con el abad? —dijo el herbolario, que pareció aliviado por las palabras de su compañero.

—Le sugerí que se ocultara en ella cuando le sea posible —respondió el templario—. Nadie entrará allí, porque todos temen ser juzgados por el inquisidor si son sorprendidos en su interior. Le dije que nos encontraríamos allí tras Nonas.

Gelabert se rascó la cabeza.

—¿Por qué a esa hora? ¿Y cómo va a llegar hasta allí sin ser visto?

—Me aseguró que conocía pasajes que permiten llegar hasta la terraza de un modo discreto. En cuanto a la hora, me pareció que era la más apropiada: tras la comida, los monjes descansan y estaremos a salvo de cualquier mirada inoportuna.

El herbolario juzgó como prudente el plan de William.

—Tenemos que sacarle de aquí antes de que corra la misma suerte que los demás —concluyó el templario—. No me fío de nadie, y menos aún del inquisidor.

Gelabert se mostró de acuerdo. Durante unos segundos, guardó silencio, y luego preguntó a su amigo:

—¿Es cierto que el abad tiene un antojo en el ojo izquierdo?

—Sí, tal y como dijo el prior. ¿Por qué?

El herbolario sacudió la cabeza.

—Simplemente, para reconocerlo cuando lo veamos.

Tras la misa mayor, sonó la campana que anunciaba la hora de la comida y los monjes iniciaron el acostumbrado ritual, que comenzaba con las abluciones. A continuación, formando una silenciosa comitiva, se dirigieron al claustro y, una vez dentro, aguardaron de pie en sus lugares de costumbre antes de alabar al Señor por su generosidad. Seguidamente, todos se sentaron ante las largas mesas de madera. El hermano Paolo, un joven larguirucho y encorvado, era el encargado de leer el Evangelio desde el púlpito mientras los monjes a quienes correspondía servir al resto comenzaban su trabajo.

El menú consistió en una sopa de verduras, huevos, queso y fruta acompañados de cerveza. William observó al inquisidor Capellán, que comió con fruición, mientras que el prior, sentado junto al asiento vacío reservado al abad, apenas probó bocado. Parecía preocupado.

Gelabert sorbió la sopa con placer, y dio buena cuenta del queso y los huevos que llegaron después. Únicamente cuando William le hizo un gesto invitándole a mirar al inquisidor, el herbolario dejó de masticar. El herbolario observó a Capellán, y después se volvió hacia William, interrogándolo con la mirada. No parecía haber comprendido qué le había querido decir el templario. Sin embargo, advirtió, William no había perdido el tiempo y había apurado la copa de cerveza, y el cuenco de madera de su sopa estaba vacío.

Al término de la comida, los monjes volvieron a cantar los himnos de agradecimiento y, en silencio y en fila, salieron del refectorio. Solo entonces podían comer los hermanos a quienes les había correspondido aquella semana servir las mesas y ayudar en la cocina.

Una vez salieron al exterior, William confesó a Gelabert que se sentía mareado, y expresó su deseo de retirarse a su celda hasta que llegara el momento de su cita con el abad.

Gelabert, con gesto preocupado, se ofreció a acompañarlo. En ese momento, se acercó a ellos el prior.

—¿Qué os sucede? —preguntó.

William parecía hablar cada vez con más dificultad, y sus piernas flaqueaban.

—Se encuentra indispuesto —dijo Gelabert.

—Enviaré a nuestro herbolario —ofreció el prior.

—El hermano Gelabert se ocupará de mí —logró decir William con un hilo de voz—. Es un maestro sanador increíble. Estaré bien en breve.

El prior los vio alejarse y frunció el ceño, preocupado.

Minutos después, apenas Gelabert le acostó en el jergón, William perdió el conocimiento. El herbolario lamentó no haber podido preguntarle qué le había querido decir en el refectorio, cuando le invitó a mirar al inquisidor.

Gelabert permaneció junto a William durante unos instantes. Después, se acercó al ventano rectangular del que disponía aquella celda y miró al sol, que estaba en su punto más alto.

Segundos después, salió de la celda. El tiempo apremiaba.

Gelabert regresó junto a William poco antes de Tercia y, para su sorpresa, encontró a su amigo totalmente recuperado. Al verlo en plena forma, el herbolario se detuvo y en su rostro se advirtió un sincero desconcierto.

—¡Por todos los santos! —exclamó— ¡Os habéis recuperado milagrosamente!

William caminó hacia él desde el extremo opuesto de la celda. La luz del atardecer se filtraba por el único y estrecho vano abierto en las robustas paredes de piedra. La mirada gris del templario centelleó.

—¿Pensabais asesinarme o únicamente lograr que perdiera el sentido? Siempre me quedó la duda tras lo sucedido en el monte Saint Michael —dijo William encarándose con Gelabert.

—Pero ¿qué decís? ¿Cómo iba yo a querer mataros?

—Del mismo modo que estuvisteis a punto de lograrlo en Inglaterra si el hermano Stephen no hubiera descubierto un pétalo de napelo en la sopa que me habían servido —respondió William—. ¿Lo dejasteis por error o para evitar que muriera?

—¿Por qué iba a hacer algo así? ¿Acaso olvidáis que yo también fui envenenado por el hermano Edwards? —se defendió Gelabert.

—Fue una conclusión precipitada por mi parte —contestó el templario—. Debía haber comprendido que cuando aquella noche, de un modo aparentemente accidental, derramasteis buena parte de vuestra sopa, lo hicisteis para ingerir una mínima cantidad de veneno. De ese modo, vuestra recuperación fue rápida y, mientras yo caminaba al borde de la muerte, tuvisteis tiempo de decapitar al abad Henry.

—Habéis enloquecido.

—Ante la posibilidad de que volviera a suceder algo así —prosiguió William mientras caminaba por la celda—, en esta ocasión tomé mis precauciones. El sabor del acónito jamás lo olvidaré, de modo que en esta ocasión fui yo quien fingió haber tomado mi sopa y mi cerveza cuando en realidad las derramé en el suelo sin que lo advirtierais.

Gelaber frunció el ceño.

—¿No recordáis que os hice un gesto para que mirarais al inquisidor? —dijo William con una sonrisa en los labios—. Las derramé en ese instante en que no me mirabais. Tras la comida, fingí estar indispuesto.

—No tenéis ninguna prueba que os permita dudar de mí —aseguró Gelabert—. Al abad Henry lo asesinaron Adrien y Cyrille, y Edwards les ayudó y luego se suicidó. Ambos vimos su cadáver.

—Al hermano Edward lo ejecutaron vuestros cómplices —replicó William—. Tal vez, imaginaron que habían sido descubiertos y que Edward les perseguía. En cuanto a que carezco de pruebas de cuanto digo —William hizo una pausa un tanto teatral, y en ese momento irrumpió en la celda el abad Vincenzo acompañado del prior Secondo—. Esta vez me cuidé de contar con una prueba indiscutible de vuestros crímenes en caso de que intentaseis dejarme fuera de combate, como en Inglaterra.

—¿Vos? —Gelabert lanzó una mirada cargada de odio al abad—. ¡Hijo de Satanás!

—Vamos, vamos, tullido hereje. No blasfeméis.

Vuestros crímenes han acabado —replicó el abad con voz melosa y beatífica.

—Conocíais al abad, como supuse —dijo William—. Lo imaginé cuando el hermano Antonio dijo que el abad se llamaba Vincenzo y vos murmurasteis algo. Y cuando el prior lo describió físicamente y mencionó el antojo alrededor de su ojo, parecisteis tranquilizaros.

Gelabert pareció no escuchar a William, y mantenía sus ojos clavados en el abad. De pronto, saltó sobre él, pero el corpulento prior Secondo evitó que pudiera alcanzarlo. En ese instante, y para sorpresa de William, hizo su aparición el inquisidor Capellán junto con varios miembros de su escolta. Los soldados redujeron a Gelabert de inmediato ante la mirada complacida del representante papal.

—¿Qué significa esto? —preguntó William al abad. Resultaba evidente que su plan no contemplaba la presencia del inquisidor.

—Según vos me confesasteis, mi vida corría peligro —respondió Vincenzo—, y acudí a quien podía disponer de armas, por si fuera menester contar con ellas.

—Habéis cometido un error terrible —gritó Gelabert volviéndose hacia el templario mientras trataba de zafarse, sin éxito, de los soldados del inquisidor—. No tenéis ninguna prueba.

William tragó saliva. Aquel no era el escenario que había previsto, pero replicó al herbolario.

—Os dije que me reuniría con el abad en la cámara oscura que ordené construir en la terraza, y vos entrasteis en ella con la espada del hermano Sherrin con el propósito de asesinarlo, como hicisteis con los otros abades —afirmó el templario—. Y sí tengo una prueba en esta ocasión, porque os habéis expuesto a la luz que se filtraba en la cámara y, al igual que sucedió con aquel crucifijo, ahora vuestra imagen está registrada en un nuevo lienzo que dispuse para ello. Cuando finalice el proceso de fijación de la imagen, no podréis negar mis palabras.

Gelabert empalideció. Los demás contuvieron la respiración. Y William mantuvo una expresión impenetrable para que Gelabert no sospechase que lo que acababa de decir era mentira. Eran precisas varias exposiciones y de mayor duración para que la imagen de Gelabert hubiera quedado fijada en la tela. Pero eso era algo que nadie más que él sabía en aquella celda.

—Que hayáis logrado reproducir la silueta de un crucifijo de un modo borroso no prueba que sea posible hacer lo mismo con la imagen de un hombre —dijo Gelabert—. No tenéis nada contra mí.

William fingió no acusar el golpe. Gelabert no era imbécil. Se trataba de un hombre que había leído, que conocía los secretos médicos y cuya vida William desconocía realmente. Una vida en la que, ya se veía, el abad Vincenzo debía haber jugado un papel clave. De modo que William comprendió que había llegado el momento de poner sobre la mesa su última y más preciada carta.

Ante la atónita mirada de todos los presentes, el templario se dirigió al catre de la celda, se agachó y sacó de debajo su macuto. A continuación, cometió otro de los sucesivos errores de aquel día: sacó el lienzo del que era custodio y mostró únicamente el rostro del hombre reflejado en él. Nadie advertiría que se trataba de un crucificado si únicamente veían su cara, pensó.

—Esta imagen demuestra que también se puede recoger en un lienzo la figura y el rostro de un hombre —dijo—. Yo mismo hice ese experimento en otras ocasiones. Del mismo modo, vuestra imagen aguardando al abad con una espada en la mano aparecerá en la tela que se encuentra en la cámara oscura. Además, os seguí cuando salisteis de esta celda. Pude ver cómo os reuníais con dos hombres con quienes hablasteis junto a la hospedería cuando la visitamos. Sé que son vuestros cómplices, porque acostumbro a leer los labios de quienes mantienen conversaciones que pueden resultarme de interés. Os encontrasteis con ellos en un rincón en penumbra de la iglesia y os entregaron la espada.

—Ambos han sido ya detenidos —informó el abad—, y como decís, portaban una espada.

William ignoró el comentario de Vincenzo y siguió hablando únicamente a Gelabert.

—Cuando llegué a Skelling Michael no comprendí lo que había sucedido —confesó—. Todo parecía apuntar a la culpabilidad de vuestros amigos Adrien y Cyrille. Ambos habían desaparecido al tiempo que el abad, la espada del hermano Sherrin y la barca que tenía la comunidad. Más tarde, vos mismo resumisteis lo ocurrido. Dijisteis que habías sido el primero en advertir la ausencia del abad cuando entrasteis en su celda con el propósito de comentarle que era preciso comprar semillas en el siguiente viaje de aprovisionamiento. A continuación, recordasteis dónde se encontraban todos los demás monjes. Uno de los gemelos, Niall, estaba junto al cementerio, dijisteis. Sherrin dijo estar leyendo en su celda. En cuanto a los demás, todos parecían estar en las inmediaciones del monasterio, salvo Klaus, el germano, que dijo estar pescando. Y entonces, mencionasteis que Adrien y Cyrille tardaron en regresar, de manera que todo apuntaba hacia ellos o hacia Klaus. Después, explicasteis que os dividisteis para buscar al abad. Vos fuisteis al norte; Etgal, hacia la zona del embarcadero, hacia el este; Adrien y Cyrille fueron hacia el sur, y los gemelos, hacia el oeste.

Para entonces, dado que el abad Fionan era un hombre de complexión liviana, Adrien y Cyrille lo habían dejado atado en el lugar donde después vos mismo lo ejecutasteis con la espada desaparecida.

Gelabert torció el gesto dibujando una sonrisa irónica. En sus ojos chisporroteaba el odio.

—Vuestros dos cómplices huyeron en la barca —prosiguió William—, y llegaron a la abadía inglesa que los tres conocíais por haberos hospedado en ella años antes, con tiempo suficiente para secuestrar al abad Henry. De hecho, estuvimos a punto de sorprenderlos. Eran los dos hombres que parecían faenar en aquella barca que tanto me llamó la atención por echar amarras lejos del embarcadero, en una zona de peligrosos acantilados —recordó William—. Días antes, habían fingido marcharse de la abadía, pero regresaron para secuestrar al abad y, cuando me envenenasteis, volvieron para que vos ejecutarais a Henry en el lugar preciso de aquella abadía. —William evitó mencionar la puerta del infierno ante la presencia del inquisidor, y mientras hablaba guardó en su zurrón el valioso lienzo para que nadie viera que se trataba de la figura de un crucificado—: supongo que los turbios manejos del hermano Edwards con las cuentas de la comunidad favorecieron vuestros planes. Todo parecía apuntar a que el tesorero estaba implicado en la muerte del abad, pero en realidad únicamente había asesinado a su discípulo, el joven Thomas, en cuyas uñas advertí restos de piel que, supuse, procedían del asesino, a quien debía haber arañado. Debió ser él quien destruyó el mensaje que el abad había escrito en la pared de su celda con sangre, aunque posiblemente nada tenía que ver con la falsificación de las cuentas de la abadía, sino sobre el peligro que le acechaba. Al ver los brazos de Edwards durante las abluciones comprendí que era él el asesino de Thomas. Lo que no podía imaginar entonces…

—Era que vuestro engreimiento os derrotaría —le interrumpió Gelabert con sequedad pero en un tono extrañamente sereno—. Nada es pequeño para una inteligencia grande, os he oído decir. Y sin embargo…

—Sin embargo, hermano, creéis que no tuve en cuenta los detalles más nimios. Y os equivocáis. De hecho, fue en Inglaterra cuando reparé por vez primera en vuestra afición por apagar las velas con los dedos, y en establecer una relación entre el modo extraño en que camináis, algo que ya observé en Skellig Michael, con el hecho de que vuestra sandalia izquierda tiene una plataforma de cuero añadida. Eso hace que vuestras huellas sean desiguales y singulares. Gracias a ellas, deduje vuestra presencia en el claustro de Mont Saint-Michel en el momento en que el abad Thibaud fue secuestrado por vuestros cómplices. Una idea que se fortaleció cuando descubrí una mancha de cera en su hábito. Al verla, de inmediato pensé en vos apagando las llamas con vuestros dedos en la capilla de los Treinta Cirios. Tenéis una pierna más corta que otra. —Se volvió hacia el abad Vincenzo y le espetó—: y supongo que es por ello que nuestro abad os ha llamado tullido, por lo que se fortalece mi convicción de que ambos os conocéis desde hace tiempo.

—Este miserable asesino no se llama Vincenzo, sino Ferrer —gritó Gelabert—. Y no sé cómo pudo ser nombrado abad de esta santa casa benedictina si era un dominico asesino.

El inquisidor Miguel Capellán se adelantó y propinó una terrible bofetada a Gelabert.

—Cuidad vuestra lengua, hereje —dijo.

—¿Hereje? —William clavó la mirada en aquel sujeto que tanto le desagradaba.

Capellán, por toda respuesta, exhibió un pergamino enrollado.

—Lo encontramos entre las pertenencias de este criminal —dijo con una sonrisa triunfante—. Gracias al abad, conocí la historia de este hereje cátaro, que realmente se llama Jacques de Autier, y que vendió a los suyos en Montségur hace años únicamente para quedarse con este manuscrito obra, sin duda, del demonio.

Al ver al inquisidor en posesión de aquel pergamino, Gelabert pugnó por soltarse, pero le fue imposible.

—¡Mal nacido! —exclamó mirando al abad—. ¿Aún no tenéis suficientes muertos sobre vuestra conciencia? Carecéis de dignidad para leer las palabras de Jesús.

William entornó los ojos, desconcertado. ¿Las palabras de Jesús? Resultaba evidente que, a pesar de que creía controlar la situación, no era así. La sonrisa burlona del inquisidor le desarmó. Y, de pronto, fue consciente de la sucesión de errores que había cometido: había desvelado su identidad en la carta que escribió al abad Vincenzo o como quiera que se llamara; el abad, a su vez, le había traicionado revelando sus planes al inquisidor;

ambos conocían el secreto de las puertas del infierno, y en su mente se abrió paso la idea de que habían dado muerte al hermano Bosco. Tal vez, porque él se negó a revelar la existencia de la Hermandad de Sión. Y luego estaban Gelabert y aquel manuscrito.

Las piernas de William estuvieron a punto de fallarle cuando escuchó las siguientes palabras de Miguel Capellán exhibiendo el pergamino:

—El famoso tesoro cátaro.

El dominico se jactó de poseer al fin las versiones originales de la trilogía cátara: *El libro de los Dos Principios*, *La cena secreta*, y aquel manuscrito al que se refirió como *El espíritu de Pentecostés*. Y de pronto, recordó las enseñanzas de su maestro Joseph. Los primeros templarios habían descubierto en la verdadera tumba de Jesús dos textos escritos en arameo, pero sabían de la existencia de un tercero que no encontraron en aquella tinaja de barro. Un texto que, según la Hermandad, era el gran secreto cátaro y la base de su *consolamentum*. Y al fin, William fue a parar al verdadero problema: no se trataba de desenmascarar a Gelabert, sino de descubrir los motivos por los cuales había cometido aquellos crímenes.

—Encerradlo —ordenó Capellán a sus soldados.

—¿Qué pretendéis hacer con él? —preguntó William.

Miguel Capellán se giró hacia él y, tras mirarle con desprecio de arriba abajo, dijo:

—A vos, poco pueden interesaros los planes de Dios y su Iglesia. Os basta con saber que será conducido ante el papa. —Hizo una pausa, torció el gesto y añadió—: y abandonad ese disfraz de cisterciense y vestid, si aún os atrevéis, los hábitos templarios.

William se irguió y se encaró con el inquisidor.

—¿Si me atrevo? ¿Acaso no es un orgullo ser un caballero de Dios?

—A tenor de lo que se rumorea sobre vuestra Orden, yo no lo afirmaría —se mofó Capellán, y sin dar a William opción a replicar, salió de la celda seguido por sus soldados, el prisionero y el abad. Fue entonces cuando el templario reparó por vez primera en la oronda figura del prior Secondo.

—Os juro por lo más sagrado que yo no sabía...—se disculpó el benedictino.

William le miró con compasión. Aquel hombre había sido engañado durante años.

—Esos hombres, los prisioneros —añadió el prior, tembloroso—, han sido arrojados desde lo alto de la torre por orden del inquisidor. No lograron arrancarles ni una palabra.

William cerró los ojos y apretó las mandíbulas.

—Me temo que corrieron la misma suerte que el hermano Bosco —dijo.

El prior se santiguó.

Pero William aún no había cometido el error más grave aquel día. Ese, sin saberlo, lo reservó para el atardecer, cuando solicitó y obtuvo audiencia con el inquisidor.

Miguel Capellán lo recibió en la sala capitular como si fuera un pontífice, sentado en un sillón de cuero repujado y con un escabel forrado con brocados bajo sus pies. Lucía una sonrisa beatífica y su tono de voz era más untuoso que de costumbre. Sus ojillos claros chispeaban de satisfacción.

—Y bien, ¿qué deseáis de mí? —dijo, magnánimo.

William tragó saliva y sintió la humillación a la que le sometía aquel hombrecillo tan ridículo como cruel.

—Quisiera hablar con vuestro prisionero —explicó.

Capellán alzó la ceja izquierda y saboreó el momento.

—¿Hay algo que aún no sepa el famoso William de Yorkshire? —dijo—. Había oído hablar de vos antes de conoceros. Corren muchas historias sobre vuestro ingenio para resolver problemas y misterios. Pero, al parecer, no superáis en inteligencia a este siervo de Dios.

William se mordió la lengua.

—Os explicaré cómo están ahora las cosas —se jactó el dominico—: estoy en posesión de lo más selecto de la biblioteca cátara, y en disposición de quemarlo para salvaguardar la verdad. Sin embargo, nadie puede impedir que conozca sus secretos. Igualmente, y eso gracias a vos, puedo presentar al papa a uno de los herejes más buscados. Por no hablar de vuestra colaboración al revelar que la leyenda de las siete puertas al infierno no es tal, sino que se trata de una aterradora realidad.

—Siendo así, os pido con más razón la posibilidad de despedirme de vuestro prisionero —dijo William en la mayor humildad que fue capaz de fingir—. Hay un detalle del último crimen que cometió que deseo esclarecer.

—¿Curiosidad intelectual o ego? —tanteó el inquisidor.

—Confieso que, en mi caso, con frecuencia se confunden uno y otro —admitió William.

Miguel Capellán saboreó su triunfo y se concedió a sí mismo una pausa antes de permitir que William tuviera acceso al prisionero, encerrado en una cripta oscura y húmeda, según no tardó en descubrir. Pero antes de que se le permitiese la entrada, el abad Vincenzo, que lo acompañó, ordenó a los soldados que revisaran los hábitos de William para cerciorarse de que no iba armado.

Segundos después, la puerta de la cripta se cerró a espaldas de William, cuya vista tardó unos segundos en acostumbrarse a la penumbra. Finalmente, descubrió al herbolario acurrucado al fondo de aquella cripta maloliente.

—¿Venís a regodearos por vuestro ingenio? —dijo Gelabert al reconocer al templario.

—Vengo a conocer vuestras razones —respondió William—. ¿Por qué matasteis a esos hombres?

EPÍLOGO: VIENTO DEL ESTE

William había oído hablar en alguna ocasión de Joaquín de Fiore, un cisterciense calabrés muerto casi sesenta años atrás a quien se acusaba de haber creado un movimiento herético con un puñado de seguidores.

—No eran un puñado —le corrigió Gelabert—. Somos muchos los que creemos en él.

El herbolario, que reconoció llamarse Jacques de Autier, resumió su vida en poco más de diez minutos: su nacimiento prematuro provocado por el miserable Simón de Montfort tras la batalla de Muret, circunstancia que, aseguraba, había provocado su defecto físico; la muerte de aquel hombre siniestro en Tolosa gracias a la valentía de su madre; su educación cátara en casa de un médico judío; la prematura muerte de su madre, y su creciente rechazo al catarismo y al catolicismo el día en que escuchó predicar por vez primera a fray Guillermo de Borgo, y cómo se convenció de la imperiosa necesidad de actuar antes de que llegara el año 1260.

—¿El año 1260? ¿Por qué? —preguntó William.

Gelabert sintetizó para William las conclusiones a las que había arribado Joaquín de Fiore tras estudiar concienzudamente el libro del Apocalipsis. La historia de la humanidad, explicó, había conocido la Edad del Padre y la del Hijo, y era inminente el advenimiento de la Edad del Espíritu Santo. La Edad del Padre se inició con Adán y se prolongó durante cuarenta y dos generaciones hasta el nacimiento de Jesús. Cada generación, aseguró Gelabert, equivalía a treinta años. Por tanto, la Edad del Hijo comenzó con Jesús y finalizaría al cabo de otro período igual: cuarenta y dos generaciones de treinta años cada una.

—¡1260! —dijo William, asombrado—. ¿Creéis que en dos años comenzará la última edad, la del Espíritu Santo?

Gelabert asintió.

—Si logro vencer al demonio, si acabo con él antes de esa fecha —dijo con vehemencia— y derroto a la Gran Prostituta que lo alienta y defiende, se iniciará un período de paz. Pero es precisa una nueva orden monástica que no esté envenenada por la Iglesia actual, y un *Novus Dux* que la lidere. Un hombre puro, capaz de convocar al Espíritu Santo tal y como enseñó Nuestro Señor Jesucristo en el texto que, gracias a vos, ahora posee la Inquisición.

—Y ese hombre, es *Novus Dux,* sois vos —concluyó William llevando su mano izquierda a la frente—. Ahora lo entiendo: no pretendíais abrir las puertas al diablo para que reine en el mundo, sino para derrotarlo y encerrarlo definitivamente.

—La Iglesia no ha sellado esas puertas —aseguró Gelabert—, sino que las mantiene abiertas poniendo al frente de las abadías a pecadores como los que di muerte.

William cerró los ojos. Al fin comprendía lo que unía a los abades muertos: el pecado.

—Fionan era débil ante la carne —murmuró William—, mientras que Henry y Thibaud estudiaban ciencias prohibidas. Vos les conocíais, al igual que a Vincenzo.

—Ya os dije que su verdadero nombre es Ferrer —recordó Gelabert—. Habéis entregado el texto capaz de convocar al Espíritu Santo, el que ha de reinar en la edad que está al llegar, al hombre que quemó a decenas de cátaros en Montségur y a su superior, ese miserable castellano.

—¿Qué queréis decir con que ese texto permite convocar al Espíritu Santo?

—El secreto del *consolamentum* cátaro, engreído templario —escupió Gelabert—. Las trompetas del Apocalipsis están a punto de sonar y vuestra Orden aún no se ha enterado de que ya está muerta.

William reflexionó sobre las palabras del occitano. ¿Estaba ante un loco o ante un hombre incomprendido que realmente creía tener una misión trascendente? ¿El apocalipsis era inminente? Entonces, un recuerdo se abrió paso en su mente.

—Dos testigos vestidos de caso profetizarán antes del fin del mundo —murmuró.

—Capítulo undécimo del Apocalipsis —dijo Gelabert.

—Adrien y Cyrille son vuestros testigos.

El occitano guardó un elocuente silencio.

—¿En verdad os creéis capaz de derrotar al diablo? —preguntó a Gelabert.

Por toda respuesta, el herbolario mostró su brazo izquierdo, donde se podían ver dos heridas que parecían recientes.

—Fue otro de los detalles que me sorprendieron durante

las abluciones en la abadía inglesa en la que descubrí los arañazos en el brazo del hermano Edward —comentó William—. ¿Qué son?

—Heridas de guerra —respondió Gelabert—. Desde que era un niño, sale a mi encuentro en sueños. De no haber sido por vos, lo hubiera derrotado.

William volvió a preguntarse si aquel hombre era un loco o un idealista iluminado. Sin embargo, no le faltaban razones: la Iglesia se corrompía cada día, y sus más altos dignatarios más parecían escribanos de Satán que embajadores de Dios en la tierra. Por lo demás, nadie mejor que él sabía que el diablo no era una figura literaria ni una leyenda.

En ese momento, irrumpió en la cripta el inquisidor Miguel Capellán. En sus manos llevaba algo que hizo empalidecer al templario. Aquel había sido el más terrible de todos los errores que había cometido en las últimas horas. El inquisidor había jugado con él. Si le había concedido permiso para visitar al reo no había sido por magnanimidad, sino por interés: para registrar su celda y estudiar el lienzo que había mostrado parcialmente.

—Jamás imaginé que mi visita a esta santa casa podría resultar tan productiva —dijo Capellán con su acostumbrado tono untuoso mientras exhibía el morral de William que contenía el lienzo—. Con este inesperado regalo vuestro, el Temple está acabado. Y vos también.

William sabía que el dominico estaba en lo cierto. Bastaría con presentar aquel lienzo como una prueba de herejía para que la Orden fuera exterminada, y la imagen de Morgan pasó veloz por su memoria. Pero también el eco de las palabras que un día escuchó al *asesino* y médico Ibn Nafis al descubrir que había perdido el brazo derecho: «Conozco a guerreros mucho más temibles que cualquier templario, capaces de matar a un hombre con un solo brazo. Es cuestión de práctica».

Afortunadamente, William había practicado. La experiencia le había demostrado que sus adversarios se relajaban al enfrentarse a un mutilado, y las veces que habían registrado sus ropas en busca de armas, nadie había mirado en la manga sin brazo.

Con un movimiento tan veloz como inesperado, William sacó de la manga derecha de su hábito un pequeño puñal que recogió con su mano izquierda y lanzó de inmediato al cuello de uno de los soldados, que apenas tuvo tiempo de lanzar un gemido. Y aprovechando la sorpresa, William recogió la espada del soldado caído y se enfrentó a los otros dos.

Al ver el giro que tomaban los acontecimientos, el inquisidor Miguel Capellán huyó al tiempo que gritaba alertando a todo el monasterio.

Gelabert se incorporó y se lanzó contra uno de los dos soldados, esquivando hábilmente el golpe de su espada. Ambos rodaron por el suelo mientras William se deshacía con facilidad de su adversario. Y antes de que el rival del herbolario pudiera recuperarse, le rebanó el cuello.

—Debo encontrar a ese inquisidor —dijo William.

—Y yo debo matar a fray Ferrer —repuso Gelabert.

Cuando ambos se volvieron a encontrar minutos más tarde, sus rostros reflejaban el triunfo y la pesadumbre.

—Fray Ferrer está muerto —anunció el occitano, que sostenía en su mano derecha la espada ensangrentada de uno de los soldados inquisitoriales—. Lo encontraréis decapitado en la cripta del arcángel.

William no pudo decir lo mismo, pero mostró su zurrón.

—El inquisidor lo perdió mientras huía a caballo como alma que lleva el diablo —sonrió al escuchar sus propias palabras—. Pero no pude evitar que se llevara el manuscrito cátaro.

—Nuestras mulas no pueden competir con un corcel —dijo Gelabert con amargura—. La riqueza de la Iglesia... —se volvió hacia William y preguntó—: ¿qué tenía de interés el lienzo donde aparecía el rostro de ese hombre?

William cerró los ojos y vio la imagen del inquisidor Capellán jurando desde la grupa de su caballo que un día encontraría a William y se haría con aquel lienzo. Y ese día, sería el fin del Temple.

—Mejor no lo sepáis. Es posible que así viváis más —dijo William en el momento en que varios monjes encabezados por el prior Secondo se acercaban a ellos. Ambos estaban en la terraza donde el templario había ordenado construir su peculiar cámara oscura—. Por cierto, vuestra imagen no pudo quedar impresa en la tela en tan poco tiempo y en esas condiciones —confesó con una sonrisa, y antes de que llegaran los monjes en su auxilio, añadió—: os deseo buena suerte en vuestra lucha contra el diablo.

Gelabert sonrió y ambos miraron al cielo. Un viento extrañamente cálido barrió Sacra de San Michele.

—Va a soplar viento del este —vaticinó William.

LO ÚLTIMO QUE SUPE DE WILLIAM DE YORKSHIRE

Tras abrirme paso entre aquella espesa arboleda, llegué a comienzos de otoño a un claro del bosque al fondo del cual había una casa situada a los pies del Roble del Promontorio. La tierra estaba cubierta por una alfombra de hojas rojas y ocres caídas de los árboles, pero la temperatura aún era agradable. Llevaba a mi caballo de las bridas, sin prisa, porque tenía tanto deseo de conocer a aquel hombre como temor a encontrarlo. Y por ello permanecí oculto entre el ramaje durante unos minutos.

Al ver a aquel anciano, creí haberme equivocado: aquel no podía ser William de Yorkshire. Sin embargo, le faltaba el brazo derecho, según observé.

A pesar de la minusvalía, el templario —vestía el inmaculado hábito de la Orden—, parecía desenvolverse sin dificultad entre las colmenas. Por un instante, llegué a pensar que hablaba con las abejas y que ellas volaban a su alrededor con docilidad. Pero supongo que fueron imaginaciones mías.

Finalmente, decidí salir al claro del bosque donde se encontraban la casa y el colmenar, y el anciano reparó en mi presencia por vez primera. O eso creí.

—Pensé que jamás os decidiríais a salir de entre los árboles —me espetó.

—¿Me habías oído? —pregunté con incredulidad.

—Armáis más alboroto que una carga de caballería —respondió—. Y ahora, acercaros de una vez y decidme qué os trae a un lugar como este.

Al aproximarme, su mirada gris enmarcada por decenas de arrugas me estudió con atención.

—¡Por todos los diablos! —exclamó—. Sí que me resultáis conocido sin haberos visto jamás. ¿Quién sois?

Miré el colmenar, dispuesto en forma de círculo antes de sacar de entre mis ropas la vieja carta que mi padre me había entregado muchos años antes firmada por un caballero templario llamado Joseph. Al parecer, la había escrito antes de su muerte y en ella revelaba a mi padre sus orígenes.

Las manos del anciano temblaron a medida que leía aquel texto, y sus ojos grises se encharcaron al volver a mirar los míos verdes.

—Sois igual que ella, igual que Irene —dijo entre lágrimas.

—Al parecer, soy vuestro nieto —respondí.

Él me abrazó como le es posible hacerlo a un manco y, entre lágrimas, me preguntó mi nombre.

—William Sherlock —le respondí.

NOTA FINAL

Todos los hechos narrados en esta novela pertenecen a la ficción. Todos los personajes y situaciones son fruto de la imaginación del autor, con la excepción de las personalidades históricas que se mencionan en sus páginas.

La batalla de Muret se desarrolló de un modo muy similar al que se describe en la novela. Es cierto que el rey Pedro de Aragón obró durante la misma de un modo insólito, que vistió la armadura de otro caballero y que la noche antes del combate mantuvo relaciones sexuales con una mujer occitana, posiblemente Azalais de Boissezon, a quien en la novela menciono como señora a la que servía Ysabela, que sí es un personaje ficticio. Igualmente, es cierto que el conde Raimundo de Tolosa no secundó la estrategia del monarca aragonés, lo que le granjeó la animadversión del resto de los señores occitanos.

También es histórica la figura de la Dama Guiraude, y su terrible final fue tal y como se describe en la novela.

Son igualmente ciertas las anécdotas de Simón de Montfort rezando ante el altar, que su cinturón se rompió antes del combate en Muret y que estuvo a punto de ser derribado por su caballo. Así lo cuentan las crónicas.

La matanza de Béziers es un hecho histórico, al igual que el asedio durante meses de la ciudad de Tolosa por parte de Simón de Montfort. También es cierto que construyó una gigantesca *gata* para derribar las murallas de esa ciudad y que los defensores de Tolosa lanzaron un inesperado ataque para destruir ese aparato de guerra, aunque es ficción que lo encabezara un *faidit* llamado Olivier de Termes.

También es históricamente cierto que el *conde de Cristo* murió durante aquel asedio por el lanzamiento de una piedra lanzada desde una máquina defensiva por mujeres occitanas. Obviamente, es una licencia que fuera Ysabela quien lanzó el certero proyectil.

Durante la novela se menciona la existencia de un círculo secreto dentro de la Inquisición que anhelaba el tesoro que, presumían, estaba en poder de los cátaros. Pero, aunque sí son personajes históricos el obispo Fulco y otros inquisidores que se mencionan —salvo fray Ferrer—, esa supuesta hermandad es invención del autor.

Son reales, en cambio, los sucesos de Avignonet y la matanza de inquisidores por parte de hombres procedentes de Montségur. Como también son auténticas la existencia de Joaquín de Fiore y su interpretación del Apocalipsis, así como su convencimiento de que en el año 1260 se iniciaría la Era del Espíritu Santo. Sus ideas apocalípticas tuvieron una enorme influencia entre las corrientes franciscanas más radicales.

Existen numerosas leyendas a propósito de un tesoro que los cátaros custodiaron en Montségur y que ocultaron en las cuevas que se mencionan en la novela antes de la entrega de la fortaleza al senescal de Carcasona, Hugo de Arcis, y al arzobispo de Narbona, Pierre Amelth. Se ha especulado con que varios cátaros salieron a escondidas la noche previa a la rendición de Montségur llevando consigo ese secreto, cuya naturaleza se desconoce. Siglos después, efectivos de las SS nazis, encabezadas por un oficial llamado Ottho Rahn, buscaron el tesoro cátaro en las cuevas próximas a Montségur.

Los rituales cátaros que se citan son también reales, si bien es ficción que el *consolamentum* tuviera la naturaleza que se le atribuye en la novela. No obstante, es cierto que los encastillados en Montségur solicitaron una misteriosa tregua de quince días antes de rendirse y que se desconoce las razones que tuvieron para pedirla.

En Sours existió una encomienda templaria, y de hecho aún quedan restos de la misma que he podido visitar. Se encuentra, exactamente como dice la novela, a escasos kilómetros de la catedral de Chartres.

Las capillas de la catedral de Chartres que se mencionan, así como el Pórtico de los Iniciados y su famoso laberinto —cuya losa central, por cierto, desapareció y sobre la cual existen diferentes teorías— existen realmente.

Naturalmente, son personajes reales Esteban Harding, Bernardo de Claraval, el conde Hugo de Champaña, Hugo de Payns y los demás caballeros que fueron el embrión de la Orden del Temple.

Jerusalén sufrió las diferentes conquistas y destrucciones que se mencionan, y también son reales las que afectaron a la zona donde se encuentra la supuesta tumba de Jesús. Únicamente la fe puede permitir creer que, realmente, ese es el lugar exacto del sepulcro.

Las derrotas de los cruzados en las batallas de los cuernos de Hattin y de La Forbie también son hechos históricos, y en ellas los maestres del Temple cometieron errores estratégicos de terribles consecuencias, puesto que la Orden quedó prácticamente exterminada.

Hassan al-Sabbah, la fortaleza de Alamut y la Secta de los Asesinos existieron en realidad y mantuvieron cordiales relaciones con el Temple durante años.

Es cierto que el emperador Balduino II de Constantinopla se vio obligado a vender —entre otros, al Temple— numerosas reliquias que custodiaba para poder sostener su ejército.

Los monasterios de la Línea Sacra de San Michele existen y están dispuestos, a lo largo de miles de kilómetros, en una rigurosa línea recta. La leyenda de la espada del arcángel san Miguel es real, y también que en esos enclaves derrotó al diablo.

En la abadía de Durhan se custodia en verdad el cuerpo incorrupto de san Cutberto.

Los lugares de habitación de los monjes que vivieron en Skellig Michael tienen la forma descrita en la novela, y se les conoce como *clochánds*.

Los datos sobre la caída de los ángeles que se menciona en el Libro de Henoc y que cita Sherrin aparecen realmente en esa obra.

Las singulares capacidades de la sustancia que genera el escarabajo bombardero que se mencionan son ciertas.

Para la redacción de esta novela visité algunas de las abadías que son escenario de los crímenes que se relatan. Aunque se han modificado ligeramente algunos de las estancias, las descripciones de Mont Saint-Michel y Sacra de San Michele se ajustan a la realidad. En las inmediaciones de esta última existe una pequeña iglesia románica que se conoce como Cementerio de los Monjes, al igual que se puede visitar la Escalera de los Muertos, la Puerta del Zodíaco y la capilla de San Giovanni Vincenzo.

Por último, queda añadir algo sobre la Sábana Santa.

La descripción que se hace de ese lienzo de lino, tejido en base a la técnica de «sarga de pescado» es real. Es cierto que parece haber sido manufacturado en algún telar de Oriente Medio atendiendo a lo establecido en la Ley de Moisés, que prohíbe tejer conjuntamente fibras vegetales y animales. Mide 420 x 110 centímetros, y sobre él se han propuesto infinidad de teorías que el lector podrá encontrar en libros especializados. En ellos, descubrirá que existe un acalorado debate sobre si realmente el hombre que aparece en el lienzo es Jesús de Nazaret o no.

La posibilidad de que el lienzo sea una fotografía medieval ha sido defendida, entre otros, por el profesor de Arte Nicholas Allen. El procedimiento que se describe en la novela es un resumen de su teoría, lógicamente resumido para agilizar la trama. Su hipótesis ha sido cuestionada por otros investigadores de la Sábana o Síndone.

En la novela, Joseph oculta en la cueva del monte Carmelo uno de los dos lienzos que se citan en ella, y William lo encuentra. Sin embargo, no se aclara si el que después custodia el caballero templario es el que habían comprado en Constantinopla o la réplica que ellos realizaron y que es la que, se supone, emerge inesperadamente poco después para, tras diferentes peripecias, ser custodiada en Turín.

Hay cierto consenso en que ese lienzo se encontraba en Constantinopla en el siglo XIII, y existen teorías o leyendas que aseguran que unos caballeros templarios la sacaron de la ciudad, tal vez comprándosela al emperador Balduino II.

La historia documentada de la Síndone comienza en 1357, cuando fue exhibida en la iglesia de Lirey, en Troyes (Francia). Causalmente, por tanto, en la región de Champaña; es decir, en la misma región donde se encuentra el Bosque de Oriente en el que existió la Casa del Roble del Promontorio, donde se oculta William. Al parecer, el lienzo había pasado a ser previamente propiedad del caballero Godofredo de Charny, pero se desconoce cómo llegó a sus manos.

Por último, es evidente mi pasión por Sherlock Holmes, algo que ya evidencié en mi novela *Las violetas del Círculo Sherlock*. En esta ocasión, me sedujo la idea de salpicar la novela con guiños a algunas de las aventuras que ideó sir Arthur Conan Doyle y que los apasionados del detective reconocerán fácilmente. A ese homenaje responden algunos detalles más que me parece oportuno añadir.

W.S. Baring-Gould escribió una memorable biografía sobre el más grande detective consultor de todos los tiempos titulada *Sherlock Holmes de Baker Street*. En esa obra asegura que el verdadero nombre del detective era William Sherlock Scott Holmes, y que había nacido en Yorkshire. Y de ahí surge la idea del nombre de mi personaje y el de su nieto. Un nieto que, evidentemente, no hubiera nacido si William no se hubiera enamorado y hubiera mantenido relaciones sexuales como *mi* Irene Adler, la joven que, al igual que el inolvidable personaje femenino de Conan Doyle que aparece en la aventura titulada *Escándalo en Bohemia*, burla al joven William.

Baring-Gould sostiene que Sherlock Holmes era el menor de tres hermanos, y que los otros dos estaban dotados de un ingenio aún más grande que el suyo. Sherrinford era el mayor, asegura, aunque lo cierto es que ese nombre fue el primero que Conan Doyle barajó para su personaje. En cualquier caso, ahí tiene el lector el origen del nombre de Sherrin.

El segundo hermano de Holmes era Mycroft. Pues bien, para la ocasión decidí rendir un homenaje a la serie televisiva *Sherlock* creada por Steven Moffat y Marc Gatiss, porque me parece un alarde de ingenio y un producto extraordinario y conmovedor para los amantes del detective.

En esa serie televisiva, Marc Gatiss encarna al personaje de Mycroft, y en él me inspiré para bautizar al segundo hermano de William.

Por supuesto, el malvado Morgan debe su nombre a Moriarty, y su subalterno en San Juan de Acre debía llamarse obligatoriamente Sebastián, como bien saben los holmesianos y sherlockianos.

Se cuenta que Conan Doyle se inspiró para crear a Holmes en un profesor de Anatomía que conoció siendo estudiante y que se llamaba Joseph Bell. El maestro de William también se llama Joseph, y se apellida Cloche. En francés, esa palabra significa «campana», como Bell en inglés.

Sherlock Holmes era un estudioso de las abejas y escribió un manual destinado a los apicultores. ¡Qué mejor custodio para los secretos templarios que esos animales!, pensé.

Umberto Eco rindió un homenaje tan excelso a Holmes en su novela *El nombre de la rosa*, que la mía no podía superarlo jamás ni lo pretendía. Mi propósito era disponer de un escenario de ficción para especular sobre los misterios que siempre se vinculan con los templarios sin verme encorsetado por la rigurosidad obligada que ha de presidir un ensayo. No obstante, me pareció que podía, humildemente, rendir un tributo a la novela de Eco situando el desenlace de la mía en Sacra de San Michele, la abadía en la que él se inspiró para su obra.

¿Queda algo por añadir?

Seguramente, William de Yorkshire apuntaría algo más. Prometo preguntarle la próxima vez que charlemos.

En Amalur,
7 de Febrero de 2020

Otros títulos en
Libros en el **Bolsillo**

JUAN PÉREZ-FONCEA
LOS
TERCIOS
NO SE RINDEN
Crónica del asedio de Amberes y la batalla de Empel
Del autor de
Invencibles
& El héroe
del Caribe

ÓSCAR EIMIL
REINOS de AMBICIÓN
El precio de un Imperio
Supremacía y poder, intriga y ambición, lealtad, traición, guerra, amor y muerte: la segunda entrega de Reinos de Sangre, la épica saga del apasionante siglo XI español.
Del autor de Reinos de sangre